O Segundo Silêncio

Eileen Goudge

BERTRAND BRASIL

O Segundo Silêncio

2ª edição

Tradução
A. B. Pinheiro de Lemos

Título original: *The Second Silence*

Capa: Leonardo Carvalho

Editoração: DFL

2004
Impresso no Brasil
Printed in Brazil

CIP-Brasil. Catalogação-na-fonte
Sindicato Nacional dos Editores de Livros, RJ

G725s
2ª ed.

Goudge, Eileen
O segundo silêncio / Eileen Goudge; tradução A. B. Pinheiro de Lemos. – 2ª ed. – Rio de Janeiro: Bertrand Brasil, 2004.
434p.

Tradução de: The second silence
ISBN 85-286-1001-2

1. Romance americano. I. Lemos, A. B. Pinheiro de (Alfredo Barcelos Pinheiro de), 1938-. II. Título.

04-0196

CDD – 813
CDU – 821.111(73)-3

EDITORA BERTRAND BRASIL LTDA.
Rua Argentina, 171 – 1º andar – São Cristóvão
20921-380 – Rio de Janeiro – RJ
Tel.: (0XX21) 2585-2070 – Fax: (0XX21) 2585-2087

Aos muitos leitores que me escreveram ao longo dos anos. Suas palavras gentis e seu entusiasmo ajudaram-me a superar os ocasionais obstáculos ao longo do caminho. As histórias pessoais que partilharam comigo me inspiraram a escrever a minha.

Agradeço seus comentários. Façam contato comigo através do meu endereço na internet, em www.eileengoudge.com

Agradecimentos

Apresento meus agradecimentos às seguintes pessoas, por seu apoio e orientação:

Susan Ginsburg e Maja Nikolic, da Writers House. Molly Stern, da Viking. Louise Burke, da Signet. Minhas boas amigas Catherine Jacobes, que criou meu *site* na internet, e Kathee Card, cujos e-mails diários me despertam um sorriso e me fazem seguir em frente.

E, finalmente, mas nem por isso menos importante, a meu marido querido, Sandy, que demonstrou ser tão bom editor quanto companheiro, ajudante e navegador... e que trazia o jantar para casa todas as noites, enquanto eu trabalhava 24 horas por dia.

Três silêncios existem: o primeiro
da fala,
O segundo do desejo, o terceiro
do pensamento...

— Henry Wadsworth Longfellow

Burns Lake, Nova York, 1969

Prólogo

Mary Jeffers, aturdida e alarmada, olhou para o homem que avançava pela porta da frente. Mal podia reconhecê-lo como seu marido. Até porque era início da tarde, e Charlie não saía do trabalho antes das cinco horas. E embora ele tivesse guiado a velha picape Ford, que fazia a maior barulheira quando subia uma ladeira e consumia um litro de gasolina a cada quatro quilômetros — e isso num bom dia —, seus cabelos pretos, muito curtos, brilhavam com o suor, e seu rosto estava avermelhado, como se tivesse vindo correndo. Quando Charlie parou a picape na sua frente, com um solavanco, ela percebeu que as pontas de suas orelhas também se achavam vermelhas. Era um sinal infalível de alguma coisa ruim. Foi exatamente essa a aparência que Charlie assumiu quando ela lhe dissera que estava grávida, o que parecia ter acontecido há um século.

Os braços de Mary ficaram arrepiados, como se tivesse sido picada por insetos minúsculos. Sentada na cadeira de balanço, ao lado do fogão a lenha, a criança, adormecida em seus braços, mal ousava respirar. Não tinha a menor idéia do que poderia ter trazido Charlie de volta para casa, no meio do dia, correndo como se tivesse quatro tipos de más notícias. Mas, de uma estranha maneira, ela parecia já estar esperando. Sempre acontece assim quando se é pobre: um pedaço do céu desaba sobre a cabeça todos os dias.

Mary levou a mão ao coração, para conter as batidas ansiosas, enquanto perguntava, em voz baixa e trêmula:

— Por Deus, Charlie, o que aconteceu?

Ele abriu a boca para responder, mas tornou a fechá-la. A expressão em seu rosto, encovado e transtornado, era a que costumava exibir quando espiava por baixo do capô da picape Ford, examinando a rebelde bomba de gasolina presa à base de cuspe e oração... como se especulasse quanto mais a peça seria capaz de suportar. Exceto pelo corpo esguio e os cabelos muito pretos, espetados e úmidos naquele momento, ele poderia ser um velho, em vez de um garoto de apenas 17 anos. Os ombros eram vergados num permanente ponto de interrogação. Um sulco escuro sobressaía no velho cinto de couro, indicando o ponto em que ficava antes de ser apertado recentemente para mais um furo. Depois de um momento, Charlie empertigou-se e deu um passo em sua direção, acrescentando uma marca de bota suja de neve à trilha irregular que vinha da porta.

— Corinne morreu.

Ele falou devagar, como se estivesse se dirigindo a uma estrangeira que não entendia o seu idioma. Mary viu que as mãos do marido, esfoladas pelo frio e pendendo inertes das mangas puídas da jaqueta de caça, tremiam sem parar.

As palavras derreteram-se no impacto, como os flocos de neve que caíam na janela, com um som chiado, um tanto baixo. Ela baixou o olhar. Notou que faltava um botão na jaqueta e que a camisa quadriculada por baixo estava bastante amarrotada. Especulou, vagamente, se a flanela era um tecido que se passava a ferro. Não que tivesse alguma importância. Afinal, não passara nenhuma roupa desde que haviam casado, em outubro último, um dia depois que ela completara 17 anos, quando já estava tão gorda que ficar de pé por algum tempo deixava os tornozelos bastante inchados. Depois, a criança nascera, e quase não houvera tempo para...

E foi nesse instante que absorveu a informação, ficando atordoada. Teve de fazer um esforço para respirar fundo, o peito aos arrancos, como um motor que não queria pegar.

— Não... — balbuciou Mary. — Não... não Corinne. Deve haver algum engano.

Mas Charlie sacudia a cabeça.

— Sinto muito, Mary. Ó Deus, como lamento!

A boca de Mary parecia se mover por vontade própria, enunciando o que não se podia exprimir.

— Como? — sussurrou ela, num fio de voz.

— Encontraram o corpo num motel, na rodovia Interestadual 88, perto de Schenectady. Tinha os pulsos... — Ele fez uma pausa, para limpar a garganta. — Estão dizendo que foi suicídio.

Os braços de Mary subiram, num reflexo, como se estivessem desviando um golpe. A mamadeira encostada em seu peito, o bico roçando a boca contraída da criança — que mais parecia um botão de rosa —, rolou de repente, caindo com um baque abafado no tapete trançado, aos pés de Mary. Noelle teve um sobressalto no sono. As pálpebras rosadas, parecendo o interior de conchas, tremeram e se abriram um pouco.

Não acorde. Por favor, não acorde, suplicou Mary, silenciosamente. O resfriado que a menina de três meses pegara, no início da semana, deixara-a irritada. Chorava a intervalos, durante a maior parte do dia. *Se ela começar de novo, estarei perdida desta vez. Não saberei mais o que fazer.*

Mary permaneceu imóvel, a notícia da morte de sua melhor amiga envolvendo-a como arame farpado, que a espetaria se fizesse qualquer movimento. Por mais estranho que pudesse parecer, a imagem que aflorou em sua mente não foi a de Corinne flutuando numa banheira com a água ensangüentada, mas sim uma cena do Natal anterior. Ela e Corinne afugentavam os cavalos de um cocho, enquanto Charlie batia com uma pá na superfície congelada, os três rindo como idiotas pela inutilidade do esforço; os estúpidos animais insistiam em voltar, numa tentativa de afastá-lo do caminho. Mary estava enorme como uma casa, porque o parto ocorreria dentro de poucas semanas. Corinne, embora alta, parecia pequena em comparação a ela. Seus cabelos lisos brilhavam como carvalho envernizado contra a gola levantada da japona azul-marinho. Tinha as faces vermelhas do frio, os lábios entreabertos no riso.

Como se não tivesse a menor preocupação neste mundo.

O coração de Mary irradiou uma dor terrível, como se fosse atingido por alguma coisa afiada. Ela começou a tremer, violentamente. Numa reação instintiva, procurou Charlie.

— Depressa, dê-me sua mão!

E com a pressão dos dedos compridos do marido, as articulações parecendo nós em corda, ela sentiu que o tremor diminuía.

— Ó Charlie, diga que não é verdade. Diga que você pode ter ouvido errado.

— A redação recebeu a informação há menos de uma hora. — Ele desviou os olhos, como se não suportasse ver o que a notícia causava na mulher. — Ed Newcombe confirmou com o pessoal do xerife.

— Ó Deus... pobre Corinne!

As palavras saíram como um soluço.

— Eu queria lhe contar pessoalmente. Não queria que você soubesse pelo telefone.

Charlie estendeu a mão livre para afagar os cabelos de Mary. Ela podia sentir o calor de sua mão no couro cabeludo.

E acenou com a cabeça, lentamente. A mão de Charlie assim como o peso e o calor da filha pareciam lhe servir de âncora. Quando falou, sentiu a língua grossa e desajeitada na boca, como acontecia depois de uma ida ao dentista.

— A família dela... já sabe?

— Alguém deve ter informado, a esta altura.

Mary esfregou o polegar sobre o dorso da mão do marido, sentindo o ponto áspero que ele esfolara no portão do curral, tentando abri-lo, apesar do palmo e meio de neve que caíra na noite anterior. As feições singulares de Charlie, com a pele pálida em que cada emoção sobressaía de maneira inequívoca, faziam-na pensar nos rostos de olhos atormentados dos daguerreótipos de Mathew Brady, soldados da Guerra de Secessão que eram meninos quando marcharam para a batalha, mas haviam se tornado homens ao voltar para casa. Mary queria tranqüilizá-lo, de alguma forma. Mas como? O que podia dizer? Que tudo acabaria bem? Naquele momento, parecia que nada jamais ficaria bem.

Eu não estava lá para ajudá-la. O pensamento atingiu-a com força suficiente para que estremecesse. Mary sentiu-se envergonhada ao compreender como haviam se distanciado nos últimos meses. E a culpa não era de Corinne. Fora ela própria quem mudara. Seus dias não eram mais preenchidos pela escola, pelos ensaios do coro e pelas intermináveis horas de fofoca ao telefone. Não podia se recordar da última vez em que se preocupara com as pontas irregulares nos cabelos, tirar uma nota C na escola, uma prova de trigonometria... ou mesmo com as manifestações de protesto contra a Guerra do Vietnã, em que ela e Corinne haviam começado a participar na primavera anterior. Quando a amiga telefonara uma semana antes — ou teriam sido duas? —, Mary estava ocupada demais até para conversar. Prometera ligar depois que pusesse a filha no berço para tirar um cochilo. Mas ligara? Com toda a sinceridade, Mary não podia lembrar.

Mas é claro que você lembra, interveio uma voz cruel. *E lembra muito bem. Ela dava a impressão de que estivera chorando. E, secretamente, você não ficou nem um pouco perturbada, não é mesmo? Pensando que o motivo, qualquer que fosse — outra briga com aquele namorado detestável? —, era apenas um montinho de terra em comparação com a montanha que você tinha de escalar todos os dias. Por isso não ligou de volta. Claro que tencionava ligar... mas nunca conseguia encontrar um tempo.*

E agora era tarde demais.

— Não posso acreditar... não posso acreditar que Corinne...

As palavras derretiam-se em seus lábios como as pegadas de neve que se transformavam numa trilha escura de lama no tapete. A verdade era mais dolorosa, sob alguns aspectos, do que o simples fato da morte da amiga: Mary não podia sequer imaginar o que poderia ter levado Corinne a cometer um ato tão desesperado. Ultimamente, ela se tornara absorvida demais na confusão em que se transformara sua própria vida.

Acordava todas as manhãs antes de o dia clarear, com os gritos de fome da filha. No início, bem que tentara a amamentação, mas Noelle se agitava sem parar. Leite *nervoso*, dissera o médico, o que significava que ela não produzia o suficiente: seu primeiro fracasso como mãe. Agora, havia mamadeiras para esquentar, além de fraldas intermináveis para trocar, lavar e pendurar para secar. Mesmo quando Noelle tirava um cochilo, ainda havia o fogão a lenha para cuidar, as refeições para preparar, com qualquer alimento que encontrasse na geladeira. E não podia se esquecer, é claro, das garotinhas ricas e mimadas que eram donas dos cavalos que ela e Charlie alojavam, alimentavam e aos quais davam água. Tinham 12 e 13 anos, usavam culotes e botas de montaria de duzentos dólares, e apareciam regularmente na porta dos fundos, precisando de tudo, de um Band-Aid a um copo de água gelada, ou de um telefonema. Ao cair da noite, Mary sentia-se tão esgotada e vazia quanto as mamadeiras que Noelle sugava com a maior voracidade, deixando-as vazias.

Mas, agora que o pai e a mãe haviam lhe virado as costas, Charlie e a filha eram tudo que ela tinha. Quando o marido ficou de cócoras na sua frente, Mary sentiu que alguma coisa pegava fogo dentro do próprio peito, como um curto-circuito num dos fios meio desencapados que se estendiam pelas paredes e rodapés do alojamento adaptado em que moravam. As faíscas faziam-na pensar em luzes de Natal.

Charlie era alto, daquela maneira meio desconjuntada de um corredor de longa distância. Agora abaixado, seus olhos se encontravam no mesmo nível. Ao contemplar o rosto longo e anguloso, Mary viu os ancestrais iroqueses nos planos facetados, na saliência dos malares. No segundo ano dos dois em Lafayette, quando haviam começado a namorar, os cabelos de Charlie, pretos como as asas de um corvo, cobriam as golas de suas camisas. Agora, ele os usava bem curtos, como um fuzileiro naval, por ordem do patrão, o sr. Newcombe. Charlie detestava, ela sabia, e detestava ainda mais porque não tinha opção. Mas, secretamente, Mary aprovava. Distinguia-o dos outros jovens, com os cabelos descendo além dos ombros, os que se gabavam de queimar seus cartões de recrutamento... enquanto em casa as mães arrumavam suas camas e preparavam os lanches para a escola.

Os olhos, porém, eram sua melhor característica. Espaçados e afilados nos cantos, eram de um ocre-esverdeado excepcional, que a faziam pensar em mergulhar na água fresca de um regato profundo, no meio do bosque. Mary inclinou-se para ele, encostando o rosto em seu ombro. Curvou o corpo para formar um espaço em que Noelle pudesse continuar a dormir, sem ser perturbada. *Somos como duas tábuas apoiadas no estábulo*, pensou. *Um impede que o outro caia.*

— O que vamos fazer agora? — sussurrou Mary, como uma criança perdida na escuridão.

Em circunstâncias normais, ela teria telefonado para alguém. Mas para quem? Desde que saíra da escola, Mary quase não tinha amigas. Os pais de Beth Tilson haviam desencorajado a filha de visitá-la... provavelmente porque temiam que pudesse ser contagioso o que Mary tinha, o que quer que fosse. Jo Ferguson trabalhava depois das aulas e nos fins de semana no SuperSave, a fim de ganhar dinheiro suficiente para o curso superior. Parecia que não tinha tempo para nada. Até mesmo Lacey Buxton, a última pessoa a abandonar uma amiga, caíra em desgraça, ao ser surpreendida com um amigo da família em visita — um homem com idade suficiente para ser seu pai — completamente nua, no coro da igreja metodista. Fora despachada para morar com os tios em Buffalo, presumivelmente numa tentativa de fazê-la seguir por um caminho de integridade.

— Haverá um funeral, tenho certeza.

Um sulco profundo, como um ponto afundado, aproximou as sobrancelhas escuras de Charlie, por cima do topo saliente do nariz.

Uma imagem surgiu na mente de Mary: a mãe, o pai e os três irmãos de Corinne reunidos pesarosos em torno da sepultura recém-cavada. Mas logo a imagem se transformou. A sepultura era a *sua*, com sua mãe e seu pai parados ao lado. O pai, de ombros encurvados, pela doença e derrota, a pele no topo da cabeça com o brilho branco de osso, através dos cabelos ralos. E a mãe, impassível, intemporal, como a casa na Larkspur Lane, a casa da qual Mary fora banida para sempre.

As lágrimas afloraram nesse momento, escorreram quentes pelas faces, enquanto ela contemplava a filha cochilando em seu colo. Os cabelos pretos de Noelle, que faziam uma curva, parecendo uma vírgula estufada, eram a única coisa que ela herdara de Charlie. Os olhos azul-acinzentados e o lábio superior, com o arco de Cupido no centro, o nariz estreito de algum ancestral de sangue azul: era como se Mary estivesse olhando para uma foto sua quando também tinha três meses de vida. Ela sentiu um fluxo de amor, que foi sufocado no mesmo instante por uma onda ainda maior de desespero. Charlie, parecendo sentir o mesmo, levantou-se e estendeu os braços.

— Por que não a deixa comigo? Posso cuidar de Noelle por algum tempo, até que você...

Ele deixou a frase inacabada, as palavras pairando no ar. Mary foi envolvida por um ímpeto de raiva.

— Até o quê? Até que eu me controle?

Não era justo, ela sabia, descarregar em Charlie, mas não podia evitar. Ele não era apenas um alvo fácil. Era o *único* alvo.

— O sr. Newcombe me deu o resto da tarde de folga — continuou Charlie, muito calmo, como se ela não tivesse falado. — Posso dar um pulo na Laundromat e fazer compras na volta. Notei que estamos com falta de leite.

Ele falava baixinho, como se não quisesse acordar a criança, mexendo-se nos braços de Mary, irrequieta.

— Estamos com falta de *tudo*.

Mary tinha na carteira exatamente 9,38 dólares, que deveriam durar até o próximo pagamento de Charlie, dali a uma semana, a contar da sexta-feira.

Noelle começou a se agitar, choramingando. Mary levantou-a para um ombro. Começou a se balançar para a frente e para trás, furiosamente. Comprimiu o rosto contra o pescoço cheiroso da filha, para não se *afogar*.

Certa ocasião, numa festa na oitava série, um dos garotos mais desordeiros da turma jogara-a no lago, toda vestida. Mary jamais esqueceria a sensação de pânico de ser arrastada para o fundo, por mais que batesse as pernas. Era o que sentia agora. Há meses que não lia um livro, nem assistia a um programa de TV até o fim. Afora as incursões à Laundromat e ao supermercado, além de ajudar a dar comida e água aos cavalos, quase nunca saía de casa. Quando tomava um banho na enorme banheira de pés de garra, os canos descendo por um buraco no chão, a terra e o mato visíveis por baixo, nem sempre tinha tempo de lavar os cabelos. Caíam em ondas castanho-avermelhadas pelos ombros e costas, um tanto emaranhados, parecendo algo derramado que não tivera tempo de limpar.

Não era culpa de Charlie, ela sabia. Ele mal conseguia manter a cabeça acima da água. Aceitara o primeiro emprego que encontrara, como *office boy*, no jornal *Burns Lake Register*. Varria o chão e esvaziava os cestos de papel; saltava quando o velho e gordo sr. Newcombe latia. Tudo pela quantia magnífica de sessenta dólares por semana.

Mary observou-o se erguer, as articulações estalando. Por um instante fugaz, teve a sensação de que seria arrebatada em sua esteira. Desejou que Charlie a abraçasse, como fazia antes, sem a interferência da criança ou da barriga estufada. Queria experimentar outra vez aquela sensação de oscilar à beira de um abismo, não de desastre, mas de prazer maravilhoso e temerário. Havia mais de uma semana que sequer faziam amor.

— Vou dar comida aos cavalos antes de sair.

A voz de Charlie era apática e derrotada.

— Eu poderia...

Ele não a deixou continuar.

— Já tem o suficiente para ocupá-la neste momento.

Mary sentiu o pânico se avolumar, até que quase a sufocava. A morte de Corinne afundaria sem deixar qualquer vestígio naquele lago insondável em que caminhava?

— Espere! — chamou ela, em desespero. — O que aconteceu com Robert? *Ele* deve saber por que Corinne... por que ela fez isso.

O namorado de Corinne era o outro motivo pelo qual ela e a amiga haviam se afastado. Na opinião de Mary, Robert Van Doren era o pior tipo de problema, aquele que não parece ser um problema. Um aluno brilhante e astro do time de futebol americano, era o típico rapaz da casa ao lado. Os pais, até mesmo os mais rigorosos, como o pai de Corinne, confiavam suas filhas a Robert. As melhores universidades cortejavam-no. Mas nem os pais nem os diretores das universidades sabiam da ocasião em que ele e seus amigos haviam se embriagado e se revezado com a pobre Margie Rittenhouse, uma garota obtusa, sempre ansiosa por agradar a todo mundo.

Mary podia agora vê-lo em sua imaginação, gabando-se do incidente, no churrasco de Doug Eastman, à beira do lago, no verão seguinte. Empoleirado na proa do novo barco *Sunfish*, de Doug, alto como Charlie, mas forte como um touro, com a aparência de um deus grego. Vestia apenas uma bermuda feita de um jeans desbotado — com as pernas cortadas —, exuberante como costumava acontecer com os meninos ricos mimados pela mãe, ao mesmo tempo insinuante e frio. Segurava uma garrafa da cerveja Rolling Rock numa das mãos, enquanto a outra apertava um seio imaginário. Corinne se afastara para buscar mais cerveja, e Robert reproduzia o estupro de Margie (pois fora isso mesmo, no fundo), em benefício da audiência maliciosa.

— Vocês deviam ver a cara que ela fez quando Toomey saiu — recordou ele, com uma risada desdenhosa.

Era evidente que não percebera a proximidade de Mary, bastante perto para ouvir a conversa, pois continuou:

— Ela suplicava por mais. Isso mesmo, *suplicava* por mais. Mas ele disse que não estava a fim de foder uma vaca.

— É mais provável que estivesse suplicando por misericórdia — interveio o gordo Wade Jewett, o rosto cheio de espinhas, o mais fiel dos aduladores de Robert. — Ouvi dizer que ela ficou na pior.

O sorriso desapareceu do rosto de Robert, tão abruptamente quanto uma frente fria que chegava pelo lago. Com uma descontração deliberada, ele virou-se para Wade, sarcástico.

— Você poderia ter visto tudo pessoalmente, Wade, se não preferisse ficar em casa tocando punheta.

Assim era Robert. Quente num momento, frio no seguinte. Como gelo, que podia fazer, com a mesma facilidade, que você escorregasse e fraturasse um osso ou levá-lo a deslizar em círculos inebriantes.

Mary sacudiu a cabeça para se desvencilhar da lembrança. Levantou os olhos para Charlie, que se virara na porta e a fitava com uma expressão pensativa.

— Robert? Newcombe telefonou para ele, pedindo uma declaração. — Charlie cerrou os dentes. A repulsa em seu rosto aprofundava ainda mais o sulco entre as sobrancelhas. — Sabe o que o desgraçado disse? "Isso é demais. Aquela maluca fez mesmo o que havia dito."

Mary deve ter tido um sobressalto de surpresa, porque Noelle abriu os olhos, retomando o acesso de choro que durava desde as cinco horas da manhã. Mary começou a chorar também. Eram soluços longos, que subiam das profundezas, como as criaturas afogadas, esquilos e guaxinins em particular, encontrados flutuando no lago, depois das fortes chuvas que se abatiam sobre Burns Lake a cada primavera, como uma praga bíblica. Até mesmo Charlie se sentia desorientado, sem saber como confortá-la. Ele continuou parado na porta, contrafeito, os punhos enfiados nos bolsos do blusão. Mary podia ver uma articulação esbranquiçada aparecendo na costura rasgada, como um osso numa fratura exposta.

Ela fez um esforço para se levantar, a mão em concha na cabeça da criança. Noelle entrara num frenesi, os gritos estridentes saindo em erupções curtas, pontuados por ofegos estrangulados. Mary pôs-se a andar de um lado para o outro, sentindo-se fraca de desespero.

— Calma, querida, calma... você vai ficar boa... — murmurou ela, as lágrimas escorrendo pelas faces.

Quando o marido se adiantou, para tirar a filha de seus braços, gentilmente, Mary se sentia cansada demais para protestar. E, observando-os, ela sentiu uma pontada no coração, pela imagem contra o pano de fundo da sala espartana, mobiliada com refugos, como uma casa de brinquedo: Noelle com o rostinho vermelho todo contraído, os cabelos pretos levantados, como um ponto de exclamação... e Charlie, com uma expressão de terna consternação no rosto que aparentava uma mistura de velhice e jovialidade. Não era muito diferente da expressão que ele exibia quando ajudava a mãe a ir para a cama, nas ocasiões em que Pauline estava bêbada demais para conseguir se deitar sozinha. Depois de vários minutos a andar pela sala, Charlie parou e pôs a mão na testa da filha.

— Ela está quente.

— Porque teve febre.

Mary aproximou-se de Charlie para demonstrar que pelo menos um dos dois tinha algum controle da situação, por mais tênue que fosse.

Uma hora antes, a temperatura da filha beirava os 38º. Mas, quando ela encostou a mão agora no rosto de Noelle, ficou evidente que houvera uma reviravolta drástica para pior.

Mary correu ao banheiro para pegar o termômetro. O banheiro fora acrescentado no início da década de 1930, quando haviam convertido o alojamento em moradia permanente. Em conseqüência, o chão era um pouco inclinado, no ponto em que os suportes tinham afundado na terra por baixo. Quando puxou o trinco do antiquado armário de remédios, Mary teve uma visão de seu reflexo, enviesado, no espelho manchado: olhos espiando de um rosto branco e abatido, como os rostos das pessoas que haviam sobrevivido a alguma terrível devastação e apareciam no noticiário da noite.

Contrafeito, Charlie ajeitou a filha, berrando de barriga virada para baixo, em seu colo. Mary abriu o macacão felpudo, tirou a calça plástica e a fralda. Ambos prenderam a respiração, enquanto a linha prateada no termômetro começava a subir. Depois de vários minutos, Mary suspendeu o termômetro contra a luz. O mercúrio subira para quase 40º.

— Ó Deus, ela está ardendo em febre! Temos de fazer alguma coisa, Charlie. Precisamos levá-la a um médico.

Mary correu para o canto do fogão, onde estava o berço de Noelle, junto do sofá-cama encaroçado em que dormiam. Pegou a manta de crochê que fora dada pela gentil esposa do senhorio. Frenética, tratou de envolver a criança com a manta.

Mas Charlie permanecia ao lado da porta, imóvel. Manchas vermelhas destacavam-se em suas faces.

— O aquecedor da picape não está funcionando. Ela... Ó Cristo, *todos* nós podemos congelar!

Ele não precisava lembrar que o médico mais próximo era em Schenectady, a vinte minutos de carro. Mas que outra opção tinham?

— Se ela ficar aqui, pode entrar em convulsão e *morrer*! — gritou Mary, a voz estridente, quase sem respirar.

Charlie pensou por um instante. Passou a mão pela cabeça, da frente para trás, como tinha o hábito de fazer quando seus cabelos eram compridos. As pontas ficaram eriçadas, como o pêlo liso de algum animal ágil, de corpo comprido. Seu rosto estava quase tão branco quanto a lâmpada sem proteção que pendia do teto. Depois, como se tomasse uma decisão, ele abriu a porta, abruptamente.

— Só há uma coisa a fazer.

Mary saiu atrás, apertando a filha nos braços. Uma ponta da manta arrastava na neve. Seu pânico diminuiu um pouco. Ela disse a si mesma: *Charlie vai pedir um carro emprestado... ou encontrará alguém para nos levar. Claro! Por que não pensei nisso?*

Os flocos de neve que haviam caído durante o dia inteiro pareciam turbilhonar. Na parte de sua mente que ainda funcionava, ela recordou vagamente o boletim meteorológico, informando que havia mais alguns centímetros para cair até o anoitecer. O problema era que ainda removiam a neve da tempestade que caíra dois dias antes. A neve com crostas de gelo empilhava-se contra a cerca. A lama nos sulcos do caminho havia congelado. Do outro lado do caminho, os cavalos com os pêlos hirsutos do inverno focinhavam a neve congelada, parecendo glacê de bolo, nas cercas do curral. A picape, uma Ford velha de 1959, outrora verde, mas agora da tonalidade indeterminada do musgo numa pedra, estava parada de frente para o trator, junto do estábulo. Charlie ajudou-a a entrar na cabine gelada. Deu a volta para o outro lado.

— Vamos levá-la para sua mãe — anunciou ele, sentando ao volante.

Sua respiração se transformava em vapor no ar frio, enquanto ligava a picape. Mary sentiu um sobressalto. Pegou o braço do marido.

— Não podemos — balbuciou ela, quase rangendo os dentes.

Charlie afastou a mão da mulher. Virou-se para olhar pela janela traseira.

— Sua mãe não é enfermeira?

Ele engrenou a picape em ré e deu a partida, com um solavanco.

— Enfermeira *aposentada*. Há anos que ela não trabalha, desde que papai ficou doente.

Ambos sabiam que isso não vinha ao caso. Mas a verdade era simplesmente terrível demais para se enfrentar.

— Ela não vai ajudar — acrescentou Mary. — Não quer ter qualquer relação comigo... ou com a criança. Por favor, Charlie. Podemos procurar *sua* mãe. Ela saberá o que fazer.

— Talvez. Se estiver sóbria.

Os músculos dos maxilares de Charlie tremeram, indicando que era melhor não falar muito a respeito do assunto. Momentos depois, os dois sacolejavam pelos buracos que assinalavam o fim da estrada. Os dentes de Mary batiam tanto que ela acabou mordendo a ponta da língua. Sentiu um fluxo de dor. Sugou as bochechas, experimentando o gosto de sangue.

— Isto é uma loucura. Já esqueceu o que aconteceu da última vez?

Na manhã de Natal, Noelle com apenas uma semana de vida, Mary telefonara para casa, num ímpeto de otimismo e espírito natalino. Os pais haviam tomado conhecimento do nascimento da criança, ela sabia, porque uma enfermeira do hospital comentara que uma certa sra. Quinn aparecera no berçário para espiar. Pelo telefone, no entanto, a mãe se limitara a ser polida. A fornalha não funcionava direito, informou ela, mas o sr. Wilson prometera que iria consertá-la na manhã seguinte, bem cedo. E não iam viajar de carro até Binghamton para jantar peru na casa de tia Stella. O pai não passava bem; ficara de cama durante a semana inteira, com uma tosse horrível. Trish também não podia falar ao telefone, informou ela; nem mesmo cavalos selvagens poderiam afastá-la de seu novo rádio transistorizado.

Depois de um ou dois minutos tensos, a mãe pedira licença para verificar como estava o pai. Era como se Noelle não existisse e a própria Mary fosse pouco mais do que uma lembrança distante. Pior do que se a mãe simplesmente desligasse, concluiu Mary, angustiada.

— Ela não pode nos ignorar desta vez.

Charlie apertava o volante com toda a força. Inclinou-se para limpar uma parte do pára-brisa embaçado.

Mary olhou ansiosa para o rosto avermelhado da filha, entre as dobras da manta. Milagrosamente, Noelle adormecera com o barulho da picape, avançando aos solavancos pela estrada sinuosa que levava à cidade. *Charlie tem razão*, pensou ela. Era a única opção racional. E a mãe não era totalmente insensível. Não se importava o suficiente para pelo menos dar uma olhada às escondidas na neta?

Oito quilômetros adiante, no ponto em que a rota 30A se juntava com a Rota 30, as casas começaram a aparecer: de madeira, grandes e quadradas, construídas nos anos 30, com gramados bem-cuidados e sebes de buxo aparadas. A casa onde Mary fora criada ficava na esquina da Larkspur com a Cardinal. Quase indistinguível das casas que a ladeavam, contava com a sombra de olmos e bordos copados. Tinha uma varanda comprida, estendendo-se por dois lados.

Quando Charlie parou em frente à casa, Mary foi envolvida por uma onda de nostalgia. Tudo ali era familiar, de uma maneira abençoada e inocente: a placa pintada à mão por cima da caixa de correspondência, os pica-paus cinzentos pairando acima dos recipientes com alpiste, o balanço na varanda, com suas lembranças de indolentes tardes de verão, passadas com um livro na mão e os pés por baixo do corpo. Ela notou, com uma palpitação seca, que a calha continuava solta, afastando-se do lado da casa, como uma sentinela cabeceando de sono. Era um dos projetos que o pai não conseguira realizar antes de cair doente.

Charlie inclinou-se e pôs a mão sobre a dela.

— Quer esperar aqui enquanto toco a campainha?

Mary tornou a olhar para Noelle, sentindo um aperto no coração.

— Não. Irei com você.

A mãe teria de ser um monstro para rejeitar a própria neta, doente como a criança estava.

Enquanto subia pelo caminho, a filha no colo e o braço de Charlie em torno de sua cintura, amparando-a, Mary forçou-se a manter a cabeça erguida. *Não estou pedindo nada para mim.*

Mesmo assim, enquanto aguardava na varanda, Mary sentia o coração batendo tão forte que tinha certeza de que podia ser ouvido através da porta de carvalho maciça, da mesma forma como ela podia escutar os passos leves e contidos da mãe.

A porta foi aberta. A mãe fitou-os, aturdida, como se tivesse sido interrompida no meio dos afazeres domésticos ou preparando o jantar.

Usava um avental sobre a calça comprida e o cardigã rosa. Mechas de cabelo, de um ruivo desbotado, saíam das travessas, por cima das têmporas. Embora ainda um tanto corpulenta, ela dava a impressão de que emagrecera havia pouco tempo. A carne começava a desaparecer do queixo quadrado e dos malares salientes. Os olhos azuis contraíram-se contra a claridade intensa do sol de inverno, como se há muito tempo ela não saísse de casa.

Ninguém disse nada naqueles segundos iniciais. As respirações pontuavam o ar gelado, enquanto se ouviam os retinidos dos pingentes caindo dos beirais. Depois, a mãe levou a mão ao peito estufado, exclamando:

— Pelo bom Deus, Mary Catherine! O que aconteceu com você?

Mary, que ao longo de 36 horas de trabalho de parto não chorara nem uma única vez pela ausência da mãe, por pura determinação, abriu a boca agora para dizer que uma mulher que não virasse as costas à própria filha saberia disso sem precisar ser informada. Mas, antes que pudesse falar qualquer coisa, ela desatou a chorar. Sentiu o braço de Charlie se contrair em torno de sua cintura.

— A criança está doente — murmurou ele.

Havia urgência em sua voz, mas nenhuma insinuação de súplica. Ele mantinha-se empertigado, fitando nos olhos a mãe de Mary, que naquele momento sentiu um enorme orgulho do marido.

Os olhos da mãe baixaram para o tufo de cabelos, espiando por cima da manta. Embora o rosto largo permanecesse impassível, ela parecia lutar com algum conflito interior. Depois, a boca se contraiu na linha familiar de desaprovação — como uma linha vermelha fina, pintada no lugar onde deveria haver um sorriso —, e ela deu um passo para o lado, a fim de deixá-los entrar.

— Não sei o que estavam pensando ao saírem de casa com um bebê neste estado. Deveriam ter telefonado. Passe a criança para mim. Ei, ela está ardendo em febre!

Mary sentiu que ficava inerte, como se a criança tirada de seus braços fosse a única coisa que a impedia de desmoronar. Enquanto subia a escada atrás da mãe, sentiu também que a casa a envolvia num abraço aconchegante e confortador. Até mesmo os cheiros familiares traziam recordações tão nítidas que quase podia tocá-las: tiras de toucinho em fileiras meticulosas sobre toalhas de papel encharcadas de gordura, lençóis secados no varal, a ponto de estalarem, gavetas fundas com a fragrância de lavanda seca.

Em seu antigo quarto, no alto da escada, que ela viu, com uma onda de alívio quase visceral, que continuava exatamente como o deixara, observou a mãe baixar a criança sonolenta devido à febre para a cama, com todo o cuidado. Mary ficou para trás, indecisa, como se fosse a mãe quem estivera no comando, durante, todo o tempo, e ela apenas reassumisse agora seu devido papel. Olhava a mãe se movimentando, decidida e deliberada, nos sapatos sem salto, o avental quadriculado com vários bolsos, para guardar moedas, botões e papéis de bala, que recuperava entre as almofadas do sofá e debaixo da cama.

A mãe removeu as camadas de manta e roupas, até que a menina ficou nua, em cima da colcha rosa. Noelle tinha agora os olhos arregalados, agitava os braços, o rosto contraído e vermelho, numa expressão de indignação. Mary adiantou-se, numa reação instintiva, com os braços estendidos. Mas a mãe, como sempre, estava um passo à sua frente. Pôs a mão sobre o peito de Noelle. No mesmo instante, a criança ficou quieta, parecendo sentir que alguém competente, alguém que sabia o que fazia, embora pudesse incomodar um pouco, finalmente pegava no volante daquele ônibus em disparada. Noelle fixou os olhos brilhantes na estranha que pairava acima de seu rosto.

— Mary Catherine, corra até a cozinha e pegue gelo — ordenou a mãe. — Temos de fazer a febre baixar.

Ela foi para o banheiro adjacente. Voltou, um momento depois, com toalhas, um pano de lavar o rosto, a bacia de plástico que ela usava para lavar na mão, o que chamava de roupas de baixo não mencionáveis.

Mary fez o que a mãe mandou. Não teria lhe ocorrido questionar o julgamento da mãe numa questão como aquela. Lá embaixo, na cozinha, enquanto enchia uma vasilha de Tupperware grande com gelo, seu único pensamento foi que *ela* deveria saber o que fazer. E se Noelle morresse por sua causa?

Trêmula de terror, ela ficou olhando para a prateleira por cima da mesa de fórmica amarela. Ali estavam os pratos de suvenir da mãe, como botões brilhando numa manga. Um momento passou antes que ela conseguisse voltar a respirar normalmente.

Nas semanas subseqüentes, ao recordar aquele dia, Mary perceberia, tão claramente quanto viu o caroço de abacate com palitos espetados num pote de geléia no peitoril da janela, a semente que se enraizara nela naquele instante, alimentada pela culpa, vergonha e pura exaustão. No fundo, já devia saber, enquanto subia a escada para seu quarto, que voltara para ficar.

Charlie também devia ter percebido. Mary podia sentir seu olhar ansioso a acompanhá-la, enquanto levava o gelo até a cama, tão obediente quanto na ocasião em que marchara para o altar da igreja de St. Vincent, a fim de receber a primeira comunhão.

Mary não ousava olhar para ele. Em vez disso, focalizava apenas a filha. Enquanto observava a mãe passar o pano mergulhado em água gelada pelo corpo febril de Noelle, ela se encolheu toda, como se estivesse sendo agredida. Recordou, minuciosamente, a mão da mãe em sua própria testa, enquanto deitava na cama, doente, ausente da escola. O ovo cozido e a torrada com manteiga, cortada em triângulos, levados numa bandeja. O sol entrando enviesado pelas venezianas abaixadas.

A mãe nem sempre fora assim. Mary lembrava do tempo em que o pai costumava se esgueirar por trás dela, na cozinha, afastava-a da pia, cantarolando alguma canção antiga que costumavam dançar. A mãe simulava irritação, batia nele com a mão suja de sabão e gritava:

— Pelo amor de Deus, Ted!

Mas depois ela começava a rir, e logo se punham a valsar pela cozinha, como se fosse o salão de baile do Starlite.

Mary recordou também o dia em que os pais descobriram que ela estava grávida. Todos haviam ido à missa de meio-dia na igreja de St. Vincent. Ela não comia nada desde a noite anterior. Desmaiara pouco depois das bênçãos da Eucaristia, quando estendia a língua para receber a hóstia. Ao recuperar os sentidos, deitada nos ladrilhos frios da sacristia, a mãe insistira em levá-la direto para o médico. Mary, sabendo muito bem qual era o problema, comprimira o rosto contra as dobras do melhor vestido dominical da mãe — que ela fizera pessoalmente, de piquê, azul-marinho, com guarnições brancas, o seu frescor contra o rosto da jovem, recendendo a lírios do vale — e chorara. Cristo poderia perdoá-la por seus pecados, ela sabia. Com o tempo, até o pai mudaria de posição. Para a mãe, no entanto, seria como se ela estivesse morta.

Fora o pai quem assinara o formulário de consentimento para que ela e Charlie pudessem casar. E a irmã caçula, Trish, ajudara-a a fazer as malas, em silêncio, os olhos inchados de tanto chorar. Mary não vira nem tivera notícias da mãe desde o dia em que saíra de casa, com cinco meses de gravidez, levando cinqüenta dólares no bolso.

Agora, parada no limiar de sua antiga vida, contemplando sua filha, rosada e brilhante como no momento em que nascera, Mary experimentava a sensação de que ela própria emergira, nua e cintilante, de algum lugar escuro e submerso.

Até a maneira como a mãe tirou a temperatura de Noelle, sacudindo o termômetro com um movimento brusco da mão, era tranqüilizadora. Quando ela suspendeu o termômetro para que os dois pudessem ver — a febre baixara quase dois graus —, até mesmo Charlie deixou escapar um sonoro suspiro de alívio.

Mary permitiu-se fitá-lo nesse momento. Charlie ainda usava a jaqueta de caçador Black Watch. Parado num lado da porta, sobressaía contra o papel de parede desbotado, com um padrão de flores. Parecia um viajante exausto que parara para descansar por algum tempo, antes de seguir viagem.

Os olhos intensos pareciam suplicar. E, apesar de tudo por que haviam passado, Mary ainda sentia a sensação de alguma coisa doce, livre e inocente. Pensou nas noites quentes de verão em que iam de carro até o lago. Certa ocasião, Charlie subira no teto do Impala do pai, puxando-a. Deitados lado a lado, contemplaram as estrelas, com Mary apontando as constelações. Ela era virgem, e Charlie sussurrara em seu ouvido que não queria que fosse no banco traseiro de um carro, quando o momento chegasse. Ela merecia melhor.

A primeira vez fora naquele quarto, na própria cama onde sua filha agora deitava. Numa manhã de domingo, Mary pedira dispensa da ida à igreja, simulando uma dor de cabeça. Charlie se esgueirara para seu quarto depois que todos saíram. Mary podia lembrar como fora maravilhoso, nem um pouco doloroso, mas adorável e puro como um batismo. Sentira uma pressão do desejo impelindo-a para Charlie.

— Uma coisa, com certeza, você não vai levar de volta para o frio. Pode fazer o que quiser, Mary Catherine, mas esta criança fica aqui.

A voz da mãe saiu firme e incisiva, às suas costas. Mary não precisava se virar para saber que a mãe tinha os lábios comprimidos e os braços cruzados sobre o peito.

O convite, mesmo velado, era claro: Mary e a criança eram bem-vindas, podiam ficar. Mas não Charlie. Ele adiantou-se no mesmo instante, os olhos faiscando, a voz cuidadosamente controlada:

— Obrigado, sra. Quinn. Agradeço-lhe tudo que fez. Se acha que Noelle precisa ficar aqui por mais algum tempo, não vou discutir. Mas há um berço aconchegante esperando por ela em nossa casa. Ela estará bem lá.

A mãe não respondeu. Nem mesmo olhou para ele. Em vez disso, fitava Mary, como se dissesse: *Você agiu errado, mas ainda é minha filha. Não é tarde demais para endireitar esta situação.*

Mary envolveu a criança com a tolha e levantou-a da cama. Eram exatamente seis passos até a porta, onde Charlie esperava, na maior expectativa; ela já contara muitas vezes. Seis passos entre ela e a liberdade. O problema era que não tinha mais certeza do lado em que ficava a liberdade.

Outrora acreditara que a encontraria com Charlie. Mas isso fora antes de conhecer a realidade de cuidar de um bebê. Antes de saber como era ser pobre. Antes de ser obrigada a abandonar a escola. Antes...

Corinne se matou.

Com os olhos, ela implorava a Charlie que entendesse. Por que tinha de ser tão difícil? Ela o amava. Deus sabia quanto o amava. Mas, de certa forma, não era suficiente. Pois essa era a verdade oculta, a cobra de brincadeira que salta da falsa lata de amendoins, o pano de fundo de todos aqueles romances sentimentais que tanto gostava de ler, dos filmes em que os abraços dos apaixonados desaparecem no escuro, antes de a desilusão prevalecer. O amor não paga o aluguel. Não impede o vento de assobiar entre as frestas nas paredes de madeira nem evita que as contas se acumulem na caixa de correspondência.

— Como está papai? — perguntou Mary, desesperada, para ganhar tempo, antes da terrível opção que teria de fazer.

— Tem seus dias bons e seus dias ruins.

A mãe deu de ombros e inclinou-se para alisar a cama. Nesse instante, Mary percebeu um lampejo de algo tão profundo quanto o amor que sentia por Charlie. E viu o medo também. O pai não estava tão bem quanto gostaria que todos acreditassem.

— Mary...

Charlie fitava-a com uma expressão firme e insistente.

— E Trish? Ela passou naquela prova de álgebra de que tinha tanto medo?

Mary fechou os olhos, bloqueando a vista do marido.

— Acho que um C menos é melhor do que levar com um espeto no olho.

A mãe não perguntou como ela soubera da prova. E Mary não falou sobre as conversas furtivas com Trish, que usava o dinheiro ganho como babá para ligar de telefones públicos. As lágrimas escorreram das pálpebras fechadas de Mary.

— Já sabe que Corinne Lundquist se suicidou, mamãe? Foi ontem à noite. Acabei de saber.

Ela ouviu o grito de espanto da mãe.

— Corinne? Ó Deus! Por que ela faria isso?

Era preciso muita coisa para deixar Doris Quinn espantada, mas aquilo conseguiu. Mary abriu os olhos para deparar com a mãe completamente imóvel à sua frente, os pés um pouco separados, como se estivesse preparada para o golpe iminente.

— Eu bem que gostaria de saber...

Mas, de certa forma, Mary sabia. Compreendia muito bem como uma garota de 17 anos podia ficar sem esperança, como podia se tornar bastante desesperada para...

— Mary, você vem comigo ou não?

Charlie falou em um tom incisivo, mas os olhos suplicavam.

Por um longo momento, Mary não disse nada. Até Noelle ficou quieta, para variar. Mary balançava a cabeça, as lágrimas escorrendo pelo rosto, sabendo que, para qualquer lado que se virasse, não poderia mais voltar atrás.

Ao final, foi o pai quem a levou a tomar sua decisão. Do quarto no outro lado do corredor, ela ouviu-o chamar, a voz fraca:

— É você, Mary Catherine?

Mary levantou os olhos angustiados para o marido.

— Sinto muito, Charlie.

Não havia necessidade de dizer mais nada. Não havia necessidade de explicações ou mentiras inofensivas sobre o tempo que ela pretendia ficar. O que estava escrito no próprio rosto ela viu refletido no terrível desespero de Charlie.

Ele não suplicaria, Mary sabia. Tinha orgulho demais. Limitou-se a fitá-la, em silêncio, a garganta em movimento. Quando finalmente falou, parecia à beira das lágrimas:

— Tornarei a procurá-la dentro de um ou dois dias, está bem? Conversaremos então.

Mary acenou com a cabeça em concordância. Mas ambos sabiam que cada dia que ela permanecesse sob aquele teto seria mais uma pá de cal sobre o caixão da vida que haviam imaginado, com total insensatez, que poderiam construir juntos.

Ainda assim, escutando os passos pesados de Charlie na escada, ela teve vontade de correr em seu encalço, assegurar que voltaria... dentro de um ou dois dias, logo que a filha estivesse bem. Assim que ela tivesse descansado (no momento, Mary tinha a sensação de que poderia dormir direto durante um ano inteiro). E teria mesmo ido atrás de Charlie, apesar de tudo, se soubesse naquele momento o que lhe estava reservado: que passaria os trinta anos seguintes, quase o dobro de toda a sua vida até aquele instante, correndo atrás de Charlie em sua imaginação, descendo interminavelmente aquela escada, sem jamais chegar ao fundo, sempre em busca do sonho do que a vida em comum poderia ter sido.

Burns Lake, 1999

Capítulo Um

Noelle ensaiara por dias o que diria, as palavras exatas que a libertariam. Não apenas do casamento, mas também do sentimento de obrigação, que agora encarava como algo absurdo, igual ao anel de diamante que puxava fios em suéteres e meias-calças e que ultimamente, porque emagrecera bastante, costumava virar no dedo. Certa ocasião, quando passava loção na perna, até se cortara por causa disso. Um corte mínimo, é verdade, mas mesmo assim sangrara.

Agora, porém, cara a cara com o marido, nenhuma daquelas frases ensaiadas com tanto cuidado aflorou em sua mente. Só o fato puro e concreto.

— Não vou com você, Robert. — Ela falou tão calmamente quanto podia, o coração batendo forte, como tijolos sendo largados de uma grande altura, um a um. — Para ser franca, não voltarei mais para casa.

Os dois estavam parados na frente da casa de sua avó, onde ela passara as três últimas semanas, desde que Nana voltara do hospital. Mas Noelle ficara sem desculpas. Além disso, tinha de pensar também em Emma. A filha merecia saber a verdade.

— Não diga bobagem. Claro que voltará — disse Robert, a voz firme, como se estivesse se dirigindo a um empregado que saíra da linha. Ele olhou irritado para o relógio. — Agora vá buscar suas coisas. Já deveria ter arrumado tudo.

— Ouviu o que eu disse? Está me escutando? — Noelle sentiu um súbito pânico, como se a qualquer momento pudesse ser sugada pelo redemoinho da insistência do marido. — Sei que deveria ser apenas temporário, mas... mudei de idéia.

Robert deu um passo para trás, a fim de observá-la, cauteloso, uma pequena insinuação de incerteza afetando o exterior perfeito e impecável. Ele estava de costas para a sebe de buxos, um homem forte, com seus quarenta e poucos anos, parecendo mais alto do que seu 1,80 m, cabelos castanhos abundantes, caindo sobre a testa, reminiscente de JFK, e olhos azul-claros, que pareciam irradiar um calor frio, como o sol refletido em seu Audi 100 prateado, estacionado a poucos passos de distância. Vestia uma calça cáqui, uma camisa azul engomada, aberta no pescoço, as mangas enroladas sobre os antebraços musculosos. Contudo, havia uma impressão artificial, como se ele visasse apenas a exibir uma aparência relaxada e informal, características que ninguém que o conhecesse bem jamais poderia associar a Robert Van Doren. Até mesmo os cabelos grisalhos nas têmporas pareciam obra de um hábil maquiador.

Ele tinha uma das mãos no bolso, a outra fechada em torno do chaveiro. Noelle observou-o flexionar o punho várias vezes, as articulações dos dedos se contraindo, se afrouxando, se contraindo. O tique no olho direito, que ele conseguia controlar durante a maior parte do tempo, era evidente agora. Fazia-a pensar no rabo de um gato em movimento... um lembrete de que nunca se sabia direito o que esperar de Robert. Era assim que ele mantinha o controle sobre amigos e inimigos, deixando-os atordoados, sem qualquer equilíbrio.

— Não pode estar falando sério. — Um sorriso contraiu os cantos dos lábios de Robert, mas desapareceu no mesmo instante. — É uma brincadeira, não é?

Noelle respirou fundo, com a sensação de que engolira alguma coisa que não queria descer. O calor abafado de julho parecia pressioná-la, como se fosse um punho suado.

— Mais tarde, é claro, terei minha própria casa. Mas, por enquanto, acho melhor Emma e eu ficarmos aqui.

Houve um instante de silêncio, em que os únicos sons eram o zumbido dos insetos e o barulho de um irrigador em alguma casa próxima. Depois, Robert perguntou:

— É por causa de Jeanine? Ainda está me punindo por isso? Já disse que não tenho mais nada com ela. Foi apenas uma vez. Um erro. Um erro lamentável.

Ele estava mentindo, é claro. Noelle podia perceber em seus olhos. Já a enganava muito antes que ela descobrisse. Era quase banal o suficiente para fazê-la rir: um caso vulgar com uma secretária de 22 anos. Mas ela não estivera uma vez na mesma situação? Uma jovem recém-saída da faculdade, deslumbrada com o chefe lindo, muito mais velho. De qualquer forma, Jeanine não era mais o problema. Era apenas a desculpa de que Noelle precisava para se libertar. De uma estranha maneira, até se sentia agradecida a Jeanine.

— Não é apenas Jeanine.

— Tudo estava bem antes.

— Para você, é possível.

Não era apenas o casamento. Era a casa em Ramsey Terrace, a criada filipina que trabalhava quatro dias por semana. Era o *country club* e os chás da Junior League, os comitês e as campanhas de levantamento de recursos, as rodadas intermináveis de coquetéis e jantares.

— Foi a velha que colocou essa idéia na sua cabeça? — indagou Robert, os olhos se contraindo.

— Nana nada teve a ver com isso. — Era verdade que a avó jamais gostara de Robert, mas era antiquada em relação ao casamento. — Ao contrário, ela disse que eu deveria ter uma conversa esclarecedora com você antes de tomar uma decisão.

— Mas parece que já tomou sua decisão.

Noelle engoliu em seco.

— Tem razão. Já tomei.

Ela baixou o olhar para a sombra comprida, que dividia o caminho de carro em duas metades. O sol do final da tarde projetava listras de tigre pelo gramado adiante. O calor do verão era sufocante. Os passarinhos faziam a maior algazarra no comedouro, e Noelle percebeu, pelo canto dos olhos, o brilho de um cardeal. Quando tornou a levantar os olhos para Robert, ficou chocada ao descobrir que ele tinha lágrimas nos olhos.

— Ó Jesus... — Ele deixou escapar o som de um assobio através dos dentes. — Como a situação pôde chegar a este ponto, Noelle?

Isso mesmo, como? Quando, oito anos antes, seu primeiro pensamento ao acordar, todas as manhãs, era o seguinte: *Como tive tanta sorte?* Como a tímida e magricela Noelle Jeffers, ainda virgem aos 21 anos, conseguira atrair a atenção de seu chefe tão atraente? Um homem que poderia ter sido um artista de cinema, por todas as especulações sussurradas no escritório, por todos os corações que batiam mais depressa quando ele se aproximava. Ainda podia recordar, com toda a nitidez, a primeira vez em que Robert parara para lhe falar. Seu coração disparara, ficara com a língua presa, com a certeza de que bancara a tola. Dois dias depois, no entanto, ele a convidara para jantar.

— Não sei. Talvez tenhamos começado da maneira errada. Eu era muito jovem...

Noelle descobrira que apresentar desculpas era muito mais fácil do que atribuir culpas.

— Não começamos da maneira errada. Apenas cometi uma estupidez. Foi só isso.

— Não o estou punindo, Robert.

Talvez ela devesse isso a Jeanine. Afinal, não devem ter sido fáceis para ele aqueles primeiros anos, vivendo com uma bêbada. Mas isso era irrelevante.

— É mesmo? Mas é o que parece.

Lá estava de novo, a irritação ameaçadora e angustiante, como a lata enferrujada que se destaca num canteiro de flores bem-cuidado.

— Não posso evitar.

Em sua mente, ela ouviu a voz incisiva de Penny Cuthbertson, sua terapeuta em Hazelden: *Lembre-se, Noelle, de que é muito mais difícil recuperar o poder do que mantê-lo em primeiro lugar.*

Mas Noelle não podia se recordar de uma única ocasião em que tomara uma posição firme contra Robert. Desde o início, ele estivera no comando. Primeiro, como seu chefe; depois, como seu marido. Ela queria que a cerimônia de casamento fosse na igreja de St. Vincent, mas Robert insistira que fosse um evento suntuoso, ao ar livre, no *country club*. E, quando ela engravidara de Emma, Robert não a deixara nem chegar perto do velho e gentil dr. Matthews, que cuidara dela praticamente desde que era bebê. (E não importava que o obstetra caríssimo em Schenectady estivesse esquiando em Aspen na ocasião em que ela entrara em trabalho de parto.) Mesmo quando seu problema com o álcool se agravara tanto que não podia mais esconder, Robert assumira tudo. Conhecia alguém no conselho de Hazelden, um antigo colega em Stanford. Horas depois, havia um quarto à sua disposição.

Mas agora era *ela* quem assumia o comando, e Robert não se sentia nem um pouco satisfeito por isso. Noelle quase que podia sentir o abalo sísmico ocorrendo na mente do marido. E, quando Robert avançou em sua direção, ela automaticamente deu um passo para trás, saindo do caminho para o gramado. Em oito anos de casamento, Robert nunca levantara a mão contra ela. Mas Noelle tinha medo, por razões que não podia determinar. Compreendia agora que sempre tivera um pouco de medo do marido. Talvez fosse por isso que nunca ousara desafiá-lo; não queria saber do que ele era capaz.

A mão que Robert levantou, no entanto, foi conciliadora.

— Por favor, Noelle. Se não se importa com o que isso fará comigo, conosco, pelo menos pense em Emma.

Sua voz era baixa, persuasiva. Ela sentiu o calor da indignação.

— Não ouse envolver Emma no que está acontecendo. Não é justo.

— E é justo separar uma família?

Subitamente, Noelle sentiu-se cansada. A cabeça começara a latejar.

— Vamos considerar que há um empate, está bem? Não sou eu. Não é você. É tudo. Talvez Jeanine tenha sido apenas a gota d'água.

— Não é tarde demais. Podemos começar de novo.

Ela sacudiu a cabeça em negativa.

— Você sabe que não fui feita para esse estilo de vida, Robert. Todas essas festas e comitês. Acho que gritaria se tivesse de escutar Althea Whitehead mencionar mais uma vez seu chalé para a temporada de esqui em Telluride.

Noelle não acrescentou que suas colegas de escola, com as quais praticamente fora criada, também não se sentiam à vontade diante de sua posição como sra. Van Doren. Ao longo dos anos, elas haviam se afastado, uma a uma.

Robert lançou-lhe um olhar fulminante.

— Como acha que meu pai construiu tudo que temos? Trabalhando das nove às cinco, como os preguiçosos que batem o cartão de ponto? Ele oferecia festas, participava de organizações, convidava as pessoas certas para jantar. Não é diferente agora. Acha que eu teria conseguido o contrato para a construção do Cranberry Mall se não soubesse o *handicap* no golfe de Carl Devlin ou que Reese Braithwaite prefere os Habana Gold Sterlings aos Excaliburs hondurenhos?

— Pare com isso. — Noelle tapou os ouvidos. — Por favor, pare.

Robert calou-se abruptamente. Começou a esfregar o rosto; a mão não parecia muito firme. A expressão era de derrota.

— Por Deus, Noelle, o que você quer de mim? Que eu fique de quatro e suplique?

Noelle pensou por um momento. O que exatamente queria do marido? E, de repente, ela soube.

— Quero o divórcio.

Ele contraiu os lábios. Avaliou, desconfiado, aquela criatura nova, talvez perigosa, que tomara o lugar de sua esposa submissa. Ao falar, abandonou toda e qualquer pretensão de persuasão. A voz saiu ríspida, com uma fúria controlada.

— Faça o que quiser — disse ele, apontando um dedo —, mas não pense, por um minuto sequer, que a deixarei ficar com Emma. Lutarei com você, Noelle. Farei tudo que for preciso.

Ele se adiantou, os rostos separados apenas alguns centímetros. A pálpebra direita piscava, incontrolável. Noelle pensou em Dorian Gray, um homem bonito cujo rosto verdadeiro, oculto no sótão, era monstruoso.

— Acha que qualquer juiz, em sua sã consciência, poderia lhe dar a custódia? — acrescentou Robert. — A uma mulher que todos sabem que é uma alcoólatra?

Noelle sentiu o sangue se esvair do rosto. Ele estava tão perto que dava para ver os cabelos nas narinas do nariz aristocrático perfeito, a pequena cicatriz no queixo, onde o irmão mais velho o acertara acidentalmente com um bastão de hóquei, quando Robert tinha 10 anos. E aqueles olhos, de um azul bem claro, com uma borda preta em torno da pupila, que pareciam fitá-la fixamente como um husky siberiano... Por um momento, ela teve certeza de que o marido a agrediria.

E sentiu um ímpeto de raiva, fria e revigorante. Teve de recorrer a todo o seu controle para não revidar, para não lembrar que havia seis anos que não bebia, enquanto fazia menos de seis meses que o surpreendera nos braços de outra mulher. Uma reação furiosa proporcionaria a Robert o que ele queria: a batalha para a qual estava muito mais bem preparado do que Noelle. Em vez disso, ela tentou argumentar:

— Só a estaria usando para me atingir... e sei que não faria isso com Emma. É um bom pai, Robert. Continuaria a vê-la. Podemos encontrar a melhor solução nesse ponto.

Por um longo momento, ele manteve o rosto impassível. E, de repente, deu a impressão de que desabava por dentro. Piscou, balançou sobre os calcanhares. O punho que segurava o chaveiro abriu-se lentamente. Olhou para a palma da mão, quase espantado. Mesmo da posição em que se encontrava, Noelle podia ver os vergões vermelhos em sua mão, as marcas das chaves.

— Você tem razão. Peço desculpas, Noelle. Não imagina como lamento tudo.

Ele cobriu o rosto e começou a chorar, baixinho. Noelle nunca o vira chorar, não daquele jeito. Ficou tão aturdida que tocou de leve em seu braço, num gesto de compaixão. Quando levantou a cabeça, Robert mostrou os olhos claros injetados, a angústia estampada no rosto, numa expressão de auto-aversão.

— A culpa é toda minha. Estraguei tudo. Tem todo o direito de me odiar.

— Não o odeio — murmurou Noelle, com um aperto na garganta.

Ele fitou-a com uma expressão desolada e suplicante.

— Posso lhe pedir apenas um favor? Seria capaz de me dar pelo menos uma coisa?

Noelle esperou em silêncio, sem confiar no marido.

— Jante comigo amanhã. Reservarei uma mesa no Stone Mill. Conversaremos sobre Emma, sobre o que é melhor para ela. Como você disse, somos seus pais, nós dois. Nada jamais poderá mudar isso.

Noelle hesitou. Não duvidava de que ele gostava realmente de Emma. E, se era tão sincero quanto parecia, ela devia à filha a aceitação do convite. Ao mesmo tempo, uma voz interior sussurrava: *É uma armadilha. Não caia nela.*

Mas isso era um absurdo, ela disse a si mesma. Que mal podia haver em dois adultos civilizados sentando à mesa para conversar? Estariam num lugar público; e, se a situação se tornasse desagradável, poderia ir embora. Além do mais, Robert era cuidadoso demais para se arriscar a um vexame.

Os advogados servem para isso, insistiu a voz. *Acredita sinceramente que ele lhe dará o que está querendo?*

Talvez não. Mas ainda era muito cedo para que os advogados entrassem em ação. Como poderia prejudicá-la apenas o fato de ouvir o que ele tinha a dizer? Noelle estudou o rosto do marido, à procura de alguma indicação, por menor que fosse, de que era uma armação. Mas viu apenas um apelo sincero, angustiado. Mesmo assim, foi com grande relutância que se viu respondendo:

— Verei se tia Trish pode ficar com Emma. Nana ainda não se recuperou por completo.

Robert ofereceu um sorriso abatido.

— Virei buscá-la por volta das sete horas. Combinado?

— Não. Prefiro me encontrar com você no restaurante.

Se eu for em meu carro, pelo menos terei como escapar. Por algum motivo, o pensamento não foi capaz de dissipar suas apreensões.

O Stone Mill, situado na rota 30, a cerca de oito quilômetros ao norte da cidade, era o restaurante a que Robert a levara no primeiro encontro. Ao longo dos anos, haviam comido ali com freqüência.

Embora preferisse sua cozinha à do *country club*, Noelle achava os dois lugares suntuosos. Ao parar no estacionamento arborizado, ela viu a variedade habitual de carros de luxo, do último modelo, os ornamentos no capô faiscando como troféus em miniatura ao brilho das luzes fortes que se destacavam entre as glicínias, na entrada do restaurante.

Ao entrar no vestíbulo, o zumbido das conversas flutuou ao seu redor. Ela correu os olhos à sua volta, vendo as paredes de pedra e os tetos com vigas à mostra, iluminadas pelas velas. Acenou com a cabeça para um casal mais velho, sentado a uma mesa perto do local do *maître*, um homem corpulento e grisalho com a esposa, igualmente corpulenta. Pareciam vagamente familiares. De onde ela os conhecia? Robert teria se irritado por seu esquecimento, pensou ela.

Avistou-o a uma mesa junto da janela. Ele viu-a ao mesmo tempo Levantou e foi se esgueirando entre as mesas, em sua direção. Contra a vontade, Noelle não pôde deixar de achá-lo muito bonito. O terno cinza-escuro, sob medida, envolvia o corpo musculoso como uma luva. Os cabelos castanhos brilhavam em manchas douradas e prateadas quando ele passou por baixo de uma luz. E ela não era a única que o notava. Cabeças se viraram para acompanhar seus passos. Olhos piscaram de admiração e inveja.

Por um breve instante, Noelle experimentou a mesma sensação do primeiro encontro: privilegiada apenas por estar na companhia de um homem assim. Como se também fosse banhada pelo brilho que Robert irradiava.

Mas sabia o que os outros ignoravam: que o charme encantador podia se apagar de repente, tão abruptamente como se fosse acionado por um interruptor, substituído pela frieza silenciosa ou por uma torrente de críticas. O vestido dela era muito curto ou muito comprido. Pusera maquiagem demais. Falara demais na festa da noite anterior ou não se mostrara bastante animada. E, pelo amor de Deus, será que ela não podia fazer alguma coisa com os cabelos?

— Como está a costeleta hoje, Grant?

Robert parou para cumprimentar o prefeito, Grant Iverson, batendo de leve em seu ombro, num gesto de familiaridade jovial, que não passou despercebido pelos outros clientes que observavam a cena. Iverson e sua esposa loura, Nancy, muito magra, fitaram-no radiantes, os sorrisos fazendo um esforço para incluir Noelle.

— Malpassada, do jeito que eu gosto.

O prefeito riu, um homem corpulento, de cinqüenta e poucos anos, as bochechas cheias se contraindo num sorriso de muitos dentes, que fizeram Noelle lembrar do Leão Medroso de *O Mágico de Oz*. Ele acenou com a cabeça em sua direção.

— É um prazer vê-la de novo, Noelle. Robert me disse que passou algum tempo acamada.

— Na verdade, foi minha avó...

Mas o prefeito já se virava de novo para Robert. Baixou a voz para dizer, de homem para homem:

— Saiu para comemorar, hein? Você é mesmo incrível. Conseguiu o que queria.

Robert deu de ombros, modesto.

— Podia ter tomado outro rumo.

— Podia coisa nenhuma!

Iverson piscou, efusivo. Nancy levantou o copo. As unhas vermelhas, de pontas quadradas, cintilavam contra a tonalidade mais escura do vinho. Nos velhos tempos, Noelle tomava uma garrafa inteira daquele vinho para suportar uma noite como aquela.

— Ao homem do dia.

Noelle fixou um sorriso, como se soubesse do que estavam falando. Era evidente que algum negócio fora concluído com sucesso. Com Robert, havia sempre um negócio em andamento, que dependia de relacionamentos antigos com homens como Iverson. Diga-se de passagem que Iverson não estaria sentado ali — ou, pelo menos, não à custa da polpuda verba de representação da prefeitura — sem o apoio dos Van Doren.

Ao sentarem à mesa, ela olhou pela janela, vendo a água iluminada deslizar sob o moinho. Podia ver seu reflexo no copo: olhos fundos, o rosto de ossos salientes cercado por uma nuvem de cabelos pretos, que pareciam fluir para a escuridão adiante. Noelle fez uma pequena oração: *Deus, ajude-me a passar por isso.*

— Do que estavam falando? — indagou ela, exibindo o que esperava ser uma expressão agradavelmente neutra.

— A nova auto-estrada. O projeto foi aprovado esta tarde em Albany. Vinte milhões de dólares em recursos estaduais, com incentivos fiscais para as ligações locais.

Robert sorriu triunfante.

— Meus parabéns.

Noelle não precisava perguntar para saber que a saída de Burns Lake seria junto do centro comercial que ele estava construindo.

— Iverson está no paraíso dos porcos só de pensar em todos aqueles incentivos fiscais. Olhe só para ele.

Ela percebeu o tom de desdém pelo homem que Robert saudara momentos antes na maior cordialidade, com um tapinha no ombro.

Noelle se perguntou qual seria a reação do pai dela. Por respeito a ela, o pai se mantivera bastante comedido nas matérias do *Register* sobre a Van Doren & Sons. Mas o tipo de progresso da família — que demolia prédios históricos, construía condomínios à beira do lago e centros comerciais onde antes havia áreas de mata virgem — há anos o enfurecia, como ela sabia muito bem. Seu divórcio seria o pretexto de que o pai precisava para começar a disparar com os dois canos da espingarda.

O garçom apareceu, um jovem esguio, os cabelos louros tão curtos que dava para ver os contornos do crânio. Ambos pediram o habitual: Pepsi *diet* para ela, *scotch* com soda para Robert.

Enquanto esperavam as bebidas, Robert inclinou-se sobre a mesa e pegou a mão de Noelle.

— Eu gostaria de pedir champanhe, mas beber sozinho nunca é a mesma coisa.

Ela franziu o rosto. Retirou a mão para ajeitar o guardanapo. Por que Robert parecia nostálgico em relação ao tempo em que ela bebia? Ele a carregara para a cama vezes demais, naquela época, para ter qualquer prazer com a recordação. E por que agia como se a conversa do dia anterior não tivesse ocorrido? Noelle forçou-se a sustentar o olhar do marido.

— Emma perguntou esta manhã por quanto tempo mais ficaríamos na casa de Nana. Eu disse a verdade, que não voltaríamos para casa.

O sorriso desapareceu do rosto de Robert. Ele pegou a faca ao lado do prato e examinou-a distraído. Reflexos de luz faiscavam na lâmina polida.

— E o que ela disse?

— Ficou com medo de que você se zangasse.

Noelle sentiu um aperto na garganta ao se lembrar da filha de cinco anos fitando-a confusa, os olhos azuis cheios de lágrimas. Robert fitou-a nos olhos.

— Por Deus, Noelle, o que você esperava? Pensou que eu ficaria feliz?

Ela hesitou, antes de responder.

— Não, claro que não. Mas é realmente uma grande mudança? Quase não o víamos mais.

— O que está querendo sugerir?

— Não estou sugerindo nada.

Robert fitou-a com fúria por mais um instante, depois deixou escapar um suspiro.

— Muito bem, você tem razão nesse ponto. Sei que quase não tive tempo para a família ultimamente. Entre o centro comercial e Sandy Creek... você sabe como são essas coisas. — Ele abriu os braços, num gesto de impotência. — Tem toda a razão. Eu deveria dar mais atenção a você e Emma. Neste caso, talvez não precisasse sofrer tamanho golpe para me lembrar do que importa de fato.

A tosca humildade era quase repulsiva em sua insinceridade. Noelle absteve-se de indagar quanto desse tempo fora passado com Jeanine. Limitou-se a perguntar, com frieza:

— Por que não conversamos logo sobre Emma?

Robert recostou-se na cadeira, claramente contrariado por ela não estar caindo em sua encenação de arrependimento.

— Em que você estava pensando?

— O que acha de duas noites por semana e um final de semana a cada quinzena?

— Seria ótimo... para você.

Robert mostrou os dentes, num sorriso sem qualquer humor. Noelle estremeceu, como se fosse atingida por uma súbita rajada de vento frio. Quando as bebidas foram servidas, ela não foi capaz de pegar o copo gelado. Em vez disso, tomou coragem para dizer:

— Sei que, em algum momento, teremos de conversar com os advogados. Mas achei que seria melhor, por enquanto...

Ela baixou os olhos para a vela, tremeluzindo no castiçal de vidro vermelho. Lembrava do tempo em que era pequena, orando na igreja. Sua prece nunca variava: que um dia a mãe estivesse presente para pô-la na cama todas as noites, não apenas nas raras ocasiões em que Mary aparecia. Não era assim com ela e Emma. Noelle sentiu uma pontada de angústia ao pensar em se separar da filha, mesmo que fosse por uma única noite.

— Você tem razão sobre os advogados... ainda é muito cedo para isso. Portanto, acho que não me resta qualquer opção. Se quero ter alguma chance de reconquistá-la, preciso concordar.

A expressão de Robert era suave, ponderada. Noelle deve ter se demonstrado surpresa, porque ele soltou uma risada breve, sem qualquer humor, para depois acrescentar:

— Tinha medo de que eu fizesse um vexame? Ora, querida, você devia me conhecer melhor.

— Digamos apenas que você esteja acostumado a impor sua vontade.

Não era um insulto. Robert orgulhava-se do fato.

— Não tenho a menor intenção de me esquivar da responsabilidade por você e nossa filha.

Ele levou o copo com *scotch* à boca, fitando-a acima da borda. Noelle sentiu o pescoço e o rosto arderem. Dinheiro era uma questão delicada para ela, até porque não tinha nenhum. Às vezes pensava que fora mais feliz quando era adolescente, trabalhando durante o verão e os feriados escolares no *Register*. Mas de que adiantaram as grandes esperanças de uma carreira no jornalismo, quando tudo que tinha para mostrar era alguma colaboração em revistas de que ninguém jamais ouvira falar?

— Você sempre foi generoso.

Pelo menos nesse ponto ela não estava dourando a pílula.

— Você é a mãe de minha filha. Nada jamais poderá mudar isso. — Robert pegou o cardápio. — Vamos pedir agora... ou depois que você verificar como está Emma?

Ela hesitou, sem saber como responder. Seria alguma espécie de teste? Noelle irritava-se com a idéia de que tinha de provar qualquer coisa em relação à sua maternidade. Por outro lado, Robert acostumara-se ao fato de que ela era superprotetora... o legado da negligência afável de sua própria mãe, Noelle supunha.

— Tia Trish está tomando conta de Emma. Tenho certeza de que não há qualquer problema.

— Também tenho.

Mas a semente fora plantada. Depois de um momento, Noelle começou a se sentir irrequieta.

— Não faria mal algum... apenas um telefonema rápido para desejar boa-noite.

Ela pediu licença para ir fazer a ligação. Foi a avó quem atendeu. Nana informou que Trish e Emma estavam absorvidas num apaixonado jogo do burro. Emma, é claro, só iria para a cama depois da hora, mas tia Trish era sempre assim. Noelle não pôde deixar de sorrir. Sob certos aspectos, a tia era tão criança quanto Emma.

Quando ela voltou à mesa, Robert já estava no segundo copo de *scotch* com soda. Noelle ainda não tomara a Pepsi. Então estendeu a mão para beber.

— Eu deveria ter poupado a moeda. — Ela tomou um gole do refrigerante. — Emma estava ocupada demais para falar ao telefone. Parece que minha tia a converteu numa viciada no baralho.

— É uma criança inteligente.

— Às vezes inteligente demais para o seu próprio bem.

Noelle lembrou como Emma, quando tinha apenas três anos, encontrara uma maneira de alcançar o balcão da cozinha, onde ficava o pote com biscoitos feitos em casa: abrindo a porta do forno para usar como degrau.

— Ela dá muito trabalho para Nana neste momento.

— Conhecendo sua avó, sei que ela seria a última a admiti-lo. — Robert riu. — Por falar nisso, qual é a última palavra do bom doutor?

Noelle sentiu uma pontada de irritação, não gostando do tom com que ele se referia a Hank Reynolds... como se um médico do interior estivesse abaixo de sua consideração.

— Ela está tão bem quanto se pode esperar.

Noelle não informara o marido sobre a decisão da avó de recusar qualquer tratamento adicional. Robert não entenderia... e provavelmente não se importaria.

Vários minutos depois, outro garçom, pálido, de meia-idade, com um penteado elaborado para esconder uma calvície avançada, apareceu para anotar os pedidos. Enquanto examinava o cardápio, na claridade difusa, Noelle viu as letras tremerem e se misturarem. Piscou, fazendo um esforço para focalizar. De repente, sentiu-se tonta, como se estivesse embriagada. Uma onda de pânico invadiu-a, uma reação de reflexo dos anos em que uma noite era pouco mais do que uma desculpa para se embriagar.

— Tudo certo com você, querida?

O rosto de Robert assomava perto do seu.

— *Certo como a chuva.*

Uma das expressões prediletas de Nana, sem sentido, que aflorou de repente. O que havia de certo na chuva? Era fria e estragava tudo; e deixava seus cabelos frisados. Ela começou a rir, incontrolável, levando a mão à boca.

Robert fitava-a com a mesma expressão paciente e sofredora lembrada dos tempos antigos. Mas havia alguma coisa diferente agora, algo que ela não podia determinar. Distraída, ela esfregou o braço, recordando a pressão firme da mão de Robert em seu cotovelo, as mil e uma vezes em que ele a levara para fora de um restaurante ou festa, ao mesmo tempo sorrindo e falando como se não houvesse nada fora do normal.

— Tem certeza, Noelle? Está muito pálida.

A sala girava. Ela teve de segurar a mesa para não cair da cadeira.

— Deve ter sido alguma coisa que comi.

Mas almoçara horas antes e não comera nada desde então.

— Ou isso, ou pegou uma virose. Metade dos meus operários está de cama com gripe.

Ele pôs a mão sobre a de Noelle, e desta vez ela não se desvencilhou. A sala girava devagar, como um carrossel num sonho.

— Eu a levarei para casa. Acha que pode chegar ao carro?

— Eu... acho que sim.

Mas, quando Noelle levantou, o chão balançou sob seus pés. Ela tornou a arriar na cadeira. Inclinou-se para a frente e sussurrou, veemente:

— Qual é o problema, Robert? O que está acontecendo comigo?

— Vai ficar bem. Só precisa ir para casa, mais nada.

Ela balançou a cabeça, que parecia um balão na extremidade de um barbante. Ocorreu-lhe que já ouvira aquelas palavras antes. Era exatamente o que Robert costumava dizer quando ela ficava bêbada demais para ir embora sozinha. Só que não tomara uma única gota de álcool.

Ele pôs alguma coisa no meu refrigerante.

Em algum canto de sua mente, uma campainha de alarme começou a tocar. Noelle abriu a boca para pedir ajuda, mas já era tarde demais. A sala parecia se comprimir sobre ela, como se a visse através de uma lente que se estreitava rapidamente. A luz também se desvanecia depressa, deixando apenas um cinza aveludado, com pontos de luz estrelados. A última coisa que Noelle viu, enquanto resvalava da cadeira para o chão, foi a expressão de repulsa muito familiar no rosto do pálido garçom de meia-idade.

Capítulo Dois

— Mary, temos a *van* do Canal Dois parada aqui na frente, a CNN na porta e uma mulher com a cabeça na pia gritando que seus cabelos estão pegando fogo.

O celular chiava devido à interferência. A voz de Brittany soava intermitente, como o canto distante de algum passarinho frenético. Mary permitiu-se um momento de pânico. Mas sua voz estava calma quando disse:

— Pode impedir que eles entrem, Brit? Cinco minutos é tudo que peço. Estou na Park com a 59, e parece que o tráfego vai finalmente se mover.

— Darei um jeito. — A risada cínica de Brittany soou sem qualquer interferência. — Ei, acabo de ver o *Post* de amanhã: *SOCIALITE* PROCESSA SALÃO DE BELEZA. Que publicidade!

— Morda a língua.

Mary desligou e guardou o celular na enorme bolsa Prada. Meio quarteirão adiante, o semáforo ficou vermelho. Inclinando-se para a frente, ela gritou por cima do barulho do rádio, sintonizado no jogo dos Yankees:

— Motorista, pode me deixar na esquina. Seguirei a pé pelo resto do caminho.

Correr era mais provável, mas essa não era a história de sua vida? O salão ficava na Madison com a 61... um quarteirão grande e dois pequenos. Se os semáforos fossem favoráveis, chegaria em menos tempo do que o taxista precisaria para descobrir se Mike Stanton conseguiria tirar Sammy Sosa do jogo no terceiro lançamento.

Ela contornava a esquina da Madison, ofegando com dificuldade e torcendo para que seu desodorante agüentasse firme, quando avistou a *van* de reportagem do Canal 2. O coração disparado levou-a pela última dezena de metros no que pareceu ser um único salto.

Ernesto Garmendia era o estilista mais quente da cidade, o predileto do momento. Mary já conseguira participações para ele em segmentos de *Today* e *Live with Regis and Kathie Lee*. Mas a publicidade negativa daquele incidente poderia transformá-lo num pária... pelo que *ela* seria considerada responsável, em última análise. Afinal, fora de Mary a idéia brilhante de comemorar a inauguração da filial suburbana de seu elegante salão no SoHo, Ne Plus Ultra, com uma "*hair-a-thon*", uma maratona de corte de cabelo, durante o dia inteiro, para quem quisesse doar duzentos dólares para a unidade pediátrica de queimados do St. Bartholomew. Mary conseguira que Petrossian fornecesse caviar e *blinis*, enquanto Sokolin & Co. entrara com o champanhe. Havia até um prêmio especial: dois ingressos para o concerto de Andreas Schiff no Carnegie Hall.

Estava tudo acertado, com a data determinada em sua agenda. Dois dias antes, no entanto, um escritor que era seu cliente, em excursão para promover sua biografia pouco lisonjeira de Elvis Presley, chegara a Memphis para encontrar dezenas de fãs furiosos do cantor fazendo piquete na frente da loja em que fora marcada uma tarde de autógrafos. Várias emissoras de TV haviam cancelado sua cobertura. Mary tivera de voar no último minuto para acalmar o cliente e contornar os problemas com os produtores de TV. Depois, houvera um atraso no vôo de volta. Assim, ela desembarcara no aeroporto JFK menos de uma hora antes do evento de Ernesto. Agora acontecia aquilo...

Na entrada com um tapete vermelho, Mary passou pela aglomeração de repórteres e *paparazzi*, reunidos na expectativa das celebridades que deveriam chegar a qualquer momento. Em circunstâncias normais, Mary tinha de suplicar e adular aquelas pessoas para cobrirem um evento. Agora, sua assistente, montando guarda diante da porta de vidro, tentava evitar a entrada e se esquivar às perguntas dos repórteres. Brittany sobressaía como uma tocha no meio da multidão agitada, as faces pálidas coradas e os cabelos ruivos flamejando, ao clarão dos *flashes* e dos refletores das emissoras de TV. Quando avistou Mary, abrindo caminho pela multidão, sua expressão de intenso alívio dizia tudo: os fuzileiros chegaram.

Mary fixou uma expressão jovial no rosto. Levantou a mão para os repórteres e gritou, na maior cordialidade:

— Sejam pacientes, por favor! Só dois minutos! Eu prometo!

Ela virou-se para sua assistente, cujo rosto jovem e bonito exibia o brilho do desespero, e sussurrou, veementemente:

— Controle-os por mais algum tempo. Vou descobrir o que está acontecendo.

Lá dentro, Mary deparou com uma cena que teria considerado muito engraçada se a visse num filme. Uma mulher gorda, de meia-idade, era o centro das atenções no elegante salão decorado ao estilo Luís XV, os cabelos úmidos escorrendo para o quimono preto e curto, apertado na cintura ampla. Ela gritava, estridente, a plenos pulmões.

— Chamam isso de permanente? Tenho queimaduras de terceiro grau no couro cabeludo! Conheço advogados que processam por muito menos. Terão notícias minhas muito em breve, não se enganem!

Ela sacudiu uma garra vermelha para a equipe, alinhada, imóvel, na frente de uma série de espelhos barrocos, com molduras douradas.

Mary lançou um olhar rápido para Ernesto, que fazia o melhor que podia para acalmar a mulher, mas obviamente se encontrava prestes a perder o controle. Seu nariz fino tremia, e uma das mãos pousava no quadril estreito, projetado numa posição que era quase insolente.

— *Señora*, o que diz é... *impossível*. Nunca, mas nunca mesmo, uma coisa assim aconteceria em meu salão!

Mary sentiu um novo fluxo de adrenalina. Se aquela tempestade não fosse controlada, *imediatamente*, os cabelos da mulher não seriam a única coisa queimada. No final, Ernesto teria sorte se lhe sobrasse uma única cliente; e quanto à conta... ora, Mary poderia esquecê-la para sempre.

Mas vinte anos em relações públicas haviam lhe ensinado algumas coisas, todas as quais podiam ser resumidas numa única regra empírica: num mundo onde a Lei de Murphy prevalece, esteja preparada para todas as emergências, em todas as ocasiões.

Ela se virou para a jovem que cuidava da mesa do bufê e ordenou, incisiva:

— Leve um pouco dessa comida para os repórteres lá na frente. E volte para buscar mais, se for necessário.

A jovem, uma loura esguia, lançou um olhar nervoso para Mary. Pegou, no mesmo instante, bandejas de *blinis* e de aspargos envoltos por *prosciutto* e se encaminhou para a porta.

Enquanto a matilha voraz lá fora era apaziguada, Mary avançou para a cliente furiosa. De uma forma polida, mas insistente, levou-a para um canto do salão.

— Creio que não tive o prazer. — Ela sorriu, efusiva, estendendo a mão. — Mary Quinn. Da Quinn Communications.

— Eu... hã... Harriet Gordon.

Aturdida, a mulher não teve outro jeito senão apertar a mão estendida. Mas os olhos pequenos, quase juntos, permaneceram desconfiados. Os cabelos louros, esticados como penas molhadas, lembravam uma expressão antiga: mais furiosa do que galinha molhada.

Mary levou-a para um canto relativamente sossegado, em que um pequeno sofá dourado, estofado com veludo verde-garrafa, estava espremido ao lado de uma cristaleira antiga, exibindo produtos para os cabelos.

— Não tenho palavras para dizer quanto lamento tudo que aconteceu. Vamos compensá-la, é claro.

— Não sei como. — A indignação de Harriet Gordon, momentaneamente desviada, mais uma vez beirava a explosão. — O dinheiro não vai me comprar cabelos novos, não é? Veja você mesma! Ficaram completamente arruinados!

Ela arrancou um tufo úmido, estendendo-o para inspeção. *O dinheiro também não vai lhe comprar credibilidade*, pensou Mary. Duvidava de que a mulher tivesse sofrido qualquer coisa pior do que uma ligeira sensação de queimadura. Harriet Gordon, o instinto lhe dizia, fazia aquela cena por saber que naquele dia, entre todos os dias, poderia escapar impune. Em algum momento de sua vida infeliz, alguém cometera uma terrível injustiça contra ela, e agora o mundo inteiro teria de pagar.

Mary conhecia a situação. A lembrança da mãe aflorou em sua mente. Doris teria um dia cheio com algo assim. Só que com ela não haveria meio de compensar, nada seria suficiente para satisfazê-la.

— Tem absoluta razão em estar transtornada. — Mary bateu de leve no braço da mulher, num gesto de compreensão. — Mas creio que é do interesse de todos manter o incidente tão discreto quanto possível, não concorda?

Harriet Gordon fitou-a com uma expressão cautelosa.

— Não sei como isso poderia me beneficiar. Aqueles repórteres lá fora deveriam ser informados do que está acontecendo aqui. As pessoas precisam ser *alertadas*.

Mary sentiu o pânico aumentar. Ofereceu um sorriso no mesmo instante, para encobri-lo.

— Harriet... Posso chamá-la de Harriet? Trabalho em relações públicas. E, pode ter certeza, se há uma coisa que conheço é a imprensa. Ernesto não é o único que ficaria mal nesta ocasião. Eu não ficaria nem um pouco surpresa se um daqueles repórteres ansiosos lá fora a acusasse de roubar os remédios de uma criança pobre e doente.

Ela balançou a cabeça, como se demonstrasse repulsa por essa tática indigna. A mulher ficou boquiaberta.

— Ora, entre tudo...

— Sabe como as coisas podem ser distorcidas, já que se trata de um evento de caridade — acrescentou Mary, às pressas. — Todos nós investimos muito, não apenas para tornar o salão um sucesso, mas também para ajudar aquelas crianças do St. Bartholomew. Sabia que muitas delas não têm onde morar? É mesmo trágico. Devemos fazer tudo que pudermos para ajudar.

Harriet fechou a boca bruscamente. Piscou várias vezes, numa rápida sucessão, antes de espiar atentamente para Mary, como se quisesse ter certeza de que os olhos não a enganavam. Com uma satisfação evidente, ela limpou a garganta.

— Bem, quando você expõe a situação dessa maneira... — murmurou ela, com muito menos veemência.

Rapidamente, antes que a mulher pudesse mudar de idéia, Mary tirou um cartão de visita da bolsa.

— Ligue para o meu escritório na segunda-feira. Conversaremos então, está bem?

Era um sábado. Ela teria o resto do fim de semana para encontrar alguma espécie de compensação... talvez ingressos gratuitos, para a *première* de um filme?

Mesmo assim, só depois que acompanhou Harriet Furacão até a porta, carregada de produtos gratuitos, é que Mary deixou escapar um suspiro de alívio. O momento não poderia ter sido mais conveniente. No instante em que a abominável mulher saiu para a calçada, uma limusine preta parou em frente ao salão. Atraída pela promessa de uma celebridade, os repórteres passaram correndo por Harriet para cercar a limusine.

Dentro do salão, a orquestra de secadores de cabelo recomeçara a tocar. Por cima dos zumbidos furiosos, Mary pôde ouvir Ernesto desabafando em voz alta para alguém, em espanhol. Duas mulheres, sentadas diante de espelhos, riam como se todo o evento fosse apenas um esquete encenado em benefício delas. Uma rolha de champanhe estourou. Lindas jovens, com blusas de seda azul e calças pretas que terminavam acima dos tornozelos, começaram a circular com bandejas de champanhe e caviar.

Horas mais tarde, quando Mary finalmente voltou para casa, depois de presentear sua exausta assistente com um jantar no Jojo's, sentia-se tão esgotada que mal conseguia enxergar. Largou a bolsa na mesa ao lado da porta, olhou para a secretária eletrônica, a luz vermelha piscando, como faria com um pequeno animal que pudesse mordê-la. Não suportava a perspectiva da voz de Simon, impregnada de ruídos, ligando de algum aeroporto. Ou escutar mais um cliente reclamar de tudo que ela deveria fazer e que, supostamente, não fazia. Até mesmo uma ligação de seu contador, avisando que o recolhimento trimestral de impostos não a levaria à falência, no final das contas, teria sido demais para digerir.

Mary atravessou o vestíbulo e a sala de estar, mal olhando para a vista espetacular do East River, de seu apartamento de cobertura no 34° andar. No quarto, tirou o terninho de linho e a blusa de seda, a meia-calça, o sutiã e a calcinha. Deixou tudo empilhado no carpete, como se fossem degraus para a cama enorme, em que se deitou, para mergulhar imediatamente num sono profundo.

Parecia que não haviam passado mais do que um ou dois minutos quando ela foi despertada pelo telefone, com um sobressalto. Tateou para atender, olhando para o relógio na mesinha-de-cabeceira. Seis e meia. Pelo amor de Deus, quem teria a desfaçatez de acordá-la tão cedo, num domingo? Simon? Ela sentiu um ímpeto de expectativa, antes de lembrar que o namorado fora para Seattle, onde era ainda mais cedo. Além do mais, ele não era do tipo de gestos improvisados. Simon era consultor de investimentos de grandes empresas; isso, por si só, dizia tudo.

Ela levantou o fone.

— Alô?

— É você, Mary Catherine?

A mãe era a única pessoa que ainda a chamava pelo nome completo. Mary sentou na cama, puxando o lençol para os seios descobertos. Doris não aprovaria que a filha dormisse nua, pensou ela. Não que ela tivesse como saber. E, com certeza, não era para se exibir. Mary não podia se lembrar da última vez que Simon passara a noite ali; ele estava sempre viajando, em Boston... ou Chicago... ou San Francisco.

— Quem mais poderia ser?

Mary não foi capaz de evitar a irritação na voz. Não era típico da mãe? Passava semanas sem ligar, nem mesmo para agradecer as rosas em seu aniversário. E, de repente, sem o menor aviso, entrava em cena. *Sem dúvida esperando me surpreender no ato de condenar minha alma imortal ao inferno.* Como se ela já não estivesse condenada por toda a eternidade.

— Não há necessidade de ser ríspida. Não é um telefonema social.

Apesar da repreensão, a voz de Doris não era incisiva e mordaz, como de hábito. Ela parecia velha e cansada.

Mary arrependeu-se no mesmo instante. A mãe podia ser uma chata, mas vinha sofrendo muito ultimamente... duas cirurgias só no último mês, para não mencionar a quimioterapia e a radioterapia. Devia haver alguma coisa errada. Por que outro motivo ela ligaria àquela hora? Mary ficou alerta no mesmo instante.

— Desculpe, mamãe. Você me acordou de um sono profundo, só isso. O que aconteceu?

Mary sentia o coração bater mais depressa. Ouvia o tênue suspiro de sua respiração. Depois, a mãe disse, a voz fraca e desolada:

— Eu estou bem. O problema é com sua filha... Noelle.

Como se ela precisasse ser lembrada do nome da filha.

— Ela está bem, não é?

Mary ficou tensa, apertando o lençol em torno do corpo. Talvez fosse pela criação católica, mas havia uma parte dela que ainda vivia no medo constante de que a filha lhe fosse tirada... como punição por ter sido uma péssima mãe. Houve uma breve pausa. Depois, Doris comunicou, com uma angústia evidente:

— É melhor você vir para cá. Ela apagou no sofá.

Mary respirou fundo, atordoada, como se o colchão tivesse sido arrancado debaixo do seu corpo.

— Quer dizer que ela está de porre?

— Isso não é tudo. — Doris hesitou. — Emma foi embora. Robert levou-a na noite passada, quando trouxe Noelle. Largou-a na porta, como uma coisa imprestável.

Mary estremeceu, como se o ar-condicionado estivesse ligado durante toda a noite. Mas o quarto estava quente, abafado, prometendo outro dia com a temperatura beirando os 30º.

— Estou indo para aí... assim que me vestir.

Ela se levantou, procurando às cegas pelos chinelos. Ainda nem começara a clarear, mas o dia já começava a mudar, passando do que poderia ter sido para o que era, uma situação pela qual teria de navegar com extremo cuidado.

— Guie com cuidado — advertiu Doris. — Não precisamos que sofra um acidente, além de todo o resto.

Não, não haveríamos de querer isso, pensou Mary, com uma pontada da antiga amargura. *Já não causei sofrimento suficiente?* Trinta anos haviam transcorrido, mas Mary ainda sentia, quando falava com a mãe, a persistência de uma dívida eterna e impagável. Cansada, ela prometeu:

— Não se preocupe. Não passarei do limite de velocidade.

Que diferença poderia fazer? Burns Lake ficava a três horas de viagem, para o norte. Mesmo que ela guiasse como o vento, era provável que Noelle ainda estivesse dormindo quando chegasse.

A questão era a seguinte: o que aconteceria depois? Uma ressaca seria o menor dos problemas da filha. Mary sabia de sua decisão de se separar de Robert, e aquilo não contribuiria em nada para tornar as coisas mais fáceis. E se ele não tivesse a intenção de devolver Emma? Uma semente dura de medo formou-se no fundo do estômago de Mary.

Ela cambaleou para o banheiro. Abriu o chuveiro. Ao entrar debaixo da água fumegante, sentia um frio tão intenso que nenhum calor poderia dissipar. Não sabia em que ia se meter, mas tinha o pressentimento de que seria muito mais do que podia imaginar.

Mary atravessou a ponte da Primeira avenida para a rodovia Interestadual 87. Guiou no mesmo ritmo durante duas horas e meia, até alcançar a saída para a rota 23. Vinte minutos mais tarde, passou para a 145. Quatro pistas foram substituídas por duas, e cabines de pedágio e paradas para descanso deram lugar a colinas suaves e pastagens ensolaradas, onde vacas e cavalos pastavam. As pequenas cidades pareciam se misturar, cada uma quase indistinguível da seguinte. Athens. South Cairo. Cairo. Cooksburg. Ruas principais margeadas por prédios de tijolos, entremeados de mansões vitorianas outrora grandiosas e igrejas de campanário branco, que pareciam ter sido feitas com a mesma planta.

Até mesmo as pessoas pareciam iguais, de uma cidade para outra: homens e mulheres indiferentes à moda atual, enquanto seguiam para a igreja ou para seu restaurante ou lanchonete prediletos. Pessoas idosas tomando café na varanda. Ao passar por Preston Hollow, sorriu à visão de um menino sardento pescando de uma ponte de madeira bem no centro da cidade.

Num posto de gasolina, ao norte de Livingstonville, em que parou para encher o tanque, um homem barrigudo e grisalho, de macacão, com um vira-lata em seus calcanhares, perguntou se ela queria verificar o óleo. Tomada de surpresa, Mary concordou, embora o Lexus tivesse passado por uma revisão completa na semana anterior. Ao sair da cidade grande, onde essas cortesias haviam desaparecido muitos e muitos anos antes, ela sempre precisava de um dia ou dois para se ajustar ao fato de que o tempo, naquela parte do mundo, não estava exatamente parado, mas tinha um ritmo diferente.

O conhecimento era, ao mesmo tempo, confortador e inquietante. Porque o ritmo mais lento apenas parecia realçar quanto *ela* mudara. Mary tinha certeza de que, se esbarrasse com seu eu adolescente andando pela rua, mal reconheceria a garota. *Eu era jovem demais*, pensou ela. Empenhada em recuperar o tempo perdido, com um bebê no quadril, enquanto suas amigas desfilavam com livros e mochilas pelos *campi* universitários. Levantava ao amanhecer para lavar fraldas sujas, depois de uma noite estudando logaritmos e Longfellow, fórmulas moleculares e Melville. E sempre, sempre, havia sua mãe.

Pensara que voltar para casa era a solução, mas acabara apenas trocando um conjunto de problemas por outro. *Você deveria ter ouvido Charlie*, uma voz sussurrou, palavras que ao longo dos anos haviam se transformado num refrão. Ele acreditava, estava convencido de que, se persistissem, a família incipiente haveria de sobreviver.

Charlie... Mesmo depois de tantos anos, pensar nele ainda provocava uma pontada de pesar. Suas lembranças, em vez de se tornarem esmaecidas, pareciam de alguma forma ter se cristalizado. Charlie, no dia do casamento, em seu terno malfeito, radiante como se tivesse ganhado um grande prêmio. Charlie, aninhando nos braços a filha, minutos depois do nascimento, com lágrimas de gratidão escorrendo pelas faces.

Uma lembrança em particular destacava-se do resto. Ela nunca saberia se acontecera na noite em que Noelle fora concebida, mas optava por acreditar que sim. Sem nenhuma outra razão senão o fato de que fazia sentido que algo tão maravilhoso resultasse na filha. Mary deixou a mente vaguear de volta àquela noite quente de primavera, encontrando com facilidade o caminho, usado tantas vezes que até já tinha um sulco. Viu-se correndo descalça pela margem do regato, ao luar, para se encontrar com Charlie. Tinha o coração na garganta, porque sabia muito bem o que ia acontecer. A mesma coisa que acontecera duas vezes antes: a primeira em seu quarto, quando a família estava na igreja, e a segunda no banco traseiro do carro de Charlie. Só que desta vez foi diferente. Talvez fosse pelo luar ou talvez fosse pela expressão no rosto de Charlie, de um amor tão puro que ela ansiara por engarrafá-lo... para ser como um perfume, usando uma gota de cada vez. *Ele nunca vai me magoar*, pensara ela. *Não importa o que aconteça, sempre posso contar com isso.*

Charlie estendera uma manta velha, que trouxera na mala do carro, sob um salgueiro-chorão, que os protegia como uma tenda de renda verde. Uma tênue claridade derramava-se entre os galhos pendentes, salpicando a areia de moedas de dólar. Mary tremia quando ele a puxara para seus braços. Mas os beijos de Charlie eram quentes, o ar povoado pelo coaxar das rãs, que pareciam oferecer sua aprovação em coro. Mary não podia se lembrar de qualquer dos dois tirando a roupa; na memória, estavam sempre nus, Adão e Eva surgindo do barro. Charlie, uma longa lâmina prateada ao luar, alisara os arrepios dos braços e pernas tremendo de Mary. E ela estendera os braços, para fazê-lo saber que não tremia de medo. Embora não soubesse na ocasião, a emoção que a preenchia, como o bater de mil asas, era o desejo. Não como a chama de breve duração que tremeluzira nas duas vezes anteriores, mas uma urgência total, para a qual ela não tinha um nome.

Charlie, como se sentisse, não se apressou. Beijara-a até deixá-la com a boca sensível e inchada, antes de estender a mão para acariciá-la entre as pernas. Mary sabia de orgasmos pelos livros devorados sob as cobertas, à noite, com a ajuda de uma lanterna — *O Amante de Lady Chatterley* fora um deles — e experimentara diretamente o que acontecia com os meninos. Mas ela própria nunca alcançara o orgasmo, a menos que fosse algo que ocorrera sem que soubesse. Na visão da Igreja Católica, era um pecado sequer se tocar.

Contudo, à medida que Charlie continuara a acariciá-la, as chamas foram se tornando mais e mais altas. E Mary se descobrira a erguer o corpo, na maior ansiedade, ao encontro de sua mão. A boca entreaberta e a garganta ardendo, do ar sugado para esfriar o crescente calor. Mal tinha noção da rigidez de Charlie comprimida contra seu corpo. No momento, o universo inteiro estava contido naquele ponto incandescente entre suas pernas. E, depois, ela gritava, enquanto Charlie arremetia com intensidade, até que tudo começara a se dissolver, uma mancha indistinta como a paisagem pela janela de um carro em alta velocidade, e ela... ela estava... não podia haver mais qualquer dúvida... ó Deus... tendo um orgasmo.

Depois, ela arriara na manta, tão inerte quanto uma pessoa se afogando que acabara de ser salva do regato.

— Como... como você sabia? — conseguira balbuciar.

Charlie apertara-a com tanta força que ela o imaginara com a marca de seu corpo nu, como se fosse uma impressão digital sobressaindo numa janela.

— Eu simplesmente sabia — sussurrara ele.

E essa era a essência de Charlie. De alguma forma, ele sabia. Sempre soubera o que era certo para Mary... embora às vezes ela não o escutasse.

A estrada à sua frente se tornou turva. Mary removeu uma lágrima do olho. Não se sentia assim, com toda a certeza, em relação a Simon. Também não fora inspirada ao auge da paixão pelos homens por que se apaixonara e desapaixonara ao longo dos anos. Disse a si mesma que o primeiro amor é sempre o mais doce — se por acaso se conhecessem em outro momento de suas vidas, teria sido diferente —, mas sabia que não era bem assim. Charlie era mesmo diferente. Era especial. Por vezes incontáveis, desde então, ela especulara sobre como seria sua vida se tivesse feito uma opção diferente naquele dia de inverno do passado distante.

Tinha a intenção de voltar, é claro, em dois ou três dias. Mas, sem que soubesse como, os dias foram se transformando em semanas, e as semanas em meses. A mãe, embora rápida em bancar a mártir, cuidara da criança, enquanto ela obtinha os créditos necessários para se formar. Quando aceitara um emprego de meio expediente na Hollywood Dress

Shop, Mary dissera a si mesma que era apenas para guardar um pouco de dinheiro, a fim de que Charlie não precisasse ficar morto de cansaço, trabalhando sessenta horas por semana. Ainda se encontravam, em particular nos fins de semana, mas quase nunca a sós. Doris recusava-se a cuidar da criança para que eles pudessem passar duas ou três horas juntos. Não tinha o suficiente para fazer no resto do tempo, cuidando de um bebê e de um marido doente ainda por cima?

Mary não tinha forças para argumentar. Sentia-se uma devedora. Além disso, havia sempre um preço a pagar com sua mãe, e nada lhe restara para dar. Por isso, ela e Charlie sentavam na sala, brincando com a filha. Doris os vigiava, enfiando a cabeça pela sala de vez em quando, como se procurasse por alguma coisa fora do lugar.

A maior parte da conversa dos dois era sobre Noelle. Como estava crescendo, como aprendera a se virar, os ruídos que emitia e pareciam palavras. Charlie nunca falava sobre a solidão que sentia. Nem precisava. Estava estampada em seu rosto: orgulho, mágoa e desejo, tudo dentro do mesmo pacote, de cantos angulosos. Ele não suplicaria, Mary sabia. Mary precisaria querê-lo o suficiente para voltar por sua própria iniciativa.

Ao final, porém, ela não tivera coragem.

Mary recordou nitidamente o dia em que soubera que ele estava saindo com outra. Seis meses depois de sua volta para a casa dos pais, Charlie mudara para uma enorme casa vitoriana, partilhada com duas mulheres e três outros homens. Não houvera nada romântico com Sally, não a princípio. Ou pelo menos fora essa a história de Charlie, e ela acreditara. Afinal, estavam na Era de Aquário. Pessoas dos dois sexos moravam juntas, até partilhavam a mesma cama, sem pensar a que isso poderia levar. Mas lá estava Charlie, solitário, sem saber o que fazer com sua vida. Mais tarde, ao recordar a situação, Mary concluíra que era inevitável que ele e Sally se tornassem amantes. Mas o golpe quase a sufocara. Era como se uma porta antes aberta, mesmo que apenas por uma fresta, tivesse se fechado para sempre.

O caso durara menos de um ano. Mas, quando acabara, Mary e Charlie já haviam se divorciado. Depois, na primavera de 1973, seu pai morrera. Não se falara mais em sua saída da casa depois disso; simplesmente, presumia-se que ela continuaria ali. Mary tinha o sentimento inquietante de que, se fosse embora, estaria roubando a mãe em algo fundamental. Pois, embora Doris se queixasse do trabalho extra, com freqüência e amargura, a queda em desgraça de Mary lhe proporcionara uma coisa quase tão preciosa quanto a neta que adorava: uma cruz para carregar.

Mary estava tão absorvida em seus pensamentos que quase perdeu a entrada para Burns Lake. Quase sem olhar pelo espelho retrovisor, para a estrada vazia por trás, ela deu uma guinada para o desvio. Enquanto contornava a curva para a rota 30, foi recebida por uma colcha de retalhos formada por milharais, unidos pelo regato, que parecia uma linha serpenteando entre as plantações. Ao longo do horizonte, colinas baixas e verdes sustentavam um punhado de nuvens, num céu tão azul que não se podia contemplar sem contrair os olhos. Minutos depois, as rodas do Lexus passaram aos solavancos pela ponte de madeira que atravessava o regato, permitindo o acesso à cidade. A pouco mais de um quilômetro à frente, onde a estrada fazia uma curva, como um braço chamando, ficava a encosta íngreme que levava à Main Street.

O lar, pensou ela... o que quer que isso signifique.

Ela baixou a janela, não tanto pela brisa quanto para os cheiros e sons agradáveis, associados em sua mente de uma forma indelével a Burns Lake. O cheiro da grama recém-cortada e da alfafa seca, que provocava cócegas no nariz; o zumbido dos insetos e o ruído suave dos irrigadores. Ao passar pela Flower Mill, à esquerda, ela sentiu a fragrância das roseiras envoltas por sacos de juta, alinhadas na estufa, como fileiras brilhantes de velas de aniversário. Um caminhão rural carregado de fardos de feno subia a ladeira à sua frente, chiando, derramando fragmentos de palha em sua esteira, como confete. Ao chegar ao alto da Main Street, uma vista familiar recebeu-a: Elmer Driscoll, de 80 anos, em seu uniforme da Segunda Guerra Mundial, de sentinela no Lar dos Aposentados Golden Meadow e batendo continência quando ela passou.

O sol se elevara por cima das copas das árvores, e a agulha de latão da torre da igreja de St. Vincent, mais alta do que todo o resto, faiscava como se tivesse sido instalada naquele momento. Mary atravessou lentamente a cidade. Passou pelo prédio da Legião Americana, com a bandeira tremulando altiva, e o canhão da Guerra de Secessão, que servira como cavalo de brincadeira para gerações de crianças. Nos dois lados, prédios de alvenaria adquiriam uma fugaz majestade à luz radiante da manhã. Na praça da cidade, a estátua de bronze do horticulturista Luther Burbank, criador da batata Burbank, que havia décadas era a colheita principal da região, olhava sereno de seu pedestal, os cabelos e a barba manchados de branco pelos passarinhos que faziam ninho em cima das árvores.

No parque, o *playground* permanecia silencioso àquela hora. Com um aumento da ansiedade, Mary pensou na neta. Em suas raras visitas a Burns Lake, era para aquele lugar que levava Emma. A neta adorava em particular o forte de madeira, com seus escorregadores e balanços de pneu. Sempre que Mary tentava desviá-la para o que Emma chamava, desdenhosa, de escorregadores "de bebê", a menina apontava para o maior e declarava, firme:

— Quero descer *naquele*, vovó.

Mary sentiu uma pressão no peito... como se também estivesse equilibrada à beira de alguma coisa íngreme. O que deveria fazer em relação a Noelle? A conselheira da filha em Hazelden advertira-a contra interferências, ressaltando que os alcoólatras precisavam enfrentar as conseqüências de seu comportamento; era a única esperança de se tornarem sóbrios. Mas isso significava que deveria ficar de braços cruzados, deixando que a filha única cometesse um lento suicídio?

Ela suspirou ao entrar na Bridge Road, mergulhando na depressão profunda da sombra projetada pela armação da ponte ferroviária. Por que a maternidade tinha de ser tão complicada? Não era apenas aquela situação crítica. Era toda uma história, longa e acidentada. Talvez tudo tivesse começado quando Noelle era bebê e Doris assumira o papel de sua mãe. Ou a mudança para Manhattan, quando Noelle tinha 10 anos, o que causara um amargo ressentimento na filha. Qualquer que fosse o motivo, nunca haviam sido o que se poderia chamar de íntimas. Mantinham um bom relacionamento, é verdade. Mas íntimas? Não, não eram.

Mary virou à esquerda, na Larkspur Lane, onde o verão já se instalara definitivamente, mesmo no início de julho. As árvores formavam um dossel verde sobre a rua, as cravinas e marias-sem-vergonha espalhavam-se pelas calçadas e caminhos das casas. Ipoméias subiam pelas grades das varandas, para onde haviam sido arrastados sofás e poltronas, a fim de aproveitar qualquer brisa que soprasse. O ar zumbia com o barulho dos irrigadores. E no jardim dos Inklepaugh, parecia que uma boa colheita de ervilha-de-cheiro e feijão-trepador estabelecera uma cabeça-de-ponte. A vizinha de Doris estaria muito ocupada com suas conservas de agosto.

A casa da mãe, com o revestimento externo de madeira, parecia exatamente como da última vez em que a visitara, só que naquela ocasião as árvores estavam desfolhadas, o gramado marrom, com uma crosta de neve. Agora, com os bordos e olmos projetando lantejoulas brilhantes sobre o gramado viçoso, as roseiras explodindo em flores, era como uma ilustração de Norman Rockwell que adquirira vida. Mary meio que esperou que uma avó de cabeça branca, do elenco principal, entrasse na varanda, com uma torta que acabara de fazer.

Mas, quando chegou à entrada para carros, ninguém saiu correndo da casa para recebê-la. Ela saltou do Lexus. Esticou-se toda, para aliviar os braços e pernas com cãibras da longa viagem, antes de começar a atravessar o gramado, ainda úmido. Ao subir os degraus, que sempre rangiam, sentiu-se aturdida com o silêncio inesperado. Àquela hora, pouco depois das dez, deveria ouvir os sons tênues de vida no interior da casa. O barulho dos canos e o sibilo de água corrente, o rádio sintonizado na WMYY.

Ela tocou a campainha, esperando com o coração na garganta que a mãe atendesse. Sua reação àquela casa nunca variava. Parada no limiar, ao final de uma longa ausência, sempre experimentava um sentimento conflitante de saudade e desespero. Nada jamais mudava, mas, a cada vez, ela não podia deixar de sentir que estava prestes a embarcar numa jornada da qual não haveria volta.

Ouviu passos, depois o estalido da tranca. A pesada porta de carvalho foi aberta. Uma velha foi emoldurada pela porta, olhando para

Mary. A princípio, ela mal reconheceu a própria mãe. Em sua calça comprida turquesa e blusa florida combinando, Doris poderia ter saído de um ônibus de excursão, lotado com um bando de idosos em trajes similares, a caminho da Acrópole, em Atenas, ou de Old Faithful, o mais famoso gêiser do Parque Nacional de Yellowstone. Ela fixou o olhar em Mary, piscando ao sol, como se tentasse se orientar.

— Olá, mamãe.

Mary deu um beijo no rosto seco, recendendo a talco... e algo mais, um cheiro medicinal, tênue e desagradável.

Foi um choque descobrir como a mãe envelhecera nos últimos seis meses. Os cabelos ruivos de Doris estavam agora brancos como a neve. A doença deixara-a frágil; a carne no rosto parecia estar se derretendo, como o sebo dos ossos por baixo. Só os olhos continuavam iguais: penetrantes, azuis, como faíscas de pederneira.

— Fez uma viagem rápida — comentou ela, dando um passo para o lado, a fim de deixar Mary entrar.

— Por sorte, não havia muito tráfego. — Mary baixou a voz. — Ela já acordou?

— Há poucos minutos. Está lá em cima agora, tentando falar com Robert pelo telefone.

Em movimentos mais lentos do que o habitual, com o andar desajeitado de uma pessoa doente, Doris seguiu na frente pelo vestíbulo, os sapatos de sola de borracha rangendo contra as tábuas do assoalho, pontilhadas por manchas escuras. Um olhar para a sala confirmou que Noelle de fato passara a noite ali; a mesinha de café fora empurrada para o lado, e havia um cobertor amontoado numa extremidade do sofá de brocado. Na cozinha, Doris pegou uma caneca no escorredor em cima do balcão.

— Parece que você precisa de um café. Há leite na geladeira. Pode se servir.

— Obrigada, mas tomo puro.

Era um pequeno jogo entre as duas: a mãe fingindo que não sabia que Mary tomava café puro; e Mary agindo como se Doris simplesmente tivesse esquecido.

Ela observou a mãe encher a caneca com a cafeteira antiga. A cozinha estava impecável, como sempre: o linóleo verde manchado e os balcões de fórmica bege brilhando. Até mesmo os pratos de suvenir, na prateleira por cima da mesa, brilhavam como se tivessem sido lavados pouco antes. Noelle devia ter se esforçado ao máximo para manter tudo em perfeita ordem, sabendo quanto isso era importante para a avó. Mary sentiu uma pequena pontada de ciúme injustificado.

Foi sentar à mesa, junto da janela. Olhou para o quintal, onde um velho balanço de pneu pendia do galho grosso de uma tília, projetando uma sombra oval no gramado com algumas falhas. *Nada jamais muda*, pensou ela. Mesmo com a vida como ela conhecera, prestes a entrar em erupção, como um vulcão adormecido, a mãe circulava pela cozinha exatamente como fizera em mil e uma outras manhãs, limpando o fogão em que umas poucas gotas de café haviam sido derramadas, enxaguando a esponja com o maior cuidado, espetando o dedo na terra da violeta africana, para saber se precisava ser regada. Mary teve um súbito e apreensivo senso de seu passado como algo tangível, um livro que podia ser aberto ao acaso, em que a história de sua vida fora escrita, predeterminada e imutável. Deve ter transparecido em seu rosto, porque Doris parou e fitou-a, curiosa, ao levar a caneca fumegante para a mesa.

— Está com fome? Posso fazer ovos mexidos.

Como eu poderia comer num momento como este?, Mary teve vontade de gritar. Mas disse apenas:

— Não precisa se preocupar. Eu mesma farei um sanduíche mais tarde, se sentir fome.

Ao ouvir o rangido do assoalho por cima de sua cabeça, ela ficou imóvel, com a caneca na metade do caminho para a boca. Em voz baixa e angustiada, Mary perguntou:

— Ela disse alguma coisa sobre o que aconteceu ontem à noite?

Doris sacudiu a cabeça.

— Não. Apenas perguntou por Emma. Quando falei que Robert a levara, ela ficou branca como um lençol e subiu correndo para telefonar.

Ela arriou com todo o cuidado na cadeira em frente a Mary. A luz do sol que passava pelas cortinas listradas de algodão refletia-se no crucifixo de ouro, por cima do último botão da blusa. Parecia piscar, como um olho que sabia de tudo, lembrando a Mary que havia muitos anos que não ia a uma igreja. Sentiu então vontade de rezar, ajoelhar-se e pedir ao Senhor que fizesse tudo aquilo desaparecer. Mary suspirou, segurando a caneca com as duas mãos.

— Ela já lhe contou... que vai deixar Robert?

Doris acenou com a cabeça em confirmação.

— Eles jantaram juntos ontem à noite, para conversar sobre o que é melhor para Emma. — Doris contraiu os lábios. — Eu a adverti, disse que não deveria ir, pois pressentia que tudo isso seria desastroso. E tinha razão.

Mary sentiu um momento de irritação. Era isso o que mais contava, não é mesmo? Sua mãe sempre tinha de estar certa, em primeiro lugar e acima de tudo. Mas Doris não era a única que tinha uma péssima opinião sobre Robert. Mary recordou como ficara horrorizada, quase nove anos antes, quando Noelle anunciara que estava noiva... do antigo namorado de Corinne. Um homem com idade suficiente para ser seu pai. Um homem que levara Corinne a cometer suicídio, como Mary sempre esteve convencida.

No choque do momento, ela dissera uma coisa que Noelle só perdoara depois de muitos anos. Atordoada e incrédula, Mary explodira:

— Não pode estar falando sério! O homem é um monstro! Vai destruí-la, como fez com Corinne!

As palavras foram como um instrumento afiado perfurando a bolha de entusiasmo da filha. O rosado esvaíra-se das faces de Noelle, os olhos adquiriram um brilho extremo, em contraste com a pele pálida.

— Não me lembro de ter pedido seu conselho — dissera ela, a voz fria. — Aprendi há muito tempo que não adiantava pedir qualquer coisa a você.

O coração de Mary se apertou agora, com o conhecimento de que estivera certa desde o início. Há anos que já percebera que Noelle era infeliz e recentemente, quando a filha começara a lhe fazer confidências, exortara-a...

— Ele não quis nem me deixar falar com Emma.

Mary virou-se na cadeira. A filha, branca como giz, com enormes olheiras sob os olhos azul-acinzentados, estava parada na porta, descalça. Os cabelos pretos crespos caíam emaranhados pelos ombros. Noelle ainda usava o vestido de seda azul-claro com que fora ao jantar na noite anterior, agora irremediavelmente amarrotado. Olhou para Mary como se sentisse apenas uma ligeira surpresa por encontrar a mãe — que vivia a quase duzentos quilômetros dali — sentada à mesa da cozinha, tomando café com sua avó.

Mary ansiava por se levantar de um pulo e abraçar a filha, mas alguma coisa na expressão de Noelle advertiu-a a se controlar.

— Ah, meu bem! — exclamou ela, consternada.

Noelle falou como se estivesse num transe profundo:

— Ele diz que não *mereço* Emma, que a filha estará melhor em sua companhia.

O peso terrível da situação atingiu-a em cheio. Desabou na cadeira ao lado de Mary. A voz era um sussurro rouco quando acrescentou:

— Ele me acusou de ter tomado um porre na noite passada.

— E tomou?

Mary forçou-se a fazer a pergunta. Noelle lançou-lhe um olhar de absoluto desdém.

— Acreditaria em mim se eu dissesse que não?

— Claro.

A expressão dura de Noelle dissolveu-se, confusa.

— Não sei *o que* aconteceu. Comecei a me sentir tonta no restaurante e de repente estava caída no chão. — Ela passou a mão trêmula pelo rosto. — Não posso ter certeza, mas acho que Robert pôs alguma coisa no meu refrigerante.

Mary não tinha a menor dúvida de que Robert era capaz de fazer isso. Mesmo assim, parecia uma idéia tirada de uma telenovela. Sentada na cozinha ensolarada, com as violetas africanas no peitoril da janela, o pote de biscoitos no balcão, ao lado da caixa de pão, ela pensou que era mais do que absurdo. Ao mesmo tempo, teve a súbita percepção de que muita coisa dependia de sua resposta.

— Ele é bem capaz de fazer isso — declarou ela, incisiva. — Como se sente agora?

— Como se tivesse levado uma pancada de um bastão de beisebol na cabeça — balbuciou Noelle.

— Vou fazer um café.

Mary fez menção de levantar, mas Noelle estendeu a mão para segurá-la pelo pulso. Mas foram seus olhos atormentados que mantiveram Mary sentada.

— Sei como tudo isto parece, mas precisa acreditar em mim. — Os dedos de Noelle apertaram com mais força ainda. — Ele quer que todo mundo pense que eu estava de porre. Faz parte do seu esquema.

— E a polícia? Acha que adiantaria se a procurássemos?

Mesmo enquanto falava, Mary já tinha suas dúvidas. O subxerife, Wade Jewett, era um velho companheiro de Robert.

— Já ameacei fazer isso. — Noelle largou o pulso da mãe e recostou-se na cadeira, os olhos quase transbordando com as lágrimas não derramadas. — Robert limitou-se a rir e disse que eu falasse com seu advogado. Alega que arrumou um juiz para assinar uma ordem de custódia protetora.

Doris empertigou-se.

— Entre todas as sujeiras e mesquinharias...

Mary interrompeu-a, perguntando a Noelle:

— Acha que ele está dizendo a verdade?

— Não duvido nem um pouco. Robert planejou tudo. Preparou a armadilha. E eu... caí com os olhos abertos.

Os ombros de Noelle vergaram. Ela cobriu o rosto com as mãos. Quando tornou a levantar a cabeça, tinha as faces molhadas pelas lágrimas.

— Você vai precisar de um advogado — declarou Mary.

A expressão de Noelle era sombria.

— Os únicos advogados que conheço são os que trabalham para Robert.

Ela prendeu o lábio inferior entre os dentes, franzindo o rosto de raiva, não apenas contra Robert, mas também pela sua própria ingenuidade.

Mary lembrou subitamente de sua velha amiga Lacey Buxton. Haviam perdido o contato, mas ela soube que Lacey voltara à cidade, abrindo um escritório de advocacia.

— Conheço alguém que pode ajudar. Uma mulher que foi minha colega na escola. — Mary falou com todo o cuidado, para não despertar falsas esperanças. — Vamos torcer para que o número de seu telefone conste na lista.

— Vou verificar.

Doris foi até o telefone na parede. Abriu a gaveta por baixo e tirou uma lista telefônica mais fina do que o caderno de endereços que Mary tinha em Nova York.

— Procure em Buxton — orientou Mary. — Lacey Buxton.

Doris levantou a cabeça bruscamente, os lábios se contraindo em desaprovação.

— Se essa é a sua idéia de uma corda salva-vidas, podemos muito bem ligar para o agente funerário.

— O que você tem contra Lacey?

— Como se você não soubesse — respondeu a mãe, fungando.

Um estalo estridente soou na cabeça de Mary, como uma corda esticada que rebentava. Sentiu um ímpeto de raiva, forte e estimulante.

— Refere-se ao que aconteceu há mais de trinta anos, quando Lacey foi surpreendida nua com o melhor amigo de seu pai? Ora, mamãe, com tudo que está acontecendo neste momento, acha mesmo que toda essa história antiga tem qualquer importância?

Os lábios de Doris estavam tão contraídos contra os dentes que tremiam. Mary ficou tensa, preparando-se para uma explosão de indignação. Mas, subitamente, a expressão da mãe se desanuviou para um profundo cansaço. Com a voz apática, ela admitiu:

— Acho que não.

Mary trocou um olhar com a filha. Nesse instante, as duas se uniram, mesmo que fosse por um breve período. Duas mulheres que haviam sido criadas na mesma casa, enfrentando a mesma muralha de crenças e preconceitos mesquinhos. Por mais devotada que ela fosse à avó, Mary sabia que não podia ter sido fácil também para Noelle.

Ela sentiu um impulso protetor tão forte que a deixou atordoada. Certa ocasião, havia muito tempo, sua filha estivera em perigo. Mary, muito assustada e inexperiente para ter outra atitude, deixara que a mãe assumisse o comando. Mas agora sabia exatamente o que fazer.

— Por que não se veste enquanto eu telefono, Noelle? Se Lacey estiver em casa e puder nos receber, eu a levarei até lá. Depois que você souber direito qual é a situação, tenho certeza de que *tudo* vai parecer melhor.

Capítulo Três

No carro, Noelle observou Mary revirar a bolsa à procura das chaves. *Devo agradecer*, pensou ela. Por sua vinda, em primeiro lugar, por se dar a todo aquele trabalho. Mas alguma coisa a impedia de agradecer. Não sabia exatamente por quê, mas desde pequena tinha esse sentimento de que era preciso ocultar alguma coisa preciosa da mãe, alguma coisa que não se ousa expor ao ar, com medo de que possa se desintegrar. Ela estendeu a mão para tocar no braço de Mary.

— Não precisa fazer isso. — As palavras saíram mais hesitantes do que ela tencionava. Por isso, apressou-se em acrescentar: — Claro que agradeço, mas não estava esperando...

— Não precisa dizer mais nada. Eu não a deixaria sozinha de jeito nenhum. Além do mais, não viajei tanto por nada.

A voz de Mary irradiava um otimismo deliberado. Enquanto seguiam pela Cardinal, a tensão entre as duas prolongou-se para preencher o silêncio. *Somos como duas extremidades de uma coisa quebrada*, pensou Noelle. Sempre esbarrando uma na outra, numa inútil tentativa de um ajuste perfeito. Talvez não tentassem com o empenho suficiente. Ou talvez o empenho fosse demais. De qualquer forma, o relacionamento nunca poderia ser igual ao que tinha com Emma...

Noelle pensou na filha, acordando na casa em Ramsey Terrace. O que Robert lhe diria? Que a mãe estava doente? Pelo menos essa parte não seria uma mentira. Noelle sentia-se muito mal, o estômago revirado, a cabeça dando a impressão de que alguma coisa fora atarraxada de maneira errada. Mas teria andado descalça sobre cacos de vidro para trazer Emma de volta. E rezou para que a advogada amiga de sua mãe pudesse ajudar.

Lacey Buxton vivia no outro lado da cidade, em Egremont Drive, a cerca de um quilômetro e meio de Ramsey Terrace. Ao começarem a subir a ladeira longa e sinuosa, que passava pela igreja de St. Vincent e pela agência funerária Fin & Feather, Noelle pensou: *E se ela não puder fazer nada? O que vai acontecer?*

Por um terrível momento, ela especulou se ocorrera mesmo o que Robert alegava. Nos primeiros dias do casamento, houvera muitas manhãs em que ela acordava apenas com a mais vaga recordação da noite anterior. Eram manhãs em que o pânico a invadia como uma onda cinzenta e suja, carregando os refugos da vergonha e recriminação.

Mas logo pensou: *Não. Eu teria me lembrado de tomar a primeira dose.* E a primeira coisa que ia querer ter, ao despertar, seria o drinque que curava a ressaca.

Ele está fazendo um jogo mental. Tenta me levar a pensar que enlouqueci.

Ao refletir de novo sobre o que teria de enfrentar, Noelle foi envolvida pelo desespero. Naquela batalha contra Golias, não tinha sequer uma funda. Como podia ter qualquer esperança de vencer? Mary fitou-a, com uma preocupação evidente.

— Quer que eu pare? Parece um pouco verde.

— Não se preocupe. Estou bem. Só preciso respirar um pouco de ar fresco.

Ela baixou a janela. Sentia-se tudo, menos bem. Mas de que adiantava explicar? A mãe não poderia sequer começar a compreender. Noelle tinha certeza de que nunca houvera uma ocasião em que Mary tivesse sentido tanto desespero por ela.

Com a brisa soprando no rosto, ela sentiu que a náusea começava a se desvanecer. Mas o aperto criado pelo pânico em sua garganta não queria sumir. E se não fosse tão simples como contratar uma advogada? E se não conseguisse recuperar Emma naquele dia... ou mesmo no seguinte?

Era inconcebível.

— Você vai gostar de Lacey. — A voz da mãe projetava-se em sua direção como se viesse de muito longe. — Não a vejo desde o ensino médio, mas já naquele tempo ela defendia com firmeza suas posições e não aceitava insultos de ninguém. Nem mesmo quando foi descrita como a Jezebel da cidade.

— É verdade que ela foi seduzida por um amigo da família?

Mary riu.

— Ela jurou que fora idéia tanto sua quanto do homem, mas acho que disse isso apenas para chocar o pai. — Ela diminuiu a velocidade ao passar pela creche Clover Patch, fechada no fim de semana. — Pelo que me lembro, o sr. Buxton não era exatamente do tipo viva e deixe viver. Basta dizer que Lacey foi enviada para a casa dos tios em Buffalo. Não a vi desde então, mas não fiquei surpresa quando soube que se tornara advogada.

— Só espero que ela aceite meu caso. — Noelle lançou um olhar cauteloso para a mãe. — Acredita em mim, não é? Sobre a noite passada?

Subiam a Chatham Hill, passando pela loja de antiguidades Brass Lantern e a corretora imobiliária Ferris Realty. Mary olhou para a filha, rapidamente, e declarou com firmeza:

— Durante a viagem para Burns Lake, admito que tive dúvidas. Agora, não tenho mais nenhuma.

Noelle experimentou um sentimento de alívio. Sem contar Nana, isso lhe proporcionava pelo menos uma aliada. Com um pouco de sorte, em breve teria outra. O pensamento levou-a a pegar a bolsa. Vestira um *training*, mas se esquecera de pentear os cabelos. Se não se mostrasse apresentável, Lacey pensaria que era uma doida.

A mãe, por outro lado, vestia-se impecavelmente, como sempre, com uma calça comprida creme e blusa pêssego, o suéter combinando pendurado nos ombros. Noelle preparou-se para a inevitável comparação. As pessoas sempre diziam que ela e a mãe mais pareciam irmãs, mas o que realmente queriam dizer era que Mary era mais bonita e elegante.

— Não posso deixar de pensar em todas as pessoas no restaurante ontem à noite, no que devem ter pensado. — Noelle levantou o espelho do estojo para o rosto. Tinha os olhos inchados, parecia machucada. —

Não que tenha grande importância *para mim*. Mas se o caso for levado a julgamento...

— Tenho certeza de que esse pensamento também ocorreu a Robert — comentou Mary, sarcástica.

— Lembra quando me avisou que casar com ele seria o maior erro da minha vida?

— Nada me faria mais feliz do que constatar que me enganava.

— Mas *estava* certa. Mesmo assim, nunca imaginei que ele chegasse ao ponto de prestar falso testemunho em juízo.

Noelle fechou o estojo e tornou a guardá-lo na bolsa.

— Vamos supor que ele não precisasse mentir. Vamos supor que o juiz lhe devesse algum tipo de favor.

Noelle sentiu um respeito renovado pela mãe. Mary às vezes agia como se nunca tivesse posto os pés numa cidade pequena, muito menos tivesse sido criada em uma. Mas era evidente que não ignorava como as coisas funcionavam ali.

— Todos em Burns Lake devem *alguma coisa* a Robert. — Noelle estava agora tão acostumada ao fato que era como se comentasse a cor do céu. — Não são apenas os subempreiteiros que ele contrata. Robert faz acordos nos aluguéis. Empresta dinheiro. Até faz com que algumas pessoas sejam eleitas. Por isso, não me surpreenderia se o tal juiz tivesse a mão no bolso de Robert, de alguma maneira.

Ela recostou-se no banco, angustiada ao pensar no que teria de enfrentar.

— Vamos ver o que Lacey tem a dizer.

Mary parou em frente a uma modesta casa de rancho, pintada de um bronze-escuro, com ornamentos verdes. As janelas estavam descascadas, e o Datsun estacionado já tinha muitos e muitos quilômetros de uso. Noelle sentiu uma pontada de apreensão ao subir pelo caminho, notando o gramado descuidado e a sebe de sarça precisando ser aparada.

Uma onda de vertigem dominou-a. Quando a mãe passou o braço pelo seu, Noelle aceitou o apoio, agradecida. *Como um bêbado acalentando uma ressaca.* Aqueles dias não eram tão distantes que não lembrasse mais qual era a sensação de atravessar a manhã com a cabeça cheia de trapos encharcados de óleo, prestes a pegarem fogo. A lembrança fez com que ela se empertigasse e se afastasse da mãe. Mary, sem entender a reação, lançou-lhe um olhar um pouco magoado.

Pise numa rachadura e deixe a mãe de perna dura, pensou Noelle. Quando criança, não tinha sempre o cuidado de passar por cima das rachaduras no calçamento? Por mais estranho que pudesse parecer, não era pelo pensamento de proteger a mãe de qualquer mal; no fundo, sabia que era uma superstição sem o menor sentido. Talvez estivesse apenas zelando pela fragilidade do relacionamento. Mal via a mãe; e, nas raras ocasiões em que Mary voltava para casa, quase não tinha tempo para ela.

Noelle não queria que Emma fosse criada assim. Sempre vivendo de uma migalha preciosa para outra. À espera do dia mágico em que as duas poderiam ficar juntas durante *todo* o tempo, em vez de apenas aqui e ali. E o que faria sem Emma? *Exceto por Nana, ela é tudo que tenho.*

Na porta da frente, ao notar o capacho de boas-vindas esfiapado e as caixas de papelão empilhadas numa extremidade da varanda, ela se virou para Mary, bastante nervosa.

— Como ela parecia ao telefone?

— Como se eu a tivesse arrancado do sono. E posso quase garantir que não estava sozinha. — Mary exibiu um sorriso malicioso. — Acho que algumas coisas nunca mudam.

A mulher que abriu a porta, no entanto, não correspondia ao que Noelle esperava. Imaginara uma loura de busto enorme, usando um chambre de seda largo, com uma aparência no melhor estilo de Mae West. Mas Lacey Buxton era pequena, o rosto sardento, cabelos escuros bem curtos, com os primeiros fios brancos aparecendo, olhos castanhos que enrugavam nos cantos quando sorria. De calça jeans e camisa de manga curta azul-marinho listrada, mais parecia com uma mãe numa reunião da Associação de Pais e Professores do que com uma bem-sucedida advogada especializada em divórcio.

— Oi, vocês duas. Podem entrar.

Ela esticou a cabeça para olhar adiante. Soltou um assobio estridente.

— Samantha! Venha cá, menina! Deixe esse pobre gato em paz!

A voz trovejante que saiu daquele corpo compacto pegou Noelle de surpresa; era o berro de um estivador.

Uma besta imensa e peluda passou em disparada por elas, enquanto Lacey as conduzia para a sala de estar bagunçada. A cadela pulou para o sofá, com as patas enlameadas. Lacey nem notou. Estava ocupada a estudar Mary.

— Não diga nada... você tem um retrato guardado no sótão, não é?

Mary revirou os olhos.

— Agradeço o elogio. Até porque fui a única da turma que se formou com um ano de atraso, cheia de estrias.

A maliciosa advogada soltou uma risada, enquanto se virava para Noelle.

— E você deve ser a filha de Mary. Juro que não parece possível. Lembro quando ainda era recém-nascida.

Ela estendeu a mão. Sem comentar que pareciam irmãs: ponto para Lacey. E Noelle concedeu outro ponto pela firmeza profissional do aperto de mão.

— Obrigada por nos receber sem hora marcada.

Lacey ofereceu um sorriso pesaroso.

— Lamento que seja em circunstâncias tão deploráveis. Já vamos falar sobre isso. Sentem, se puderem encontrar um lugar. O que posso servir? Café? Chá? Infelizmente, é tudo que tenho. Mudei há uma semana. Como podem verificar, ainda não consegui me organizar.

Noelle fez um esforço para reprimir o impulso de gritar: *Você perdeu o juízo? Minha filha é mantida como refém, e perco tempo com conversa fiada?!?* Com um sorriso forçado, ela murmurou:

— Uma xícara de chá seria ótimo.

— Café para mim — acrescentou Mary.

Momentos depois, Lacey gritou da cozinha, com sua voz de estivador, capaz de sacudir qualquer janela:

— Mary, ouvi dizer que tem uma firma de relações públicas em Nova York. Eu? Passei vinte e oito anos em Cincinnati, não me pergunte, porque é uma longa história!, e parece que ainda não fui capaz de tirar a poeira de cidade pequena dos sapatos. Quando mamãe morreu e me deixou esta casa, achei que era um sinal de Deus, indicando que devia me mudar e tentar fazer a vida aqui.

— Lamento saber sobre sua mãe — disse Mary quando Lacey voltou à sala, alguns minutos depois, carregando uma bandeja de metal um pouco amassada, em que as canecas fumegantes balançavam de uma maneira perigosa. — E seu pai... ainda está vivo?

— Depende de como se define viver. Está num abrigo para idosos, sem ter consciência de nada na maior parte do tempo. — Independentemente de qualquer ressentimento que pudesse acalentar, o pesar de Lacey parecia genuíno. — E seus pais?

— Papai morreu quando Noelle era pequena. Mas mamãe continua firme e forte.

Ela não comentou que Nana estava doente. Noelle especulou se a mãe tinha noção da gravidade do estado de Nana.

Com um tênis infantil, Lacey empurrou a cadela para o lado, a fim de arrumar um espaço no sofá. Arriou na almofada de molas, coberta de pêlos. Inclinou-se para a frente, apoiando os cotovelos nos joelhos e fixando o olhar sincero em Noelle.

— Muito bem, vamos tratar do que importa. Sei que não veio até aqui para ouvir uma conversa típica de reunião de turma. Por que não respira fundo e começa do início?

Ela parecia tão compreensiva, ao mesmo tempo em que assumia uma atitude profissional tranqüilizadora, que Noelle teve de fazer um esforço para resistir ao impulso de se desmanchar em lágrimas.

— É minha filha. Ela tem cinco anos. Seu nome é Emma. — Noelle engoliu em seco. — Meu marido e eu... nos separamos há poucas semanas. Pensei que poderíamos tratar de tudo de uma maneira civilizada. Mas ontem à noite ele levou-a... enquanto eu dormia.

Noelle absteve-se de relatar todos os fatos terríveis, pois eram bizarros demais. Esperaria até Lacey decidir se aceitava ou não o caso.

— Agora, ele alega ter um mandado judicial que lhe concede a custódia temporária. Eu não sabia que um juiz podia tomar essa decisão sem que as duas partes estivessem presentes.

Lacey balançou a cabeça, pensativa.

— É possível, o que se chama de audiência *ex parte*. Mas só é usada em circunstâncias extremas, quando se considera que a criança corre algum tipo de risco imediato.

Noelle empertigou-se.

— Sou uma boa mãe, sra. Buxton. Nunca faria nenhum mal a Emma.

— Chame-me de Lacey, por favor. — Ela sorriu, tranqüilizadora. — Serei franca com você. Não a conheço, mas me lembro muito bem de seu marido, do tempo em que estudamos juntos.

Lacey fez uma pausa, trocando um olhar sugestivo com Mary.

— E já naquele tempo ele tinha o hábito de impor sua vontade — acrescentou ela.

— A questão é simples: pode me ajudar?

Noelle respirou fundo. O que aconteceria se Lacey recusasse? A quem poderia recorrer? Enquanto olhava para as caixas ainda fechadas e os livros empilhados em todas as partes, ocorreu-lhe que, se alguém que a conhecia entrasse ali naquele instante, presumiria que ela, Noelle, cuja casa sempre fora impecável, era a mais estável das duas. Mas seu coração batia como se fosse um motor em sobrecarga, na esperança de que a mulher que ocupava aquela casa tão desarrumada, com as pegadas de patas enlameadas e pêlos de cachorro no sofá, encontraria uma maneira de salvá-la.

Ela ficou observando, na maior ansiedade, enquanto Lacey tomava um gole de café, com uma expressão distante, como se avaliasse todos os aspectos negativos de enfrentar alguém tão poderoso quanto Robert. Finalmente, ela baixou a caneca e a pôs na mesinha, com um gesto decidido.

— Tenho 47 anos. Trabalhei como um burro de carga por quase tanto tempo quanto você tem de vida. Tudo que queria agora era um pouco de paz e sossego, um escritório pequeno, sem problemas. Se aceitar este caso, serão os cristãos contra os leões. — Lacey assumiu uma expressão furiosa, sem se fixar em ninguém. Depois, abruptamente, levantou as mãos. — Por outro lado, ninguém jamais me acusou de não querer correr riscos.

Noelle deixou escapar uma respiração trêmula.

— Isso significa que aceitará meu caso?

Noelle virou-se bruscamente para Mary.

— Lembra de Buck, o irmão mais velho de Robert?

Mary franziu o rosto.

— Ele não morreu num acidente?

— Seu carro saiu da estrada, caindo numa ravina. Ele teve morte instantânea. — Lacey balançou a cabeça, entristecida pela lembrança. — Tinha 19 anos. Uma morte terrível, não é?

Antes que Noelle pudesse perguntar o que o irmão falecido de Robert tinha a ver com o caso, Lacey explicou:

— Namoramos por algum tempo, no ensino médio, quando ele estava no último ano. Um bom garoto. Mas, pela maneira como seus pais agiam, podia-se pensar que eu era a Prostituta da Babilônia. E nunca sequer deitamos juntos. Só namoramos por dois meses. Com toda a pressão que ele suportava, fico surpresa que Buck não tivesse rompido o namoro antes.

Noelle podia muito bem imaginar. Quanto tempo os pais de Robert haviam levado para aceitá-la? Mesmo depois de quase nove anos, ainda era mais como um tremendo degelo. Ultimamente, porém, Gertrude parecia mais gentil com ela. *Provavelmente porque sou a mãe de sua única neta.* E a mulher tinha uma profunda adoração por Emma.

— Meus sogros quase nunca falam sobre Buck — confidenciou ela. — Acho que a lembrança ainda é angustiante.

— O fato é que conheço pessoalmente os Van Doren — continuou Lacey. — Sei o que terei de enfrentar.

Ela fitou Noelle, os olhos castanhos com uma expressão franca e firme.

— Eu deveria fazer um exame de cabeça, mas aceito o caso. — Lacey ergueu a mão. — Antes que comece a me agradecer, devo avisá-la. Não será simples. E também não será barato. Nem preciso examinar o problema mais a fundo para saber disso.

Noelle não sabia se devia se sentir aliviada ou alarmada.

— O que vai acontecer agora?

— A primeira coisa que farei amanhã de manhã será dar alguns telefonemas. Quem é o advogado de seu marido?

Lacey pegou uma caneta e o bloco amarelo em cima da mesinha.

— Brett Jordan, da Jordan, Torrance & Sanders. Mas ele só usa a firma nas transações imobiliárias, essas coisas.

— É mais do que provável que o tenham encaminhado a um advogado especializado em direito de família. — Lacey fez uma anotação no bloco. — Ligarei para você assim que obtiver algumas respostas. Enquanto isso, tente não se preocupar. Não há sentido em se alarmar enquanto não soubermos como estão as coisas.

Lacey fez uma pausa. Fitou Noelle nos olhos.

— E, por mais tentada que possa se sentir, não, repito, não pense em fazer um novo contato com seu marido. Já tem problemas suficientes. *Capisce?*

Relutantemente, Noelle acenou com a cabeça em sinal de concordância. Mas o pensamento da filha chamando-a, de noite, estava gravado em sua mente, como uma tatuagem. Se pudesse ver Emma, mesmo que apenas por um minuto, e assegurar-se de que tudo acabaria bem...

— Pode nos dar uma idéia do que esperar?

Mary empertigou-se, ao fazer a pergunta, mantendo a caneca de café equilibrada no joelho.

— A *boa* notícia é a de que uma ordem de custódia protetora é temporária. — Distraída, Lacey afagou Samantha, que roncava fundo, como um urso em hibernação. — Assim que for marcada uma audiência, você poderá expressar as suas opiniões. A primeira providência é marcar uma data para essa audiência... e, quanto mais cedo, melhor.

Noelle sentia-se como uma pessoa faminta a quem fora jogada uma simples migalha. Mas havia outra coisa que ela precisava saber, algo que lhe permitiria se agarrar nessa migalha com toda a sua força.

— Quais são as minhas chances de recuperar Emma?

Lacey ofereceu um sorriso pesaroso.

— Se eu tivesse essa resposta, seria uma adivinha, não uma advogada. Saberemos mais amanhã. Agüente firme até lá, está bem?

Ela se levantou. Acompanhou as duas até a porta. Apertou a mão de Noelle em sinal de solidariedade.

— Lembre-se de que não atiramos enquanto não vemos o branco dos olhos.

Para Noelle, cambaleante na beira do suportável, isso parecia um chamado às armas.

Doris Quinn, sentada em sua poltrona predileta, junto da janela, fez um esforço para passar a agulha pelo bordado no aro sem se espetar. Normalmente, estaria cochilando àquela hora. Mas aquelas não eram circunstâncias normais, não é mesmo? E, por mais cansada que estivesse, o sono era inadmissível. Com a neta em dificuldades, não podia se dar a esse luxo.

Além do mais, havia uma coisa que ela precisava fazer primeiro. Uma coisa importante.

Ao som do carro de Mary na entrada para carros, Doris empertigou-se. Largou o bordado. Mas, quando tentou levantar, os joelhos vergaram. Tornou a cair na poltrona, com um suspiro da respiração forçada. Tremia toda. O coração parecia um filhote de ave bicando o caminho pela frágil casca do ovo de seu tórax. Uma onda de impaciência a invadiu.

Detestava ficar doente. Fazia com se sentisse uma fraca. E egocêntrica também... cada novo desafio para as pessoas que amava era pouco mais que um teste para sua própria resistência. Como *ela* resistiria à tensão? Seria a gota d'água que derramaria tudo? Como se a terrível situação de sua neta já não fosse preocupação suficiente!

Doris tateou os bolsos do roupão à procura do rosário. Fechou os olhos, os lábios começaram a se movimentar, na oração silenciosa: "Santa Maria, Mãe de Deus, rogai por nós, pecadores, agora e na hora de nossa morte..."

Isso mesmo, a Santa Madre lhe daria forças. Quando esperava a primeira filha, o médico avisara-a que não poderia levar a gravidez até o fim. Rezara muito na ocasião; e Mary Catherine não viera ao mundo berrando forte, com todos os dedos nas mãos e nos pés? Em gratidão, Doris lhe dera o nome da Virgem Glorificada. O nome do meio,

Catherine, era uma homenagem à avó materna, a mãe de Doris, que, mesmo com cinco crianças para cuidar, vestir e alimentar, nunca perdera uma missa no domingo ou na primeira sexta-feira do mês. Só que Doris dificilmente poderia ter imaginado uma criança mais voluntariosa. Nem um pouco parecida com a irmã, que era tão dócil quanto uma gatinha, sem qualquer complicação.

Fora essa diferença que a levara a ser mais rigorosa com Mary, determinada a encaminhar a obstinada filha mais velha para que tivesse uma conduta irrepreensível. Mas fracassara. Não apenas como mãe, mas também aos olhos do Senhor.

Cumprira o preceito cristão, é claro, ao aceitar Mary e sua filha, havia tantos anos. Mas não guardara com o maior ciúme a criança de sua filha? Não encorajara Noelle, por meios sutis, a se ligar mais a ela? Doris estava cega na ocasião; mas a doença recente, somada ao conhecimento de que seu tempo neste mundo se aproximava do fim, obrigara-a a considerar o erro de suas atitudes.

O pior de tudo era compreender que, mesmo tendo a chance de voltar atrás, não faria nada diferente. Tivera de encarar o fato de que tinha defeitos de alguma maneira fundamental. Contudo, foram esses defeitos que puseram um teto sobre suas cabeças e comida em suas bocas. O marido, que Deus tenha sua alma!, fora um homem de bem, mas sem fibra. Doris tivera de empurrá-lo em cada centímetro do caminho. Estimulara-o e repreendera-o, para que não fosse preterido quando chegou o momento de seu chefe na fábrica, o sr. Evans, promovê-lo a gerente geral. E de quem fora a idéia de fazerem aquele seguro de vida, para que a família não ficasse na indigência quando ele morresse?

Mas, qualquer que fosse o dano causado, ela tinha de retificar pelo menos uma coisa: Mary Catherine não podia continuar a acreditar que desempenhara apenas um pequeno papel na vida da filha. Noelle *precisava* da mãe. Agora mais do que nunca. Era tempo de endireitar tudo.

Ao ouvir passos junto da porta, Doris conseguiu levantar, estremecendo com a dor intensa no lado do corpo. Seu olhar incidiu sobre o quadro por cima do sofá, Cristo crucificado. Elevou o rosto para o céu, com uma expressão de agonia quase extasiada. Mas não havia nada de glorioso em morrer, ela descobrira. Era de fato bastante... comum. Até mesmo um pouco embaraçoso. O estômago roncava nos momentos mais inesperados, cheiros emanavam por baixo das cobertas à noite. A pessoa tinha resfriados com facilidade e se irritava por qualquer coisa. Passava a metade do tempo no banheiro, a outra metade na cama. Era obrigada a depender de pessoas que antes se empenhava em evitar.

— Não me mantenham em suspense — murmurou ela, assim que Mary e Noelle entraram. — O que a mulher disse? Pela aparência de vocês, não deve ter sido muito animador.

O rosto de Noelle estava branco como papel, sob aquela tempestade de cabelos pretos que fora o desespero de Doris desde que a neta era pequena.

— Acho que correu tudo bem. — Noelle suspirou. Foi até a janela, como se esperasse a qualquer momento ver Emma correndo na frente da casa. — Saberemos mais amanhã.

Doris soltou um grunhido de repulsa.

— Aquele seu marido... Tenho vontade de pegar o carro, ir até lá e lhe dar...

— Mamãe! — Mary lançou-lhe um olhar de advertência. — Agora não, por favor.

Doris fechou a boca, surpresa. Como ela se atrevia? Houvera um tempo em que aquele tipo de intervenção da filha teria lhe valido uma palmada na bunda. Mas Mary não era mais uma criança, e ela, Doris, precisava poupar sua munição para a verdadeira batalha a ser enfrentada. Ela reprimiu a irritação e disse:

— Tenho uma salada de atum na geladeira. Por que não preparamos alguns sanduíches? Também tenho um pote de picles agridoces, que sobrou daquela porção que preparei no verão passado.

Noelle meneou a cabeça em negativa, cansada.

— Obrigada, Nana, mas eu não conseguiria comer nada, mesmo que tentasse. Se não se importa, acho que vou subir e deitar um pouco.

— Também não quero nada. — Mary olhou para o relógio, fino, de ouro, parecendo muito caro. — É melhor eu partir agora. Não quero encontrar muito tráfego na volta para Nova York.

O abraço que ela deu em Noelle transbordava de afeto e preocupação maternal.

— Ligue-me assim que tiver alguma notícia. Se precisar de mim, virei no mesmo instante.

A frustração aflorou em Doris. Não tinha a menor dúvida de que Mary falava sério, mas não era essa a questão. Teve vontade de esganar as duas, quando a neta respondeu:

— Obrigada, mamãe. Eu ligarei.

Pelo amor de Deus, criança, já sabe o suficiente para pedir o que precisa.

Doris acompanhou Mary até a varanda.

— Foi muita gentileza sua dar uma passada por aqui.

Havia um tom cáustico em sua voz.

— Tenho uma reunião importante amanhã de manhã. Um possível cliente. Preciso... — No meio dos degraus, Mary parou e virou-se para fitar a mãe. — Por que estou sempre lhe pedindo desculpas? Vou embora porque não há mais nada que possa fazer por enquanto. Não porque não pretenda voltar. Pelo amor de Deus, mamãe, o que mais você *quer*?

— Pode tentar ser uma mãe, para variar.

Doris observou o rosto afilado da filha se tornar tenso, como se tivesse de passar por algum espaço estreito demais. As faces brilharam de indignação. Das duas filhas, Mary era a que mais parecia com Ted. Tinha a testa alta e francos olhos azul-acinzentados, os cabelos castanho-avermelhados que se recusavam obstinadamente a permanecer penteados, até mesmo o hábito irritante de ficar parada com um pé virado para fora, como que em preparação para a fuga. Mas não havia nenhuma timidez na filha mais velha, sequer remotamente.

Ela sentiu, por um instante, o anseio de voltar o relógio para o dia em que Mary anunciara a gravidez. Se tivesse sido um pouco mais compreensiva, se não falasse aquelas coisas horríveis...

— Não preciso de você, dentre todas as pessoas, para me lembrar do fato de que sou a mãe de Noelle.

Com o brilho do sol, os olhos de Mary faiscavam como gelo. Deu a impressão de que queria dizer mais coisas, palavras que a levaram a contrair os lábios, como se reprimisse alguma coisa amarga. Doris quase desejou que ela *falasse* logo; só assim poderiam deixar para trás alguns de seus problemas.

— Mas parece que precisa.

Mary ergueu o queixo desafiadoramente.

— É nesse ponto que você gosta mais de mim, não é mesmo? Entre o mar e o rochedo.

— Não tem nada a ver com *você*, Mary Catherine. Minha preocupação é com Noelle.

— Ainda está me punindo? É esse o problema?

Doris suspirou. Refletiu que provocara aquela cena. Mas, Senhor, por que tinha de ser tão difícil? A dor que começara no flanco agora latejava em cada centímetro de seu corpo. E Betty Keenan, do outro lado da rua, estava quase caindo da janela do segundo andar para ver melhor o que estava acontecendo. Doris sentiu um lampejo de irritação, antes de lembrar que fora Betty quem regara seu jardim e recolhera a correspondência durante as duas semanas em que ficara no hospital.

— É você quem não pode perdoar — disse ela. — É mais fácil, eu sei, atribuir-me toda a culpa pelo fato de se sentir excluída da vida de sua filha. Mas isso não vai ajudar.

Um tremor insinuou-se em sua voz quando ela acrescentou:

— Volte para casa, Mary Catherine. Ela precisa de *você*, que é sua mãe, não de uma velha doente, que não passa de mais uma coisa para preocupá-la.

Mary manteve-se firme.

— Parece que esqueceu que tenho uma vida própria, bastante movimentada, para não mencionar uma empresa a dirigir.

— Não precisa responder para mim. Diga isso a Noelle.

— Você sempre soube exatamente o que era melhor, não é?

O ódio nos olhos da filha deixou Doris atordoada. Então era assim que Mary *realmente* se sentia, por trás da polidez estudada, dos presentes escolhidos com todo o cuidado no dia do seu aniversário e no Dia das Mães. Era o seu legado. Cansada, ela respondeu:

— Sei que nem sempre fiz o que era certo para você, Mary Catherine. É por isso que estou lhe pedindo para fazer a coisa certa por sua filha. Pelo bem de Noelle, por favor... volte para casa. Ela precisa de você.

O momento prolongou-se entre as duas. Mary foi a primeira a romper o silêncio.

— Tenho de ir.

A voz era fria. Ela ajeitou a bolsa no ombro e virou-se. Doris observou-a se afastar, apressada, as pernas rígidas, a mão levantada para proteger os olhos da claridade. Com o sol quente de julho, o jardim parecia descolorido. Mary podia ter sido uma imagem de um passado distante, uma foto esmaecida de seu álbum de família.

E depois ela se foi, a batida seca da porta do carro parecendo reverberar no silêncio. Doris respirou fundo o ar impregnado com a fragrância das madressilvas. Só então é que se permitiu arriar na cadeira de vime ao lado da porta. Respirava com dificuldade, comprimindo a base da mão contra o flanco. Mas se sentia contente porque a filha não podia vê-la assim. Mary não tinha idéia da gravidade de sua doença. Mas, se fosse informada da verdade, apenas se sentiria na obrigação de fazer a coisa certa, qualquer que fosse.

Não quero que ela volte pelas razões erradas, pensou Doris. O que, no fundo, era um absurdo. Afinal, a filha não deixara bem claro que não voltaria?

Mary escolhera o percurso panorâmico, que contornava o lago, antes de alcançar o acesso entre a estrada e a cidade. No passado, sempre que se sentia angustiada, aquele lugar agia como um bálsamo, a mão fresca em sua testa ardendo. Hoje, porém, não estava causando o efeito desejado. O lago passava despercebido. A estrada estreita, margeada por amieiros e pinheiros, com a luz tênue esverdeada tremeluzindo entre os galhos acima, podia ser o Túnel de Midtown.

Como logo ela, entre todas as pessoas, ousa me acusar de abandonar minha filha? Era mais do que injusto; era ultrajante. Claro que Mary faria tudo ao seu alcance para ajudar, mas isso significava que tinha de deixar toda a sua vida em suspenso? O caso poderia se prolongar por semanas, até meses. Enquanto isso, como ela poderia dirigir sua agência, a quase duzentos quilômetros de distância?

Noelle não lhe pediria isso; ao contrário, ficaria horrorizada com a idéia. Na maior parte do tempo, não era por isso que Mary se mantinha a distância? Nunca sabia como suas aproximações seriam recebidas. Não que Noelle demonstrasse qualquer ressentimento. Seria simplista demais pensar assim. Nada disso. O relacionamento entre as duas era como uma planta que não recebera muita claridade. Pálido e um pouco raquítico. Vivia e era até capaz de dar frutos, mas nunca poderia florescer.

O pensamento provocou-lhe uma pontada de arrependimento. Deveria ter feito mais por Noelle no tempo em que isso poderia acarretar alguma diferença. E seria bem capaz... se não estivesse tão empenhada em alcançar o sucesso. Seu único meio de escapar era trabalhar com afinco e estudar ainda mais. Por isso, fizera o que tinha de fazer. À custa da filha, no fim das contas.

Mas era justo atribuir toda a culpa a si mesma? Era muito jovem. E, naquele tempo, acreditava sinceramente que era para o bem de Noelle tanto quanto para o seu. Só compreendera tarde demais que ter uma filha não era como possuir um gato ou um cachorro. As crianças não podiam ser deixadas à espera.

Via as coisas com mais clareza agora. Via uma filha crescida que perdoara, mas não podia esquecer. Compreendia que algumas coisas podiam ser recuperadas, enquanto outras podiam apenas ser *coladas*. E uma verdade se destacava, com toda a nitidez, em meio ao nevoeiro do que poderia ter sido: não há qualquer remédio para o tempo que não se passou com uma criança.

A mãe tinha razão num ponto: Noelle precisava dela, por mais relutância que tivesse em demonstrar. Mary não a abandonaria.

Não esqueça que ela também tem um pai.

Os pensamentos de Mary se voltaram para Charlie, mais uma vez. Fazia anos que não o via, desde o batizado de Emma. Recordava como ele parecera distinto, de terno escuro e gravata, o recém-nomeado editor-chefe do *Register.* Bronwyn, sua filha com a segunda esposa, que era uma menina na ocasião, deveria estar agora... com 16 anos? *Apenas um ano mais moça do que eu quando tive Noelle.*

Mary recordou o momento em que os olhos dos dois haviam se encontrado, por cima da pia batismal. Havia um irônico divertimento nos olhos de Charlie, além da antiga tristeza, como se reconhecesse como eram jovens quando haviam se tornado pais. Agora, com muitos de seus contemporâneos ainda criando os filhos, já eram avós. Naquele instante, ela ansiara por se inclinar e pegar a mão de Charlie. Mas não o fizera, é claro.

Mary continuou a guiar, confortada pela recordação, as estradas rurais logo passando a ter duas pistas e depois quatro. Não pensaria em Doris, disse a si mesma. Faria o que *ela* julgasse melhor. Conhecia um advogado especialista em divórcio, um dos melhores de Manhattan. Poderia ligar para ele, pedir conselhos...

De volta aos limites seguros da cidade de Nova York, ela estava deixando a FDR e pegando a rua 34, o East River era um brilho intenso no espelho retrovisor, quando as palavras da mãe voltaram para atormentá-la. Como se fosse uma deixa, a cabeça começou a latejar. O tráfego transformou-se numa camisa-de-força que a comprimia.

Será que Doris tem alguma idéia do que está pedindo? Em seu ramo de atividade, não podia desaparecer por dias e semanas a fio. Seu trabalho dependia de ter um ouvido no chão e um dedo no pulso durante todo o tempo. Os clientes se sentiriam abandonados; alguns poderiam até abandonar o barco. E embora sua equipe fosse muito competente, era esperar demais...

Horrorizada, Mary compreendeu que estava considerando a sério a proposta absurda da mãe. Parou no meio do pensamento. A noção era tão surpreendente que teve de rir. *Devo estar louca*, pensou ela.

Anos antes, quando saíra de casa para sempre, jurara que nunca mais voltaria. Se cedesse agora, isso significaria dormir sob o mesmo teto que a mãe, não apenas por uma ou duas noites, mas indefinidamente. As duas estariam preparadas para isso?

Por outro lado, a mãe não poderia estar certa? E se estivesse mesmo abandonando e decepcionando Noelle? *É verdade que não há muita coisa que eu possa fazer a distância...*

Mary não percebeu que estava chorando até levantar a mão para empurrar os cabelos para trás e sentir as lágrimas quentes na palma. Por que tinha de optar em tudo? Por que as únicas opções que realmente importavam eram aquelas para as quais se sentia menos preparada?

Capítulo Quatro

A segunda-feira veio e passou com apenas um breve telefonema de Lacey. Ela se limitou a informar que falara com o advogado de Robert, que mandara por fax uma cópia da ordem de custódia protetora emergencial, assinada pelo juiz Ripley. Era evidente que Robert não estava blefando.

— Segundo seu marido, a noite de anteontem não foi apenas um incidente isolado. Ele alega que há meses você recomeçou a beber, depois de uma longa abstinência.

A voz de Lacey era seca e neutra. Noelle sentiu um aperto no coração. Encostou-se na parede, no alto da escada, e arriou lentamente para o chão, com um baque.

— É mentira.

— O problema é que é a sua palavra contra a dele. E seu marido tem depoimentos de duas testemunhas não mencionadas, que afirmam que viram você desmaiar, em diversas ocasiões, deixando sua filha desacompanhada.

Uma súbita cólica fez Noelle se dobrar e agarrar os joelhos, o fone preto comprimido contra o ouvido.

— Ó Deus, quem inventaria uma coisa assim?

— Você é que pode me dizer.

Noelle pensou por um momento, a mão fechada pressionando a testa, a mente privada de sono se inclinando e girando como um carrossel num parque de diversões.

— Jeanine. — O nome saiu entre os dentes rangendo. — Uma delas deve ter sido Jeanine. Aposto que foi ela quem teve a idéia.

— Quem é Jeanine?

— Secretária. Amante. Pode escolher.

— Hummm... A história está se tornando mais interessante.

Noelle ouviu uma gaveta ser fechada, o som acompanhado pelo barulho de papéis sendo virados.

— O que me diz dos vizinhos? — acrescentou Lacey. — Não há ninguém que poderia tê-la observado em casa de algum lugar com regularidade?

Havia Judy Patterson — ela e Noelle haviam partilhado o transporte solidário e integrado o comitê de paisagismo da associação de moradores —, mas seria como imaginar Kathie Lee Gifford roubando em uma loja de conveniências.

— Não conheço mais ninguém que pudesse cometer tamanha maldade.

Lacey suspirou.

— Quaisquer que sejam os culpados, parece que vamos ter um problemão pela frente. Está preparada para a luta, menina?

— Tenho opção?

— Retiro a pergunta. — Houve silêncio do outro lado da linha, como se a advogada estivesse avaliando diversas opções. — Muito bem, o que faremos agora? Vou explicar. Preste atenção, porque deverá ser a coisa mais difícil que já lhe pediram para fazer.

Noelle ficou tensa.

— Estou escutando.

— Quero que jure que ficará tão longe de sua filha quanto for humanamente possível em Burns Lake, uma cidade de 18 mil habitantes. — A voz de Lacey era firme. — A esta altura, a última coisa de que precisamos é oferecer mais alguma munição a seu marido.

Noelle não respondeu a princípio; *não podia*. As palavras de Lacey eram como uma espinha atravessada em sua garganta.

Como poderia passar as horas seguintes, muito menos dias ou semanas, sem ver ou abraçar a filha? Robert não a deixava sequer falar com

Emma pelo telefone! Pelo menos uma dúzia de vezes, desde o dia anterior, Noelle se descobrira estendendo as mãos para a chave do carro. Uma vez chegara até a passar pela porta, antes de se controlar. E o esforço de voltar fora quase um desafio de ordem física.

— Amanhã, a esta hora, já deverei ter a data para a audiência — continuou Lacey, incisiva. — Poderemos então discutir as visitas.

Noelle sentiu uma terrível pressão no peito.

— Visitas? Não estou interessada em visitas. Emma tem de ficar *comigo*. Sou sua *mãe*.

— Sei disso. E pode ter certeza de que estou fazendo tudo que é possível para que ela lhe seja devolvida. — A voz de Lacey era sombria, como a de um médico informando que seu paciente só tinha mais seis meses de vida. Gentilmente, ela acrescentou: — Enquanto isso, menina, tem de confiar em mim. Posso contar com você para não fazer qualquer estupidez?

Noelle hesitou.

— Pode.

— Ainda bem. Tornarei a ligar para você assim que a audiência for marcada.

Lacey desligou. Noelle continuou sentada, ouvindo o zumbido do telefone por mais um momento, antes de se levantar. Tremia tanto que precisou de várias tentativas para pôr o fone no gancho. *É real*, pensou. *Está mesmo acontecendo.* Não era apenas uma questão de se apresentar a um juiz e esclarecer tudo. Seria uma batalha longa e dolorosa.

Na tarde seguinte, como não houvera novas notícias, a ansiedade transformou-se em desespero. Desde o domingo que dormia apenas em curtos períodos, acordando sobressaltada para descobrir o coração disparado e uma pressão constante por trás dos olhos. A fome era uma coisa do passado. Quando se forçava a comer, ficava nauseada. Pior ainda: pela primeira vez em anos, descobria-se ansiosa por aliviar a angústia com uma bebida.

Depois, a mesma voz de sereia, que sussurrara insinuante que um conhaque — apenas um, apenas por propósitos medicinais — seria uma bênção, começou a indagar o que havia de tão errado em passar de carro por sua antiga casa. Ainda não saíra de lá oficialmente. Suas roupas continuavam penduradas no *closet*, as chaves da porta da frente continuavam em seu chaveiro. Se Robert estivesse em casa, ela não faria uma cena. Apenas pediria, com toda a calma, para ver Emma.

Claro, claro... e por que não aproveita para pedir também a lua e as estrelas?

Ironicamente, o que a impediu de agir por impulso não foi a ameaça do que Robert poderia fazer, ou mesmo a promessa que fizera à sua advogada. Foi a filha, que faria seis anos em outubro, e ainda acreditava na fadinha dos dentes e em Papai Noel. Como Emma se sentiria ao ver a mãe barrada na porta?

Por outro lado, o que a menina devia pensar: nenhuma palavra, nem mesmo um cartão ou um telefonema?

— Será que estou fazendo o que é certo, Nana? — Noelle estava junto do fogão, esquentando uma panela com sopa. Era a hora do almoço, na terça-feira, e a avó acabara de despertar de um cochilo. — Tenho a sensação de que estou enlouquecendo, que acabarei morrendo, se não tentar ao menos *falar* com Emma.

A avó sentou à mesa, as mãos cruzadas no colo, os cabelos espetados, como fios se projetando de um circuito quebrado. As pernas brancas e finas, por baixo da bainha do chambre de veludo púrpura, eram cheias de veias à mostra.

— Às vezes *parece* que o bom Deus nos dá mais do que podemos suportar.

Ela suspirou.

— Isto nada tem a ver com Deus.

Nana empertigou-se. A resposta saiu incisiva:

— A mão de Deus está em tudo. Nunca se esqueça disso.

Depois de um momento, ela levantou-se. Atravessou a cozinha, a sola gasta do chinelo cor-de-rosa soando no linóleo. Sem que Noelle percebesse, a sopa começara a borbulhar. Nana apagou o fogo, enquanto comentava:

— O Senhor também ajuda aqueles que se ajudam. Se quer minha opinião, parece que não adianta muito você ficar sentada aqui sem fazer nada.

Noelle largou a colher com que vinha mexendo a sopa e declarou, veementemente:

— O que eu *gostaria* mesmo é fazer Robert sentir o gosto do seu próprio veneno.

— O que a impede?

Os olhos azuis de Nana, aninhados nas finas rugas, exibiam um pouco do antigo fogo.

— Minha advogada, para começar.

Nana soltou uma risada desdenhosa.

— Lacey Buxton pode assediar todo mundo que usa calça, mas o que ela sabe sobre ser mãe?

— Nana...

— Ora, eu mesma tenho vontade de pegar o carro e ir até lá!

Noelle sentiu um ímpeto de irritação, contido por um pensamento: *Pelo menos ela é previsível.* Enquanto crescia, sempre soubera que podia contar com a avó. Ao contrário de Mary, que entrava e saía de sua vida, sempre correndo para pegar um ônibus ou porque estava atrasada para alguma coisa. Sempre com uma boa desculpa, um beijo rápido... e a promessa de que as coisas seriam diferentes muito em breve.

Ela abraçou a avó, encostando a cabeça no ombro ossudo. Nana recendia a sabonete Ivory e roupa bem-passada.

— Lembra da ocasião em que as cortinas da sala pegaram fogo e você apagou com a mangueira do jardim? — recordou Noelle, falando baixinho.

Nana soltou um grunhido.

— Quem precisa de um bando de homens arrogantes, com botas enlameadas, sujando tudo? Qualquer pessoa com meio cérebro faria a mesma coisa.

Noelle absteve-se de comentar que a casa poderia ter sido totalmente destruída pelas chamas com a mesma facilidade.

— É assim que me sinto quando penso em Emma. Como se a casa estivesse pegando fogo com ela dentro... e eu não pudesse entrar para tirá-la.

Ela sentiu um aperto na garganta ainda maior. Nana deu um passo para trás. Envolveu a cabeça de Noelle, como se quisesse forçar aqueles pensamentos a saírem de seu cérebro. As palmas eram lisas como pedras polidas contra as faces de Noelle.

— Ora, meu bem, você só precisa apagar o incêndio.

— Mas Robert...

— Ele é apenas um homem. Jamais conheci qualquer outro homem, além de seu avô, que não pensasse que aquela coisa entre as pernas lhe dava o direito de mandar nas mulheres. Isso não significa que você tenha de ceder.

Noelle ficou aturdida, fitando a avó. Jamais ouvira Nana dizer qualquer profanidade, muito menos se referir às partes íntimas de um homem. Não podia haver a menor dúvida de que seu mundo virara pelo avesso. Mas, depois, uma voz sussurrou: *Talvez ela tenha razão. É possível que você esteja fazendo tudo errado. Talvez devesse entrar em ação.*

Noelle foi dominada por um impulso súbito e temerário, cada fibra de seu ser empurrando-a para uma única direção, atraída pela filha. Ela pegou as chaves do carro, convenientemente deixadas no balcão, ao lado da porta dos fundos.

— Voltarei a tempo para sua consulta com o dr. Reynolds — prometeu. — Pode ficar sozinha por uma hora?

— Não estou completamente desamparada. Ou pelo menos ainda não. — Nana torceu o nariz. Mas havia preocupação em seus olhos... não por si mesma, mas por Noelle. — Tome cuidado, está bem?

Enquanto atravessava a cidade, em seu Volvo cinza, novo em folha, permanecendo segura dentro dos limites de velocidade, Noelle tinha a sensação de que as articulações dos dedos das mãos, apertando o volante com toda a força, iam saltar da pele. As advertências de sua advogada faiscavam como uma luz amarela dentro da cabeça, mas o impulso básico de proteger a filha era ainda mais forte. *Posso cuidar da situação*, ela disse a si mesma. *Se começar a escapar ao controle, eu... irei embora.*

Atravessava o viaduto sobre a Iroquois Avenue quando um novo medo se insinuou em seu coração: e se não houver ninguém em casa?

Com sua própria vida em compasso de espera, não lhe ocorrera que aquele era um dia como outro qualquer para o resto do mundo. Robert estaria no trabalho àquela hora; e por que não? Não era *ele* quem roía as unhas. Mas também não seria bastante negligente a ponto de deixar a filha com uma babá. Só havia uma pessoa a quem ele confiaria Emma.

Ao parar na frente de Ramsey Terrace, 36, Noelle quase esperava deparar com o Cadillac branco da sogra estacionado lá. Foi um pequeno choque quando avistou, em vez disso, o Audi de Robert. Ao sair para a calçada, ela contemplou o caminho largo, de pedras lisas, seguindo até a porta da frente, como se fosse uma corda bamba.

A enorme casa Tudor, com suas janelas de barra vertical e vigas toscas embutidas no estuque, parecia escarnecer. Por que ela não se mudara antes? Por que precisara de uma desculpa? Noelle recordou as incontáveis vezes em que tivera de improvisar um jantar para várias pessoas, quando Robert telefonava na última hora para avisar que levaria convidados. E também lembrou os domingos, quando os sogros apareciam para o *brunch*, depois da ida à igreja, e ficavam durante a maior parte do dia. Se ela se queixava de que estava cansada ou sobrecarregada, Robert ressaltava, impaciente, que contava com uma criada e um jardineiro para fazer a maior parte do trabalho. Poderia ter uma babá também, se não insistisse em arcar com todo o fardo dos cuidados com a filha. Como se Emma fosse um fardo!

A culpa era toda sua, ela sabia. Ninguém apontara uma arma para sua cabeça. E, sob alguns aspectos, ela não *conspirara* com Robert para deixar florescer a criatura passiva que tão tolamente caíra em sua armadilha?

Talvez sim, mas não deixarei que ele escape impune desta vez.

Ao subir pelo caminho, ela experimentou, de repente, a sensação de ausência de peso, como se um passo muito vigoroso pudesse lançá-la pelo ar. Esquadrinhou as janelas do último andar, na esperança de vislumbrar a filha. Mas as janelas pareciam retribuir seu olhar com irritação, sem oferecer qualquer coisa. O som de crianças caindo na piscina veio do quintal dos fundos dos Patterson. Emma estaria ali? O coração de Noelle se animou com o pensamento. Imaginou-se tirando a filha pequena da água, os braços e pernas à mostra, toda molhada, como na primeira vez em que a tivera nos braços, logo depois do nascimento.

Robert devia ter ouvido seu carro parar, pois a porta da frente foi aberta no instante em que ela subiu para a varanda. Um homem alto e forte, de calça bege e camisa pólo amarela, fitou-a com irritação, como faria com um vendedor ou um visitante não convidado.

— O que está fazendo aqui? — perguntou ele, friamente.

— Acho que é bastante óbvio. — Noelle sentiu-se um pouco surpresa ao ouvir a voz amarga da avó saindo de sua boca. Deu uma espiada no interior da casa. — Vim ver Emma.

— Ela está dormindo.

— Esperarei.

— Não precisa esperar. Ela está bem.

— Gostaria de verificar pessoalmente, se não se importa.

— Para ser franco, *me importo.*

Dava para perceber, no rosto bonito e aristocrático do marido, que uma tempestade era iminente. Ao fitar seus olhos claros, siberianos, Noelle sentiu que a temperatura, beirando os 30º, baixava de uma maneira drástica. Estremeceu, apesar do calor sufocante de julho, como se estivesse parada diante da porta aberta de um frigorífico.

Em sua cabeça, uma voz recomendou: *Seja forte... por Emma.* Ela não podia se dar ao luxo de recuar. Não desta vez.

— O que está pensando? — A voz tremia no esforço de evitar o grito. — Como ousa me manter afastada de minha própria filha?

— Alguém tem de assumir a responsabilidade. — O olhar cruel de Robert avaliou-a, a boca se contraindo em repulsa. — Por Deus, Noelle, quando foi a última vez que se olhou no espelho? Está no fundo do poço e sequer saber disso.

Ela teve um arrepio, mas não recuou.

— Pode ficar com tudo. Esta casa e o resto. — Noelle abriu os braços, num gesto amplo. — Só peço que me deixe ficar com Emma.

Robert deu uma risada curta e sarcástica.

— Ficarei com tudo de qualquer maneira. Nunca me viu suplicando na porta de ninguém, não é?

— O que *vejo* é um homem que pensa que pode escapar impune — respondeu Noelle, firme. — Mas não vai, Robert... não desta vez.

Ele sorriu, friamente, mas Noelle percebeu que as palavras haviam atingido o alvo. A pálpebra direita de Robert começou a tremer.

— Não tenho tempo para essa conversa. Se tem qualquer coisa para dizer, fale com meu advogado.

Ele começou a fechar a porta.

— *Não!*

O grito estridente de Noelle ressoou de uma forma obscena no silêncio da rua sem saída daquela próspera comunidade suburbana. Ali, quase nunca as vozes se alteavam, as buzinas dos carros raramente soavam. A última insinuação de um escândalo fora o pacote em papel pardo, endereçado ao filho adolescente dos Whitley, que acabara caindo nas mãos do vizinho, Lindsey Amberson, de oito anos. Quando Robert hesitou, ela aproveitou a oportunidade para se adiantar e enfiar o pé entre a porta e o batente.

— Não vou embora antes de ver Emma.

— Você está de porre — disse ele, mais alto desta vez.

Noelle cambaleou. Mesmo com o pé ainda firme na porta, quase perdeu o equilíbrio. Não esperava por aquilo. Robert tentava convencê-la de que era louca? Ou fora ele que perdera o juízo?

Ele está louco, com toda a certeza. Louco como uma raposa. Noelle olhou para o lado, bem a tempo de ver Judy Patterson sair para sua varanda. Através do gramado bem-aparado que separava as casas, ela percebeu a expressão cautelosa da vizinha. A princípio, não lhe ocorreu que podia ser *ela* quem Judy estava olhando com desconfiança. Eram amigas, não é mesmo? Podiam não ser amigas muito íntimas, mas mesmo assim... Quando a mãe de Judy morrera, no inverno anterior, quem passara quase uma tarde inteira confortando-a? E quem cuidara dos quatro meninos, enquanto ela e o marido viajavam para o funeral em Boston? Foi só depois que Robert levantou um braço na direção de Judy, como se fosse um sinal — *não se preocupe, ela é basicamente inofensiva* —, que a terrível compreensão aflorou.

— Seria bem conveniente para você se eu estivesse bêbada, não é? — disse ela, em voz bastante baixa para Judy não ouvir. — Naquela noite você misturou alguma coisa em meu refrigerante, não é? Queria que todos pensassem que havia tomado um porre. Mas não vai dar certo, Robert. Nem mesmo você está acima da lei.

— A lei decidirá o que é melhor para Emma. E, pelo que ouvi dizer, o juiz Ripley não tem uma opinião muito favorável sobre mães negligentes.

— Negligente? — A palavra deixou Noelle quase engasgada. — Robert, isso é absurdo. E você sabe que é um absurdo. Pare com isso. Pelo bem de Emma, por favor.

A expressão de Robert se atenuou um pouco. Noelle especulou se não estaria finalmente fazendo-o compreender... até que o viu olhar pelo canto dos olhos. *É tudo uma encenação*, compreendeu ela, horrorizada. Na verdade, não a surpreenderia se toda aquela cena tivesse sido armada. Por que outro motivo ele teria permanecido em casa, no meio de uma semana de trabalho movimentada? Robert sabia que era apenas uma questão de tempo antes que ela aparecesse.

— Volte para casa, Noelle. Durma até passar o efeito. Não vai querer que Emma a veja nesse estado.

A voz, profunda e autoritária, projetava-se por cima das moitas de lilases, na direção do lugar em que Judy Patterson observava.

Noelle teve vontade de agredi-lo. Contudo, apesar da raiva que a dominava, poderia ter seguido o conselho, virando-se e indo embora, antes que a situação se deteriorasse. Se não fosse pelo grito estridente que cortou o ar naquele instante.

— *Mamãe!*

Através da porta parcialmente aberta, ela podia ver a sala de estar. Ali, teve o vislumbre de tranças escuras, um rostinho iluminado pela surpresa. O coração subiu para a garganta.

— Emma! Ó querida, você está b...

Seu pé recuou. A porta foi batida.

Noelle começou a martelá-la com os punhos. Na aldraba de latão polido, viu o reflexo distorcido de uma boca contraída de indignação. Como a de uma louca.

— Deixe-me entrar! Abra esta porta, Robert! Abra logo... ou então...

Ela parou. *Ou então o quê? Chamaria a polícia?* A ironia da situação fez com que as batidas frenéticas fossem suspensas.

E foi nesse instante que ela se lembrou de suas chaves. Tirou-as da bolsa e experimentou. E, surpresa, a maçaneta girou. A porta já estava meio aberta quando ela foi abruptamente empurrada para trás, a porta fechada, a tranca passada. Noelle cambaleou e caiu de lado, arranhando o cotovelo no concreto áspero da varanda. Podia ouvir, lá dentro, o choro de Emma e o murmúrio abafado de Robert, tentando acalmá-la. Através dos arbustos no lado da casa, Noelle avistou um movimento.

Por um instante de intensa ansiedade, ela pensou: *Judy. Ela vem me ajudar.*

Mas a vizinha apenas voltava para casa.

Noelle levantou-se, cambaleando contra a porta. Lágrimas escorriam pelo rosto.

— Emma? Querida? Sou eu, mamãe. Virei buscá-la assim que puder. Prometo.

Não havia qualquer som do outro lado além de passos distantes, afastando-se cada vez mais. Noelle foi envolvida por uma onda de desespero. Imaginou Robert com um sorriso secreto de triunfo, enquanto enxugava as lágrimas da filha. Quantas mentiras ele contara? Quantos danos ainda causaria antes que tudo aquilo acabasse para sempre?

Uma fúria selvagem a dominou.

— Não vai escapar impune! — gritou ela, estridentemente, sem se importar com o que os vizinhos pudessem ver ou pensar. Além de toda a razão. — Está me ouvindo, Robert? Não pode fazer isso! Não deixarei!

Noelle tornou a se jogar contra a porta, batendo até ficar com as articulações esfoladas. Chutou a porta com tanta força que sentiu alguma coisa — *um osso?* — ceder no pé, com uma pontada de dor intensa. Gotículas de saliva voavam dos dentes à mostra. Sua voz, quase irreconhecível, elevava-se pelo céu azul.

— Seu filho-da-puta! Deixe-me entrar! Deixe-me entrar!

Está se jogando direto nas mãos dele. Sabe disso, não é?

Uma voz em sua cabeça, com uma semelhança fantástica com a de Lacey, foi como um golpe da fria realidade. Abruptamente, ela perdeu o ânimo para lutar. Cambaleou para trás, sentindo, de repente, que o pé, dolorido, latejava. Os joelhos vergaram. Ela arriou no gramado, num tremor incontrolável. *O que fiz?* Noelle soltou um gemido interior. *Ó Deus, o que fiz?*

— É melhor deixar que o dr. Reynolds dê uma olhada nesse tornozelo.

Nana examinou-a, enquanto ela estava deitada no sofá. Noelle assumiu uma expressão corajosa diante da avó.

— É o que farei, assim que puder andar até o carro e chegar ao consultório.

Ela mudou a posição do pé, apoiado numa almofada macia. Estremeceu com a dor. A sandália abria sulcos profundos na carne rosada e inchada ao redor do tornozelo, mas ela não ousava tirá-la. Nunca mais conseguiria pô-la de volta.

— Não diga bobagem. — Nana soltou uma risada. — Você não está em condições de guiar para lugar algum.

Não era apenas por causa do pé. Noelle não precisava se olhar no espelho para saber que estava em péssimas condições. Fora um milagre ter conseguido chegar inteira em casa.

— Uma coisa é certa. Não posso ir até lá andando.

— Em vez disso, vamos pedir que ele venha até aqui.

— Um médico que faz visitas domiciliares? Nana, esses dias passaram, juntamente com o cavalo e a charrete.

Se não se sentisse tão angustiada, Noelle teria sorrido pela visão de mundo da avó, que estacara na época da presidência de Truman.

— É possível, mas acontece que Hank Reynolds não é como os outros médicos — insistiu Nana, obstinada.

— Só porque não vai intimidá-la a fazer outra série de quimioterapia?

— Entre outras coisas.

— Diga uma.

— Para começar, ele não está nisso pelo dinheiro. Se quisesse enriquecer, teria ido trabalhar numa daquelas clínicas de cidade grande em que cobram os olhos da cara só para dar uma olhada em você. Eu não ficaria nem um pouco surpresa se ele não cobrasse um centavo extra para vir até aqui.

Hank Reynolds assumira a clínica havia vários anos, quando o velho dr. Matthews se aposentara. Mas Noelle só o conheceu depois que começara a acompanhar Nana nas consultas. O jovem residente a impressionara tanto, que até começara a pensar em trocar seu médico em Schenectady por ele.

No momento, porém, tudo isso era uma preocupação distante. Não podia pensar em qualquer outra coisa que não fosse a maneira estúpida como se comportara. Ignorando o conselho da advogada, caíra na armadilha de Robert... *pela segunda vez.* O que, em nome de Deus, estava pensando?

— Meu pé não tem importância. É minha cabeça que precisa ser examinada. — Ela gemeu, sentando no sofá. — Ah, Nana, fiz tudo errado, não é?

— Fez o que tinha de fazer. — O tom da avó era incisivo. Não toleraria a sugestão, nem mesmo partindo da própria Noelle, de que ela era culpada por qualquer coisa. — Se há um meio de lutar que não acarrete problemas, não conheço.

— Alguma vez se sentiu assim por mamãe ou tia Trish? Como se preferisse cortar o próprio braço a vê-las sofrer?

— Nunca perdi uma única noite de sono por causa de Trish. Sua mãe, no entanto, era diferente... sempre querendo correr mais do que podia, mas tropeçando nos próprios pés. — Nana contraiu os lábios nostalgicamente. — Mas houve um tempo em que me senti assim, por saber quanto ela ia sofrer, mas sem poder fazer nada para ajudar.

— Está se referindo à época em que ela engravidou?

Noelle empertigou-se. Ouvira apenas a versão da história relatada pelos pais. Nana não gostava de lembrar esse capítulo específico. Pela maneira como falava, qualquer pessoa poderia pensar que a neta fora trazida pela cegonha. Nana acenou com a cabeça em sinal de confirmação, distraída, os olhos perdidos no espaço.

— Pensei que fazia o que era certo, mantendo-me a distância, na esperança de que ela voltasse por sua própria iniciativa. Agora não tenho tanta certeza...

— No final, porém, ela acabou voltando.

Nana, ainda distraída, mexeu no botão superior da blusa. Vestira-se para a consulta com o médico, até passara batom. Mas o terninho azul-claro continuava grande demais em seu corpo recém-encolhido, o que a fazia parecer ainda mais frágil.

— Era inverno, o inverno de 1969, um dos mais rigorosos que tivemos, pelo que me lembro. Seus pais não tinham dinheiro algum. O que mais ela podia fazer?

Nana balançou a cabeça. *Poderia ter continuado com meu pai*, pensou Noelle. Esse era o problema de sua mãe; a única coisa pela qual Mary lutara ali fora para escapar. Talvez devesse ter se empenhado mais para conseguir as coisas em Burns Lake, com seu pai.

Com um esforço, levantou e claudicou até a porta. O pé inchado latejava com uma dor difusa e intensa. Noelle olhou para o relógio e anunciou:

— São duas e quinze. É melhor nos apressarmos, se quisermos chegar na hora para a consulta. Depois, se ele tiver tempo, pedirei ao dr. Reynolds para dar uma olhada em meu pé.

— Pode deixar que eu guio.

A expressão de Nana era de inocência simulada.

— Nada feito. Lembre o que disse o oftalmologista.

— A catarata é só em um olho — insistiu Nana. — Posso ver muito bem.

— É mesmo? — indagou Noelle, com igual insistência. — Se pode ver tão bem, o que está escrito naquele furgão?

Ela apontou pela janela para o furgão estacionado em frente à casa dos Keenan, do outro lado da rua. Nele estava pintado, em letras grandes: MANUTENÇÃO DE PISCINAS FIGUERA.

Nana olhou atentamente, os lábios comprimidos com toda a força:

— É aquele pessoal do controle de insetos. Lembro que Betty fez um comentário sobre cupins.

— Pegue sua bolsa, Nana. Esperarei lá fora.

A avó sabia quando levava a pior. Com um grunhido contrariado, afastou-se pelo corredor para pegar a bolsa, a mesma bolsa preta e quadrada que vinha usando desde que Noelle era pequena, um armarinho de remédios itinerante, de onde ela extraía um suprimento inesgotável de Kleenex e Band-Aids, moedas e Sen-Sens.

Ah, Nana, que remédio você tem para mim agora?, pensou Noelle, em desespero, o coração apertado. Qual era a cura por ter cometido a estupidez de permitir que a filha fosse arrebatada de suas mãos? Por não ter acatado o conselho sensato de sua advogada?

Pouco depois, sentada na sala de espera pequena e malcuidada do dr. Reynolds, Noelle começou a especular se não deveria também ter seguido o conselho da avó e ficado em casa. Era sua imaginação, ou todos a observavam? Yvonne Lynch nem mesmo fazia qualquer tentativa de disfarçar. E Mona Dixon, grávida do segundo filho... Haviam cursado a escola juntas, mas pela maneira como Mona se comportava agora era como se mal se conhecessem. Quando o filho de dois anos de Mona vagueou em sua direção, Noelle teve certeza de que não imaginou a rapidez com que o menino foi puxado... como se a antiga colega de escola pensasse que ele poderia ser prejudicado de alguma forma pelo contato.

Mona e Yvonne não eram as únicas. No dia anterior, na Shop 'n' Save, Noelle encontrara uma vizinha. Durante todo o tempo da conversa, Karen Blaylock lançara olhares furtivos para o carrinho carregado de compras de Noelle... como se esperasse encontrar ali uma embalagem de seis cervejas ou uma garrafa de vinho. Não importava que as pessoas que sussurravam por suas costas não tivessem absolutamente nenhuma prova de qualquer coisa. Numa cidade como Burns Lake, a pessoa era culpada até que provasse sua inocência.

Noelle sentiu um calor súbito. A sala de espera, embora com ar-condicionado, parecia estar beirando os 40º. Ela já estendia a mão para uma das revistas velhas na mesinha de centro, a fim de se abanar, quando interrompeu abruptamente o movimento. Sylvia Hochman, sentada à sua frente, fitava-a com os olhos contraídos. Redonda, sem pescoço, Sylvia parecia uma velha e gorda gata doméstica, com cabelos rígidos, lembrando bigodes de gato, projetando-se das verrugas em seu rosto. Como proprietária da única loja de presentes da cidade, a The Basket Case, ela se apressaria em atiçar as chamas, sussurrando que Noelle Van Doren suava como uma prisioneira a caminho da forca.

Foi nesse momento que a porta da sala de exame foi aberta. Hank Reynolds saiu para a sala de espera. Parecia um tanto desarrumado na calça cáqui, cheia de pregas, e jaleco de médico amarrotado, mas exibia um sorriso a que nem mesmo um bebê com cólica poderia resistir. Até o rosto amargo de Sylvia se iluminou.

Noelle calculava que o médico tinha trinta e poucos anos. Estatura mediana, cabelos castanho-claros, com as entradas começando a se aprofundar. Era um pouco dentuço, o que o impedia ter de ter a beleza clássica, mas o rosto era tão amável — a boca gentil, contraída em permanente perplexidade, os olhos castanhos inteligentes que se tornavam radiantes quando sorria — que isso era tudo que se notava.

Noelle experimentou um desejo súbito e intenso de ir para a sala ao lado e subir na mesa de exame. Lembrou como ocorria quando era criança. O dr. Matthews comprimia o estetoscópio contra seu peito, a mão toda manchada pousava em seu ombro. Desejava que agora continuasse tão simples assim, que a cura de tudo que havia de errado em sua vida fosse tão descomplicada quanto uma receita aviada às pressas, uma insinuação de conselho, um pirulito de cereja do pote em cima do balcão.

Hank correu os olhos pela sala. Fixou-se na avó de Noelle.

— Creio que é a próxima, sra. Quinn.

Mas Nana sacudiu a cabeça, continuando sentada.

— Obrigada, doutor, mas eu agradeceria se visse minha neta primeiro.

Ele olhou para Noelle.

— Qual é o seu problema?

Noelle estendeu o pé, que começava a ficar roxo, onde as tiras da sandália comprimiam a pele inchada.

— Provavelmente apenas torci. Acho que não quebrei nada.

Ela estava consciente de que todos na sala a fitavam. Sentiu-se ainda mais horrorizada ao compreender que se encontrava à beira das lágrimas.

— Vamos dar uma olhada.

Hank adiantou-se para ajudá-la a levantar. Segurou seu cotovelo enquanto ela claudicava até a porta.

A sala de exame era exatamente como Noelle se lembrava. A mesma mesa de couro marrom, com um rolo de papel preso na extremidade. Os mesmos arquivos de metal cinza e a fórmica salmão. Até recendia como no tempo do dr. Matthews: álcool para massagem e pirulitos de cereja.

— Eu deveria ligar antes para marcar uma consulta — desculpou-se ela, enquanto subia na mesa. — Mas, como tinha de vir aqui de qualquer maneira, achei...

Noelle parou de falar, estremecendo, quando ele desafivelou a sandália e começou a examinar o tornozelo, cauteloso. Hank sentava num banco baixo, a cabeça inclinada sobre seu pé. Ela olhava para seu pescoço, que era claro, exceto pela linha de pele queimada pelo sol, por cima da gola da camisa azul-escura. Os cabelos castanhos eram abundantes atrás. A penugem triangular na nuca fazia com que ele parecesse estranhamente vulnerável. E, quando o médico levantou a cabeça, os olhos castanhos faiscavam.

— O que vai querer primeiro, a boa ou a má notícia?

— Se a má notícia é uma fratura, pode ter certeza de que não seria a pior que tive hoje — assegurou Noelle, com uma expressão sombria.

Hank não insistiu pelos detalhes.

— Neste caso, talvez a situação esteja melhorando. Posso tirar uma radiografia por medida de segurança, mas tenho 99 por cento de certeza de que foi somente uma torção do tornozelo. — O sorriso do médico se alargou. — A má notícia é que o que você chutou, provavelmente, ficou irreparável.

Ao recordar a cena terrível com Robert, Noelle sentiu um frio no estômago. Ao mesmo tempo, o sorriso de Hank era tão afetuoso e simpático que ela se descobriu a retribuí-lo, embora pesarosa.

— Era uma porta. Infelizmente, continua inteira.

— Sorte da pessoa que estava do outro lado.

Ela fitou-o, cautelosamente.

— Não sabia que também praticava a psiquiatria.

— E não pratico. É apenas uma questão de bom senso.

Noelle sentiu-se contrafeita ao pensar em sua provável aparência. Antes de sair de casa, limitara-se a passar uma escova pelos cabelos e a lavar o rosto marcado pelas lágrimas. Hank a considerava instável, uma pessoa bastante louca para chutar uma porta na tentativa de entrar? *A paciente, branca, 30 anos, parece ter sofrido um episódio psicótico, provavelmente relacionado a drogas ou álcool.*

Mas não era nada disso. Hank a observava com um interesse genuíno, até mesmo um sinal de admiração. Num salto de fé, ela confidenciou:

— Foi meu marido. Estamos nos divorciando.

— E devo presumir que não é um divórcio amigável.

— Refere-se a isto? — Ela ergueu o pé. — Não foi ele que me deixou com o pé assim, se é o que está pensando. Na verdade, a culpa foi toda minha.

Noelle deixou escapar um suspiro trêmulo, antes de acrescentar:

— É uma longa história.

— Sei que o divórcio é difícil. Você tem uma filha pequena, não é mesmo? Desculpe. Sei que dói. — Hank fez uma careta de compreensão ao tirar a sandália. — Como ela está suportando tudo?

Noelle hesitou, sem saber quanto devia revelar.

— Ainda é muito cedo para saber. Ela tem apenas cinco anos.

— Durante a residência, tratei de muitas crianças dessa idade. — Ele falava gentilmente, parecendo compreender que Noelle precisava de palavras tranqüilizadoras. — É surpreendente como elas são flexíveis.

Noelle aproveitou a oportunidade para mudar de assunto.

— Onde fez sua residência?

— No Columbia Presbyterian.

Noelle ficou espantada. Um hospital de tanto prestígio! Antes de poder se conter, ela disse:

— Perdoe-me por perguntar, mas como veio parar em Burns Lake?

Arrependeu-se, no mesmo instante, de sua audácia. Além de ser uma grosseria, não era da sua conta.

Mas Hank não parecia ofendido. Limitou-se a sorrir, como alguém acostumado a essas perguntas. De perto, ela viu que os olhos eram mais avelã do que castanhos, da cor de chá forte, fermentado. À claridade das luzes fluorescentes acima, as pestanas grossas projetavam tênues sombras sobre as faces sardentas. Ele dava a impressão de que passava muito tempo ao ar livre. Noelle descobriu-se especulando sobre isso também, as atividades que um ocupado médico de família, sem tempo sequer para cortar os cabelos, podia desfrutar. Pescaria? Não, ele não parecia o tipo. Talvez correr.

Seja como for, não pode haver a menor dúvida de que está em boa forma. Noelle corou devido ao rumo de seus pensamentos.

— A melhor maneira de responder é perguntar o que eu fazia na Park Avenue, em primeiro lugar. — Hank soltou uma risada triste. — Dei nove anos de minha vida, nove anos que não foram tão terríveis assim. Mas não era o que eu queria. Fui criado numa pequena cidade do Kansas e passei a vida inteira tentando escapar de lá. Agora, completei o círculo. O que acha disso como clichê?

— Acho que somos dois. Nasci e fui criada aqui mesmo, em Burns Lake. Aos 10 anos, fui morar em Nova York com minha mãe. Não me entenda errado. Sob vários aspectos, foi uma experiência maravilhosa. Durante todo o tempo, porém, me sentia ansiosa por voltar. — Noelle ficou surpresa ao se descobrir sorrindo. — Tem filhos?

Ele sacudiu a cabeça em negativa.

— Minha esposa não queria.

Noelle sentiu um desapontamento absurdo por saber que ele era casado.

— A maternidade não é para todas as mulheres — murmurou ela, constrangida.

— Planejamos uma família, mas ela mudou de idéia depois de alguns anos de casamento. Na verdade, foi um dos motivos pelos quais nos divorciamos. — Desta vez o sorriso não chegou aos olhos. — Kathryn é professora de estudos femininos na Universidade de Nova York. É desnecessário dizer que é muito politizada. Em determinado momento, acabou se convencendo de que os filhos são os instrumentos pelos quais os homens transformam suas esposas em mera propriedade.

— O que é uma maneira lamentável de considerar o relacionamento.

Então ele era divorciado. Não que isso tivesse qualquer importância, mas a informação a deixou mais animada.

— É exatamente o que sinto.

Hank levantou, foi até o balcão e começou a vasculhar uma gaveta.

— Não ficará assim por muito tempo. Vou enfaixar seu pé com uma bandagem Ace. Mantenha um saco de gelo em cima. A inchação deve desaparecer até amanhã. Se isso não acontecer, quero que volte a me procurar. Até lá... — Os olhos faiscaram com o riso. — ... espero que não saia por aí chutando outras portas.

Noelle resistiu ao impulso de uma confidência. O pensamento de ser mais uma paciente chorando no ombro do médico era mais do que ela poderia suportar. Forçou um sorriso e respondeu apenas:

— Está certo.

Com o tornozelo enfaixado, ela saiu da mesa, tomando cuidado para apoiar o peso do corpo no pé sem qualquer problema. Claudicava a caminho da porta quando Hank foi até um armário de suprimentos, de onde tirou uma grossa bengala de madeira. Entregou-a a Noelle, com uma piscadela.

— Leve isto. Vai precisar. E também serve para quebrar a cabeça de ex-maridos.

Quando voltava para casa, com Nana, Noelle sentiu que o pé, milagrosamente, já não latejava. Não sabia até que ponto era uma conseqüência da bandagem Ace ou do próprio Hank. Reconstituiu a conversa mentalmente. Ele apenas se mostrava simpático, um médico com uma boa conversa de cabeceira, ou seu interesse era genuíno? Noelle bem que podia aproveitá-lo como amigo. Ainda mais agora. Mas, se ele quisesse ser mais do que isso, seria obrigada a lhe dizer que naquele momento não havia a menor possibilidade...

Ela entrava na Larkspur Lane quando todos os pensamentos sobre Hank Reynolds foram removidos de sua mente pela visão do Lexus azul-escuro da mãe estacionado junto da casa.

Mary, vestindo uma calça jeans justa e uma blusa branca de algodão, fazia um tremendo esforço para tirar uma caixa de papelão da mala do Lexus. Ao som do carro de Noelle, ela empertigou-se e se virou.

Noelle saltou para cumprimentá-la. Estremeceu de dor ao pisar com muita força no pé enfaixado.

— O que está fazendo aqui, mamãe? O que significa tudo isso?

Ela gesticulou para as malas e caixas no gramado. Não devia ter parecido muito receptiva, porque a mãe ficou tensa no mesmo instante.

— O que acha que parece? Estou me mudando para cá. — Ela soltou uma risada jovial, que não teria enganado uma criança. — Não para sempre, é claro. Apenas durante o problema.

Noelle ficou aturdida demais para responder. A mãe se importava tanto assim para deixar sua carreira em segundo plano? Para ignorar suas divergências com Nana? Era incrível. Espantoso. Quase...

... bom demais para ser verdade. Sua exultação foi substituída por um fluxo de dúvidas familiares. Não duvidava das boas intenções de Mary, mas até quando isso duraria? Até a primeira crise na agência? Até que um cliente berrasse alto o suficiente para fazê-la sair correndo? Houve um silêncio constrangedor. Quando Noelle finalmente falou, as palavras saíram sem ênfase, parecendo insinceras:

— Puxa, isso é maravilhoso.

O sorriso de Mary foi igualmente forçado.

— Meu computador já está instalado no quarto de hóspedes. Posso trabalhar aqui e ir a Nova York quando for necessário.

Noelle acenou com a cabeça na direção das caixas.

— Eu bem que gostaria de ajudá-la a carregar o resto das coisas, mas torci o tornozelo.

Mary olhou para o pé de Noelle. A expressão de jovialidade forçada foi substituída, no mesmo instante, por uma consternação genuína.

— Ah, querida, como foi... Tem certeza de que não há nenhuma fratura?

— Tenho, sim.

O tom de Noelle era brusco. Ela olhou para a avó. Se Nana sabia de alguma coisa sobre aquela súbita chegada, não deixou transparecer. Ela adiantou-se para dar um beijo no rosto de Mary.

— Creio que vai gostar de um chá bem gelado. Como estava o tráfego?

— Não foi dos piores. — Mary pareceu relaxar um pouco. — E é claro que eu adoraria um chá gelado.

Depois que a mãe levou tudo para o segundo andar, Noelle subiu ao seu encontro, apoiando-se no corrimão. Mary instalara-se no quarto em frente ao seu, o mesmo que ocupara quando era criança e adolescente. Noelle sentou na cama, observando em silêncio, enquanto a mãe arrumava as roupas no *closet*, com uma precisão quase militar: vestidos num lado, calças no meio, as blusas em seguida, dispostas pela cor. Depois de vários minutos, a tensão tornou-se insuportável.

— Desculpe se não me mostrei muito entusiasmada — murmurou Noelle. — É que me pegou de surpresa. Quando disse que queria ajudar, nunca imaginei...

Noelle parou de falar, com medo de dizer o que havia de fato em sua mente. Podiam se passar dias, ou até semanas, antes que tudo fosse resolvido. Poderia contar com a permanência da mãe ao seu lado durante todo esse tempo?

— Estou aqui. Isso é tudo que importa, certo?

Mary abriu uma enorme caixa de papelão. Tirou uma caixa de sapato, azul-escura, com o logotipo inconfundível da Polo. Havia uma mala de couro aberta na cama, ao lado de Noelle, recendendo de leve a loção de bronzear. Um lembrete das férias recentes de Mary em St. Maarten.

Noelle correu os olhos pelo quarto: as cortinas de chita, a colcha de retalhos combinando, as prateleiras embutidas com exemplares antigos da *Reader's Digest* e *National Geographic*. Na penteadeira, havia um sortimento de águas-de-colônia, numa bandeja espelhada, uma para cada Natal em que tia Trish não fora capaz de pensar num presente mais criativo.

Para sua mãe sofisticada, aquele quarto, aquela casa seriam como um par de sapatos que não cabiam mais. Exceto pelo Curlycue Café, que era a antítese do luxo, não havia um único restaurante decente em Burns Lake. Até mesmo para um *caffe latte*, seria preciso uma viagem de carro de vinte minutos até o Starbucks, em Schenectady. Quanto tempo levaria para que Mary voltasse correndo para Nova York?

— Foi muita gentileza sua ter vindo — respondeu Noelle, contrafeita.

— Não estou fazendo isso para ser gentil.

O tom de Mary era afável, mas os olhos continuavam furtivos. Ela se deslocava entre a cama, a cômoda e o *closet* num ritmo incessante, estranhamente parecida com Nana.

— Não há muita coisa que possamos fazer até recebermos notícias de Lacey.

— Ajudarei na casa. E com Nana. Você não poderá fazer muita coisa com esse pé.

Mary falou em tom incisivo.

— A inchação deve desaparecer em poucos dias.

Mary virou-se lentamente para fitá-la. Naquele instante, poderia facilmente passar pela irmã mais velha e mais glamourosa de Noelle. Mas, depois, Noelle notou as pequenas rugas nas extremidades dos olhos e da boca, os fios prateados brilhando entre os cabelos castanhos. Mary parecia triste.

— Ah, meu bem, sei que não tenho estado... — Mary hesitou. — ...disponível. Mas quero ficar aqui com você agora. Pode me dar essa chance?

O que Noelle queria mesmo, naquele momento, era ser criança de novo, poder se enroscar no colo da mãe. Ansiava por sentir a mão de Mary em seu rosto, por ouvir sua voz cadenciada lendo uma história para fazê-la dormir. A mãe a *amara*... em demonstrações pequenas e doces, como flores que desabrocham para depois murchar. Talvez sua vinda fosse maravilhosa. Talvez ela *pudesse* ajudar. Lágrimas afloraram nos olhos de Noelle, que se apressou em baixar a cabeça para que Mary não as visse.

— Eu adoraria — murmurou ela, num fio de voz.

Noelle ficou contente porque a mãe não tentou abraçá-la. Era suficiente, por enquanto, estar sentada naquele quarto, com uma mala aberta entre as duas.

O telefone começou a tocar, no final do corredor. Noelle pegou a bengala e levantou, com alguma dificuldade, para ir atender.

Era Lacey, graças a Deus.

— A audiência foi marcada.

Ela parecia ofegante, a voz quase sumida num mar de ruídos. *Os lamentáveis celulares! Devia ser regra que todos os telefonemas importantes só pudessem ser dados de um telefone convencional*, pensou Noelle.

— Na quinta-feira de manhã, a primeira audiência do dia. Vamos nos reunir em meu escritório na tarde de quarta-feira para acertar os detalhes finais.

— Lacey, eu... — Noelle pretendia relatar o terrível incidente, mas só conseguiu acrescentar uma palavra: — Obrigada.

Sua mente e coração estavam disparados. Dois dias, pensou ela. Mais dois dias sem Emma. Sobreviveria até lá?

Capítulo Cinco

Mary olhou consternada para a caixa de papelão aberta no chão. O que dera nela para voltar a Burns Lake? Em seu apartamento, na Madison Avenue, enquanto planejava tudo com seu pessoal, a decisão parecia absolutamente razoável. Mas agora, em seu antigo quarto, na Larkspur Lane, sentada na cama de sua infância, com a cabeceira de bordo que ainda continha a inscrição que fizera com um canivete, na parte de baixo, aos 14 anos — sra. Charles Jeffers —, tudo lhe ocorria como quase uma insanidade.

Seu trabalho não era do tipo em que se podia simplesmente tirar uma licença. Tinha contas para supervisionar. Clientes que dependiam dela. Lucianne Penrose, por exemplo. Lucianne, com seus 25 centros de dieta e outro a ser inaugurado no mês seguinte. Na primeira vez em que Lucianne tivera dificuldades para alcançá-la, numa suposta emergência, tivera um acesso de fúria. Na TV, a antiga e obesa dona-de-casa, agora esguia e elegante, podia parecer a santa padroeira dos que tinham excesso de peso, mas na realidade era a ira em pessoa.

Lucianne não era a única. Havia Madison Phillips, da Phillips, Reade & White, uma firma de investimentos de grande porte, especializada em "transferências intergeracionais". Mary tinha a função de divulgar a empresa sem dar a impressão de que o fazia, principalmente através de notícias plantadas com todo o cuidado no *Daily News* e no *Wall Street*

Journal. Madison, com sua cabeleira prateada e afeição por charutos cubanos, comentara um dia com Mary, quando olhava pela janela de seu escritório no 34º andar na Wall Street, que o terminal das barcas na Staten Island "era uma ofensa à vista que não devia ser permitida". O velho não acharia a menor graça, pensou Mary, ao saber que ela se transferira temporariamente para uma cidade pequena, que a seu ver nem estava no mapa.

E ela não se permitiria sequer *pensar* sobre os perigos em potencial (mais do que isso, prováveis) de organizar de longe o banquete da Rene's Room. Howard Lazarus, o magnata de Hollywood, fundara a instituição de caridade com o nome de sua amada esposa, Rene, uma vítima de câncer de mama. Seu banquete anual de levantamento de recursos era o mais quente da temporada. Naquele ano, mais de dois mil nova-iorquinos de grande proeminência social deveriam comparecer, junto com algumas das pessoas mais influentes de Hollywood. E adivinhem quem era a pessoa encarregada de planejar tudo, do princípio ao fim? Um passo em falso, pensou Mary, e todo o carrinho com as maçãs empilhadas poderia virar, arruinando-a.

A única pessoa que parecia compreender era Simon, mas o que isso dizia sobre sua vida?

— Tire todo o tempo de que precisar — dissera seu namorado pelo telefone, de Seattle. — Estarei aqui até o final do mês, de qualquer maneira. Depois disso, não sei o que pode acontecer. Pelo menos assim não ficarei com o sentimento de que a estou negligenciando.

E ele dera uma risada irônica.

— Acha que estou louca? — indagara Mary.

— Não mais louca do que a maioria.

A resposta rápida de Simon em nada contribuíra para tranqüilizá-la.

Louca? Ela se permitiu agora uma risada seca e zombeteira. *Se a insanidade virasse uma empresa, eu seria a acionista majoritária*. Quando foi a última vez que aceitara o conselho da mãe? No mínimo, deveria ter conversado primeiro com Noelle, que deixara bem claro que não se sentia muito encantada com a idéia. Se Mary tivesse feito isso, não estaria agora sentada ali, sentindo-se a maior idiota do mundo.

O que você esperava? Uma banda marcial desfilando pela Main Street em sua homenagem? A voz em sua cabeça era zombeteira. Trinta anos não podiam ser revertidos em um dia. De qualquer maneira, seu coração se encontrava no lugar certo, mesmo que *ela* não estivesse. Como o pai sempre dissera, não há substitutos para uma posição de controle.

Teria simplesmente de enfrentar as tempestades que surgissem. E nem todas, pensou sombriamente, seriam obra de Robert. A primeira coisa a fazer naquele instante era deixar para arrumar suas coisas mais tarde e descobrir tudo que acontecera.

Mary levantou-se, com um suspiro. Estava suada da viagem e com sede suficiente para tomar dois litros de chá gelado. A perspectiva de um verão longo e quente em Burns Lake era tão atraente quanto uma excursão por uma selva equatoriana. Para agravar a situação, sua mãe tinha uma aversão quase patológica a ar-condicionado. Segundo Doris, todo aquele ar "enlatado" não passava de um viveiro de germes. Quando cresciam, Mary e a irmã revezavam-se com o ventilador, nas noites abafadas do verão, quando não conseguiam dormir. O ventilador ficava no peitoril da janela, enviando um fluxo de ar lento para uma cama ou outra.

Mary pensou em ligar para a irmã. Ou melhor ainda, pegar o carro e ir visitá-la, depois do almoço. Trish pelo menos seria uma pessoa que teria o maior prazer em vê-la. E a livraria tinha ar-condicionado. Trish podia não ter saído de Burns Lake, como costumava falar que faria quando eram jovens, mas pelo menos conseguira se livrar de muitas das noções antiquadas com que haviam sido criadas.

Mary descia a escada quando foi obrigada a parar, abruptamente, por uma voz profunda que vinha da cozinha. Reconheceu-a no mesmo instante: *Charlie!* Seu coração disparou. Ela fechou os olhos. Encostou-se na escada. Mas por que isso deveria surpreendê-la? Ele era o pai de Noelle. Era natural que quisesse ajudar. E ninguém precisaria dizer a Charlie qual era a coisa certa a fazer.

Ao atravessar o vestíbulo, Mary tinha uma consciência intensa de cada passo deliberado, como acontecera séculos antes, quando pisara nas pedras da passadeira para cruzar o regato, ao encontro de Charlie, que esperava do outro lado. Ela parou por um momento na porta da cozinha, impressionada com a visão do ex-marido, sentado à mesa, descontraído, a cadeira um pouco inclinada para trás, de calça jeans, uma perna comprida estendida, o pé apoiado na travessa da cadeira ao lado. Doris e Noelle sentavam do outro lado, inclinadas para a frente, numa reação instintiva, como viajantes cansados que se aproximam do calor de uma lareira. Conversavam em voz baixa, uma família compartilhando um problema, avaliando opções. Com um senso súbito e profundo de desespero, Mary se sentiu uma estranha ali, quase uma *intrusa*.

Então, Charlie levantou o rosto. Seus olhos se encontraram. O momento pareceu se prolongar, interminavelmente. Por fim, ele limpou a garganta e falou.

— Mary...

Houve o rangido da cadeira arrastada no linóleo verde bastante gasto. Charlie levantou. Deu a volta para cumprimentá-la. Mais alto do que ela se lembrava. Ainda esguio, meio desconjuntado como sempre, embora um pouco mais cheio no peito e na cintura. Os cabelos pretos, cortados rentes, haviam se tornado grisalhos. Os anos eram evidentes também nos sulcos profundos que marcavam o rosto estreito e anguloso. Apenas os olhos continuavam exatamente iguais, de um ocre-esverdeado fascinante, a cor de um regato raso e sombreado.

— Olá, Charlie.

Foi a única coisa que lhe ocorreu dizer. Talvez fosse por causa da longa viagem ou pela tensão de especular sobre o que as semanas subseqüentes lhe reservariam... ou talvez fosse pelo próprio Charlie, um lembrete de sua juventude — o momento mais feliz de sua vida, mas também o mais terrível —, mas Mary se descobriu, de repente, com a língua presa.

Charlie hesitou, como se perguntasse a si mesmo se deveria ou não beijá-la no rosto. Em vez disso, ele estendeu a mão. Seu aperto foi firme e rápido.

— Vi seu carro lá na frente. Noelle me disse que pretende passar algum tempo aqui.

— Vai depender. — Mary lançou um olhar ansioso para Noelle. — Era Lacey ao telefone?

A filha confirmou com um aceno de cabeça, a expressão tensa.

— Teremos uma audiência na quinta-feira. Mas, mesmo que o juiz decida a meu favor, seria apenas temporário. Lacey diz que ainda teremos uma audiência específica quanto à custódia. Robert falava sério... não vai desistir sem lutar.

Charlie pôs a mão enorme no ombro de Noelle.

— Não se esqueça, querida, de que a balança da justiça pode pender para qualquer dos lados.

A expressão decidida de Charlie levou Mary a pensar no que ele poderia fazer se Robert entrasse ali naquele instante. Charlie olhou para Doris e acrescentou:

— Acho que vou aceitar aquele oferecimento de chá gelado, sra. Quinn. Sem açúcar, apenas com bastante gelo.

— A esta altura, já sei como você gosta do seu chá.

O tom de Doris era amargo, mas era evidente que ela estava satisfeita em ser útil. Levantou-se. Em seu terninho azul-claro, os cabelos brancos presos num coque, era como se estivesse a caminho de uma reunião de senhoras da sociedade. E, embora circulasse pela cozinha mais lentamente do que em anos passados, ainda exibia uma trêmula dignidade.

Era irônico, pensou Mary, que Charlie, outrora banido, parecesse agora mais à vontade ali do que ela. Doris até sabia como ele gostava do chá. Mas, de certa forma, era natural. Nos anos em que Mary passara indo e voltando do Danville College, a sessenta quilômetros de distância, Charlie permanecera em Burns Lake, plantado no mesmo lugar, como uma árvore vigorosa. Ele trabalhara muito, é verdade, mas sempre teve tempo para Noelle. Mesmo agora que a filha crescera, os dois continuavam unidos. O mesmo acontecia com Emma. No batizado, Mary se impressionara com a maneira como os olhos da neta haviam se iluminado quando Charlie a pegara no colo. E também experimentara alguma inveja, já que era pouco mais do que uma estranha para Emma.

Até mesmo Doris parecia ter desenvolvido um estranho tipo de afeição por ele. Seria o charme descontraído de Charlie? Ou sua mãe amolecera com a idade? De qualquer maneira, Mary não duvidava de que assim era melhor para ambos. Do seu ponto de vista, porém, levaria algum tempo para se acostumar.

— Lacey tem alguma idéia do que poderá acontecer na audiência? — indagou Mary.

Noelle meneou a cabeça em negativa. Virou-se para Charlie, com uma expressão angustiada.

— Estou apavorada, papai. Emma deve estar pensando que a abandonei.

Ele apertou o ombro da filha.

— Nada disso, querida. Sua filha a conhece muito bem. Seja como for, pode ter certeza de que a verá. Mesmo que... — Charlie limpou a garganta. — ... as coisas não sejam como você gostaria a princípio.

As palavras pairaram no ar abafado e parado. Noelle não respondeu. Não precisava. Sua expressão assustada dizia tudo. O coração de Mary palpitou. Conhecia aquela expressão. Era a mesma que, num passado distante, aparecia no rosto que a fitava do espelho.

— O importante é lembrar que você não está sozinha — murmurou ela, inclinando-se para acariciar de leve o braço da filha. — Seu pai e eu, tia Trish e Nana... todos estaremos com você em cada passo do caminho.

— Para não mencionar sua irmã. — Charlie soltou uma pequena risada. — Quando Bronwyn soube que você torceu o tornozelo tentando derrubar a chutes a porta de Robert, quase que tive de amarrá-la para impedir que fosse até lá e acabasse o serviço.

Então foi assim que aconteceu. Mary sentiu um ímpeto de orgulho maternal e pensou: *Muito bem, Noelle.* Ao mesmo tempo, sentiu-se angustiada porque a filha confidenciara a Charlie antes de lhe contar. Toda aquela cena parecia uma enorme e cruel piada. Imaginara-a tantas vezes — os três reunidos em torno da mesa da cozinha, como uma família comum — que a realidade, aquela realidade, era mais dolorosa do que todos os anos de separação. Ela respirou fundo, exibindo uma expressão animada.

— Por falar em irmãs, pensei em pegar o carro e visitar Trish. — Ela olhou para Noelle e acrescentou, num tom de indiferença, talvez exagerado: — Não gostaria de ir comigo?

— Obrigada... mas estou um pouco cansada — murmurou Noelle, baixando os olhos.

Ela parecia *mesmo* cansada, pensou Mary. E por que não, considerando o dia que tivera? Na verdade, talvez tivesse sido insensibilidade de sua parte fazer o convite.

— Acho que é a minha deixa para cair fora. — Charlie tomou o resto do chá e largou o copo na mesa. — Obrigado, sra. Quinn. Lamento não poder ficar mais; preciso voltar a tempo de preparar as manchetes para a edição de amanhã.

— Vou acompanhá-lo até o carro, papai.

Noelle começou a levantar. Gentilmente, Charlie obrigou-a a continuar sentada.

— Não, meu bem. Descanse o pé. Ligarei esta noite, depois de realizar mais um pouco daquela investigação de que falamos.

Investigação? Sobre as sujeiras de Robert? Uma lembrança antiga se agitou no fundo da mente de Mary. Nada era concreto, apenas uma vaga sensação de alguma coisa errada. Era como uma coceira que ela não podia alcançar. Ansiava por perguntar a Charlie o que ele quisera dizer. Mas era evidente que Charlie tinha pressa. Em vez disso, acompanhou-o até a porta.

— Vamos nos encontrar na quinta-feira?

— A menos que queira me acompanhar agora numa rápida excursão pelo *Register* — propôs Charlie, jovial. — Duvido que possa sequer reconhecer o lugar.

— A cidade inteira cresceu — comentou Mary.

— Por causa daqueles condomínios em torno do lago. Atraíram muitos veranistas.

Um tom de amargura insinuou-se na voz de Charlie. Mary recordou que a Van Doren & Sons se encontrava por trás do recente desenvolvimento imobiliário da cidade.

— Claro que vou adorar a excursão. — As palavras saíram antes que Mary pudesse pensar que as diria. — E de lá posso ir a pé até a livraria.

Só depois que deixaram a casa é que Mary compreendeu como estivera tensa. Deixou escapar um suspiro de alívio audível. Charlie, andando um passo à sua frente, virou-se para fitá-la, com uma expressão compreensiva.

— Ainda se sente nervosa, não é?

— Como?

— Com esta casa. Sua mãe.

— Só quando olho para baixo.

— Deixe passarem alguns dias, e não vai parecer mais uma corda bamba tão terrível.

Mary sabia que ele pensava nos próprios pais.

— Soube de sua mãe — murmurou ela. — Sinto muito. Espero que ela não tenha sofrido.

— Felizmente, não. No final, ela teve uma morte serena. E, ainda mais importante, morreu sóbria.

Mary pensou que era uma cruel distorção do destino que Pauline Jeffers, depois de dez anos nos Alcoólicos Anônimos, tivesse morrido de insuficiência do fígado. Mas sessenta anos bebendo muito haviam cobrado seu tributo.

— Como está seu pai?

— Passa a maior parte dos seus dias no centro dos idosos, depenando seus antigos companheiros do Kiwanis no pôquer. Mas continua resistindo. Nesse sentido, papai é como sua mãe, um autêntico sobrevivente. — Charlie sacudiu a cabeça na direção da casa. — Não acha que ela parece um pouco melhor? Durante algum tempo, chegamos a pensar que não escaparia.

— Doris? Ela vai sobreviver a todos nós.

Mary soltou uma risada seca, que não podia encobrir o tumulto de emoções conflitantes por se encontrar mais uma vez à mercê da mãe. Charlie não se deixou enganar. Parecia saber o que ela pensava. Abriu a boca para responder, mas resolveu abruptamente mudar de assunto.

— Este gramado precisa ser cortado — comentou ele, enquanto se encaminhava para seu Chevy Blazer, todo sujo de lama. — Mandarei um dos meninos cuidar disso.

Mary levou um momento para compreender que ele se referia aos *office boys* do jornal, o mesmo cargo que tivera no início de sua carreira. Enquanto o observava atravessar o gramado malcuidado, como se quisesse se encontrar com sua sombra comprida, ela não pôde ignorar a ironia.

— Eu o seguirei em meu carro, Charlie.

Ele deu de ombros.

— Conhece o caminho.

Minutos depois, Mary parou em frente ao prédio de tijolos, tão familiar, na Chatsworth Avenue. Cinco anos antes, quando Charlie comprara o jornal de Ed Newcombe, o prédio estava em decadência. Desde então, os tijolos haviam sido lavados com jato d'água, as janelas reformadas e pintadas de verde-escuro. Até mesmo a hera pálida, que costumava subir desanimada dos canteiros na frente, fora arrancada, substituída por coloridos gerânios e nastúrcios.

O interior também mudara. O que antes operava de forma sonolenta era agora um centro de intensa atividade. Na redação, no segundo andar, havia pelo menos uma dúzia de mesas, com uma fileira de salas com divisórias de vidro ao longo de uma parede. Ela se lembrou dos velhos tempos, Charlie lhe contando que os repórteres veteranos prolongavam o almoço por duas ou três horas. O que ela via agora, no entanto, era uma equipe de homens e mulheres de aparência dinâmica, a maioria recém-saída da faculdade. Enquanto trabalhavam, o barulho era quase ensurdecedor, uma cacofonia de teclados sendo batidos, telefones tocando e vozes gritando. Mary tentou não imaginar como seria depois, com o estrondo vulcânico das rotativas lá embaixo.

— Houve um incêndio no depósito da Mackie Foods ontem à noite. — Charlie teve de altear a voz para ser ouvido acima da confusão. — Dizem que pode ter sido criminoso. Mandei dois dos meus melhores repórteres fazerem a cobertura. Stan!

Ele acenou para um rapaz de ombros encurvados, com cabelos da cor de um cano enferrujado.

— O que você descobriu com o vigia noturno? Ele viu alguma coisa suspeita?

O garoto deslocou o peso do corpo de um pé para o outro, coçando o nariz sardento com a extremidade de borracha do lápis.

— Falei com os dois vigias: o que trabalha no turno de cinco à meia-noite e o que entra em seguida. O primeiro, um certo sr. Bluestone, alegou que se manteve de olho nas câmeras de segurança durante todo o tempo, mas não viu nada fora do comum. O segundo, um certo... — Stan consultou o bloco de anotações na mão. — ... sr. T. K. Reston, que os amigos chamam de Tuck, informou confidencialmente que Bluestone gosta de tirar um cochilo durante seu turno.

— Veja se consegue arrumar uma cópia das fitas com o chefe dos bombeiros — determinou Charlie. — Podem revelar alguma coisa interessante.

— Já vou providenciar, chefe.

Stan ergueu a mão numa saudação vaga e voltou para sua mesa. Na sala de Charlie, um autêntico aquário, o barulho não era tão grande.

— Sente-se.

Ele gesticulou para a cadeira na frente da mesa de carvalho gasta, remanescente da administração anterior. Havia em cima pilhas de jornais e bandejas cheias de papéis. À direita do computador havia uma velha máquina de escrever Underwood. Mary apontou-a.

— Não me diga que ainda usa aquela coisa.

Charlie riu.

— Ficaria surpresa com o que pode acontecer. No inverno passado, quando o fornecimento de energia foi interrompido, durante a grande tempestade, a máquina de escrever foi muito útil. Mas, acima de tudo, eu a guardo por razões sentimentais. Lembra-me do tempo em que era apenas o garoto que levava as matérias de um lado para o outro.

— Estou impressionada. E não me impressiono com facilidade. — Mary olhou ao redor, numa admiração evidente. — Você transformou o *Register* num jornal de verdade, Charlie. Com repórteres competentes e todo o resto.

Ela sorriu, antes de acrescentar:

— Presumo que as notícias não se limitam mais a gatos salvos em árvores.

— Há muitas notícias de verdade, mesmo numa cidade deste tamanho... se você souber onde procurar.

Charlie pegou um peso de papel, um bloco faiscando com cristais, que a fizeram pensar em dentes pequenos e afiados. Ele examinou-o, mas parecendo que não o via, o olhar virado para dentro. Mary recordou seu comentário anterior para Noelle.

— Por falar nisso, o que significa a investigação a que se referiu? É alguma coisa que eu deva saber?

Com um suspiro, Charlie largou o peso. Encostou-se na mesa, cruzando os braços sobre o peito. Mary não pôde deixar de notar que o dedo da aliança de casamento estava vazio. Havia uma nova mulher em sua vida? Ou ele apenas decidira que já passara tempo suficiente? Afinal, sua esposa morrera havia oito anos.

— Ainda não sei o que pode significar. Talvez não seja nada. — Sua expressão era remota, indecifrável. — Meu primeiro impulso foi ir até lá e matar o filho-da-puta. Por sorte, pensei melhor e decidi que, em vez disso, poderia bisbilhotar um pouco. Qualquer coisa que pudesse descobrir sobre Robert Van Doren, desde o tempo do ensino médio.

— E descobriu alguma coisa?

— O que encontrei até agora provoca mais perguntas do que oferece respostas, infelizmente. — Charlie virou-se e pegou uma pasta de arquivo, em cima de uma bandeja transbordando. — Dê uma olhada.

A pasta continha uma série de reportagens de jornal, copiadas de microficha. A de cima, do *San Francisco Examiner*, era datada de 12 de abril de 1972:

JOVEM ACUSADO DE HOMICÍDIO CULPOSO

Ontem de manhã, a polícia de Palo Alto prendeu um estudante da Universidade de Stanford, Justin McPhail, de 21 anos, pelo suposto estupro de Darlene Simmons, de 18 anos. Os dois haviam participado de uma festa na casa de fraternidade Kappa Alpha. Quando Simmons deixou a festa, com McPhail e dois de seus amigos, há informações de que todos já haviam bebido muito. Simmons identificou McPhail como seu agressor, alegando que fora estuprada ao voltar para o dormitório.

> Quando interrogados pelas autoridades, os companheiros de McPhail, nenhum dos dois presentes na ocasião, King Larrabie, de 21 anos, e Robert Van Doren, de 20 anos, disseram que nada sabiam sobre o suposto crime. A única declaração de McPhail foi a seguinte: "Ambos havíamos bebido muito e começamos a nos acariciar. Não a forcei a fazer qualquer coisa." Ele está detido neste momento, sem direito a fiança. Enquanto isso, a polícia do *campus*, em Stanford, continua a investigar o caso.

O pensamento que se agitava no fundo da mente de Mary aflorou de repente: o suicídio de Corinne. E se pudessem encontrar uma maneira de usá-lo contra Robert? Junto com aquela notícia, pelo menos lançaria uma onda de suspeita. As pessoas começariam a especular, como ela fizera durante todos aqueles anos, se Robert tinha mais a ver com a morte de Corinne do que parecia à primeira vista.

— Por que não soubemos disso na ocasião? — indagou ela.

— Por um lado, não foi uma notícia local. — Charlie enumerou as razões na ponta dos dedos. — Por outro, não havia prova de que Robert estivesse diretamente envolvido. Lembro de ter ouvido alguma coisa na ocasião, um rumor sobre um problema em Stanford. Mas não preciso lhe dizer que os Van Doren têm o hábito de manter a boca fechada.

— Mas, se ele não era culpado de coisa alguma, por que todo o sigilo?

— Boa pergunta.

— Acha que Robert está escondendo alguma coisa?

— Talvez sim, talvez não. Pode ser apenas uma coincidência. Ainda não sei o que aconteceu com McPhail, mas é interessante onde Larrabie acabou.

Charlie mostrou outra notícia na pasta, esta do *Buns Lake Register*, datada de 16 de novembro de 1998. O título dizia:

CANDIDATO REPUBLICANO KING LARRABIE ELEITO PARA O SENADO ESTADUAL

Mary levantou os olhos.

— O que o faz pensar que as duas coisas estão ligadas?

— Como eu disse, há coincidências demais. E não costumo acreditar em coincidências. — Ele tornou a guardar a notícia na pasta. — Já ouviu falar na nova auto-estrada que acaba de ser aprovada em Albany? Adivinha quem foi seu mais ardoroso defensor.

— Larrabie?

— Bingo. E quem, em Burns Lake, vai se beneficiar mais com a construção dessa auto-estrada?

Mary não precisava perguntar. O Cranberry Mall era a única coisa de que seu genro falara durante os últimos meses. A auto-estrada proporcionaria uma ligação vital com as áreas externas, o que por sua vez traria mais crescimento para Burns Lake. Mas, afora as comissões habituais nessas transações, onde estava a fumaça saindo do revólver? A mente de Mary procurava por uma ligação.

— Concordo que parece um pouco suspeito. Mas isso não faz com que seja ilegal.

Charlie elevou uma sobrancelha.

— Não, não faz. Mas o que me diz se Robert e Larrabie fossem cúmplices desde aquele tempo? E se soubessem mais sobre o estupro daquela moça do que qualquer um dos dois admitiu? Teriam motivos para ajudar um ao outro.

Uma lembrança voltou a Mary nesse instante, com uma rajada de ar frio, encontrando a passagem por uma fresta. Na noite da morte de Corinne, Robert alegou que ficara em casa, com a família. E se os pais tivessem mentido para protegê-lo?

E ela recordou outra coisa, um comentário que sua amiga fizera certa ocasião. As duas estavam sentadas na cama em seu quarto, conversando sobre Robert. Corinne assumira uma expressão estranha, como se estivesse aturdida, mas também um pouco assustada.

— Nada jamais o afeta — dissera ela. — Não estou querendo dizer que as coisas não o incomodam. Nem sequer *afetam*.

O que exatamente ela queria dizer com aquilo? Que nada de ruim jamais aconteceria com Robert? Ou apenas que era um homem sem consciência? Com base apenas nas ações recentes, ela optaria pela segunda possibilidade. Mas a deslealdade num divórcio era uma coisa, e um assassinato era outra muito diferente.

Mesmo assim, Mary sentiu os cabelos da nuca arrepiarem. Era o mesmo sentimento que experimentava quando surgia uma grande oportunidade de divulgação.

— Eu estava pensando em Corinne — meditou ela, em voz alta. — Lembra de seu funeral? A maneira como Robert se comportou. Quase como... quase como se tentasse se distanciar de tudo aquilo.

— Para ser franco, a única coisa de que me lembro com nitidez é do dia em que tomamos conhecimento de sua morte.

Ele deu de ombros, abrindo os braços. É natural, pensou Mary. Como qualquer dos dois poderia esquecer? Fora o dia em que ela abandonara Charlie. E, por mais que suas ações tivessem sido involuntárias, não havia como ignorar o sofrimento que causara. Ela teve a impressão de perceber um brilho da antiga angústia nos olhos de Charlie naquele momento. Fez um esforço para resistir ao impulso de desviar os olhos.

— E se Robert sabe mais do que disse, não apenas sobre o estupro, mas também sobre Corinne?

Exceto por uma contração quase imperceptível dos maxilares, a expressão de Charlie permaneceu neutra, avaliadora.

— Também pensei nisso. Mas, mesmo que estivéssemos certos, não poderíamos provar.

— Mas o que *aconteceria* se conseguíssemos provar?

Fora assim com eles desde o início. Sempre que um expressava uma idéia, descobria que o outro já vinha pensando na mesma coisa. Costumavam rir por isso. Agora, deixava-a apreensiva compreender que pouca coisa mudara.

— Como jornalista, eu teria de ver uma evidência incontestável. E, depois de tantos anos, para ser franco, não vejo muita probabilidade de se encontrar qualquer fato novo.

Apesar de tudo, uma idéia começava a tomar forma na mente de Mary. Ela inclinou-se para a frente, ansiosa.

— Deixe-me ajudar, Charlie. Terei tempo de sobra nas mãos. E conheço o território.

Charlie balançou a cabeça.

— Não quero parecer desagradável, mas você só iria atrapalhar. De qualquer forma, como eu disse, aconteceu há muito tempo. Qualquer pista que pudesse haver já desapareceu.

Mary ficou irritada.

— Posso não trabalhar em jornal, mas sou muito hábil em orientar uma notícia. É o que faço para ganhar a vida. Se Robert tem alguma coisa para esconder, pode ter certeza de que eu saberia onde procurar.

Ele a fitou com um ar pensativo. À claridade difusa que entrava pelas persianas, seu rosto anguloso parecia ter sido esculpido em alguma pedra dura, como as pontas de flechas de seus ancestrais iroqueses. Estaria especulando sobre os dois trabalhando juntos, com tanta intimidade? Sentia-se apreensivo, como ela, em relação aos sentimentos antigos que isso poderia trazer de volta à tona?

Já se passaram trinta anos, escarneceu uma voz. *O que a faz pensar que ele ainda se importa?* Fora ele quem tornara a casar, não ela, com uma criança para mostrar. De qualquer maneira, o problema nada tinha a ver com Charlie e ela. Envolvia a filha dos dois. E Emma. Fora *esse* o motivo pelo qual voltara. Não para curar antigas feridas. E soube que vencera quando Charlie perguntou, casualmente:

— Só por curiosidade, por onde você começaria?

Mary pensou bem, o ruído externo desvanecendo-se para um zumbido distante. Por mais estranho que pudesse parecer, no entanto, o que aflorou em sua mente foi a lembrança do baile de formatura da escola, Charlie e ela juntos. Mary lembrou que usava um vestido azul de cetim e uma sobre-saia rendada. Luzes que pareciam moedas de prata giravam por cima. Dançavam ao som dos Righteous Brothers, e Charlie apertava-a com força, dizendo algo que ela não podia ouvir direito, por causa da música. Havia apenas a sensação dos lábios de Charlie roçando em sua orelha, a respiração quente em seu rosto. Lembrou que o amava tanto naquele momento que até doía, uma vibração agradável, que desceu pelas pernas, enquanto fazia um esforço para manter o equilíbrio no salto alto.

Havia também outras lembranças: seus seios inchados com leite; os gritos famintos da filha à noite, enquanto ela saía debaixo das cobertas para o ar gelado. E essas lembranças faziam com que as anteriores, mais inocentes, não parecessem mais substanciais do que sonhos. Mas jamais esqueceria aquela noite, em que girara nos braços de Charlie, numa dança lenta.

Ao sair do devaneio, Mary sentiu-se, de repente, incapaz de sustentar o olhar de Charlie. Pois, se pudesse ler o que ela pensava, Charlie também saberia com que freqüência, ao longo dos anos, Mary revivera aquelas memórias, quantas vezes, ao fazer amor com outro homem, imaginara que era ele quem a enlaçava.

— Eu poderia começar por uma conversa com a mãe de Corinne — sugeriu ela, incisiva. — Nora talvez se lembre de alguma coisa.

Charlie acenou com a cabeça, pensativo, batendo no queixo de leve, com a mão meio fechada.

— É uma possibilidade.

— Ligarei para ela assim que voltar para casa. — Mary levantou e encaminhou-se para a porta, subitamente ansiosa por começar logo. — De qualquer forma, já passou bastante tempo. Devo-lhe uma visita.

— Avise-me se descobrir alguma coisa. Poderemos então decidir se vale a pena continuar.

Charlie acompanhou-a até a porta. Tocou de leve em seu cotovelo, quando ela virou para se despedir.

— Apenas para constatar, devo dizer que também estou impressionado. Tenho ouvido as notícias do sucesso de sua agência. Sempre que pergunto por você, Noelle não fala de outra coisa.

Mary estremeceu, sentindo o calor espalhar-se pelas faces. Não sabia o que mais a deixava nervosa: se Charlie perguntar a respeito dela ou saber que Noelle se gabava do que ela fazia. Houve um silêncio constrangedor que Mary se apressou em preencher:

— Obrigada, Charlie. Como você, trabalhei com afinco.

— Faríamos uma grande dupla naquele tempo.

Os olhos de Charlie fixaram-se nos dela por um momento a mais do que o necessário, um canto da boca se contraindo para baixo, num sorriso pequeno e irônico. Depois, o momento passou, e ele voltou a ser o pai preocupado, nada mais.

— Ela é nossa filha, Mary, sua e minha. — Ele falava devagar, dando ênfase a cada palavra. — Sei que você a ama tanto quanto eu. E Emma também. Independentemente do que tenha acontecido conosco no passado, são *elas* que contam agora.

Abalada de uma maneira que não poderia explicar, Mary respondeu em voz baixa:

— Sei que nem sempre estive disponível para Noelle como deveria estar. Mas agora estou aqui. E não irei embora até que Emma volte para casa, sã e salva.

Era apenas uma caminhada de cinco minutos até a livraria de sua irmã, mas, enquanto Mary caminhava pela Main Street, sentia que o calor se irradiava da calçada, em ondas tremeluzentes, e a envolvia por completo. O Curlycue Café, pintado de rosa, com arabescos extravagantes, destacava-se entre os prédios sólidos e austeros, tão incongruente quanto um cartão do Dia dos Namorados entre folhetos anunciando uma liquidação. E a Cochran's Deli apregoava os "Melhores *Doughnuts* do Mundo"... e eram *mesmo*. Ela notou os homens e mulheres esguios e bronzeados ali, todos de short — os veranistas dos novos condomínios, sobre os quais Charlie falara com tanto desdém —, e se perguntou por mais quanto tempo Burns Lake continuaria a ser uma cidade atrasada e pacata.

A Hollywood Dress Shop, onde ela outrora trabalhara, na esquina da Main com a Fremont, assegurava que pelo menos a moda não mudara. Havia na vitrine os mesmos manequins dos anos 50, apresentando estilos que eram muito apreciados na época do bambolê. A sapataria ao lado continuava exatamente como era na época em que Doris levava as filhas para comprar os Buster Browns com que voltariam à escola. Até mesmo o Benjamin Franklin, do outro lado da rua, o último de uma espécie em extinção, continuava a resistir, com a tenacidade de uma viúva idosa engalanada com falsos brilhantes. Pela última notícia que ela tivera, ainda se podia sentar no balcão e pedir um refrigerante com uma bola de sorvete.

A livraria da irmã ocupava uma loja estreita, espremida entre o salão de beleza Snip-Shape e o armazém Peterson's. Dez anos antes, quando fora inaugurada a The Dog-eared Page, os céticos locais haviam previsto seu fracasso. Por que pagar 19,99 dólares por um livro de capa dura, quando se podia escolher entre as brochuras oferecidas no Peterson's? Mas Trish provara que todos os céticos estavam errados, encontrando seu lugar com a venda de livros novos e usados. Sem uma família própria, ela empenhara toda a sua devoção na divulgação dos seus autores prediletos e nas causas em prol dos animais.

Quando entrou na loja, a primeira coisa que Mary notou foi o cavalete ao lado da caixa registradora, exibindo um cartaz feito à mão. Em cima, letras grandes diziam: AJUDE A SALVAR NOSSO PARULÍDEO DE CABEÇA LARANJA! Fotos do passarinho em perigo, recortadas de revistas, estavam coladas por baixo. Numa mesinha ao lado havia folhetos, junto com uma prancheta para a coleta de assinaturas. Mas, antes que Mary pudesse examinar melhor, sua irmã veio correndo.

Trish, que parecia um passarinho castanho, o rosto redondo e cabelos lisos como os de um bebê, ergueu-se na ponta dos pés para abraçá-la. Recendia a alguma fruta, como as gotas de limão que gostava de tomar quando era criança. Um livro espremido sob o braço roliço bateu nas costelas de Mary.

— Não acredito! — exclamou Trish. — Então *é* verdade! Mamãe telefonou para me avisar que você estava a caminho. E olhe só para você! Duas horas ao volante, e não tem nenhum sinal de cansaço!

Mary deu um passo para trás, sem fôlego. Correu os olhos pelas estantes, os livros arrumados com evidente carinho, e pela parede com a coleção de bordados emoldurados. Nada mudara desde a sua última visita. Clientes sentavam em bancos, ou de pernas cruzadas no chão, folheando livros. Na seção infantil, uma área acarpetada, uma criança de dois ou três anos, cabelos encaracolados, arrancava livros das prateleiras na maior felicidade. Até mesmo Homer, o gato da loja, parecia absolutamente à vontade. Refestelado numa poltrona, olhou para Mary com os olhos quase fechados, sonolento.

Havia apenas um novo acréscimo. Mary apontou para o cavalete e comentou, irônica:

— Vejo que ainda está tentando salvar o mundo.

Trish franziu o rosto e afastou os cabelos caídos sobre os olhos, de um azul bem claro, como os de um recém-nascido.

— Nem adianta tentar. Não vai escapar com essa facilidade. Mamãe me contou que se instalou em seu antigo quarto com tudo a que tem direito, inclusive o *laptop*. Venha comigo. Quero ouvir tudo... os detalhes macabros. A idéia foi mesmo sua ou mamãe lhe torceu o braço até que aceitasse?

— Na verdade, foi um pouco das duas coisas. — Mary baixou a voz. — Mas não espalhe por aí que voltei. Não quero que as pessoas tenham uma idéia errada.

— Claro que não. Quem permaneceria em Burns Lake, em seu juízo perfeito, se não precisasse?

Havia um tom de ansiedade na voz de Trish, e Mary arrependeu-se no mesmo instante.

— Não tive a intenção... Ora, você sabe o que quis dizer. Para ser franca, Noelle não se mostrou muito entusiasmada com a minha presença aqui. E acho que mamãe também não vai gostar... depois que a novidade passar.

— Quer dizer que você acha que o caso não vai terminar em um ou dois dias?

— Conhecendo Robert, tenho certeza de que não.

Parada ali, torcendo as mãos, Trish parecia uma personagem dos romances de capa lustrosa em suas prateleiras, do estilo da dama em perigo.

— Pobre Noelle... Gostaria que houvesse alguma coisa que eu pudesse fazer para ajudar.

Mary sentiu um ímpeto de irritação. Teve vontade de gritar: *Se você tivesse enfrentado Robert, na noite em que deveria cuidar de Emma, não precisaríamos ter esta conversa agora.* Assim era Trish, sensacional quando se tratava de praticar manifestos, mas vacilante no momento em que deparava com uma crise de verdade.

— A audiência será na quinta-feira, às dez horas — informou Mary. — Pode ir?

Trish não hesitou.

— Claro que estarei lá, com a maior disposição para o que for necessário.

Mary sentiu-se envergonhada por ter sido tão precipitada no julgamento. Trish tinha um enorme coração. O problema era que nem sempre sabia o que fazer com ele. Embora esperasse paciente o noivado mais longo da história — oito anos, e o tempo continuava a passar —, ela não tinha filhos. Também não havia a menor possibilidade de viver junto com Gary, fora do casamento, não enquanto Doris estivesse viva.

— Não tenho certeza se mamãe poderá ir. Ela diz que está melhor, mas...

Mary deixou a frase pairar no ar. Trish deu de ombros.

— Conhece mamãe. Ela pode estar presa debaixo de um carro, com as duas pernas esmagadas, e vai pensar no que servirá no jantar.

As duas irmãs, que não eram nem um pouco parecidas, partilharam uma risada irônica. Trish, em seu vestido quadriculado sem mangas e sandálias Birkenstocks, e Mary, em sua calça jeans de oitenta dólares e mocassins sob medida.

— Por falar em jantar, o que tem no cardápio para esta noite?

Mary pegou um livro na mesa e começou a folheá-lo, distraída.

— Não me lembro de tê-la convidado.

— Aceito assim mesmo. Não é *você* quem tem de sentar à mesa na frente de mamãe, todas as noites.

Mary levantou o rosto para descobrir que os olhos da irmã faiscavam.

— Não será grande coisa. Farei alguns bifes grelhados.

— Desde quando você come carne vermelha?

Mary não podia se lembrar de uma única ocasião em que a irmã não tivesse sido uma vegetariana rigorosa. Fique com o bife, passe o *tofu*: esse era o lema de Trish.

Então, Trish lançou-lhe um olhar zombeteiro, como se dissesse: *Onde você esteve durante todos esses anos?* Mas ela se limitou a dar de ombros, jovialmente, e comentou:

— Conhece Gary... o rei do bife com batata frita. Cansei de comer apenas a batata.

— Por falar em Gary, como ele está?

Mary expressou um agradável interesse. A verdade é que jamais gostara de Gary. Não desde que ele a apalpara por baixo da mesa no jantar para os preparativos do casamento de Noelle. Trish virou-se para ajeitar uma pilha de livros.

— Sabe como é... eu e ele estamos muito ocupados. E não nos vemos com a freqüência de que gostaríamos.

Mary reprimiu o comentário mordaz que aflorou na ponta da língua: *O que pode haver de tão frenético em ser um professor de educação física no ensino fundamental?* Em vez disso, ela se limitou a comentar, a voz suave:

— Os negócios devem estar ótimos.

Trish fitou-a.

— Pelo menos estou me agüentando sozinha. Para ser franca, porém, devo dizer que ando um pouco preocupada com a nova loja que será inaugurada no centro comercial.

Trish tornara a baixar a cabeça, mas Mary observou-a mastigar o lábio, um hábito nervoso da infância.

— Que loja?

— Bigelow Books. Pensei que tinha lhe contado.

Mary sentiu um súbito alarme.

— Quantos metros quadrados?

Ela sabia, com a sua experiência na divulgação de autores, que a Bigelow Books era uma rede nacional, com 1.500 lojas. Se seu palpite estivesse certo, a The Dog-eared Page enfrentaria pelo menos mil metros quadrados de competição, a preços que seriam pelo menos 20% mais baratos do que a irmã oferecia. Trish estava atordoada.

— Eu... não sei. Quando soube, fiquei tão perplexa que não pensei em perguntar. E Robert não disse nada.

Mary sentiu-se um pouco angustiada. Deveria saber quem se encontrava por trás. Será que não havia nada que aquele homem não era capaz de fazer?

— Não há sentido em se preocupar com isso agora. Ainda faltam meses para a inauguração do centro comercial.

A tentativa de tranqüilizar Trish soou falsa até para seus próprios ouvidos. Ansiosa por mudar de assunto, ela apontou para o cartaz ao lado da caixa registradora.

— Enquanto isso, pode me contar a história dos pássaros?

Trish apressou-se em responder, de uma maneira que Mary reconhecia muito bem. Podia sentir a iminência de um ataque politicamente correto.

— Como já deve ter ouvido, o reservatório de Sandy Creek foi destinado a se tornar uma área de desenvolvimento imobiliário, por você-sabe-quem. O que já é lamentável, por si só. Mas acontece, ainda por cima, que é o local onde o parulídeo de cabeça laranja faz seu ninho. A menos que o conselho municipal cancele o projeto, toda a população de pássaros será exterminada.

As faces ficaram rosadas de indignação. Naquele momento, ela parecia ter três metros de altura. Mas depois, abruptamente, os ombros baixaram.

— O problema é que o parulídeo de cabeça laranja não foi declarado oficialmente uma espécie em extinção.

Na época da universidade, Trish fora uma ativista no *campus*, protestando contra a Junta Militar chilena e a intervenção dos Estados Unidos na Nicarágua. Nos anos seguintes, empenhara-se em outras causas similares. Mais recentemente, fizera uma intensa campanha pelo centro de reciclagem Green Earth, além de defender a restauração da estação ferroviária da era vitoriana, prestes a ser demolida.

Agora, com sua própria sobrevivência em jogo, ela optava por se concentrar na salvação de uma criatura que, sem dúvida, sobreviveria muito bem pelo próximo milênio, com ou sem a ajuda de Patricia Ann Quinn, de Burns Lake, estado de Nova York.

Apesar de suas diferenças, no entanto, Mary sentia um profundo amor pela irmã. Sem a menor hesitação, ela se adiantou e assinou o manifesto.

— Vida longa para o parulídeo de cabeça laranja. — Ela estudou atentamente a foto do pássaro pouco atraente, de um verde-escuro, com pintas alaranjadas. — Ele não é dos mais atraentes, não é mesmo?

— De certa forma, isso faz com que se torne ainda mais especial — respondeu Trish, determinada. — Pense no que seria este mundo se apenas os belos e exóticos tivessem permissão para existir.

— É uma maneira de pensar.

Mary não pôde deixar de especular se a irmã pensava em si própria da mesma maneira, uma mulher comum assumindo uma posição firme num mundo que, muitas vezes, olhava para o outro lado.

Foi nesse instante que um homem corpulento, usando uma jaqueta de brim e um boné, encaminhou-se para a caixa registradora, levando um exemplar da Bíblia Viva. Trish lançou um olhar pesaroso para Mary.

— Tenho de ir agora. Podemos conversar mais tarde?

— Ligarei para você esta noite. Estará em casa?

Trish revirou os olhos, como se dissesse: *Onde mais?* E, depois, ela se afastou apressada, para atender o cliente. Não houvera qualquer menção a um programa especial ou a uma noite tranqüila com o noivo em casa. Era evidente que Gary Schmidt não tinha a menor pressa em se casar, pensou Mary.

Quando ela saiu para a calçada, um homem enorme assomou de repente na sua frente. Surpresa, Mary levantou os olhos para o rosto cheio e vermelho, que lhe parecia vagamente familiar. Um homem de meia-idade, com cabelos ruivo-alourados, as sobrancelhas tão claras que até pareciam tiras de esparadrapo na pele rosada e brilhante. Foi só depois que baixou os olhos para o distintivo no bolso da túnica do uniforme de xerife é que o reconhecimento aflorou.

— Wade... Wade Jewett! Puxa, já faz muito tempo. Quase não o reconheci.

Ela não o via desde o ensino médio. Mas não se surpreendeu ao saber que ele se tornara subxerife.

— Olá, Mary. — Wade cumprimentou-a descontraído, como se esbarrar com uma antiga colega de turma que saíra da cidade fosse uma ocorrência cotidiana. — Faz mesmo muito tempo. Acho que não pôde vir à nossa última reunião da turma.

Havia um tom de ressentimento em sua voz? Ou um lembrete malicioso de que ela não se formara com o resto da turma? Mary disse a si mesma que não valia a pena se irritar. Wade Jewett era um idiota pomposo naquele tempo, e parecia evidente que não mudara nem um pouco.

— Meu trabalho me mantém muito ocupada — respondeu ela, jovialmente. — Quase não venho à cidade hoje em dia.

— E o que a trouxe desta vez?

Os olhos castanhos fitavam-na com uma curiosa intensidade. Não era sua imaginação, refletiu Mary. *Ele sabe exatamente por que você está aqui.* E foi nesse instante que ela se recordou de um incidente em que não pensava havia anos. No ensino médio, Wade Jewett era afetado e virtuoso. Quando o diretor, sr. Savas, encontrara um saco plástico com maconha em seu armário, houve um consenso geral entre os estudantes: alguém o plantara ali. Mesmo assim, fora iniciada uma investigação. Só depois que Robert Van Doren, um estudante a quem nenhum professor aplicaria mais do que uma reprimenda suave — sob a pena de incorrer na ira do treinador McBride —, adiantara-se para alegar, jocoso, que o pacote era seu é que Wade escapara por completo de uma severa punição. A partir desse momento, Robert tornara-se o alvo do culto ao herói. Mary podia ver Wade agora, aos 15 anos, em sua mente, gordo e cheio de espinhas, correndo atrás de Robert como um enorme filhote de são-bernardo.

Mas será que Wade continuava a correr atrás de Robert, ansioso por fazer tudo que o outro ordenava?

— Assuntos de família. — Mary olhou ostensivamente para o relógio. — Puxa, tenho de correr. Foi um prazer tornar a vê-lo, Wade.

Ela já se afastava antes de terminar de falar. Deixara o carro em frente ao açougue, a algumas lojas dali. A distância, os pedaços de carne pendurados na vitrine pareciam manchas de sangue numa camisa branca. Enquanto descia a rua, ela podia sentir os olhos frios de Wade Jewett em suas costas.

Capítulo Seis

No lado sul da praça, junto do prédio da prefeitura, ficava o tribunal de Burns Lake, uma imponente estrutura em estilo italiano, construída no final do século XIX. Em 1964, o antigo prédio da prefeitura fora destruído pelo fogo. Mas o incêndio fora apagado antes de atingir o tribunal, milagrosamente preservado, ao lado da feiúra moderna da nova sede da prefeitura. A hera americana engalanava a ornamentada fachada de tijolos. Pombos pousavam nos beirais. Pesadas portas de carvalho, como numa masmorra medieval, guardavam a entrada. Ao subir os degraus largos de granito, Noelle quase esperava ouvir o rangido de uma ponte levadiça sendo erguida. Nunca se sentira tão apavorada em toda a sua vida.

Antes disso, nunca pensara a sério no sistema judiciário. A liberdade garantida pela Constituição era como o ar que ela respirava, uma forma de sustento inodoro e incolor, em que não pensava duas vezes. Nunca lhe teria ocorrido que poderia um dia ser privada dessa liberdade. Que seria considerada culpada de ter cometido um crime, sem qualquer prova, e obrigada a pagar com o preço supremo. Estava sendo punida até por lutar para proteger sua filha.

Na manhã dc quarta-fcira, cnsolarada c alcgrc, rcccbcra uma ordcm de restrição, proibindo-a de se aproximar a menos de trinta metros da residência ou do escritório de Robert. Nada mais do que uma manobra legal, destinada a projetar um quadro ainda mais sinistro para o juiz, segundo Lacey. Mas fora um golpe terrível. Noelle não tinha mais certeza, no fundo de seu coração, de que haveria justiça. Por trás da superfície serena e do recatado *tailleur* azul-marinho, as respostas ensaiadas com o maior cuidado enfileiradas em sua mente, como contas de um rosário, ela se sentia à beira de um colapso nervoso.

Dentro do tribunal, enquanto claudicava pelo corredor cavernoso, que recendia a poeira e madeira antiga, seu medo foi aumentando a cada passo. Mantinha os olhos fixados no pai, caminhando à sua frente, os ombros largos e eretos, numa pose orgulhosa, um baluarte a protegê-la da tempestade que teria pela frente. Por trás, ouvia o barulho ritmado dos passos no chão de mármore: sua mãe, tia Trish, a meia-irmã, Bronwyn.

Todos entraram na sala de audiência, revestida de painéis de carvalho, no final do corredor, e ocuparam seus lugares. A mãe comprimiu uma coisa contra sua mão.

— Minha moeda da sorte de meio dólar — murmurou ela. — Encontrei-a sob o forro da gaveta de cima da minha cômoda. Pode imaginar, depois de tantos anos?

A moeda parecia quente e pesada na palma de Noelle. Ela piscou com força e inclinou a cabeça, num aceno vigoroso, para não ceder às lágrimas. Mary estava elegante e sofisticada, com uma saia justa cor de açafrão, descendo abaixo dos joelhos, e um casaco combinando. Sofisticada demais? Para o juiz, seria um excesso de elegância da cidade grande, uma tentativa de impressioná-lo?

Noelle olhou para a tia, o oposto em matéria de elegância, em sua saia larga e blusa de manga curta. Tia Trish apertou a mão de Noelle em sinal de simpatia, os olhos azuis brilhando com lágrimas.

— Não diga a Nana, mas ontem acendi uma vela para você na igreja — sussurrou ela.

Era uma questão que deixava a avó magoada, Noelle sabia, o fato de que as filhas não freqüentavam mais a missa. Tia Trish não queria lhe dar falsas esperanças.

Noelle lembrou o tempo em que era pequena, quando a tia costumava ler livros infantis, em voz alta, para ela. Um personagem de *A Ilha do*

Tesouro surgiu em sua mente então: Ben Gunn, o velho eremita, consumido por só pensar em queijo, com a exclusão de todo o resto. *É o que tenho de fazer*, pensou ela. *Concentre-se em Emma e exclua todo o resto.*

Não deveria ser difícil. Havia cinco dias que ela quase não conseguia pensar em mais nada. Deixara de ter noção do que ocorria ao seu redor, se o dia lá fora era ensolarado ou nublado, se dentro de casa fazia calor ou frio. Não ousava pôr a chaleira no fogo para esquentar água, pois poderia se afastar e esquecer. Se a TV ou o rádio estavam ligados, mal prestava atenção. Quase não comia. Por outro lado, sentia-se contente por ter torcido o tornozelo: lembrava-a de que era capaz de reagir. Lembrava-a também de Hank Reynolds, de seu apoio tranqüilo, que a encorajara de uma maneira que ela não podia explicar.

Seu olhar se encontrou com o do pai. Forçou um sorriso tímido. Ele piscou em resposta, mas tinha o rosto contraído em sinal de preocupação. Na pouca claridade do tribunal, até mesmo os cabelos pareciam mais grisalhos do que o habitual, o preto se desvanecendo para um carvão. Ela notou também que o pai se cortara ao fazer a barba. Subitamente, Noelle amou-o por isso: o pequeno corte no queixo, como um emblema de sua preocupação.

Bronwyn adiantou-se para o seu lado, resmungando baixinho, na imitação de um gângster:

— Quebrarei os joelhos de qualquer um que lhe criar problemas.

Noelle não pôde deixar de sorrir. Aos 16 anos, a irmã era às vezes mais infantil do que Emma. E muito bonita, capaz de partir o coração dos homens. Olhos escuros transparentes, cabelos escuros compridos, lábios carnudos contraídos em sinal de mistério. Uma Mona Lisa adolescente com o espírito de Huck Finn.

— Obrigada, mas me contentarei com uma audiência justa.

Noelle sentiu-se estranhamente comovida, por alguma razão, pela tentativa da irmã de se apresentar num traje apropriado para o tribunal: saia preta, enormes botinas de cordão, casaco de brim por cima da blusa branca de botão.

À mesa do requerente, Noelle arriou na cadeira ao lado de Lacey. Nervosa, olhou para o advogado de Robert, sentado à mesa à direita.

Everett Beale era magro, aparência sisuda, beirando os 50 anos, uma sobrancelha dividida ao meio por uma cicatriz, óculos de aros de tartaruga, empoleirados no nariz grande, mais parecendo um bico de tucano. Mas onde estava Robert? Seria outra de suas manobras... o adiamento da audiência, que protelaria ainda mais o retorno de Emma? Noelle sentiu o estômago embrulhar com tal pensamento.

— Quais são as chances de que ele não apareça? — murmurou ela.

— Relaxe. Ele virá. — Lacey ofereceu um sorriso animador. Estendeu a mão para sua pasta. — Pegue um.

Ela estendeu um tubo de dropes Life Savers, acrescentando:

— Serve para reduzir a tensão enquanto esperamos.

Em seu *tailleur* cinza-escuro, ela parecia pequena e feroz, uma gata de rua pronta para desfechar o ataque.

Noelle ouviu a porta por trás abrir, com um rangido. Virou-se para confrontar-se com a visão do marido, avançando como se estivesse num tapete vermelho, ladeado pelos pais. Cole, uma versão de Robert com os cabelos prateados, com um porte arrogante e a aparência de um idoso artista de cinema, parou apenas por um instante, para lançar um olhar altivo para Noelle. Gertrude, por sua vez, preferiu desviar os olhos, com todo o cuidado. A sogra de Noelle vestia-se com a maior elegância, num Chanel, os cabelos louros armados e reforçados com laquê, em quantidade suficiente para resistir a um ataque de morteiro. A mão enluvada estava enfiada no braço do filho, o queixo empinado, como se quisesse se esquivar de um cheiro desagradável.

Robert desempenhava seu papel por completo. Em seu terno azul-marinho sob medida, bronzeado e confiante, podia ser o novo CEO entrando na reunião do conselho de uma empresa para assumir o controle, apesar da hostilidade. Ao mesmo tempo, o sorriso infantil e a mecha de cabelos caindo sobre a testa faziam com que parecesse ingênuo e digno de toda a confiança. Por que alguém duvidaria de sua palavra? Como ela podia demonstrar o que Robert realmente era? Noelle começou a se sentir tonta e sem fôlego. O suor surgiu entre os seios e na parte interna das coxas.

Quando o marido sentou calmamente na cadeira ao lado de seu advogado, inclinando-se para sussurrar alguma coisa em seu ouvido, o que provocou um sorriso, ela teve de morder a bochecha por dentro para não gritar: *Ele é um impostor e um mentiroso! Será que não percebem?*

Robert nem sequer olhou em sua direção.

Foi nesse instante que o chefe da guarda do tribunal adiantou-se, um homem corpulento, com os cabelos laterais penteados sobre a calva por cima, com uma camada generosa e inexplicável de caspa espalhada sobre os ombros da túnica muito apertada do uniforme.

— Levantem-se todos para o Meritíssimo Juiz Calvin Ripley — entoou ele. — A sessão está iniciada.

O juiz, baixo e atarracado, de toga preta, saiu de uma porta lateral. Noelle levantou junto com as outras pessoas no tribunal, olhando surpresa, enquanto o juiz subia em passos ágeis os degraus para a bancada. Preparara-se para um monstro, mas ali estava um elfo de faces rosadas, saído da oficina de Papai Noel, olhos castanhos alegres e cabelos brancos como a neve, que se projetavam em tufos, ao redor de um rosto rechonchudo, vincado por um riso permanente. O juiz Ripley irradiava alegria.

Quando as formalidades foram concluídas, ele inclinou-se para a frente, apoiado nos cotovelos, os olhos brilhantes deslocando-se de Noelle para Robert, com uma preocupação quase paternal.

— Os dois parecem pessoas decentes. Com toda a franqueza, não vejo motivo para que não possamos resolver o problema como pessoas civilizadas.

A voz alta e esganiçada fazia Noelle se lembrar de Barney Fife, do antigo *Andy Griffith Show*.

— Sei que é um pouco heterodoxo, mas pedirei ao sr. e sra. Van Doren para irem ao meu gabinete — acrescentou o juiz. — Não precisa ter um infarto, sr. Beale. Poderá participar também, junto com a srta. Buxton.

Ainda com uma expressão risonha, ele acenou com um dedo para os dois advogados, arrematando:

— Quero lembrá-los, no entanto, de que esta é uma audiência *preliminar*. Deixem as encenações teatrais para o julgamento.

Um alarme soou dentro da cabeça de Noelle. Não podia determinar por quê, mas teve a súbita sensação de que estava sendo atraída para outra armadilha. Ao levantar, o sangue esvaiu-se de sua cabeça, e tudo se tornou um pouco cinza. Naquele momento, o juiz Calvin Ripley podia ser o proverbial estranho oferecendo uma bala e um passeio, o lobo em pele de cordeiro no caminho para a casa da vovozinha.

Até mesmo Lacey parecia apreensiva. Ao ficar de pé, apertou de leve o cotovelo de Noelle, num gesto de encorajamento, enquanto murmurava:

— Deixe que eu fale.

Em silêncio, Noelle foi a última a deixar a sala de audiência. Tinha a sensação de que o coração abriria um buraco no peito se batesse com um pouco mais de força. No instante em que entrou no gabinete do juiz, no entanto, os temores se desvaneceram. Exceto pela impressionante exposição de livros encadernados em couro, era como qualquer escritório, só que mais bonito. A luz entrava pelas janelas de caixilhos, projetando sombras no formato de losangos sobre o tapete oriental, um pouco descolorido. Havia um abajur de vidros coloridos num canto da escrivaninha antiga. Um carrilhão batia baixinho, numa reentrância, ao lado de uma estante de vidro, onde havia uma exposição de troféus e outros objetos.

Enquanto sentava com Lacey num velho sofá de pelúcia, Noelle lançou um olhar para Robert e seu advogado, sentados do outro lado da sala, em duas poltronas de couro vermelho-escuro. Com uma serena confiança, Robert sorriu para ela. *Isto tudo é um jogo para ele. Não está nem um pouco interessado no que acontece com Emma.*

Ela concentrou-se no juiz, rezando para que ele percebesse o que havia por trás da fachada falsa de Robert. Com um pulo para trás, bastante ágil, Ripley empoleirou-se na beira da mesa, de tal maneira que os pés pequenos — metidos em elegantes sapatos sociais — ficavam a pelo menos dez centímetros do chão. As mãos rosadas, dobradas no colo da toga preta, faziam-na pensar num par de pequenos leitões. Uma risada histérica subiu por sua garganta. *Isto não está acontecendo*, pensou ela. *É um esquete do Monty Python. A qualquer momento*, *o verdadeiro juiz vai entrar em cena.*

— Sra. Van Doren, vou direto ao ponto. — Ripley fitou-a com sua expressão radiante, numa jovialidade incessante. — Muita preocupação foi expressa recentemente sobre seu estado de saúde. Para ser franco, essa preocupação acarretou a questão sobre sua capacidade de cuidar, de maneira adequada, de sua filha. Devo confessar que acho tudo isso bastante perturbador.

Lacey inclinou-se para a frente, indignada.

— Meritíssimo, não estamos aqui para discutir a saúde de minha cliente. Proponho que...

O elfo alegre silenciou-a com um movimento firme do dedo, como se estivesse repreendendo uma colegial desobediente.

— Parece que esqueceu, srta. Buxton, que não estamos na sala do tribunal. Sei que estou tomando algumas liberdades, mas peço que seja paciente. — Ele tornou a fixar o olhar paternal em Noelle. — Sra. Van Doren, seu marido me disse que, antes disso, passou vários meses num centro de reabilitação. Já considerou um tratamento adicional para sua lamentável... hã... recaída?

A princípio, Noelle ficou chocada demais para responder. Continuou sentada, esperando que a brincadeira acabasse, pois aquele impostor bateria palmas de repente e diria que todos podiam ir para casa.

— Não... isto é, acho que entendeu tudo errado... estou muito bem agora... — balbuciou ela. — Meu único problema é que minha filha está sendo mantida como refém.

— Estou um pouco confuso. — O juiz franziu o rosto. — Está dizendo que não seria correto declarar que é uma alcoólatra?

— Não responda a essa pergunta — interveio Lacey.

Mas Noelle não podia deixar de responder. *Tinha* de explicar.

— Sou uma alcoólatra *recuperada* — corrigiu ela. — É verdade que estive em Hazelden, mas foi há seis anos. Não bebi mais nada desde então.

— Meritíssimo, isto seria um preconceito — insistiu Lacey, o rosto sardento se tornando mais sombrio a cada segundo. — Qualquer problema de saúde que minha cliente possa ter sofrido no passado não tem relevância neste caso.

Ripley não lhe deu mais atenção do que dispensaria a uma mosca zumbindo no vidro da janela.

— Seis anos? Não resta a menor dúvida, sra. Van Doren, de que é um comportamento louvável. Posso presumir que tem comparecido às reuniões dos Alcoólicos Anônimos?

Ele cruzou as pernas e inclinou-se para trás, um joelho aninhado entre as mãos roliças e rosadas.

Um fluxo escaldante de sangue deixou as faces de Noelle ardendo.

— Eu... hã... não participo há algum tempo — admitiu ela. — Parei de ir depois do terceiro ano. Achei... senti que não havia mais necessidade.

— E não bebeu nada durante todo esse tempo? Seis anos, não é mesmo?

— É, sim, Meritíssimo.

— Isso representa um dilema. — As sobrancelhas nevadas uniram-se numa expressão de profunda consternação. — Eu ia sugerir que se apresentasse voluntariamente para tratamento e que voltássemos a nos reunir em alguma data futura, para decidir o que é melhor para sua filha. Mas já posso perceber que não é esse o caminho para onde seguimos.

Noelle sentiu um vislumbre de esperança.

— É o que venho *tentando* explicar, Meritíssimo. Tudo isso... — Ela reparou no olhar de advertência de Lacey, mas continuou assim mesmo. — ... é um terrível engano. Eu nunca faria *qualquer coisa* para prejudicar minha filha. Na verdade, é o contrário que...

— Meritíssimo — interveio o advogado de Robert —, meu cliente não quer difamar a esposa. Sente uma preocupação genuína por seu bem-estar. Mas não podemos esquecer que o estado de saúde da sra. Van Doren não é a nossa preocupação primária. Temos de pensar no que é melhor para a criança.

Ripley franziu o rosto ainda mais.

— Obrigado, sr. Beale, mas não creio que alguém precise me lembrar do meu dever. — A voz saiu irritada, mas a expressão se desanuviou quando ele se virou de novo para Noelle. — Ninguém está sugerindo que faria mal ou negligenciaria sua filha *de propósito*, sra. Van Doren.

Mas não houve ocasiões em que não esteve totalmente... *consciente*, digamos assim, das necessidades de sua filha?

— Como um blecaute?

O coração de Noelle batia descompassado, aos arrancos. A situação começava a se deteriorar, mas ela se sentia impotente para revertê-la.

— Isso mesmo.

Ripley juntou a ponta dos dedos sob o queixo, como se estivesse aplaudindo, exultante, como se Noelle fosse uma aluna obtusa que, pela primeira vez, conseguira dar uma resposta correta. Noelle sentiu uma náusea profunda.

— Mas já expliquei. Estou sóbria há seis anos e...

— Pelo amor de Deus, Noelle! — interveio Robert. — Todos naquele restaurante *viram* como você estava. Quase que tive de carregá-la até o carro. Se isso fosse tudo, é claro, não estaríamos sentados aqui. Mas, quando penso em todas aquelas outras ocasiões, o que poderia ter acontecido se nossa filha saísse para a rua ou...

Ele parou de falar, como se estivesse angustiado demais para continuar. Noelle foi envolvida por um fluxo quente de pânico. Nos tempos em que bebia, nunca tivera o que se poderia chamar de um autêntico blecaute. Em vez disso, ficava apenas atordoada, com uma vaga noção do que acontecia, como os contornos de objetos sólidos delineados no meio de um denso nevoeiro. Mesmo assim, seu primeiro pensamento ao despertar, na manhã seguinte, era sempre o mesmo: *Ó Deus, o que foi que fiz?* Sentia a mesma coisa agora, um vazio no fundo do estômago, somado a uma apreensão angustiada. As batidas do relógio pareciam de repente solenes, repicando por sua perdição.

— Eu não estava bêbada naquela noite, nem em qualquer outra noite — insistiu ela, as palavras ressoando como passos pesados no silêncio. — Meritíssimo, eu... não sei o que aconteceu.

Prestes a acrescentar: *Tenho certeza quase absoluta de que fui drogada*, ela pensou melhor e disse:

— Sei apenas que desmaiei. Quando acordei, na manhã seguinte, minha filha havia desaparecido. *Ele* a levou. Não porque se importe com seu bem-estar, mas porque lhe disse que queria o divórcio. Não pode perceber o que está acontecendo? Ele armou tudo contra mim. Mas *nada* disso é verdade. Nem uma única palavra.

— Quer dizer que não apareceu na casa de seu marido... perdoe-me, na... ah... residência conjugal... na tarde de terça-feira, dia 17, e tentou forçar a entrada?

Ripley lançou um olhar sugestivo para o pé lesionado, ainda envolto pela bandagem Ace, já suja. Noelle sentiu o rosto arder. Um filete de suor desceu pela coluna, passando sob a alça do sutiã.

— Eu nunca disse isso.

— Isso é um absurdo! — protestou Lacey. — Minha cliente não está em julgamento!

— Não, não está, e é exatamente o que eu tentava evitar. — O juiz falou em tom incisivo, e pela primeira vez Noelle percebeu uma aspereza desagradável em sua voz. Como um elfo alegre que não era um elfo, mas sim um gnomo furioso. — Mas parece que não vamos chegar a nenhuma conclusão dessa maneira. Por enquanto, vou determinar que a menor em questão permaneça com o pai, até que pai e mãe sejam avaliados por um psicólogo designado pelo tribunal.

— *Não!* — Noelle levantou. Experimentou a súbita sensação de que as pernas eram elásticas, que poderiam se esticar indefinidamente. — Não pode fazer isso! Compreenda, por favor! Ela só tem cinco anos!

As lágrimas escorriam pelas suas faces, mas ela não se deu ao trabalho de removê-las, enquanto continuava:

— Sou a única que sabe que ela gosta do suco numa *xícara*, não num copo, e que não dorme enquanto as cortinas não estiverem totalmente fechadas. Ela adora bolacha, mas não come quando vem com canela. Ela...

Noelle parou de falar, ao perceber que todos na sala fitavam-na com uma expressão consternada. Até mesmo Lacey. Depois, o juiz desviou os olhos e declarou, o tom suave se transformando em firme autoridade:

— Permitirei visitas supervisionadas três vezes por semana, na segunda, quarta e sexta-feira, de uma às quatro da tarde. Sob a orientação do Serviço de Proteção Infantil, que fica no final do corredor. Falem com minha secretária, ao saírem, para receber as instruções.

A audiência, se é que fora isso, acabara. Noelle arriou na cadeira, numa incredulidade atordoada. A força esvaíra-se de suas pernas. Teve apenas uma vaga consciência de que Lacey afagava seu braço. Como um coelho diante de uma cobra, seu olhar foi inexoravelmente atraído para Robert, que já se encaminhava para a porta. Ele fitou-a com uma expressão que era quase um sorriso.

Uma raiva intensa aflorou dentro dela, ofuscando todo o resto.

Subitamente, não conseguia respirar.

A sala ficou turva e desapareceu, como uma imagem malfeita de um filme antigo. E foi nesse instante que ela se lembrou de outra coisa de *A Ilha do Tesouro*: que Ben Gunn não era apenas um excêntrico inofensivo. Em sua solidão, privado de tudo que outrora prezava, sua mente se tornara desequilibrada.

Era exatamente o que ela sentia que lhe acontecia agora. Enquanto continuava sentada, cheia de fúria e desespero, o pensamento que aflorou em sua mente foi como um rato correndo atrás do queijo de Ben Gunn: *Do que preciso realmente neste momento é tomar um drinque.*

Na sexta-feira, às quinze para uma da tarde, Noelle parou o carro na frente do tribunal, preparando-se para a primeira das visitas marcadas com Emma. Passara uma noite horrível, andando de um lado para o outro, criticando-se interminavelmente. Mas o que poderia ter dito ou feito para que a situação fosse diferente? Qualquer idiota compreenderia que o juiz estava do lado de Robert. Se ela sentasse em silêncio, deixando que Lacey cuidasse de tudo, ainda assim o resultado seria o mesmo. Ao final, Robert também venceria, como sempre acontecia. Ficara tão desanimada que, em determinado momento, já de madrugada, chegara a ponto de se servir de uma dose de conhaque, da garrafa de cristal que Nana guardava no armário de louças. Apenas para ajudá-la a dormir, dissera a si mesma. Afinal, de qualquer maneira, todos pensavam que já havia mesmo caído em desgraça; podia muito bem aproveitar o momento. Ficara olhando para o copo por longos minutos, como se estivesse hipnotizada, a mão tremendo, os vapores familiares se elevando para acalmá-la, como uma promessa murmurada. Então, com um grito baixo, ela correra para a cozinha, a fim de esvaziar o copo no ralo da pia.

A manhã trouxera um renovado sentimento de esperança. A lembrança do que por um triz não acontecera na noite anterior deixava-a com uma apreensão de que tinha dificuldade para se desvencilhar, mas pelo menos encontrava conforto no fato de que *não* cedera. Não porque fosse virtuosa, mas porque numa vida em que o álcool outrora reinava supremo havia agora algo ainda mais importante: sua filha. Tinha de permanecer forte e sóbria... tanto pela filha quanto por si mesma.

Agora, ao subir de novo a escadaria do tribunal, um medo novo surgiu para apertar os dedos em torno de sua garganta. Robert devia ter contado à filha que ela estava doente ou louca... se não as duas coisas. Tinha de reconhecer que, por suas ações ao tentar invadir a casa, nada fizera para provar que ele estava errado. Suponhamos que ele fizera uma lavagem cerebral em Emma, a tal ponto que a menina *quisesse* agora ficar com o pai. A possibilidade deixou Noelle momentaneamente paralisada, uma das mãos segurando o corrimão de ferro batido, todo ornamentado, a sensibilidade no pé direito, do qual removera a bandagem, inteiramente esquecida.

Mas se entregar a esse tipo de pensamento era exatamente o que Robert queria. Certa ocasião, durante uma discussão, ele alegara que a conhecia melhor do que ela própria se conhecia. Por um instante terrível, Noelle especulara se seria verdade. Mas sabia agora que não era. Por um lado, ela era mais forte do que ele imaginava. Não era adversária em termos de influência, é verdade, mas se havia uma coisa que aprendera a fazer era suportar tudo. Resistira a uma infância de espera pela mãe, atenta todas as noites, quando deitava, ao barulho da chave girando na fechadura. Navegara por mares turbulentos para a sobriedade. Durante anos, aturara os silêncios frios, as críticas e o estilo de vida de Robert, a que não era mais afeita do que um cavalo de adestramento a um hipódromo. O personagem de histórias infantis com que mais se identificara, na infância, fora Prático, o irmão engenhoso e esperto de "Os Três

Porquinhos". Agora, tinha de construir uma casa grande e forte que o Lobo Mau não conseguisse derrubar com um sopro.

Robert ficaria surpreso ao saber que ela já começara a assentar os tijolos. Seu pai investigava algumas transações escusas em que Robert podia ou não estar envolvido. Embora duvidasse que o pai seria capaz de descobrir muita coisa — Robert pairava acima dos outros quando se tratava de encobrir todas as pistas —, já convivera bastante com os repórteres do jornal para aprender a esperar o inesperado.

Havia um ditado nos Alcoólicos Anônimos: *Mais será revelado.* E talvez fosse revelada alguma coisa sobre Robert.

Dentro do prédio, ao subir a escada para o segundo andar, Noelle sentiu uma nova determinação. Lembrou quando Emma nascera: as 28 horas de trabalho de parto que acabaram numa cesariana. Mas, no momento em que puseram a filha pequena em seus braços, qualquer desconforto que ainda pudesse persistir desaparecera por completo, como se fosse pelo toque de uma varinha de condão. Jamais esquecera a total confiança com que Emma a fitara, como se compreendesse que ali estava sua mãe, que sempre a amaria e protegeria.

Noelle piscou para reprimir as lágrimas, enquanto entrava num corredor que terminava numa porta com a parte superior de vidro, onde se lia SERVIÇO DE PROTEÇÃO INFANTIL DO CONDADO DE SCHOHARIE. O coração batia forte, parecendo subir pela garganta. Tinha na mão direita uma sacola de compras, que continha uma nova Barbie, um rolo de fita adesiva e os grampos iridescentes, em formato de borboleta, que Emma tanto apreciava. Viera mais cedo; ainda faltavam alguns minutos para uma hora da tarde. Robert chegaria na hora marcada? Ou se atrasaria só para chateá-la?

Ela entrou e encontrou a filha ajoelhada numa cadeira, diante de uma das escrivaninhas, absorvida nos lápis de cor e no livro de colorir que alguma funcionária prestativa providenciara. Noelle sentiu que seu coração alçava vôo.

Emma levantou os olhos. Seu rosto foi inundado por uma intensa alegria, como se uma luz tivesse se acendido.

— Mamãe!

Ela usava um leve vestido amarelo, com um avental em forma de coração. Os cabelos escuros estavam presos em duas tranças impecáveis, com fitas cor-de-rosa, um toque familiar, cortesia da vovó Van Doren. Na pressa de pular da cadeira, a fivela de uma sandália prendeu na bainha rendada do vestido. Emma quase caiu de cabeça no chão. Noelle adiantou-se para segurá-la bem a tempo. Deu um abraço apertado na filha.

— Ó querida! Pode imaginar quanta saudade mamãe sentiu de você?

Emma desvencilhou-se e abriu os braços.

— Tudo isto.

Uma mulher mais velha, corpulenta, os cabelos cacheados com um permanente, usando um *training* verde-amarelado, ergueu-se de trás de uma mesa. Apresentou-se como a sra. Scheffert. Noelle resistiu ao impulso de apertar sua mão, em gratidão, quando a mulher, em vez de ficar junto, montando guarda, levou-as para uma sala vazia, deixando a porta discretamente entreaberta. Sua gratidão pareceria desproporcional, e não queria correr o risco de a sra. Scheffert informar que suas ações haviam sido, de qualquer modo, excepcionais.

No momento em que ficaram a sós, Emma avançou para a sacola de compras.

— O que trouxe para mim, mamãe?

— Isso e aquilo e não sei mais o quê.

Era o que ela sempre dizia, mas Emma riu assim mesmo. Noelle sentou de pernas cruzadas no chão acarpetado. Emma arriou em seu colo no mesmo instante, com tanto ímpeto que Noelle ficou um pouco sem fôlego. Mas ela não se importou. Nunca se sentiu tão contente quanto naquele momento em que observava a filha de cinco anos vasculhando a sacola de compras, exultante a cada presente.

Por mais incrível que pudesse parecer, Emma dava a impressão de que não fora afetada pela provação. Era mais do que Noelle poderia esperar. Era mais do que imaginaria que o céu permitiria. E descobriu-se querendo falar em sussurros para não romper o encantamento.

Uma hora e meia mais tarde, Emma cansara de jogar fedorento com as cartas que Noelle trouxera e estava agora absorvida em pentear os cabelos louros e compridos da Barbie. A boneca, com todos os grampos presos nos cabelos, parecia uma paciente sendo preparada para uma tomografia cerebral.

— Mamãe, quando vamos para a casa de Nana? — perguntou Emma.

Noelle sentiu um aperto na garganta.

— Infelizmente, querida, não poderá ir comigo... não hoje.

A menina levantou o rosto, uma sombra se insinuando nos olhos azuis e confiantes.

— Por que não?

Porque o monstro que é seu pai não permitirá. Noelle piscou com força. Exibiu um sorriso, com a sensação de que fora esculpido em seu rosto com um caco de vidro.

— Lembra quando fomos para a casa de Nana logo depois que ela voltou do hospital?

Emma acenou com a cabeça, vigorosamente.

— Tivemos de cuidar dela, porque Nana foi ao médico e fez uma... *operação.*

— Isso mesmo. Uma operação. Mas havia também outro motivo. Lembra quando falei que papai e eu não podíamos mais viver juntos?

— Lembro.

Emma parecia considerar comum o fato de que mamães e papais nem sempre viviam juntos. Um sinal dos tempos, supunha Noelle. Na escola montessoriana da filha, pelo menos um terço das crianças tinha pais divorciados.

— Papai disse que isso foi antes e que as coisas estão diferentes agora.

Noelle engoliu em seco.

— O que mais papai lhe disse?

Ela tinha de fazer um grande esforço para falar normalmente.

– Que devo continuar com ele até você voltar para casa. — O rosto aflito da filha era mais do que Noelle podia suportar. — Quando você vai voltar para casa, mamãe?

— Ah, querida... — Com um grito baixo, abafado, Noelle puxou a filha e apertou-a com força. — Lembra quando Nana tinha dificuldade para ir ao banheiro sozinha, e eu precisava ajudá-la?

— Como acontecia quando você me limpava?

Noelle alisou os cabelos da filha.

— Não exatamente, mas quase isso. Neste momento, Nana precisa de mim para cuidar dela.

— Sei como ajudar. *Eu* limparei Nana.

— Você seria mesmo uma *grande* ajuda — concordou Noelle, o coração apertado.

— Lembra aquele dia em que achei o remédio de Nana embaixo da cama? Ela me deu um dólar e disse que eu era a melhor achadora do mundo.

— Não é apenas a melhor achadora, mas também a melhor em tudo. — A voz de Noelle tremia. — E continuarei a me encontrar com você. Em todas as oportunidades.

— Sei disso.

Emma saiu do colo e voltou a mexer nos cabelos da Barbie, cantarolando, contente. Mas, assim que Noelle deixou escapar um suspiro de alívio — ó Deus, que peso enorme fora removido de sua mente, ao saber que pelo menos os medos da filha haviam sido dissipados! —, Emma tornou a perguntar:

— Podemos ir agora, mamãe?

— Para a casa de papai?

A menina sacudiu a cabeça vigorosamente.

— Quero ir com *você*.

Havia um tom incisivo em sua voz.

— Sinto muito, querida, mas não é possível. Irei buscá-la assim que Nana melhorar.

Noelle recordou a advertência de Lacey. Na ocasião, ela pensara que nada poderia ser mais difícil do que resistir ao impulso de correr ao encontro da filha. Agora, sabia que não era bem assim. Deixar Emma era a coisa mais difícil que já fizera em toda a sua vida.

— Quero ir *agora*.

Emma começou a chorar. A princípio foram fungadelas, que logo se transformaram em soluços profundos. Enquanto abraçava o corpo arquejante da filha, balançando de um lado para o outro num esforço inútil para acalmá-la, Noelle teve certeza de que seu coração partido nunca mais haveria de se recuperar.

Horas depois, ela sentava imóvel num banco na praça da cidade. De alguma forma, a tarde inteira passara sem que percebesse. Tinha a vaga lembrança de deixar o prédio do tribunal e sentir que precisava descansar um pouco, antes de pegar o carro e voltar para casa; sabia que, se guiasse naquele momento, não voltaria inteira. Sombras começavam a se projetar por baixo dos escorregadores. Quase todos os bancos ao redor se encontravam vazios.

Ao notar que os funcionários deixavam o tribunal, ela olhou para o relógio. Passavam alguns minutos das cinco horas.

Será que eles sabem?, especulou Noelle, apática. *Todos os formulários que grampeiam, perfuram e carimbam, todas as duplicatas e triplicatas que arquivam e despacham em envelopes... será que algum deles tem qualquer noção do impacto que podem causar na vida de alguém?*

Provavelmente não. Os homens e mulheres que passavam apressados quase que não se preocupavam com outra coisa senão a maneira mais rápida de voltar para casa. Ninguém se importava com uma menina chamada Emma. Enquanto pensavam no que comeriam no jantar, ou se o programa predileto de TV seria um episódio novo ou uma reprise, Noelle sentava num banco da praça, sofrendo uma morte lenta, com a perspectiva de cada visita à filha terminar como aquela... com Emma tendo de ser arrancada de seus braços. A sra. Scheffert, a velha funcionária que se mostrara tão simpática a princípio, lançara-lhe um olhar de reprovação por cima da cabeça de Emma, como se tudo fosse, de alguma forma, culpa de Noelle.

Era como se alguma coisa vital lhe tivesse sido arrancada. O que ela queria era tão natural que sua própria simplicidade se tornava uma cruel ironia, como um truque de espelhos, levando a pessoa a pensar que havia uma porta onde não se podia encontrar nada. Ela queria a filha. Nada mais, nada menos. Queria ser uma das mães que se levantavam para chamar seus filhos, avisando que estava na hora de irem embora. Queria andar pela calçada segurando a mão da filha. Queria...

— Importa-se se eu sentar?

Surpresa, Noelle levantou os olhos. Havia um homem parado à sua frente, o sol por trás deixando o rosto na sombra. Ela demorou um instante para reconhecê-lo. De calça cáqui e camisa de manga curta, sem o jaleco de médico, Hank Reynolds podia ser como qualquer transeunte, um homem de estatura mediana, cabelos castanho-claros, braços musculosos e ombros largos, que sugeriam exercícios regulares. Exceto pelos olhos, que refletiram o sol quando ele sentou no banco... olhos do âmbar escuro de chá misturado com conhaque.

— Receio não ser uma companhia das mais agradáveis neste momento — advertiu ela.

Hank sorriu, efusivo.

— Correrei o risco.

Ele tinha um jornal debaixo de um braço e uma sacola de compras equilibrada no outro. Pôs a sacola na grama, junto de seus pés.

— Geralmente volto para casa pelo caminho mais curto. Mas o dia está tão lindo que decidi passar pela praça. — Ele acenou com a cabeça para o pé de Noelle. — Parece melhor do que da última vez em que o vi. Como se sente?

Noelle deu de ombros.

— Tudo que posso dizer é que isto é a menor das minhas preocupações.

Hank permaneceu calado por um momento, olhando para o gramado, onde dois adolescentes jogavam Frisbee.

— Se tem vontade de me falar a respeito, tudo bem — murmurou ele, depois de um longo momento. — Se não, podemos apenas ficar sentados aqui. Não tenho pressa.

— Como pode observar, também não tenho.

A voz tremia, e Noelle descobriu-se, de repente, à beira das lágrimas. Ele fitou-a, com uma evidente preocupação.

— É tão ruim assim?

— Não vai querer saber.

Hank tocou em seu braço.

— Experimente.

Ele apenas quer ser simpático, disse Noelle a si mesma. *O simpático dr. Hank*, *amado pelas crianças e pelas velhinhas.*

— Infelizmente, estou fora de sua jurisdição — disse ela, com uma tentativa de risada que ficou muito aquém do objetivo.

— Ficaria surpresa. Em meu ramo de atividade, fico exposto a muitas coisas... até mesmo àquelas que não são contagiosas.

Um sorriso triste contraiu um canto de sua boca. No passado, Noelle teria dito: *Agradeço a oferta*, *mas estou muito bem*. Mas isso acontecia com a outra Noelle. A filha submissa que passara sorrindo pelas intermináveis festas, inaugurações e estréias a que a mãe a arrastava. A esposa do empresário que encontrava refúgio em meio ao clamor incessante dos coquetéis, no copo de vinho, que nunca ficava vazio, nunca ficava cheio. Naquele momento, a mulher que emergia da personalidade sufocante anterior não tinha mais essas restrições. E, sem maiores dificuldades, ela desatou a chorar.

— Desculpe... — murmurou Noelle, quando finalmente pôde confiar em si mesma para falar. — Estou bancando a tola. E você deveria ter ido para casa. O seu sorvete vai derreter.

Ela apontou para o quartilho, semelhante a um caminho de pedras, que furava a sacola de compras dele.

— Posso comprar mais.

Para sua profunda gratidão, Hank não deu tapinhas em suas costas nem ofereceu falsas garantias. Limitou-se a estender seu lenço, bem-dobrado, bem-passado, recendendo de leve a amaciante de roupa.

Continuaram sentados juntos, em silêncio, enquanto Noelle enxugava o rosto e fazia um esforço para recuperar o controle. Finalmente, ela disse:

— É uma longa história.

— Sou um bom ouvinte.

Noelle estudou-o pelo canto dos olhos. Podia não ser o tipo de homem que inspirava estranhas a lhe passarem o cartão de visita — com o telefone de casa escrito no verso —, como regularmente acontecia com Robert. A atração de Hank não era tão ostensiva. Mesmo assim, era inegável. Até mesmo o fato de ele ser um pouco dentuço fazia-a lembrar de Pete Caswell, um coroinha da igreja de St. Vincent, por quem ela se sentira atraída, quando estava na quinta série. Apesar de seu ânimo, ela sentiu o coração acelerar.

— Talvez em outra ocasião...

— Neste caso, lhe ofereço um drinque gelado.

Hank enfiou a mão na sacola, tirou uma Seven-Up, abriu-a, atencioso, antes de estender para Noelle.

— Obrigada.

Ela inclinou a cabeça para trás e tomou um gole profundo. Pensou que nunca provara um refrigerante tão delicioso.

Longas pinceladas de laranja e púrpura tingiam o horizonte. Os telhados das casas faiscavam, aos raios dourados do sol poente. Do lugar onde Noelle e Hank sentavam, no companheirismo de um casal de longo relacionamento, o barulho distante de portas de carro batendo minguara para um baque ocasional. Uma brisa soprava, agitando o ar parado, fazendo sussurrar as folhas por cima. Noelle olhou para a mão de Hank, pousada sobre o próprio joelho. Em contraste com a calça cáqui, parecia enorme e competente. Inesperadamente, ela sentiu uma pontada de anseio... por algo que, com certeza, não poderia determinar.

Apontou para o chafariz no centro da praça, apresentado nos cartões-postais vendidos na Gleason's Pharmacy, uma graciosa ninfa *art nouveau*, cercada pelos esguichos, no formato de nenúfares.

— Se aquela jovem pudesse falar, pense nas histórias que *teria* para contar.

Hank sorriu, as rugas nos cantos dos olhos castanhos se destacando.

— Talvez seja o motivo por que, em vez disso, ela passe o dia inteiro chorando.

Noelle fitou-o nos olhos.

— Chorar nem sempre é a solução.

— Não, mas às vezes ajuda.

Ela descobriu agora, no rosto gentil de Hank, algo que não vira antes: uma força tranqüila, que parecia fluir lá do fundo. Lembrava-a do pai, da expressão que Charlie às vezes exibia: de um objeto inamovível se encontrando com uma força irresistível.

— Meu marido tem a custódia temporária de nossa filha — começou Noelle, as palavras agora saindo com facilidade, subindo como a água borbulhando para a superfície do chafariz. — Tenho direito a três visitas supervisionadas por semana. Hoje, sentamos numa sala com a porta aberta, para que uma assistente social pudesse vigiar e ter certeza...

Ela parou de falar, baixando os olhos para o gramado. Imaginou a expressão de compaixão que Hank exibia... uma compaixão talvez misturada com cautela. Subitamente, não queria a compaixão de Hank. O que queria mesmo, *do que precisava*, era que aquele pesadelo acabasse.

— É tudo tão inacreditável, a própria idéia de que eu poderia negligenciar minha filha... — Noelle limpou a garganta. — Quando ela era bebê, eu preparava toda a sua comida. Jamais pensei em alimentá-la com comida industrializada. Pode parecer paranóico, mas só guardava o material de limpeza nas prateleiras altas. Não confiava nas trancas.

— Conheço muitas crianças que teriam sido poupadas de uma viagem ao hospital se as mães também fossem paranóicas assim — comentou Hank.

— O pior de tudo é que não posso protegê-la agora. Ela está sofrendo, e não posso fazer nada para evitar.

Noelle fez uma pausa para assoar o nariz no lenço branco de Hank. Ao levantar a cabeça, sentiu-se purificada de alguma forma, como se o peso angustiante da tristeza tivesse sido removido, deixando em seu lugar um ímpeto irresistível de raiva.

— Tenho certeza de que já ouviu muitas mulheres dizerem que seus maridos são terríveis, mas o meu é demais. Eu acreditava antes que ele amava a filha, mas já não tenho tanta certeza. Usa a menina para me destruir... e o mais lamentável é que está dando certo.

— Do meu ponto de observação, não é o que parece.

Ao fitá-lo nesse momento, ela compreendeu que Hank não sentia compaixão. Sua expressão era de avaliação objetiva, até mesmo de admiração.

— O que... o que está querendo dizer com isso?

— Que a mulher que vejo agora é absolutamente capaz de derrubar a chutes qualquer porta que se interpuser em seu caminho.

Noelle sorriu, relutantemente, à imagem de si mesma como Xena, a Princesa Guerreira.

— Emma tem cinco anos — murmurou ela —, a idade em que quase todas as frases são uma pergunta. Eu gostaria de ter as respostas.

— Então seria como aquele cara ali. Poriam a sua estátua em algum parque.

Ele gesticulou na direção da estátua de Luther Burbank, com um esquilo cinzento empoleirado como um ajudante-de-ordens em miniatura no ombro de bronze.

Noelle riu, observando o esquilo descer, apressado, para pegar uma bolota de carvalho no gramado. Com a ponta do tênis, ela cutucou um ponto úmido na sacola de compras de Hank.

— Parece que é tarde demais para salvar esse sorvete.

— A história da minha vida. — Ele deu de ombros e levantou. Pegou a sacola de compras, antes de oferecer o outro braço a Noelle. — Permite que um companheiro de viagem a acompanhe até seu carro?

Dessa vez, quando Noelle levantou, as pernas não ameaçaram entrar em colapso. Descobriu que podia andar com passos firmes, um braço na dobra do cotovelo de Hank. A ponta de seus dedos roçava nos pêlos do antebraço musculoso, e ela tinha consciência do calor que aquela pele irradiava. Nana e sua mãe deviam estar especulando sobre o motivo de seu atraso, pensou ela. Estariam bastante preocupadas. Naquele momento, no entanto, pela primeira vez em dias, Noelle se sentia segura e forte.

Capítulo Sete

Mesmo depois de tantos anos, Mary poderia encontrar o caminho para a casa dos Lundquist até dormindo. A velha casa de fazenda, com sua enorme varanda e uma horta nos fundos, ficava no cruzamento da Blossom Road com a rota 30A. Ao parar junto da casa, por trás do carro de bombeiro Ford Bronco vermelho, que só podia pertencer a Jordy Lundquist, o mais moço dos três irmãos de Corinne, o qual, desde que teve idade suficiente para guiar, sempre preferira carros vistosos, com tonalidades de batom, Mary sentiu uma ansiedade entre amarga e doce. Soubera que Jordy estava casado, com dois filhos. Ela se angustiou, mais uma vez, pela tragédia de Corinne não lhe ter dado a chance de fazer a mesma coisa: amadurecer e casar, ter filhos. As lembranças pairavam pelo ar, como as borboletas que voavam pela relva alta nos dois lados do caminho.

Ao saltar de seu Lexus, no caminho de terra, Mary quase que pôde ver a amiga sentada no último degrau da varanda, à sombra, os cotovelos apoiados nos joelhos, com uma dúzia de rolos na cabeça. E quase que podia ouvi-la gritar: *Oi, Mary Catherine!* Corinne, que detestava apelidos — em conseqüência de anos de zombarias dos três irmãos mais velhos, conhecidos como Trio Triássico —, era a única pessoa, além dos pais, que a chamava pelo nome completo.

Mary parou por um momento, aspirando a doce fragrância de alfafa e feno recém-cortado. Um enorme labrador cor de chocolate saiu da sombra de um olmo e se adiantou para recebê-la. Parecia uma versão adulta do filhote que ela comprara para Noelle, assim que haviam se mudado para Manhattan. Era um cachorro de natureza doce, tão pouco afeito à vida urbana quanto sua filha. Depois de alguns meses e várias centenas de dólares de prejuízo, Mary fora obrigado a dá-lo. Felizmente, os Lundquist tiveram o maior prazer em aceitá-lo, dizendo que uma fazenda nunca tinha cachorros demais. Ela inclinou-se para afagar a cabeça do cachorro, liberando uma nuvem de poeira que a fez espirrar.

— Olá, rapaz. Por acaso tem algum parentesco com Boomer?

O filho de Boomer, como ela já começara a pensar, latiu em resposta. Abanou a cauda vigorosamente, o que levantou ainda mais poeira. Mary sorriu. Vinte anos haviam transcorrido desde a sua última visita, mas se podia pensar que fora no dia anterior, pela maneira como a mãe de Corinne se comportara ao telefone.

— Não se dê ao trabalho de bater à porta — advertira Nora. — Minha audição anda tão ruim que eu não ouviria. Deixarei a porta da frente destrancada... pode entrar direto.

Haviam combinado a visita para a tarde de sexta-feira. Nora estaria ausente até lá, visitando o filho mais velho, Everett, e sua esposa, Cathy, que tivera o quarto filho. A colheita de tomates fora grande, dissera ela. Estaria ocupada, fazendo conservas, e bem que gostaria da companhia.

Ao subir os degraus da varanda, Mary se perguntou se não deveria ter sido franca com Nora sobre o verdadeiro motivo de sua visita. Como Nora se sentiria ao saber que não era exatamente uma visita social? Já passara muito tempo, é verdade, mas algumas coisas nunca são superadas, e perder a única filha tinha de ser uma. Desencavar lembranças de Corinne seria, com certeza, angustiante.

Mas, quando entrou na casa, tão familiar quanto a casa em que fora criada, foi Mary quem sentiu que voltava no tempo. Lá estava o vão de porta para a sala de estar, com marcas ascendentes assinalando a altura das crianças Lundquist em várias idades. E a mancha no tapete velho, onde Everett derramara um jarro com Kool-Aid de uva. Até mesmo o abajur com a copa rachada, uma conseqüência do excesso de entusiasmo de Corinne ao girar seu bastão, continuava como antes.

Na cozinha, ela encontrou a mãe de Corinne com os braços mergulhados até os cotovelos numa pia cheia de espuma. Quando Nora se virou para cumprimentá-la, Mary ficou impressionada ao constatar como ela mudara pouco. Os lindos cabelos louros da cor do linho haviam apenas desbotado para a cor do pergaminho. As rugas finas em torno dos olhos eram quase imperceptíveis, contra o azul do céu, da tonalidade exata da porcelana Blue Willow, guardada no armário de pinho. Só as mãos, encaroçadas e retorcidas pela artrite, traíam sua idade.

— Puxa, que susto que você me deu!

Ela enxugou as mãos no pano de prato preso na cintura da saia de brim. Adiantou-se em seguida, para envolver Mary num abraço.

— Pensei que era Jordy, esgueirando-se por trás de mim desse jeito. Mandei-o buscar mais tomates.

Ela gesticulou para a janela, onde a única coisa visível do irmão de Corinne eram as costas largas, andando entre as fileiras de tomateiros, que subiam pelas estacas e se espalhavam pelo chão.

— Que Deus o abençoe — acrescentou Nora. — Ele vem até aqui pelo menos uma vez por dia, para saber como estou. É um grande conforto. Mas, aqui entre nós, como ele come! Nunca se poderia imaginar que tem uma esposa em casa que o alimenta.

Apesar do comentário, Nora se animou, exultante pelo fato de ainda se sentir útil.

Mary correu os olhos pela cozinha, com os armários lascados, precisando de uma pintura, pensando como era diferente do impecável relicário de fórmica de sua mãe. Tomates recém-cozidos esfriavam numa tigela, em cima do balcão; mais além, fileiras de reluzentes potes Mason esperavam para ser enchidos. Em cima do forno antigo, esmaltado, havia dois pães feitos em casa, ainda nas fôrmas, o aroma trazendo recordações de Corinne, as duas entrando ali depois das aulas, com fome suficiente para comerem um boi inteiro.

— É incrível! — murmurou Mary, maravilhada, balançando lentamente a cabeça. — Nada mudou.

— Eu poderia dizer a mesma coisa de você. — Nora deu um passo para trás, a fim de estudá-la. — Por Deus, Mary Quinn, não me diga que fez uma plástica no rosto!

Mary soltou uma risada.

— Mesmo que eu quisesse, não sei quando poderia ajustar isso à minha agenda de trabalho.

Nora lançou-lhe um olhar estranho. A voz era suave quando disse:

— Devia ir mais devagar, Mary. A vida só passa uma vez. Se não agarrá-la com firmeza, vai escapulir por entre seus dedos.

A advertência de Nora teve um efeito inquietante, que Mary apressou-se em pôr de lado. Respondeu com a maior jovialidade:

— Não me esquecerei... embora no momento tenha coisas demais para fazer.

Nora tirou a toalha de prato da cintura. Dobrou-a com todo o cuidado e estendeu-a sobre o escorredor no balcão.

— Vamos sentar e tomar uma limonada, enquanto Jordy afugenta os besouros. Ainda gosta com bastante açúcar para deixar uma colher de pé?

Mary sorriu.

— Já não gosto tão doce quanto antigamente. O doce fica por conta de seus biscoitos de gengibre.

Ela arriou numa cadeira. Tirou as sandálias, para esfriar os pés contra o chão de ladrilhos, polidos para a lisura do vidro por décadas de pés se arrastando. Enquanto observava a mãe de Corinne se movimentar de um lado para o outro, pondo na mesa copos e um prato com biscoitos, Mary sentiu de novo uma pontada de apreensão por tê-la enganado sobre o propósito de sua visita. Talvez devesse esquecer toda a idéia. De que adiantaria? Depois de tanto tempo, as chances de a mãe de Corinne se lembrar de qualquer coisa eram de mínimas a nenhuma.

A filha de Nora morreu, mas a sua filha continua viva. Deve a Noelle pelo menos tentar, sussurrou uma voz firme, em sinal de resposta. Mary esperou até Nora sentar, antes de perguntar:

— Quantos netos tem agora? Já perdi a conta.

— Oito, e tem mais a caminho. Quint e Louise esperam o terceiro para novembro. Sabia que todos os meninos esperaram tanto para casar que eu já havia quase perdido a esperança? Felizmente, encontraram esposas bastante jovens para terem muitos filhos. — Ela baixou os olhos. — E você, Mary? Por que não vejo uma aliança de casamento em seu dedo?

— Acho que uma vez foi suficiente.

Ela procurou imprimir um tom descontraído à voz. Nora balançou a cabeça, de uma forma sugestiva.

— Posso compreender por que teria dificuldade em encontrar alguém para substituir Charlie. — Ela estendeu a mão para pegar um biscoito de gengibre, os dedos nodosos precisando fazer algum esforço antes de consegui-lo. — Lembro quando eram jovens, perdidamente apaixonados. Não posso dizer que foi uma grande surpresa quando notei que seu corpo estava se tornando diferente.

Mary piscou, aturdida.

— Adivinhou a minha gravidez?

— Tenho olhos atentos.

Nora bateu na têmpora com um dedo encurvado e retorcido, como uma raiz de árvore.

Mary tomou um gole da limonada, sentindo-se afogueada, com um súbito calor. Descobriu-se a recordar a noite em que ela e Charlie tomaram banho no lago completamente nus. Charlie dissera que ela era a coisa mais linda que já vira. Naquele momento, Mary decidira que nunca haveria qualquer outro homem em sua vida.

E, no fundo, nunca houvera.

— Corinne sofreu bastante quando você e Charlie saíram de casa para casar — acrescentou Nora. — Creio que ela compreendeu que era o fim de alguma coisa que havia partilhado com você.

Mary acenou com a cabeça, lentamente, concordando.

— Também senti na ocasião, mas acho que ambas ficamos com medo de admitir.

Houve um breve momento de silêncio, em que ela sentiu, contrafeita, o olhar azul de Nora.

— A verdade é que sempre me senti um pouco culpada. Deveria estar presente para ajudar Corinne. E... não estava.

— Nenhum de nós estava. — A intensidade tremeluzente dos olhos de Nora era quase ofuscante. — Pobre Ira, quase partiu seu coração pensar que ela não quis recorrer a nós.

Mary recordava o pai de Corinne como um homem rigoroso, mas afetuoso. Tão forte quanto seu próprio pai fora fraco. E, lembrando agora, Corinne *se sentia* mais do que um pouco intimidada pelo pai.

— Quer dizer que nunca descobriram o que a levou... o que a perturbava?

— O motivo, não. Isso é o que faz tudo ficar mais difícil. Ela não nos deixou nem um bilhete.

Mary sentiu um desapontamento sem sentido. Sabia que era um tiro no escuro, mas mesmo assim esperava descobrir alguma coisa, por menor que fosse, que proporcionasse uma pista. E agora?

— Lamento por evocar tudo isso — desculpou-se ela.

— Não lamente. — Nora removeu uma lágrima do olho e inclinou-se para apertar a mão de Mary. — É bom lembrar, mesmo quando a recordação é ruim.

Mary respirou fundo, para depois confessar:

— Devo dizer, Nora, que não fui totalmente honesta com você. Não vim apenas pelos velhos tempos. Estou aqui por causa de minha filha. — Ela fez uma pausa, pondo as mãos sobre a mesa. — Não sei se já sabe, mas Noelle tem uma filha.

— Eu sabia... li a notícia do casamento no jornal. E lembro que pensei que a pobre criança não sabia em que estava se metendo. — Nora balançou a cabeça, em repulsa. — Entre tantos homens para escolher...

— Finalmente ela criou juízo. Agora, Robert está tentando tirar sua filha.

Mary sentiu um ímpeto de raiva, ao lembrar como ele se mostrara presunçoso no tribunal.

— Nada do que aquele homem fizesse me surpreenderia.

— Por que diz isso?

Nora empurrou seu copo para o lado, como se já não agüentasse mais.

— Jamais conheci alguém mais frio. Mesmo quando menino, havia alguma coisa nele... que não era muito certa. No funeral, ele se comportou como se mal conhecesse Corinne.

Ela estendeu a mão para envolver o pulso de Mary. Os olhos eram como chamas gêmeas, brilhando no pálido oval do rosto.

— Fique de olho na sua filha, Mary Quinn. Isso é tudo que posso dizer.

— Farei o que puder.

Mary estremeceu, subitamente repelida pela carne nodosa e retorcida que apertava seu pulso. Retirou a mão, assim que pôde fazê-lo, sem parecer uma grosseria, e indagou:

— Nora, há mais alguma coisa de que se lembre sobre aquela ocasião? Pode ser qualquer coisa.

Ela pensou por um momento, depois balançou a cabeça em negativa.

— Corinne nunca me fez muitas confidências, ainda mais sobre Robert. Deveria ser a primeira indicação de que havia alguma coisa errada. Ela não se comportava como você com Charlie. Era como se ele tivesse algum controle sobre Corinne... só que eu não chamaria isso de amor.

— Acha que ele teve alguma coisa a ver com... — Mary hesitou, pois poderia plantar na cabeça de Nora uma idéia que a atormentaria até o fim de seus dias. — ... com o fato de Corinne estar tão transtornada?

Nora passou a mão pelo rosto, como se limpasse uma janela embaçada.

— Sei que eles discutiram. Na última vez em que se encontraram, Corinne voltou para casa bastante perturbada. Estivera chorando. Quando perguntei o que acontecera, ela não quis dizer.

— Isso é tudo?

Nora sacudiu a cabeça.

— *Lamento* não poder ajudar mais.

— Foi há muito tempo. E devo pedir desculpa por desencavar essa história.

Mary pegou a limonada, que estava muito doce, mesmo sem o açúcar extra. Bebeu o resto apenas para ser polida. Depois, levantou-se.

— Devo ir embora. Já a mantive ocupada comigo por tempo demais.

A mãe de Corinne também se levantou, distraída, apalpando os bolsos da saia, como se procurasse por alguma coisa fora do lugar. A expressão perturbada desaparecera de seu rosto, substituída por um sorriso afetuoso.

— Não diga bobagem. Adorei sua companhia. Leve alguns biscoitos para casa. Não comeu nenhum.

Ela acompanhava Mary até a porta da frente quando parou de repente.

— Espere um instante. Tenho uma coisa para você. Há anos que pretendia lhe dar, mas sempre acabava esquecendo, com uma coisa e outra acontecendo. Fique aqui, enquanto vou buscar.

Nora subiu a escada, a mão segurando firme o corrimão. A parede do segundo andar era uma galeria de fotos emolduradas. Um retrato de Corinne, com o dente da frente faltando, como se fosse uma abóbora oca, com o desenho de um rosto e uma vela acesa por dentro, destacou-se para Mary. Recordou nitidamente o dia em que aquela foto fora batida. As duas estavam na quinta série. Corinne acabara de ser designada para capitã do time de vôlei feminino. Embora Mary fosse de longe a pior jogadora, Corinne escolhera-a em primeiro lugar. Daquele dia em diante, nada mais poderia separá-las.

Corinne, se você está lá em cima, vele por minha filha. É ela quem precisa de você agora, suplicou Mary, silenciosamente.

Nora voltou minutos depois, segurando uma coisa pequena e quadrada, envolta por um lenço florido. Entregou a Mary com a solene dignidade de um sacerdote oferecendo um cálice.

— É o diário de Corinne. Ela gostaria que ficasse com você.

Mary sentiu o coração disparar. Esquecera que Corinne mantinha um diário.

— Tem certeza de que quer me dar?

— Tenho.

— Será um tesouro que guardarei para sempre. Obrigada, Nora... por tudo.

Mary abraçou-a em despedida. Encaminhava-se para seu carro quando um homem numa calça jeans empoeirada, carregando um balde cheio de tomates maduros, aproximou-se, apressado, pelo lado da casa. Jordy Lundquist era a imagem de Nora, os mesmos olhos azuis e os mesmos cabelos louros bem finos, o mesmo corpo forte. Só que mais alto, pelo menos trinta centímetros. Acenou para chamar atenção, como se ela não o tivesse visto, embora fosse impossível deixar de vê-lo. Mary sorriu, recordando o tempo em que o atarracado irmão de Corinne vivia atrás das duas, com a mesma atitude. Ele ofegava quando a alcançou.

— Mary! Por que não gritou pela janela, para me avisar que estava aqui?

— Sua mãe e eu ficamos conversando. Antes de perceber, já era tempo de ir embora. Desculpe, Jordy. Conversaremos em outra ocasião, está bem?

Ela estendeu a mão. Jordy apertou-a vigorosamente.

— Na próxima vez em que vier por estas bandas, passe lá em casa. Eu adoraria apresentá-la à minha mulher e às minhas filhas. Tenho duas meninas, Jessie e Jillian.

Mary sorriu pelo orgulho óbvio que ele sentia da família.

— Obrigada. Será um prazer. Foi maravilhoso rever sua mãe. — Ela hesitou, mas acabou acrescentando: — Espero não tê-la perturbado demais.

Jordy largou o balde no chão, com o maior cuidado. Fitou-a com evidente curiosidade.

— Perturbado mamãe? Ora, Mary, ela vinha esperando por sua visita todos os dias.

— Conversamos sobre Corinne.

Uma nuvem passou sob o sol nesse momento. Os olhos de Jordy pareceram escurecer também. Mary imaginara que ele consideraria o assunto normal — por que não falariam sobre Corinne? —, mas Jordy a fitava com uma cautela estranha, na tarde abafada de verão, com o cheiro de tomates maduros pairando ao redor.

— E o que falaram sobre Corinne?

— Sabe como é... os velhos tempos.

Jordy pareceu relaxar.

— Os velhos tempos... — Um lento sorriso espalhou-se por seu rosto largo, realçando as rugas que irradiavam dos cantos dos olhos azuis como os raios do sol. — Ora, eu poderia lhe contar algumas histórias. Não segui você e Rinny durante todos aqueles anos por nada.

— Não duvido. — Mary ofereceu um sorriso. Entrou no carro. Baixou a janela para acenar em despedida. — Adeus, Jordy. Foi um prazer revê-lo.

Enquanto voltava para casa, Mary pensou: *Alguma coisa aconteceu.* Jordy comportara-se de uma maneira estranha quando ela mencionara Corinne. Por quê? Porque ainda não conseguira superar sua morte... ou porque havia outro problema? Ela refletiu a respeito, perplexa, por vários minutos, antes de afastar o assunto da mente, com alguma relutância. Não adiantava especular. Quando chegasse o momento certo, faria uma visita a Jordy, descobriria o que ele sabia, se é que sabia alguma coisa. Até lá, tinha o diário de Corinne...

Mary estava a pouco mais de um quilômetro de casa quando lembrou de seu telefone celular. Tocara tantas vezes naquele dia que resolvera desligá-lo antes de entrar na casa dos Lundquist. Quase sempre era sua assistente, dando as últimas informações, e, de vez em quando, um cliente, a quem ela dera seu número. Mal havia ligado de novo o celular, ouviu o toque familiar.

— Graças a Deus que você atendeu, Mary! Surgiu um problema. — Brittany parecia esbaforida demais, o que não era normal. — É Leo. Ao que parece, ele sofreu um colapso nervoso. Trancou-se no apartamento, e seu *sous chef* está à beira de um motim.

Mary sentiu que desatava a suar. *Ó Deus, o que vai acontecer agora?* Leo LeGras fora contratado para preparar o banquete da Rene's Room, pelo qual ela já dera um considerável adiantamento. Para um evento daquelas proporções, não seria fácil encontrar outra pessoa com o mesmo gabarito, em prazo tão curto.

— Pode fazer contato com ele pelo telefone?

— Só deixei cerca de 85 recados. E também não tive sorte nas tentativas de passar pelo porteiro. Não posso resolver o problema sozinha, Mary. Você tem de fazer alguma coisa.

Era evidente que sua assistente, quase sempre competente, estava completamente desorientada.

— Irei a Nova York na próxima semana — prometeu Mary. — Ainda não sei que dia. Pode agüentar tudo até lá?

Houve uma breve pausa. Depois, Brittany disse, em tom sombrio:

— Ainda não contei o pior. O sr. Lazarus soube que você saiu de Nova York e não ficou nem um pouco satisfeito. Quando ele souber do problema de Leo, não gostaria de estar no seu lugar.

— Aqui entre nós, Lazarus é um idiota.

Mary jamais gostara do homem. Afora a Rene's Room, ele não tinha o menor escrúpulo em capitalizar a morte da esposa.

— Não duvido, mas ele foi casado com uma das mais amadas estrelas de todos os tempos.

Brittany não precisava dizer que seria uma péssima publicidade para elas se brigassem com um homem com as ligações de Lazarus.

— Mais alguma coisa que eu deva saber? — perguntou ela, com mais brusquidão do que o habitual.

Os telefonemas de sua assistente sempre a lembravam que se afastara dos problemas que deveria estar resolvendo.

— Apenas as coisas de sempre. — Um pouco da tensão desapareceu da voz de Brittany. — Podemos riscar *Regis and Kathie Lee* do lançamento do livro de Merriman, mas ainda estamos trabalhando com a Oprah. E o empresário de Lucianne Penrose ligou de Miami, furioso. Ao que parece, a equipe da TV local que deveria dar cobertura à sua filmagem não apareceu.

Mary soltou um gemido. Quando filmava um comercial ao ar livre para seus centros de dieta, Lucianne sempre tentava obter uma cobertura da imprensa local... dobrando o investimento.

— De quem foi o erro?

— De ninguém, até onde pude determinar. — A voz de Brittany

começava a se tornar distante, no meio do ruído. — Estava tudo acertado com a WPLG. Deve ter surgido algum fato mais importante.

— Mais importante do que Lucianne? Teria de ser uma tentativa de assassinar o presidente dos Estados Unidos. — Mary permitiu-se uma risada seca, que em nada contribuiu para dissipar seu senso crescente de desespero. Ou a dívida de gratidão com seu pessoal. — Ei, Brit, caso eu ainda não tenha dito com a ênfase apropriada, obrigada por cuidar de tudo na minha ausência.

— O prazer é meu. Mark disse que a ama. — A voz se tornava cada vez mais irregular. — A ligação está piorando... é melhor eu desligar.

Mary apertou o botão para encerrar a ligação e tornou a guardar o celular na bolsa. Não podia lidar com mais uma dor de cabeça naquele momento. Não com tudo por que se empenhara tanto para conseguir, começando...

Com um olhar pelo canto dos olhos, ela foi desviada desses pensamentos ao ver o diário de Corinne no banco ao seu lado. Será que continha alguma informação surpreendente sobre sua morte? Era duvidoso. Se os Lundquist tivessem motivos para desconfiar de um crime, havia muito já teriam procurado a polícia. Não podia ser isso. Se havia alguma coisa a ser revelada, estava nas entrelinhas. E quem melhor para decifrar do que a amiga em quem Corinne confiava acima de qualquer outra? Mary sentiu que sua pulsação acelerava com tal perspectiva.

Devo mostrar a Charlie. Estamos juntos nisso para o que der e vier. Ela sorriu, pesarosa, ao pensar a respeito, enquanto pegava a estrada que levava à cidade.

— Não acreditou realmente que encontraríamos qualquer coisa, não é?

Charlie falou em tom suave, olhando para o lago, de sua varanda nos fundos, onde ele e Mary sentavam, confortáveis, em cadeiras Adirondack. As horas haviam passado desde a chegada à cabana, em busca de sossego, escapando do frenesi da redação. Enquanto examinava o diário com Charlie, antes de um jantar surpreendentemente delicioso que a filha dele ajudara a preparar, Mary perdera toda e qualquer noção do tempo. Agora, com o crepúsculo se adensando, Mary ficou surpresa ao perceber como era tarde. O lago escurecera para a tonalidade de prata embaçada, as silhuetas das árvores destacando-se contra o céu púrpura, onde as primeiras estrelas começavam a brilhar.

— Não sei o que esperava. — Ela suspirou. — Talvez o estilo de Sylvia Plath.

A noção da amiga como uma poeta maníaco-depressiva trouxe um sorriso opressivo para seus lábios.

Na verdade, o diário de Corinne não revelara mais nada além das esperanças e sonhos de uma moça de 16 anos, igual a todas as outras. O último registro, feito três meses antes da morte de Corinne, era absolutamente banal. *Fui à festa de Laura com R. Brigamos durante toda a viagem. Na festa, ele não falou comigo nem uma única vez. Fiquei furiosa! Fingi que não me importava quando ele foi embora sem me levar, mas tive de fazer o maior esforço para não chorar. J. me deu uma carona até em casa. Ele é simpático. Mais sobre isso depois.* Quem quer que fosse "J".

— Talvez estivesse pensando no que era a vida para nós.

Charlie falou jovialmente, mas ela percebeu um tom de angústia reprimida em sua voz. Mary virou-se para avaliá-lo, solene. Na claridade amarelada da varanda, o perfil bem-definido fazia-a pensar nas antigas moedas romanas. Mas Charlie teria rido à idéia de que havia qualquer coisa nobre em sua pessoa. Ali, na cabana à beira do lago, era apenas um homem em seu hábitat natural, relaxado como Mary nunca o vira. Trocara as roupas de trabalho por uma calça jeans desbotada e uma camisa velha de cambraia. Os pés sem meias calçavam Dock-Siders bastante gastos pelo uso.

Mary se perguntou o que ele pensaria se soubesse com que freqüência fantasiara, ao longo dos anos, noites de verão como aquela: sentada numa varanda com Charlie, em algum lugar, as mariposas voando de um lado para o outro, um noitibó cantando a distância. Com um esforço, Mary voltou a se concentrar em Corinne.

— Talvez estejamos perdendo alguma coisa. Talvez o importante não seja o que há no diário, mas o que *não* há. Se Corinne pensava em suicídio, não encontrei nenhuma indicação.

Charlie fitou-a, sorrindo.

— Alguém já lhe disse que daria uma excelente repórter?

— Falo sério, Charlie. É muito exagero imaginar que ela pode ter sido... — Uma brisa fria soprou. Mary interrompeu a indagação por um instante, cruzando os braços sobre o peito. — ... assassinada?

Ela concluiu suavemente, quase como se especulasse em voz alta.

— Qualquer coisa é possível — respondeu Charlie, pensativo. — Mas temos de nos ater aos fatos. Independentemente do que possamos supor, não há qualquer evidência para apoiar essa teoria.

— Mas, se Robert teve alguma coisa a ver com isso, ele é ainda mais perigoso do que pensamos.

Houve silêncio. Mary podia ouvir os sons suaves das trutas se alimentando, os gritos das aves noturnas, empoleiradas nos amieiros, e as bétulas brancas que cresciam ao longo do litoral. Escutou o murmúrio da água contra o cais, onde havia um pequeno barco amarrado. Nada pôde dissipar seu medo.

Gostaria que Noelle estivesse ali naquele momento, mas ela recusara o convite de Charlie para jantar, dizendo que estava com dor de cabeça. Ao que parecia, a visita a Emma naquele dia não transcorrera muito bem. E Mary tinha o pressentimento de que a situação se tornaria ainda pior. A frustração dominou-a. Sentia-se tão impotente agora quanto acontecera tantos anos atrás, na ocasião em que Noelle ficara desesperadamente doente e ela não sabia o que fazer.

— De qualquer forma, você está certa ao se preocupar — comentou Charlie, um músculo tremendo no maxilar. — Quer saber de uma coisa? Quando o vi entrar no tribunal naquele dia, quase que avancei para quebrar sua cara. Se Bron não estivesse comigo, não sei se não teria feito isso.

Como se fosse uma deixa, houve um estrépito dentro da casa, com a filha de Charlie deixando cair alguma coisa, enquanto lavava a louça do jantar; pelo barulho, devia ter sido uma panela. Houve um grito abafado de "Merda!". Através da porta de tela, Mary tinha uma vista da cozinha, além da sala, e divisou um vulto se abaixando para pegar alguma coisa no chão.

— Pelo que pude perceber, tenho a impressão de que ela o aplaudiria.

— Bron banca a durona, mas é muito mais frágil do que parece. — Charlie sacudiu a cabeça, em sinal de exasperação afetuosa. — Com Noelle, acontece o contrário... ela é mais dura do que pensa.

— Elas eram muito amigas enquanto cresciam?

Noelle tinha 14 anos quando Bronwyn nascera. Mary, no entanto, sabia pouco sobre o Natal e as férias de verão que Noelle passava com Charlie, sua segunda esposa e a filha. Havia ocasiões em que experimentara a estranha sensação de que Noelle guardava essas lembranças como se fosse um tesouro... como se temesse que pudessem ficar maculadas se fossem partilhadas.

Charlie soltou uma risada.

— Unha e carne. Houve ocasiões, sou capaz de jurar, em que eu poderia sair de casa para sempre, e elas levariam semanas antes de notar minha ausência. — Ele baixou a voz. — Mas é engraçado como duas irmãs podem ser tão opostas. Noelle, abençoada seja, nunca me deu a menor preocupação. Mas Bron... Bron tem uma veia selvagem. Talvez seja pelo fato de crescer sem a mãe, não sei...

Ele parecia tão aturdido naquele momento que Mary teve vontade de se inclinar e pegar sua mão. As palavras escapuliram antes que ela pudesse contê-las.

— Como era sua esposa?

O sorriso de recordação afetuosa calou fundo em Charlie.

— Vicky? Engraçada e inteligente. Um pouco distraída. Sempre deixando as coisas fora do lugar, como as chaves e a sombrinha. Fazia listas de compras, mas as perdia. Tornou-se uma piada na família. Mas quem sempre ria mais alto era Vicky. — Baixinho, ele acrescentou: — Você teria gostado dela.

— Lamento não ter tido a oportunidade de conhecê-la. — Mary só se encontrara com Vicky uma vez, no casamento de Noelle. Ficara impressionada como ela era simpática. O que não a impedia de murchar por dentro ao imaginá-la com Charlie. — Pelo que me contou, tenho certeza de que ela se orgulharia do seu trabalho na criação de Bronwyn. Ela é uma boa moça, Charlie. De qualquer forma, ter um bom pai é melhor do que ter pai e mãe que não são bons.

— Tem razão nesse ponto.

— Para ser franca, o invejo.

— Por quê?

— Adoraria ter outro filho. — Mary olhava para suas mãos. O esmalte das unhas começara a lascar, mas não notara até aquele momento. Pouco a pouco, seus antigos hábitos começavam a desaparecer. — Sempre me perguntei qual seria a sensação de me sentir feliz por engravidar ou ter um recém-nascido nos braços sem estar apavorada.

Como Charlie não respondera imediatamente, ela sentiu um momento de pânico. Revelara demais? Talvez o lembrasse de uma época que ele preferia esquecer.

— Acho que algumas coisas não são prováveis — comentou ele, baixinho.

Mary fitou-o atentamente. Sua expressão era impassível, indecifrável, e ela sentiu seu coração murchar mais um pouco. Quando Charlie se inclinou para tirar alguma coisa de seu braço, ela se encolheu.

— Acho melhor entrarmos agora, ou você será devorada viva pelos mosquitos.

Ele começou a levantar, mas Mary estendeu a mão para detê-lo.

— Estou bem. Será que se importaria se déssemos um passeio?

Charlie estudou-a por um instante, antes de acenar com a cabeça em sinal de concordância, lentamente. Quando se levantou, o rangido da cadeira foi como um suspiro.

— Bron! Mary e eu vamos descer até o lago! Não devemos demorar!

Um segundo depois, a filha adolescente de Charlie materializou-se do nada, delineada contra a tela, como um ponto de exclamação.

— Não precisa gritar, papai. Não sou surda.

A tela rangeu ao ser aberta, e a moça saiu para a varanda. Mary, parada no último degrau, sorriu na tentativa de aliviar a tensão, que vinha se acumulando durante toda a noite.

— Obrigada de novo pelo jantar, Bronwyn. Estava uma delícia.

A garota lançou-lhe um olhar frio.

— Só fiz a salada.

Mary fez um esforço para não considerar a aversão da jovem como algo pessoal. Noelle não vivia também irritada naquela idade? E ter o pai só para ela, durante tantos anos, não ajudara nem um pouco. O ciúme de Bronwyn era palpável. Charlie tinha razão sobre uma coisa: a filha mais nova não era fácil.

Se fosse minha filha, também me preocuparia, pensou ela. Mas era melhor que Charlie poupasse sua preocupação para os rapazes que cairiam sob o encantamento daquela sereia adolescente. Mesmo de short e com uma camiseta amarrotada do time do Red Sox, ela tinha toda a aparência de uma sedutora, as pernas compridas morenas e bem-torneadas, firmes como as de um mergulhador que procura pérolas, os cabelos pretos abundantes, caindo até a cintura fina.

— Está uma noite adorável, e pensei que seria ótimo dar uma volta — acrescentou Mary. — Será um prazer se quiser nos acompanhar.

Bronwyn olhou para Charlie, ignorando-a.

— Por que não leva Rufus, papai? Ele passou o dia inteiro dentro de casa. Precisa do exercício.

— Não desta vez, querida. Ele vai perseguir todo rato silvestre que encontrar pelo caminho, e não estou com a menor vontade de entrar pelo mato à sua procura. Sairei com Rufus depois que voltarmos.

Bronwyn lançou-lhe um olhar demorado, avaliador. Mary começou a se sentir contrafeita, até um pouco irritada. *É apenas um passeio, pelo amor de Deus! O que ela pensa que vai acontecer?*

Os dois já haviam começado a se afastar pelo caminho de terra que descia para o lago quando a garota gritou, suplicante:

— Então posso pegar o carro, papai? Eu disse a Maxie que iria até sua casa depois do jantar.

Mary virou a cabeça para fitá-la. À claridade amarela da luz da varanda, Bronwyn parecia subitamente embaraçada e tímida, uma pilha de emoções que não sabia controlar. Inesperadamente, o coração de Mary se confrangeu por ela, aquela jovem impetuosa, sem mãe, que era a imagem do pai.

Charlie hesitou por um momento. Mary percebeu a relutância em sua voz quando respondeu:

— Está bem. Mas quero que volte até a meia-noite. E não vá a nenhum outro lugar... combinado?

— Obrigada, papai!

Bronwyn parecia muito animada ao tornar a entrar em casa, deixando a porta de tela bater.

Mary e Charlie caminharam em silêncio por alguns minutos. Era uma trilha bastante larga, e dava para ver tudo, com a lua que havia se elevado por cima das copas das árvores. Seu reflexo deslizava pela superfície embaçada do lago, enquanto andavam pela margem. Aquele era o momento que Mary mais apreciava, quando estava bastante escuro para ver mais do que as luzes distantes dos condomínios que haviam surgido como cogumelos na margem oposta; quando o céu estrelado e infinito acima a fazia esquecer da pequenez de sua cidade natal. Depois de algum tempo, Charlie murmurou:

— Peço desculpa pela maneira como Bronwyn se comportou. Ela pode, às vezes, ser um pouco superprotetora.

— É compreensível. Teve você só para ela durante todos estes anos.

Ele suspirou.

— Não é fácil criar uma filha adolescente sozinho. Qualquer coisa que você diga ou faça parece errada.

Mary pensou em Noelle.

— Talvez tentar seja suficiente. Talvez seja tudo que realmente conta.

O caminho era uma faixa ao longo da margem, exceto nos raros trechos em que subia pelo bosque. Charlie andava como se pudesse percorrê-lo de olhos vendados, mas Mary tinha de andar mais devagar, tomando cuidado com as pedras e os galhos caídos. Em determinado momento, quando ela tropeçou e quase caiu, Charlie segurou-a pelo braço. Depois, pareceu mais seguro apoiar-se nele, embora Mary tomasse conhecimento de cada passo desajeitado que a fazia esbarrar em Charlie.

Quando o caminho os levou de novo para a margem do lago, pararam por um momento para recuperar o fôlego. Charlie apontou os condomínios que cintilavam na margem oposta, a terra limpa, sem árvores, visível ao lado.

— Só no verão passado, a Van Doren & Sons construiu cinqüenta novas unidades. E, ao que parece, não há fim à vista. — A voz de Charlie vibrava em sinal de repulsa. — Até conseguiram uma autorização especial para desviar o córrego que passava por lá. É claro que ajuda o fato de que todos no conselho municipal sejam íntimos de seu genro.

— Não se pode fazer nada para impedi-lo?

— Não há nada de ilegal em suas ações... ou pelo menos nada que alguém possa provar. — Ao luar, o rosto de Charlie parecia esculpido em granito. — Mas tentarei fazer alguma coisa. A partir da próxima semana, vou publicar uma série de editoriais que farão as pessoas comentarem.

— Parece arriscado. Não tem medo de ser processado?

Charlie deu de ombros.

— Não farei nenhuma acusação. Apenas tratarei de questões que vão irritar algumas pessoas.

— E como isso ajudará Noelle?

Charlie olhou para o lago, onde o luar ondulava em faixas estreitas e reluzentes.

— Sabe como eles procuram corpos no fundo do lago? Jogam uma banana de dinamite na água e esperam para ver o que aflora à superfície.

Mary estremeceu, à brisa fria que começava a soprar.

— Vamos torcer para que isso não acabe causando mais mal do que bem.

Charlie estendeu o braço por seus ombros, o que a fez estremecer ainda mais.

— Quer voltar?

— Daqui a pouco. Vamos andar mais um pouco.

Mary não queria que a magia daquela noite acabasse. E era evidente que Charlie sentia a mesma coisa. Manteve o braço em torno de Mary, irradiando um calor que o frio da noite não podia dissipar. Ela apoiou-se em seu ombro, contente de verdade, pela primeira vez em vários dias. Charlie também sonhara com aquilo? Passara noites acordado, escutando as batidas do coração e especulando se, em algum lugar, ela fazia a mesma coisa? Era errado se permitir tais sentimentos, Mary sabia. Errado e perigoso.

Mesmo assim, a atração era muito forte. Em algum ponto, no fundo de tudo, ela e Charlie estavam ligados de uma maneira fundamental. Mary sabia disso desde o tempo em que eram adolescentes. Nada, em todos os anos transcorridos desde então, enfraquecera esse senso de união. Caminhando ao seu lado, a cabeça encostada em seu ombro, ela tinha a sensação de que o sangue que corria pelas veias de Charlie fluía diretamente para as suas.

Charlie beijou o alto de sua cabeça. Um roçar dos lábios, um sussurro de respiração, que desceu por Mary, como se fosse um líquido quente derramado. Não podia haver mais qualquer dúvida do rumo que então seguiam. Uma voz no fundo de Mary exortou-a a voltar, mas ela a ignorou. A pressão que a empurrava para Charlie era muito mais forte, tão intensa quanto a atração da lua cheia.

O caminho serpenteava agora para o interior. Pararam de novo para descansar, numa pequena clareira, cercada por bétulas, que brilhavam pálidas como ramos compridos contra os arbustos ao redor. Os dentes-de-leão pontilhavam a relva alta como pequenas estrelas. O cricrilar dos grilos soava estranhamente alto no silêncio.

Mary encontrou uma pedra bastante grande para os dois sentarem. Seu coração estava disparado, mas não era do exercício. Sentia-se excitada e, ao mesmo tempo, apavorada com o que a aguardava, não na próxima curva, mas naquele momento, ali na campina, com a relva alta e o círculo perfeito de árvores, parecendo a impressão digital de Deus na paisagem. Ela olhou ao redor, admirada, e murmurou:

— Por que não me lembro deste lugar? Tenho certeza de que já passei por aqui pelo menos uma centena de vezes.

— As coisas sempre parecem diferentes no escuro.

Charlie removeu um pedaço de folha de pinheiro dos cabelos de Mary, os dedos roçando em sua têmpora. Ele era como uma febre, fazendo-a arder, deixando-a cada vez mais fraca. E povoando sua cabeça com imagens maravilhosas. Como ela pudera acreditar, por um instante sequer, que encontrara um substituto naqueles outros homens? Não havia ninguém como Charlie. Nunca houve e nunca haveria.

Sentada, ela teve ainda mais consciência da altura de Charlie, por alguma razão. O corpo esguio acomodou-se ao seu lado. A sombra parecia uma poça a seus pés. Quando ele se virou para abraçá-la, parecia tão natural quanto respirar, tão inevitável quanto o murmúrio distante da água no silêncio.

— Mary...

Apenas isso, o seu nome. Como uma prece.

Ele pegou o rosto de Mary entre as mãos, gentilmente, e beijou-a. Sua boca era quente. Mary cedeu, como soubera desde o início que aconteceria, a partir do momento em que vira Charlie sentado à mesa da cozinha de sua mãe. Fariam amor; o que também era parte dos desígnios de Deus. Ali, na relva, sob o luar, com os grilos cricrilando.

O sentimento foi tão intenso que ela teve a sensação de que se dissolvia em Charlie, como chocolate derretendo na boca, ou flocos de neve caindo sobre as faces quentes. Num fluxo incontrolável, tudo voltou de repente: como era a sensação no início, quando tinham 16 anos, e nem mesmo a ameaça do inferno ou a ira da mãe (sinônimos em sua mente) podiam afastá-la dos braços de Charlie.

Mary aderiu a ele agora, sensações há muito perdidas ressurgindo, uma a uma. O roçar dos dedos de Charlie em seu pescoço, provocando uma pressão em sua barriga. A boca de Charlie, beijando-a com a combinação certa de ternura e urgência. Quando ele a baixou para a relva, com extrema gentileza, Mary pensou que poderia morrer se Charlie parasse naquele instante. Seria como fazer com que ela parasse de respirar.

Só que Charlie não ia parar.

Despiu-a, devagar, com tanto cuidado, que o mero ato a fez gritar, estremecer de prazer.

— Mary, Mary — sussurrava ele, sem parar.

Beijou todas as partes do corpo que descobria. Só depois que a deixou nua é que ele fez uma pausa para tirar a própria roupa.

— Depressa... — sussurrou ela.

E depois:

— Não, não... Ó Deus, Charlie, quero que dure para sempre!

Ele estendeu sua camisa no chão. Ao deitar, Mary pôde sentir as pontas da relva espetando pelo pano macio e gasto. Ajoelhado ao seu lado, Charlie contemplou-a, a ponta dos dedos percorrendo a curva da barriga e a suave elevação por baixo.

— Você é linda...

Era como se ele a visse pela primeira vez... e, de certa forma, era isso mesmo que acontecia. Charlie baixou a cabeça e passou a língua por um mamilo, um choque delicioso que a inundou de calor.

Enquanto ele continuava a explorar, Mary gemia baixinho, acariciando a parte posterior de sua cabeça. E, depois, ele baixou para penetrá-la. O menino que Mary conhecera tão intimamente era agora um homem maduro, cujo corpo ela ansiava por explorar: cada músculo bem-definido, cada dobra fascinante, cada arremetida que indicava um controle adquirido ao longo dos anos.

— Estou indo muito depressa? — murmurou Charlie, em determinado momento.

— Não, não, por favor, continue assim — sussurrou ela, em resposta.

Parecia errado, mas ao mesmo tempo gloriosamente certo. Sem regras, sem inibições. Apenas a lua... o doce suspiro da brisa nas árvores... e Charlie.

Quando acabou, ele rolou, para se estender de costas. Ficaram deitados assim, lado a lado, deixando que a brisa secasse os corpos suados, mal notando os mosquitos que pairavam ao redor, como se estivessem na expectativa de um banquete. Durante algum tempo, nenhum dos dois disse nada. Mary foi a primeira a falar.

— Pensamos realmente que conseguiríamos evitar que isso acontecesse? Que podíamos apenas olhar, sem tocar?

Ela riu, ofegante, pela idiotice. Virou a cabeça para descobrir que ele a contemplava calmamente, como se apenas um deles tivesse se deixado enganar... e não fora Charlie. Mesmo assim, ela sabia que era uma loucura. Fora exatamente o que os metera naquela tremenda encrenca. Só que agora, trinta e um anos depois, enfrentavam um tipo diferente de desafio. Charlie virou de lado e soergueu-se, apoiado no cotovelo.

— Eu não tinha essa ilusão.

Ele sorriu, a cabeça aninhada na palma da mão.

— De qualquer forma, estamos criando um problema. Não ficarei aqui para sempre, e você sabe disso.

— Pois então vamos dizer que é uma viagem pelo caminho da memória... se isso faz com que se sinta melhor.

— Pelo menos é mais seguro.

Ele pegou uma folha da relva junto da orelha de Mary e mastigou-a, pensativo.

— Só há um problema.

Ele sorriu, os dentes brancos brilhando na escuridão. Em seguida, abraçou-a e beijou-a, um beijo profundo. E, quando recuou a cabeça, perguntou, zombeteiro:

— *Isto* parece uma coisa do passado?

Mary hesitou, as bocas separadas apenas por alguns centímetros. Não era o passado, nem mesmo o presente, que a perturbava. Com Charlie, era o futuro que podia fazer mal. Muito em breve, numa questão de dias, semanas ou meses, chegaria o momento da despedida. Mais uma vez, seria outra mulher que recolheria os pedaços, quando ela fosse embora.

Mas esse dia ainda não chegara, decidiu Mary. Naquela noite, pensaria apenas naquilo. Em Charlie. No lago faiscando, através das árvores, na relva sob os dois, insistindo em aflorar do solo.

Devia isso a ambos.

Mary não disse nada. Apenas o beijou, abrindo a boca para recebê-lo, num pedido silencioso de perdão, todo o anseio em seu coração projetando-se ao encontro de Charlie.

Capítulo Oito

Bronwyn acabara de lavar a última panela e a pôs no escorredor. Guardara um pouco de frango para Rufus, esparramado como um tapete alaranjado a seus pés. Mas, quando ela jogou, Rufus limitou-se a lamber, como para demonstrar seu reconhecimento, e depois tornou a arriar no linóleo. Pobre e velho Rufus. Ela era um bebê quando o cachorro entrara na família. Isso faria com que tivesse... que idade? Cento e cinco anos, em tempo canino? Ela refletiu que, se vivesse tanto tempo, também seria exigente com o que comia.

Abaixou-se para coçar por trás de uma das orelhas de Rufus.

— Esperando por um suborno maior? Desculpe, Ruf, mas isso é o máximo que tenho. Mesmo assim, conto com você para não me dedurar.

Ao pensar em seu ousado plano, Bronwyn sentiu o coração disparar. Havia dias que vinha tomando forma em sua mente, desde a audiência de Noelle no tribunal. Agora, chegara o momento de pô-lo em prática.

Sabia muito bem o que os outros pensavam: que ela era muito jovem para ajudar, que só iria atrapalhar. Como se os outros tivessem conseguido muita coisa! Se eram tão espertos, por que Noelle ainda não retomara a posse de Emma? Todos se comportavam como se o desgraçado do Robert fosse praticamente invencível. Mas era mesmo isso o que ele *queria* que os outros pensassem.

Mas Bronwyn sabia que não era bem assim. No verão anterior, sua irmã lhe arrumara um emprego na Van Doren & Sons, e ela vira algumas coisas. Como o cofre onde Robert guardava um conjunto extra de livros de contabilidade. Tinha certeza de que a Receita Federal estaria muito interessada em saber disso. E, por acaso, ela conhecia a combinação daquele cofre. Mas isso era outra história.

Naquele momento, seu principal problema era o fato de que seu pai, por mais que ela detestasse admitir, não tinha pista alguma. Naquele momento, não era *ela* que Charlie via, mas um conjunto de detalhes: os três brincos em cada orelha, o *piercing* no umbigo e o guarda-roupa, que, nas palavras do pai, mostrava muita pele e nada tinha de prático. Charlie ficaria surpreso se soubesse, por exemplo, que ela ainda era virgem. E que um dia antes, na Scoops, fora escolhida como Empregada do Mês. E, no fim das contas, quem ia sair para passear com Rufus naquela noite? Pessoalmente, ela não apostaria no homem alto, de calça jeans, tão ofuscado pelo amor que não podia ver direito.

O pai pensou que ela não percebera? Era como se ele usasse um cartaz em néon piscando, de tão óbvio. Mesmo quando sua mãe estava viva, Bronwyn já havia notado que o pai nunca falava sobre a primeira esposa se o assunto não surgisse por acaso na conversa... quase como se tivesse medo. Depois, ele assumia uma expressão esquisita, distante, como se a recordação fosse íntima demais para partilhar. A mãe também notara. Mas o mais extraordinário em sua mãe era o fato que, de certa forma, podia compreender. Bronwyn pensava que talvez fosse esse um dos motivos pelos quais o pai casara com ela... porque o aceitava como era, as sobras de um coração partido e todo o resto.

Mas a situação era diferente agora. Por um lado, a mãe não estava mais presente... e Mary estava. Além disso, era preciso ser cega para não ver que ela também era louca por Charlie. Bronwyn não sabia para onde tudo isso levaria; sabia apenas que não queria ter qualquer participação naquela história. Como Maxie diria: *Ixnay onay...* — o que era a gíria juvenil para dizer que não havia a menor porra de possibilidade. Sua melhor amiga tinha um ditado para quase tudo, quase sempre com um palavrão incluído. Quando Bronwyn lhe confidenciara, Maxie, sempre autêntica, oferecera a mais acurada avaliação da situação até então: tudo parece se encaminhar para uma tremenda foda, no melhor estilo do seriado de TV *Melrose Place*.

Bronwyn só não revelara à amiga que se sentia apavorada. O caso de Noelle podia mudar de uma forma drástica a vida de todos, não apenas da irmã. *E eu não tenho a menor intenção de ficar esperando, de braços cruzados, até que um juiz idiota tome a sua decisão.* Maxie tinha um tio e uma tia que havia anos brigavam na justiça. Durante a espera, *tudo* podia acontecer. Noelle, que já parecia uma morta-viva, poderia ficar doente, doente *de verdade*... como acontecera com sua mãe. Robert podia efetuar uma lavagem cerebral permanente na pequena Emma. E Charlie...

Ele pode acabar casando de novo. Bronwyn estremeceu com o pensamento.

Mas havia um problema com seu plano: não podia executá-lo sozinha. E só podia contar com uma única pessoa para ajudá-la.

Mesmo assim, ao se inclinar para o telefone na parede, pensar no que teria de pedir a Dante fez com que a mão parasse em pleno ar, como se estivesse congelada. *Se fossem apanhados, os dois poderiam parar na cadeia.* E, no caso de seu namorado, não seria a primeira violação da lei. Seis meses antes, guiar embriagado lhe valera uma noite na cadeia e uma sentença suspensa. Por mais estranho que pudesse parecer, fora por isso que haviam se conhecido.

Bronwyn jamais esqueceria o dia em que Dante Lo Presti entrara em sua vida. Ela era voluntária, duas vezes por semana, da One Voice, uma ONG que oferecia leitores para cegos. E adivinham onde vocês-sabem-quem acabou prestando suas cem horas de serviços comunitários? Dante fora destacado para substituí-la com o velho sr. Goodman, que, além de cego, sofria do mal de Alzheimer e, de vez em quando, pensava que os outros o roubavam. Na semana anterior, ele acusara Bronwyn de roubar sua escova de dentes, entre todas as coisas. Ela não estava sozinha. Bernie Goodman já dispensara dois outros voluntários antes.

Lá estava ela esperando por seu substituto, quando entra aquele cara, que, numa escala de um a dez, tinha de receber pelo menos onze e meio. Com a jaqueta de couro e as botas de motoqueiro, o sorriso de *bad boy* e olhos sensuais, parecia uma viagem de apertem-os-cintos na Disney World. E, quando Dante perguntara, sem a menor cerimônia, se ela não toparia se encontrar com ele mais tarde, no Murphy's, Bronwyn não hesitara em aceitar.

O problema era que Dante ficava lá embaixo na tabela de aceitação dos pais. Para começar, tinha 18 anos, embora recém-completados. E, na opinião de Charlie, isso fazia com que fosse uma espécie de pervertido sexual. Também não ajudava o fato de Dante parecer pelo menos três anos mais velho, estar sempre com a barba por fazer e ter graxa sob as unhas, por trabalhar na Stan's Auto. Se o pai pudesse conhecê-lo melhor, descobriria que Dante, por trás de tudo isso, era um cara muito doce. Mas como isso seria possível se o pai a proibira de encontrá-lo?

Mas Bronwyn se encontrava com Dante, às escondidas, sempre que podia. Sentia-se horrível por mentir para o pai, mas ele não lhe dera opção. E, de certa forma, o pai *conseguira* o que queria. Entre a escola e os empregos de ambos, com todos os rodeios que ela tinha de fazer, fingindo que tinha planos com amigas, quando na verdade ia se encontrar com Dante, os dois quase não se viam.

Compensavam com conversas ao telefone, às vezes pela noite afora, quando o pai trabalhava até tarde. Deitava na cama, no escuro, o fone comprimido contra o ouvido, um travesseiro comprimido contra a barriga, para impedir que o aparelho caísse. Nunca sentira a mesma coisa com outro garoto, quente num minuto, gelada no seguinte. Com medo dos caminhos pelos quais seu corpo poderia levá-la.

Sabia que Dante sentia a mesma coisa. Por que outro motivo ele agüentava não poder encontrá-la com mais freqüência? Mas gostar dela era uma coisa, cometer um crime a seu pedido era outra muito diferente. Dante poderia ficar furioso quando ela pedisse. Poderia até acabar com o namoro.

Bronwyn sentiu um aperto no coração ao pensar a respeito. Não sabia o que faria se isso acontecesse. Provavelmente se enroscaria num canto e morreria. Ou entraria para o exército, como Maxie planejava fazer, depois de se formar.

Rapidamente, antes que pudesse fraquejar, Bronwyn ligou para Dante. Ele partilhava um apartamento com dois caras que eram famosos por ignorar as chamadas em espera — a teoria de Maxie era a de que Troy e Mike eram fãs de telessexo — e agora ela torceu para que alguém atendesse.

Finalmente, houve um estalido na ligação.

— Oi.

Era Dante. Ela reconheceria aquela voz saindo debaixo de um carro, mesmo com o compressor de ar ligado. Seu coração começou a bater forte, um reflexo tão automático quanto um cachorro abanando o rabo. Foi um esforço falar normalmente.

— Sou eu, Bron. Só queria saber se você vai fazer alguma coisa amanhã, depois do trabalho?

— Tem alguma idéia?

Ah, aquele rumor gutural... Maxie comentara que ela devia ser feita de asbesto para resistir à tentação de ir até o fim com um cara tão sensual. E Bronwyn não podia pensar em uma única boa razão para não ir. *Só porque* não valia como desculpa, segundo Maxie.

— Pensei que poderíamos sair para dar uma volta — respondeu ela, alegremente.

Seu coração batia tão forte que era capaz de passar pelo baque surdo do rabo de Rufus batendo no chão. Houve uma pausa. Bronwyn podia ouvir a TV murmurando ao fundo. Depois, Dante disse:

— Verei se posso sair um pouco mais cedo. O lugar de sempre?

Era um ponto sensível o fato de não poderem se encontrar abertamente. Até agora, porém, ele não parecia se incomodar.

— Isso mesmo. Por volta de quatro horas, está bem?

Só depois de desligar é que Bronwyn deixou escapar a respiração presa. Sentia frio, embora a temperatura devesse estar em torno de 28º. Minutos depois, ao seguir para a casa de Maxie, no velho Chevy Blazer do pai, ela ainda tremia.

Na tarde seguinte, só conseguiu sair do trabalho quase às quatro e quinze, por causa de uma idosa que não conseguia se decidir entre sorvete de baunilha com cereja e de *toffee* com castanha. Ao passar pela porta, ela torcia para que Dante ainda estivesse à espera.

Ele estava. No lugar onde sempre se encontravam: a pequena viela por trás do cinema. Encostado na parede, fumando um cigarro. Mais de 1,80 m de músculos bronzeados, numa Levi's bem justa, com uma camiseta ainda mais justa. Os óculos Ray-Ban estavam levantados sobre os cachos escuros. No bíceps volumoso de um braço destacava-se uma tatuagem, o símbolo chinês para *chai*. Vida. Como na vida *real*, não a existência ridícula e resguardada que ela levava.

Como sempre, houve um pequeno momento de expectativa, antes que ele a visse. Nessas ocasiões, Bronwyn não podia deixar de especular: *O que ele vê em mim?* Dante vivia por sua conta e risco desde os 16 anos. Bebia (embora não ficasse mais de porre). Fumava. E, apesar de só ter feito uma alusão a respeito de passagem, Bronwyn tinha certeza de que ele já fora para a cama com muitas mulheres. Ela, por outro lado, não bebia nada mais forte do que refrigerante; e o mais próximo que já estivera de fazer sexo fora a ocasião em que deixara seu antigo namorado, Chris Bartolo, ficar se esfregando em seu corpo até gozar.

— Desculpe o atraso. — Bronwyn estava ofegante, por ter corrido durante todo o percurso. — Uma mulher idiota... Ora, não importa. Esperou muito?

Dante jogou o cigarro no chão. Desencostou da parede, num movimento ágil, que a fez pensar num ladrão de carro.

— Uns dez minutos. Não foi grande coisa. — Ele deu de ombros, esmagando a guimba com a bota de motoqueiro. — Stan me deixou sair mais cedo quando eu pedi.

— Ele foi legal.

A boca enorme de Dante se contraiu numa expressão desdenhosa.

— Acha mesmo? O sacana está me devendo uma grana. Ainda não pagou as horas extras do mês passado. Seria bem merecido se eu fosse embora.

— Por que não vai?

— E o que faria para ganhar dinheiro?

Dante fitava-a de uma maneira que ela não gostava. Com os olhos meio fechados, uma expressão divertida, como se fosse o tipo de insinuação que uma garota como ela faria.

— Nesta cidade, todo cara que larga o ensino médio, com dois semestres de experiência em oficina, entraria na fila para tomar meu lugar.

— Tem razão. Esqueça que eu disse qualquer coisa.

Que babaca que ela era! Nem todo mundo servia sorvete para ganhar um dinheiro extra para a universidade; algumas pessoas tinham de trabalhar para *viver.*

Dante arqueou as costas. Passou a mão pelo bolso da frente da calça jeans, onde guardava o cigarro. Ao fazê-lo, a camiseta se soltou da calça, deixando à mostra a barriga morena, com a trilha de pêlos escuros que descia pela cintura. Bronwyn sentiu uma súbita e estranha sensação no estômago, como se estivesse numa montanha-russa, subindo pela primeira ladeira.

Ele acendeu outro cigarro. Deu uma tragada. Ao saírem da viela, tomando o cuidado de olhar para os dois lados, antes de entrar na North Main, Dante disse:

— Ainda posso cair fora um dia desses, quem sabe? Talvez seja tempo de me mandar desta cidadezinha de merda.

Bronwyn teve de fazer um esforço para reprimir o ímpeto de pânico. Procurou imprimir um tom descontraído à voz quando perguntou:

— O que o mantém aqui?

Ele exibiu um sorriso presunçoso, que pareceu atravessá-la como uma concha quente no sorvete.

— Nada... absolutamente nada.

Mas o tom de voz e a maneira com que a fitava naquele instante faziam com que as palavras parecessem uma carícia.

— Tem algum lugar especial para onde queira ir?

Ela acompanhou o olhar de Dante na direção do Camaro verde estacionado por trás da Hook, Line & Sinker.

De um modo geral, iam para o rio ou para as trilhas ao longo da Windy Ridge, onde era possível andar por quilômetros sem encontrar ninguém. Mas, sob outro aspecto, eram também lugares perigosos, tão isolados que uma coisa podia levar a outra. Antes de perceberem, estariam deitados numa ponta de terra à beira do lago ou num leito de folhas de pinheiro, sem a metade das roupas. E, naquele dia, ela não queria isso. Naquele dia, precisava tratar de assuntos importantes.

— Que tal o cemitério? Há algum tempo que não vamos lá.

O lugar a que ela se referia era o antigo cemitério luterano, a cerca de treze quilômetros da cidade. A igreja fora destruída numa inundação havia alguns anos, e quase ninguém, vivo ou morto, ia até lá. Com seus caminhos desertos e velhas árvores copadas, era o lugar perfeito para se passear sem que ninguém incomodasse.

Ou para falar de coisas que não se queria que ninguém mais ouvisse.

A sensação de vertigem no estômago aumentou. *Não é tarde demais para recuar*, sussurrou uma voz. *Ninguém está apontando uma arma para sua cabeça.* E, depois, ela pensou na irmã... e na mãe de Noelle. Não, não podia se dar ao luxo de ter medo e cair fora. Era como aquele cartaz na parede da sala de aula do sr. Melnick: *Carpe diem.* Aproveite o dia. *Antes que o dia se aproveite de você*, acrescentou Bronwyn, silenciosamente, enquanto entrava no Camaro.

Minutos depois, corriam pela rota 30, as janelas abertas. Os cabelos de Bronwyn esvoaçavam à brisa, como um estandarte. Ela lançou um olhar para Dante, que se concentrava na estrada, os raios do sol refletidos nas lentes curvas do Ray-Ban. A fumaça saía para o lado do cigarro preso entre os dois primeiros dedos da mão. Se fossem apanhados quando entrassem no escritório de Robert, pensou ela, quem poderia acreditar que não fora idéia dele? Dante acabaria atrás das grades, enquanto *ela* seria beneficiada por um *sursis*.

Mas ela estaria perdida sem a ajuda de Dante. Afinal, ele tinha o conhecimento direto de coisas que ela só sabia por assistir na televisão. Como fazer ligação direta num carro... ou abrir uma fechadura sem a chave. Sem alarme contra ladrões, um escritório fechado durante a noite seria a coisa mais fácil do mundo para alguém como Dante.

Pouco depois, ele parou o carro onde a estrada de terra para o cemitério terminava, num círculo ensombreado. A poucas dezenas de metros dali, à esquerda, havia um velho galpão de madeira, quase em ruínas, a porta trancada com uma corrente, o cadeado enferrujado. Era tudo que restava no terreno onde antes se erguia a igreja. Mais além, um caminho invadido pelo mato subia para as lápides na colina.

Bronwyn começou a sair do carro, mas Dante a deteve.

— Espere.

Ele tirou os óculos escuros e largou-os em cima do painel. Inclinou-se para beijá-la. Devagar, com muita ternura, emocionante. Bronwyn sentiu que despencava a toda a velocidade na primeira descida da montanha-russa. Quando Dante beijava, não era como os outros caras, que davam a impressão de que pediam permissão. Ele simplesmente tomava o que queria... de uma maneira que a fazia querer também.

Com os lábios entreabertos, a ponta da língua explorando sem pressa a boca de Bronwyn. Recendia um pouco a nicotina. Embora não gostasse que ele fumasse, por alguma razão o cheiro a excitava quando se beijavam. Talvez porque, de certa forma, isso fazia com que ele parecesse mais perigoso. Bronwyn estremeceu de prazer, enquanto ele estendia a mão para sua nuca, levantava os dedos, entre os cabelos, para acariciar a cabeça, gentilmente. E quando Dante começou a fazer círculos ao longo do maxilar, com o polegar, ela sentiu-se fraca, prestes a desmaiar.

Hesitante a princípio, depois com uma ousadia crescente, Bronwyn abriu a boca, para deixar que as línguas se encontrassem. Enfiou a mão por baixo da camiseta, para acariciar as costas de Dante, pela depressão da coluna, entre as massas de músculos nos dois lados. Sua palma grudava na pele úmida. Ele cheirava a suor e graxa, ao sabonete rosa num pote, na pia encardida da Stan's Auto. Bronwyn imaginou-o nu, enxaguando-se no chuveiro. A estranha sensação em seu ventre tornou-se ainda mais intensa, deixando-a quase incapaz de respirar.

A mão em sua coxa lembrou-a da ocasião em que Dante abrira sua calça jeans e enfiara os dedos por baixo da calcinha. Ficara embaraçada ao descobrir como estava molhada. Quando ele comprimira um dedo na vagina, ela se tornara rígida, com medo de se mexer, até para se desvencilhar, sentindo-se à beira de alguma coisa muito embaraçosa, como ocorria à noite, quando se acariciava até o orgasmo, por baixo das cobertas.

Agora, ele estendeu as mãos por baixo de sua camiseta, desabotoando o sutiã. Bronwyn gemeu baixinho, sem se sentir envergonhada pelos seios pequenos, como acontecera com outros rapazes. Dante cobriu-os com as mãos, reverentemente, a ponta dos dedos calosos deixando arrepiada a pele queimada pelo sol.

— Sua pele está quente — murmurou ele, nos cabelos de Bronwyn.

— É porque peguei no sono quando tomava sol no ancoradouro.

— Uma pena que não estivesse lá para acordá-la.

— Se estivesse, pode ter certeza de que eu correria um risco muito maior do que uma simples queimadura.

Ela soltou uma risada, mordiscando a orelha de Dante. Apesar de tudo, porém, a lembrança do pai a deixava apreensiva. *O que papai não sabe não vai magoá-lo*, ela disse a si mesma. Mas desta vez não deu certo: o sentimento de culpa não desapareceu. Porque *ela* sabia. E, de uma estranha maneira, já o estava magoando. Não eram mais tão íntimos como antes, para começar. Houve um tempo em que ela podia contar qualquer coisa ao pai. Agora, só conversavam sobre banalidades do cotidiano. Abruptamente, ela recuou.

— Importa-se de darmos uma volta, Dante? Está ficando muito quente aqui dentro. Preciso respirar um pouco de ar fresco.

Dante largou-a no mesmo instante. Mas ela pôde sentir a frustração do namorado. Certa ocasião, quando perguntara por que ele nunca insistia, como os outros, Dante limitara-se a dar de ombros e dizer que havia uma diferença entre homens e meninos. Agora, no entanto, ela teve a impressão de que uma expressão de desgosto se insinuava no rosto dele. Dante começara a se cansar daquela situação? Por mais paciente que fosse, um homem sempre presume que acabará levando a mulher para a cama.

— Como quiser.

A voz saiu tensa. Ele inclinou-se, a fim de abrir a porta para Bronwyn, que foi dominada pelo pânico. Receou que ele fosse embora, os pneus cantando, no instante em que ela deixasse o carro. Quando Dante saiu em seguida, ela se sentiu quase inebriada de alívio.

Lado a lado, foram subindo pelo caminho que o mato invadira, em direção ao cemitério. As árvores formavam um dossel irregular por cima. A relva por baixo estava repleta de gravetos e bolotas de carvalho, que estalavam sob seus pés. Além disso, só se ouvia o canto dos pássaros, acompanhado pelo murmúrio distante do riacho.

Mais acima, na encosta, as lápides começaram a aparecer. Muitas se achavam cobertas de musgo e inclinadas para o lado, as inscrições quase ilegíveis. Ao passar o polegar pelo líquen em uma lápide, Bronwyn sentiu-se envolvida por uma estranha paz. Adorava cemitérios, ainda mais os antigos. Isso a tornava esquisita? Provavelmente. Mas havia um sentimento de ligação com tudo aquilo. De integração. Até mesmo os nomes nas lápides eram tão familiares quanto pessoas pelas quais poderia passar na rua. Adolfo Terrazini, 1934-1978; devia ter algum parentesco com seu professor de arte, sr. Terrazini. E, mais adiante, uma lápide dizia: *Patience Whittaker 1920-1921, Ela que Passou num Instante por Este Mundo Agora Passeia com os Anjos.* Só podia ser a primeira filha da bisavó de Maxie, que morrera quando ainda era um bebê.

Bronwyn parou de repente, diante de uma lápide de granito simples, que não notara durante suas visitas anteriores. A inscrição estava menos gasta do que as outras, tornando a leitura mais fácil:

CORINNE ANNE LUNDQUIST

1952-1969

AMADA FILHA E IRMÃ

Um calafrio subiu por sua coluna.

— Papai foi seu colega de escola — murmurou Bronwyn. — Ela era apenas dois anos mais velha do que eu quando morreu.

— E como ela morreu?

— Suicídio. Pode imaginar?

— Posso, sim.

Alguma coisa na voz dele fez com que Bronwyn se virasse para fitá-lo. Dante tinha o olhar perdido na distância, com uma estranha expressão. Fitou-a também, quase que em desafio. Na sombra, os olhos cinza-escuro pareciam quase pretos.

— Apenas porque pensei a respeito não significa que eu levaria isso até o fim — acrescentou ele.

Bronwyn pensou em sua mãe, enterrada no cemitério católico, no outro lado da cidade. Do que ela mais gostaria, acima de qualquer outra coisa, era ter tido a oportunidade de se despedir. Tinha nove anos quando a mãe morrera, e naquele tempo as crianças não podiam entrar num quarto de hospital. Era o que mais lembrava em relação à morte da mãe: a raiva, a sensação de que fora enganada. Raiva dos médicos e enfermeiras. Raiva do pai. Raiva até da própria mãe.

— Nem todos consideram que é uma opção. — Bronwyn mantinha as mãos cerradas, os braços rígidos, esticados nos lados do corpo. — Minha mãe, por exemplo. Ela lutou até o fim.

Dante ficou calado por um longo momento, olhando para o vale lá embaixo. O riacho era como uma fita dourado-escura, serpenteando entre os salgueiros-chorões. Quando ele falou, Bronwyn mal reconheceu sua voz. Saiu muito baixa, quase magoada.

— Não me lembro de minha mãe. Ela morreu quando eu tinha dois anos. De uma *overdose* de drogas. — Ele deu de ombros, mas dava para perceber a angústia em seu rosto. — Minha madrasta... ela não era fácil. Nunca me deixava esquecer, por um instante sequer, que eu não tinha o mesmo sangue que ela.

O pensamento de Mary impôs-se mais uma vez. Ao se virarem e começarem a descer, Bronwyn pegou a mão dele.

— Há uma coisa que preciso lhe pedir, Dante. É um favor muito grande. Por isso, compreenderei se disser não.

Ele sorriu.

— Quer que eu converse com seu pai sobre o nosso namoro, não é?

A impressão era de que ele estava apenas meio que brincando.

— Não é por nós, mas por minha irmã... isto é, principalmente por ela.

Bronwyn virou o rosto, incapaz, de repente, de continuar a fitá-lo nos olhos.

— A irmã de que me falou... a que tem uma filha?

Ela confirmou com um aceno de cabeça.

— Noelle se encontra numa situação muito difícil neste momento. Pode perder a filha para sempre, se... se ninguém tomar uma providência drástica.

Dante parecia indeciso.

— Em que exatamente você pensou?

Bronwyn respirou fundo. O coração batia tão forte que quase podia senti-lo no rosto. Era agora ou nunca.

— Preciso de sua ajuda para arrombar o escritório do meu cunhado. Há um cofre onde ele guarda um conjunto extra de livros de contabilidade. Se desaparecessem de repente, aposto que ele faria qualquer coisa para recuperá-los. Até mesmo... até mesmo desistiria do processo para ter a custódia de Emma.

As palavras pairaram no ar, como o cheiro de ozônio depois de uma trovoada. Dante não disse nada, a princípio. Apenas cruzou os braços sobre o peito. O silêncio abafado era rompido apenas pelo zumbido dos insetos e o motor de um carro distante. Quando ele finalmente falou, foi com tanta veemência que Bronwyn teve um sobressalto.

— Ficou louca? Sabe o que aconteceria se fôssemos apanhados?

— Sei que é arriscado. Por isso é que preciso de sua ajuda.

— Por quem você me toma? Conserto motores de carros para viver. Não saio por aí arrombando o escritório das pessoas. Seu problema é ver televisão demais. — Dante sacudiu a cabeça, irritado. — E, mesmo que conseguíssemos entrar sem que ninguém nos visse, pensa que é muito fácil abrir um cofre?

— É, sim, quando você tem a combinação.

Dante contraiu os olhos.

— Dá para perceber que você pensou em tudo.

— A combinação foi escrita num cartão que ele guarda na escrivaninha trancada. Mas eu memorizei.

Dante revirou os olhos.

— Não me diga. Na única vez em que ele não prestou atenção, você por acaso deu uma olhada por cima do seu ombro. E depois, conhecendo a combinação, *tinha* de ver o que havia dentro do cofre.

Bronwyn sorriu.

— Como soube?

— Porque sou um gênio — respondeu Dante, irritado. — Um gênio que deveria mandar examinar a cabeça.

— Isso significa que vai fazer o que pedi?

Dante levantou a mão, ao estilo de um guarda de trânsito.

— Eu não disse isso.

Mesmo assim, ela sentiu um tremor de excitamento.

— Mas vai pelo menos pensar a respeito?

— Imagino que não aproveitou para também roubar uma chave do escritório, enquanto fazia tudo isso.

Bronwyn sacudiu a cabeça em negativa, desejando agora ter se lembrado disso.

— De qualquer forma, você está sozinha nessa.

Talvez fosse o olhar nervoso que ele lhe lançou ou a maneira abrupta com que se virou, tornando a descer na direção do carro, mas Bronwyn teve o pressentimento de que havia algo mais em sua raiva do que parecia à primeira vista. Ela partiu apressada para alcançá-lo.

— Dante... — Bronwyn segurou-o pelo braço. — O que houve? Há alguma coisa que não quer me contar?

Ele se desvencilhou da mão de Bronwyn e continuou a andar.

— Vamos apenas esquecer, está bem?

— Se há alguma coisa que eu deveria saber, peço que me conte, por favor.

— Você não entende. — Ele virou-se para fitá-la, os olhos faiscando. A tatuagem no braço vibrava, como se estivesse viva. — Trabalho para o cara, entende?

Aturdida, Bronwyn deu um passo para trás. O ar parecia de repente muito denso, como uma sopa quente, que a deixaria sufocada se tentasse respirar.

— Você... *o quê?*

Dante baixou os olhos, enfiando a mão no bolso à procura de um cigarro.

— Não é nada ilegal. Apenas pequenos serviços, entregas... essas coisas.

Bronwyn passou a língua pelos lábios, subitamente ressequidos.

— Que tipo de serviços?

Ele hesitou, observando-a por cima da mão em concha com que protegia o isqueiro.

— Na última vez, entreguei um envelope... a alguém.

Ele acionou o isqueiro. A ponta do cigarro foi acesa, como um olho vermelho se abrindo. Nesse instante, com o rosto iluminado pela brasa, a expressão furtiva de Dante dizia tudo. Bronwyn não precisava perguntar se o envelope estava recheado de dinheiro.

Seu rosto ardia como se tivesse levado um tapa. Entre todos os roteiros projetados em sua mente, nunca poderia imaginar aquele, nem em um milhão de anos. *Não conheço essa pessoa*, pensou ela. Pouco antes, Dante enfiava a língua em sua boca, as mãos agarravam seus seios. Mas não o conhecia. Realmente não.

Talvez seu pai tivesse razão sobre Dante.

Ao mesmo tempo, ela se descobriu a pensar: *Ele não precisava me contar. Talvez tenha sido uma maneira de me advertir.* Mas me advertir do quê?

Subitamente, sem qualquer motivo específico, Bronwyn teve a sensação de que olhos invisíveis os observavam. Quase que podia senti-los, os fantasmas de todas aquelas pessoas enterradas na colina, sussurrando como as folhas acima de suas cabeças. Ela sentiu que os braços se arrepiavam.

Mas, antes que pudesse pressionar o namorado para que lhe desse mais respostas, o motor do carro zumbindo na distância tornou-se subitamente mais alto. Um enorme e reluzente Cadillac branco parou na área de estacionamento lá embaixo. Uma mulher saltou, de óculos escuros, um lenço amarrado na cabeça. Usava calça e uma blusa de manga comprida, no que devia ser o dia mais quente do ano. Andava devagar, como se fosse uma inválida, segurando um vaso com flores. Rosas brancas, constatou Bronwyn, quando a mulher se aproximou. Era estranho que alguém deixasse flores tão caras para murchar numa sepultura. E uma sepultura no meio do nada, onde nenhuma pessoa era enterrada havia mais de vinte anos.

Bronwyn não sabia por quê, mas algo a levou a se esconder por trás de uma árvore, puxando Dante, para que a mulher não os visse.

Capítulo Nove

Na segunda-feira seguinte à audiência de Noelle, um editorial com a assinatura de Charlie saiu na segunda página do *Register*. Provocou ondas de choque por toda a comunidade. Ao final da manhã, não se falava de outra coisa na cidade.

CONFLITO DE INTERESSES NO CONSELHO MUNICIPAL?

No passado, quando um cidadão agradecido oferecia uma ou duas galinhas a um conselheiro municipal, ninguém se incomodava. O que era um jarro com sidra feita em casa ou um saco de batatas, entre amigos? Hoje, a questão não é mais tão clara. O que você pensa, por exemplo, quando um incorporador imobiliário paga vultosos honorários de consultoria a um advogado que, por acaso, acaba de se tornar o comissário público para o Uso da Terra? Que é ilegal? Infelizmente, não é. Mas há muitos que argumentariam que considerar antiético não começaria sequer a classificar o caso.

De 1992 a 1995, enquanto Frank Perault, advogado tributarista e imobiliário local, servia em cargo público, também constava da folha de pagamento da Van Doren

& Sons. "Honorários de consultoria", totalizando quase 70 mil dólares, foram pagos a intervalos regulares. O pessoal da Van Doren & Sons queria nos fazer acreditar que era tudo absolutamente honesto. Perault era um advogado contratado, entre outras coisas, para "facilitar transações". Em termos mais simples, ele tornava mais fácil para seus amigos incorporadores violarem e saquearem as preciosas matas virgens à beira do lago. Era função de Perault, como comissário público, proteger os referidos recursos naturais. Mas vamos analisar os fatos. Durante os três anos de seu mandato, foi aprovada uma quantidade excepcional de autorizações especiais de construção. Estava incluída a permissão para a derrubada de árvores em 10 hectares de terra, na margem norte (1994). Nesse mesmo ano, também foi aprovada a retirada de várias espécies de peixes e aves da lista de vida selvagem protegida de nossa região. O desvio do Mohawk Creek (1993) e a alocação de recursos para uma estrada pública de acesso ao condomínio Mohawk Village (1995) marcam o nadir do mandato de Perault.

O resultado é que as terras legadas por nossos antepassados agora exibem nomes de condomínios de luxo, como Heritage Park, Trout Basin e Mohawk Village. O lixo espalha-se por um trecho da margem do lago antes imaculado. A água onde outrora abundavam as trutas e as percas é agora abastecida com peixes que vêm de fora, como as prateleiras de um supermercado.

Quem saiu lucrando? Não foram os habitantes desta cidade. Nem mesmo os proprietários das casas nesses condomínios, que pagaram preços exorbitantes por um lugar tranqüilo, que não existe mais. Por isso, com toda a justiça, proponho uma votação. É justo que um incorporador ganancioso e seus amigos eventuais encham os bolsos de dinheiro, à custa da cidade? Os votos favoráveis devem vencer.

Pouco depois do meio-dia, quando Charlie entrou na barbearia para fazer a barba e aparar os cabelos, o que fazia uma vez por semana, Gus Halpern cumprimentou-o com um bom humor cauteloso.

— Não sei se posso correr o risco de chegar perto de você com uma navalha na mão — gracejou o barbeiro. — Pode publicar no jornal que o ataquei.

— Barbeiro Sanguinário Procura Vingança — gracejou Charlie, em resposta. — Se estou dando pouca gorjeta, Gus, basta avisar.

Ele acomodou-se na cadeira. Estava quase na hora do almoço, e Charlie era o único cliente. A escolha do momento não fora acidental. Depois de passar a manhã recebendo um telefonema depois de outro, a última coisa de que ele precisava era dos comentários da turma da galeria, os freqüentadores regulares que se instalavam no banco ao longo da parede.

Gus prendeu o avental em seu pescoço, o mesmo avental bege de náilon que vinha usando desde o governo Eisenhower. Era o que Charlie apreciava naquela barbearia, o motivo pelo qual não mudara para um dos novos salões unissex que afloravam por toda a cidade, como o capim em terrenos baldios nos arredores; era previsível. A própria barbearia poderia ter sido o modelo de Norman Rockwell para a famosa capa do *Saturday Evening Post*, sem o calendário da mulher em traje de banho da revista *Sports Illustrated* na parede. Além disso, podia-se praticamente acertar o relógio por Gus Halpern. Assim que acabasse, ele viraria o cartaz na vitrine, trancaria a barbearia e atravessaria a rua para o Murphy's, onde pediria um sanduíche de presunto e um refrigerante Dr Pepper.

Charlie deixou escapar um suspiro profundo, enquanto a cadeira era inclinada para trás.

— Quais são as novidades, Gus? Já estão prontos para me supliciar na prefeitura.

O barbeiro ruminou por um longo momento, o vinco na testa saliente se aprofundando o suficiente para esconder uma moeda de um centavo. Um homem enorme, de sessenta e poucos anos, aprendera o ofício ao lado do pai, Pete, que falecera havia pouco tempo, na idade madura de 89 anos. Charlie usava Gus também como o ouvidor-geral da cidade. Havia algo em recostar-se numa cadeira de barbeiro com uma toalha quente cobrindo o rosto, Gus outrora partilhara com ele, que fazia mais do que amolecer os folículos de um homem. Já ouvira histórias de que somente sacerdotes e *bartenders* costumavam tomar conhecimento. E, embora a discrição fosse a metade do segredo para seu sucesso, Gus oferecia uma visão geral útil. Podia-se dizer que era uma espécie de Instituto Gallup de um homem só.

— Digamos que há uns poucos que não se importariam de vê-lo cair do cavalo — confidenciou ele. — Mas pode contar com o apoio da maioria. Só não me peça para citar nomes. São caras muitos poderosos para serem contrariados.

— Há qualquer outro tipo que valha a pena contrariar?

— É fácil para você dizer isso. Mas muitas pessoas devem sua sobrevivência àqueles desgraçados.

Felizmente, Gus era um dos que não precisavam pagar aluguel à Van Doren & Sons.

— Estou começando a compreender. Até agora, três empresas já suspenderam seus anúncios. — Charlie soltou uma risada desanimada. — E não vamos nem falar nas assinaturas canceladas.

Na verdade, ele não estava muito preocupado com a perda de receita. O jornal já enfrentara tempestades assim no passado. Mesmo que houvesse um colapso total, o que era isso em comparação com sua família? O que o perturbava mesmo era o grau da influência que Robert exercia na cidade. Não era segredo para Charlie que seu antigo colega de escola era astuto e insidioso — havia anos que ansiava por denunciá-lo, contendo-se apenas por deferência à filha —, mas outros haviam se surpreendido ao saber do relacionamento incestuoso entre o conselho municipal e a Van Doren & Sons. Se ele tivesse sorte, mais um ou dois bastões de dinamite seriam suficientes para fazer o filho da mãe emergir do lodo em que se escondia.

Charlie fechou os olhos, relaxado pelo pincel de barba deslizando em círculos por seu queixo. Círculos dentro de círculos, pensou ele. No centro, estava sua filha mais velha, lutando por Emma. Um círculo que acionara outros ao redor. Como a história inacabada — ele não ousava dar um nome — com Mary. Ele sentiu uma súbita pressão no peito, ao pensar no que haviam feito naquela noite... e no que ele *deveria* ter feito havia trinta anos.

Uma lembrança antiga aflorou, seu aniversário de 18 anos, comemorado com uma garrafa de vinho barato, passando de mão em mão, entre os colegas com quem dividia a casa. Naquela ocasião, residia numa velha mansão vitoriana quase em ruínas, junto com três caras e duas garotas. Havia meses que Mary permanecia na casa dos pais, mas ainda assim ele mantinha a esperança de que ela voltaria um dia. A esperança fora destruída, como acontece com freqüência, não por uma epifania da maior importância, mas por um comentário isolado e descuidado. Sentavam no chão da sala de estar, de pernas cruzadas, formando um círculo, já com a inevitável ressaca do dia seguinte. Sally Garon (uma garota que mais tarde ele levaria para a cama) levantou seu copo de papel, cheio com o vinho tinto Gallo, para proclamar com a profundidade dos olhos turvos:

— À esposa do Charlie... por deixá-lo livre e solto.

Fora nesse instante que ele finalmente compreendera que Mary não voltaria.

Os anos subseqüentes haviam sido marcados não apenas pelos marcos habituais dos aniversários de nascimento e casamento, mas também pelo trabalho duro. Pouco a pouco, Charlie fora promovido de *office boy* a editor de textos e editor-executivo, até finalmente se tornar o editor-chefe. Seu único consolo, amargo e doce ao mesmo tempo, era o de observar Noelle crescer, de bebê para uma menina solene, com os cabelos muito pretos e os olhos azul-acinzentados da mãe. No dia em que ela partira para Nova York, seu mundo equilibrado com tanto cuidado ameaçara desmoronar. Depois de dar um beijo de despedida na filha de 10 anos e receber em troca um beijo rápido e solene no rosto (acompanhado por um olhar de censura), ele pegara o carro e saíra andando a esmo, sem qualquer destino definido. Guiara sem parar, exceto para pôr gasolina, durante toda a noite e boa parte do dia seguinte. Até que fora impedido de ultrapassar a fronteira do Canadá. Não pensara em levar o passaporte, o que fora uma sorte; caso contrário, poderia acabar em Saskatchewan.

Em vez disso, voltara para casa pelo caminho mais longo, acompanhando a costa rochosa da Nova Inglaterra, varrida pelo vento. Bem ao norte de Cape Cod, perto da cidade de Ellisville, um terrível vento nordeste e uma exaustão entorpecedora se abateram sobre ele, quase com a mesma força. Instalara-se na primeira estalagem que encontrara, encantadora, oferecendo o café da manhã incluído na diária. Era dirigida por uma jovem galesa ainda mais encantadora, chamada Victoria. Charlie dormira por vinte e quatro horas consecutivas. Ao acordar, Vicky alimentara-o com um lauto café da manhã com ovos mexidos, toucinho e *waffles*. Permanecera três dias ali.

Círculos dentro de círculos. Se Mary não o deixasse, desencadeando uma série de eventos sobre os quais não teria qualquer controle, ele não conheceria Vicky e não teria Bronwyn. E como poderia ser qualquer outra coisa senão grato por isso? Mas, de certa forma, o círculo fora completado. Naquela noite, com Mary... Ó Deus, fora como antes, quando eram um casal de adolescentes com o maior tesão, não conseguindo manter as mãos longe um do outro. Só que melhor... talvez porque agora tivessem idade suficiente para apreciar o dom que lhes fora concedido. Cada carícia, antes isolada, sem resposta, era agora acompanhada por abraços e gestos carinhosos. Cada palavra de ternura sussurrada se tornava mais preciosa pelo conhecimento da facilidade com que as coisas e pessoas amadas podem ser arrebatadas.

Enfrente a verdade, Charlie, você está aproveitando um tempo emprestado. Quando tudo aquilo acabasse, Mary voltaria para sua vida em Nova York: trabalho, amigos, talvez até um amante. Ele não podia lhe pedir que renunciasse a tudo isso: não daria certo, mesmo que ela tentasse. Assim como ele não poderia descartar tudo por que tanto se empenhara em construir. O mais inteligente, sem dúvida, era parar enquanto ainda contava com a vantagem.

Já não tinha o suficiente com que se preocupar? Não apenas Noelle, mas também a filha mais nova. Ultimamente, Bronwyn vinha se mostrando mal-humorada e distante. Não era preciso muito para saber o motivo: aquele garoto que vinha farejando sua filha, Dante Lo Presti. Charlie mandara investigá-lo. Concluíra que o rapaz não era uma grande ameaça, apesar da tatuagem e da arrogância, mas passara a se sentir apreensivo nas noites em que tinha de trabalhar até tarde. Quem sabia o que sua filha voluntariosa não seria capaz de fazer? Proibira-a de ter qualquer contato com Dante, mas Noelle o ouvira quando a advertira contra Robert?

Charlie recordou, com a bílis subindo pela garganta, o dia em que a filha mais velha lhe dissera que estava apaixonada. Quisera se sentir feliz por Noelle, sua filha solene, que tantas vezes fazia apenas o que se esperava dela. Mas ele sabia o que lhe estava reservado: um homem que partiria seu coração e talvez até a destruísse também. Torcera para que o charme de Robert acabasse se dissipando — afinal, o homem tinha a sua idade —, mas isso não acontecera. Quando Noelle anunciara que iam casar, Charlie tentara dissuadi-la... em vão. Seis meses depois, Charlie levava-a pela nave da igreja até o altar. Também nessa ocasião, escolhera suas palavras com o maior cuidado. Murmurara ao abraçá-la:

— Espero que ele a faça tão feliz quanto você merece ser, querida.

E, por algum tempo, parecia mesmo que Noelle era feliz.

Gus levantou a cadeira, tirando Charlie de seu devaneio. O barbeiro trocara a navalha por uma tesoura, e fragmentos de cabelos começaram a cair em torno das orelhas de Charlie. Ao olhar para o reflexo no espelho, ele ficou surpreso ao deparar com o rosto do pai a contemplá-lo: o mesmo queixo saliente de Frank, as faces com sulcos profundos, os olhos atormentados. O pai não conseguira controlar o alcoolismo da mãe, mas Charlie não tinha a menor intenção de cair sem lutar. Não enquanto lhe sobrasse algum alento neste mundo, não com sua família em perigo.

A reunião mensal do conselho municipal seria naquela noite, e o ponto alto seria o debate sobre a proposta de incorporação em Sandy Creek. Seria interessante verificar quantas pessoas compareceriam; e ainda mais interessante verificar quem, se é que alguém teria coragem para enfrentar Robert. Os ecologistas, um grupo pequeno, mas ativo, liderado pela irmã de Mary, lutariam, sem dúvida, em defesa do pássaro ameaçado. Mas Robert também teria uma argumentação forte, alegando que a construção sem restrições era o sangue vital da economia da cidade.

Mas não fique presunçoso demais, seu canalha, advertiu Charlie, silenciosamente. Com a situação crítica em que a filha se encontrava, Charlie não perderia muito sono pelo parulídeo de cabeça laranja. Mas o fórum daquela noite, se nada mais, poderia ser útil para revelar toda a arrogância de Robert. Quando a edição da manhã seguinte do *Register* saísse, Charlie decidiu, sua rajada ecoaria pelas montanhas.

Havia trinta anos, ele hesitara numa grande encruzilhada. Deixara de lutar pelo que lhe pertencia por direito. Não cometeria esse erro pela segunda vez.

No início daquela noite, quando chegou para a reunião, até mesmo Charlie ficou espantado com o comparecimento. O conselho municipal de Burns Lake nunca se destacara por seu poder de atração. As vantagens e desvantagens das várias propostas de corte no orçamento, o financiamento municipal e as diversas opções para o lixo não chegavam a ser assuntos emocionantes. Naquela noite, porém, as cadeiras dobráveis de metal cinza na câmara do conselho, no prédio Justus R. Wright, estavam todas ocupadas. Ele teve sorte de encontrar uma cadeira vazia.

Sentado na última fila, Charlie avistou Mary na primeira, ao lado da irmã. Não se surpreendeu ao encontrá-la ali, mas mesmo assim seu coração bateu mais forte. Observando-a se inclinar para sussurrar alguma coisa no ouvido de Trish, Charlie não pôde deixar de se impressionar, mais uma vez, pelas diferenças entre as duas irmãs. Trish, feia e compenetrada, com um sorriso tímido, que faiscava como uma lâmpada defeituosa... e Mary, esguia e elegante, parecendo tão controlada quanto um político calejado na linha de fogo.

Por Deus, pensou ele, espantado, *Mary está ainda mais linda agora do que aos 17 anos!* Ela se vestia com simplicidade, usando uma calça amarelo-clara, uma blusa branca de algodão sem manga e sandálias que consistiam em quatro tiras estreitas de couro, provavelmente mais caras do que todo o dinheiro que a irmã ganhava em uma semana na livraria. O sol pusera alguma cor em suas faces pálidas, ele constatou com satisfação. Ou seria o brilho residual do momento de amor dos dois?

Para Charlie, fora uma porta se abrindo, para proporcionar um vislumbre do coração ansioso que batia dentro do peito daquela empresária confiante e sofisticada. Ele quase chorara pelo desperdício de tanta coisa. Os anos perdidos. Os próximos anos sem Mary. Saber que era impotente para deixar de amá-la... ou para impedi-la de ir embora. A parte mais difícil não era saber quando — ou mesmo se — fariam amor de novo. A magia daquela noite já começara a se desvanecer, com a realidade aflorando, antes mesmo de chegarem à cabana. Mary dissera que queria ir mais devagar, pensar em tudo. Não eram mais crianças; não podiam se entregar aos impulsos sem considerar as conseqüências.

Quando crianças, teríamos nos saído muito melhor se ouvíssemos os nossos corações, em vez de dar atenção aos mais velhos, pensou Charlie, sombrio. Mas não fizera qualquer comentário. O que havia para dizer? Que deviam avançar com cautela? Nada disso. Se uma coisa aprendera com a experiência passada, era que as decisões envolvendo outras pessoas não podiam ser forçadas. Mary teria de chegar a uma conclusão por si mesma.

Cinco minutos depois das oito horas, o prefeito deu início à reunião. Um corretor de seguros aposentado, com o rosto vermelho polido por muitos almoços com a verba de representação, Grant Iverson lembrava a Charlie um velho e gordo gambá, alimentando-se das latas de lixo. Charlie viu-o lançar um olhar ansioso para Robert, sentado na primeira fila. *Estranhos aliados*, pensou ele.

E foi dominado por um súbito e intenso impulso de causar alguns danos concretos. A palavra escrita teria mais poder do que as armas? Talvez. Mas às vezes não havia substituto para pura e simplesmente enfiar a mão na cara do seu adversário. Charlie sentiu-se quase contente quando descobriu que o primeiro item da reunião era a instalação ou não de parquímetros ao longo da York Avenue. O tema insípido serviu para embotar um pouco a sua fúria. Ele abriu o bloco de anotações e escreveu algumas palavras. Pediria a Anne Marie Daugherty, sua editora de estilo de vida, para fazer uma matéria sobre os clientes das lojas ali e o que isso significaria para eles.

Os dois itens seguintes da agenda também foram tratados rapidamente. O conselho aprovou, por unanimidade, o aumento do orçamento do corpo de bombeiros e a troca das cestas de lixo na praça. Ainda faltavam quinze minutos para as nove quando o prefeito limpou a garganta, junto do microfone, e anunciou:

— Como último item... este... hã... problema do pássaro. Gostaria de lembrar a todos vocês, minha boa gente, que amanhã é dia de trabalho. Portanto, não vamos prolongar demais o debate.

Ele olhava direto para Trish, que levantou tão abruptamente que a pilha de folhetos em seu colo se derramou pelo chão. As faces ardendo, ela abaixou-se para pegar.

Robert tratou de aproveitar a vantagem. Subiu para a plataforma, tão suavemente quanto o cão de uma velha espingarda bem-cuidada batendo no percursor. Todos os olhos na sala fixaram-se nele quando se inclinou para o microfone.

— Obrigado, Grant. Se tivermos sorte, poderemos até pegar o último tempo do jogo do Red Sox. — Ele sorriu. Como qualquer artista refinado, esperou que as risadas acabassem para continuar. — Para facilitar as decisões de todos, tomarei a liberdade de distribuir cópias do relatório do professor Farnsworth, diretor do Departamento de Ornitologia da Universidade Noroeste.

Ele fez sinal para um de seus acólitos, um garoto magricela, de cabelos bem curtos, que no mesmo instante começou a circular pela sala, entregando os relatórios, encadernados em espiral, com uma aparência que impressionava.

— Para resumir, o parulídeo de cabeça laranja é uma ave migratória, que, por acaso, tem migrado temporariamente para o nosso bosque. Pode-se pensar a respeito como uma tropa de escoteiros que se perdeu no mato.

Mais risadas, desta vez com algumas gargalhadas mais altas.

— Não que eu não tenha nenhuma pena desses pássaros. Só estou pedindo para não fazerem tempestade em copo d'água.

O jeito de falar coloquial, equivalente a uma piscadela de conspiração, provocou um coro de murmúrios de aprovação. Até mesmo Charlie sentiu uma relutante admiração. Sabia que Robert era bom, mas não pensara que fosse *tão* bom assim. Enquanto ele discorria longamente sobre as providências adotadas pela Van Doren & Sons, a fim de proteger *toda* a flora e fauna, Charlie observou, num fascínio horrorizado, a audiência ser inexoravelmente envolvida.

Mas nem todos se deixavam enganar pelas palavras de Robert. Trish e Mary, junto com os fiéis seguidores da Green Earth e da Sociedade Audubon, fitavam-no com um frio desdém. Quando chegou seu momento de falar, Trish mostrou-se à altura da ocasião:

— Lembram-se da época em que costumávamos nadar no lago sem nos preocuparmos com os despejos das fossas sépticas? — Os olhos brilhavam, a voz era clara e firme. — Ou quando passeávamos na parte do bosque que está agora inundada, graças ao desvio do Mohawk Creek? Há apenas poucos meses, antes de acabarem com toda a vegetação na área do Cranberry Mall, podíamos ir até lá para colher amoras e framboesas.

Ela fez uma pausa, correndo os olhos pela sala, que se mantinha num insólito silêncio.

— Não me entendam errado. Não me oponho a *todo e qualquer* progresso. O que seria desta cidade sem suas ruas e prédios, sem seus parques e monumentos? Mas temos que traçar um limite em algum momento. Temos de saber quando fincar pé e dizer que já chega. Um pequeno pássaro marrom, que não é tão bonito assim... — Ela virou-se, lançando um olhar irônico para a irmã. — ... pode dar a impressão de que não vale a pena lutar por ele. Mas vocês sabiam que a obra em Sandy Creek destruiria mais do que seus ninhos? Os filhotes que ainda não aprenderam a voar morreriam às dezenas. O refúgio de uma espécie, raramente encontrada fora da Califórnia, de onde é natural, seria destruído com um único golpe. Não por um ato de Deus ou pelos líderes de nossa comunidade, pondo o bem-estar de seus cidadãos em primeiro lugar. Mas por uma empresa, cuja única motivação é a ganância.

Ela apontou um dedo para Robert, que não mais exibia a aura de vitória fácil. Ele franzia o rosto agora, um tique nervoso fazendo o olho direito comichar.

— Não é apenas o parulídeo de cabeça laranja que corre perigo aqui — continuou Trish. — *Todos* nós corremos. Nosso modo de vida. Se não lutarmos agora, o que diremos a nossos filhos quando perguntarem como era pescar bagres no rio ou colher flores silvestres nas campinas? Como poderemos *encará-los*?

Houve silêncio na sala. Olhares significativos foram trocados. Mary parecia espantada, como se a irmã que pensava conhecer tivesse sido substituída por alguém que mal reconhecia. Uma mulher com o poder de influenciar uma audiência, cujas palavras arrebatadoras desencadearam um murmúrio que logo se tornou um rugido. Mãos foram levantadas. Pessoas que poucos minutos antes eram tímidas demais para falar agora se mostravam ansiosas por partilhar suas opiniões.

O debate não demorou a se tornar um clamor tão grande que Herb Pelzer, o comissário para o uso da terra, um homem corpulento, com uma orla de cabelos castanho-claros em torno do domo reluzente, propôs um referendo. O comissário de obras públicas, Donald Richter, apoiou a proposta. O conselho aprovou por unanimidade que seria elaborada uma cédula especial para o referendo a ser realizado dentro de seis semanas.

Momentos depois, Charlie encontrou Mary e Trish na escadaria externa. Mary estava radiante, com um orgulho fraternal.

— Ó Charlie, não foi maravilhoso? — Ela olhou para Trish. — Se fosse uma eleição, aposto que você ganharia por esmagadora maioria.

Charlie sorriu para Trish.

— Pensando bem, não é uma má idéia. Já pensou alguma vez em concorrer a um cargo público?

— Claro que não. Eu seria uma incompetente.

A cor aumentou nas faces de Trish. Num piscar de olhos, como Cinderela à batida da meia-noite, a ecologista inflamada e dedicada voltou a ser a irmã mais moça e apagada de Mary.

— Não foi isso que pareceu na reunião.

— Foi diferente. Quando me importo muito com uma coisa, tenho a tendência de me deixar levar pelo entusiasmo.

Trish olhava radiante para a pequena multidão que se reunira ao seu redor, a fim de lhe dar os parabéns.

Charlie sentiu um momento de ansiedade quando ela se afastou, cercada por seus partidários, deixando-o a sós com Mary. Ela lhe diria que pensara bem, chegando à conclusão de que seria melhor se permanecessem distantes um do outro? Ou, pior ainda, não diria absolutamente nada?

— Reproduzirei o discurso de sua irmã na edição de amanhã.

Ele mostrou o pequeno gravador em sua mão.

— Se for igual ao editorial de hoje, tenho certeza de que a cidade vai fervilhar. Segundo Elaine Richards, da agência do correio, é o principal tema de conversa desde o início da manhã.

— Virar uma celebridade da noite para o dia não é tão maravilhoso como deveria ser.

— Como assim?

— Recebi esta tarde um telefonema do advogado de Robert... não Beale, mas o lacaio que cuida de suas empresas, Brett Jordan. — Charlie baixou a voz. — Digamos que fui advertido... e não muito sutilmente.

Mary ficou um pouco alarmada.

— Ele ameaçou processá-lo?

— Isso, e ainda pior. Insinuou que o corpo de bombeiros poderia fechar o jornal por violações das normas.

— Que violações?

— Pode ter certeza de que, num prédio velho como o meu, eles encontrariam algumas. Mas isso seria mais um estorvo do que qualquer outra coisa. O que acho mais interessante é que Robert não perdeu tempo em revidar. O que me leva a especular se não estaremos sentados num barril de pólvora ainda maior do que pensávamos.

Eles começaram a descer os degraus, Mary mantendo uma distância decorosa de uns trinta ou quarenta centímetros, que parecia mais de um quilômetro.

— O que me diz de Jordy Lundquist? Conseguiu lhe arrancar alguma coisa?

Ele viu o irmão de Corinne na reunião e recordou que Mary comentara ter se encontrado com Jordy no dia em que fora à casa de Nora. Segundo ela, Jordy se mostrara um pouco nervoso ao falarem de Corinne. Mary planejava prosseguir na investigação. Agora, ela olhou para Charlie com uma expressão desolada.

— Estive em sua casa ontem. Ele e a esposa não poderiam ser mais simpáticos. Mas, se Jordy está escondendo alguma coisa sobre Corinne, não consegui descobrir. Esperava que ele pudesse pelo menos esclarecer quem era o misterioso J... o cara que Corinne mencionou no diário. Mas ele não tinha a menor idéia.

— Se sentir vontade de discutir outras possibilidades, passe no jornal amanhã. Ficarei o dia inteiro lá.

Charlie manteve a voz neutra, exibindo uma expressão impassível. Mary deu um passo para o lado, a fim de se esquivar de um grupo efusivo que descia a escadaria. Inadvertidamente, roçou em Charlie. Ele aspirou a sua fragrância: não de perfume, apenas de sabonete e roupas limpas, do tipo delicado, que se lava à mão e se pendura na vareta do boxe para secar. Podia ver um pouco de umidade brilhando em sua clavícula. A sensação de tê-la em seus braços, nua, aflorou para atormentá-lo. Recordou as incontáveis noites de sua juventude em que dormia com alguma coisa de Mary comprimida contra o peito... um vestido ou uma anágua, uma ocasião até um velho blusão que encontrara espremido no fundo de uma gaveta. Até mesmo a escova de cabelos, com os fios castanho-avermelhados, fora um instrumento de doce tortura.

Mas, se tinha uma noção do efeito que causava nele agora, Mary não deixou transparecer. Ela parou no último degrau para exibir um sorriso de profissional de relações públicas.

— Amanhã? Tenho um problema para resolver em Nova York. Voltarei numa hora razoável. E lhe telefonarei.

Charlie deu de ombros, afável.

— Tem o meu número.

Mary olhou para Trish, que conversava com seus partidários, alheia ao fato de que deixava a irmã esperando.

— É uma pena que seu suposto noivo não tenha podido vir esta noite. Não sei se ele tomará conhecimento do desempenho sensacional de Trish.

Charlie detectou um tom de ironia na voz dela e especulou se não seria em decorrência de uma experiência pessoal. Sentiu uma pontada de ciúme ao pensar num amante, mesmo que fosse alguém sem grande importância.

— Provavelmente não.

Ele não disse mais nada. Não via razão para mencionar a reputação de conquistador barato de Gary Schmidt. Apenas acrescentou, com o maior cuidado:

— Trish pode demorar um pouco. Parece que seu fã-clube não vai deixá-la ir embora tão cedo. Quer uma carona?

Mary hesitou, antes de responder:

— Não... acho melhor não.

Ele poderia voltar para casa pensando que era por lealdade a Trish, se não fosse pelo olhar sugestivo de Mary, sob as pálpebras semicerradas. Charlie sentiu-se grato pelo menos por isso.

— Acabaríamos fazendo alguma coisa que eu não gostaria que acontecesse. — Mary tocou no braço dele. — Não que aquela noite não tivesse sido maravilhosa. Mas preciso de tempo para pensar em tudo, antes de mergulharmos fundo.

Charlie não precisava pensar em mais nada. Quer gostasse ou não, já havia mergulhado fundo.

— Use todo o tempo de que precisar — murmurou ele, as palavras soando falsas e vazias em seus próprios ouvidos.

Ela estudou-o por um momento.

— Você cortou os cabelos.

— Hoje, para ser preciso. É tão evidente assim?

— Apenas para quem olha atentamente.

Por uma fração de segundo, ele percebeu um brilho de pesar nos olhos de Mary. Depois, ela se ergueu na ponta dos pés, para beijá-lo no rosto, um roçar de lábios, tão suave que podia ser um sussurro. Um instante depois, ela se afastava para buscar Trish.

Por um breve momento, Charlie permitiu-se sua fantasia predileta, imaginando como seria se tivessem permanecido juntos durante todos aqueles anos. Seriam como os casais que passeavam pelo parque, de braços dados, duas sombras fundindo-se em uma? O tipo de casal sobre o qual as pessoas costumavam comentar: *Não são lindos? Continuam loucos um pelo outro, depois de tantos anos.* Ele sentiu uma pontada no coração, como se tivesse sido atingido por alguma coisa afiada.

Não foi difícil avistar seu Chevy Blazer no estacionamento. Lotado quando ele chegara, estava quase vazio agora. As sombras projetavam-se em faixas compridas, entre os lampiões esparsos. Charlie mexia nas chaves quando sentiu alguma coisa atingi-lo com toda a força. O ar escapou de seus pulmões, e o chão pareceu subir ao seu encontro. Ele caiu, batendo com o ombro direito. Uma explosão de dor deixou-o ofegante.

Um vulto escuro assomava à sua frente. Charlie respirou fundo, com o gosto de sangue na boca.

— Mas que coisa, cara! Por que não olha para onde...

Ele foi interrompido por uma voz gutural:

— Da próxima vez, jornalista, é melhor pensar duas vezes no que vai publicar.

Charlie fez um esforço para divisar o rosto, mas estava escuro demais. Vislumbrou apenas o tênue brilho de um brinco, os contornos de um queixo que poderia pertencer a um lutador de boxe. Naquele primeiro momento, atordoado, seu único pensamento foi o seguinte: *Era de se esperar que os idiotas dos conselheiros municipais aprovassem a instalação de mais postes de luz aqui.* Então, a engrenagem solta em seu cérebro ajustou-se no lugar, e ele pensou: *Robert! Isso é coisa de Robert!* Abriu a boca para balbuciar:

— Pode dizer ao filho-da-puta...

Mas o vulto já desaparecera. Charlie levantou-se, com alguma dificuldade. O ombro doía, irradiando ondas de calor pelo braço. O cotovelo também doía, onde fora esfolado, ficando em carne viva. Mas a dor era abafada, como alguma coisa que o espetasse através de várias camadas de roupas. A adrenalina imperava, descarregada em seu organismo num fluxo incontrolável.

Olhou na direção em que o homem correra. Talvez ainda pudesse alcançá-lo. Não ocorreu a Charlie que não se encontrava em condições de correr, muito menos de derrubar um homem corpulento, que devia pesar, no mínimo, vinte quilos a mais que ele. A fúria ofuscara o bom senso. Percorrera algumas dezenas de metros quando, de forma incrível, deparou com o agressor, um louro enorme, embarcando num Bronco vermelho.

Charlie armara o braço para desferir um soco quando o homem se virou, o rosto aturdido se delineando.

— Ei, Charlie!

Não era o agressor, mas Jordy. O enorme e amável Jordy Lundquist, que toda tarde de quarta-feira, fielmente, levava a mãe viúva para fazer compras na Shop 'n' Save; treinava a equipe de hóquei de sua filha; e servia como diácono na igreja luterana. Jordy ficou boquiaberto. Apressou-se em acrescentar, a voz estridente:

— Puxa, Charlie, você me assustou.

— Não tanto quanto *você* me assustou — balbuciou Charlie, ofegante.

E foi nesse instante que ele sentiu o golpe com toda a intensidade, como se fosse uma onda de choque retardada. Cambaleou, dominado pela vertigem. Poderia ter caído se Jordy não estendesse o braço para ampará-lo, segurando seu cotovelo.

— Não parece nada bem, Charlie. — A voz preocupada de Jordy parecia flutuar de algum ponto por cima de seu ouvido esquerdo. — O que aconteceu?

— Fui atacado por trás — balbuciou Charlie.

— Um cara grande? Com um blusão azul-marinho? — Jordy franziu o rosto. — Eu o vi passar correndo há poucos instantes. Parecia ter muita pressa.

— Viu o rosto dele?

Jordy sacudiu a cabeça em negativa.

— Nem olhei direito.

Charlie encostou-se no Bronco, soltando um suspiro trêmulo.

— Nem eu. Desculpe, Jordy. Não queria agredi-lo, mas pensei que fosse ele.

Cauteloso, ele apalpou o ombro, avaliando a lesão.

— Você está bem? — perguntou Jordy.

— Um pouco dolorido, mas vou sobreviver.

Satisfeito, Jordy relaxou.

— Quer saber de uma coisa? Foi muito estranho encontrá-lo deste jeito. Procurei por você na reunião.

— Sentei lá atrás. O cara com o bigode falso.

Era um gracejo de Charlie, uma referência à sua recente notoriedade. Naquele momento, a última coisa de que precisava era ouvir alguma oferta de apoio, bem-intencionada, mas inútil. Mesmo assim, ele se viu perguntando:

— O que queria falar comigo?

Jordy enfiou a mão por dentro da jaqueta de brim e retirou um envelope de papel pardo.

— Foi a visita de Mary no outro dia que me fez pensar duas vezes. Papai não queria que mamãe soubesse disto e me entregou pouco antes de morrer. Mas, quando Mary me falou sobre sua filha, achei que o segredo já fora guardado por tempo demais.

Ele estendeu o envelope para Charlie.

— O que tem aqui?

Charlie empertigou-se, com um súbito interesse, a dor no ombro esquecida.

— Uma cópia do relatório do médico-legista. — No clarão forte da luz interna do Bronco, o homem enorme e louro exibia uma expressão perturbada. — Vai compreender depois que ler.

Inicialmente, o pensamento era uma sombra cinzenta e vaga, sem contornos definidos, no fundo da mente de Charlie; depois, foi entrando em foco, em Technicolor. E se fosse mesmo verdade? E se Corinne tivesse sido vítima de um crime? Isso explicaria por que Robert estava tão empenhado em calá-lo.

Charlie ficou olhando o envelope em suas mãos. Independentemente do que havia ali, pensou ele, uma coisa era certa: em comparação com o abacaxi que já tinha de descascar, aquilo seria igual a um ninho de cascavéis.

Capítulo Dez

Julho se aproximava do fim, mas Noelle mal notava. Passara a evitar calendários. Não suportava olhar para todos aqueles pequenos quadrados, cada um tão vazio quanto o seguinte. Era melhor fazer o que haviam lhe ensinado nos Alcoólicos Anônimos: enfrentar um dia de cada vez. Podia conseguir aquilo, não é mesmo? Podia, se não pensasse demais no que teria pela frente. Se não se permitisse imaginar, *nem por um instante sequer*, a possibilidade de perder a filha para sempre.

Em vez disso, tratou de se concentrar no tempo precioso que passavam juntas, em apresentar uma boa imagem para Emma. Dava certo... na maior parte do tempo. Mas Emma começara também a se desesperar. No dia anterior, suplicara por um sorvete e depois chorara, desconsolada, quando ficara evidente que Noelle iria embora sem levá-la.

— Quero ir com você, mamãe. Não gosto da sra. Scheffert. Quero ver Bronnie. Quero escolher meu sorvete.

Na Scoops, observando sua irmã despejar lascas de chocolate na casquinha de sorvete de Emma, Noelle perdera o controle.

Bronwyn tivera de levá-la para a sala dos fundos, onde ela enxugara os olhos com uma toalha de papel que parecia uma lixa. Sua irmã caçula era a única, além de Hank, que não oferecia falsas garantias. Dissera exatamente a coisa certa:

— Não sei como você agüenta, El. Juro que ficaria louca.

Noelle achava que essa franqueza era estranhamente revigorante. Com Bronwyn, não precisava sorrir e simular animação, como fazia com as outras pessoas. Era um alívio admitir que também não sabia como agüentava e que *começava* a enlouquecer. Às vezes se sentia tão desconjuntada e instável quanto os projetos que Emma fazia no pré-escolar, palitos de sorvete colados juntos de uma maneira precária, com fitas coloridas amarradas nas pontas.

Naquele dia, ela teria de aplicar uma cola extra para manter o equilíbrio. Pois era terça-feira, o dia em que a psicóloga designada pelo tribunal, Linda Hawkins, iria avaliá-la. Depois de uma noite de insônia, saíra de um cochilo sentindo um peso frio por dentro, como se um objeto de ferro a imobilizasse contra o colchão.

— Seja você mesma — recomendara o pai.

Mas Noelle perdera a noção do que isso significava. Naqueles dias era uma estranha — alguém que tinha um sobressalto a qualquer ruído mais alto, como um cavalo assustado, alguém que desatava a chorar à menor provocação — quem vivia dentro de seu corpo. Uma pessoa que de vez em quando precisava se esconder no banheiro, quando tudo se tornava insuportável demais. E se ela fosse considerada incapacitada? O que aconteceria depois?

Ela saía da cama, às sete e meia, quando a mãe enfiou a cabeça para dentro do quarto. Mary, a caminho de Nova York, já estava toda vestida, na maior elegância, com um *tailleur* marrom-amarelado e uma blusa de seda creme. No dia anterior, quando Lacey telefonara para dar a notícia de que fora marcada a visita domiciliar, Mary insistira em mudar seus planos. Noelle se mantivera firme no protesto de que a mãe não deveria fazer aquilo. Agora, especulava se falara mais por hábito do que por qualquer outra coisa. Afinal, quando *fora* capaz de contar com a mãe? Talvez tivesse aprendido muito bem que a melhor maneira de evitar o desapontamento era não esperar muita coisa, em primeiro lugar.

— Eu só queria lhe desejar boa sorte. — Mary atravessou o quarto para dar um abraço perfumado na filha. — Tem certeza de que não quer que eu fique? Não me agrada nem um pouco a perspectiva de deixá-la.

— Tenho certeza.

Noelle falou em tom brusco, pela primeira vez não se dando ao trabalho de esconder seu desprazer. Por que a decisão tinha de ser *sua*? Uma mãe normal nem perguntaria.

— Não é tarde demais para eu telefonar e transferir as reuniões. — Mary hesitou, apertando o lindo alfinete de prata na lapela do casaco. — Nada é mais importante do que você, querida. Sabe disso, não é?

— Sei? — Noelle virou-se, vestindo um roupão por cima da camisola. — Quando estive em primeiro lugar, mamãe? *Quando?* É verdade que você estava presente quando *contava*... nas peças da escola, nas noites dos pais e mães, nas cerimônias de formatura... mas alguma vez lhe ocorreu que eu poderia precisar de uma mãe também no resto do tempo?

Ela não podia acreditar que estivesse falando com Mary daquela maneira; a antiga Noelle não ousaria fazer aquilo. Ao mesmo tempo, sentia que havia muito já deveria ter assumido tal atitude.

— Fiz o melhor que podia. Não era fácil, para mim, viver na mesma casa com Nana.

A voz de Mary era suave.

— Também não era fácil para mim. Amo Nana, mas queria você, mamãe, não uma substituta. Mesmo depois que mudamos para Nova York, eu via mais a babá do que você.

Noelle se encontrava à beira das lágrimas. Foi abrir o *closet*. Sabia que nunca chegaria nem perto de parecer tão elegante quanto a mãe, independentemente do que vestisse. Enquanto olhava para as roupas, penduradas nos cabides, com uma aparência desoladora, ela acrescentou, a voz baixa e veemente:

— Pensou que mudaria tudo isso se viesse para cá? Pensou que me jogaria em seus braços cheia de gratidão, como se os últimos trinta anos não tivessem acontecido?

— Para ser franca, meu bem, não sei *o que* esperava. — Mary deixou escapar um suspiro profundo, de respiração contida. Mas, em vez do arrependimento habitual, havia apenas uma calma resignação. — Tudo que sei agora é que não tenho mais desculpas. Não espero perdão. Só quero... só quero que as coisas sejam diferentes daqui por diante.

Noelle virou-se devagar para fitá-la, ansiando desesperadamente por acreditar, mas relutando em arriscar outro desapontamento. Cautelosa, ela murmurou:

— Não é uma coisa que se possa apenas estender a mão e pegar. É preciso *fazer por merecer*.

— Estou tentando, querida.

Inesperadamente, o coração de Noelle se enterneceu.

— Sei que está, mamãe — murmurou ela, piscando para conter as lágrimas. — É melhor você partir logo ou vai pegar muito movimento na estrada. Estou bem. Ligarei para você mais tarde, contando como foi.

Mary parecia satisfeita com isso.

— Promete? Não poderei me concentrar em qualquer outra coisa durante o dia inteiro. — Uma pausa, e ela se apressou em acrescentar· — Não que eu tenha a menor dúvida de que você causará uma boa impressão.

Noelle riu, apreensiva.

— Mesmo assim, é melhor manter os dedos cruzados. Posso acabar enfrentando a Bruxa Má do Leste.

— Neste caso, poderá deixar uma casa cair em cima dela.

Por sorte, Mary não ofereceu mais nenhum conselho. Em vez disso, fitou Noelle com o respeito devido a uma igual, como se estivesse convencida de que a filha era absolutamente capaz de fazer tudo que fosse necessário. Por um momento fugaz, Noelle também acreditou que era.

Passou o resto da manhã limpando a casa, de alto a baixo. Duvidava que seria submetida a um teste da luva branca, mas não fazia mal algum, como Nana sempre dizia, dar o melhor de si. Além do mais, ficar sentada sem fazer nada não era uma boa opção. Sentia-se inquieta demais. Se não se movimentasse, acabaria enlouquecendo. Enquanto passava o velho aspirador Hoover da avó sobre o tapete da sala de estar, um único pensamento vibrava em sua cabeça, como uma pulsação: *Por favor, faça com que Linda Hawkins goste de mim.*

Quando faltavam quinze minutos para uma hora, ela tomou um banho de chuveiro, maquiou-se, secou os cabelos. A psicóloga não deveria chegar antes de uma e meia, mas Noelle queria estar preparada para a eventualidade de uma chegada prematura. A dra. Hawkins podia muito bem tentar pegá-la desprevenida. Afinal, se Noelle aprendera alguma coisa em toda aquela provação, fora que *não* se podia confiar na bondade de estranhos.

Ela tirou o vestido que acabara de pôr — solto, de algodão, amarelo, que parecia pendurado em seu corpo muito magro — e pegou outro no *closet*, mais sóbrio. Parada diante do espelho comprido, suspendeu o vestido de linho azul-escuro diante do corpo. Sacudiu a cabeça, decidida. Não, aquilo não era uma entrevista de emprego. Não queria parecer uma suplicante. Se não podia apresentar sua personalidade normal, podia pelo menos estar adequada.

Optou por uma blusa verde-clara, sem manga, com uma calça comprida branca, um traje elegante, sem parecer muito formal, que podia ser usado numa reunião de comitê ou num passeio com a turma de Emma do pré-escolar. Depois de enrolar os cabelos, prendê-los por trás da cabeça e pôr brincos de ouro, ela deu um passo para trás, a fim de avaliar o efeito.

Hank aprovaria?

O pensamento aflorou de repente. Ela virou-se, o rosto franzido. Como podia pensar em Hank num momento como aquele?

Talvez porque ele a veja de uma maneira diferente da que você mesma se vê: como forte, até admirável. Uma pessoa preparada para enfrentar a batalha pela frente, sussurrou uma voz em resposta. *Além do mais, vamos ser francas, você gosta da companhia dele. Hank faz com que se sinta bem, de uma maneira que Robert nunca fez.*

Só que haviam se conhecido no pior momento possível. Mesmo que quisesse descobrir para onde a amizade com Hank Reynolds podia levar, naquele momento não era possível. Não sem que Robert tomasse conhecimento. E qualquer coisa que pudesse prejudicar sua imagem no tribunal era um risco que não queria correr.

Emma era sua única preocupação agora. Não podia dar qualquer passo em falso; tinha de pensar como Robert, para ser igualmente astuciosa. A partir daquele dia. Precisava convencer a psicóloga de que

Emma lhe pertencia. Como poderia fazer isso? A dra. Hawkins era mulher. Talvez até mãe. Não podia deixar de compreender sua situação.

Noelle ergueu os olhos e saiu para o corredor. Parou no quarto da avó, que dormia em sua cama, antes de se encaminhar para a escada. Os cochilos de Nana vinham se tornando cada vez mais longos, às vezes se prolongando pela tarde inteira. Um sinal de que ela melhorava ou apenas de que sua saúde se deteriorava cada vez mais? Noelle sentiu uma pontada de ansiedade e fez uma anotação mental para conversar com Hank, na próxima consulta da avó.

Na cozinha, recém-lavada, o linóleo brilhando com uma camada de cera, ela serviu-se de um copo de limonada. Não podia se recordar de um único momento, desde que Emma fora seqüestrada (isso mesmo, *seqüestrada*), em que não se sentisse ressequida; por mais que se hidratasse, no entanto, a sede nunca era saciada. A limonada só serviu para piorar. Bebeu água, só para se arrepender no momento seguinte. E se tivesse vontade de fazer xixi no meio da entrevista? Poderia pedir licença, é claro. Mas Linda Hawkins não especularia se ela não saía para tomar um gole de uma garrafa escondida?

Noelle começou a suar. Foi para a sala de estar e ligou o ventilador antigo. O que a fez lembrar do tempo em que era menina, praticando as escalas no piano com uma das mãos, enquanto a outra segurava as páginas do livro de exercícios. Agora, ao arriar no banco, recordou como os dedos pequenos se atrapalhavam nos acordes difíceis. Havia anos que não tocava. Mas em Hazelden, quando participava daquelas reuniões intermináveis, ansiando por um trago e sentindo que corria o risco de enlouquecer, fora essa recordação, por mais estranha que pudesse parecer, que a mantivera sã. Mentalmente, praticava aquelas escalas, muitas e muitas vezes, até se tornarem uma espécie de mantra. Sentia a frieza suave das teclas amareladas do Baldwin e ouvia o som ressonante de cada nota. Depois de algum tempo, a ânsia por álcool diminuía.

Agora, era como se mergulhasse de volta naquele período sinistro de sua vida. Uma época em que procurava uma muleta familiar, apenas para sair de mãos vazias. Os Alcoólicos Anônimos haviam ajudado, mas ela parara de freqüentar as reuniões assim que se descobrira capaz de controlar o problema sozinha. Engravidara logo depois e não pensou mais em beber. Ainda assim, deveria ter continuado a participar das reuniões. Talvez a situação não fosse tão ruim agora, se o fizesse. Poderia contar com os outros para extrair força, receber orientação e apoio moral de sua orientadora, Gwen Nolan, com seus vinte anos no programa, conhecendo muita coisa sobre o árduo caminho para a sobriedade. E se o impulso para beber aflorasse de novo, como acontecera outro dia, teria um lugar seguro para...

A campainha da porta rompeu o silêncio, fazendo com que se levantasse de um pulo, sobressaltada. Ela olhou para o relógio. Passavam quinze minutos de uma hora... a mulher chegara mesmo cedo. Quando Noelle se encaminhou para a porta da frente, cada passo era acompanhado por uma batida forte do coração. Sentia-se também um pouco nauseada, com o gosto doce da limonada se transformando em bílis na sua garganta. *Por favor, Deus, faça com que ela goste de mim*, suplicou Noelle, mais uma vez.

A porta aberta revelou uma mulher de meia-idade, esbelta, até atraente, um *tailleur* bege fora de moda, sapatos de salto grosso, com uma pasta marrom pendurada no braço. Não era a Bruxa Má do Leste, mas mesmo assim havia alguma coisa estranha naquela mulher. Um instante passou antes que Noelle percebesse o que era: Linda Hawkins não tinha cabelos. Nem pestanas, apenas linhas finas, feitas com lápis, por cima dos olhos cor de avelã, que fixaram Noelle com uma intensidade desconcertante. Tinha na cabeça uma peruca, descendo até os ombros, no marrom lustroso de um casaco de visom.

Noelle fez um esforço para não parecer aturdida.

— Dra. Hawkins? Sou Noelle. — Ela teve de resistir ao impulso de passar a mão suada pela calça. — Entre, por favor. Minha avó está tirando um cochilo. Assim poderemos conversar à vontade.

A psicóloga apertou a mão de Noelle, com firmeza, rapidamente, antes de entrar.

— Por favor, me chame de Linda. — Ela sorriu, gentilmente, aliviando um pouco a ansiedade de Noelle. — Fui informada de que sua avó se recupera de uma cirurgia. Ela está melhor?

Noelle sorriu também. Sua boca era como um elástico costurado no rosto.

— Está, sim. Muito melhor.

— Fico contente em saber.

Na sala de estar, Noelle gesticulou para o sofá. Linda optou por uma poltrona. Pôs a pasta no chão, ao lado.

— Posso lhe oferecer um refresco? — indagou Noelle. — Uma limonada gelada?

— Não, obrigada.

Num gesto afetado, Linda alisou a saia por cima dos joelhos. Noelle notou um fio solto na meia-calça, o que a deixou secretamente tranqüilizada. Fazia com que aquela estranha mulher sem cabelos parecesse mais humana, uma pessoa talvez com pais idosos, que gostava de gatos e chocolates See's.

Está vendo? Não há motivo para ter medo, ela disse a si mesma. Por alguma razão, no entanto, continuava a sentir medo. O pânico frio descia por ela, como a chuva num pára-brisa. Era por causa daqueles olhos sem pestanas, dando a impressão de um manequim de loja de departamentos; deixavam-na arrepiada. Como poderia se concentrar com a mulher fitando-a daquele jeito?

Mesmo assim, ao arriar no sofá, forçou-se a sustentar o olhar de Linda.

— Posso supor que não deva aceitar minha palavra de que sou uma mulher maravilhosa? — perguntou ela, numa tentativa desajeitada de quebrar o gelo.

A mulher surpreendeu-a com uma risada.

— Tem a idéia errada a meu respeito, Noelle. Posso chamá-la de Noelle? Meu trabalho é apenas observá-la e fazer uma recomendação ao tribunal. Não tenho a decisão final no caso. E prometo que não vou mordê-la. — Contraindo a boca vermelha, ela levantou a pasta para o colo. — Agora... podemos começar com algumas perguntas?

— Claro. Não tenho nada a esconder.

— Tem algum interesse, Noelle?

— Como assim?

— *Hobbies*... esse tipo de coisa.

Noelle pensou depressa. Preparara-se para uma inquisição, mas aquilo parecia mais uma entrevista para a universidade. Limpando a garganta, ela respondeu:

— Eu escrevo.

— Mantém um diário?

— Isso também. Mas, acima de tudo, escrevo contos e artigos. Até já publiquei alguns.

— Será que li algum?

Noelle permitiu-se um riso embaraçado.

— Não, a menos que seja assinante do *Baroid News Bulletin* ou do *California Highway Patrolman*. — Ela deu de ombros. — Quando se está começando, você publica onde puder.

— Então não é apenas um passatempo. Considera uma coisa séria.

Noelle percebeu uma armadilha e se apressou em recuar.

— Algum dia eu gostaria de escrever em tempo integral. Mas por enquanto... — Ela pensou em Emma e ofereceu outro sorriso à mulher, desta vez genuíno. — Sei que é meio antiquado admitir isso hoje em dia, mas não há nada mais importante para mim, neste momento, do que ser mãe.

A única reação de Linda foi escrever uma anotação em seu bloco. O rosto estava impassível quando tornou a fitar Noelle.

— Já que entramos no assunto, vamos falar um pouco sobre os cuidados com a criança. Quem toma conta de sua filha quando precisa sair para fazer alguma coisa ou se por acaso se sente... hã... indisposta?

Noelle ficou tensa. Seria uma referência à sua suposta recaída no alcoolismo? Não havia nada no tom de Linda a sugerir isso. Apesar disso, ela sentiu que precisava ter muito cuidado

— Minha avó, quando está se sentindo bem. E também minha tia Trish. Às vezes, ela fica com Emma à noite. E também tenho uma irmã adolescente, Bronwyn. Emma a adora.

— Parece que tem uma família muito unida.

— Procuramos nos ajudar.

— Mesmo assim, deve ser muito ocupada, cuidando de uma avó doente, além de uma menina de cinco anos.

Noelle sentiu a primeira pontada de alarme. Não era sua imaginação; aquilo era mesmo uma armadilha. Respondeu com a maior cautela:

— Apenas por pouco tempo. Como já expliquei, Nana está muito melhor. E logo voltará a ser como antes.

A mulher dirigiu seu olhar sem pestanas para o quadro, um tanto vívido, de Cristo crucificado, por trás do sofá.

— Não duvido. Mas vamos supor, apenas para argumentar, que a saúde de sua avó *não* continue a melhorar. Pensaria em trazer uma ajuda externa?

Noelle tentou imaginar a avó concordando com essa providência. Uma estranha se movimentando em sua cozinha, cuidando da roupa suja? Alguém de uniforme branco, com sapatos de sola de borracha, carregando bandejas, subindo e descendo a escada? Não, era uma coisa que Nana nunca admitiria.

— Acho que deixarei para tratar desse problema quando ele aparecer — disse ela, evitando uma resposta.

— É essa a sua perspectiva geral da vida?

— Sinceramente, não sei o que isso tem a ver com...

Noelle fez uma pausa. Baixou os olhos para o sofá, vendo um fiapo solto, suplicando para ser removido. Respirou fundo e acrescentou:

— Escute, dra... isto é, Linda... pago adiantado minhas contas. Duas vezes por ano, vou ao dentista e faço uma revisão no carro. Mas, em relação às grandes crises da vida, acredito que a pessoa nunca pode estar, independentemente do que faça, completamente preparada.

Se eu fosse capaz de prever isto, acredite, não estaria sentada aqui neste momento.

Linda inclinou-se para anotar alguma coisa no bloco. A peruca castanha lustrosa balançava a cada movimento vigoroso da caneta. Noelle podia imaginar o que ela escrevia. *Carência do controle de impulso. Exibe sinais de incapacidade de enfrentar situações sob pressão.* E sentiu um súbito e temerário ímpeto de se levantar de um pulo e arrancar o bloco ameaçador das mãos da psicóloga. Se ia ser condenada de qualquer maneira, poderia pelo menos experimentar essa satisfação.

— Fale-me sobre seu marido.

Linda fitou-a com algum interesse.

— O que quer saber?

— Antes de tudo isso, como descreveria seu relacionamento?

Noelle reprimiu uma risada sarcástica.

— Quase não brigávamos, se é isso que está querendo saber. Se tínhamos uma divergência de opiniões... digamos que Robert sempre acabava fazendo o que queria.

— Parece ressentida.

Noelle pensou a respeito por um momento.

— A parte mais estranha é que eu não me sentia... até agora. Parece muito estranho agora que eu não reagisse. Se o fizesse, talvez nada disso estaria acontecendo.

— Como assim?

— Acho que o teria deixado mais cedo.

— Acha que foi isso que contribuiu para o seu alcoolismo?

Noelle forçou um sorriso sombrio.

— Vejo que se preparou bem. Mas a resposta é não. Sou uma alcoólatra, sóbria agora. Não atribuo a culpa por meu alcoolismo a ninguém, exceto a mim mesma. Só estou dizendo que meu marido tem um jeito... — Ela fez uma pausa. Escolheu as palavras com o maior cuidado. — ... de lidar com as pessoas que o contrariam.

As sobrancelhas pintadas de Linda formaram um arco perfeito.

— Quer dizer que considera isso uma espécie de punição?

Noelle olhou para a caneta pairando por cima do bloco. Uma caneta esferográfica comum, verde, com as palavras "Crossroads Realty" gravadas em dourado. A maioria das propriedades de Robert tinha o nome de Crossroads. Poderia haver uma ligação? Ela sentiu que os músculos do estômago se contraíam.

— Sim e não. Meu marido ama a filha. Não tenho a menor dúvida quanto a isso. Ele também gosta de estar no controle. Quando lhe disse que queria o divórcio... — Ela começou a tremer à recordação. Fixou o olhar nas estatuetas Hummel, de faces rosadas, que pareciam dançar na prateleira por cima da televisão. — ... ele não ficou nem um pouco satisfeito. Para ser franca, sua reação foi de raiva. Dois dias depois, acordei e descobri que minha filha havia ido embora.

— Tenho certeza de que sabe que a versão de seu marido sobre o que aconteceu é muito diferente da sua.

O rosto pálido da mulher parecia flutuar, desencarnado, na semiescuridão.

— É mentira qualquer coisa que ele tenha lhe contado.

— Entendo...

Linda bateu com a caneta no bloco, esperando. Noelle fechou os olhos, apertando com força.

— Jantamos juntos na noite anterior. Apenas para conversar, mais nada. Ainda nem havíamos pedido a comida quando comecei a me sentir... indisposta. Como se estivesse prestes a desmaiar. E foi o que acabou acontecendo. Apaguei.

Ela abriu os olhos, com uma expressão furiosa, sem fixá-la em ninguém.

— Agora sou retratada como a bêbada da cidade.

— Mas você *havia* bebido? — Linda deu um sorriso contrafeito. — Espero que compreenda que tenho de perguntar.

— Não, não bebi.

Noelle não deu mais nenhuma explicação. De que adiantaria? Era evidente que a mulher já tomara uma decisão nesse ponto. O conhecimento deixou-a com uma sensação de leveza, impulsionada por um estranho senso de desligamento.

— Importa-se se *lhe* fizer uma pergunta?

— Claro que não — respondeu Linda, com um sorriso afável.

— Acredita que há sempre dois lados em toda história?

— Na maioria dos casos, é isso mesmo.

— Mas há exceções?

— De vez em quando.

Noelle inclinou-se para a frente, as mãos cruzadas.

— Há uma coisa que precisa saber a meu respeito, Linda. Se eu acreditasse que era uma ameaça para minha filha, de qualquer forma que fosse, seria a primeira a concordar com alguma espécie de... acordo temporário. Por mais que isso pudesse me afligir. Mas a verdade é que *não sou* eu quem está fazendo mal a Emma.

— Sugere que é seu marido?

Noelle percebeu um momento de incerteza nos olhos da mulher e tratou de continuar:

— Tudo que peço neste momento é que me conceda o benefício da dúvida. Não tire qualquer conclusão precipitada até conhecer todos os fatos. Pode fazer isso, por favor? Pelo bem de minha filha?

— *Noelle, meu bem, com quem você está conversando?*

Noelle levantou os olhos e avistou a avó descendo lentamente a escada. Nana estava um horror, usando o vestido com que dormira, os cabelos espetados em todas as direções, numa nevasca de tufos branco-amarelados. A voz tinha um tom mal-humorado. Nana nunca se apresentava em seu melhor estado quando acordava do cochilo. *Por favor, Deus*, suplicou Noelle, *não deixe que ela torne a situação pior do que já está.*

Enquanto Nana entrava na sala, arrastando os pés, Noelle apressou-se em levantar para apresentá-la.

— Linda, esta é minha avó. Nana, lembra que lhe disse que a dra. Hawkins viria me entrevistar?

— Para quê? Você está precisando de um emprego?

Nana esticou a cabeça para o lado, fitando a mulher com uma expressão desconfiada. Não suportava analistas; em sua opinião, só serviam para atrapalhar.

— Farei uma recomendação para o tribunal sobre sua neta. — Linda levantou para apertar a mão de Nana. — Fico contente por poder se juntar a nós, sra. Quinn.

— Hummm... — resmungou Nana.

Não diga nada, por favor, suplicou Noelle, silenciosamente. Mas não era possível se enganar com o brilho nos olhos da avó.

— Vou lhe dizer uma coisa, dra. Hodgkin. Pode escrever em seu relatório que Noelle é a melhor mãe do mundo. Ela daria a vida por aquela criança.

— Não duvido — respondeu Linda, sem se dar ao trabalho de corrigir a pronúncia errada de seu nome.

Nana apontou um dedo torto para o bloco.

— Continue. Escreva o que disse.

— Nana, por favor...

Mas não havia mais como detê-la agora.

— É uma terrível vergonha quando um tribunal que deveria aplicar a justiça deixa, em vez disso, uma pessoa inocente ser arrastada para a lama. Conheci Calvin Ripley na escola. Ele já era um tremendo puxa-saco naquele tempo. O que serve para demonstrar que a toga sem uma pessoa para honrá-la não vale a linha com que é costurada.

Os estranhos olhos sem pestanas de Linda se contraíram.

Desculpe, disse Noelle para Linda, silenciosamente, apenas pelo movimento da boca. Gentilmente, ela pegou o braço da avó. Mas Nana a empurrou para o lado, com impaciência.

— Ainda não acabei!

— Por que não volto em outra ocasião? — sugeriu Linda, lançando um olhar significativo para Noelle.

Por um momento, Noelle ficou imóvel, tremendo, abalada demais para se mexer. Não podia acreditar no que estava acontecendo. Era como um pesadelo. *Tenho de detê-la. Preciso salvar qualquer resquício de credibilidade que ainda me reste.* E outra vez, como acontecera naquele dia com Robert, Noelle sentiu que alguma coisa se agitava e adquiria vida dentro dela. Como um vento forte, empurrando-a para a frente. Postou-se diante da avó, pondo as mãos em seus ombros. Mas Nana, obstinada, desvencilhou-se. Noelle observou-a cambalear e estendeu a mão para ampará-la. No momento seguinte, para seu espanto, *as duas* caíram. Ela bateu no chão primeiro, com a avó tombando por cima.

— Ai! — gritou Nana.

Seu peso enorme comprimia Noelle, sufocando-a. Houve um instante de imobilidade atordoada. Depois, as duas começaram a fazer um esforço para se levantarem ao mesmo tempo. Ficaram ainda mais emaranhadas no chão. Só depois que Linda pegou a mão de Noelle e a puxou é que ela conseguiu se desvencilhar. Juntas, ajudaram Nana a se levantar e se instalar na poltrona mais próxima. Nana levou a mão ao peito, arfando.

— Ó Deus Todo-Poderoso! Pensei que a tinha matado!

Mas é como se eu tivesse morrido, pensou Noelle, com um profundo sentimento de desespero. Se Robert tivesse organizado tudo, não poderia ter sido pior. Só Deus sabia o que Linda Hawkins escreveria agora em seu relatório. *É bem provável que ela considere esta casa uma espécie de hospício... com Nana e comigo como as principais doentes mentais.*

Mas Nana não quisera causar qualquer mal, por mais desorientada que fosse sua atitude. E Noelle não pediu desculpas pelo que acontecera.

Não obstante, a psicóloga hesitou na porta, como se esperasse por alguma espécie de explicação.

— Sua avó tem opiniões muito firmes — comentou ela, secamente.

— É algo que não posso negar.

Estava na ponta da língua de Noelle um comentário apaziguador, uma tentativa de reparar a situação, o que qualquer idiota perceberia que era inútil. Mas, quando ela abriu a boca, foi como se outra pessoa estivesse falando, e que se mantivera calada durante quase todo o tempo, até aquele momento:

— Eu apenas gostaria de não ter esperado tanto tempo para ter a coragem de expressar as *minhas* convicções.

O número estava escrito num pedaço de fita adesiva, grudado no fundo do telefone. Ela o pusera ali dias antes... apenas como precaução. Agora, ainda um pouco atordoada pelo encontro com a psicóloga, descobriu-se a apertar o número. Não sabia se sua orientadora continuava ou não no mesmo endereço. Ou que desculpa daria por ter esperado tanto tempo para ligar. Sabia apenas que era tempo de parar de esperar que Deus — ou o juiz Ripley — decidisse o seu destino.

Milagrosamente, a ligação foi atendida quase que no mesmo instante.

— Alô?

— Gwen? — Noelle apertou o fone com força. — Sou eu, Noelle Van Doren... Sei que já faz bastante tempo.

Gwen Nolan soltou uma risada gutural. Noelle podia imaginá-la a se recostar em sua cadeira, acendendo um cigarro: uma mulher corpulenta, com olhos cansados, que tinham visto coisas demais, um sorriso tão contagiante quanto o de uma criança.

— Puxa, faz *tanto* tempo! Como você tem passado?

— Continuo sóbria.

Noelle soltou uma risada triste, para sugerir o que não precisava ser dito em voz alta para uma colega dos Alcoólicos Anônimos: que a estrada tinha sua cota de obstáculos.

— Na verdade, Gwen, é por isso que estou ligando...

Ao desligar, uma hora mais tarde, com a promessa de comparecer no dia seguinte à reunião na Primeira Igreja Batista, Noelle se sentia, ao mesmo tempo, mais forte e mais leve. Por que esperara tanto tempo? De que sentira tanto medo?

Isso não é tudo que você vinha evitando, sussurrou uma voz.

Havia outra pessoa com quem ela precisava falar. Alguém numa posição excepcional para ajudar a esclarecer a situação difícil em que ela se encontrava. Quem poderia saber mais sobre o que acontecia em Ramsey Terrace, 36, do que sua antiga vizinha, Judy Patterson?

Minutos depois, Noelle estava em seu Volvo a caminho de Ramsey Terrace. *Judy tem duas crianças*, pensou ela; *poderá compreender o que estou passando.* Não chegavam a ser grandes amigas, mas, independentemente de sua covardia naquele dia, Judy sempre fora uma boa vizinha. No inverno anterior, quando Noelle ficara de cama, com uma terrível gripe, fora Judy quem levara uma tigela com canja e se oferecera para cuidar de Emma, até que ela estivesse melhor. Judy não poderia ajudar agora?

Mas, quando Noelle parou o carro na frente da casa dos Patterson, enorme, em estilo de rancho, pouco depois das três e meia da tarde, parecia não haver ninguém lá. Ela sentiu um aperto no coração, mas depois lembrou que *sempre* se tinha a impressão de que não havia ninguém em casa. Judy mantinha o jardim da frente impecável, sem bicicletas caídas no gramado, sem um aro e rede de basquete junto da garagem. O marido, Blake, era dono de uma rede de farmácias de preços populares e viajava durante vários meses do ano. Judy passava as manhãs jogando tênis no clube e fazendo ginástica na academia. Os meninos, quando não estavam no acampamento diário ou na escola de verão, jogavam bola ou nadavam na piscina nos fundos da casa.

Judy, imaculada como sempre, usando uma bermuda e uma blusa branca engomada, com um avental em que estava escrito "A Maior *Chef* do Mundo", não demorou a abrir a porta, como se estivesse esperando companhia. Só que, obviamente, não era Noelle. Ela ficou boquiaberta de espanto.

— Noelle! O que está... Puxa, que surpresa!

— Desculpe aparecer sem avisar. O momento é inoportuno?

Judy hesitou por um instante, mas depois deu um passo para o lado.

— Estou muito ocupada, preparando os bolinhos para a venda da Junior League de beisebol. Não peça explicações. Sempre conseguem de mim o que querem. Mas entre. Pode me ajudar com o glacê.

Ela soltou uma risada curta, que não conseguiu ocultar seu nervosismo.

A ex-vizinha de Noelle era magra e loura. Se algum dia Judy resolvesse publicar um anúncio classificado na coluna de anúncios pessoais (embora a idéia fosse absurda), seria assim que se descreveria. Magra e loura. Como se fosse o suficiente, sem a menor necessidade de ser bonita. Mas ela tinha olhos atraentes. De um azul-turquesa, com pestanas escuras.

— Para que vão levantar dinheiro desta vez? — perguntou Noelle.

— Novos uniformes. O que mais poderia ser? Gastam os uniformes mais depressa do que crescem para deixá-los pequenos.

— Os meninos serão sempre meninos — murmurou Noelle, polida, enquanto seguia Judy pelo corredor que levava à cozinha.

— Que assim seja. Da maneira como os meus dois gastam roupa, é de admirar que ainda tenham alguma coisa para vestir. Deve se sentir grata por ter uma menina, pois é sempre muito mais fácil.

Abruptamente, Judy virou-se, com uma expressão angustiada.

— Ah, Noelle, desculpe! Eu e minha boca grande!

Noelle ficou surpresa pela tranqüilidade recém-adquirida com que pôde responder:

— Não se preocupe, Judy. E pode ter certeza de que sou mesmo grata por Emma.

A cozinha, com seus armários de carvalho de aparência antiga e os coloridos ladrilhos mexicanos, exibia tigelas para bater bolo e fôrmas de bolo por toda parte. No balcão, que formava uma ilha central, havia travessas com bolinhos esfriando. Quando Noelle sentou à mesa, uma lista de coisas por fazer, presa na geladeira com um ímã de joaninha, atraiu sua atenção.

Esta é a vida de que me afastei, pensou ela. Uma vida de atividades intermináveis, que me impedia de enfrentar o vazio em sua essência. Não sabia se Judy alguma vez sentira a mesma coisa — provavelmente não —, mas houve ocasiões na cozinha, separando ovos, em que se sentira tentada a arremessá-los contra a parede. Um dia, notando um buraco em um de seus lençóis, ela enfiara um dedo e, antes de perceber o que fazia, rasgara-o pelo meio. Depois, preocupada com a possibilidade de a empregada pensar que a patroa enlouquecera, metera o lençol num saco de lixo, onde Carmela não o veria.

Era Emma quem fazia com que valesse a pena. Sua menininha. Sua criança.

— Preciso de sua ajuda, Judy.

Noelle falou baixinho, mas foi como se tivesse gritado, pela maneira como Judy levantou os olhos abruptamente, aturdida, no momento em que tirava do forno a travessa com as pequenas fôrmas com a massa de bolo.

Mesmo assim, ela fixou no rosto um sorriso animado, enquanto largava a travessa em cima do fogão, para esfriar.

— Claro. Qualquer coisa.

— Sabe o que Robert anda dizendo a meu respeito. E sabe que não é verdade. — Noelle falava com firmeza, não dando margem para qualquer discordância. — Se alguém pode confirmar tudo que digo, esse alguém é você.

Judy começara a pôr as forminhas em outra travessa. Parou agora, nervosa, com uma forminha na mão, o enorme gato malhado, Tom-Tom, agachado a seus pés, como se esperasse ser alimentado. Podiam-se ouvir lá fora os sons de seus filhos brincando na piscina.

— Em que exatamente estaria pensando? — perguntou ela, hesitante.

— Estaria disposta a testemunhar em minha defesa?

Sua amiga baixou os olhos para a luva rosa que tinha nas mãos. Conseguira passar a ferro a maioria das dobras, mas agora amarrotava tudo de novo.

— Ah, Noelle... — Ela levantou os olhos, as faces avermelhadas. — Eu gostaria muito. Com toda a sinceridade. Mas... não posso.

Houve um barulho alto, de um corpo caindo na água. Ela virou-se para a janela e gritou:

— Danny, lembre o que eu disse! Fique de olho em Junior! — Quando tornou a olhar para Noelle, os olhos brilhavam com as lágrimas. — Sinto muito.

Noelle começou a tremer de indignação. *Eu não merecia bastante confiança para ficar com os meninos? Para trazer Junior da escola?* Só um resquício de controle, o mais tênue possível, a impediu de se adiantar e dar um tapa na loura magra, com o avental de Maior *Chef* do Mundo. E seria um tapa com força suficiente para jogá-la contra a parede.

— Acho que você pelo menos me deve uma explicação.

A expressão de Judy endureceu.

— Sinto muito por seus problemas, mas nós continuamos a morar aqui. Robert é nosso vizinho. Joga golfe com Blake no clube. Você não sabe o que está pedindo.

Judy parecia furiosa, mas havia algo mais em seus olhos. Subitamente, Noelle compreendeu.

— Tem medo dele, não é?

A amiga largou a luva. À claridade do sol, entrando pela porta de vidro corrediça, Noelle notou pela primeira vez que os cabelos em seu lábio superior eram descoloridos. Sobressaíam agora, como uma penugem alaranjada.

— Acho melhor você ir embora — disse Judy, a voz baixa e trêmula. — Os meninos vão entrar a qualquer momento e... tenho de fazer o glacê dos bolinhos.

Mas era mais do que o medo do que Robert poderia fazer com ela. O comportamento de Judy era furtivo.

E a total compreensão surgiu de repente, como um morcego saindo de uma chaminé.

— Foi você, não é? — Noelle levantou. — Não era preciso muita imaginação para adivinhar a participação de Jeanine. Mas não consegui imaginar quem mais seria bastante podre para dizer ao juiz aquelas coisas horríveis a meu respeito. Só que agora sei. Foi você quem confirmou as mentiras.

Judy desviou os olhos.

— Não sei do que está falando.

— Sabe, sim. Ele a pressionou, não é? Ameaçou-a de alguma forma.

Abruptamente, Judy desatou a chorar. Tirou uma toalha de papel do rolo e a comprimiu contra o rosto.

— Não tenho de ficar ouvindo isso — balbuciou ela, infantilmente. — Posso chamar a polícia para expulsá-la.

— Mas não fará isso.

Judy ergueu o rosto manchado de lágrimas. Os olhos suplicavam por misericórdia. Mas que misericórdia Judy tivera *com ela*?

— Por favor, Noelle, vá embora. Agora. Antes que os meninos a vejam. Se Blake souber que esteve aqui, pode...

— O que Blake tem a ver com isso?

— Nada. Apenas...

— Ele e Robert devem ser como unha e carne, sempre indo juntos para o campo de golfe.

Noelle deu um passo à frente, ao mesmo tempo nauseada e um pouco satisfeita por ver Judy se encolher de medo.

— A culpa não foi de Blake. Ele não queria se envolver, a princípio. — Judy soluçava agora, comprimindo a toalha de papel contra os olhos. — Ele... apenas ficou numa situação financeira um pouco difícil. Mas tudo seria resolvido. Ele conversou com o banco sobre a renovação do empréstimo. Seria aprovada na próxima reunião da diretoria. Apenas uma formalidade, alegaram. E de repente... de repente já não havia mais nada acertado.

Noelle nem precisava perguntar qual era o banco. Robert pertencia ao conselho do Mercantile Trust. Cuidaria para que pressionassem

Blake. Ela olhou para os bolinhos sem glacê na mesa. A raiva a invadia, como água do mar gelada entrando numa rocha porosa. Podia sentir que inundava suas veias, escorria em torno de seus ossos.

— Eu compreendo — murmurou ela.

— Compreende mesmo?

Judy fitou-a com uma tímida esperança.

— Compreendo o que tenho de fazer.

Noelle observou o sangue se esvair do rosto da vizinha. *Ótimo. Que ela fique com medo. Já é tempo de eu parar de bancar a coelhinha assustada e deixar que outra pessoa assuma esse papel.* E ela se lembrou de uma frase de *O Poderoso Chefão II*: Mantenha os amigos bem perto... e os inimigos ainda mais perto.

— Vou telefonar para minha advogada e avisar para esperar uma ligação sua. — A voz de Noelle tinha agora um tom frio de autoridade. Ela foi até a geladeira e escreveu o número de Lacey, no alto da lista de coisas por fazer. — Vai contar para ela tudo que acabou de me dizer. Depois, vai prestar um depoimento juramentado, retratando tudo que disse antes.

Judy, os olhos arregalados de pânico, começou a recuar. Esbarrou numa travessa, cheia de pequenas fôrmas, na beira do balcão. Pareceu não reparar quando caíram. Houve um estrépito, e os bolinhos espalharam-se pelo chão, como bolas de bilhar no início de um jogo. Um bolinho caiu na tigela de água do gato, e Tom-Tom adiantou-se para investigar. Outro foi esmagado por Judy, no instante em que deu um passo nervoso para trás.

— Não posso fazer isso! — A voz saía rouca. — Perderíamos tudo! A empresa de Blake... esta casa... *tudo*!

— Ainda tem seus filhos.

Noelle abaixou-se para pegar um bolinho. Jogou-o para a vizinha, que se atrapalhou antes de pegá-lo. Sentia-se espantada com sua absoluta ausência de compaixão.

— Vá em frente, ligue para sua advogada! — gritou Judy, a voz estridente. — Não pode me obrigar a fazer qualquer coisa que não queira!

— Não posso?

Noelle lembrou um fato que ocorrera meses antes: ao passar pela escola de caratê de Danny, tarde da noite, avistara o Suburban verde-escuro de Judy estacionado na viela ao lado. Parecera-lhe estranho na ocasião. Agora, ela arriscou um palpite:

— Por falar em maridos, talvez *o seu* esteja interessado em saber que está sendo enganado.

Judy empalideceu.

— Como soube... — Ela se conteve a tempo e arrematou sem muito ânimo: — É uma mentira descarada. Blake saberia que não é verdade. Além do mais, você não tem provas.

— Você também não tinha quando me acusou de estar embriagada — lembrou Noelle. — É o mais curioso nos rumores, não acha? Parecem adquirir vida própria.

Judy fazia-a pensar numa raquete de tênis com os fios se soltando: os olhos desvairados, os cabelos louros em desalinho. O bolinho amassado grudado no tênis.

— Robert estava certo a seu respeito — murmurou ela. — Você *é* uma vagabunda.

Noelle lançou um olhar firme e demorado para Judy. Pela primeira vez, compreendia nitidamente qual era o problema. Seu erro não fora confiar na vizinha, mas não avaliar sua própria vida. Não tinha amigos de verdade em Ramsey Terrace. *Nunca* pertencera àquele lugar.

— Você não sabe nem a metade. — Noelle virou-se e acrescentou, lançando um olhar para trás: — Avisarei à minha advogada para esperar sua ligação.

Noelle não sabia o que a fez parar no consultório de Hank, ao voltar para casa. Houvera um tempo em que era muito tímida, preocupada demais para incomodar um médico em atividade no meio da tarde. Mas a pessoa que emergia em seu antigo corpo não hesitou em entrar sem ser anunciada. E, por sorte, encontrou Hank no momento em que ele se preparava para sair. Um amigo pintor de Schenectady convidara-o para sua exposição numa galeria. Quando Hank perguntou se não gostaria de acompanhá-lo, Noelle não hesitou em aceitar.

Minutos depois, estavam na estrada, no Toyota de Hank. Durante algum tempo, Noelle não disse nada. Limitou-se a olhar pela janela, para as colunas verdes ondulando à direita, as árvores pequenas dando lugar a pinheiros altos, à medida que subiam. Sensatamente, Hank não tentou puxar conversa. Esperou até que ela se sentisse pronta para falar.

— Tive um encontro hoje com a psicóloga designada pelo tribunal — informou Noelle, finalmente.

— Como foi?

— Horrível.

Ela relatou a visita de Linda Hawkins, estremecendo de novo ao falar da cena com Nana. Hank absorveu tudo com a serenidade habitual.

— Nas atuais circunstâncias, eu diria que você está indo muito bem.

Mesmo assim, ele parecia preocupado.

— Acredite ou não, começo a sentir que posso lidar com tudo.

Noelle não mencionou o confronto com Judy. Ele já ouvira o suficiente para ficar advertido: *Qualquer contato adicional com essa mulher pode ser perigoso para sua saúde.*

— O que não me surpreende.

Você mal me conhece, Noelle teve vontade de protestar. Mas isso era o mais estranho: tinha a sensação de conhecer Hank Reynolds durante toda a sua vida.

— Fale-me sobre sua família — pediu ela, subitamente ansiosa por conversar sobre qualquer outra coisa senão seus problemas. — Só sei que foi criado no Kansas.

Ele deu uma risada divertida, balançando a cabeça com o que parecia ser uma mistura de afeto e pesar.

— Quando era garoto, costumava pensar que "a imponência das montanhas púrpura" era uma coisa inventada, assim como a Cidade das Esmeraldas. Em Baxter Springs, a única que coisa que se via ao olhar para cima eram os silos. — Haviam subido bastante para contemplar o vale lá embaixo, os prédios parecendo de brinquedo, o lago tremeluzindo, entre duas colinas. — Minha família ainda possui a fazenda, mas passou a arrendá-la, agora que papai se aposentou. E falavam em vender na última vez em que os visitei.

— Visita-os com freqüência?

— Não tanto quanto deveria. Mas vou até lá todo Natal.

Num gesto casual, ele pegou a mão de Noelle. Ao sol do fim da tarde, que os iluminava em ondas mescladas de sombras, Hank parecia tão simples e saudável quanto o próprio Kansas.

— Eu adoraria levá-la até lá um dia. Quando neva, parece um cartão de Natal feito por Currier e Ives. Quase se podem ouvir os sinos do trenó.

Noelle estava bem consciente dos dedos quentes de Hank entrelaçados com os seus.

— Eu gostaria muito — murmurou ela.

Algum dia... mas não agora. Ela pensou nos Natais quando era pequena, na árvore artificial que Nana armava, com a pilha lamentavelmente pequena de presentes por baixo. A mãe sempre se esforçara ao máximo para fazer com que a festa fosse alegre e animada. Mas nem mesmo ela podia compensar o fato de que Noelle era filha única ou que Nana era velha demais (pelo menos alegava) para fazer bolos recheados com frutas cristalizadas que ninguém comeria, ou que ninguém providenciasse um pinheiro de verdade.

— É parecido com seu pai ou sua mãe?

— Acho que saí a meu pai — respondeu Hank, depois de pensar por um momento. — Ele é teimoso como eu. Sabe como empacar e resistir a tudo.

Ele exibiu o seu sorriso de coroinha levado, antes de acrescentar:

— Exceto por uma coisa. Papai nunca foi capaz de compreender por que eu queria ser médico.

— Pensei que era o sonho de todos os pais.

Ele deu de ombros.

— Acho que ele considerava mais como uma rejeição a todo o seu modo de vida. — As mãos apertaram o volante. — Quando fiz 12 anos, meus pais me deram um rifle, um Browning calibre 22. Passei o verão inteiro aprendendo a atirar, usando latas na cerca como alvos.

— Mas era um péssimo atirador?

— Não, não era, e foi esse o problema. Era até muito bom. Foi o que papai pensou. E me levou quando começou a temporada de caça aos cervos. No dia em que matei meu primeiro e único cervo, pendurei o rifle para sempre. Ainda o tenho, diga-se de passagem. Guardo como um lembrete de que é melhor não mexer em certas coisas.

Ele diminuiu a velocidade ao passarem por um trecho de paisagem espetacular. Havia ali uma placa de bronze em homenagem ao general Louis W. Church, herói da Guerra da Independência, que derrotara as tropas britânicas na Batalha de Sandy Creek. Muito sério, Hank acrescentou:

— Imaginei que, se tivesse filhos algum dia, haveria de ensiná-los de uma maneira diferente.

— Posso compreender agora por que se sentia tão infeliz pelo fato de sua esposa não querer ter filhos. — Com uma súbita curiosidade, Noelle perguntou: — Foi por isso que se divorciaram?

— Acima de tudo. Mas houve também outros motivos. — Ele hesitou, antes de confidenciar: — Descobri que ela tinha um caso... com alguém de seu curso de pós-graduação.

— Ela era apaixonada por ele?

— A resposta é sim. — Hank lançou um olhar rápido para Noelle. — E era uma mulher.

— Ó Hank... — Por um instante, Noelle ficou sem saber o que dizer. — Deve ter sido um tremendo choque.

Hank surpreendeu-a com uma risada profunda.

— *Foi* mesmo um choque... para meu orgulho masculino. Algum tempo se passou antes que tivesse coragem suficiente para sair com outra mulher. Tinha certeza de que faltava alguma coisa em mim, pessoalmente... não era apenas o fato de ser um homem.

— Pelo que sei, não é assim que funciona.

— Eu também sabia, só que intelectualmente. Mas é difícil ser intelectual quando sua esposa está dormindo com outra mulher.

— Teria sido mais fácil se fosse um homem?

— Acho que não. Mas a verdade é que quase não penso mais em Kathryn. Se penso algo, lhe desejo tudo de bom. Ela conseguiu o que queria. De certa forma, ambos conseguimos.

O carro contornou uma curva, e eles tiveram uma visão deslumbrante do vale lá embaixo. Era bastante familiar, mas ao mesmo tempo estava alterada de uma maneira drástica. Noelle sentiu o coração disparar.

— Pare o carro! — gritou ela.

Hank diminuiu a velocidade, no mesmo instante, e logo parou no acostamento de cascalho. Noelle saiu do carro e olhou desolada para o vale devastado lá embaixo. O terreno para o Cranberry Mall, despojado das árvores e nivelado, parecia ainda mais vasto do que da última vez em que o vira. Era como um enorme talho no verde ao redor. Dentro de um ano, se tudo corresse de acordo com o que estava programado, haveria uma minimetrópole no lugar por onde os cervos outrora vagueavam. Haveria lojas das grandes redes nacionais, praças de alimentação, quadras de esporte e complexos de entretenimento. Ela recordou a argumentação de Robert para seu pai, de que o centro comercial proporcionaria os empregos tão necessários e a arrecadação fiscal indispensável para a cidade. Ao que o pai respondera que também traria aumento do tráfego, inflacionaria os preços das propriedades e atrairia visitantes indesejáveis, em detrimento dos benefícios.

Ela mal notou quando Hank se postou ao seu lado e estendeu o braço por seus ombros.

— A culpa é minha — murmurou ele. — Acho que não estava pensando direito quando escolhi este percurso.

— Papai costumava me trazer para piqueniques aqui quando era pequena — recordou Noelle, melancólica. — No tempo em que Robert começou a falar no projeto, acho que não era muito real para mim. Não passava de muitas reuniões para discutir planos, plantas e mais plantas, almoços de três martínis com Grant Iverson.

Ela experimentava uma sensação de perda. Era como se a terra devastada, outrora coberta de árvores e agora pontilhada por caminhões, escavadeiras e tratores, representasse tudo que ela própria tinha a perder. O braço de Hank, em torno de seus ombros, apertou-a com mais firmeza.

— Eu já tinha ouvido falar do centro comercial, mas não fazia idéia das dimensões. — Ele assobiou baixinho, entre os dentes. — Deve ocupar de seis a oito hectares.

— Mais ou menos isso.

— Quem é o sortudo que está levando um esporro?

Noelle divisou Robert no meio de um grupo, todos usando capacetes. Ele passava uma descompostura num dos homens, adotando a pose que ela costumava chamar de alfa-macho: a cabeça inclinada para a frente, gesticulando com o punho erguido. Embora o homem fosse pelo menos uma cabeça mais alto, parecia se encolher, intimidado.

— Aquele é o mestre-de-obras, Mike Henshaw. — Mesmo a distância, ela podia reconhecer Mike, pela enorme barriga caindo por cima do cinto. — Ele está na companhia há mais de trinta anos. Por isso, já deve ter se acostumado. Pelo que ouvi dizer, o pai de Robert tratava os empregados de uma maneira ainda pior.

— Presumo que o velho se aposentou.

— Mais ou menos. Cole ainda passa uma ou duas horas no escritório todos os dias, mas já não faz quase nada. Não resta a menor dúvida sobre quem manda agora. Às vezes me pergunto o que teria acontecido se o irmão de Robert...

Noelle parou de falar, sua atenção atraída por um Cadillac branco, último modelo, avançando pela estrada de terra de acesso, ligando o canteiro de obras à rodovia. Reconheceu, no mesmo instante, o carro da sogra. Respirou fundo. O que *ela* fazia ali? Gertrude não deveria ter ficado em casa, cuidando de Emma? Ela observou o carro parar na frente do trailer que servia como escritório de Robert no local. Uma mulher idosa saltou, ainda admiravelmente esguia para sua idade, com os cabelos cheios, no estilo *bouffant*, numa tonalidade indeterminada entre bege e louro. Usava um terninho, com sapatos de salto alto, e carregava uma bolsa de compras.

Um momento depois, a porta do carona foi aberta. Uma figura pequena, de cabeça escura, saiu correndo. Noelle observou, impotente, invisível, para a filha, enquanto Emma corria para o pai. E teve a sensação de que o terreno sólido sob seus pés começava a ceder.

Ó Deus, aquilo era demais! A gota d'água!

Mas, de alguma forma, por mais incrível que pudesse parecer, também a estimulava. Como um maçarico queimando as camadas em excesso de pele morta, deixando-a renovada. *Se eu tivesse uma arma neste momento, acho que o mataria*, pensou ela.

A epifania foi tão intensa e angustiante que a fez arriar, com um grito baixo, nos braços de Hank. Sua cabeça foi dominada por um som estridente, como o uivo do vento passando por uma janela quebrada. Teve consciência de que as mãos de Hank — aquelas mãos delicadas, curadoras — acariciavam suas costas, reduziam as pontadas de desespero. E sentia a respiração quente dele na sua têmpora. Quando ele a beijou, foi como se fosse também uma parte da jornada dela, ligada a Emma. Como se a mulher que vislumbrara pela primeira vez nos olhos de Hank, uma mulher de mente e coração decididos, que não admitiria ser mantida em compasso de espera, finalmente emergisse das sombras para a plena luz do sol.

Capítulo Onze

Já estava escuro quando Mary passou pelo posto de pedágio na rodovia Interestadual 87. Durante todo o percurso pela FDR e na passagem pela ponte da Terceira Avenida, o tráfego fora lento e arrastado. E ainda tinha duas horas de viagem. Ah, que dia absolutamente horrível! Já começando pela reunião da equipe de manhã, quando Brittany comandara a ladainha das más notícias: os clientes que haviam se tornado irrequietos, o funcionário que era suspeito de desviar dinheiro do caixa para pequenas despesas, o excesso de telefonemas diários de Howard Lazarus por causa do banquete da Rene's Room.

Seu encontro com Leo Le Gras fora o ponto baixo do dia. Procurara-o em seu *loft* no SoHo. Descobrira o responsável pelo bufê embriagado, quase inconsciente. Quando um lembrete firme de que sua obrigação para com ela falhara, Mary foi obrigada a tomar uma súbita decisão. Aceitara mentalmente o prejuízo do depósito considerável que fizera e comunicara a Leo, com toda a gentileza possível em tais circunstâncias, que ele estava despedido.

Por sorte, viera preparada. Armada com uma curta lista de nomes tirada do seu arquivo Rolodex, tratara de encontrar um substituto. O primeiro candidato, Private Reserve, na rua 64, quase que preenchia os requisitos, faltando muito pouco. Mary achara o *pâté brisée* quase escamoso, o *haricot vert* cozido além do ponto. O *chef* mostrara-se obsequioso, até demais, levando-a a especular se sua disponibilidade seria mesmo um milagre.

Já o *chef* do Mais Oui, em TriBeca, era o seu oposto, uma primadona arrogante, esperando que ela rastejasse a seus pés. Os pratos de amostra, servidos em pequenos pires Herend, eram divinos, mas Mary não o aceitou. Depois do quase desastre com Leo, não precisava mais de *chefs* temperamentais pelo resto da vida.

Quando chegou ao apartamento de cobertura de Madame Gregoire, na West End Avenue, Mary quase que perdera a esperança. Mas um olhar para a corpulenta *maman* francesa, as mãos enormes, avermelhadas pelo trabalho, os cabelos grisalhos presos num coque, fora suficiente. Madame não tinha qualquer afetação, embora sua comida fosse magnífica. Mary, apesar de já ter comido bastante nos testes anteriores, mesmo assim se descobriu a degustar com satisfação a salada de lagosta e *shitake*, a *terrine* de alcachofra e os cubos de carne de cervo marinados em pimenta-do-reino. Preenchera um cheque sem hesitação.

Ao voltar para casa, no entanto, Mary não experimentava o senso habitual de realização, mas apenas um vazio corrosivo. O que era um banquete em comparação com sua filha? Deveria ter obedecido ao seu instinto e ficado em casa. Ao que tudo indicava, a entrevista não correra muito bem. Noelle esquecera de ligar para ela e não estava em casa quando Mary telefonara. Fora Doris quem a informou sobre o que acontecera, murmurando que a mulher era pior do que bosta de mula... uma linguagem forte, partindo de sua mãe.

Pobre Noelle, pensou Mary. *Eu deveria ter ficado em casa.*

Ela recordou a explosão naquela manhã. As palavras de Noelle a haviam mortificado, mas tinha de reconhecer que possuíam algum fundo de verdade. Mas também era verdade que amava a filha. Como podia fazer Noelle compreender isso? Fora insensatez imaginar que a mudança temporária, de volta à casa da mãe, poderia fazer alguma diferença?

Lar. A própria palavra perdera o significado. Onde era o seu lar agora? Não em Burns Lake: deixara de sê-lo há muito tempo, embora ainda oferecesse sua cota de satisfações. Sentar na varanda ao final da tarde, embalada pelo rangido do balanço. Sacos com produtos de fabricação doméstica, deixados na porta dos fundos. Acordar com o canto dos passarinhos e o barulho dos irrigadores de jardim pela rua. Cada estação tinha suas tradições, consagradas pelo tempo. O desfile anual do Quatro de Julho, apresentando a recém-coroada Rainha do Milho de Silver Beauty, num Cadillac conversível, descendo pela Main Street. A encenação teatral da Natividade, ao ar livre, no Natal, era seguida pelos corais entoando cantigas natalinas, à luz de velas. Em outubro, havia o Festival da Abóbora, patrocinado pela organização Filhas da Independência Americana, cujo ponto alto era a reconstituição da Batalha de Sandy Creek, completa, inclusive com mosquetes e canhões.

É verdade, havia muita coisa de valor em Burns Lake. O melhor que tinha a oferecer, no entanto, era o tempo. Um tempo precioso, com sua filha e com Trish. Numa escala muito menor, também com a mãe, que não estaria ali para sempre.

E não vamos esquecer Charlie.

As mãos de Mary apertaram o volante. *Charlie...* Lembranças afloraram, agradáveis e aconchegantes, como o ar quente soprando dentro do carro. Estar com ele era como voltar a uma casa onde ela outrora vivera, descobrindo que se mantivera praticamente inalterada. Só que seu nome não aparecia mais na caixa de correspondência. Era bem-vinda para visitar por tanto tempo quanto quisesse, mas teria de partir mais cedo ou mais tarde. O pensamento provocou uma sensação de perda. Então desejou não ter passado por aquela porta. No final, só serviria para fazer com que sua despedida fosse muito mais difícil.

Ao recordar a promessa de ligar para Charlie, ela pensou em adiar para o dia seguinte. Desejá-lo a distância, pensou Mary, pesarosa, era muito mais fácil do que resistir a um contato pessoal. Uma hora e meia depois, quando deixou a rodovia na entrada para Burns Lake, Mary descobriu-se, apesar de tudo, estendendo a mão para o telefone. Tentou a cabana primeiro. Como ninguém atendera, apertou o número do jornal. A ligação foi atendida no mesmo instante. Uma voz gritou:

— Redação.

Ela reconheceu a voz de Charlie, embora a aspereza a pegasse de surpresa. Era um lado dele que não conhecia e que a deixou secretamente intrigada.

— Sou eu, Charlie. Achei que ainda poderia estar no jornal. Espero que não tenha pensado que esqueci.

— Que horas são?

Ele estava rouco. Mary imaginou-o olhando para o relógio na parede e depois esfregando o rosto com a mão aberta, o que era um hábito antigo.

— Um dia frenético?

— Eu lhe contarei tudo durante o jantar. Ainda não comeu, não é?

Mary hesitou antes de responder. Ainda empanturrada dos testes, pretendia não jantar. Mas uma hora no Curlycue Café não a mataria, pensou. E, para ser franca, havia necessidade de uma sessão de estratégia. Em relação a Corinne, esgotara todas as pistas. Se Charlie tinha novas idéias, precisava conhecê-las.

— Estou chegando à cidade neste momento — disse ela. — Podemos nos encontrar no Curlycue dentro de 15 minutos?

Houve uma pausa. Depois, Charlie propôs, cauteloso:

— Vamos procurar um lugar com mais privacidade. Aconteceu um fato novo. E eu não gostaria que ouvissem nossa conversa.

Mary sentiu o coração disparar.

— Uma coisa importante?

— Encontre-se comigo na cabana. Conversaremos lá.

Ela percebeu de repente como se aproximara do Escort marrom à sua frente, os pára-choques quase batendo. No mesmo instante, diminuiu a pressão no acelerador.

— E Bronwyn?

— Ela vai passar a noite na casa de uma amiga. — Mary ouviu uma gaveta sendo batida, depois o tilintar de chaves. — Pegarei alguma coisa para comer no Curlycue, antes de ir para casa. Gosta de bolo de batata com carne?

Mary gemeu silenciosamente só de pensar.

— Uma salada será suficiente para mim.

— Combinado. — Ele respirou fundo. — Estou contente que tenha ligado, Mary. O que aconteceu ontem à noite...

Charlie deixou a frase no ar. Limpou a garganta e concluiu, num tom mais jovial:

— Vou pôr o bolo de carne com batata no forno, caso você mude de idéia.

Ela apertou o botão para encerrar a ligação. Soltou um suspiro. Também estivera pensando na noite passada. Ao encontrar Charlie depois da reunião, não estava preparada para o fluxo de emoções que acarretara, uma mistura estranha e inebriante de anseio e pesar. O interlúdio à beira do lago... ó Deus, acreditavam mesmo que poderiam escapar impunes? Apaixonar-se um pouco, mas não demais. Estavam brincando com fogo, como ocorria quando eram adolescentes. Se não tomassem cuidado, acabariam queimados.

Mary estava tão absorvida em seus pensamentos que mal notou a distância que percorrera, até entrar na estrada estreita e arborizada em que Charlie morava. Momentos depois, parou o carro na frente da cabana. Subiu pelo caminho entre os cedros, que continuava através dos arbustos densos do jardim... canteiros de flores não poderiam sobreviver aos cervos, explicara Charlie. Subia os degraus para a varanda quando a porta da frente foi aberta, a luz amarelada derramando-se para fora. O ex-marido saiu para recebê-la, acompanhado pelo enorme cachorro amarelo.

Delineados contra a claridade cor de âmbar, poderiam ser parte de um comercial de TV sobre as alegrias da vida rural. Charlie, descalço, de calça cáqui e camisa azul quadriculada, as mangas enroladas até os cotovelos. O golden retriever com a cauda emplumada abanando de um lado para o outro. Quando Charlie se inclinou para beijá-la de leve no rosto, sentiu a fragrância de menta de seu creme de barbear. Mary resistiu ao impulso de passar a mão por seu queixo. Em vez disso, abaixou-se para afagar Rufus.

— Veio depressa — comentou ele.

— A última meia hora foi fácil. Mas as duas primeiras bem que eu poderia dispensar.

Mary riu, sentindo-se estranhamente nervosa.

Por que ele tinha de ficar ainda mais bonito com a idade?, protestou ela, mentalmente. *Por que não podia ter a decência de engordar e ficar careca, como os outros homens?*

— Por sorte, a longa viagem de ida e volta do trabalho foi uma coisa que nunca precisei fazer. — Charlie ofereceu um sorriso irônico, enquanto segurava a porta aberta para que ela entrasse. — Por outro lado, duvido muito que algum dia me concedam o Prêmio Pulitzer.

Mary entrou, mais uma vez admirando o charme rústico da cabana, que conseguia de alguma forma evitar o *kitsch* rural. Os tapetes curvos, os sofás antigos de couro, as poltronas confortáveis junto da lareira de pedra. No console, havia uma foto da segunda esposa de Charlie, num porta-retrato de prata. Era uma mulher bonita, de cabelos escuros, com feições delicadas, um sorriso que iluminava todo o rosto. A foto fora tirada no ancoradouro, com o lago tremeluzindo por trás. Os cabelos curtos esvoaçavam em torno do rosto. Ela parecia feliz.

Mary sentiu alguma coisa retorcer dentro de seu peito. Pensou em Charlie e na esposa dormindo juntos, aconchegados sob as cobertas, na enorme cama rústica. Gracejando um com o outro, através da mesa, na cozinha ensolarada. Era errado de sua parte sentir-se assim, ela sabia. Completamente errado, mesquinho e absurdo. Mas parecia que não podia evitar. Estava com ciúmes de Vicky. E muito, o suficiente para ter vontade de arrancar aquela foto do console da lareira e jogar no chão.

Tão depressa quanto aflorara, o impulso passou. Abalada, Mary arriou numa cadeira, sufocada por algo mais do que o cansaço. *Ó Deus*, pensou ela, *será que afundei tanto assim? Ficar ressentida contra uma mulher que já morreu? Se Charlie soubesse...*

Charlie devia ter percebido como ela estava atordoada, pois no mesmo instante foi lhe buscar uma cerveja gelada na cozinha. Mary, mergulhada na enorme e velha cadeira Papa Bear, tomou a cerveja aos goles, agradecida. Charlie até lembrara que ela gostava de Heineken. *Deve saber que não está facilitando as coisas*, Mary sentiu vontade de gritar, em protesto.

— Não deve ser fácil, toda essa correria de um lado para o outro.

Charlie sentou no sofá. Inclinou-se para ela, os cotovelos apoiados nos joelhos, a garrafa de cerveja balançando em suas mãos.

— Estou conseguindo — murmurou ela, dando de ombros.

Charlie inclinou sua garrafa, num brinde silencioso.

— Você sempre consegue. — Ele contemplou-a, de alto a baixo, com uma expressão objetiva de admiração. — Está muito bem, Mary. Tem até um pouco de bronzeado nas faces. E gosto dessa cor; combina com você.

Mary teve de baixar os olhos para verificar o que vestia: seu *tailleur* Armani.

— Como é mesmo a antiga expressão? Somando tudo, estou no positivo.

Ela sorriu. Seu olhar foi atraído para o quadro acima da lareira, um óleo surpreendentemente belo de cavalos pastando.

— Para ser franca, Charlie, é um trabalho e tanto me vestir para ir a Nova York. Acabei me acostumando a passar o dia inteiro aqui de short e camiseta. Estou convencida de que foi um homem quem inventou a meia-calça; ninguém que tivesse de usá-la inventaria uma coisa tão desconfortável.

Charlie riu.

— Concordo com você. — Ele pôs a cerveja na mesinha à sua frente, um bloco de carvalho apoiado em pés de ferro batido. — Por falar nisso, você deve estar faminta. Dê-me só um minuto e providenciarei uma salada.

Ele começou a levantar, mas Mary se inclinou para tocar em seu joelho.

— Você se importaria se conversássemos um pouco antes, Charlie?

No momento, ela duvidava que fosse capaz de comer qualquer coisa, não com Charlie a contemplá-la daquele jeito, como um homem que tinha outra coisa além de comida na cabeça. Ela o observou recostar-se, com uma expressão cautelosa. E, antes que Mary pudesse pensar, as palavras saíram:

— Lembra-se do nosso segundo encontro? Quando fingimos que não havíamos passado o tempo todo do primeiro nos beijando e acariciando, na maior loucura?

Ele sorriu com a lembrança, com uma expressão de ternura, se não com os olhos turvos. Teria chegado à mesma conclusão de Mary? De que qualquer intimidade adicional, em última análise, causaria mais mal do que bem. Ela torcia para que Charlie pensasse assim, mas, apesar disso, o pensamento provocava uma pontada de pesar.

— Pelo que me recordo, mais do que compensamos na volta para casa — comentou Charlie, rindo.

— Como eu poderia esquecer?

O Oldsmobile dos Jeffers ficara tão embaçado que tiveram de abrir todas as janelas e dar várias voltas no quarteirão, antes de ter coragem de parar em frente à casa de Mary.

Ela não esquecera as noites subseqüentes. O carro estacionado à beira do lago, trocando beijos por horas, até que ela ficava com a boca inchada, o corpo todo dolorido de tanto desejo. Charlie também não a pressionara naquela ocasião. E ela desejara o que aconteceu em seguida. Com toda a determinação de um coração ansioso pelo amor de que fora privado. Não deveria ter sido uma surpresa quando descobrira, não muito tempo depois, que estava grávida.

— E veja a que isso nos levou. — O sorriso de Charlie transbordava de ironia. — Alguma vez imaginou que estaríamos sentados aqui, pai e mãe de meia-idade, discutindo o que é melhor para nossa filha adulta?

— Nunca, nem em meus sonhos mais delirantes. — Ocorreu a Mary que era melhor não saber de algumas coisas. Um vislumbre do futuro naquele tempo só serviria para deixá-la deprimida. — Por falar em Noelle, teve notícias dela hoje?

Charlie acenou com a cabeça, num gesto afirmativo.

— Pelo que sei, a entrevista não correu muito bem. Parece que houve uma interferência de Doris. Sabe como ela pode ser teimosa.

— E como sei!

Mary sentiu uma nova pontada de culpa por não ter ficado em casa para a entrevista.

— Não foi apenas a entrevista — acrescentou Charlie. — Ao que parece, Noelle fez uma visita à sua ex-vizinha. Lembra-se dos Patterson? Estavam presentes no batizado.

Ele fez uma pausa, olhando para a lareira escura, com uma expressão sombria.

— Foi Judy Patterson quem confirmou a história de Robert. Ele pressionou o marido, e Judy cedeu. Uma grande amiga, não é mesmo?

Mary estremeceu, como se fosse atingida por uma corrente de ar gelado. O que exatamente enfrentavam? Era cada vez mais evidente que não se tratava de um adversário comum. Quem naquela cidade *não estava* sob o controle de Robert?

— Disse que alguma coisa havia acontecido, Charlie. Era o que queria me contar?

— Em parte. — Charlie tomou outro gole de cerveja. — Mas não é tudo. Há outra coisa, que a própria Noelle ainda não sabe.

Mary descobriu que seu coração disparava de repente. Ficou observando enquanto Charlie levantava e ia buscar sua pasta, que deixara na mesa no vestíbulo, junto da porta.

— Veja pessoalmente.

Ele tirou um envelope pardo da pasta e o estendeu para Mary. Ela não sabia por quê, mas sentiu um medo súbito. Os braços ficaram arrepiados, como se roçados por dedos gelados. Sem qualquer motivo que fizesse algum sentido, não *queria* mais saber o que o envelope continha. Charlie murmurou, percebendo sua relutância:

— É o relatório da autópsia de Corinne.

O tom grave sugeria que havia algo mais do que parecera, à primeira vista, no antigo suicídio da amiga.

Os dedos frios de Mary tiveram alguma dificuldade para abrir o envelope. Então era verdade: Corinne *fora* assassinada. Depois de tantos anos...

Charlie deu a impressão de que lia seus pensamentos, pois suas palavras seguintes acabaram com toda e qualquer esperança de atribuir alguma culpa a Robert:

— Não há nenhum indício de crime. Procuraram vestígios de drogas e álcool. Nada encontraram.

— O que ainda não prova coisa alguma — insistiu Mary, obstinada.

— Não de forma conclusiva.

— Então por que preciso ver isto?

— *Havia* alguma coisa.

Charlie foi sentar no braço da cadeira de Mary, pondo a mão em seu ombro. Ela podia senti-la através do casaco, forte e quente, amparando-a.

— Corinne estava grávida — acrescentou ele.

Mary levantou os olhos, respirando fundo, abruptamente. Mesmo sentado ao seu lado, Charlie parecia muito distante, como se estivesse equilibrado no alto de uma escada íngreme.

— Ó Deus! Por que ela não... — Mary levou a mão à boca. Corinne *tentara* lhe contar. Ela acrescentou, num sussurro rouco: — Quanto tempo tinha?

— Cerca de seis semanas. Ela devia ter acabado de descobrir.

Mary comprimiu o punho contra a barriga, pressionando contra o abismo que se abrira ali.

— Ela *telefonou*, Charlie. Mais ou menos uma semana antes... — Mary fez uma pausa, para sorver o ar, como se tivesse dificuldade para respirar. — Eu estava ocupada. Disse que ligaria de volta, mas não encontrei tempo. Talvez, se tivesse ligado, poderia impedi-la de...

Charlie puxou-a para seus braços, abafando as palavras. Enquanto ela comprimia o rosto contra as dobras macias da camisa de Charlie, era como se o tempo tivesse parado. Como se nunca tivessem acontecido os anos de intervalo entre o momento que estavam vivendo e aquele terrível inverno. Mary tinha outra vez 17 anos, agarrando-se ao jovem marido, enquanto a frágil vida que haviam criado parecia se dissolver ao seu redor, como os flocos de neve.

— Não foi culpa sua, Mary. Ela estava apavorada e desesperada.

Ele não precisava acrescentar: *Como nós.* Mary inclinou a cabeça para trás, a fim de fitá-lo.

— Presumindo que ela *realmente* se matou, para mim isso ainda não exime Robert da responsabilidade. Se significa qualquer coisa, proporciona o que faltava até agora: um motivo.

— Como podemos saber se ela contou a Robert que estava grávida?

— Apenas para argumentar, vamos supor que ela tenha contado. Pode imaginar Robert se oferecendo para casar? Faltando quatro meses para a formatura no ensino médio, na iminência de ir para Stanford? — Mary pensou por um momento, tentando se pôr no lugar de Corinne

— Também não acredito que ela tenha concordado com um aborto. Era muito religiosa.

— Portanto, Corinne se recusa a fazer um aborto, e ele a mata num acesso de raiva? E depois procura dar a impressão de que foi suicídio? — Charlie balançou a cabeça. — Lamento, mas não dá para aceitar essa possibilidade, por mais que eu queira. Como já disse, não havia marcas ou equimoses, nenhum sinal de luta.

Mary tornou a arriar na cadeira. Charlie tinha razão num ponto: para qualquer lado que se virassem, sairiam de mãos vazias.

— Pobre Corinne. Se ao menos ela pudesse ter nos contado o que aconteceu...

As anotações no diário terminavam abruptamente... seis semanas antes? Isso mesmo, mais ou menos na ocasião em que ela engravidara. Mesmo assim, Mary conhecia muito bem todas as agonias que a amiga devia ter sofrido. *Se não fosse por Charlie...*

— No mínimo, ele a intimidou de uma maneira tão implacável que Corinne não teve alternativa. Ele é culpado de *alguma coisa*. Tenho certeza. — A frustração a dominava. — E aquele caso de estupro em que esteve envolvido na universidade?

Charlie levantou. Foi até a janela. Ficou olhando para o lago escuro, sobre o qual um pássaro noturno voava, à procura de uma presa. Estaria pensando a mesma coisa que Mary, que esse homem era o mesmo que se tornara o pai da neta dos dois?

— Outro beco sem saída, infelizmente. Pedi a um colega na Califórnia para investigar. Ao que parece, não há muito mais na história do que já sabemos. Exceto por um pequeno detalhe. O acusado pelo estupro, o jovem Justin McPhail, tinha uma bolsa de estudo integral.

— Não estou percebendo o significado.

Mary viu o reflexo indefinido no vidro quando ele se virou para fitá-la. A expressão de Charlie era pensativa.

— O fato me pareceu estranho, só isso. A investigação foi encerrada quando a moça decidiu não apresentar acusações. O que me leva a especular se não foi abordada por alguém com dinheiro. E os pais de McPhail não tinham nenhum.

— O que me diz dos Larrabie? — Mary recordava que outro colega de Robert na universidade, King Larrabie, que se tornara senador estadual, também estivera envolvido. — Eles são podres de rico.

— Pelo menos tão ricos quanto os Van Doren.

Charlie pegou um objeto na mesa junto da janela, um lindo peso de papel de vidro. Revirou-o nas mãos. Outra lembrança da esposa?

— A moça pode ter sido comprada pela família de qualquer dos dois — acrescentou ele. — Ou talvez tenha realmente mudado de idéia.

— Acredita nisso?

— Não. Mas também não temos qualquer prova.

— O que nos leva de volta ao ponto de partida.

— Sim e não. Tenho o pressentimento de que podemos ter descoberto alguma coisa, mas ainda não sabemos o que é.

Charlie esfregou o queixo, olhando sem ver para um ponto além de sua cabeça. Mary pensou de novo na maneira como ele falara antes ao telefone, parecendo um repórter obstinado correndo para cumprir um prazo. Depois, ele virou o rosto, passando a fitá-la nos olhos.

— Ontem à noite, depois que deixei você, alguém me atacou no estacionamento. Não vi seu rosto, mas tenho certeza de que foi um dos lacaios de Robert. O cara me advertiu de que aconteceria algo muito pior se eu não parasse de me meter no que não era da minha conta.

Mary levantou-se de um pulo.

— Charlie! Ó Deus, por que não me chamou?

— Não queria preocupá-la.

— Preocupar? Estou apavorada! E se ele estiver falando sério?

— Tenho certeza de que falou. — Charlie levantou o peso de papel, fazendo-a pensar num lançador em seu montinho, no campo de beisebol, pronto para jogar a bola. — Mas há outra maneira de se considerar o caso. Acho estranho que um homem sem nada para esconder tenha tanto trabalho para evitar uma investigação. Não concorda?

— Acha que ele quer proteger alguma coisa além de sua reputação?

— Tudo que publiquei até agora consta nos registros públicos. Limitei-me a juntar todos os dados, para criar um quadro compreensível. — Charlie sacudiu a cabeça, lentamente. — Meu instinto diz que há algo mais. Ele está mesmo escondendo alguma coisa.

— A pergunta é só uma: *O quê?*

Mary sentia-se tão tensa e ligada como se tivesse tomado um litro de café com o estômago vazio. Até mesmo Rufus pôde sentir; virou-se de onde estava, deitado no tapete a seus pés, para observá-la, ansioso. Com todo o cuidado, como se fosse alguma coisa frágil que pudesse se espatifar, Mary largou o envelope na mesa à sua frente. Mais tarde, poderia examinar o que havia ali. Mas não naquele momento. E talvez não por algum tempo.

— Vamos torcer para que mais alguma coisa seja revelada.

Charlie não precisou acrescentar: *Antes que alguém se machuque.*

— Ó Charlie...

Ele parecia angustiado: um homem, um pai, com as mãos atadas. Era exatamente como se mostrara naquele dia de inverno, há muito tempo, pouco antes de virar e se afastar.

Ocorreu a Mary, naquele momento, que não fora amada pelos pais nem a metade do que Charlie a amava. Se não fosse tão jovem e assustada, se não tivesse uma criança em quem pensar, poderia ter compreendido isso na ocasião. E poderia ter feito uma opção diferente. Agora era tarde demais para voltar atrás.

Mas não tarde demais para recuperar um pouco daquilo de que haviam sido privados.

Como alguma coisa que aflorava à superfície, depois de submersa por muito tempo, Mary levantou e foi até o lugar onde ele estava. Charlie não se mexeu. Continuou parado ali, o reflexo pálido delineado no vidro escuro atrás de si. Mal compreendendo o que fazia, Mary ergueu os braços e enlaçou-o pelo pescoço. Sentiu-o resistir, a princípio. Depois, com um grito baixo e abafado, Charlie a abraçou. Ela podia sentir o peso de papel, esquentado pela mão de Charlie, comprimindo-se contra suas costas.

Mary inclinou a cabeça para trás e sentiu a boca de Charlie cobrir a sua. Por que nenhum homem jamais a beijara assim? Sem princípio nem fim. *Como cair*, pensou ela, *cair de um cais numa água tão profunda que não dá para ver o fundo.* Ela ouviu o peso de papel bater no chão, com um baque seco. Charlie pegou seu rosto entre as mãos, puxando-a, sôfrego, como alguém privado de ar em respirações profundas. Por um instante, Mary sentiu também: o mesmo senso de urgência, de violenta necessidade. O que ela faria sem aquilo? Como poderia sobreviver?

Ao mesmo tempo, era tudo tão certo, tão familiar: o gosto de Charlie, o cheiro... sabonete, creme de barbear e o aroma especial que era típico de Charlie. Havia um ponto no queixo, logo abaixo do lábio inferior, que ele cortara ao fazer a barba. Mary passou a língua por ali, como uma gata, ouvindo-o soltar um gemido, que veio do fundo da garganta. Ela mal conseguia respirar, de tanto que Charlie a apertava, mas também não queria que ele a largasse. Ainda não. Nunca mais.

— Passe a noite aqui — sussurrou ele através dos cabelos de Mary.

Ela jamais desejara tanto uma coisa, em toda a sua vida. Mesmo assim, empertigou-se e recuou.

— Ah, Charlie, o que eu diria a Noelle? Para não mencionar minha mãe.

Ele tentou exibir um sorriso jovial, mas saiu torto.

— Caso tenha esquecido, já temos mais de 18 anos.

— É mesmo? Eu não havia notado.

O sorriso desapareceu do rosto de Charlie. Os olhos se tornaram solenes.

— Não tentarei persuadi-la a fazer qualquer coisa, Mary. Porque neste momento eu diria o que fosse necessário, e não seria justo para nenhum dos dois.

— Muito bem.

Mary recuou, as pernas trêmulas. O estômago foi atrás, um segundo depois, flutuando lentamente ao seu encontro.

— Muito bem o quê?

— Eu ficarei. — Ela encostou um dedo na boca de Charlie, antes que ele pudesse abri-la. — Não porque você quer, mas porque *eu* quero ficar. Só quero que me prometa uma coisa.

— O quê?

— Que não haverá bolo de batata com carne no café da manhã. — Mary conseguiu exibir um sorriso, embora os joelhos mal conseguissem agüentá-la. — Acho que eu não poderia suportar.

— Negócio fechado.

Charlie sorriu. Puxou o braço de Mary por dentro do seu, um pouco inibido, como um pretendente antiquado levando-a para um passeio noturno. Até mesmo Rufus rolou para levantar, na expectativa de ser convidado a acompanhá-los.

Houve um momento, nessa ocasião, numa fração de segundo, em que ela ainda poderia ter ido embora. Mas, quando ele estendeu a mão, para afastar uma mecha de cabelos de seu rosto, Mary compreendeu que não havia como voltar atrás.

No quarto, com a janela panorâmica dando para o lago, ela sentou na beira da cama, cautelosa. Era coberta por uma colcha desbotada, que dava a impressão de que passara anos na família de alguém. De sua esposa? Charlie e Vicky haviam dormido juntos com aquela colcha, pensou Mary, com uma pontada de ciúme. E a filha provavelmente fora concebida naquela cama.

Charlie sentou ao seu lado, a velha armação de pinho rangendo com o peso.

— Mudou de idéia?

— Não. — Mary virou-se para ele, com a súbita certeza do que queria... pelo menos naquele momento. — Abrace-me, Charlie.

Independentemente das dúvidas persistentes que ainda pudesse ter, aquilo parecia certo. Como no início. O ombro em que sua cabeça se aninhava com perfeição. A única diferença entre agora e antes era a firmeza com que ele a segurava, como um homem que fora outrora obrigado a largá-la.

— Sabe do que mais senti saudade? De seu cheiro. — Charlie passou a mão pelo pescoço de Mary. A voz saía baixa e rouca. — Depois que você foi embora, quase um mês se passou antes que eu tivesse coragem de trocar os lençóis. Para onde me virava, havia um pequeno pedaço de você. Um fio de cabelo na pia do banheiro. Um bilhete que escrevera para si mesma. Mas seu cheiro... estava por toda parte. Nas primeiras semanas depois que me mudei, não parei de pensar que esquecera alguma coisa. Mas não esquecera. Apenas acontecia que não podia mais sentir seu cheiro.

A confissão liberou alguma coisa no fundo de Mary, algo envolto em várias camadas, como um presente. Ela sorriu para a curva quente do pescoço de Charlie.

— Eu ficava acordada à noite, pensando em você, e especulando se fazia a mesma coisa. Teria telefonado se pensasse que poderia manter segredo. Mas mamãe teria escutado.

Charlie suspirou.

— Ela não facilitou a vida para nós, com toda a certeza.

Mary esperou pelo impulso de ressentimento que sempre experimentava, só que então não veio. Em algum momento, pelo caminho, sem perceber, ela devia ter encontrado um meio de perdoar a mãe.

— Nem tudo foi culpa de mamãe, Charlie. Eu *deveria* ter telefonado. Deveria ter dito a você...

Ela deixou a frase pairando no ar. Algumas coisas eram difíceis demais de serem admitidas.

— Dito o quê?

Mary levantou a cabeça. Através do prisma de suas lágrimas, o rosto de Charlie era como que uma borra.

— Que eu estava errada.

— Esperei muito tempo para ouvi-la dizer isso.

Ele tocou no canto do olho de Mary, liberando uma lágrima, que escorreu pela face.

Lentamente, Charlie a despiu. Depois, tirou a própria roupa. Nus, deitaram na cama. Mary sentia-se como na outra noite: um pouco assustada, mas não tão assustada quanto deveria ficar. Antes, agira por impulso; fora uma coisa que nenhum dos dois tencionava. Agora, porém, muita coisa fora considerada. Haveria conseqüências. Um ou os dois provavelmente sairiam magoados. E outras pessoas podiam ficar magoadas também.

No momento, porém, nada disso parecia importar. Nada mais existia. Havia apenas os dois, frente a frente, o calor de seus corpos aquecendo-os, enquanto a noite esfriava.

Ele está pele e osso, pensou Mary. Era o que a mãe de Charlie costumava dizer. Até mesmo os pés eram compridos, os dedos parecendo os dedos das mãos. Ela passou a mão pelo flanco anguloso. Adorava tudo aquilo. O corpo esguio, os músculos com cortes abruptos, como uma pedra lapidada. E adorava porque ele não se incomodava de ser tocado nos lugares mais insólitos... atrás do joelho, na umidade macia da axila. Charlie não estranhava nada. Não achava que ela era esquisita. Parecia amar cada carícia tanto quanto ela.

Mary arqueou o corpo quando ele baixou a boca para os seios dela, sugando primeiro um mamilo, depois o outro. Excitando-a, gentilmente. Ela teve vontade de gritar que já estava pronta. Havia minutos, horas... anos. A lembrança da outra noite, quando ele a amara na relva, era como um sonho maravilhoso, do qual ela despertara para se descobrir outra vez envolta pelos braços de Charlie. Gemeu baixinho, enquanto ele descia, saboreando-a, explorando-a com a língua. Uma eternidade de sensações inebriantes que a envolviam, uma a uma.

E, então, ele ficou de joelhos, por cima dela, o rosto imerso nas sombras.

— Estou indo muito depressa? — sussurrou Charlie.

Mary sacudiu a cabeça em negativa. Não podia falar. Tinha dificuldade para respirar. Charlie parecia compreender e não se apressou. Ela sentiu-o deslizar para dentro de seu corpo, preenchendo-a, completo e perfeito. Fechou os olhos, como se quisesse conservar aquele momento para sempre. Haviam começado a suar, os corpos se unindo e se separando com algum barulho. Mary sabia que, se erguesse um pouco os quadris, apenas um pouco, gozaria no instante seguinte. E não queria, ainda não. Tinha de prolongar as sensações, estender aquele momento para povoar uma vida inteira.

— Charlie... — sussurrou ela, enfiando os dedos pelos cabelos dele, puxando-o por trás da cabeça.

Mary não sabia o que queria dizer. O pensamento oscilava, meio indefinido, na periferia de sua mente. Se fosse capaz de formulá-lo, ela poderia indagar: *Por que não me levou com você naquele dia? Por que não me pegou no colo e carregou à força se fosse necessário?*

Charlie movimentava-se dentro dela com todo o cuidado, parecendo saborear cada instante, enquanto se aproximavam da meia-noite em que seria rompido aquele encantamento adorável. A lua, refletida pelo vidro da janela, contemplava-os com um olho sereno, sem piscar. Até mesmo o lago estava quieto. Nenhum pássaro soltava seu chamado, nenhuma folha farfalhava. Era como se o mundo inteiro estivesse prendendo a respiração.

Mary gozou numa explosão, com uma profunda exultação.

Charlie seguiu-a um momento depois, gritando através dos dentes semicerrados. Ele estremeceu, inclinando a cabeça para trás, enquanto gotas de suor caíam sobre as faces e a testa de Mary, como uma chuva quente.

Depois, ficaram deitados juntos, sem se mexerem, os corações disparados, os corpos grudados numa gloriosa união. Mary não sabia onde ela terminava e Charlie começava. Sempre fora assim com Charlie. Finalmente, ele rolou para o lado.

— Você está muito quieta.

Ele estendeu para trás os cabelos de Mary grudados na têmpora pelo suor.

— Estava pensando...

— Em quê?

— Maçãs. — Ela sorriu para o teto. — Lembra-se daquele pequeno pomar junto do padoque? De como os galhos mais próximos da cerca sempre ficavam vazios?

Pelo canto do olho, ela divisou o sorriso de Charlie.

— Claro que lembro. Os cavalos não paravam de comer as maçãs.

Mary esticou-se, ouvindo as articulações estalarem. Até isso era uma felicidade.

Continuaram deitados, de mãos dadas, no escuro, sem falar, nenhum dos dois querendo romper o encantamento. A realidade se intrometeria em breve. Mais um ou dois minutos, e ela teria de levantar, telefonar para casa. Charlie iria até a cozinha para desligar o forno, de onde saía o cheiro do bolo de batata com carne assado demais. Mas, agora, o momento parecia suspenso, como a lua refletida na janela.

Mary pensou em morder uma daquelas maçãs. Quase que podia sentir a doçura, a polpa se desmanchando na boca, o sumo escorrendo pelo queixo. E Charlie, acima de tudo, parado ao seu lado, alto e esguio, as faces contraídas pelo frio, esticando-se para alcançar os galhos mais altos.

Ao chegar em casa, na manhã seguinte, por volta de dez horas, Mary ficou surpresa ao descobrir que a mãe estava se levantando... com a ajuda de Noelle, que se esforçava, sem muito sucesso, para tirar a camisola pela cabeça. Doris não cooperava nem um pouco. Continuava sentada, os braços inertes. Como uma boneca, uma daquelas bonecas de maçã seca que se encontravam na vitrine de The Basket Case.

— Se não me ajudar, Nana, nunca conseguirei tirar sua camisola.

Noelle já conseguira tirar a camisola por um braço. Levantava o outro, enquanto puxava a manga.

— Não precisa gritar. Não há nada de errado com a minha audição.

A voz de Doris saiu abafada pelas dobras da camisola, que cobriam seu rosto.

— Não estou gritando — disse Noelle, com muita calma. — Quero apenas...

Mary adiantou-se, apressada.

— Deixe-me ajudar.

Juntas, elas conseguiram tirar a camisola.

Noelle lançou-lhe um olhar agradecido sobre a cabeça que emergiu entre tufos brancos, como penas de ganso de um travesseiro rompido.

— Agora vamos ajudá-la a ir para o banheiro, Nana. Tem um banho quente à sua espera. Pode ficar de pé sozinha? Pronto. Está indo muito bem.

— *Não* sou uma inválida — protestou Doris, a voz ríspida, enquanto Mary pegava um braço, e Noelle o outro. — Apenas me sinto um pouco dolorida de ontem. Se não fosse por aquela mulher horrível...

Ela assumiu uma expressão ameaçadora, que não era dirigida a ninguém em particular.

— Quem você disse que ela era? A professora de Emma? As escolas hoje em dia... Qualquer pessoa acha que é especialista em psicologia infantil.

— Era a psicóloga enviada pelo tribunal... lembra, Nana?

Noelle falou com extrema paciência, como se repetisse pela décima vez. Parecia cansada e um pouco pálida, mas também mais firme, mais centrada, como um barco que agora volta ao seu curso.

— O que aconteceu? — indagou Mary.

— Ela perdeu o equilíbrio e caiu. Ontem, quando a dra. Hawkins estava aqui.

Noelle contraiu os lábios, mas não ofereceu qualquer explicação adicional.

— Hawkins? Quem é? Meu médico é Hank Reynolds. Pode procurar ali.

Doris apontou com um dedo a mesa no canto, onde havia um caderno de telefones.

Mary sentiu um aperto no coração. A mãe estava perdendo o juízo, junto com todo o resto? A perspectiva era quase insuportável. Doris parecia muito frágil em sua nudez, a pele toda enrugada, os seios murchos, pendendo como um par de meias velhas. Mary compreendeu, de repente, que a mãe era apenas poucos anos mais jovem do que as idosas da igreja que Doris ajudava, todas confinadas em casa. Doris visitava-as duas vezes por semana, ajudando em pequenas tarefas domésticas e providenciando para que tivessem o suficiente para comer. Para Mary, uma criança naquele tempo, aquelas mulheres pareciam incrivelmente idosas. Agora, sua mãe era uma delas. O pensamento deixou-a com a estranha sensação de estar deslocada, como se um ponto de referência familiar, pelo qual sempre se orientara, tivesse desaparecido abruptamente.

— Um banho quente será ótimo para você, mamãe.

Ela tentou um tom jovial e animado, esperando não ser questionada sobre seu paradeiro na noite anterior, enquanto baixavam Doris na banheira.

Observou a filha esfregar as costas de Doris com uma toalhinha e experimentou uma vertiginosa onda de *déjà vu*. Em sua mente, havia uma imagem similar, só que os papéis se invertiam: Doris segurava a toalha, enquanto a pequena Noelle, nua, reluzia à sua frente. A memória deixou-a enternecida.

Como se captasse seus pensamentos, de alguma forma, Noelle sorriu para a avó, recordando:

— Isso me lembra do tempo em que era pequena e você costumava me dar banho.

— Você era escorregadia como um peixinho — comentou Doris, rindo.

— Costumava ameaçar tomar meu patinho de borracha se eu não ficasse quieta.

Ela riu, acompanhada por Doris. Noelle sentia-se à vontade com a avó, de uma maneira que Mary nunca imaginara que poderia se tornar. Ela experimentou uma súbita inveja do relacionamento, desejando ter conhecido aquele tipo de intimidade... não apenas com a filha, mas também com Doris. *Talvez não seja tarde demais*, sussurrou uma voz.

Quando acabaram o banho, Mary e Noelle levantaram Doris da banheira e enxugaram-na. Ela se apoiava pesadamente nas duas, como se tivesse medo de cair. Em determinado momento, Mary escorregou num ladrilho molhado e quase perdeu o equilíbrio. Percebeu que Noelle também tinha dificuldade para evitar uma queda. Mas, juntas, conseguiram vestir uma camisola limpa nela e carregá-la de volta para a cama, onde Doris arriou com um suspiro de exaustão.

— Não sabia que uma pessoa podia ficar tão cansada por não fazer nada — murmurou ela.

— Gostaria que trouxesse uma bandeja com comida? — ofereceu Noelle. — Talvez um chá com torradas?

Doris sacudiu a cabeça em negativa.

— Não precisa. Acho que vou fechar os olhos e descansar um pouco.

A curva rosada do crânio, visível através dos cabelos molhados, fazia com que ela parecesse ainda mais vulnerável.

Noelle hesitou, antes de sair para o corredor. Mary já ia segui-la quando ouviu a mãe chamá-la:

— Mary Catherine... importa-se de ler um pouco para mim?

Mary ficou imóvel, a mão na maçaneta de vidro. Além do embate delas quanto a Noelle, não se lembrava de a mãe ter lhe pedido qualquer coisa, exceto para fazer o favor de passar o sal ou comprar leite no armazém. Ela virou-se, lentamente, e tornou a se aproximar da cama. Acomodou-se na cadeira ao lado, antes de perguntar, hesitante:

— O que gostaria que eu lesse?

— A Bíblia está na mesinha-de-cabeceira.

Claro, pensou Mary. *O que mais ela poderia querer que lesse? O Amante de Lady Chatterley?* Mary estendeu a mão para a Bíblia encadernada em couro. No quarto da mãe, que outrora fora também do pai, com a mistura de móveis que haviam sobrado de outras partes da casa, com figuras de porcelana que haviam transbordado das prateleiras lá embaixo, ela sentiu uma estranha paz envolvê-la. A luz do sol, passando pelas venezianas, estendia-se em listras pelo velho tapete azul e pela colcha florida. Podia ouvir o barulho de Noelle preparando o café da manhã lá embaixo.

Abriu a Bíblia numa página marcada com uma fita vermelha desbotada. Mas, antes que ela pudesse começar a ler, a mãe anunciou, inesperadamente:

— Você não me enganou nem um pouco... ligando ontem para avisar que passaria a noite em Nova York. Sei onde se encontrava. Com Charlie.

Mary estava aturdida demais para negar.

— Como soube?

— Reparei na maneira como vocês dois se olham. Além disso, você está usando a mesma roupa.

Mary ficou furiosa por ter sido surpreendida numa mentira, algo que nunca deveria ter sido forçada a revelar, em primeiro lugar. Respirou fundo.

— Charlie e eu somos bem crescidos, mamãe. Não precisamos que alguém nos diga o que fazer.

— É isso o que pensa que estou fazendo? Ah, querida... — Doris pegou a mão da filha. A pele parecia solta, como uma luva grande demais. — Na minha idade, já deixei tudo isso para trás.

Por um momento, Mary sentiu-se atordoada demais para fazer qualquer comentário. Quando ocorrera aquela mudança de ânimo? E também, diga-se de passagem, quando fora a última vez que a mãe a chamara de *querida*? Havia tanto tempo que mal podia lembrar. Mais uma vez, ela se sentiu desorientada. A maneira antiga de se relacionarem não era boa, mas familiar. O que aconteceria agora?

— Não sabia que era tão óbvio — murmurou Mary.

— Uma pessoa teria de ser cega para não notar. — A mãe soltou um grunhido, que quase parecia uma risada. — É sério?

— Não sei.

— Você me diria se fosse?

— Provavelmente, não.

Houve um silêncio constrangedor. Depois, Doris tornou a surpreender a filha, ao confessar:

— Nem sempre tive paciência com você e sua irmã, não é?

Não com minha irmã, apenas comigo, respondeu Mary, silenciosamente. Seu olhar deslocou-se para a janela, onde um esquilo corria pelos galhos de um teixo. Não dormira mais do que quatro horas na noite anterior, lamentando até mesmo esse pouco tempo fora do abraço de Charlie. Bem que estava precisando de um cochilo, não daquela exposição de consciência, que parecia um confessionário. Outra das incontáveis maneiras pelas quais Doris sugeria que era superior a todas as outras pessoas.

— Sobrevivemos, não é mesmo?

Isso foi tudo que ela podia confiar em si mesma para dizer.

— Suponho que é uma maneira de expressar. Mas eu gostaria...

Doris fez uma pausa. Exibia uma expressão que Mary nunca vira antes. Arrependimento? A mãe seria capaz dessa emoção? Mas logo a expressão desapareceu, deixando em seu lugar o amargor habitual.

— Ora, não importa — acrescentou Doris. — De um jeito ou de outro, tenho certeza de que você e Charlie vão acabar descobrindo.

Ela fechou os olhos. Pareceu afundar ainda mais na fronha rosa desbotada. Pouco a pouco, relaxou o aperto na mão da filha.

Mary abriu a Bíblia. *É isto que as filhas adultas devem fazer*, pensou ela. *Deixar o passado para trás. Perdoar.* Com um aperto na garganta, ela começou a ler:

— Pois Ele enviará Seus anjos para mantê-lo em todos os seus caminhos...

Em poucos minutos, Doris mergulhou num sono profundo. Mary saiu do quarto na ponta dos pés. Desceu para a cozinha, seguindo o aroma do café fresco. Viu que havia um lugar posto para ela na mesa e sentou ali, agradecida.

Noelle pôs um prato fumegante na sua frente: dois ovos fritos, junto com triângulos de torrada com manteiga.

— Parece delicioso — murmurou Mary, sentindo uma fome súbita.

— Nana dormiu?

Noelle despejou o café nas canecas, depois levou seu próprio prato para a mesa e sentou. Mary confirmou, com um aceno de cabeça, que Doris pegara no sono. Tomou um gole de café.

— Li os versículos sobre Sodoma e Gomorra, apenas para ter certeza. Nenhum comentário. — Ela fitou a filha por cima da borda da caneca. — Agora, conte-me o que aconteceu ontem. Quero saber de *tudo*.

Noelle suspirou, cansada.

— É uma longa história. Podemos deixar para mais tarde?

A claridade que entrava pela janela incidia sobre seus cabelos escuros e crespos, parecendo provocar faíscas avermelhadas. Mary recostou-se, contrariada.

— Claro.

Noelle inclinou-se para tocar em sua mão.

— Não podemos apenas *ser*?

Mary sentiu alguma coisa quente desprender em seu peito e subir pela garganta. Pensou no que acabara de ocorrer lá em cima e se perguntou o que poderia ter acontecido se fosse capaz, anos atrás, de simplesmente relaxar na companhia da mãe.

— Não vejo por que não — respondeu ela, alegremente.

Conversaram sobre outras coisas enquanto comiam: a horta da sra. Inklepaugh na casa ao lado; as cortinas novas que Noelle planejava fazer para a cozinha; a ninhada de gatinhos de Alice Henshaw; a venda de adubo na Orchard Supply... coisas corriqueiras, que nada exigiam em troca. Muito antes de a conversa passar para assuntos mais importantes, ao terminarem de comer, Noelle já falava sobre o dia anterior. Até mesmo a parte sobre Judy Patterson. Mary balançou a cabeça, em sinal de incredulidade:

— Deixou-a escapar com muita facilidade. Eu a teria esganado.

— É engraçado, mas de uma estranha maneira Judy me ajudou a perceber algo. Compreendi que as coisas precisam mudar... que *eu* preciso mudar. Não posso mais bancar a vítima.

Mesmo sem a ajuda de Mary, era evidente que Noelle encontrara forças para enfrentar a situação.

— O que vai acontecer agora?

— Esperamos que a dra. Hawkins apresente seu relatório.

— Quanto tempo vai demorar?

— Lacey diz que pode ser duas semanas, e devemos torcer para que não leve mais tempo. Enquanto isso, continuarei a me encontrar com Emma. Já é alguma coisa.

Mary impressionou-se, outra vez, com a sutil diferença na filha, com sua determinação, patente em cada gesto e palavra.

Ela olhou para o relógio na parede. Eram apenas onze e meia, mas um dia inteiro parecia ter transcorrido desde que deixara o calor da cama de Charlie.

— Vai fazer alguma coisa especial esta tarde? — perguntou ela, num súbito impulso.

— Não tenho nada marcado. Por quê?

— Quero visitar uma pessoa... uma velha amiga. E gostaria que você fosse comigo.

— Alguém que conheço?

Mary sacudiu a cabeça, com um sorriso triste, devido às lembranças que afloraram nela, como a neve tangida pelo vento.

— Não, mas teria gostado de conhecê-la.

* * *

O cemitério luterano em que Corinne fora enterrada era o mais antigo de Burns Lake, remontando ao final do século XVII, quando os primeiros imigrantes holandeses e alemães haviam se instalado na região. A igreja original havia muito que fora destruída, numa inundação, substituída por outra mais moderna, com a localização mais conveniente na cidade. Mas o cemitério continuava. Ocupava uma colina dando para o Schoharie Creek. Árvores imensas e antigas, alimentadas pelo riacho, eram tão densas em alguns lugares que formavam um caramanchão sobre as lápides, arredondadas pelo tempo e os elementos da natureza, algumas inscrições tão desgastadas que haviam se tornado indecifráveis. Para Mary, davam a impressão de idosos agrupados num conforto mútuo.

O portão enferrujado na entrada deixou escapar um guincho de protesto quando elas o abriram. Passava pouco de uma hora da tarde, e não havia ninguém à vista. Mary especulou se Corinne teria sido a última pessoa enterrada ali. Mesmo naquele tempo, o cemitério já parecia antigo e fora de uso. Ela se lembrava de que os pais de Corinne haviam-no escolhido porque a família sempre fora sepultada ali.

Mary olhou ao redor, a luz do sol iluminando a grama sem qualquer cuidado, as lápides de granito cobertas por camadas de terra e musgo. Algumas sepulturas pareciam mais abandonadas do que outras. Mas, surpreendentemente, havia flores em algumas. Numa delas, com a inscrição "Amada em Vida, Lamentada na Morte", havia uma lata de café, cheia de flores silvestres, das quais só restavam os talos.

— Não posso acreditar que já tenham passado trinta anos — murmurou Mary, enquanto andavam entre as lápides. — Lembro-me do funeral de Corinne como se fosse ontem.

— Perguntei a Robert como ela era, pouco depois que casamos. Lembrava que você havia me dito que eles foram namorados no ensino médio. Mas ele alegou que mal se lembrava de Corinne. Acho que foi por causa da morte de seu irmão, pouco depois. — Noelle virou-se para Mary. — Sabia que Buck era o predileto da mãe?

Mary não ficou surpresa.

— *Todo mundo* gostava mais de Buck. Ele era mais simpático do que Robert, para começar. Embora eu deva admitir que não o conhecia muito bem.

— Gertrude tem fotos de Buck por toda a casa. É um pouco tétrico. Como uma espécie de santuário. — Noelle empurrou um galho baixo para o lado. — Eu não a conheci naquele tempo, é claro, mas sempre tive a impressão de que alguma coisa se apagou nela quando Buck morreu.

— É uma maneira horrível de se perder um filho.

— Ela ainda leva flores para a sepultura todos os anos, no aniversário de sua morte. — Noelle passou os braços em torno do próprio corpo, enquanto andava. — Uma dúzia de rosas brancas, presas com uma fita vermelha. Deve ter algum significado, mas não sei qual é.

— Não creio que a mãe de Corinne tenha vindo até aqui desde o funeral — comentou Mary. — Pelo que conversei com ela, acho que prefere não ser lembrada da *maneira como* Corinne morreu.

— Também pensei uma vez em me matar. — Noelle parou junto de uma lápide, quase escondida pelo mato crescido. — Prometia a mim mesma, todos os dias, que pararia de beber, mas *não conseguia*. Morrer parecia a saída mais fácil.

— Ó querida...

Mary sentia que deveria ter tomado conhecimento, de alguma forma. Mas, quando Noelle a fitou, sua expressão era calma.

— Tudo mudou quando tive Emma. Já recuperara a sobriedade nessa ocasião. Mas, desde o momento em que a peguei no colo pela primeira vez, tive certeza de que nada na minha vida jamais seria tão importante.

Mary pensou no bebê de Corinne que não nascera e estremeceu. Recomeçaram a andar.

— É ali.

Mary apontou para a estátua de um anjo, no tamanho de uma pessoa, com uma asa quebrada na ponta, velando sobre a sepultura ao lado da de Corinne.

Mas Noelle não olhava para o anjo. Espantada, contemplava as flores que começavam a murchar no túmulo de Corinne: um vaso de rosas brancas, presas com uma fita vermelha.

Capítulo Doze

Nesse mesmo dia, foi publicada uma reportagem no *Register* relatando os vínculos antigos entre Robert Van Doren e o senador Larrabie. Enquanto Mary e Noelle voltavam para casa, depois da visita ao cemitério, perplexas com as rosas misteriosas na sepultura de Corinne, Charlie, no outro lado da cidade, recebia vários telefonemas irados. Diversas outras empresas cancelaram seus anúncios, inclusive uma grande revendedora de carros, a Gideon Ford. Dezenas de partidários furiosos de Van Doren protestaram. Houve pelo menos uma ameaça de morte e uma advertência severa do advogado de Larrabie, com escritório em Albany.

O furor diminuíra um pouco no dia seguinte ou, pelo menos, era o que parecia. Na manhã de sexta-feira, às cinco e meia, Charlie foi acordado por um telefonema de seu zelador que, ao chegar à sede do *Register*, encontrou todas as janelas quebradas. Quando ele chegou ao local, um suspeito já fora detido: um jovem com pequenas violações anteriores da lei, chamado Dante Lo Presti.

A reação inicial de Bronwyn, ao saber da notícia, foi de indignação. Dante nunca faria aquilo! Tinha certeza de sua inocência, assim como estava convencida de que o *culpado* era o nojento de seu cunhado. Mas não demorou muito para que as dúvidas começassem a se insinuar. Dante *falara* em largar o emprego e deixar a cidade, ela recordou. Para isso, precisaria de dinheiro. E não podia deixar de admitir que havia um ar de perigo em Dante. Não era o que o tornava tão atraente? A sensação, quando se encontrava com ele, era a de que estava à beira de alguma coisa emocionante.

E havia também os serviços que ele prestara a Robert, muitos dos quais questionáveis, se não mesmo ilegais.

De qualquer forma, ela não descansaria enquanto não chegasse a fundo no caso.

Por volta de duas horas da tarde desse mesmo dia, uma hora depois de saber que ele fora solto sob fiança, Bronwyn seguiu de bicicleta para o apartamento de Dante, na Sashmill Road, em frente ao ferro-velho.

Dante abriu a porta, com um ar de cansaço, desgrenhado, os olhos injetados, o rosto escuro da barba por fazer. Durante um longo momento, ele simplesmente ficou parado ali, fitando-a, até que Bronwyn começou a ficar nervosa. Não o vira desde aquele dia no cemitério. Haviam falado pelo telefone umas poucas vezes, mas nenhum dos dois se mostrara disposto a admitir que errara: Bronwyn por tentar atraí-lo para seu esquema, e Dante por não lhe contar antes de sua ligação com Robert. Cada vez que desligava, ela se sentia furiosa, confusa e magoada, ao mesmo tempo. Uma coisa, no entanto, era evidente em sua mente: não o condenaria somente pelo que os outros diziam.

— Acho que já sabe.

Dante recuou para deixá-la entrar no apartamento. Estava descalço, usando uma camisa cinza sem manga, toda amarrotada, e calça de *training* azul-marinho.

— Sei, sim.

Bronwyn correu os olhos pela sala escura, as cortinas ainda fechadas da noite anterior. Estava uma bagunça, como sempre. Revistas espalhadas por toda parte, latas de cerveja e um cinzeiro transbordando na mesinha de café. Havia uma porção de recados no quadro ao lado do telefone.

Dante afastou-se, sem beijá-la, sem sequer fitá-la. Ela sentia um aperto na garganta, como se tivesse acabado de engolir uma aspirina a seco.

— Quer uma cerveja? — gritou ele, da cozinha.

— Não, obrigada. Já esqueceu que não bebo?

Ele voltou, com uma Coors numa das mãos e uma Coca-Cola na outra.

— Desculpe. Eu tinha esquecido. Não quer se meter numa encrenca com o velho, não é? Já basta se esgueirar às suas costas para se encontrar com a escória da cidade.

Havia um tom desdenhoso na voz que deixou Bronwyn irritada.

— Não é justo. Não fui *eu* quem chamou a polícia para detê-lo. E meu pai também nada teve a ver com isso.

Ela se adiantou para pegar a Coca-Cola.

— É mesmo? Então não passa de uma coincidência que o vagabundo que a filhinha do papai namorava, por acaso, tenha sido preso?

Na claridade cinzenta, os olhos de Dante pareciam quase pretos. A testa brilhava de suor. Do ferro-velho, no outro lado da rua, vinha o som estridente de aço esmagado, dando a impressão de que era um bando de dinossauros mastigando papel laminado.

— Não brigue comigo, está bem? Estou do seu lado, lembra? — Ela abriu a Coca-Cola, sentando no braço do sofá. — Se disser que não fez isso, aceitarei sua palavra.

— Não fui eu.

O tom era mal-humorado. Bronwyn fitou-o atentamente. Mesmo com todas as evidências contra Dante, uma voz sussurrava em sua cabeça: *Ele diz a verdade*. Não sabia como tinha certeza, mas não sentia a menor dúvida. Ela tomou um gole da Coca-Cola, devagar, para não estragar o momento com um arroto.

— Então vamos pensar um pouco. Como trabalha para Robert, deve ter noção de quem *é* o responsável.

— Não sei de porra nenhuma. Só posso dizer que cuidava de minha vida, e o idiota do Wade Jewett me agarrou para interrogatório. E, de repente, estou sendo fichado, tiram minhas impressões digitais, fazem tudo.

Dante inclinou a cerveja para trás, com a violência de alguém que leva um soco na cara.

— Quem pagou a fiança?

— Meu patrão. Dá para acreditar? O sacana apareceu pessoalmente.

— Foi uma atitude decente.

— Porra nenhuma. Terei de puxar seu saco por pelo menos dez anos. Para ele, não há nada de graça.

— Você sempre foi tão cínico?

— Só depois de passar uma manhã na cadeia observando um cara de porre vomitar tudo que tinha no estômago. — O olhar de Dante avaliou-a, como se fosse água gelada. — Mas você não entende dessas coisas, não é? O pior que já lhe aconteceu, posso apostar, foi ficar detida na escola depois das aulas.

— Por que faz isso, Dante?

Bronwyn sentia-se à beira das lágrimas. Na tela de TV apagada, à sua frente, ela viu os reflexos distorcidos de um rosto pequeno, por cima de um corpo alongado. As mãos, cerradas, pareciam enormes, como em desenhos animados.

Os ombros de Dante penderam. Ele deixou escapar um resmungo, um ponto intermediário entre um suspiro e um grunhido. Foi até o sofá, sentou ao lado de Bronwyn, baixou a cabeça para as mãos. Tufos de cabelos castanhos projetavam-se entre os dedos.

— Desculpe — murmurou ele. — Não tenho o direito de descarregar em você.

Hesitante, Bronwyn estendeu a mão para acariciar as costas de Dante. Ele tinha os músculos tão tensos que era como tocar numa armadura. Na semi-escuridão, a tatuagem no braço tinha um brilho escuro.

— Não foi nada — murmurou ela. — Sei que não falava sério.

Houve um silêncio prolongado, preenchido apenas pelo zumbido de um velho ventilador e pela mastigação jurássica no outro lado da rua. Então, Dante levantou o rosto, para fitá-la com uma expressão cansada.

— A verdade é que não sei quem foi. Foi o que declarei à polícia e o que direi ao juiz. Mas, aqui entre nós, não é toda a verdade.

Bronwyn sentiu um frio no estômago.

— Como assim?

Ele parecia lutar consigo mesmo. Mas acabou falando:

— Não ouviu nada de mim, certo? Porque não me importo de admitir que o cara me deixa com o maior cagaço. Se me atacarem num beco escuro, é claro que vou reagir. Mas esse cara... ele me apavora, entende?

Bronwyn passou a língua pelos lábios, ressequidos como torrada.

— Estamos mesmo falando sobre quem *penso* que estamos?

Dante confirmou com um aceno de cabeça. Tomou outro gole da cerveja.

— Um dos seus homens me procurou outro dia. O sr. V queria que eu fizesse aquilo. Ninguém sai machucado, diz ele. Ninguém jamais saberá que fui eu. Mas eu disse ao cara que não. De jeito nenhum. Posso entregar pacotes, mas destruir propriedade particular não é comigo. O cara me disse então: não sacaneie o chefe. Se sacaneá-lo, seu rabo será a grama e eu o cortador.

— O que você respondeu?

As palavras saíram como um guincho ofegante.

— Nada. E logo depois a polícia me pega.

Dante balançou a cabeça, indignado.

Portanto, não era apenas minha imaginação, pensou Bronwyn. *Robert é mesmo um canalha pior do que o mau-caráter do dia-a-dia.* E foi nesse instante que algo assustador lhe ocorreu. A irmã não poderia estar correndo o perigo de perder mais do que a filha? A *vida* de Noelle não estaria em jogo? Ela estremeceu, apertando a lata de Coca-Cola com bastante força para amassá-la.

— Mas, se você é inocente, que prova a polícia tinha?

— Prova? — A boca de Dante contraiu-se em desdém. — A única prova de que a polícia precisa para ir atrás de alguém como eu é qualquer pessoa me apontar um dedo. Todo mundo sabe que o idiota do Jewett está completamente envolvido com o homem. Não é preciso ser um gênio para deduzir o que aconteceu.

— Quer dizer que o subxerife é homem de Robert?

Aquilo soou melodramático para Bronwyn, como um episódio de *Diagnosis Murder*. Começou a sorrir, mas as palavras seguintes do namorado apagaram por completo seu sorriso.

— Ele seria capaz de atirar em alguém e dizer que foi um acidente, se o homem mandasse. — O tom de Dante era incisivo. — Lembra aquele dia em que você pediu minha ajuda? Não era de ser preso que tinha medo. Era do que ele poderia fazer conosco se nos pegasse.

Dante virou-se, segurando Bronwyn pelo cotovelo.

— Quero que me prometa que não chegará perto daquele escritório. *Jure*, Bron.

— Está bem, juro.

Ela sentiu uma emoção secreta pela preocupação de Dante. Mas já chegara à mesma conclusão, embora relutante: arrombar o escritório de Robert era perigoso demais para tentar sozinha.

— Falo sério. Você pode sair machucada.

Bronwyn inclinou a cabeça para o lado, fitando-o atentamente.

— Sabe de alguma coisa, não é? Alguma coisa que ele fez além de subornar pessoas ou mandar seus capangas arrebentarem o jornal de papai.

Ela sentia um intenso excitamento. Aquilo podia ser melhor do que abrir o cofre. Dante largou seu cotovelo, que ficou latejando no ponto apertado.

— Pode ter certeza de que eu gostaria muito de saber. Mas não há como pegá-lo, independentemente do que ele faça. Pode ter certeza de que o homem nem chegou perto do prédio do jornal ontem à noite.

— Então o que o faz pensar que o subxerife foi cúmplice?

— O tempo, por um lado. — Dante pegou o maço de cigarro na mesinha. Quando ele acendeu um, Bronwyn percebeu que sua mão tremia. — A polícia foi chamada às cinco horas da manhã. Não apareceu até cinco e meia. Como poderia demorar meia hora para chegar?

— Segundo papai, estavam todos do outro lado da cidade.

— Cinco homens de serviço, e todos convenientemente no mesmo lugar? — Com uma risada desdenhosa, Dante soprou a fumaça pelo canto da boca. — Não levaram tanto tempo assim para me pegar, pode ter certeza.

— Mas, se é verdade o que você diz — argumentou Bronwyn, ainda não de todo convencida —, se o subxerife *está* mesmo fazendo vista grossa, isso significaria que Robert poderia escapar impune até mesmo de um...

— Assassinato — arrematou Dante.

Ela sentiu que o sangue se esvaía de seu rosto. Um calafrio envolveu-a, deixando-a toda arrepiada, nos braços e nas costas.

— Ó Deus! Fala sério, não é?

— Claro que falo.

— E minha irmã? E se ele... se ele machucá-la de alguma forma? — Bronwyn começou a tremer. Cruzou os braços. — Ah, Dante... agora *estou* realmente apavorada.

Quando ele passou o braço por sua cintura, puxando-a, Bronwyn não resistiu. Dante cheirava a suor, como se não tivesse tomado banho, mas ela não se importava. Por mais estranho que pudesse parecer, confiava nele, apesar de Dante ter passado a manhã inteira na cadeia. Encostou-se nele. A proximidade excitou-a, com uma sensação na barriga como a que experimentava quando mergulhava nua no lago.

Dante esmagou o cigarro no cinzeiro, com uma chuva de fagulhas. No instante seguinte, começou a beijá-la. Firme, com a língua. Com ímpeto suficiente para que ela pudesse sentir a pressão dos dentes. Dante nunca a beijava assim... com tanta urgência, como se tudo até então fosse um mero aquecimento, levando até *aquele momento*.

Antes que Bronwyn soubesse, estava deitada de costas, com Dante quase por cima. Ficaram assim por vários minutos, beijando-se, até que a pele em torno da boca de Bronwyn ficou toda arranhada da barba por fazer. Entre as pernas, havia uma pressão intensa, como se uma mão quente a comprimisse ali. *Pare com isso*, disse a si mesma. Se seu pai descobrisse... ora, digamos que algumas janelas quebradas seriam a menor das preocupações de Dante. Voltaria direto para a cadeia, sem direito a fiança, se não por vandalismo, então por fazer sexo com uma menor.

Mas Bronwyn não conseguia parar. Não *queria* parar.

Foi somente quando Dante começou a puxar sua blusa, por cima dos seios, que ela teve um sobressalto, fazendo um esforço para sair debaixo de seu corpo.

— E seus amigos que moram com você? — indagou ela, ofegante, baixando a blusa, enquanto sentava.

— O que têm eles?

Dante virou, pondo a cabeça no colo de Bronwyn.

— Um deles pode chegar a qualquer momento.

— Não tem problema. Continuaremos no quarto.

— Se isso acontecer, vamos acabar...

— Transando?

Ele ofereceu um sorriso malicioso.

— É assim que você pensa? Apenas... transando?

Bronwyn sentia-se furiosa, vulgar e excitada, tudo ao mesmo tempo.

— Fala como se houvesse alguma coisa errada com isso. — Os olhos cinza de Dante fitavam-na na semi-escuridão, deixando-a com a sensação de que cambaleava na beira de um precipício. — Enfrente a verdade, Bron. Não é uma dessas garotas que só se preocupam com o próximo baile ou querem um namorado que gaste dinheiro com elas. Você é diferente. Apenas ainda não sabe disso. Qualquer cara que tiver a sorte de trepar com você... e espero que seja eu... terá muito mais do que isso. E você também terá, pode ter certeza.

Ela contraiu os olhos.

— Como posso saber que não faz tudo isso só para me levar para a cama?

— Relaxe, e eu lhe mostrarei.

Dante passou a ponta de um dedo, manchada de graxa, por um mamilo, provocando uma cascata de sensações deliciosas. Ela contemplou-o, admirando a boca enorme com um sorriso insinuante, os cabelos escuros espalhados sobre seu colo. As palavras saíram de sua boca sem que ela soubesse que ia dizê-las.

— Está bem. Vamos fazer. Acho que agora é um momento tão bom quanto qualquer outro.

Dante sorriu de satisfação. Levantou-se, num movimento suave, puxando-a para que também ficasse de pé. Enquanto ele a levava pelo corredor, Bronwyn pensou nas noites em que permanecera acordada, incapaz de dormir, mas resistindo ao impulso de estender a mão por baixo das cobertas e aliviar a pressão entre as pernas. Pensava que havia alguma coisa errada em fazer isso, por mais vontade que sentisse, que era um comportamento doentio. Depois, no entanto, acabava cedendo ao desejo, porque ninguém precisava saber, não é? Nem mesmo Maxie.

Era assim que se sentia agora. Como se não houvesse uma opção, como se ela *tivesse* de fazer aquilo... ou não seria capaz de chegar ao fim do dia.

Ao entrar no quarto, Bronwyn teve uma surpresa agradável, por descobrir que era mais limpo e arrumado do que o resto do apartamento. A cama simples e a cômoda eram daquelas que se compram desmontadas, para depois serem armadas pessoalmente. Uma foto autografada de um piloto de corrida estava pendurada na parede. A prateleira por cima do aparelho de som era toda ocupada por CDs. Dante pôs um para tocar. A voz doce e triste de Sarah McLachlin espalhou-se pelo quarto.

— Vai doer? — perguntou ela, subitamente nervosa, enquanto arriava na cama.

— Um pouco. Mas não se preocupe. Sei o que fazer.

Dante sentou ao seu lado, empurrando-a gentilmente para deitar de costas. Num gesto inesperado, ele passou a ponta da língua pela têmpora dela, de leve, até o canto do olho. Bronwyn estremeceu. Era como se todo o calor de seu corpo se concentrasse entre as pernas, nada deixando para aquecer o resto.

Beijaram-se por mais algum tempo. Depois, ele a despiu, devagar. Só quando ela ficou completamente nua é que Dante tirou as próprias roupas. Com Bronwyn deitada de costas, os joelhos tão comprimidos que doíam, ele murmurou:

— Relaxe...

E abriu as pernas de Bronwyn, apenas o suficiente para permitir o acesso de sua mão. E com cuidado, muito cuidado, ele introduziu dois dedos, subindo, em movimentos suaves. Ela sentiu uma pontada de dor, seguida por um filete úmido e quente. Baixou os olhos e se surpreendeu ao descobrir que tinha sangue na parte interna das coxas.

— Ah, não! — exclamou ela, baixinho.

A perda da virgindade sempre lhe parecera uma coisa tremenda. Imaginara que seria como no cinema, com muitos gemidos, movimentos frenéticos, culminando com uma arremetida dolorosa, que provocaria a hemorragia. Mas aquilo... fora quase como arrancar um dente que já estava meio solto.

— Agora, vamos para a parte divertida — murmurou Dante.

Ele a beijou e acariciou mais um pouco, até que a pulsação desconfortável entre as pernas se perdesse nas ondas de prazer que a dominavam. Dante já devia ter feito aquilo com *muitas* garotas, pensou ela, mas a idéia não a incomodava mais, como poderia ter acontecido outrora. Em vez disso, deixava-a relaxada, sabendo que ele estava no comando, que ele sabia o que fazer. Com Dante, não haveria qualquer tropeço embaraçoso, levando a momentos constrangedores de indecisão. Não havia necessidade de explicar por que seu corpo parecia saber, das noites praticando em si mesma, exatamente do que precisava.

Na verdade, Bronwyn ficou espantada com sua ousadia. Por tocá-lo com a intimidade com que tocava em si mesma quando sozinha. Antes daquele momento, só o vira nu da cintura para cima. Mesmo apenas isso já a excitara, pelos músculos firmes nos braços e peito, pela barriga lisa e queimada de sol. Mas agora ela sabia o que havia na extremidade daquela pequena trilha escura de cabelos que desaparecia por dentro da calça jeans. Finalmente vira o que era: um pênis em total excitamento. E o de Dante, ela pensou, era mesmo espantoso. Comprido, grosso, coberto de veias, que pulsavam sob seus dedos. Ela o acariciou, até que Dante afastou sua mão.

— Não faça isso, ou acabarei gozando.

— Pode gozar — murmurou Bronwyn, numa súbita curiosidade por isso também. — Não me importo.

— Não. Quero que você goze primeiro.

Ele pegou uma camisinha na gaveta da mesa-de-cabeceira. Deixou-a observar, enquanto abria o pacote e desenrolava a camisinha, com extrema habilidade. Quando tornou a estendê-la de costas, abrindo suas pernas ainda mais desta vez, Bronwyn estava mais do que preparada. Já se encontrava prestes a gozar. Ardeu um pouco quando ele a penetrou.

Depois, as ondas de prazer tornaram a envolvê-la, submergindo todo o resto. Dante fazia movimentos lentos, tomando cuidado para não machucá-la. Ela percebeu a preocupação no rosto dele. Se pudesse falar naquele instante, teria contado qual era a sensação. Incrível. Um milhão de vezes melhor do que nas ocasiões em que ela se acariciava. Se Dante não parasse de se mexer, ela ia...

E, no instante seguinte, ela começou a gozar. Como uma viagem de montanha-russa, descendo na última inclinação, o vento quente soprando em sua direção. Bronwyn ofegou, com uma exultação extraordinária.

— Ó Deus... ó Dante...

Ela apertou-o com toda a força. *Então é assim!* O pensamento aflorou, claro e nítido. Se ela soubesse antes...

Momentos depois, Dante também gozou, com o grito do guerreiro. Bronwyn observou seu rosto se contorcer e saboreou o senso de poder que isso lhe proporcionava, por saber que era a responsável. *Ela* podia fazer aquilo com um homem, deixá-lo tremendo, ofegando, gritando de desejo. E Bronwyn sorriu, pensando que era assim que Cleópatra devia ter se sentido.

— Foi bom — murmurou ela, quando tudo acabou.

— Apenas bom?

Dante deitou de lado, fitando-a, curioso.

— Se eu disser mais alguma coisa, você ficará com a cabeça estufada... e não me refiro à de baixo. — Ela lançou um olhar sugestivo para a camisinha pendendo do pênis. — Mas você tem razão num ponto: é de longe melhor do que um baile de gala.

Dante sorriu. Seus olhos percorreram o corpo nu de Bronwyn, estendido, indolente, sobre a colcha amarrotada.

— Eu teria lhe dado um buquê de flores, se soubesse onde prendê-lo.

Bronwyn virou e ergueu o corpo, apoiada nos cotovelos, o queixo nas mãos.

— Você chamaria o que acabamos de fazer de uma trepada ou um ato de amor?

— As duas coisas.

— Não seria a mesma coisa que um capítulo com dois títulos?

— Mais como um livro que você tem de ler para saber como termina.

Como este vai terminar?, especulou Bronwyn.

Ela tornou a pensar em Noelle e sentiu uma pontada de culpa. Lá estava ela, nua, divertindo-se, enquanto a irmã estava com a vida em perigo, segundo tudo que sabia. Tinha de fazer alguma coisa, avisar Noelle. Mas como? Se repetisse o que Dante lhe contara, a irmã ia querer saber onde ouvira a história. Isso exporia Dante ao risco. Sem mencionar que o pai descobriria, e ela ficaria de castigo pelo resto da vida.

— Tenho de ir embora — anunciou Bronwyn, subitamente.

— Para onde?

— Preciso falar com minha irmã.

— Agora?

— É importante.

Ela se levantou de um pulo e pegou sua calça jeans no chão. Dante dava a impressão de que poderia tentar persuadi-la a ficar. Seu pênis, começando a se agitar de novo, por mais incrível que pudesse parecer, era bastante eloqüente na argumentação. Mas, então, ele deu de ombros, sentou na cama e pegou as chaves do carro na mesinha-de-cabeceira.

— Vamos embora, Bron. Eu a levarei.

Haviam entrado numa rotina. Noelle chegava para encontrar Emma esperando, estóica, na área de recepção, o cachorro de pelúcia, Bowwie, comprimido contra o peito, e a mochila rosa da Barbie pendurada nos ombros estreitos. Assim que via Noelle, no entanto, o rostinho se iluminava, como se fosse a manhã de Natal. Ela corria para a porta e se jogava nos braços da mãe. Depois, no refeitório, que lhes proporcionava alguma privacidade, havia pelo menos de cinco a dez minutos de aconchego. Emma subia no colo de Noelle, como fazia quando era bebê, às vezes até chupando o polegar. Insistia também em ouvir a leitura do mais infantil dos livros trazidos por Noelle. *Green Eggs and Ham*, do dr. Seuss, era o predileto no momento.

— Não gosto de ovos verdes e presunto — repetia, enfática, como um papagaio que decorara o texto do livro. — Não gosto nem um pouco.

Quando Noelle sentia segurança suficiente para deixá-la sair de seu colo, elas sentavam ou deitavam no carpete e limitavam-se a brincar, durante o tempo precioso que lhes restava. Acima de tudo, eram as brincadeiras de faz-de-conta, com as bonecas na mochila da Barbie (a Barbie sempre tinha o papel principal, é claro; e, quanto mais espalhafatoso o guarda-roupa, melhor). Quando Emma cansava das bonecas, havia a bolsa de lona com livros e outros brinquedos, providenciados por Trish. E, por último, mas não o menos importante, havia o ritual do sorvete. Quase no fim da visita, Noelle apresentava a lista de sabores da Scoops. Emma passava vários minutos ponderando sobre a escolha, antes de se fixar em seu predileto em todas as ocasiões: menta com pedaços de chocolate.

Assim que as casquinhas eram consumidas, as lágrimas e os lamentos começavam. Era essa a parte que Noelle temia, mais do que as lágrimas que ela própria derramaria na volta para casa. Mais do que a noite insone pela frente. Naquele dia, por alguma razão, fora pior. Emma, que até poucos minutos antes examinava os animais de fazenda de uma caixa da PlaySkool, na maior felicidade, passou das lágrimas para os soluços e já se aproximava da histeria.

— Quero ir embora com *você*! — gritou ela. — Não quero ficar aqui para esperar papai!

— Eu gostaria muito de poder levá-la, querida — murmurou Noelle, também prestes a perder o controle. Ela sentava com Emma no colo, absorvendo a fragrância inconfundível da filha, que reconheceria em qualquer lugar, de olhos vendados. — Mas o juiz não me permite. Ainda não.

Durante a última visita, ela explicara toda a situação para Emma, nos termos mais simples, para que ela pudesse compreender. Dissera que havia outras pessoas, inclusive o papai, que achavam que a casa de Nana podia não ser o melhor lugar para ela viver. Por isso, mamãe precisava primeiro mostrar para todo mundo que não havia problema. Nenhum argumento, no entanto, podia mudar o fato de que Emma sentia saudade da mãe.

— Odeio papai! — soluçou a menina. — Ele é mau!

Noelle sentiu uma pontada de alarme.

— Por que diz que papai é mau?

— Ele não quer me deixar telefonar para você. Eu *disse* a ele que podia ligar sozinha. Conheço o número e *tudo*. Mas ele ficou zangado e gritou comigo.

Emma ergueu o rosto inchado e vermelho de tanto chorar. Noelle teve de fazer um grande esforço para não sair correndo com a filha, e que se danasse o juiz, que se danasse a mulher estúpida lá fora, de olhinhos de porco e conversa bem-intencionada.

— E vovó Gertie, querida? Ela é boa com você?

Não era fácil para Noelle manter a aparência de calma.

— Ela me leva às vezes para o *playground*.

Os soluços da filha começavam a diminuir.

— Ela leva você a outros lugares também?

Em sua mente, Noelle via o enorme Caddy branco da sogra seguindo pelo caminho sinuoso que levava ao local da construção do Cranberry Mall. Emma acenou com a cabeça, numa resposta positiva, o pé com meia balançando para a frente e para trás.

— Mas não gostei quando fomos ao cemitério.

Noelle ficou subitamente alerta.

— Ela levou-a ao cemitério?

A cabeça morena da filha balançou para cima e para baixo, as tranças dançando.

— Aquele para onde o tio Buck foi. Vovó disse que é o lugar para onde os mortos vão antes de subir para o céu.

Noelle sentiu um calafrio percorrer seu corpo. Pensou nas rosas murchas na sepultura de Corinne. Só uma pessoa poderia tê-las deixado ali: Gertrude. Mas por quê? Corinne não podia ser mais do que um nome distante do passado, uma garota de quem o próprio Robert alegava mal se lembrar.

A mãe esclarecera alguma coisa no outro dia, ao voltarem do cemitério, informando que o relatório da autópsia revelara que Corinne estava grávida. Sim, isso poderia explicar por que Gertrude, sentimental com sua carne e seu sangue, lamentaria a perda de um neto, mesmo que não tivesse nascido. Mas por que rosas *brancas*, como as que deixava para Buck?

— Vovó levou flores?

— Levou.

— Rosas?

— Isso mesmo. — Emma encostava a cabeça no ombro de Noelle, calma agora. O acesso passara, restando apenas algumas respirações entrecortadas aqui e ali. — Papai disse que posso ter uma tartaruga.

Noelle sorriu devido à rapidez com que o humor de uma menina de cinco anos podia mudar, como se fosse uma tempestade de verão, que quase termina antes de começar.

— Uma tartaruga? Seria ótimo.

O pé de Emma parou de balançar.

— Mamãe, o que é uma alcálica?

Noelle empertigou-se. Era evidente que o marido, talvez os sogros também, haviam conversado a seu respeito na presença de Emma.

— A palavra é alcoólica — disse ela, tão calma quanto podia. — É uma doença, Em. Uma espécie de alergia. O álcool deixa algumas pessoas doentes.

Ela respirou fundo.

— Mamãe é uma alcoólica. É por isso que papai toma vinho no jantar, e eu não.

— Vovô disse que você é doente demais para tomar conta de mim. — Ela fitou Noelle com os olhos arregalados. — É verdade, mamãe?

Noelle encostou o rosto nos cabelos da filha. A voz estava apenas um pouco embargada quando murmurou:

— Não, querida. Nada no mundo jamais me impediria de cuidar de você. Não vai demorar muito, e ficaremos juntas durante *todo* o tempo. Juro do fundo do meu coração.

Ela pegou a mão de Emma e conduziu-a para formar um X invisível em seu peito. Lembrou-a de fazer o sinal-da-cruz, em todas aquelas missas intermináveis no domingo, quando se encolhia no banco, ao lado de Nana. Teria sido incompreensível para ela, quando criança, que um dia teria sua própria filha, tão inconcebível quanto a existência de Deus.

Agora, ela pensou: *Sei que há um Deus, porque de outro modo não seria capaz de suportar isto. Já teria desmoronado há muito tempo.*

Na porta, ela conseguiu, de alguma forma, sorrir e acenar em despedida. Emma, uma das mãos segura pela assistente social, acenou em resposta. Uma menininha de tranças castanhas, olhando para Noelle como se fosse o menor soldado do mundo, no meio do fogo cruzado de uma batalha que não podia compreender.

Ao descer a escadaria do tribunal, de cabeça baixa, Noelle não avistou a irmã, a princípio. Só depois que Bronwyn a chamou é que ela levantou os olhos, surpresa, ao vê-la na calçada lá embaixo, uma das mãos sobre os olhos, protegendo-os contra o sol.

— Não sabe como estou contente por ainda encontrá-la aqui. Pensei que já tivesse ido embora.

Bronwyn subiu os degraus, as pernas ágeis como uma gazela, com uma calça jeans folgada e uma camiseta Tommy Hilfinger.

— O que aconteceu? — perguntou Noelle, mantendo a voz descontraída.

— Preciso conversar com você. Está com pressa?

— Com pressa para fazer o quê? Voltar para casa e passar fio nos dentes?

Noelle soltou uma risada desanimada. Uma conversa fraternal era a última coisa no mundo que gostaria de ter naquele momento. Por outro lado, de que adiantaria se entregar à sua angústia? A reunião dos Alcoólicos Anônimos a que comparecera, na outra noite, lembrara-a de uma coisa importante, que perdera de vista: às vezes a melhor maneira de ajudar a si mesmo é ajudar outra pessoa.

— Podemos sentar na praça — sugeriu ela.

— Pensei em algum lugar com mais privacidade.

Bronwyn lançou um olhar furtivo para trás, como se procurasse por homens sorrateiros, envoltos por enormes capas escuras, espreitando-a das sombras.

Noelle fez um esforço para manter o rosto impassível. Era uma piada familiar a capacidade de Bronwyn de transformar a abertura de uma carta num drama intenso. Talvez fosse por causa de todas aquelas histórias de mistério de Nancy Drew que ela devorara quando criança. Na ocasião, Noelle não vira nada de mal em passar à irmã uma parte de sua antiquada (já naquele tempo) coleção. Agora, porém, não pôde deixar de se perguntar se isso não contribuíra, de alguma forma, para a tendência de Bronwyn para o melodrama.

— Ninguém vai nos incomodar — assegurou Noelle, passando o braço pelo da irmã.

Juntas, elas atravessaram a rua. Àquela hora, com a temperatura beirando os 30º, o parque estava quase deserto, com apenas alguns idosos sentados nos bancos ou passeando pelas sombras. Mais tarde, quando esfriasse, as mães trariam as crianças para brincar, e jovens namorados deitariam no gramado, conversando aos sussurros, entre beijos furtivos.

Noelle pensou em Hank. Naquela manhã, quando levara Nana para a consulta, tivera certeza de que todas as pessoas na sala de espera podiam ver o que havia em seu íntimo, que todos sabiam exatamente o que ela sentia. Como agir de maneira normal quando só podia pensar nos beijos de Hank?

Noelle sentou, agradecida, num banco vazio, perto do chafariz, sob uma enorme tília. O calor minara o que restava de sua energia; suava bastante, mesmo com um vestido leve e de sandália. Olhou para a ninfa de bronze, da qual saíam os respingos que molhavam as pedras do calçamento. E pensou que seria maravilhoso tirar as sandálias e andar descalça pela água fria.

As irmãs permaneceram em silêncio por um ou dois minutos, cada uma perdida em seus pensamentos particulares, não muito diferentes. Noelle, finalmente, disse:

— Senti a sua ausência na Scoops. — Hoje era o dia de folga da irmã. — Tive de *pedir* uma porção extra de chocolate para o sorvete de Emma.

Bronwyn fitou-a, sorrindo.

— Deixe-me adivinhar... sorvete de menta, não foi?

Noelle sorriu também. Era a pequena piada que conseguiam encontrar naquela situação, o fato de que Emma pedia sempre a mesma coisa.

Ela abriu a bolsa para tirar um papel dobrado: um desenho a lápis de cor feito por Emma. Abriu-o sobre os joelhos.

— Esta sou eu. — Noelle apontou uma figura com a cabeça encimada por rabiscos pretos, flanqueada por duas outras figuras. — E esta é Nana... minha mãe também aparece. Eu disse a ela que vovó Mary ficará conosco.

Bronwyn inclinou a cabeça para observar melhor, segurando os cabelos compridos com uma das mãos.

— Você ficou um pouco parecida com Pamela Anderson Lee. De onde vieram esses peitos?

— Não são os meus. — Noelle se surpreendeu ao descobrir que desatava a rir. — Emma anda muito interessada nas Barbies ultimamente. E, partindo dela, é o maior elogio.

Com um suspiro, ela dobrou o desenho e tornou a guardá-lo na bolsa.

— Sobre o que você queria me falar?

— Já vou dizer. — Bronwyn, nervosa, enrolava uma mecha de cabelos num dedo. — Primeiro, tem de prometer que não contará nada a papai.

— Não posso prometer isso até saber do que se trata.

— Puxa, como você é previsível! — Bronwyn revirou os olhos, sabendo que era melhor não argumentar. Noelle, por ser muito mais velha, sempre fora mais uma segunda mãe do que uma irmã. — Conheço um cara. Ele se chama Dante.

Noelle fitou-a nos olhos, surpresa.

— O mesmo Dante que quebrou as janelas do prédio do jornal?

A irmã franziu o rosto.

— O que aconteceu com aquele princípio de inocente até prova em contrário?

— Já estou farejando encrenca. Não é o mesmo garoto do qual papai disse para você se manter a distância? — Noelle balançou a cabeça, em incredulidade. — Por Deus, Bron, só *você* se meteria numa fria assim. Papai sabe?

— É justamente o problema. Ele *não* sabe. E eu gostaria de manter assim. Não vai contar, não é?

Noelle estudou o rosto ansioso da irmã. O pai ficaria furioso, é verdade. Mas, acima de tudo, preocupado. Ela própria também estava um pouco preocupada. O que Bronwyn pensava, saindo com um motoqueiro tatuado? A reação do pai poderia ser o menor dos problemas. E se aquele cara fizesse alguma coisa para magoá-la, arruinar sua vida?

Mas depois ela lembrou que fizera a suposta união perfeita ao casar com Robert. Um homem mais velho, bem-sucedido, com uma fortuna considerável, que ia para o trabalho num Mercedes preto, nova e reluzente. A verdade era que nada sabia, além do que o pai lhe contara, sobre o tal de Dante. E quem era ela para julgar?

— Não direi nada... por enquanto. Mas tem de *me* prometer que tomará todo o cuidado. Homens assim podem causar problemas.

— Não é com ele que você deve se preocupar. — Bronwyn olhou furtivamente ao redor, antes de fitar Noelle outra vez. — El, o que sabe sobre os negócios de Robert?

— Afora o que descobri trabalhando em seu escritório? Para ser sincera, foi há tanto tempo que não me lembro de muita coisa.

— O que diria se eu lhe informasse que Robert é o verdadeiro culpado pelas janelas quebradas do jornal?

Bronwyn baixara a voz para um sussurro, embora não houvesse ninguém nas proximidades.

— Eu não ficaria chocada, se é isso que está querendo saber.

Noelle já chegara à mesma conclusão: seria coincidência demais.

— E suponhamos que não é a única coisa de que ele é culpado.

Noelle começou a ficar um pouco impaciente.

— Aonde exatamente está querendo chegar?

Bronwyn baixou os olhos para as sombras que se estendiam pelas pedras do calçamento, ligadas como as figuras que Noelle costumava recortar com a tesoura para ela, quando era pequena. Hesitante, começou a explicar:

— A verdade é que Dante faz alguns serviços para Robert. — Ela levantou os olhos, num movimento brusco. — Não é o que você está pensando. Ele costuma buscar coisas e fazer entregas, mais nada. Mas *sabe* de alguns fatos, apenas por estar por perto.

— Que fatos?

— Nada de concreto. Sei apenas que Dante tem medo de Robert. — Bronwyn apertara tanto a mecha de cabelos que a ponta do dedo começara a inchar, cada vez mais vermelha. — E, se *ele* tem medo, você também deve ter. Medo por sua *vida*.

Noelle queria levar a irmã a sério. Tinha muitas razões para acreditar no pior quanto a Robert. Mas aquilo... ora, era demais. O marido era um monstro, não podia haver a menor dúvida. Drogara-a. Roubara sua filha. Mas assassinato? Não, ela achava que nem mesmo Robert chegaria a esse ponto.

— Bron, não acha que está exagerando um pouco?

Noelle falava com extrema gentileza. Pensou na ocasião em que levara Bronwyn para acampar. Devia ter vinte e poucos anos, a irmã apenas nove ou dez, a idade em que histórias de terror sobre condenados fugitivos de um braço só e *serial killers* à solta eram contadas sempre que as crianças dormiam juntas. Bronwyn, porém, dera um passo adiante, desenvolvendo uma rebuscada fantasia sobre o guarda florestal — era verdade que o homem tinha mesmo uma aparência assustadora — que se transformava em vampiro à noite, vagueando pelo bosque. Quando chegara o momento de deitar, a irmã estava tão apavorada que não conseguiu dormir.

— Não estou brincando, El. — Um tom de desespero insinuara-se na voz de Bronwyn. — Sei que você pensa que às vezes exagero, e talvez seja verdade. Mas não agora.

— Está certo. Digamos que você tenha razão. O que devo fazer?

— Não saia sozinha com ele ou qualquer coisa parecida.

Noelle soltou uma risada seca e curta.

— Há tanta possibilidade de que isso aconteça quanto a de eu ser seqüestrada por terroristas.

— Então prometa que não irá sozinha com ele para qualquer lugar. Ponto final.

— Prometo. Palavra de escoteira. — Ela levantou dois dedos. — Nada de becos escuros nem de encontros em que não se sabe bem quem será o parceiro. Talvez devesse comprar um doberman, como medida de precaução. O que você acha?

Como a irmã não sorrisse, Noelle estendeu o braço por seus ombros.

— Agradeço sua preocupação, Bron, com toda a sinceridade. E pode ter certeza de que *tomarei* todo o cuidado necessário.

Ela recordou quando Bronwyn nascera. Tinha 14 anos e acalentava um ressentimento secreto contra a madrasta. Mas, no instante em que vira a irmã recém-nascida, envolta por uma manta amarela, tudo mudara. Perdoara Vicky sem hesitar. O pai fizera a coisa certa ao casar com ela, pois de outra forma como poderia lhe dar aquele presente maravilhoso?

— Sem querer mudar de assunto, Bron, até que ponto é sério o que há entre você e o tal de Dante?

Bronwyn deu de ombros, com um ar de indiferença... talvez uma atitude *um pouco* forçada.

— Nós saímos juntos. Mais nada.

— Está transando com ele?

A irmã soltou uma risada, surpresa, o vermelho espalhando-se pelas faces.

— O que a leva a perguntar *isso*?

— Sua expressão quando falei.

— Ah, Deus... é tão óbvio?

— Apenas para alguém que a conhece tão bem quanto eu. — Noelle deu um aperto afetuoso no ombro da irmã. — Só espero que esteja usando preservativo.

— Para dizer a verdade, só fizemos uma vez.

— Uma vez é suficiente. Sei disso melhor do que ninguém. Foi assim que *eu* fui concebida.

O fato de que seus pais, na ocasião, tinham apenas um ano a mais do que Bronwyn adquiriu um novo impacto. Noelle sabia que eles eram jovens; ela apenas não podia imaginar *como* eram jovens. Subitamente, sentiu um novo apreço pelo que a mãe tivera de enfrentar.

— Não se preocupe, El. Tomamos todo o cuidado.

Noelle pensou em Hank e em quanto teriam de ser cuidadosos. Jantaria com ele naquela noite, no apartamento dele. E por que não?

Afinal, eram amigos, não é mesmo? Enquanto não fossem além dos beijos, que mal poderia haver? Ainda assim, não podia deixar de se sentir um tanto quanto apreensiva.

— Foi tão bom quanto você esperava que seria? — indagou.

Bronwyn abaixou a cabeça, a cor em seu rosto aumentando.

— Digamos que há algumas coisas que não se aprendem nos livros.

— Minha primeira vez foi com Robert — confidenciou Noelle.

— E foi horrível?

— Não, claro que não. Foi... — Ela bloqueara a lembrança de uma maneira tão eficaz que naquele momento tinha dificuldade para recordar. — ... eficiente. É assim que me lembro. Como se ele estivesse desempenhando um número de mágica.

— E foi melhorando nas vezes subseqüentes?

— Acho que sim, de certa forma. O problema foi que, à medida que o amor acabava, me sentia cada vez mais desinteressada. Ou seja, o verdadeiro número de mágica foi o que fiz para mim mesma.

— Não sei se amo Dante — murmurou Bronwyn. — Sou louca por ele. Mas não é a mesma coisa, não é?

— Não, não é.

Noelle sorriu para si mesma, mais uma vez pensando em Hank. Estaria se apaixonando por ele? Talvez, mas, em seu estado de espírito atual, não confiaria em seu coração para distinguir a diferença entre amor e mera gratidão pela gentileza de Hank. Mesmo assim, aguardava aquela noite com ansiedade; sabia pelo menos isso.

Não pensaria na maneira como ele a beijara ou a que ponto poderia levá-la. Também não pensaria em seus problemas legais. Devia a si mesma e a Hank uma noite livre de *sturm und drang*, tempestade e tensão. O que não era pedir demais, não é mesmo?

— Para ser franco, sou um cozinheiro bem razoável. — Hank falou com o ar de um noviço maravilhado com o fato. — Gosta de massa, não é?

Os dois estavam lado a lado na cozinha de solteiro, pequena, mas surpreendentemente bem equipada: Noelle no balcão, cortando pepino para a salada, e Hank no fogão, cuidando de uma panela com espaguete suficiente para alimentar um pequeno exército. Ela virou-se e sorriu para Hank.

— Adoro.

— Ainda bem, porque é a única coisa que sei fazer.

— Só massa?

— Massa com molho de tomate, cebola, alho e condimentos. Massa ao *pesto*. Massa com *champignon* e alho. Massa com...

— Já entendi tudo.

Noelle riu, e o som de sua risada parecia mágico, nem um pouco inadequado... como água de fonte brotando da terra seca.

Hank fitou-a com um terno divertimento. Tinha o rosto avermelhado do vapor que subia da panela, os cabelos castanho-claros enrolados nas têmporas. Usava um avental de açougueiro por cima de uma calça cáqui e uma camisa azul, fazendo-a pensar num *chef* da TV. Alguém apresentando um espetáculo. Noelle sentiu-se inesperadamente comovida pelo desejo que ele demonstrava de impressioná-la.

— Todo mundo gosta de massa — continuou Hank. — Assim, é uma aposta segura quando se recebe uma visita, para não mencionar o fato de ser uma habilidade de sobrevivência indispensável.

— Haverá sempre o Murphy's Diner — lembrou Noelle.

— Já usei esse recurso. — Ele pegou um espaguete na panela, suspendeu e mordeu a ponta. — Falta pouco. Mais um ou dois minutos.

Hank virou-se para Noelle, com uma expressão pesarosa.

— Um homem solteiro, comendo sozinho no Murphy's todas as noites. Eu poderia muito bem ter posto um anúncio no jornal.

Noelle compreendeu o que ele queria dizer.

— Deixe-me adivinhar. Todas as mulheres solteiras de Burns Lake, entre 25 e 50 anos, experimentaram um desejo súbito de cozinhar para você.

Hank revirou os olhos.

— No meu primeiro ano, deixavam *casseroles* na porta. Fiquei sem espaço no refrigerador. Depois de algum tempo, começou a parecer mórbido, como se alguém tivesse morrido.

— Talvez fosse apenas um gesto de boa vizinhança — comentou Noelle, zombeteira.

— De qualquer forma, estava me deixando com complexo. Comecei a me perguntar se não havia alguma coisa diferente em mim. Pode entender, como se eu estivesse inconscientemente irradiando sinais de que procurava uma esposa?

Hank levantou a panela do fogão e despejou o conteúdo num escorredor, dentro da pia.

— Aquelas pobres mulheres... Espero que tenha sido gentil ao desenganá-las.

— Não precisei dizer nada. Apenas parei de comer no Murphy's todas as noites e comecei a comprar mantimentos. Elas acabaram entendendo a mensagem e deixaram de me trazer comida.

Ele abriu a torneira, deixando a água fria cair sobre o escorredor fumegante.

— Um alívio e tanto.

Noelle levou a salada para a mesa, pensando: *Ele está tentando me dizer alguma coisa?*

Não havia nada naquele apartamento, o salão reformado de uma casa vitoriana, um autêntico elefante branco, para sugerir a existência de um solteiro desajeitado. Embora pouco mobiliada, a sala de estar e jantar — com uma cozinha aberta ao lado — era aconchegante. Belos tapetes orientais cobriam o assoalho encerado de tábuas corridas. Um aparador de carvalho, coberto com livros e papéis, ficava na frente da mesa também de carvalho. Havia até uma lareira, junto da qual ele pusera uma cadeira de balanço com encosto de palha.

Era evidente que Hank não procurava uma esposa, inconscientemente ou não. A única questão era por que isso deveria ser importante para ela. Não tinha a menor condição de se candidatar ao cargo. Noelle olhou para seu reflexo no espelho por cima do aparador: uma mulher que levara tempo para arrumar os cabelos e pôr um vestido elegante;

uma mulher com as faces coradas, segurando uma tigela de madeira com salada, exibindo o mesmo ar de timidez que podia imaginar em todas aquelas mulheres que haviam levado as *casseroles* indesejáveis.

É apenas um jantar, ela disse a si mesma. *Mais nada.*

À mesa, Noelle manteve uma conversa amena. Hank falou sobre as dificuldades de substituir alguém tão amado quanto o velho doutor Matthews. Noelle confidenciou que voltara a escrever. Começara pelo diário, mas ultimamente, para afastar o pensamento de seus problemas, até escrevera alguns contos. Hank disse que gostaria de ler um, e ela prometeu que mostraria o conto em que então trabalhava.

Haviam quase acabado de comer quando Hank limpou a garganta e disse:

— Não quero levantar um assunto desagradável. Por outro lado, pode parecer grosseria de minha parte não perguntar. Alguma novidade em seu caso?

— Nenhuma. Estamos num impasse, graças a meu marido. Ele marca uma data com a psicóloga, mas desmarca no último minuto. Minha advogada não pode fazer nada enquanto não tivermos o relatório.

Ela fez um esforço para não parecer sombria. Já não chorara bastante no ombro de Hank?

— Antes que me esqueça, a comida está deliciosa. Não era brincadeira... você é *mesmo* um bom cozinheiro.

— Obrigado. A abobrinha italiana é cortesia de minha senhoria. Há suficiente em sua horta lá atrás para acabar com a fome no mundo.

Hank serviu-se de mais vinho. Atencioso, lembrou-se de reabastecer o copo de Noelle com água mineral Perrier.

— Por falar em Lacey, estive com ela esta semana. Ela foi ao consultório para renovar sua receita.

Noelle lembrou que Lacey sofria de rinite alérgica.

— Não falou sobre nós, não é?

A indagação aflorou sem que ela pensasse a respeito, como uma mola saltando de um relógio em que se deu corda demais. O rubor espalhou-se pelas faces de Noelle. *Pelo amor de Deus*, pensou ela, *o que há para contar?*

Mas Hank não se mostrou desconcertado.

— Não, não falei nada. Teria sido antiprofissional, não acha?

Com todo o cuidado, Noelle dobrou o guardanapo e pôs ao lado do prato.

— Hank, há uma coisa que você deve saber. Caso tenha... se as coisas alcançarem um ponto em que nós... — Ela parou de falar, levando a mão ao rosto, que ardia desagradavelmente. — É muito embaraçoso. Imagino que você não tenha a menor idéia do que estou tentando dizer.

— Creio que já entendi. — O rosto iluminado pelas velas, ele manteve uma expressão firme e serena. — Está preocupada com a possibilidade de nosso envolvimento se tornar muito profundo. Pensa que não seria sensato. Não enquanto continuar oficialmente casada. Pode ser desfavorável no tribunal.

Hank inclinou-se através da mesa, para pegar a mão de Noelle.

— Como estou me saindo até aqui?

Ela balançou a cabeça, entrelaçando os dedos, absorvendo seu afeto e segurança, como faria com um medicamento que Hank receitasse.

— Ah, Hank, como gostaria que pudéssemos nos conhecer daqui a cinco anos!

Ele levantou a mão de Noelle, para beijá-la. Um beijo terno e cortês, mas com a promessa de paixão. Nenhuma palavra poderia tranqüilizá-la mais. Noelle sentiu que um nó apertado dentro dela se desfazia. Tudo ia dar certo. Ele esperaria. Relutante, Hank largou sua mão e levantou-se para tirar a mesa.

— O que me diz de uma sobremesa? Lamento que meus dotes culinários não incluam os doces, mas na volta para casa comprei uma caixa de sorvete de pêssego na Scoops.

— Já estou com água na boca — murmurou Noelle, aliviada por ele saber quando deixar de lado uma questão delicada.

Parte dela queria muito fazer amor com Hank, naquele instante... sentir seus braços envolvendo-a, os corpos nus se comprimindo; conhecer o tipo de intimidade que não fora possível com Robert. Mas aquilo também era agradável: um descanso de tantas emoções acumuladas, uma pausa para recuperar o fôlego e simplesmente *ser*.

Enquanto esperasse, Noelle manteria os olhos bem abertos, não apenas para os perigos reais e potenciais pela frente, mas também para a possibilidade de alguma coisa ou alguém que seria bom em sua vida. Alguém muito parecido com o homem de calça cáqui e camisa azul parado na sua frente naquele momento.

Capítulo Treze

— O que o faz pensar que prenderam o cara errado?

Mary olhava para Charlie, inclinado sobre o volante do Chevy Blazer, seguindo pela estrada sinuosa da montanha, sob a chuva forte.

— Sabe Deus que eu gostaria muito de atribuir a culpa ao safado. — Charlie mantinha o rosto franzido, fazendo um esforço para ver alguma coisa além do lençol de água que caía sobre o pára-brisa. — Mas independentemente de seus crimes... e tenho o pressentimento de que Bronwyn sabe mais *a respeito* do que está revelando... não foi Dante Lo Presti quem quebrou as janelas do jornal.

— Como pode ter certeza?

— Para começar, pelo tamanho do sapato. Lo Presti calça 40... verifiquei com seu patrão... e as pegadas de botinas na terra junto do prédio eram no mínimo de 43 ou 44.

— Pensei que havia dito que a polícia não encontrara qualquer pista.

— Não depois que acabaram de pisotear tudo.

Charlie ligou o rádio, sintonizando numa emissora local, que noticiava as condições das estradas de duas em duas horas.

Ao fazerem planos para uma visita ao irmão mais velho de Corinne, Everett, que morava perto de Albany, as condições do tempo eram a menor de suas preocupações. Agora, se quisessem chegar inteiros, teriam de ir devagar, sem qualquer afobação. Mary pensou em todas aquelas janelas quebradas. Charlie passara a maior parte do dia anterior tapando-as. *Poderia ter sido pior*, pensou ela. *E se estivesse chovendo?*

— Está querendo dizer que foi de propósito, que Wade queria ter *certeza* de que não haveria nenhuma pista para ligar o incidente a Robert?

A julgar por seu encontro casual com Wade Jewett na rua, Mary diria que ele era bem capaz.

Charlie foi mais incisivo.

— Eu não ficaria surpreso se o próprio Wade fosse o culpado. Seus pés são bem grandes.

— Com uma veia de maldade para combinar.

Mary olhou pela janela, divisando uma mancha esverdeada, tudo que era visível do vale lá embaixo. Mais alguns quilômetros e alcançariam a rodovia interestadual, quando a viagem se tornaria um pouco mais fácil.

Ainda assim, ela se perguntava se fora mesmo uma boa idéia. Não era apenas pela crescente ansiedade com a situação, mas também por todo aquele tempo junto com Charlie. Teria de ser cega para não perceber que Charlie tornara a se apaixonar por ela. E teria de se iludir muito para não compreender que se encontrava no mesmo caminho tortuoso para a perdição. Com uma pequena diferença: em todos aqueles anos, nunca deixara de estar apaixonada pelo ex-marido.

— De qualquer forma, Wade não passa de um capanga contratado — acrescentou Charlie. — E não vejo muita probabilidade de Robert ser preso. O que, mais uma vez, leva a uma pergunta crucial: o que ele tanto teme que possamos descobrir?

— Talvez Everett possa nos dar novas informações — sugeriu Mary, com mais otimismo do que sentia. — É o mais velho. Deve lembrar mais do que Jordy.

— Na suposição de que tenha qualquer coisa a ver com Corinne. Pode haver outro corpo enterrado de que nunca tenhamos tomado conhecimento. — Ele lançou um olhar rápido para Mary. — Claro que é apenas uma maneira de falar. É mais provável que tenha alguma relação com seus métodos de ganhar dinheiro... comissões, subornos e todo o resto. Não ficaria surpreso se descobríssemos que Robert tem uma conta nas Ilhas Cayman.

— Acha, então, que é perda de tempo?

Charlie hesitou por um momento, antes de responder:

— Como jornalista, diria que não. Acho que vale a pena seguir qualquer pista, por menor que seja. Como apaixonado por você, porém, admito, sem o menor constrangimento, que qualquer desculpa para ficar a sós com você tem seu valor por si só.

Mary deu um soco de leve em seu ombro.

— Você não tem *mesmo* nenhuma vergonha.

— Quer que eu prove? Posso parar o carro até a chuva passar. Tenho certeza de que encontraríamos um meio de nos divertirmos enquanto esperássemos.

Ele arrematou com um sorriso malicioso. Secretamente, Mary ficaria na maior satisfação. Desde aquela noite na cabana que quase não pensava em outra coisa. Por que será, ela se perguntou, que a cama de uma mulher não é mais tão quente depois de ter experimentado a cama do amante? Simon telefonara na noite anterior, de Seattle, e ela descobrira que mal podia esperar o momento de desligar. E pensara em Charlie durante todo o tempo. Em seu hábito de dizer uma piada com o rosto impassível, de tal forma que passava um minuto antes de a pessoa perceber que era um gracejo. Como era sua aparência ao acordar: os cabelos que ainda pareciam se virar em várias direções, depois de tantos anos, o queixo com a barba por fazer, agora grisalha. Até mesmo como ele gostava dos ovos no café da manhã: fritos de um lado apenas, com a gema por cima. Quando ela começara a arrumar a cama, Charlie a afastou, gentilmente, murmurando:

— Deixe que faço isso mais tarde.

E Mary compreendera, por seu tom, que ele não queria que a prova de seu ato de amor fosse removida tão depressa. Esse pequeno gesto a comovera mais do que quaisquer palavras.

— Não faz diferença o espetáculo gratuito que estaríamos oferecendo para qualquer pessoa que passasse pela estrada. — Mary falou com uma afetação irônica. Olhou para o relógio e constatou que passava um pouco de onze horas. — Além do mais, Ev e sua mulher estão nos esperando para almoçar.

Charlie piscou.

— Neste caso, teremos de esperar o sol sair por conta própria... sem qualquer ajuda de nossa parte.

Quarenta minutos depois, eles pararam em frente a uma casa de dois andares, no estilo Cape Cod, num condomínio novo, que ficava ao norte de Albany. A mulher de Everett, jovem, cabelos escuros, muito esguia para quem acabara de ter uma criança, recebeu-os na porta, com um bebê recém-nascido aninhado no braço.

— Ah, pobres coitados! Devem estar meio que afogados! Entrem e fiquem à vontade. Avisarei a Ev que já chegaram. Ele está lá embaixo, no porão, com suas casas de passarinho.

— Casas de passarinho?

Mary levantou os olhos dos sapatos encharcados que estava tirando. A jovem riu, sacudindo a cabeça, em afetuosa exasperação.

— Nora não contou? É seu passatempo. Ev faz casas de passarinho e as vende para uma loja de artesanato aqui perto. — Ela estendeu a mão. — Sou Cathy, por falar nisso. Estranho ter de me apresentar. Ev falou tanto a seu respeito que tenho a sensação de que já a conheço há muito tempo.

Ela virou-se, sorrindo para Charlie.

— E você deve ser o marido de Mary.

O calor que se espalhou pelo rosto de Mary fez com que esquecesse que tinha os cabelos e roupas molhados. Já ia corrigir Cathy quando Charlie apertou a mão da mulher, dizendo apenas:

— Charlie Jeffers. Prazer em conhecê-la. E quem é esta linda mocinha?

Ele inclinou-se para a frente, a fim de ver melhor a criança, toda vestida de rosa. Cathy exibiu o sorriso apaixonado de qualquer mãe de recém-nascido.

— Cory. Abreviação de Corinne.

Mary teve um sobressalto de surpresa. Sentiu-se grata quando Charlie passou o braço por seus ombros. Um momento depois, entraram na sala de estar, com brinquedos espalhados por toda parte, e se viram totalmente envolvidos pelos três filhos mais velhos dos Lundquist, com a idade variando de dois a sete anos. Charlie logo se ajoelhou para ajudar a criança do meio, uma menina bonita, de cabelos escuros, a desembaraçar um fio que prendera na roda de seu carrinho de compras Fisher-Price. Mary ficou impressionada por seu relacionamento fácil com a menina. Como teria sido se criassem Noelle juntos? A vida da filha poderia ter sido diferente? A própria Mary teria sido uma mãe melhor? O pensamento provocou uma ligeira angústia.

Cathy voltou momentos depois, com Everett a reboque. Ele era alto e corpulento, como Jordy, mas com os cabelos ruivo-escuros do pai, o rosto comprido e um pouco triste. Na verdade, Ev podia ser tudo menos triste. Apenas os estranhos demoravam um pouco para compreender que haviam se enganado, que a suposta expressão de tristeza era, no fundo, a serenidade escandinava. O que não o impediu de cumprimentar os visitantes efusivamente.

— Mary... Charlie... é um prazer tornar a vê-los. Foi muita gentileza terem viajado tanto para me ver, ainda mais com esse tempo.

Ele virou-se para espiar pela janela. O aguaceiro se transformara em chuva miúda.

— Antes de ir embora, Charlie, estou precisando de uma ajuda para tirar a escada do porão. Há um vazamento no telhado em cima do puxado da lavanderia, e quero dar uma olhada.

— Terei o maior prazer em fazer mais do que isso. Se tiver alcatrão e uma brocha, poderemos resolver o problema num instante.

Ev balançou a cabeça em sinal de concordância.

— Se estiver bastante seco até lá, é bem possível que aceite sua ajuda, Charlie.

Foram para a cozinha. Entre se esquivar de brinquedos e subornar as crianças com biscoitos, Cathy conseguiu pôr o almoço na mesa. Mary segurou o bebê, enquanto a mulher de Ev servia as tigelas com uma sopa de aparência apetitosa, um pão com casca crocante, uma enorme salada Niçoise e pratos de picles feitos em casa. Era evidente que Cathy Lundquist era uma mulher que agradava a sogra.

Mary ficou olhando, aturdida, para a criança adormecida em seu colo... a menina que recebera o nome de sua melhor amiga. A pequena Cory até parecia um pouco com a xará, os mesmos cabelos louros, o nariz arrebitado, a mesma covinha por cima do queixo. Se Corinne tivesse uma filha, seria parecida com aquela menina.

Ela pensou em Noelle, nas ocasiões em que se desesperara, pensando que nunca teria qualquer intimidade com a filha. Agora, subitamente, ela via a situação sob uma nova luz. *Pelo menos ainda estamos lutando. E, enquanto há vida, há esperança...*

Durante o almoço, tão saboroso quanto lhes parecera, conversaram sobre a próspera carreira de Ev como consultor de engenharia e seu passatempo: a construção de casas de passarinho. Como ele e Cathy haviam se conhecido: numa exposição comercial, no tempo em que ela tinha o título surpreendente de vice-presidente regional de uma empresa fabricante de ferramentas. E como as crianças eram uma alegria, mesmo com os acessos, com as mamadeiras às duas da madrugada e tudo o mais.

Depois que as crianças foram tirar um cochilo, os adultos passaram para a sala de estar. Ali, finalmente, Mary e Charlie revelaram o verdadeiro motivo da visita. Informaram a Ev e Cathy a situação de Noelle e explicaram as suspeitas em relação a Robert. Mary teve o cuidado de evitar qualquer insinuação de que Corinne poderia ter sido assassinada. Teve uma agradável surpresa ao descobrir que Ev se mostrava tão franco em relação à tragédia da irmã quanto Jordy fora reservado.

— Eu gostaria de poder ajudar mais. — Sentado no sofá, com as mãos imensas e calejadas do trabalho cruzadas no colo, Ev sacudiu a cabeça. — A verdade é que não me lembro de muita coisa... estava na universidade naquela ocasião... exceto que, no final, Corinne e Robert não estavam se dando muito bem. Para dizer a verdade, ela andava muito infeliz.

Distraído, ele puxou uma meia pequena presa entre as almofadas. Alisou-a entre os dedos grossos.

— Lembro como se fosse ontem a última vez em que a vi com vida. Era noite de sábado, e eu havia ido passar o fim de semana em casa. Ela e o namorado foram ao cinema. Deve ter ocorrido uma briga e tanto, porque ela voltou para casa transtornada... realmente transtornada, como... como se alguém tivesse morrido. Claro que eu não sabia, na ocasião, que ela estava...

Ele hesitou, mordendo o lábio.

— Grávida — Cathy, amamentando o bebê na cadeira de balanço junto da lareira, disse gentilmente. — Pode dizer, Ev. Não pintam mais uma letra escarlate no peito das mulheres.

— Quer dizer que só descobriu depois?

Charlie, olhando pensativo para a estante com fotos da família, virou-se para fitar Ev.

— Isso mesmo. — O irmão de Corinne balançou a cabeça, desconsolado. — Mas eu gostaria que ela *tivesse* me contado. Teria... Não sei direito *o que* eu faria, mas pelo menos Corinne não precisaria sofrer sozinha.

— Acha que ela contou a Robert? — indagou Mary. — Afinal, ele era o pai.

— É bem provável, embora não possa jurar. — A expressão de Ev era perturbada. — Só posso dizer que foi muito sério o motivo da briga. Corinne estava arrasada. Tinha o rosto inchado e vermelho, como se tivesse levado uma surra. A princípio, pensei que ele a tivesse machucado de alguma maneira. E quase que torci para que isso fosse verdade. Neste caso, podem ter certeza, Robert Van Doren é que estaria morto e enterrado, não minha irmã.

Ele fez uma pausa, a expressão se tornando ainda mais sombria.

— Mas Corinne só ficou daquele jeito porque chorara demais.

— Ela disse qual fora o motivo da briga?

Charlie contraíra os olhos, falando no tom incisivo do jornalista experiente, que Mary só passara a conhecer e respeitar havia pouco tempo.

— Não, exceto... — Ev baixou a voz, como se não quisesse que as crianças ouvissem. — Lembro que Corinne disse, várias vezes: "Ele nunca vai perdoar isso."

Portanto, ele *sabia*.

— Referindo-se a Robert — presumiu Mary, em voz alta.

— Foi o que pensei na ocasião — disse Ev. — Mas agora, recordando, me pergunto se não era de papai que tinha mais medo. Teria sido uma pílula difícil de engolir para papai. Mas, com o tempo, acabaria aceitando, tenho certeza. Não era um homem mau... apenas rigoroso demais.

Mary pensou em outra coisa.

— Sabe se ela andava se encontrando com outro na ocasião?

Ev mostrou-se surpreso.

— Alguém que Robert ignorasse?

Ele não precisava acrescentar que, se Robert soubesse, o cara teria levado uma tremenda surra.

— Isso mesmo — murmurou Mary.

Ev pensou por um momento, depois sacudiu a cabeça.

— Tudo é possível, eu suponho. Como já falei, eu passava pouco tempo em casa, na ocasião. Mas não creio. O que a levou a perguntar?

— Alguma coisa no diário de Corinne. Ela mencionou alguém que lhe dera uma carona até em casa, na volta de uma festa... um rapaz a quem se referiu apenas como J.

Ev recostou-se no sofá, coçando o queixo.

— O único que conheço com essa inicial é meu irmão Jordy. E ele ainda não tinha 14 anos na ocasião. Não tinha idade legal para guiar um carro.

— Quem quer que fosse, provavelmente eram apenas amigos.

Apesar dessas palavras, Mary não estava convencida de todo. Não havia qualquer prova de que Corinne andava se encontrando com outro pelas costas de Robert, mas Mary tinha o pressentimento de que havia alguma coisa faltando ali... um elemento fundamental, sem o qual todo o resto não fazia sentido. Com um suspiro, ela se levantou.

— Ev... Cathy... já os ocupamos por tempo demais. O almoço foi maravilhoso, e vocês ajudaram muito mais do que podem imaginar.

— Ainda está de pé a ajuda com o telhado — declarou Charlie, depois de olhar pela janela.

A chuva cessara, e Mary podia ver um arco-íris tremeluzindo no céu que clareava depressa.

— Obrigado, Charlie, mas é melhor esperar... dar mais tempo para as telhas secarem.

— Então me deixe pelo menos ajudá-lo com a escada.

Ev balançou a cabeça.

— Eu a pegarei mais tarde. Para ser franco, de repente fiquei um pouco cansado. Toda essa conversa sobre o passado... — Ele caiu num silêncio pensativo. Um momento depois, porém, tornou a se animar. — Se esperarem um pouco, acho que tenho uma coisa para vocês.

Ele desapareceu na sala ao lado. Mary ouviu o barulho de suas botas descendo para o porão. Ev não demorou a voltar, trazendo uma linda casa de passarinho, feita com bétula.

— É para os dois. Basta pregarem numa estaca e na primavera terão horas de diversão doméstica.

Mary sentiu que corava, mas Charlie se manteve imperturbável. Estendeu a mão para aceitar, com uma gentileza que ela achou tão comovente quanto o próprio presente.

— Obrigado, Ev. Tenho o lugar exato para instalar.

Por um momento de felicidade, Mary entregou-se à fantasia de que na primavera seguinte continuaria em Burns Lake para ver os passarinhos construírem o ninho, observar os filhotes aprendendo a voar. Depois, como o arco-íris se evaporando no céu, a fantasia acabou, com a realidade prevalecendo: àquela altura, havia muito que já teria ido embora. Essa compreensão deixou-a com uma ansiedade que persistiu durante toda a viagem de volta.

Se a irmã de Mary pudesse opinar, o parulídeo de cabeça laranja seria o primeiro a fixar residência na nova casa de passarinho de Charlie. O referendo sobre o novo loteamento em Sandy Creek seria realizado dentro de três semanas, e Trish Quinn empenhava-se a fundo em sua campanha, aproveitando cada minuto. Mobilizara um pequeno exército de voluntários para distribuir folhetos de porta em porta. Uma concentração na frente da prefeitura terminou com uma multidão de partidários seguindo até sua loja, para café e biscoitos. O professor Lars Thorsen, renomado ornitólogo, que escrevera um livro sobre o assunto, fora convidado a fazer uma palestra. O resultado era uma cidade muito mais dividida em suas fidelidades do que qualquer um poderia imaginar. Ao contrário da convicção popular, parecia que nem todos em Burns Lake dependiam da Van Doren & Sons para a sobrevivência.

Ao final da tarde de sábado, de volta da visita a Ev e Cathy Lundquist, Mary entrou na The Dog-eared Page e encontrou a irmã mais uma vez transformada, de livreira de cidade pequena em entusiasta de causas em defesa da natureza. Trish deixou um grupo de partidários para ir cumprimentá-la.

— Você trouxe? — perguntou ela, ansiosa.

Em vez do macacão habitual, Trish usava uma saia azul justa e uma blusa de seda creme. Os cabelos também estavam diferentes, penteados para trás, por cima das orelhas, presos com duas travessas de madrepérola. O efeito geral era atraente.

Mary estendeu um envelope de papel pardo, contendo o videoteipe que prometera à irmã, um documentário ainda não exibido sobre as conseqüências do desenvolvimento desenfreado na vida selvagem, em uma pequena cidade no Norte da Califórnia. Por meio de suas ligações com a WNET, ela conseguira obter uma cópia. Trish faria uma projeção especial naquela noite, na igreja Unitária dos Apóstolos Divinos. Seu ministro, segundo Trish, era também um fervoroso apóstolo... de medidas rigorosas de conservação ambiental.

— Não foi fácil — confidenciou Mary. — Quase que tive de ficar de joelhos e suplicar. Mas a produtora é uma amiga que me deve um favor, e, por isso, acabou cedendo.

— Obrigada. Agora, quem *lhe* deve sou eu. E um grande favor. Vai aparecer esta noite, não é?

— Depois de todo o esforço que tive de fazer para conseguir a fita? Não perderia por nada neste mundo.

Mas Mary não disse à irmã que o destino do parulídeo de cabeça laranja era a menor de suas preocupações. Trish só se sentiria mal por estar empenhando seu coração naquela causa, em vez de torcer as mãos de desespero por causa de Noelle. Não que Trish não estivesse preocupada com a sobrinha. Apenas era assim que ela se comportava. Quando se defrontava com obstáculos insuperáveis, encaminhava-se para o próximo muro, que *poderia* ser escalado.

— Alugamos cadeiras extras — informou Trish, muito excitada. — O reverendo Joe... ah, Mary, mal posso esperar pelo momento em que você irá conhecê-lo. Ele é tão dedicado... Joe providenciou para que o coro cantasse depois. Alguma coisa... não lembro direito... uma música comovente, como o *Requiem* de Fauré.

— Que tal, em vez disso, "This Land Is Our Land"? Não vai querer parecer elitista.

Mary falou do ponto de vista de uma relações-públicas, sem a intenção de ser crítica, embora fosse exatamente o que pareceu.

— Hã... tem razão. Nunca pensei nesses termos.

A luz no rosto da irmã diminuiu abruptamente, com a volta da expressão de hesitação usual. Mary, com uma pontada de arrependimento, apressou-se em mudar de assunto.

— Precisa de uma carona ou Gary vai buscá-la?

Outra vez, foi a coisa errada para dizer. Trish sorriu, com um ar resignado.

— Ele não tem certeza se poderá comparecer. Por isso, tomei outras providências.

A irmã começou a mexer na prateleira de exposição de livros de jardinagem, as mãos pequenas e roliças ajeitando o cesto com violetas africanas artificiais ao lado.

— Ele anda muito ocupado ultimamente, com a Little League e todo o resto. — Trish empurrou o cesto mais para o centro da mesa. — Pronto. O que você acha?

— Adorável.

Mary sorriu. Assim era sua irmã, em suma: faria tudo que pudesse para tornar o mundo mais bonito, ao mesmo tempo em que ignorava o que era feio ou estava deslocado em sua vida. Ela já se virava para ir embora quando Trish perguntou, em voz baixa:

— Como Noelle está resistindo? Há dias que não tenho notícias dela.

— Melhor — informou Mary. — É espantoso como ela consegue manter o controle. Noelle é muito mais forte do que supúnhamos. Mas creio que a pessoa que mais se espantou com isso foi ela própria.

Particularmente, ela tinha a impressão de que essa força tinha alguma relação com um certo dr. Reynolds. A filha chegara em casa bem tarde, na noite anterior, parecendo corada, com um novo vigor nos passos, embora insistisse que Hank e ela eram apenas amigos.

— Diga a Noelle que a amo — pediu Trish.

Ela vai precisar mais do que isso, pensou Mary, enquanto saía para a calçada. Embora Noelle fosse agora mais capaz de esconder os sentimentos, cada visita a Emma a desesperava tanto quanto a animava. Pior era a espera interminável, sem qualquer garantia de um resultado positivo. Robert continuava a retardar o processo; e eles não estavam mais perto de descobrir alguma prova concreta contra ele do que se encontravam no início.

As rosas na sepultura de Corinne, por exemplo. O que significavam? A teoria de Noelle era que se relacionavam de alguma forma com o filho que Corinne estava esperando.

— Gertrude não é como você — comentara Noelle naquele dia, no cemitério. — Tudo que ela sempre quis da vida foi ser esposa e mãe.

As duas sentaram num banco de pedra, junto de um canteiro de flores, que havia muito tinham se transformado em pó. Noelle não falara como um insulto, mas mesmo assim Mary estremecera por dentro.

— Ela esperava ter muitos netos. Devia ver o álbum de fotos de Emma. É quase tão pesado que pode rachar o tampo de vidro da mesa de café. Se ela soubesse que Corinne esperava uma criança de Robert...

— Teria lamentado como se fosse sua filha?

— Exatamente.

— Mesmo depois de trinta anos?

— Ela é esquisita a esse ponto. Não dá para adivinhar só de olhar, mas há uma profunda veia sentimental por baixo de todo aquele gelo. Todos anos, em nosso aniversário de casamento, Gertrude nos mandava flores num arranjo que era uma réplica exata do meu buquê de noiva.

— Ela deve ser muito popular com seu florista — comentara Mary, sarcástica.

— Não percebe? Ela encomenda o buquê para a sepultura de Buck e pensa: já que estou aqui, por que não matar dois coelhos com uma só cajadada?

— Parece mais prática do que sentimental.

Se Gertrude ainda lamentava a perda do neto, pensou ela, havia alguma coisa que não encaixava direito em sua cabeça, ou acontecera algo mais do que parecia à primeira vista.

Naquela noite, às sete e meia em ponto, Mary chegou à igreja Unitária dos Apóstolos Divinos, encontrando o salão no porão quase lotado. O reverendo Joe Wilcox, um homem baixo e corpulento, com cabelos crespos grisalhos e um sorriso contagiante, que revelava uma falha entre os dentes da frente, recebeu-a efusivamente na porta.

— Eu a teria reconhecido em qualquer parte. Você é exatamente como Trish descreveu — declarou ele, apertando a mão de Mary entre as suas, os olhos cinza faiscando.

— Aceito isso como um elogio. — murmurou Mary, com uma risada tímida.

— Você realmente não faz idéia, não é? — O reverendo inclinou a cabeça para o lado, estudando-a atentamente. — A julgar pelo que sua irmã diz, o sol nasce e se põe por você.

Mary fez uma careta.

— Nem sempre tive uma conduta irrepreensível.

— Talvez seja isso o que ela admira, o fato de que você correu riscos.

Foi a vez de Mary observá-lo com atenção. Era evidente que havia mais no reverendo Joe do que o colarinho clerical podia sugerir.

— Não esquecerei isso — murmurou ela, apertando a mão do reverendo e se afastando à procura de um lugar.

Sentou no fundo do salão. Olhou ao redor. A maioria dos rostos era desconhecida, mas ela reconheceu pelo menos meia dúzia, antigos colegas de escola, cujas expressões pareciam aflorar, maliciosas, por trás de bochechas murchas, papadas e rugas. Helen Haggerty, antiga animadora de torcida e rainha do baile dos ex-alunos, agora meio gorda, avistou-a e acenou. Mas o sorriso de Helen não se estendia aos olhos, que exibiam uma curiosidade fria.

Cara Townsend sentou à direita de Mary. Quando cursavam o segundo ano em Lafayette, Cara fora sua parceira em biologia. Agora mãe, cabelos com hena, dentes estragados e tosse de fumante, ainda assim Cara não perdera seu carinho por animais. Ao recordar o melindre da parceira no momento de dissecar uma rã, Mary não ficou surpresa quando ouviu seu comentário:

— Susie, minha filha de 14 anos, não conseguiu mais dormir desde que leu as reportagens. A idéia do massacre daqueles filhotes inocentes...

Cara parou de falar, com um violento acesso de tosse, um lenço encostado na boca.

Betty Pinkerton, proprietária da Sweet Stuff Bakery, na Front Street, acomodou sua corpulência na cadeira vazia ao lado de Cara. Uma mulher imensa, que apregoava ser o melhor anúncio ambulante para suas mercadorias, irradiava quantidades iguais de ternura e boa vontade.

— Ora, se não é Mary Quinn! Soube que havia voltado à cidade. E olhe só para você... magricela como sempre! Lembro quando você e sua irmã paravam na padaria, ao voltar da escola, suplicando para serem engordadas.

Betty recostou-se, para se abanar com um dos programas distribuídos na porta. Os cabelos brancos esvoaçaram em torno do rosto. Mary sorriu com a lembrança.

— Ainda me lembro dos biscoitos. Você costumava dar às crianças todos aqueles que saíam quebrados.

— Ainda dou... quando posso escapar impune. — Betty revirou os olhos. — Não pode imaginar como são os pais hoje em dia. Pelo que dizem, parece até que o açúcar é o Anticristo.

Mary piscou.

— Da próxima vez em que sentir vontade de pecar, pode ter certeza de que aparecerei na padaria.

A risada exuberante de Betty fez com que a papada tremesse e provocou ondulações no busto farto.

— Já sua filha não se incomoda de dar um biscoito para sua menina comer de vez em quando. — Ela inclinou-se pela frente de Cara e sussurrou: — Pobre coitada... Eu soube o que aconteceu. Se houver alguma coisa que possa fazer para ajudar, basta me dizer.

Mary sentiu-se inesperadamente comovida.

— Obrigada, Betty. Farei isso.

As luzes diminuíram nesse momento. Os créditos começaram a passar na tela da TV. A visão pelos olhos de um pássaro de uma exótica cidadezinha rural, enquanto uma voz de homem começava a narrar, de forma profunda e solene:

— Progresso. Nossos antepassados pioneiros mediam-no por sua subsistência e por sua vida. Limpavam as florestas e expandiam os limites, não por ganância, mas pela simples necessidade de fazer valer seus direitos sobre uma terra nova, estranha, muitas vezes hostil...

Mary olhou para a cadeira vazia à sua esquerda. Guardara-a para Charlie, que estava atrasado. Agora, envolta pela escuridão, ela sorriu pesarosa, pela maneira como começara a pensar, como um velho casal, para quem o mundo se apresentava em dois. Depois do que acontecera, como ela poderia voltar à vida de um único lugar à mesa, uma cama de solteira, ingressos para uma só pessoa e lugares na extremidade? Era diferente com Simon. Inconscientemente, devia tê-lo escolhido devido à razão pela qual o achava tão frustrante: ele quase nunca estava presente. Quando Simon viajava, não deixava qualquer lacuna em sua estrutura de vida.

Ela tornou a concentrar a atenção no filme e logo se descobriu absorvida na apresentação íntima de pessoas comuns, numa pequena cidade, muito parecida com Burns Lake, enfrentando os efeitos da poluição industrial. Estava tão absorvida que teve um sobressalto, largando o programa no chão, quando uma voz familiar, que não era a de Charlie, perguntou:

— Desculpe, mas este lugar está vago?

Robert! Ela levantou os olhos, alarmada. Mas, antes que pudesse abrir a boca para responder, ele já sentara ao seu lado. Na semi-escuridão, fitou-a jovialmente... da maneira como um gato podia contemplar um camundongo que seria transformado em refeição.

Mary sentiu um fluxo de adrenalina, como acontecia quando seu carro derrapava na rua molhada ou deixava por pouco de ser atropelada por um táxi.

— Desculpe, mas o lugar está reservado — declarou ela, num sussurro gelado.

Robert se comportou como se ela não tivesse falado.

— Mary! É muita coincidência encontrar *você* aqui.

A voz baixa estava impregnada de sarcasmo.

— Eu disse...

Dedos fortes apertaram o pulso de Mary.

— Ouvi da primeira vez.

O tom de Robert, em contraste com seu aperto firme, era quase assustadoramente afável. No instante em que começava a doer, ele largou-a e recostou-se na cadeira, com um pequeno sorriso de triunfo. Pelo canto da boca, ele indagou:

— Perdi muita coisa?

A mente de Mary voltou a uma festa no tempo do ensino médio, quando Robert, de porre, a cantara. Quando ela dera um tapa em sua mão, Robert ficou furioso.

— Todo mundo sabe que você não passa de uma putinha. Já soube que seu namorado não é o único que faz sacanagens com você.

Depois, com um sorriso que parecia gelo preto, numa estrada deserta, tarde da noite, ele desaparecera na multidão. Mary tornara a avistá-lo poucos minutos depois, no meio de seus amigos atletas, um braço estendido pelos ombros de Corinne, que o fitava com adoração.

Ela jamais contara a Corinne.

— Vai adorar o final — sussurrou ela, em resposta. — A cidade ganha uma ação judicial de duzentos milhões de dólares contra o incorporador.

Mary ficou gratificada ao vê-lo se empertigar, mesmo que apenas um pouco. Mas Robert soltou uma risada e murmurou:

— Sempre gostei de uma boa briga.

Mary, porém, não tinha estômago para aquilo. Não ali, onde não podia revidar. Abruptamente, ela levantou e encaminhou-se para a porta. Não precisava daquilo. Robert apenas tentava enervá-la. Não era suficiente ameaçar Charlie. Agora, era a vez de Mary.

Ela abriu a porta do salão. Subia a escada íngreme para a rua quando a voz insinuante de Robert flutuou em sua direção.

— Estou curioso com uma coisa, Mary. Foi sua a idéia de voltar? Porque, sabendo como minha esposa se sente em relação a você, acho difícil acreditar que *ela* tenha pedido.

Mary virou-se, as faces ardendo, como se tivesse levado um tapa.

— Como ousa, seu filho-da-puta?

No fundo da escada, envolto pela sombra, Robert podia passar por um ator num velho filme preto-e-branco, as feições bonitas destacadas em relevo pelo clarão de um lampião da rua, os dentes à mostra num sorriso sem humor. Um repórter veterano de Hollywood dissera certa ocasião para Mary que a verdadeira definição de uma estrela ou astro é alguém que pode entrar numa sala apinhada e fazer com que as pessoas se virem, apenas por *sentirem* sua presença. O mesmo se podia dizer do mal, pensou Mary. O mal, em sua forma pura, era o lado inverso do estrelato, o lado escuro da lua, o túnel no final da luz.

— Está muito longe da cidade de Nova York, Mary — murmurou ele, um ligeiro tique nervoso fazendo a pálpebra direita tremer. — Não tem idéia do que vai enfrentar.

O coração de Mary disparara. Estavam sozinhos e, de repente, lhe ocorreu que seria muito fácil para Robert segui-la, quando se afastasse, aproximar-se por trás, agarrá-la pela garganta. Queria correr, mas não ousava lhe dar as costas. Fez um esforço para sustentar o olhar de Robert.

— Há uma coisa que me deixa curiosa. Por que uma pessoa sem qualquer preocupação faz tanto esforço para proteger a reputação? Ou há mais do que parece haver? Você tem medo de ir para a cadeia?

Ele fitou-a em silêncio por um longo momento, os olhos fixos e frios, como os de uma cobra.

— Sua mãe nunca lhe ensinou a não meter o nariz no que não é da sua conta? Pode acabar levando uma mordida.

A voz era enganadoramente gentil, como um pai censurando uma filha levada. Mas Mary já lidara com homens assim no passado. O medo era a mercadoria com que operavam; se você não demonstrava medo, se sentiam impotentes.

— Está me ameaçando, Robert? — indagou ela, sem rodeios, embora o coração disparasse a um quilômetro por minuto. — Porque, se está, deixe-me avisá-lo de que costumo retribuir a mordida.

O rosto de Robert fechou-se de repente, como um punho cerrado. Os olhos claros faiscaram. Ele não avançou em sua direção, nem sequer se *mexeu*. Mesmo assim, Mary sentiu um fluxo de pânico que a fez subir os degraus restantes.

Respirava com dificuldade, como se tivesse subido seis lances de escada.

Ele a seguira? Mary olhou ao redor, para verificar se alguém poderia ouvi-la, caso gritasse. Mas a Church Street, o nome mais do que apropriado, estava silenciosa, os prédios às escuras. Um bicicletário faiscava na escuridão, a poucos metros de distância. Seus olhos incidiram sobre uma velha Schwinn que não fora acorrentada — e bem poucas eram acorrentadas em Burns Lake —, e ela pensou em pegá-la, sair pedalando tão depressa quanto pudesse, até seu carro, estacionado a dois quarteirões da igreja.

Mas logo o momento de pânico passou. Ela olhou para o chaveiro em sua mão, sentindo-se um pouco tola. *Ele não a ameaçou, não expressamente*, disse a si mesma. O que a deixara tão abalada, podia compreender agora, fora a facilidade com que Robert focalizara sua insegurança mais profunda. O que mais ele sabia?

Mary não percebeu como se sentia atordoada até bater no pára-choque do carro estacionado à sua frente, ao sair da vaga. Apertou o volante com toda a força, como se os braços pudessem se desprender e flutuar para longe se não o fizesse. Ocorreu-lhe que Trish ficaria surpresa ao descobrir que fora embora sem se despedir. E fez a anotação mental de deixar um recado na secretária eletrônica da irmã assim que chegasse em casa.

Aproximava-se do cruzamento da Main com a Bridge quando um Volvo cinza-escuro — o inconfundível carro de Noelle, com a frente amassada — atraiu sua atenção. A filha permanecera em casa naquela noite, para cuidar de Doris, que não se sentia bem. Por isso, o Volvo de Noelle era o último carro que ela esperaria ver parado ali, na frente da 7-Eleven, com uma radiopatrulha estacionada logo atrás.

Noelle, iluminada pelo clarão dos faróis, discutia com um guarda, alto e corpulento. Como ele se mantinha de costas, Mary não podia ver seu rosto.

Ela pisou no freio, bruscamente, com força suficiente para derrapar pelos últimos metros. Parou a poucos centímetros do pára-choque da radiopatrulha. Sem se dar ao trabalho de desligar o carro, saltou e correu em socorro da filha.

— Isto é um absurdo. Eu estava *abaixo* do limite de velocidade, e você sabe disso! — protestava Noelle, exasperada. — Agora, se me der licença...

Ela avistou Mary e gritou:

— Mamãe!

O policial virou-se, meio desajeitado, o cascalho rangendo sob o salto das botas. Wade Jewett. Ela deveria ter imaginado.

— Fique fora disso, Mary. Não tem nada a ver com você. — Ele lançou-lhe um olhar furioso, antes de se virar de novo para Noelle. — Sinto muito, mas tenho de lhe pedir que faça um teste com o bafômetro.

Noelle ficou imóvel, aturdida. Mas recuperou o controle no instante seguinte.

— Não farei teste algum. Não estou bêbada, e você sabe disso.

Ela fez menção de contorná-lo, mas a mão enorme a segurou pelo braço.

— Wade Jewett, tire as mãos de minha filha!

A voz de Mary, treinada por anos na obrigação de gritar para que a ouvissem, em festas ruidosas e entrevistas coletivas, não lhe faltou agora. Elevou-se acima do barulho do tráfego, o rugido da mamãe urso se erguendo para proteger o filhote. Wade virou-se outra vez para ela, com o sorriso desdenhoso de um bufão.

— Chegou um pouco atrasada, não é, Mary? Deveria estar aqui quando ela começou a beber.

Num estranho momento elíptico, que parecia girar, interminável, Mary teve tempo para notar a meia-lua de suor sob os braços de Wade, assim como alguma coisa branca, parecendo Kleenex, presa nas algemas que balançavam no cinto. Sentiu o excitamento nervoso de Wade, da mesma forma que sabia que devia se manter a distância de certos cachorros. Não era uma multa casual, compreendeu ela. Wade Jewett aguardava para dar o bote.

— Você não mudou nem um pouco, não é? Apenas expandiu seu repertório. — Mary fitava-o com o maior desprezo. — Claro que sabíamos que era *você*, na nona série, dando aqueles telefonemas anônimos para mim e para minhas amigas.

O sorriso escarnecedor desapareceu do rosto de hambúrguer cru de Wade.

— Você não sabe de porra nenhuma.

— Seu irmão nos contou. Até mesmo *ele* achava que você era nojento.

Num piscar de olhos, a máscara mudou. Wade Jewett, o pária desajeitado da Lafayette High, era desmascarado de todo o seu priapismo adolescente.

— Skeeter? Aquele bosta não teria coragem para fazer isso co...

Ele parou de falar de repente, compreendendo que se traíra.

— Não falei nada na ocasião porque sentia pena de você — continuou Mary, friamente. — Era repulsivo e, se aquela era a única maneira de fazer uma garota falar com você... era mesmo patético. Eu não podia imaginar que você seria capaz de afundar ainda mais.

— Já chega, dona. Cale essa boca e saia da frente ou... ou vou prendê-la por obstrução da justiça.

Mary divisou o brilho furtivo nos olhos de Wade quando ele se virou mais uma vez para Noelle, acrescentando:

— Madame, como disse, tenho de lhe pedir para...

Alguma coisa estalou na cabeça de Mary, um som tão nítido quanto um graveto partindo em dois. Ela arremeteu para a frente, batendo com a bolsa em Wade, uma pancada forte nas costas, que o fez cambalear para a frente, os calcanhares levantando poeira, à luz dos faróis.

No instante seguinte, Mary foi agarrada por trás e empurrada contra a radiopatrulha. Os braços foram rudemente puxados para as costas. Ouviu Noelle gritar e, em seguida, o retinido das algemas sendo fechadas em seus pulsos.

— Você dá a impressão de que precisa de um amigo... ou de uma serra de metal.

Mary levantou os olhos e deparou com Charlie — alto, cabelos escuros, de calça jeans e um casaco esporte azul-marinho que já conhecera melhores dias — avançando pelo corredor de lâmpadas fluorescentes, a caminho da cela onde ela ficara trancafiada durante quase uma hora. Ele sorria da maneira como as pessoas fazem quando o humor é o único meio de lidar com uma situação insustentável. Mary não sorriu em resposta.

— Por que demorou tanto?

Ela se levantou do catre estreito de madeira onde se dignara sentar. Charlie sacudiu um polegar para trás.

— O cara lá na frente me deu algum trabalho.

— Deixe-me adivinhar... Wade Jewett, não é?

Mary lançou um olhar de repulsa para a porta na entrada do corredor. Charlie confirmou com um aceno de cabeça, o sorriso ainda repuxando um canto da boca.

— Ouvi dizer que alguém finalmente deu ao idiota arrogante o chute no rabo que ele merecia.

Desta vez Mary *sorriu*.

— E eu faria muito mais se ele não me algemasse. — Ela olhou além de Charlie. — Onde está Noelle? Pensei que viria com você.

Em termos legais, a filha deveria partilhar a cela. Mas, na confusão da prisão de Mary, Noelle tivera a sorte de escapulir. Aparentemente, Wade Jewett concluíra que uma pessoa da família por trás das grades era suficiente; a prisão de duas poderia acarretar um escândalo.

— Eu disse a ela que poderia demorar um pouco, e Noelle não queria deixar Doris por tanto tempo. — Charlie fez uma pausa, como se avaliasse quanto Mary suportaria ouvir. — Havia dúvidas se você seria ou não solta sob fiança.

Mary estremeceu com o pensamento de passar a noite inteira trancada ali, escutando Avery Wilkinson, o bêbado da cidade, roncar na cela ao lado.

— Afinal, vão ou não me deixar sair? — indagou ela, furiosa.

— Um dos homens está preparando a documentação para soltá-la enquanto conversamos.

— Como conseguiu?

— Ameacei publicar uma reportagem na primeira página sobre perseguição policial a uma cidadã. — Charlie ofereceu um sorriso, depois olhou para o relógio e acrescentou, com o rosto inexpressivo, como sempre: — Bem na hora de tomar o último drinque na Red Crow.

À menção da Red Crow Tavern, Avery Wilkinson, na cela ao lado, levantou a cabeça grisalha para murmurar, a voz engrolada:

— Tome um por mim, companheiro.

Ele tornou a arriar a cabeça no catre. Mary trocou um olhar divertido com Charlie.

Ela não se permitiu rir. Se desatasse a rir, logo começaria a chorar... e quem sabia para onde isso a levaria? Era uma situação além do surrealismo. Como os pesadelos de ácido lisérgico de que seus colegas na universidade costumavam falar, algo que ela, uma mãe de 18 anos, com manchas de comida de criança nas roupas, com um caso permanente de exaustão, mal podia conceber na época.

— Do que preciso mesmo, muito mais do que um drinque, é tomar um banho de chuveiro e trocar de roupa. — Ela adiantou-se para pegar as mãos de Charlie. — E, caso tenha esquecido de dizer até agora... obrigada. O que eu faria sem você?

Charlie deu de ombros.

— Encontraria outro jeito. Foi o que sempre fez.

Ela percebeu uma ligeira aspereza no tom de voz. Minutos depois, os dois foram conduzidos para fora por um guarda jovem, o rosto cheio de espinhas. Wade Jewett, sentado à sua mesa coberta de papéis, lançou um olhar furioso de impotência quando passaram.

No estacionamento, por trás da delegacia, Charlie olhou para Mary e comentou, com ironia:

— Lembro de você ter comentado que nada jamais acontece numa cidade pequena.

— Aceito a correção.

Mary pegou o braço que ele ofereceu. Começaram a se encaminhar para o Chevy Blazer, as sombras se prolongando pelo chão, sob a claridade do solitário lampião na rua.

— Noelle parecia transtornada quando você falou com ela?

— Um pouco. Mas, acima de tudo, estava com raiva, o que considero um bom sinal. Por falar nisso, creio que foi profunda a impressão que causou em nossa filha... o fato de você defendê-la daquela maneira.

Mary sentiu uma emoção secreta. O comentário zombeteiro de Robert, no início da noite, parecia distante agora, como se pertencesse a outra vida. Ainda não contara *essa* parte a Charlie, mas sabia que não doeria tanto quando falasse. Com um sorriso, disse:

— Ligarei para Noelle do carro, avisando que estou a caminho.

Ao chegarem ao Chevy Blazer, Charlie não abriu a porta no mesmo instante. Ficou parado ali, fitando-a, o rosto comprido imerso em sombras, os olhos brilhando com palavras por dizer e emoções havia muito reprimidas. Estavam a sós, e o único som era o latido distante de um cachorro.

— Não sei o que eu faria se alguma coisa acontecesse com você. — Ele falava com uma intensidade que a atingiu como um alimento muito quente caindo no estômago vazio. — Prometa que nunca mais fará uma coisa tão insensata.

Mary abriu a boca para protestar, argumentando que apenas fizera o que qualquer mãe faria. Mas, abruptamente, Charlie a puxou para seus braços. Com um suspiro, ela se abrigou no refúgio de seu peito. Charlie recendia a fumaça de lenha, a suor honesto de um homem que investia tudo nas pessoas que amava. Mary podia sentir a respiração dele desmanchando seus cabelos, os músculos firmes nos braços que se comprimiam contra suas costas.

— Não farei uma promessa que não serei capaz de cumprir — murmurou ela. — Faria tudo de novo, e você sabe disso.

— É verdade, eu sei. E é por isso que a amo.

As palavras pairaram no silêncio da noite. Mary revirou-as em sua mente, como outrora revirara nas mãos uma linda pedra azul que ele tirara do rio e lhe dera. Quase que podia senti-la na mão, lisa e quente. Ousaria dizer a mesma coisa? Ousaria se arriscar num súbito impulso?

Ela recuou, as mãos nos ombros de Charlie. Passou um polegar por sua clavícula saliente. Sorriu para si mesma, pensando no desafio que ele devia representar para as legiões de mulheres que adorariam a oportunidade de engordá-lo. Mas ela gostava de Charlie como ele era. E gostaria ainda mais de dormir todas as noites e acordar todas as manhãs ao lado daquele homem de pernas e braços compridos.

Um intenso pesar a envolveu.

— Ah, Charlie, há tantas promessas que gostaria de fazer...

— Sei disso também.

Ele parecia triste. A distância, o cachorro recomeçou a latir. O motor de um carro soou mais perto. Finalmente, depois do que pareceu um silêncio interminável, ele limpou a garganta e acrescentou:

— Entre. Eu a levarei até seu carro.

Minutos depois, estavam no cruzamento da Main com a Bridge, onde Mary sentiu um alívio profundo ao encontrar seu carro como o deixara. Exceto por uma coisa: um aviso de multa sob o limpador de pára-brisa por estacionamento em local proibido.

Capítulo Catorze

— Não é bom *nem* mau. Na verdade, é mais ou menos o que eu esperava.

Lacey levantou os olhos do relatório da psicóloga em sua mesa. Noelle sentiu o familiar frio no estômago. Lacey não dera detalhes pelo telefone; fora por isso que ela fora correndo, de short e camiseta, os cabelos úmidos do chuveiro. Ainda não se recuperara por completo do confronto com Wade Jewett na noite anterior e agora tinha de lidar com aquilo. Mas, de qualquer forma, era sempre melhor saber.

— O que diz aí?

Nervosa, Noelle correu os olhos pela sala da advogada — no último andar de uma mansão vitoriana que abrigava a Biblioteca Memorial Emily T. Cates —, como se a resposta pudesse estar em algum lugar no meio daquela confusão aconchegante, com poltronas de pelúcia com molas firmes, recendendo um pouco a gato.

Lacey tornou a olhar para o relatório através dos óculos pequenos e elegantes, equilibrados no nariz arrebitado.

— Na avaliação da dra. Hawkins, você parecia ansiosa e irritável, mas demonstrou extrema preocupação com o bem-estar de sua filha. Ela faz restrições, no entanto, à sua capacidade de lidar com as exigências de uma criança pequena, além do fardo de cuidar de sua avó. Em suma, embora não a qualifique para Mãe do Ano, o relatório também não diz que é uma ameaça para a sociedade.

A advogada levantou os olhos, franzindo o rosto, antes de acrescentar:

— O que me preocupa é o que ela escreveu sobre seu marido.

Noelle sentiu que seu coração parava. Robert fizera alguma coisa com Emma? Machucara-a de alguma maneira? *Talvez eu tivesse de acreditar que ele era um bom pai porque a alternativa era inconcebível.*

— Minha filha está bem, não é?

Lacey mostrou-se momentaneamente confusa.

— Como? Ah, sim... Eu estava querendo dizer... deixe-me pôr da seguinte maneira: se dependesse dela, Robert seria canonizado. É evidente que ele tem a tal de Hawkins comendo em sua mão.

Ela não fez a menor tentativa de ocultar sua repulsa. Noelle, inesperadamente, sentiu a tensão se desvanecer. Era estranho, pensou ela, quando uma coisa muito temida alcança a gente, a sensação pode ser quase de alívio. Ela tinha a impressão de que uma corda a que estava presa, puxando, toda esfolada, partira de repente, deixando-a à deriva, sem peso.

Um instante depois, Noelle despencou para a terra, com um baque firme.

— O que faremos agora?

A voz soou peculiar a seus ouvidos, profunda, apenas um fio de voz, como a mensagem gravada numa secretária eletrônica.

— O relatório foi apresentado ao juiz. Agora é apenas uma questão de marcar a data para a audiência final. — Lacey empurrou o documento para o lado. Inclinou-se para a frente, observando Noelle com uma expressão preocupada. — Você está bem, menina? Parece que se sente mal.

— Estou bem. — O tom de Noelle era incisivo. Cansara-se de ser tratada como uma inválida. E sentir pena de si mesma não a ajudaria nem um pouco. — Vamos ser francas. Ambas sabemos que Robert controla esta cidade. Por que deve ser um choque descobrir que Linda Hawkins também se encontra a seu serviço?

— Não vamos perder a cabeça. — Lacey fitava-a com uma expressão solene, as mãos cruzadas à sua frente, como uma professora. — Não vou negar que seu marido tem muita influência nesta cidade, mas não vejo qualquer evidência de conspiração em massa. E, com toda a franqueza, qualquer comentário a respeito fora desta sala pode piorar sua situação ainda mais.

— Pior do que já está? Não sei como seria possível.

Lacey não percebia as ligações? As janelas do jornal do pai quebradas. Ser alvo de Wade Jewett. Se não era uma conspiração, então havia muita gente que não gostava dela.

— Relaxe. Eu não disse que ia desistir, não é? — A advogada de Noelle, inclinando-se para arrancar uma folha seca do filodendro na janela, exibiu seu famoso sorriso-de-não-fazer-prisioneiros. — E minha munição ainda não esgotou. Essa é outra coisa sobre a qual queria lhe falar. Ontem, recebi um telefonema de sua ex-vizinha, Judy Patterson. Para ser franca, depois do que você me contou, a ligação me surpreendeu.

— Também estou surpresa.

Apesar de todas as suas ameaças, Noelle não esperava que Judy mudasse de posição. Depois que dois ou três dias passaram sem qualquer notícia, ela quase que decidira esquecer o assunto. Agora, uma semente de esperança se abria em seu coração, projetando um frágil broto. Seria o golpe de sorte pelo qual vinha rezando?

Mas as palavras seguintes de Lacey destruíram sua esperança.

— Infelizmente, ela não foi muito útil. Disse que lamentava o que acontecera e queria saber se havia alguma coisa que pudesse fazer para ajudar... isto é, desde que não tivesse de se expor.

— Muita nobreza da parte dela.

A risada de Noelle foi desdenhosa.

— Poderemos intimá-la.

Lacey já sugerira isso uma vez, mas Noelle vetara a idéia. Podiam obrigar Judy a depor, é verdade, mas de que adiantaria? Uma mulher que fizera falsas acusações num depoimento não hesitaria em cometer perjúrio.

— Não — reiterou ela. — Judy apenas choraria e se comportaria de maneira patética, dando a impressão de que a estamos pressionando.

A autoridade decidida da declaração surpreendeu a própria Noelle. No começo, ela nem sonharia em falar de um modo tão positivo. Mas os tempos haviam mudado, e ela também. Wade Jewett fora a gota d'água.

— Tenho uma idéia melhor — acrescentou ela, um pensamento começando a se definir em sua mente.

Na noite anterior, quando a mãe atacara Wade, havia uma expressão desvairada em seus olhos... como se fosse capaz de matá-lo, se tivesse a oportunidade. Uma verdade surpreendente aflorara em Noelle naquele instante: ela e a mãe eram mais parecidas do que imaginara. O instinto para proteger a prole era tão forte em Mary quanto em Noelle.

Sua sogra seria diferente? Gertrude, sem a menor sombra de dúvida, seria capaz de qualquer coisa para proteger o filho. Dar-lhe cobertura. E mentir para a polícia.

Talvez até assassinar uma moça grávida que arruinaria a vida de Robert.

Noelle ficou atordoada com o pensamento. Talvez estivesse olhando durante todo aquele tempo para o lado errado. Suponhamos que não fosse o neto não nascido quem Gertrude lamentava. Suponhamos que as rosas na sepultura de Corinne fossem a oferenda de uma mulher culpada aliviando a consciência.

— Há mais alguém além de Judy que podemos intimar.

Ela falou cautelosamente, a mente ainda relutando em absorver aquela nova e espantosa idéia. Tinha de explorá-la mais um pouco.

— Quem? — indagou Lacey, desconfiada.

— Minha sogra. Ela não diria qualquer coisa que pudesse prejudicar o filho, é claro, mas seu depoimento poderia levantar algumas dúvidas para o juiz. Além do mais, tenho o pressentimento de que Gertrude Van Doren sabe mais sobre tudo isso do que revelou até agora.

Lacey ponderou a respeito, mexendo, distraída, no botão superior de sua recatada blusa branca.

— Não sei se o juiz permitiria. Pensarei um pouco sobre a melhor maneira de apresentar a petição, está bem? Enquanto isso, não faça nada sem me consultar primeiro.

— Como confrontar Gertrude por minha própria iniciativa?

Noelle ficou surpresa com a frieza com que sustentou o olhar de Lacey.

— Nem pense nisso — advertiu a pequena advogada, em seu melhor grunhido de estivador. — Já esqueceu o que aconteceu na última vez em que decidiu bancar a detetive?

— Claro que não. Quebrei o pé, em vez de arrebentar a cabeça de Robert.

— Sorte sua.

— Está dizendo que não faria exatamente a mesma coisa em meu lugar? — Noelle surpreendeu a si mesma mais uma vez, ao dizer o que pensava. — Ora, Lacey, você teria atacado como um rinoceronte se fosse sua cachorra.

A advogada riu.

— Tem razão. Mas devo lembrá-la que, daqui por diante, devemos agir com muito cuidado... mas muito mesmo. Acho que é bastante óbvio como estão as coisas. Mas, se e quando entrarmos com uma apelação, o que advirto neste momento parece o mais provável, devemos ter um caso inquestionável.

Noelle sentiu o estômago embrulhar. Uma apelação? Ela soubera, desde o início, que era uma possibilidade, até mesmo uma probabilidade. Mas, ainda assim, não se encontrava preparada para a sensação entorpecedora de um desapontamento. Já esperara por tempo demais. Como suportaria a espera por outra semana, outro mês... ou mais?

Ela fitou Lacey nos olhos, falando com uma honestidade que se tornava mais e mais fácil, a cada camada de sua antiga personalidade que era removida:

— É realmente irônico, pois foi sempre assim que conduzi minha vida até agora: com extremo cuidado. Sempre obedeci às regras de outra pessoa, com medo de fazer o que *eu* queria, pois poderia explodir em minha cara. Mas minha vida explodiu *porque* tive cuidado demais. E, agora, tenho de conviver com o fato de que perdi minha filha por fazer a chamada coisa certa... ao confiar no único homem para quem deveria ter trancado a porta.

Lacey levantou. Foi sentar no braço da poltrona ao lado da que Noelle ocupava. Em sua blusa branca e saia pregueada, parecia uma colegial católica empenhada em alguma travessura. Mas sua voz era gentil e decidida.

— Não a culpo por se sentir frustrada, menina. As rodas da justiça giram lentamente, é verdade, e às vezes você tem a sensação de que é esmagada. Mas, acredite em mim, não vá querer alçar vôo antes do tempo. O tiro pode sair pela culatra e a situação se tornar ainda pior.

— E, se eu continuar sentada, com as mãos cruzadas no colo, bem-comportada, o que vai acontecer?

— Não insultarei sua inteligência com uma porção de falsas garantias. — Lacey sempre se mostrava franca e objetiva; era o que Noelle mais apreciava nela. — Mas tem de encarar os fatos. É você quem está em julgamento, não Robert. Tem uma história anterior de alcoolismo. Além disso, ele já tem uma posição consolidada como pai competente.

Ela contava nos dedos, um a um, cada fato incontestável, como uma lâmina fria cravada no coração de Noelle.

— Qualquer coisa que disser para Robert ou outra pessoa de sua família pode e será usada contra você.

— Pensa que já não sei disso? Acha que tentaria derrubar sua porta a pontapés se tivesse uma opção? — Noelle pensou em Hank, enfaixando seu tornozelo machucado com extrema ternura; por algum motivo, isso lhe deu força para continuar. — Alguém tem de lutar por minha filha. Se *eu* não lutar, quem vai lutar?

Lacey levantou-se, cruzando os braços.

— Admito que não posso oferecer nenhuma alternativa infalível. E, como não sou mãe, só posso imaginar o que você está passando. Mas estou confiante, Noelle, de que, no final, se você se mantiver firme, *terá* sua filha de volta. Por mais difícil que seja, você precisa ser paciente.

— A paciência talvez seja um luxo a que não posso me permitir — declarou Noelle, a voz tão dura, tão diferente da habitual, que ela própria piscou em sinal de surpresa.

Lacey alteou uma sobrancelha.

— E pode se dar ao luxo de arcar com as conseqüências?

— Não sei.

Noelle também levantou. Foi até a janela, irrequieta, olhou para o gramado, por onde uma jovem mãe aflita conduzia um bando de crianças.

O riso das crianças e o barulho de seus pés, ao entrarem na varanda, ressoou no silêncio do escritório de Lacey. Noelle ansiou pelos lugares a que costumava levar a filha: a hora da leitura de histórias infantis na biblioteca, o *playground* na praça, a Ben Franklin's para comprar sementes de flores, a fim de plantar no jardim de Nana. Sentiu um aperto na garganta, mas decidiu que não ia chorar. O tempo para as lágrimas já passara.

Quando se virou, descobriu que sua advogada a fitava não com exasperação, mas com um respeito novo e profundo.

— Qualquer que seja o resultado de tudo isso, menina, quero que saiba que tem mais do que uma advogada em mim. Tem uma amiga.

A cada duas semanas, na tarde de terça-feira, Gertrude Van Doren, como tesoureira da Sociedade Histórica de Burns Lake, conduzia excursões na Elsbree House, no alto da Windy Ridge Road. Era uma questão de orgulho cívico, declarava Gertrude, para qualquer um que quisesse escutar, que a cidade se gabava de ter uma das mais antigas residências do país, datando da Guerra da Independência. A mansão, muito bem construída, com três andares, colunas jônicas e uma clarabóia requintada, fora restaurada no final da década de 1970, em grande parte por causa dos esforços da sociedade histórica. Mas uma fonte de orgulho ainda maior era o fato de que seu proprietário original, Justus C. Elsbree, um próspero comerciante e um dos fundadores da cidade, fora trisavô de Gertrude.

Enquanto subia em seu Volvo pela ladeira íngreme e esburacada para a Elsbree House, Noelle recordou que o intenso interesse da sogra pela restauração da propriedade coincidira mais ou menos com a morte do filho mais velho. Como sabia agora o que era perder uma criança, não se surpreendia por Gertrude ter se empenhado a fundo no projeto. Devia ter sido a única maneira pela qual fora capaz de suportar a perda.

Uma perda que tornara o filho sobrevivente muito mais precioso.

Noelle contraiu os olhos contra a claridade do sol, refletida no pára-brisa empoeirado, uma voz em sua cabeça importunando-a: *O que espera conseguir aqui? Gertrude vai mandar expulsá-la da casa.* Em voz alta, ela murmurou, decidida:

— Não vai, não.

Seria horrível na presença dos turistas, e Deus sabia que Gertrude era capaz de qualquer coisa para evitar um vexame.

Mesmo assim, seu coração subia pela garganta a cada solavanco das rodas nos buracos. O melhor que ela podia esperar, no fundo, era que a sogra se mostrasse tão surpresa com a sua visita que deixasse escapar alguma coisa que tencionava manter em segredo.

Na área de estacionamento, Noelle encontrou uma vaga na sombra. Saltou do carro. A vista era espetacular. A Elsbree House, que ocupava o ponto mais alto do morro, oferecia uma paisagem de colinas verdes ondulantes, dando lugar a plantações de milho e campos ceifados, pontilhados por feixes de feno. A paisagem tornou a impressioná-la, por sua grandiosidade, e proporcionou-lhe um fluxo de confiança. Os ancestrais de Emma haviam subido até ali para criar um lar; sua filha vinha da estirpe forte dos pioneiros. Ela superaria aquele episódio. As duas haveriam de superar.

Noelle começou a subir o caminho para a casa, imponente, magnífica... e também um pouco assustadora. Circulavam rumores entre seus amigos, na juventude, de que a casa era mal-assombrada. Mas isso fora antes da restauração, no tempo em que o frontão sobre a porta da frente era um poleiro de pombos, enquanto a clarabóia, com várias placas de vidro faltando, mais parecia uma abóbora com buracos, largada ali, numa posição invertida.

A princípio, a atração turística que surgira da magnífica casa em ruínas fora como sapatos novos precisando ser amaciados. Agora, porém, os novos tijolos havia muito que tinham se tornado bastante antigos para adquirirem uma pátina do tempo. Além disso, a hera americana espalhara-se mais uma vez em torno das janelas de venezianas, subindo até alcançar os beirais. Apesar disso, Noelle sentiu um calafrio ao passar pela porta da frente. *Não existem fantasmas*, pensou ela, *mas o passado pode nos atormentar assim mesmo.* E ela se perguntou que fantasmas estariam se ocultando no passado de Gertrude.

Ao pé da escada, uma adolescente bonita, de cabelos escuros, vestindo um traje colonial, sentava a uma mesa, em que havia uma pilha de folhetos. Levantou os olhos das unhas típicas dos anos 90 — pretas, com um padrão de caleidoscópio de arabescos rosa e púrpura — e fitou Noelle com uma expressão de indiferença.

— A excursão está quase acabando — disse ela, com uma voz entediada. — A próxima só vai começar às quatro e meia. Pode comprar o ingresso agora e voltar mais tarde, se quiser.

— Na verdade, vim falar com a sra. Van Doren — informou Noelle, incisiva. — É ela quem está conduzindo a excursão?

Noelle ficou tensa, na expectativa de receber um olhar desconfiado. Mas a garota se limitou a acenar com a cabeça.

— Ela costuma ficar mais um pouco depois que termina, para responder a perguntas. Pode esperar ali.

Noelle sentou no banco. Mais alguns minutos passaram. Podia ouvir as tábuas do assoalho rangendo por cima, enquanto o grupo era conduzido de um cômodo para outro, o barulho acompanhado por um tênue murmúrio de vozes. Gertrude estaria relatando, com extrema habilidade, a história de cada móvel e obra de arte, contando o que acontecera com os 12 filhos de Lucy Elsbree. Para dar um colorido maior, havia o escândalo, ocorrido um século antes, de Justus Elsbree II, tomando uma jovem iroquesa de 16 anos como esposa. E, antes que alguém pudesse tirar conclusões precipitadas sobre sua linhagem, Gertrude apressava-se em acrescentar que a pobre nativa morrera antes de lhe dar um filho. Justus tornara a casar, desta vez com uma mulher de árvore genealógica impecável, que se tornara sua bisavó.

Finalmente, o bando de turistas começou a descer a escada. Um casal corpulento, ambos grisalhos, o homem apoiado no braço da mulher, foi seguido por uma família de quatro pessoas: a mulher com excesso de peso, num short rosa, o marido careca, e um par de adolescentes de mau humor, dando a impressão de que estavam ansiosos por darem uma escapulida para fumar. Gertrude vinha por último, num casaco de linho vermelho-coral, por cima de um vestido de seda florido. Os sapatos cor-de-rosa de salto baixo combinavam com o traje. Como sempre, cada fio dos cabelos louro-bege estava no lugar. Ela explicava o motivo para os tetos serem baixos e as janelas pequenas.

— Devem compreender que não havia aquecimento central naquela época. Meus trisavós eram bastante afortunados para receber a entrega semanal de carvão, mas, para aqueles que não tinham condições, os invernos seriam insuportáveis sem o isolamento apropriado.

Gertrude avistou Noelle e parou de falar, abruptamente, segurando o corrimão envernizado. O instante parecia congelado no tempo, como as fotos de época na parede: o rosto pálido e atônito da sogra, o broche de diamante na lapela com um brilho sépia, na claridade abafada da clarabóia. Mas logo ela recuperou o controle, descendo da passadeira no último degrau da escada.

— Por favor, sintam-se à vontade para dar uma volta pelo terreno antes de ir embora. Há um adorável jardim lá atrás.

Quando os turistas agradeceram, ela ofereceu um sorriso gracioso e deu a resposta de costume:

— Podem ter certeza de que o prazer foi todo meu. A história é uma parte muito importante de nossas vidas. Onde estaríamos sem a história?

Quando ficaram a sós, exceto pela jovem de touca antiga à mesa da recepção, Gertrude virou-se para Noelle.

— É uma surpresa e tanto. — Ela forçou um sorriso, juntando a palma das mãos de forma silenciosa. — Está com uma ótima aparência, minha cara.

Noelle reprimiu o impulso de responder que, se estava, não era por causa de Gertrude ou de seu filho. Cada músculo de seu corpo parecia contraído, pronto para projetá-la para a frente, o braço estendido para tirar com um tapa o sorriso tenso do rosto da sogra. Em vez disso, porém, levantou-se com toda a dignidade possível.

— Olá, Gertrude. Como vai?

— Ora, sabe como é...

Gertrude deu de ombros, para indicar que sofria das dores e aflições habituais.

— E Cole?

— Está muito bem. — Distraída, Gertrude passou a mexer no broche, em formato de um cesto de flores, fazendo Noelle se lembrar, mais uma vez, das flores na sepultura de Corinne. — Os joelhos estão criando alguns problemas ultimamente, mas o médico diz que não passa de um pouco de artrite. E como sua avó tem passado?

A expressão era de interesse evidente.

— Nunca esteve melhor — mentiu Noelle.

— É maravilhoso saber disso. Por favor, diga a ela que desejo a sua melhora. Agora, se me dá licença, tenho muita coisa para fazer.

Gertrude fez um movimento para contorná-la, mas Noelle foi mais rápida, barrando sua passagem.

— Eu gostaria de conversar um pouco.

O vermelho espalhou-se pelas faces de Gertrude. Os olhos — de um azul-claro, como os de Robert — arregalaram-se em sinal de alarme. O sorriso dava a impressão de ter sido afixado às pressas.

— Lamento, mas esta não é uma boa ocasião. A próxima excursão começa dentro de uma hora, e tenho algumas coisas para fazer antes.

Ela deu uma volta grande para evitar Noelle, encaminhando-se para a porta.

— Não tem problema. Eu a acompanharei.

Foi o que Noelle fez. Gertrude esperou até saírem, quando ninguém poderia ouvi-la, antes de dizer:

— Por favor, minha cara, compreenda que não é nada pessoal. Mas alguém poderia nos ver e... ora, causaria uma impressão errada.

— Que impressão? A de que sou uma mãe preocupada, à procura de respostas? — Um tom ácido insinuou-se na voz de Noelle. — Deus me livre.

Elas continuaram a andar, pelo caminho pavimentado, margeado por bocas-de-leão e delfínios, que balançavam à brisa constante, que dera o nome a Windy Ridge, morro do vento. A chuva do dia anterior deixara úmida a relva ao redor. Gertrude parecia alheia às manchas escuras que se formavam em torno de suas sandálias cor-de-rosa, enquanto atravessava o gramado a caminho do seu Cadillac, estacionado numa das vagas para funcionários. Quando entrou no estacionamento pavimentado, o barulho dos saltos lembrou Noelle de uma cantiga infantil: "Bate, bate, machadinha..."

Ela alcançou a sogra no momento em que Gertrude abria a porta do carro. Quando Gertrude se virou para fitá-la, Noelle ficou surpresa com a expressão de sincera compaixão.

— Independentemente do que possa pensar, minha cara, não tenho qualquer ressentimento contra você — murmurou Gertrude, gentilmente. — Uma tia minha teve... nos termos mais delicados possíveis, ela gostava de beber. Mas não era uma péssima pessoa. Assim como você também não é uma péssima mãe. Se ao menos pudesse compreender o que é melhor para...

Alguma coisa na expressão de Noelle fez com que ela parasse no meio da frase, com o pânico aflorando nos olhos. Noelle, no entanto, não estava consciente de qualquer outro sentimento senão o de um frio súbito, como se uma torneira tivesse sido aberta dentro dela, lançando água gelada nas suas veias.

— O que é melhor para Emma? Ora, Gertrude, não pode sinceramente acreditar em todas as coisas que Robert vem dizendo.

Até sua voz era diferente, ríspida e controlada. Gertrude contraiu os lábios.

— Ele estava certo numa coisa. Você *mudou*. E não foi para melhor.

Ela tornou a se virar, estendendo a mão para a maçaneta da porta do carro. Desta vez, Noelle não tentou interrompê-la. Simplesmente deu a volta para o lado do carona e entrou. A sogra ficou imóvel, com um pé dentro do carro, prestes a sentar. Arriou no banco, com uma exclamação aturdida.

— Por que motivo, entre todas as... — Ela fechou a boca, bruscamente, mas logo tornou a abri-la, como um peixe palpitando no fundo de um barco. — Esta é uma propriedade particular, e você... a está *invadindo*.

— Sairei assim que você me der algumas respostas. — Noelle falou com toda a calma, mas seu coração batia forte e descompassado. — Vamos começar pelo que sabe sobre Corinne Lundquist.

— *Corinne?* — balbuciou Gertrude, levando a mão ao peito. — O que aquela pobre-coitada tem a ver com isto? Você era uma recém-nascida quando ela morreu.

Ao mesmo tempo, Noelle notou, Gertrude não precisara ser lembrada de quem era Corinne.

— Ela era a melhor amiga de minha mãe, para começar.

— Neste caso, sua mãe deve ter lhe contado que não foi nada mais do que uma tragédia sem sentido.

Gertrude manteve a voz calma; mas as mãos contraídas com toda a força, apertando a bolsa branca em seu colo, contavam uma história diferente.

— Não perguntei como ela morreu. Mas, já que mencionou o assunto, podia me contar o que sabe a respeito.

O rosto de Gertrude ficou murcho. Noelle pôde ver que o batom vermelho-coral se espalhara para as pequenas rugas em torno da boca. Subitamente, ela parecia tão velha quanto Nana.

— Foi suicídio. Isso é tudo que sei.

— Tem absoluta certeza?

Gertrude lançou-lhe um olhar estranho, mas não deu sinal de que era culpada de qualquer outra coisa senão deixar flores na sepultura de uma jovem morta.

— Não imagino como pode ter sido um acidente.

— Há outras maneiras de morrer.

— Está sugerindo...

— Não estou sugerindo nada, mas *perguntando*. Robert teve alguma coisa a ver com a morte de Corinne?

Ela absteve-se de acrescentar: *Ou você?*

— Claro que não!

— Sabe disso com certeza?

Gertrude estendeu a mão para contê-la, embora Noelle não tivesse se deslocado um centímetro sequer em sua direção. Foi com a voz trêmula que respondeu:

— Você não a conhecia. Era uma jovem bastante perturbada. Acho que o pai e a mãe... pelo menos o pai... eram muito religiosos. Deve ter sido terrível para ela quando... quando descobriu que estava grávida.

Alguma coisa estalou na cabeça de Noelle, como um ferrolho encaixando no lugar.

— Como soube que Corinne estava grávida?

Uma batida insistente no vidro fez Gertrude se virar para a janela traseira, um olho revirando, com uma expressão de pânico. Mas era apenas um galho baixo soprado pela brisa.

Ela arriou no banco. Uma tênue camada de suor formara-se em seu rosto, fazendo com que a maquiagem se transformasse em crostas nas fendas.

— Eu... devo ter ouvido em algum lugar — balbuciou ela. — Talvez no funeral?

— Você não foi ao funeral. Perguntei à minha mãe. — Noelle inclinou-se para a frente, aproximando-se o bastante para sentir o cheiro enjoativo do perfume de Gertrude. — O que *realmente* aconteceu, Gertrude? O que você está escondendo?

— Nada!

Frenética, Gertrude estendeu a mão para inserir a chave na ignição. Precisou de várias tentativas antes de conseguir. Virou a chave. O motor pegou no mesmo instante.

— Ele estava mesmo com você na noite em que Corinne morreu? Ou mentiu para protegê-lo?

— Eu me recuso a continuar esta... esta conversa insultuosa por mais um momento sequer. — Gertrude inclinou-se diante de Noelle, para abrir a porta. — Saia! *Agora!*

Noelle ignorou-a.

— *Sabe* de alguma coisa, não é? Assim como sabe o que ele está fazendo comigo. Todas as mentiras e insinuações... dando a impressão de que não tenho condições de cuidar de minha filha. Como pode deixá-lo fazer isso? Como pode deixar que ele faça isso com Emma?

Gertrude olhava para a frente sem ver, as mãos apertando o volante. Comprimia os lábios, com tanta força que até tremiam.

— Não. Robert é um homem de bem. Um bom *pai*. Não faria nada para magoar Emma.

— Mas ele a *está* magoando agora.

— Não. Robert apenas a protege. Há uma diferença.

Noelle tentou um caminho diferente.

— Sabia que ele me enganava?

Gertrude piscou várias vezes, em rápida sucessão, obviamente surpresa com a revelação. Mas logo se recuperou.

— O problema só diz respeito a você e Robert.

— Apenas achei que você deveria saber, mais nada. Seu filho não é o homem íntegro dedicado à família como finge ser.

— Saia... — ordenou Gertrude de novo, só que desta vez a voz saiu mais como uma súplica.

— Só mais uma coisa. — Noelle guardara o que tinha de melhor para o final. — Por que as flores na sepultura de Corinne?

Gertrude virou-se para fitá-la, a boca entreaberta.

— Eu vi. Rosas brancas, presas com uma fita vermelha. — Noelle observou um músculo no rosto da sogra tremer como reação. — Eram para o bebê, não é mesmo? O bebê *de Robert*. Seu neto.

Gertrude deixou escapar um som que veio do fundo da garganta, um ganido abafado, como o de um animal pequeno ao ser pisado. Olhou ao redor, outra vez frenética, como se procurasse um meio de escapar. Depois, como se não soubesse o que mais fazer, estendeu a mão para o cinto de segurança. Puxou-o em movimentos bruscos, estendendo sobre o peito e a cintura. Mas não conseguiu prendê-lo no lugar, de tanto que as mãos tremiam. Desistiu depois de várias tentativas, soltando um grunhido de consternação.

— Tenho de ir embora — sussurrou ela. — Por favor.

— Robert pressionava Corinne a fazer um aborto? Foi por isso que ela se matou? — insistiu Noelle, implacável. — Ou ele estava bastante furioso para poupá-la do trabalho?

Gertrude afundou no banco. Fechou os olhos, como se o esforço para mantê-los abertos se tornasse, de repente, excessivo. Quando falou, foi numa voz estranhamente apática:

— Robert *estava* transtornado, mas não pelo motivo que você pensa. Era porque... — Ela engoliu em seco. — ... porque o bebê não era dele.

Noelle ficou aturdida. Não era o que esperava. Mas, de certa forma, não fazia ainda mais sentido? Robert, furioso com a infidelidade de

Corinne, teria reagido com violência, sem a menor dúvida... e talvez fosse ainda mais longe. Ainda assim, havia alguma coisa que não se ajustava...

— Não estou entendendo, Gertrude. Se o filho não era seu neto, então por que as rosas?

Os braços da sogra caíam para os lados do corpo, inertes, como se fossem um peso morto. E, num fio de voz, os lábios quase não se mexendo, ela respondeu.

— Era mesmo meu neto... filho de Buck.

Capítulo Quinze

Naquela noite, o tempo se tornou incrivelmente frio. Com apenas duas semanas de agosto, as noites de verão já começavam a se tornar mais curtas. Brisas frias desciam das montanhas. Por quatro noites consecutivas, um nevoeiro espalhou-se sobre o lago, fazendo com que o grito dos mergulhões se tornasse ainda mais solitário. Na cabana, onde sentara à mesa da cozinha, com o ex-marido e a filha, Mary pensou, pela primeira vez, que talvez estivesse quieto demais. O coaxar das rãs e o murmúrio da água contra o cais pareciam muito perto. Ela teve a impressão de ouvir também o barulho de um remo, mas talvez fosse apenas sua imaginação. *Quando você está nervosa*, disse a si mesma, *é fácil ouvir fantasmas em qualquer ruído noturno.*

Em outra parte de sua mente, porém, tinha de admirar o quadro aconchegante que formavam: ela, Charlie e Noelle. Como era espantoso que pudessem sentar assim, tomando chocolate quente, os pés descalços apoiados na travessa da cadeira, como se fizessem aquilo em noites incontáveis. Não apenas três pessoas diferentes reunidas pelas circunstâncias, mas aquilo por que ela sempre ansiara: uma família.

— Pelo menos sabemos agora quem é o misterioso J. — Mary olhou para a janela escura, onde seu reflexo, distorcido pela vidro, parecia estranhamente espectral. — James Buchanan Van Doren, mais conhecido como Buck. Por que não pensei nisso antes? Corinne detestava apelidos. Tinha uma verdadeira obsessão quanto a isso.

— Mas por que uma única menção no diário? — especulou Noelle, em voz alta.

— Meu palpite é o de que aconteceu mais ou menos o seguinte — disse Charlie. — Em sua última anotação, Corinne comenta que teve uma briga com Robert a caminho de uma festa. Quando ele a deixou sem ter como voltar, alguém teve pena dela e a levou para casa... o irmão de Robert, sabemos agora. E se sentiram atraídos um pelo outro. Afinal, tinham alguma coisa em comum. E logo se tornaram amantes. Ela não ousou escrever a respeito no diário com medo de que alguém descobrisse.

— Mas alguém *descobriu* — lembrou Noelle.

— A questão é a seguinte: como ela podia saber que o bebê era de Buck, e não de Robert?

Distraído, Charlie rolava a caneca entre a palma das mãos.

— Muito simples — respondeu Mary. — Ela era virgem até Buck.

Charlie lançou-lhe um olhar irônico, e ela se apressou em acrescentar:

— Não percebe? É a única coisa que faz sentido. Corinne e eu sabíamos *tudo* uma sobre a outra, até que fiquei absorta demais com minha própria vida para ver além do meu nariz. Assim que você me contou que ela estava grávida, achei estranho. Ela namorava Robert havia mais de um ano. Teria *me contado* se estivessem indo para a cama juntos. Além do mais, o relacionamento sempre foi muito difícil. Acho que ela tinha medo de chegar a esse ponto.

Mary tomou um gole de chocolate, pensativa.

— Com Buck, teria sido diferente. Afinal, ele era mais velho. E bem bonito, pelo que me lembro. Uma versão mais simpática de Robert. Se estivessem mesmo apaixonados, Robert acabaria descobrindo. Acho que o bebê apressou a situação.

— Vamos levar um passo adiante — sugeriu Charlie. — Suponhamos que Robert a tenha matado, num acesso de raiva. Ainda não há provas. A menos que os restos mortais sejam exumados. É possível... não provável, mas *possível*... que, com os avanços científicos desde a autópsia do corpo de Corinne, um patologista forense possa descobrir hoje alguma coisa que passou despercebida na ocasião.

O pensamento horripilante também ocorrera a Mary. Mesmo assim, ela tratou de descartá-lo.

— Ó Deus! Não quero nem *pensar* no que isso faria com Nora. Não há alternativa?

Os três silenciaram. O vapor das canecas subia para o ar cada vez mais frio. Mary ficou surpresa pela intensidade de sua tristeza, depois de tantos anos. Era como se, sob alguns aspectos, não tivesse lamentado até agora. Pobre Corinne. Pensar na amiga, sozinha e apavorada, era quase insuportável. Mary conhecera intimamente a situação. Também tivera medo de ser descartada pela família e se perguntara como conseguiria sobreviver sem o apoio deles. Em seu caso, os temores acabaram se concretizando. E Corinne, a querida Corinne, a impressionável Corinne, testemunhara tudo. Não era de admirar que ficasse desesperada.

Mary olhou através da mesa para Charlie, sentado à sua frente, de braços cruzados, com uma expressão pensativa, um homem que também tivera sua carga de sofrimento. Apesar disso, havia também em seu rosto uma indicação de otimismo, um senso de que a taça da vida continuava a se encher, nas linhas que se irradiavam como raios de sol dos cantos dos olhos, na contração acima dos lábios. Foi nesse instante que Noelle se inclinou para a frente, os cotovelos apoiados na mesa.

— Não precisamos de provas para levantar suspeitas. Não poderíamos apenas irritar Robert? Como você vem fazendo com seus editoriais, só que espalhando coisas que fariam as pessoas *realmente* pensar.

Mary fitou a filha, mais uma vez notando a diferença. Uma nova determinação acrescentara cor às suas faces, pusera mais carne sobre os ossos. E de novo, como acontecera na noite de sua prisão, Mary sentiu uma atração quase visceral pela filha, um desejo de protegê-la a qualquer custo. Só que era evidente, agora, que Noelle era perfeitamente capaz de se defender sozinha. Mary inclinou-se para o lado e estendeu o braço pelos ombros da filha. Ficou comovida e um pouco surpresa quando Noelle encostou a cabeça em seu ombro. Charlie parecia hesitante.

— Já pensei nisso, mas os resultados podem muito bem ser negativos. A reputação de Robert ainda é muito alta nesta cidade. Seus partidários, para não mencionar seus advogados, não vão admitir insinuações injuriosas que não estejam baseadas em fatos. E, podem ter certeza, com a eleição iminente, em novembro, de que o peso da opinião pública não será ignorado pelo honorável juiz Ripley.

— Há outra razão para tomar cuidado com tudo que fizermos — acrescentou Mary, pensando em seu confronto com o marido de Noelle na outra noite. — Todos sabemos que Robert não é do tipo de suportar ataques sem revidá-los. Se for encurralado, ele pode... ora, ele pode machucar qualquer um de nós.

— Ele ainda não sabe o que é ser acuado num canto. Mas *eu* sei. — Noelle falou com uma veemência que Mary nunca ouvira antes. — Na minha maneira de ver, nada tenho a perder. Se exumar os restos mortais de Corinne for a única maneira de descobrir se...

Ela parou de falar ao ouvir passos na varanda dos fundos: Bronwyn, de volta do passeio com Rufus. A porta foi aberta, e o enorme cachorro amarelo entrou, deixando uma trilha de lama no chão da cozinha. Foi seguido pela filha mais moça de Charlie, trazendo uma corrente de ar frio e uma súbita mudança de ânimo.

Bronwyn foi direto abrir a porta da geladeira.

— Há alguma coisa para comer? Estou faminta.

— Apenas um pouco de salada de batata que sobrou do jantar — informou Noelle.

Com um grunhido, a jovem fechou a geladeira.

— Não estou *tão* faminta.

Charlie fitou-a, distraído.

— Tem sorvete.

Bronwyn virou-se para o pai com uma expressão irritada.

— Ora, papai! Se *você* passasse o dia inteiro olhando para enormes tinas de sorvete, saberia que não deveria fazer essa sugestão.

Charlie parecia não notar o mau humor da filha. Talvez *ele* estivesse acostumado. Mas Mary não estava. Franziu o rosto. Se um de seus jovens subordinados lhe falasse daquela maneira, seria despedido... ou no mínimo receberia uma severa repreensão. Noelle teria sido assim quando adolescente? Mary lembrava da filha como uma moça quieta... até quieta *demais*. Talvez Noelle *devesse* falar mais. Talvez nada daquilo teria acontecido se ela tivesse aprendido a impor sua vontade quando era mais jovem.

O mau humor de Bronwyn dissipou-se tão depressa quanto começara. Ela foi para trás de Noelle e passou os braços pelo pescoço da irmã.

— Já sei. Por que não faço *waffles*? — propôs ela, docemente. — Com aquelas amoras que colhemos esta manhã.

— Já são mais de dez horas — murmurou Noelle. — Tenho de voltar para casa.

— Não há pressa. Sua tia Trish disse que ficaria em casa — lembrou Mary.

Bronwyn lançou-lhe um olhar que parecia dizer: *Não fique com a idéia errada de que isto a torna parte desta família*. Mas o olhar que ela lançou para Charlie era quase queixoso:

— Papai, como acha que me sinto quando você pára de falar no instante em que entro em casa? Não sou uma idiota. *Sei* muito bem o que está acontecendo. E, se não me deixar fazer alguma coisa, mesmo que seja algo tão idiota quanto fazer *waffles*, eu... não sei... vou explodir ou qualquer coisa parecida.

Charlie fitou-a com uma careta irônica.

— Entendo seu ponto de vista. Não pretendia deixá-la de fora, querida. Apenas pensei que não seria justo envolvê-la mais do que o necessário.

Um lento sorriso espalhou-se pelo rosto de Charlie. A cozinha — com seu papel de parede desbotado, armários de pinho laqueados escurecidos até a cor de sidra — pareceu se iluminar de repente.

— *Waffles* de amora? Ora, ora, isso está me parecendo uma idéia maravilhosa!

— Ah, Bron... — Com um suspiro, Noelle ergueu a mão, para afagar o braço da irmã, num gesto afetuoso. — Só quero que me prometa que nunca terá filhos com um homem em quem não confia.

— Quem disse que algum dia terei filhos?

Bronwyn empertigou-se e foi para o balcão, onde começou a abrir os armários, tirar tigelas e outros utensílios. Ao pegar a caixa de leite na geladeira, ficou imóvel por um momento, olhando para a frente sem ver, projetando uma sombra comprida sobre o linóleo velho. Depois, sacudiu a cabeça, como que para desanuviar, e fechou a geladeira. Não demorou muito para que a cozinha fosse povoada pelo barulho de colheres batendo em tigelas e o aroma de *waffles* sendo preparados.

Mary pensou: *Eu poderia me acostumar a isso.* Noites em torno da mesa da cozinha, escutando o cricrilar dos grilos e o coaxar das rãs. Sem telefones tocando ou luzes piscando para indicar mensagens. Sem clientes frenéticos ligando de pequenos aeroportos no Meio-Oeste, as vozes estridentes, desesperados por terem perdido um vôo. Nem sequer os sons do tráfego. Apenas aquilo... o sossego de uma noite em que, mesmo com uma crise assomando, havia tempo para se recostar e aproveitar os pequenos prazeres da vida.

Ela surpreendeu-se ao comer três *waffles*, cobertos de manteiga e encharcados com calda de bordo de uma fazenda ali perto. Depois que todos os pratos foram raspados, Charlie e Noelle levantaram para lavar a louça, despachando Mary para a varanda. Assim que ela sentou lá, ouviu a porta de tela ranger por trás. Virou-se e ficou um pouco aturdida ao ver que era Bronwyn.

A jovem hesitou, antes de atravessar a varanda e sentar no último degrau. Por um instante, delineada contra o lago prateado que a neblina cobria, com as pernas compridas levantadas contra o peito, os cabelos até a cintura derramando-se em torno dos joelhos, ela podia ter sido Corinne.

— Os *waffles* estavam deliciosos — informou Mary. — E confesso que comi demais.

— Pode fazer isso. É muito magra.

Não parecia um elogio. Depois de um momento de silêncio constrangedor, Mary fez outra tentativa.

— Fico contente que tenha esfriado um pouco. A brisa está bastante agradável, não acha?

Bronwyn deu de ombros.

— O verão está quase acabando.

— Isso me lembra que seu pai comentou que você começará o último ano no outono — insistiu Mary, jovial. — Deve estar pensando nas universidades a que vai se candidatar. Lembro que Noelle, quando tinha a sua idade, mal podia esperar para viver sozinha.

Bronwyn lançou-lhe um olhar que parecia dizer: *Não é de admirar. Se fosse sua filha, também sentiria a mesma coisa.* Mas Bronwyn não era sua filha. E, quando se ia ao fundo, não era esse o sentido?

— Minhas notas no teste de aproveitamento não foram muito boas. Terei sorte se qualquer universidade me aceitar.

Mary riu, lembrando.

— Senti a mesma coisa quando me candidatei. Que universidade aceitaria uma mãe sozinha com um bebê? Mas seis anos depois eu tinha meu diploma universitário.

— Eu sei. Noelle me contou.

Ao luar, que conseguia abrir passagem através do nevoeiro, a pele azeitonada de Bronwyn tinha um brilho dourado-claro. Ela levou uma mecha de cabelos até a boca, roçando as pontas pelos lábios.

— Ela disse que você passava muito tempo ausente naquela época — acrescentou Bronwyn.

Mary sentiu uma pontada de culpa familiar. Mas, em vez de se precipitar em justificativas, limitou-se a responder:

— É verdade. Eu me ausentava demais.

Houve outra pausa prolongada. Depois, inesperadamente, Bronwyn perguntou:

— Conheceu minha mãe?

— Só a encontrei uma vez. Ela me pareceu muito simpática.

— E era mesmo. Bonita também. As pessoas não podem esquecer como mamãe era bonita.

— Você parece um pouco com ela.

— Todos dizem que pareço com papai.

— Claro que parece com ele. Mas tem os olhos de sua mãe. E lembro que ela tinha belos olhos.

Bronwyn estudou-a atentamente, como se procurasse por uma resposta que Mary não tinha. Depois, desviou os olhos, bateu no braço e comentou, calmamente:

— Os mosquitos por aqui são capazes de devorar uma pessoa viva se não tomar cuidado.

— Tem razão.

— Aposto que não há muitos mosquitos no lugar onde você vive.

— Mas temos outros tipos de pragas. — Mary sorriu. — Assaltantes, estupradores e por aí afora. A situação se torna pior no verão, por alguma razão.

— Nada jamais acontece por aqui. Deve achar que Burns Lake é uma chatice.

— Tem seus encantos.

Coberta pela escuridão, Mary permitiu-se um sorriso. Ouviu a torneira ser fechada lá dentro, a voz de Noelle fundindo-se confortavelmente com a voz de Charlie. Quando um mosquito pousou em sua perna, ela o afugentou, gentilmente. Percebeu que Bronwyn a fitava na maior curiosidade.

— Nunca sente saudade de seu lar? Isto é, da vida na cidade grande?

Naquele momento, Mary não sentia nem um pouco de saudade. Mas falou apenas:

— Às vezes. Só que o lar não é necessariamente onde você mora, mas o que é familiar. Você se acostuma à vida de uma determinada maneira e não pode imaginá-la de outra. E, de repente, se acontece alguma coisa para perturbar o equilíbrio, você compreende que há muitas possibilidades que não via antes.

Bronwyn voltou a olhar para o lago escuro, com a neblina clara pairando sobre a superfície.

— Acho que tem razão — murmurou ela, relutante.

As duas ficaram em silêncio. Mary já ia levantar e entrar quando uma voz de menina sussurrou:

— Acha mesmo que pareço com ela?

— Venha até aqui para que eu possa ver direito.

Mary esperou que Bronwyn levantasse e fosse até o lugar onde estava sentada. Fitou-a por um momento, aquela criatura de pernas compridas, que parecia um personagem de *Sonhos de uma Noite de Verão*, pequenos insetos girando em torno de sua cabeleira reluzente como o pó das fadas. Ela era igual a Charlie, até o rosto franzido, com um apóstrofo sobre a sobrancelha direita. Mas algum ímpeto de compaixão a levou a dizer:

— Claro que é parecida com sua mãe.

O barulho de pratos chegou até elas. E um som que podia ser do rabo de Rufus batendo no chão. O encanto foi rompido. Bronwyn baixou os olhos, como se estivesse embaraçada por ser surpreendida a suplicar por aprovação, como o velho cachorro. Abruptamente, ela se virou e entrou, deixando a porta de tela bater após sua passagem.

Dois dias passaram sem qualquer incidente.

Na quarta-feira, Mary foi a Nova York para se encontrar com sua maior cliente, a guru da dieta Lucianne Penrose, que estava sendo entrevistada pela *Ladies' Home Journal*. Noelle, depois de sua visita a Emma, passou a maior parte da tarde estudando opções com sua advogada. E Charlie fez uma viagem rápida a Albany, a fim de tentar arrancar uma declaração do senador Larrabie. Embora as vidraças quebradas do *Register* já tivessem sido trocadas, a repercussão negativa sobre Robert e seus companheiros ainda era muito intensa.

O dia seguinte trouxe uma nova onda de vandalismo; porém, desta vez num depósito abandonado nos arredores da cidade. As janelas foram quebradas, e um incêndio ateado. Por sorte, o fogo foi apagado antes que houvesse danos maiores. Charlie mandou dois de seus melhores repórteres, Trent Robeson e Gina Tomaselli, fazerem a cobertura. Gina voltou com uma declaração de Robert, negando qualquer envolvimento. Charlie publicou a notícia na primeira página da edição de sexta-feira, com o seguinte título:

EMPRESÁRIO LOCAL
INTERROGADO SOBRE INCÊNDIO

Dois dias depois, um diácono da Primeira Igreja Batista chegou, na manhã de domingo, e encontrou o prédio profanado por pichações.

Muito mais angustiantes eram os danos no cemitério adjacente. Várias lápides haviam sido derrubadas. Numa cruel ironia, a imagem de mármore de São João Batista fora decapitada, com a cabeça coberta de líquen espiando às cegas para o céu, do meio de uma moita próxima.

Bronwyn ouviu a notícia pela emissora de rádio AM local, quando seguia de bicicleta para o trabalho, o *walkman* ligado. Estremeceu, pensando naquela antiga expressão de uma tola passando sobre sua sepultura. Não houvera qualquer dano *real*, é verdade, mas ela tinha o pressentimento de que a onda de vandalismo era apenas o começo de coisas muito piores que estavam para acontecer. Ao chegar à Scoops, ligou no mesmo instante para Dante.

— Sou eu. — Ela mantinha a voz baixa, de olho no sr. Norwood, inclinado sobre a máquina de calcular, na sala dos fundos. — Já soube da última notícia? Parece que seu patrão anda fazendo das suas.

Bronwyn ouviu o estampido de uma arma de ar comprimido em segundo plano. Depois, Dante resmungou:

— Eu já soube. E, só para constar, não trabalho mais para o sr. V. Deixei de trabalhar há duas semanas.

Ela não precisava perguntar se Dante fora interrogado sobre aqueles últimos atentados; seu tom dizia tudo. Um sólido álibi fora provavelmente a única coisa que evitara que a polícia o prendesse.

— Há uma coisa que não entendo. — Bronwyn baixou a voz ainda mais, pondo a mão em concha sobre o fone. — Atacar meu pai fazia sentido, mas sabe quem poderia se beneficiar de um ato de vandalismo contra a igreja?

— Pensa que sou capaz de ler pensamentos? Como posso saber? — Dante parecia irritado, embora Bronwyn sentisse que sua raiva não era contra ela. — Não posso conversar sobre essas coisas ao telefone. Pode largar o trabalho daqui a uma hora?

— Direi ao sr. Norwood que estou com cólica, se for preciso.

Foi a primeira desculpa que aflorou em sua mente. Talvez porque se sentisse aliviada pela chegada da menstruação. Já ouvira muitas histórias sobre camisinhas que rompiam.

Haviam deitado juntos três vezes depois da primeira, cada uma melhor do que a anterior. Com Dante, ela estava descobrindo que todos aqueles romances sensuais que devorava não passavam de besteira. A coisa real era um milhão de vezes melhor. E o simples pensamento fez com que sentisse um calor lá embaixo.

— Venha ao meu apartamento por volta do meio-dia.

Dante desligou. Pelo resto da manhã, Bronwyn quase não conseguiu se concentrar. Misturou pedidos, dando uma colher de amêndoas a uma mulher que pedira um pouco de canela no sorvete. Esqueceu de pôr o filtro na cafeteira, e o resultado foi o café ter ficado cheio de pó. A gota d'água foi quando alguns garotos, que pagaram suas casquinhas com notas de um dólar, receberam de troco uma de dez. O sr. Norwood, confundindo o problema com um caso de ataque hormonal adolescente — e estava mais certo do que podia imaginar —, praticamente a expulsou da sorveteria na hora do almoço, alegando que, para o bem *dele próprio*, estava lhe dando o resto do dia de folga.

Ela pedalou furiosa pela Main Street, virando à esquerda no prédio da Legião Americana. Uns poucos quarteirões adiante, na Agway, tornou a virar à esquerda. Continuou até alcançar o ferro-velho, meio quilômetro para o sul. Ao passar, Bronwyn vislumbrou um chassi enferrujado pendurado das garras de aço de um enorme guindaste. Subia a precária escada para o apartamento de Dante quando um estrondo alto, do outro lado da rua, fez os degraus tremerem.

Na porta, Dante a recebeu com um beijo. Sua mente, porém, estava em outra parte. Lá dentro, Bronwyn observou-o ir até a janela, onde parou, olhando para o ferro-velho. Ele usava um macacão de trabalho, azul-claro, com seu nome bordado no bolso da frente. Manchas novas de graxa sobrepunham-se às mais claras, as antigas, que não haviam saído na lavagem. Com um movimento brusco, ele pegou o maço de cigarro, em cima do aparelho de TV.

— Eu não deveria lhe falar sobre isso — disse ele, acendendo um cigarro, dando uma tragada e soltando a fumaça. — Você já sabe demais.

Bronwyn adiantou-se, o rosto franzido.

— Se está me escondendo alguma coisa, Dante...

— Digamos apenas que fui avisado.

— Por um dos capangas de Robert?

— Por um amigo. — Ele fitou-a, com um nervosismo evidente. — Não importa quem foi. Tudo que você precisa saber é que alguma coisa está para acontecer. Muito maior do que os pequenos atos de delinqüência juvenil que ocorreram até agora.

Bronwyn sentiu um frio no estômago.

— Alguma coisa envolvendo Noelle?

— Talvez eu esteja recebendo a informação de segunda mão. Digamos que meu amigo está muito ligado ao homem, mas há um limite para o que ele pode saber.

O medo penetrou-a fundo, como água quente passando por gelo. Você lê a respeito nos jornais, a todo instante, pensou ela: *Pai divorciado enlouquece e mata ex-esposa*. Ó Deus! No dia em que tentara alertar a irmã, Bronwyn começara a pensar que talvez Noelle estivesse certa: era possível que *estivesse* reagindo com exagero. Não seria a primeira vez, com toda a certeza. Mas agora ela sabia melhor.

— O que devo dizer à minha irmã? Não posso procurá-la sem alguns fatos. Ela já pensa que estou sendo alarmista demais.

— Apenas diga a ela para sair da cidade.

Bronwyn suspirou em frustração.

— Não adiantaria, Dante. Nunca poderia convencê-la a fazer isso. Não sem Emma. E podem passar meses antes que ela consiga a custódia. — Bronwyn contornou-o. Enlaçou-o por trás, encostando o rosto em suas costas. — Se sabe de mais alguma coisa, quero que me diga. Por favor.

Ela sentiu-o tenso. Os músculos sob o macacão de lona estavam duros como pedra. Dante sentia-se literalmente apavorado, compreendeu ela, com um sobressalto. Não por Noelle ou Emma. Por *ela*.

— Primeiro, Bron, você tem de prometer que ficará longe... *muito* longe.

— De *quê*?

Ele virou-se e segurou-a pelos braços. Tinha uma expressão sombria nos olhos; os dedos calosos apertavam sua carne.

— Prometa.

— Está bem. — Bronwyn desvencilhou-se, esfregando os braços. — Prometo.

Dante hesitou, fitando-a desconfiado. Depois suspirou... o suspiro de um cara durão que não queria admitir que se apaixonara por uma garota de olhos escuros, cheia de problemas, estampados no rosto inocente.

— Amanhã à noite ele vai atacar outra igreja. A Metodista Unida, em Grandview.

Ela balançou a cabeça, confusa.

— Não posso entender. O que ele espera conseguir com tudo isso? Faz apenas pela emoção ou tem algum plano?

— Não sei. E é isso que me assusta.

Bronwyn também se sentia apavorada. Olhou para Dante, enquanto sua mente disparava. *Minha irmã corre perigo. Um perigo real. Do tipo que sai de um beco escuro e ataca sem piedade. Mas o que exatamente o canalha de seu marido estava querendo?*

De um jeito ou de outro, ela ia descobrir.

Capítulo Dezesseis

Do outro lado da cidade, Doris se acomodara para o seu cochilo da tarde. Quase pegava no sono quando o telefone tocou, o barulho trazendo-a de volta à consciência. Atordoada, especulou por que ninguém atendia, antes de lembrar que Mary saíra e que Noelle fora até a casa ao lado, para conversar com Polly Inklepaugh sobre o oferecimento de abobrinhas da horta. Polly sempre plantava demais, na opinião de Doris. Agora que as crianças estavam crescidas e espalhadas pelos quatro cantos do país, só restavam ela e Harry; e, honestamente, quantos potes de beterrabas em picles duas pessoas podem comer? Polly devia ter feito o que ela sugerira, doando uma parte de seus picles e conservas para a campanha da igreja de St. Vincent, realizada todos os anos, no Natal. Mas a mulher raramente a escutava, embora se pudesse esperar que, depois de quarenta e tantos anos como vizinhas...

O telefone não parava de tocar, indiferente à enfermidade de Doris. Assim que ela levantasse e se arrastasse pelo corredor, a pessoa desligaria antes que atendesse. Talvez devesse ter cedido à insistência de Noelle para instalar uma secretária eletrônica. Afinal, passava o dia inteiro em casa, e nada tinha de melhor para fazer do que atender ao telefone pessoalmente. Mas isso fora antes de começar a passar mais tempo deitada de costas do que de pé e se movimentando. Agora, só tirar da cama seu corpo decrépito já era como as provações de Jó. Um corpo que começara a parecer estranho e mal-ajustado, como um vestido do tamanho errado que comprara por engano e não conseguira trocar. Ultimamente, precisava de ajuda até para ir ao banheiro.

É a única coisa que nunca lhe dizem sobre a velhice, pensou ela, *que o pior de tudo não são as dores, as aflições, nem mesmo a solidão. É a humilhação de ter de ser levada para o vaso sanitário por alguém cujas fraldas você outrora trocara.*

Se ao menos aquele telefone infernal parasse de tocar... Noelle já não deveria ter voltado, àquela altura? Polly com certeza alugara seu ouvido, sem se importar que Noelle tinha seus próprios problemas, problemas *de verdade*. Não precisava ouvir baboseiras sobre o filho egoísta de Polly e sua amnésia todos os anos na época do aniversário da mãe ou sobre as tentativas até então inúteis da filha de trazer mais Inklepaugh tolos para este mundo. Que os santos nos preservem, pensou ela, mas aquela mulher fala demais. Um preço alto a pagar por uma carga de abobrinhas que alguém com uma horta não tinha para quem dar naquela época do ano.

E o telefone continuava tocando. Quem poderia ser? A espertinha da garota Buxton? A possibilidade deixou Doris ansiosa. E se *fosse* Lacey, com uma boa notícia sobre Emma? Seria uma maravilha. E se ela desse a impressão de que fora preguiçosa demais para dar vinte passos ao longo do corredor para receber o recado? *Seria uma vergonha*, censurou uma voz.

Doris levantou-se, todos os ossos do corpo estalando com o esforço. Uma onda de vertigem a envolveu, e teve de se segurar na cabeceira da cama para não cair. Ah, como ansiava por voltar para baixo das cobertas! Já não podia ir a parte alguma sem ganir de dor. Imaginou um pequeno animal — um citelo ou um camundongo, olhinhos pequenos e escuros, os incisivos amarelados e afiados — com os dentes cravados até o osso. A mão comprimindo o lado esquerdo, ela arrastou-se para o corredor, mordendo o lábio para não chorar.

E o telefone ainda tocava. Podia vê-lo em cima da mesinha de carvalho, no patamar da extremidade do corredor. Um corredor que se estendia à sua frente como os túneis que atravessara na infância para visitar a vovó Cates em Boston. Podia recordar o pânico que costumava sentir ao mergulhar na escuridão, com o trem balançando de um lado para o outro, o matraquear das rodas num rugido ensurdecedor. Sentia-se quase tão assustada agora, não de ser engolida como Jonas, mas de cair e não ser capaz de levantar.

Doris pôs a mão na parede para se apoiar, logo abaixo da galeria de fotos emolduradas da família, que brilhavam na semi-escuridão. Lá estava Mary Catherine, aos três anos, toda agasalhada, ajudando o pai a remover a neve da calçada da frente. E Trish, aos oito anos exibindo, orgulhosa, os novos dentes da frente. Ted sempre fora paciente com as meninas, muito mais do que ela. Bem que tentara — talvez não com bastante empenho — antes de chegar à conclusão, relutante, de que o Senhor não a abençoara com uma natureza indulgente.

Ela estremeceu devido à dor lateral, o olhar desviando-se para uma foto mais recente, da filha mais velha e da neta, tirada nove anos antes, no casamento de Noelle. E se lembrou subitamente que aquele dia era o aniversário de casamento de Noelle, uma data que certamente fariam questão de *não* comemorar. Doris examinou a foto: Noelle de vestido de noiva branco e véu, com um sorriso largo; Mary Catherine com um braço em torno de sua cintura, rígida, parecendo um pouco chocada com a situação. Fora mesmo um dia difícil... acima de tudo para a esposa de Charlie, que não podia deixar de notar os olhares furtivos que o marido lançava para Mary Catherine.

Ocorreu então a Doris que muita coisa mudara nas semanas transcorridas desde a volta da filha. Como as árvores que se projetam para o sol apóiam-se umas nas outras, as duas haviam se tornado mais ligadas. Mais relaxadas uma com a outra, o que também leva a desentendimentos mais fáceis, como acontece com pessoas da família quando não estão pisando em ovos. Mary Catherine também desabrochara sob outros aspectos, não apenas como mãe, mas também como mulher, embora o crédito por isso fosse quase que exclusivamente de Charlie.

Enquanto se arrastava lentamente pelo corredor, apoiando-se na parede, Doris pensou, com sincero arrependimento: *Perdoe-me, Senhor. Sei que não facilitei a vida para eles. Eram jovens, é verdade, mas Ted e eu também éramos... apenas um pouco mais velhos quando casamos. Eu deveria ter sido mais compreensiva. Deveria...*

Um silêncio súbito fez Doris parar. O telefone parara de tocar. *Campainha infernal*, praguejou ela, interiormente (o segredo que sempre escondera das filhas era a freqüência com que praguejava, embora nunca o fizesse em voz alta). E se a ligação fosse para Noelle?

Pensando bem, onde ela se metera? Passaram horas desde que saíra para uma conversa que não deveria durar mais do que poucos minutos. A luz do sol entrava pela bandeira da porta da frente, passando pelos balaústres da escada para projetar sombra nos degraus inferiores. No rádio da cozinha, sintonizado na WMYY, uma banda tocava uma canção da infância de Doris. Fez com que se lembrasse da ocasião, pouco depois do casamento, em que Ted a surpreendera com um fim de semana romântico em Nova York. Hospedaram-se no Waldorf, onde dançaram ao som da orquestra de Eddie Duchin. Doris permitiu que o olhar pousasse numa foto dos dois, tirada muitos anos depois, quando fizeram bodas de prata. Ambos corpulentos e grisalhos, os olhos derrotados de Ted — recebera o diagnóstico de enfisema pouco depois — não deixando transparecer qualquer recordação da noite encantada de dança e champanhe.

O verso de um poema aflorou em sua mente: *Não permita que o amor murche nem que a benesse do verão deixe de ser colhida.* Se ela fosse propensa a usar essas frases enfeitadas, teria dito às filhas para prestar atenção a esse conselho. Trish, com suas tolas pretensões sobre aquele idiota egocêntrico, de quem supostamente estava noiva, um homem que tinha tanta intenção de casar com ela quanto de comprar o posto de gasolina em que abastecia o carro. E Mary Catherine... ó Deus, o que ela poderia dizer à filha mais velha?

Eu estava enganada sobre Charlie. Ele é um bom homem.

Quando o telefone recomeçou a tocar, Doris estremeceu. Retomou o avanço, trôpega, para atender.

— Alô?

A voz saiu fraca e lamuriosa; o fone parecia enorme e difícil de segurar.

— Sra. Quinn? Graças a Deus! Eu já ia desistir. — A voz adolescente do outro lado estava estridente de alívio. — Eu a acordei?

— Eu estava deitada. — Uma pausa, e Doris apressou-se em acrescentar: — Apenas descansando a vista. Quem está falando?

— Bronwyn... Bronwyn Jeffers.

Como se pudesse haver outra garota com aquele nome tão extravagante em todo o condado de Schoharie.

Doris sentiu uma pontada de irritação por ter sido arrancada da cama por nada.

— Se está querendo falar com Noelle, ela saiu.

— Sabe quando voltará?

— A qualquer momento, eu diria. Foi até a casa ao lado. Por que não liga daqui a alguns minutos?

A moça hesitou.

— Detesto lhe dar o trabalho, sra. Quinn, mas será que poderia chamá-la? Eu não pediria se não fosse muito importante.

Até que ponto podia ser importante? Com garotas de 16 anos, só havia uma coisa bastante importante para arrastar uma pessoa absolutamente inocente ao telefone: problemas com o namorado. Doris sentiu-se ainda mais irritada.

— Como eu disse, Noelle voltará a qualquer momento. Pode esperar até lá, não é?

— Para ser franca, é uma emergência.

A garota parecia realmente desesperada. Doris empertigou-se.

— Ora, por que não disse isso logo no início?

— Pode ser uma questão de vida ou morte, sra. Quinn. Chame-a, por favor.

A imagem da meia-irmã de Noelle projetou-se na mente de Doris: uma jovem de pele morena, pernas compridas, cabelos enormes. A filha de Charlie, sua imagem e semelhança. É claro que ela não estava inventando uma urgência. Doris levou a mão trêmula à garganta.

— Espere um instante. Vou chamá-la...

O coração batendo muito depressa, Doris pôs o fone na mesinha e virou-se para segurar o corrimão da escada. Já estava na sua metade quando, subitamente, todos os degraus pareceram sumir, dando lugar a um escorrego íngreme. Ela gritou, mais de surpresa do que de medo, escorregando de bunda pelos últimos cinco ou seis degraus, antes de bater, de forma assustadora, no chão lá embaixo. Houve um estalo forte, como um osso partindo. Uma dor intensa a envolveu. Ela soltou um grito débil, incapaz de conseguir mais do que isso. Ondas cinzentas a envolveram, um zumbido alto ressoou em seus ouvidos, como o som de uma emissora de TV quando sai do ar à noite. E, depois, ela também saiu do ar.

Noelle sentiu que havia alguma coisa errada no instante em que passou pela porta dos fundos. A casa estava silenciosa *demais*. Até mesmo o ar parecia turbilhonar ao seu redor como partículas de poeira na esteira de uma saída repentina.

— Nana? — gritou ela, baixando a sacola de compras, cheia de abobrinhas, no balcão da cozinha.

Não houve resposta, apenas o rádio tocando baixinho.

Está sendo paranóica, ela disse a si mesma. Não passara mais de meia hora desde que saíra. O que poderia acontecer em tão pouco tempo? Mesmo assim, ela desejou não ter aceito quando a sra. Inklepaugh oferecera café e bolo, para depois insistir que levasse mais abobrinhas do que poderiam comer em um mês inteiro.

Noelle especulou vagamente se a avó ainda tinha aquela receita de pão de abobrinha. Poderia fazer um pão extra para Hank. Tinha certeza de que ele adoraria. Por outro lado, não queria que ele se lembrasse de todos aqueles bolos e *casseroles* deixados em sua porta por mulheres solitárias, pensando em casamen...

Um súbito ruído fez Noelle congelar.

— Nana? — chamou de novo.

E se nao fosse sua avó? E se fosse Robert à espreita? E ela tornou a ouvir o som Parecia um gemido. Virava do corredor para o vestíbulo quando deparou com a avó, caída na base da escada, como um casaco largado no chão.

Noelle arriou sobre os joelhos, que pareciam de repente desprovidos de ossos. Nana estava inconsciente, o rosto pálido, acinzentado, mas as pálpebras se mexendo. Não morrera. Uma onda de alívio envolveu Noelle.

— Não se mexa, Nana. Vou chamar Hank.

A calma em sua voz surpreendeu-a; tremia tanto que não sabia como conseguiria ficar de pé, muito menos subir a escada e ir até o telefone.

Mas, de alguma forma, reuniu a força necessária. Descobriu o fone fora do gancho, misteriosamente. Nana devia ter tentado ligar para ela na casa dos Inklepaugh e depois esquecera de desligar; andava cada vez mais esquecida. Noelle apertou o gancho e ligou para Hank.

A enfermeira e recepcionista, Diane Blaylock, não perdeu tempo em transferir a ligação, abençoada fosse. Assim que Noelle informou o motivo da ligação — mais uma vez surpresa com a firmeza de sua voz, em contraste direto com o coração disparado —, ele se apressou em assumir o comando.

— Não tente mexê-la — advertiu. — Sua avó pode ter fraturado alguma coisa. Apenas fique com ela até eu chegar.

Hank chegou minutos depois, acompanhado por vários bombeiros. Noelle deixara a porta da frente aberta. Quando ele entrou correndo, ainda de jaleco branco, Noelle quase chorou de alívio. Hank ajoelhou-se para tomar o pulso de Doris. Apalpou-a gentilmente, para verificar se havia alguma coisa quebrada.

— Vai ficar boa, Doris — murmurou ele, suavemente. — Sofreu uma queda forte, mas só isso.

Hank gesticulou para os bombeiros com a maca. Nana gemeu, fazendo um esforço para recuperar a consciência.

— Não... hospital, não... — murmurou ela, a voz engrolada. — Tenho de encontrar minha ne... Noelle? Noelle, querida, onde você está?

— Estou aqui, Nana.

— Emergência...

Nana revirou os olhos, de medo, as pálpebras tremendo. Hank apertou sua mão, num gesto tranqüilizador.

— Claro, Doris, vamos levá-la para a emergência. Mas não se preocupe. Tenho certeza de que não a manterão lá por mais tempo do que for absolutamente necessário.

— Não... por favor... tenho de dizer a Noelle...

Ele levantou uma seringa.

— Vou lhe dar um medicamento para a dor. Apenas relaxe. Não vai sentir mais nada dentro de um minuto.

Noelle observou os olhos da avó fecharem. Uma imensa gratidão aflorou em seu coração. Era como se passasse toda a sua vida adulta olhando pelo lado errado de um telescópio e agora via o homem com quem deveria ter casado desde o início. Um homem de calça cáqui amarrotada e camisa xadrez com um botão faltando, que não era nem um pouco refinado e elegante, mas que valia dez vezes mais do que qualquer artista de cinema. Quando ele a fitou, com seus olhos castanhos cheios de ternura, Noelle pensou: *Eu o teria agora mesmo, Hank Reynolds... se meu mundo ficasse quieto pelo tempo suficiente para você embarcar.*

A ironia era o fato de aquele dia ser seu aniversário de casamento. Não se lembrara até aquela manhã, quando lhe ocorrera, enquanto escovava os dentes, que nove anos antes se preparava, na maior felicidade, para um casamento, sem ter a menor noção daquilo em que se metia.

Hank insistiu em guiar o carro de Noelle até o hospital em Schenectady.

— Pense nisso como um favor para mim — declarou ele, tirando as chaves da mão de Noelle, com toda a gentileza, mas firme.

— E seus outros pacientes?

— Diane pode cuidar de tudo até eu voltar.

Noelle entrava em seu Volvo quando ouviu o telefone tocar dentro de casa. Vinha tocando a intervalos durante os últimos dez a quinze minutos, mas ela não se dera ao trabalho de atender. E não atenderia agora. Quem quer que fosse teria de ligar de novo. Ela tirou o telefone de sua mente, fechou os olhos e fez uma pequena oração para que a avó ficasse boa.

Não demorou muito para que ela e Hank estivessem seguindo para o norte, pela rodovia Interestadual, tão depressa quanto o limite de velocidade permitia. Chegaram ao hospital no momento em que Nana era conduzida para a Radiologia, ainda grogue e murmurando alguma coisa incoerente sobre Bronwyn, entre todas as pessoas. Mas Noelle se sentiu um pouco aliviada ao notar que a cor voltara às suas faces e se sentiu ainda mais aliviada quando o médico residente de plantão informou que Doris não sofria de nada mais grave que uma pequena concussão e uma costela fraturada.

Hank permaneceu com Noelle até que Doris fosse instalada num confortável quarto semiparticular, antes de se retirar, com alguma relutância. Explicou que nas noites de segunda-feira visitava as pessoas na Casa de Repouso Sunshine; se não partisse logo, chegaria atrasado.

Noelle insistiu que ele levasse seu carro. Voltaria com a mãe, disse ela. Mas Hank não admitiu. Quando o táxi chegou, ele deu um abraço rápido e apertado em Noelle, murmurando:

— Ligue-me quando chegar em casa, está bem? Por mais tarde que seja.

— Combinado.

Noelle beijou-o na boca. Ali, onde ninguém os conhecia, não havia nenhum motivo para impedi-la de fazer isso.

Já escurecera havia muito tempo quando a mãe e a tia chegaram ao hospital. Trish passara a maior parte do dia numa feira de livros em Saratoga Springs, enquanto Mary passara a tarde inteira procurando vários amigos de Buck Van Doren... em vão, ao que parecia. E fora a única ocasião em que a bateria do seu celular pifara.

Elas entraram no quarto para deparar com Nana mergulhada num sono profundo, enquanto Noelle cochilava na cadeira ao lado da cama. Com um bocejo, ela levantou-se para cumprimentá-las.

— Nana está bem. Apenas um pouco machucada e abalada. O médico disse que poderá voltar para casa amanhã.

Noelle manteve a voz baixa, para não acordar a avó.

— Vá para casa e descanse um pouco, querida — disse Mary. — Ficaremos aqui por algum tempo, caso ela acorde.

Noelle olhou para o relógio. Ficou surpresa ao constatar que já eram quase dez horas.

— Tenho de esperar. Nana está preocupada com alguma coisa. Murmurou algumas vezes que eu tinha de ligar para Bronwyn... que era importante.

— Sabe como ela costuma ficar confusa. Tenho certeza de que não foi nada. — Tia Trish pegou-a pelo braço e levou-a para a porta. — Se ela acordar, explicaremos que você teve de sair. Sua mãe tem razão... você precisa descansar um pouco ou também *vai* precisar de cuidados médicos.

Noelle pensou em Hank e se perguntou se essa possibilidade seria tão terrível.

Mary saiu com ela para o corredor. A tensão das últimas semanas começava a se tornar evidente nela também. Parecia esgotada, os olhos um pouco injetados. Levantou a mão para afagar os cabelos da filha.

— Dirija com cuidado, está bem?

Ela falava como Nana. *Um dia estarei dizendo a mesma coisa a Emma.* Noelle sentiu uma pontada de angústia com o pensamento.

Faltavam quinze minutos para onze horas quando ela chegou à casa da avó. Um acidente na estrada deixara algumas pistas bloqueadas, acrescentando meia hora à viagem. Subia os degraus para a casa, tão cansada que só podia pensar em tirar a roupa suada e cair na cama, quando um vulto escuro saiu das sombras do outro lado da varanda. Noelle deixou escapar um grito estrangulado.

— Relaxe. Sou eu.

Bronwyn caminhou para a tênue claridade na varanda. Noelle arriou na cadeira de vime ao lado da porta, a mão comprimida contra o coração disparado.

— Levei o maior susto.

— Desculpe. Não tinha essa intenção. — Com uma expressão encabulada, Bronwyn sentou na cadeira ao lado. — Telefonei, mas você não estava em casa. Passei a tarde inteira ligando.

— Minha avó caiu e se machucou. Fiquei a tarde inteira no hospital.

— Ó Deus! — Bronwyn parecia abalada, como se tivesse sido a causadora da queda. — Ela está... vai ficar boa, não é?

— Por sorte, ela apenas fraturou uma costela. Voltará para casa amanhã. — Noelle lembrou, de repente, que o telefone tocava quando partira para o hospital e dos murmúrios incoerentes de Nana. — O que é tão importante que não podia esperar até amanhã?

— Lembra de Dante, o cara de quem falei? O que estou namorando?

Bronwyn inclinou-se para a frente, com urgência.

— O cara com quem vem saindo às escondidas de papai — corrigiu Noelle.

— Não banque a implicante — protestou Bronwyn. — O que tenho a dizer é *grave*.

— Espero que não me venha de novo com aquela história de conspiração.

Apesar do comentário, Noelle sentiu um calafrio percorrer a espinha. Era fácil gracejar, mas não podia ignorar seu medo crescente desde que descobrira sobre Corinne e Buck. Podia muito bem imaginar o adolescente Robert atacando a namorada num acesso de raiva... assim como também podia imaginar o atual Robert vindo em *seu* encalço.

— Dante sabe das coisas — insistiu Bronwyn.

— Que coisas?

Bronwyn inclinou-se ainda mais para a irmã, o medo evidente nos olhos escuros.

— Quem quebrou as janelas de papai e atacou aquela igreja planeja fazer algo ainda pior esta noite.

— Por que está *me* contando tudo isso? Por que não foi direto falar com papai?

Os ombros da irmã penderam.

— Se eu fizesse isso, teria de contar tudo. E, depois que ele souber de Dante, passarei o resto da vida de castigo.

— Se é verdade o que você diz, não acha que o risco vale a pena?

— É justamente esse o problema. Não tenho como saber se é verdade.

— E o que você acha que *eu* devo fazer?

Havia ocasiões em que Noelle não podia sinceramente acreditar nas coisas que saíam da boca da irmã.

— Não podemos procurar a polícia — murmurou Bronwyn.

— Com toda a certeza.

Noelle revirou os olhos.

— Acho que o mais *seguro* seria enterrarmos a cabeça na areia e torcer para que nada aconteça — acrescentou Bronwyn.

Ela começou a morder a unha do polegar, um hábito antigo, da infância. A expressão astuta que assumiu também era familiar.

— Por outro lado — acrescentou ela —, não poderíamos surpreendê-lo em flagrante?

— Refere-se a Robert? Ele não seria bastante estúpido para sujar as mãos.

— Pode ser um dos seus capangas.

— Você tem visto filmes demais. — Noelle estendeu a mão para puxar de brincadeira os cabelos da irmã. — Mas supondo que consigamos surpreender o tal capanga no ato de... fazer alguma coisa. Que prova teríamos? Seria a nossa palavra contra a dele.

— Também pensei nisso. — Bronwyn abaixou-se para tirar uma coisa da mochila: era a filmadora do pai. — Podemos filmar o cara e levar a fita para a polícia estadual, em Albany. Com esse tipo de prova, arrancariam uma confissão dele num instante.

— Essa é ótima. Agora somos Cagney e Lacey.

— Quem?

— Não importa. Mas onde tudo isso deveria ocorrer? Tem pelo menos essa informação?

— Na igreja Metodista, em Grandview.

Noelle empertigou-se na cadeira, subitamente interessada. Os pais de Robert pertenciam à Metodista Unida. Ela e Robert haviam casado lá. Era também o lugar onde Buck estava enterrado, no terreno da família Van Doren.

Coincidência? Talvez. Mas, se era isso mesmo, havia coincidências demais. Uma boa repórter, Noelle sabia, veria nisso um motivo para investigação, se nada mais. Ainda assim, ela hesitava. Alguma coisa não parecia certa.

— Não lhe ocorreu que *nós* é que podemos ser apanhadas, Bron? Se esse sujeito, quem quer que seja, trabalha para Robert, podemos nos meter numa situação perigosa.

— Quer Emma de volta, não quer?

A raiva aflorou em Noelle, intensa e rápida.

— Não vou nem responder a essa pergunta.

— Desculpe. Mas será que não *percebe*? Pode ser a sua única oportunidade de atribuir alguma coisa àquele canalha. Pense em como vai se sentir se não aproveitar.

As palavras de Bronwyn surtiram efeito. Como ela *se sentiria*?

Com os braços em torno do corpo, ela olhou para as janelas iluminadas, ao longo da rua, sobressaindo na escuridão como luzes de sanidade. O que pensariam os vizinhos se ouvissem aquela conversa? Eram pessoas comuns, simpáticas, capazes de manifestações de compaixão ao verem os rostos de crianças desaparecidas em caixas de leite; afora isso, porém, não se importavam muito quando alguém dos seus perdia uma criança. Eram pessoas que voltavam do trabalho e jantavam em frente à TV, que gracejavam sobre secadoras que engoliam meias, sem a capacidade de imaginar como se sentiriam se uma parte substancial de sua vida fosse arrancada de repente.

Abruptamente, Noelle levantou, com um súbito fluxo de adrenalina. Pegou a mochila de Bronwyn e a pendurou em seus ombros. Como a irmã não se levantara também no mesmo instante — aturdida demais, sem dúvida —, gritou:

— O que está esperando?

A igreja Metodista Unida ficava em South Grandview, a cerca de dois quilômetros do ponto onde a Grandview Avenue propriamente dita terminava e começava a estrada sinuosa para as colinas, em torno de Windy Ridge. Construída no final do século XIX, podia ter servido de modelo para as igrejas que se encontram espalhadas por toda a Nova Inglaterra: de tábuas pintadas de branco, com um campanário onde um sino repicava as horas, aos domingos. Ao lado de um caminho de tijolos vermelhos, flanqueado por um gramado recém-aparado, um quadro de avisos, coberto por um vidro e iluminado por um refletor, anunciava os próximos trabalhos e os eventos especiais. Quando as duas se aproximaram a pé, depois de estacionarem o carro a meio quilômetro de distância, por precaução, Noelle viu a mensagem espiritual da semana, em letras maiúsculas: **ESTÁ ANDANDO VAZIO? PARE E SE REABASTEÇA.**

Ela se permitiu um pequeno sorriso, um tanto sombrio. *Parece que vim ao lugar certo, Senhor*, pensou ela, com uma certa apreciação macabra. Qualquer que fosse o resultado da expedição daquela noite, não sairia de mãos vazias.

Recordou os trabalhos a que comparecera ali, acompanhando Robert e seus pais. Em seus anos de alcoolismo, era a única ocasião em que podia sentar e refletir em paz, na confusão em que ela transformara sua vida. Mais tarde, depois que recuperara a sobriedade, sentia-se contente apenas pela oportunidade de descansar a mente e o espírito, depois de rodadas intermináveis e angustiantes de jantares e coquetéis. Outro pensamento, menos confortante, insinuou-se em sua mente: *Não havia uma parte de você que também gostava disso? A imagem encantada que se projetava, você e seu marido bonito e bem-sucedido, sentados ao lado dos pais dele, de grande proeminência social.*

Robert não era o único culpado pela impostura do casamento, pensou Noelle. Ela não aceitara o mito... e aceitara totalmente? A Cinderela dando duro no escritório, arrancada da obscuridade pelo chefe bonito, muito mais velho. Transformada da noite para o dia de uma jovem comum, levando uma vida comum, numa princesa de conto de fadas.

Mas, desde que tivera Emma, não podia considerar que qualquer coisa fora desperdiçada. Não podia haver arrependimento. E, se a missão daquela noite, por mais insensata que fosse, pudesse aproximá-la mais um passo da filha, então o risco teria valido a pena.

Ela olhou ao redor, pensando que parecia uma cena de filme: a igreja deserta, a lua cheia, a neblina pairando baixo, uma cortesia do departamento de efeitos especiais de Deus. Imagine Lacey descobrindo o que ela saíra para fazer naquela noite; sua advogada pensaria que era uma doente mental. E não estaria muito longe da verdade.

Um caminho mais estreito seguia pelo lado da igreja, até o campo por trás. Ao luar e à neblina, através da relva, dava para divisar os tênues contornos da igreja original, destruída por um incêndio em meados do século XIX. O milefólio dourado e a cenoura silvestre cresciam entre as pedras antigas, cobertas de musgo. Moitas de amora silvestre formavam um emaranhado sobre o que restara da chaminé.

O título de um dos livros de Nancy Drew, que dera a Bronwyn, sem pensar direito, aflorou então em sua mente: *A Pista na Parede Desmoronada*. Era isso mesmo, pensou Noelle, uma coisa ainda mais tola do que um filme, um romance de Nancy Drew. Ela suprimiu uma risada. Se começasse a rir, não tinha certeza se seria capaz de parar.

A cerca de 15 metros das ruínas da igreja antiga, um caminho de terra subia para uma clareira, fechada por uma grade baixa de ferro batido. O cemitério era bem-cuidado e, em circunstâncias normais, não pareceria assustador para Noelle. Mas até aquela noite só o vira à luz do dia. Agora, ao luar, as sombras que se projetavam das lápides e obeliscos, envoltos pela neblina, faziam com que parecesse ameaçador.

Ela estremeceu. Uma brisa recendendo a pinheiro ondulou as folhas nas árvores. Noelle lembrou que a igreja ficava à beira da floresta estadual. As pessoas que poderiam ouvir seus gritos de socorro se encontravam a quilômetros de distância. Ela virou-se para Bronwyn e sussurrou:

— Subitamente, a idéia já não parece tão boa.

A irmã deu de ombros.

— As melhores idéias nunca parecem boas.

— Espero que tenha se lembrado de pôr uma fita na filmadora.

Ela bateu na câmera na mão de Bronwyn, pensando: *Sensacional. Um filme familiar de duas mulheres apavoradas.*

— Fique quieta. Eles podem nos ouvir.

Quem poderia ouvi-las? Aquele lugar parecia tão silencioso quanto...

Noelle mudou de idéia antes de completar o pensamento.

Bronwyn pegou sua mão, apertando com força. Juntas, subiram o caminho. Grilos cricrilavam na relva alta, e pequenos insetos noturnos tremeluziam ao luar, que se estendia em faixas largas entre os amontoados de uva-espim e as moitas baixas. Uma imagem aflorou na mente de

Noelle, da irmã aos nove anos, parada rígida ao lado da sepultura recém-aberta da mãe: uma menina magricela de olhos enormes, a cabeça morena pendendo sobre o pescoço branco e delgado.

Lá em cima, a distância, o cemitério parecia menos assustador. Talvez fosse porque ela não via qualquer sinal dos asseclas de Robert... e, francamente, duvidava que eles fossem aparecer. Ou talvez fosse apenas o fato de que essa parte sua — a parte que tinha sobressaltos com ruídos súbitos, que a fazia andar mais depressa por ruas escuras — tivesse simplesmente se fechado, como um motor com sobrecarga. A versão mental de um braço ou perna dormentes, quando tudo que restava, na verdade, era a comichão desagradável do retorno da sensação.

Noelle olhou ao redor. Nas partes mais distantes, o cemitério estava imerso na escuridão, com as sombras projetadas pelas árvores contra a cerca, densa e escura como a muralha de uma fortaleza. Mas as lápides visíveis eram bem-cuidadas, a maioria adornada com flores e coroas. Podia-se dizer muito sobre um morto, pensou Noelle, pela maneira conscienciosa como sua sepultura era preservada. Ainda mais se a data inscrita era recente. As lápides cuidadas com mais amor, e mais tristes, eram de crianças pequenas. Por um instante, ela iluminou com sua lanterna uma placa de granito polido com a seguinte inscrição:

FILHA QUERIDA QUE NOS DEIXOU,
SUA PERDA É PROFUNDAMENTE SENTIDA,
MAS DEUS, QUE TÃO CEDO A LEVOU,
POSSA AGORA CURAR NOSSO PESAR.

A oração na hora de deitar, que Nana costumava fazer com ela quando era pequena, aflorou então em sua mente. *Se eu morrer antes de acordar, rogo ao Senhor que leve minha alma.* Noelle estremeceu. Era uma coisa terrível para ensinar a uma criança: que se podia dormir e não despertar. Não era de admirar que ela tivesse pesadelos.

Ao seu lado, Bronwyn deixou escapar um grito abafado.

— Ouviu isso?

— Ouvi o quê?

Noelle apagou a lanterna.

— O barulho parecia estar vindo dali.

Ela apontou para uma parte mais densa da floresta, à direita. Mas Noelle nada viu; e o único som que então ouvia era o pio de uma coruja. Mesmo assim, sentiu os cabelos na nuca ficarem arrepiados.

— Já vi o suficiente — murmurou ela. — A menos que sua idéia de diversão seja passar a noite inteira aqui, sendo devorada pelos mosquitos.

A irmã dera alarme falso várias vezes. Noelle sabia que ela não fazia por maldade. Apenas a imaginação de Bronwyn era como o livro que ela lera para Emma em voz alta tantas vezes que a capa se soltara, *Onde Estão as Coisas Selvagens*. Uma floresta povoada por bichos-papões e monstros.

— Juro que ouvi alguma coisa. — Os olhos de Bronwyn pareciam tão sombrios quanto a floresta ao redor. — Tem certeza de que não ouviu nada?

— A única coisa de que tenho certeza é que estamos nos comportando como duas idiotas.

Noelle, mais irritada consigo mesma do que com a irmã, começou a descer pelo caminho por que haviam subido.

O portão rangeu alto no instante em que ela saiu, fazendo-a pensar no sítio que, todos os anos, no Dia das Bruxas, até onde podia se lembrar, virava uma casa mal-assombrada. *Não há nada de que ter medo*, ela costumava dizer a si mesma. *É tudo falso. Apenas uma porção de esqueletos de mentira, sangue de mentira e ruídos num gravador.*

Mas não havia nada de falso naquele cemitério.

Foi então que um movimento súbito, junto da grade, fez com que estremecesse. Mas logo viu que era apenas o galho de uma árvore balançando à brisa. Mas uma coisa por baixo atraiu sua atenção: um monte de terra, meio obscurecido pelas sombras, que só podia ser de uma sepultura recém-cavada. A sensação de formigamento em sua cabeça tornou-se ainda mais intensa, como a circulação voltando a um braço ou uma perna dormentes. *Todos estão enterrados aqui*, pensou ela. *Não apenas Buck. Toda a sua família, por gerações. Ali, por baixo daquelas árvores.*

Quando ela abriu a boca para chamar Bronwyn, apenas um rangido seco saiu. Lançou um olhar em pânico para trás. Mas a irmã, que num instante a seguia, parecia ter sumido por completo. Havia apenas lápides, que pareciam fitá-la em total indiferença. O terror envolveu Noelle, como uma coisa sólida que se projetava da escuridão. Ela disse a si mesma: *As sombras estão me enganando. Ela continua aqui. Tem de estar aqui.*

Todos os seus instintos pareciam gritar, mas ela se descobriu a caminhar como uma sonâmbula, contra a sua vontade, na direção das sepulturas da família Van Doren. Era como se estivesse debaixo d'água, pairando por entre os restos afundados de uma civilização perdida. Ao luar manchado pela sombra das árvores, passou pela sepultura de Jacob Van Doren, nascido em 1775, morto em 1850. Um pedreiro, recordou uma parte distante de seu cérebro. Ela viu as sepulturas da esposa e filhos de Jacob antes de parar numa sepultura de mármore, flanqueada por urnas de pedra, grandiosa demais para aquele cemitério tão simples. Só podia pertencer a Thomas Van Doren, o bisavô de Robert. Um homem de coração frio, segundo a lenda local, responsável pela morte de seis trabalhadores, quando desabara o andaime feito com materiais de péssima qualidade em uma de suas obras.

E, depois, ela percebeu que havia alguma coisa, o que lhe provocou um sobressalto. Em vários lugares havia lápides partidas ao meio, como se alguém tivesse usado uma marreta para quebrá-las, deixando os fragmentos de granito espalhados pela relva, as pontas irregulares muito brancas, brilhando como ossos. Havia uma estátua de pedra caída de lado, a imagem de uma menina com um cachorro no colo: Martha, tia-avó de Robert, que aos 13 anos fora atropelada por um vendedor de escovas Fuller, dirigindo bêbado um Packard. O amado cachorro de Martha, MacPherson, um scottish terrier, morrera de coração partido (ou pelo menos era o que se dizia), menos de um mês depois.

Noelle parou junto da sepultura recém-cavada que atraíra sua atenção. Quem na família de Robert morrera recentemente? Seu idoso e enfermo tio Pete, de Providence? Ou o primo doente de New Haven?

E foi nesse instante que seus olhos avistaram uma coisa que se projetava da terra revolvida: os restos apodrecidos de um caixão. Seu coração iniciou um longo movimento de queda livre, em câmera lenta.

Ó Deus, Deus! Não queria saber de quem era o caixão... mas, mesmo não querendo, sabia muito bem. Seus olhos foram atraídos para a lápide torta ao lado, onde leu a seguinte inscrição:

JAMES BUCHANAN VAN DOREN
1948-1969

Um grito ficou preso em sua traquéia, como um alimento engolido de forma errada. Subitamente, não podia respirar. Tinha a sensação de que sufocava.

E foi então que, *de fato*, ouviu alguma coisa. Podia ter sido o farfalhar das folhas por cima ou um pequeno rato silvestre correndo pelos gravetos secos espalhados pelo chão.

— Bron? — chamou ela, a voz rouca. — É você, Bron?

Um súbito movimento, divisado pelo canto do olho. Um graveto estalou, um barulho que certamente *não* fora causado por um rato. Ela virou-se, o coração batendo forte. Na escuridão, a cabeça bateu num galho baixo que balançava. Um golpe sonoro, que provocou uma onda de dor e surpresa — e raiva também, por sua falta de jeito —, acompanhado pelo escuro repleto de pontos vermelhos, que flutuavam lentamente diante de seus olhos. Ela mal teve consciência de que **caía.** E, no momento seguinte, o galho falou.

Através do estrondo em seus ouvidos, Noelle ficou surpresa ao ouvir uma voz que parecia muito com a de Robert, murmurando suavemente:

— Feliz aniversário de casamento, querida.

Capítulo Dezessete

A oito quilômetros dali, no prédio de dois andares onde ficava o *Register*, com várias das vidraças trocadas em janelas do primeiro andar ainda exibindo as fitas adesivas, Charlie Jeffers levantou os olhos da matéria que vinha revisando. Ficou surpreso ao constatar que já era quase meia-noite. Ele olhou para o relógio na parede, a fim de verificar se o que tinha em sua mesa estava mesmo certo. Como podia ser tão tarde? Bronwyn devia estar estranhando sua demora. Podia até ter tentado ligar, mas àquela hora todas as ligações ficavam retidas na mesa telefônica. Estendia a mão para o telefone no instante em que Tim Washburn, o novo guarda de segurança, bateu à porta. Charlie levantou os olhos e deparou com o xerife aposentado do condado, um homem de meia-idade, quase quadrado, espiando pela divisória de vidro.

— Lamento incomodá-lo, sr. Jeffers, mas tem um jovem lá fora querendo lhe falar. Informei que era muito tarde, mas ele insistiu.

A boca pequena de Washburn, ladeada por enormes bochechas, não escondia sua desaprovação.

Charlie esfregou o rosto, com a mão aberta. Sentia-se cansado. Estava acostumado a malucos que apareciam a qualquer hora do dia ou da noite, alegando ter visto alguma coisa, de uma espaçonave alienígena a um sujeito que juravam ser a cara cuspida de James Dean (sem pensarem que Dean, se estivesse vivo, seria um velho agora). Uma das funções da equipe de auxiliares, formada por dois homens, era receber essas dicas "quentes". Ele mandaria Freddy Slater cuidar do caso. Freddy trabalhava no jornal havia quase tanto tempo quanto Charlie. Já vira e ouvira de tudo.

— Ele disse qual era o assunto? — perguntou Charlie.

— Não. Apenas disse o nome. — O guarda coçou a nuca, onde uma grossa dobra de pele cobria a penugem que havia ali. — Dante Lo Presti. Conhece o cara?

Charlie sentiu a exaustão se dissipar no mesmo instante, substituída por uma estranha e vibrante energia.

— Conheço, sim. Pode trazê-lo até aqui, Tim.

Ele observou o guarda de uniforme azul atravessar a redação, vazia àquela hora, exceto pelos pontos em que brilhavam os terminais de computador de Freddy e Greg. Sua mente estava em disparada. Quando fora preso, Dante Lo Presti jurara que era inocente... e Charlie acreditara. Não porque achasse que o garoto estava limpo, como dissera a Mary, mas porque seu faro de repórter dizia que tudo não passava de uma armação.

Mas Dante era culpado de rondar sua filha.

Bronwyn dissera-lhe que não estava mais se encontrando com o garoto, e Charlie aceitara sua palavra. E se ela estivesse mentindo? Charlie seria obrigado a tomar uma atitude. E isso, ele sabia, só serviria para tornar Dante Lo Presti ainda mais irresistível. O que poderia levar a... ora, só Deus sabia o quê. A lembrança do que ele e Mary haviam suportado, naquela idade, fez com que uma luz de emergência acendesse em seu cérebro. Não havia quantidade de punição ou proibição que pudesse mantê-los afastados um do outro.

Uma imagem aflorou em sua mente. Mary, aos 16 anos, a expressão desesperada dizendo que estava grávida, antes mesmo de enunciar as palavras.

Seria sobre *isso* que o garoto queria lhe falar? Uma coisa que Bronwyn não era capaz de contar? Ele se descobriu a fazer uma prece para que a conversa não tivesse qualquer relação com a filha, que Dante viera tratar de outro assunto: retratar sua história anterior ou fornecer informações sobre o verdadeiro culpado por trás da recente onda de vandalismo na cidade. Até mesmo um assalto, pensou Charlie, sombrio, seria preferível.

Mas o garoto que foi introduzido em sua sala, poucos minutos depois, não parecia perigoso. Apenas nervoso. Não, mais do que isso, *assustado*. Aquele garoto de 18 anos, musculoso, que parecia ser pelo menos três anos mais velho, usando uma calça jeans muito justa e uma camisa de brim desbotada, com as mangas rasgadas nos antebraços tatuados. Ele olhou para Charlie, mas logo virou o rosto, vendo a parede com os prêmios emoldurados — a placa de bronze que Charlie ganhara do Lions Club, junto com as quatro citações da Associação de Imprensa do Estado de Nova York —, antes de se fixar numa foto de Bronwyn em cima da mesa. Charlie sentiu uma pressão no peito, uma raiva súbita e inexplicável.

— Sente-se — disse ele.

Era mais uma ordem do que um convite.

Dante, sabendo obviamente que não havia necessidade de apresentações, arriou na cadeira em frente à mesa de Charlie.

— Importa-se se eu fumar?

Charlie já ia dizer que se importava, mas alguma coisa no nervosismo do garoto levou-o a mudar de idéia.

— Claro que não. Pode fumar.

Dante riscou um fósforo no salto gasto de uma bota com um permanente vinco na ponta. Por um instante, Charlie lembrou de alguém que conhecia, mas não conseguiu determinar quem era. Depois, o garoto inclinou-se para a frente, abruptamente, apoiando os antebraços nos joelhos. O cigarro estava preso entre o primeiro e o segundo dedo, na mão quase fechada, um filete de fumaça subindo pelo ar.

— Acho que está especulando por que estou aqui.

— O pensamento me ocorreu.

O comentário saiu mais sarcástico do que Charlie tencionara, e ele percebeu que isso não passou despercebido pelo rapaz, que contraiu os olhos por um instante.

Mas havia também uma resignação cristalizada no seu rosto, como se Dante Lo Presti estivesse acostumado a ser julgado por homens na posição de Charlie.

— Eu não estaria aqui, sr. Jeffers, se não fosse...

Ele fez uma pausa, baixando a cabeça de uma maneira que deixava a nuca vulnerável e exposta. *É apenas um garoto*, pensou Charlie. Quando Dante tornou a levantar a cabeça, Charlie notou, com um pequeno choque, que seus olhos estavam úmidos.

— Acho que Bronwyn pode estar em perigo.

Charlie ficou tenso.

— Que tipo de perigo?

— Não sei. Sei apenas que não consegui falar com ela durante as últimas horas.

— Ela está em casa, onde sempre se encontra à noite.

Dante sacudiu a cabeça.

— Não, não está. Até passei por lá para ter certeza.

Charlie não perguntou por que isso seria da conta de Dante. Em vez disso, descobriu-se a fazer uma sugestão:

— Ela deve estar na casa de uma amiga.

— Pode ser, mas não acredito.

Charlie se irritou com o ar de autoridade do rapaz.

— Se você tem algum motivo para pensar que minha filha corre algum perigo, é melhor explicar tudo logo de uma vez — disse ele, friamente.

Dante empertigou-se na cadeira, fitando-o nos olhos. Embora Charlie percebesse uma insinuação de alguma coisa que não podia interpretar, o rapaz parecia inocente de qualquer ato criminoso, por mais estranho que pudesse parecer. Dante deu uma tragada.

— É uma longa história, mas vou abreviá-la. Eu costumava fazer alguns trabalhos para o sr. Van Doren e fiz amizade com seus homens. Um deles, o cara... — Dante hesitou. — Não é importante quem ele é. Basta dizer que o cara me avisou sobre uma coisa que vai acontecer esta noite, na igreja Metodista, em Grandview. Algo grande de que só o homem e um dos comparsas sabiam.

— O que isso tem a ver com Bronwyn? — indagou Charlie.

— Eu a avisei.

A pressão no peito de Charlie era então quase insuportável. Era evidente que Bronwyn *continuava* a se encontrar com o garoto, o que significava que mentira para o pai. Ele sentiu um fluxo de raiva. Pela primeira vez, desde que ela era pequena, sentiu que a filha lucraria com umas boas palmadas.

Mas o sentimento de traição foi logo substituído por outro, mais angustiante. E se Bronwyn corresse *mesmo* algum perigo? Ultimamente, andava tão absorto com Noelle que não lhe ocorrera a possibilidade de que a filha mais nova pudesse se meter também em alguma encrenca.

— Fiz com que ela prometesse que não chegaria perto de lá — acrescentou Dante, cada vez mais nervoso —, mas ela é bastante teimosa.

Os dois trocaram um olhar que dizia que sabiam que isso era a pura verdade. Subitamente, Charlie compreendeu quem Dante o lembrava: ele próprio, quando tinha aquela idade. Aos olhos dos pais de Mary, ele era apenas um garoto do lado errado da cidade que engravidara sua filha. Charlie pensou numa expressão que sua mãe usava com freqüência: *Não se julga um livro pela capa.* Charlie levantou-se de um pulo.

— Vamos embora. Pegaremos seu carro. Conhece o caminho, não é?

Dante acenou com a cabeça em sinal de confirmação, enquanto levantava também.

— Já reboquei um carro ali para o reverendo Clifford. O freio falhou. Ele teve sorte de não morrer.

Ele seguiu Charlie através da redação, onde o ruído do radioamador, sintonizado na faixa da polícia, parecia irradiar um clima de ameaça vaga. Charlie sentiu a mão em seu braço. Virou-se a deparar com Dante a fitá-lo, com uma expressão inquisitiva.

— Não tem importância, mas por que o meu carro, em vez do seu?

Charlie disse a verdade.

— Meu carro não passa por uma revisão há muito tempo. O motor às vezes demora a pegar.

Não era preciso mais nenhuma explicação. A Stan's Auto Repair não era a única oficina na cidade, mas era a melhor. Dante não precisava perguntar por que Charlie preferia não usar seu carro. Limitou-se a acenar com a cabeça em sinal de concordância e sugerir:

— Leve o carro até a oficina na semana que vem. Darei uma olhada.

A viagem até South Grandview pareceu angustiosamente longa, mas na verdade não durou mais do que 15 minutos. Charlie ficou impressionado pela maneira como Dante guiava, não temerário, nem querendo se mostrar, mas também sem uma cautela deliberada. Dirigia o Camaro como se tivesse feito isso pela metade de sua vida, o que provavelmente acontecera. Garotos como Dante, ele sabia, eram muitas vezes obrigados a se virarem sozinhos. Uma recordação desagradável aflorou. Ele tinha 14 anos, e a mãe o levara a Albany, a fim de comprar roupas para a escola. Parara num bar, na volta, para tomar uma "rapidinha". E, como era de se esperar, acabara de porre. Charlie tivera de pegar o carro e levá-la para casa. Mas a parte mais assustadora fora o fato de que não sabia guiar.

Dante parou na frente da igreja. Saltaram. A noite estava silenciosa, exceto pelo cricrilar dos grilos e os chamados baixos e sibilantes das aves noturnas. Charlie olhou para um lado e outro da calçada, mas não avistou qualquer carro estacionado. Bronwyn viera de bicicleta? Era improvável. A distância era muito grande, ainda mais à noite. E, de repente, ele se sentiu estúpido por apertar o botão do pânico. Não teria sido mais sensato telefonar para Maxie? As melhores amigas da escola quase sempre sabiam onde se encontrarem.

Exceto Corinne. Mary não sabia sobre Corinne.

— Vamos dar uma olhada lá atrás — sugeriu ele.

Atravessaram o gramado, a umidade da relva subindo pela sola das velhas botinas de Charlie. Tivera pelo menos o bom senso de trazer uma lanterna. No campo, por trás da igreja, o facho da lanterna iluminou a alavanca enferrujada de uma velha bomba manual. O poço devia ter pertencido à igreja original, destruída num incêndio. Ele descobrira o que havia para saber sobre o incêndio lendo os números antigos do jornal, em microfichas. Mas aquele lugar não testemunhava qualquer agitação similar havia mais de meio século. O silêncio ali era tão profundo que parecia um elemento natural, tão tangível e puro quanto a água que outrora era retirada daquele poço.

E, então, seus olhos foram atraídos para o pequeno cemitério cercado, algumas dezenas de metros acima. Ele começou a subir. E gritou, sentindo-se um pouco tolo por isso:

— Bronwyn! Você está aí? Sou eu, papai!

Não houve resposta. Charlie já começava a se virar para voltar quando foi detido por uma súbita comoção mais acima, um intenso farfalhar de folhas que o fez pensar num cervo ferido cambaleando às cegas pelas moitas. Um momento depois, um vulto escuro emergiu das sombras, cambaleando em sua direção. Charlie ficou tão surpreso que quase largou a lanterna.

Na fração de segundo antes que ela emergisse em plena vista, Charlie reconheceu o corpo esguio da filha, seu andar um pouco desajeitado, a conseqüência de ter os dedos dos pés virados para dentro quando era bebê. O rosto tinha um brilho pálido ao luar, os braços estavam cobertos por arranhões ensangüentados. Ela nem olhou para Dante. Seguiu direto para Charlie. Alguma coisa dura na mochila, pendurada em seu ombro, bateu com força nas costelas de Charlie, quando a filha se jogou em seus braços, chorando.

— Papai... ó papai!

— Bron, querida, o que acon...

Ela não o deixou concluir a frase.

— Escondi-me dele. Na floresta. Mas não houve tempo para avisá-la. — A respiração era entrecortada, a voz estridente. — Você tem de encontrá-lo, papai! Ele pegou Noelle!

— Bron, o que aconteceu?

Charlie tentou afastá-la, mas ela não deixou. A mesma obstinação que a levara até ali, no meio da noite, fazia com que então se agarrasse ao pai, como uma gata apavorada. Ele sentiu que seu próprio peito se contraía em pânico.

— *Quem* pegou Noelle?

Foi Dante quem respondeu, com a voz baixa e assustada:

— O Homem.

Noelle acordou e se descobriu estendida no chão, contemplando o olho cego e leitoso da lua. Havia uma total escuridão por todos os lados. Ela gemeu, virando de barriga para baixo. O movimento provocou uma pontada de agonia, que se irradiou de uma têmpora à outra. A náusea subiu do estômago. Mal conseguira ficar de quatro, trôpega, tremendo toda, como um bezerro recém-nascido, quando vomitou.

Ergueu a cabeça, para espiar ao redor, na maior confusão. Era num buraco retangular, tão profundo quanto uma piscina, que parecia ter cerca de quatro metros de largura, com o dobro de comprimento. Mas onde estava?

A memória voltou, como um jato gelado.

A imagem da sepultura violada de Buck surgiu em sua mente: um buraco escancarado, assustador, com as pontas esbranquiçadas das raízes furando a terra, como se fossem os dedos de alguma criatura fantasmagórica, ainda informe. E a voz de Robert no escuro, zombeteira... *Feliz aniversário de casamento, querida.*

De alguma forma, Noelle conseguiu ficar de pé. Com uma das mãos na parede úmida do buraco, ela esperou até que o chão sob seus pés parasse de balançar. Inclinou a cabeça para o lado, escutando. Mas o único som era o sussurro distante do vento soprando através das árvores. Se o marido se encontrava por ali, em algum lugar, certamente não revelava a sua presença.

Pouco a pouco, à medida que os olhos iam se acostumando à escuridão, ela percebeu que os lados do buraco não eram totalmente lisos. Com um pouco de sorte e muita determinação, poderia subir. Mas o que faria depois? Robert estaria lá em cima, esperando para atacá-la?

Noelle desatou a suar e sentiu que podia vomitar de novo. A cabeça latejava a cada movimento, por menor que fosse. Cautelosa, apalpou um galo do tamanho de um ovo atrás do crânio. Estremeceu ao constatar como a área estava sensível. Parecia pegajosa. Retirou a mão, olhando horrorizada para o sangue que manchava a palma. Na escuridão, parecia nanquim.

A realidade atingiu-a com a força de um golpe. *Isto não é apenas uma brincadeira de Robert para me sacanear. É sério, para valer.* O pensamento impulsionou-a a entrar em ação. Noelle tirou os sapatos e procurou uma base de apoio na terra escorregadia, parecendo argila. O paredão erguia-se à sua frente como uma muralha intransponível. Depois de várias tentativas, conseguiu apoiar o pé numa rocha que se projetava da terra por dois ou três centímetros. Estendeu a mão e segurou uma ponta de raiz, que a fez estremecer, pensando num dedo grosso. Ficou toda arrepiada e quase a largou. Mas se controlou a tempo e ergueu o corpo. Os braços estendidos tremiam, e os pés descalços procuravam por qualquer ponto de apoio. Os dedos se fecharam em torno de outra raiz. Pouco a pouco, com a maior dificuldade, persistente, ela continuou a escalada, a imagem da sepultura aberta de Buck surgindo diante de seus olhos a todo instante.

O que *era* aquele buraco? Uma sepultura? *Ó Deus, por favor, não!* Ela experimentava de novo aquela sensação de relaxamento total, como se fosse apagar. A cabeça girava, e os braços e as pernas tinham espasmos incontroláveis.

Com um grunhido final de esforço, ela ergueu-se por cima da beirada. Apoiou-se com os cotovelos, os pés pendendo por baixo, como uma nadadora se debatendo, sem saber se saía ou não da piscina. Respirou fundo, várias vezes. Esperou que o zumbido na cabeça passasse e depois olhou ao redor, para se orientar.

Ao luar prateado, uma estranha paisagem lunar estendia-se por todos os lados, pontilhados pelos contornos imensos de escavadeiras. Pouco a pouco, seus olhos divisaram uma estrada de terra e depois uma linha escura de árvores a distância. Uma enorme placa, quase na escuridão, destacava-se do outro lado da estrada, longe demais para ela identificar as palavras. Mas Noelle não precisava ler para saber o que dizia:

CANTEIRO DE OBRAS DO CRANBERRY MALL
INAUGURAÇÃO EM NOVEMBRO DE 2000

Outros pontos de referência familiares começaram a se materializar. O trailer que servia como escritório de Robert. Um par de Portosans, os banheiros móveis. Seus olhos começaram a identificar as máquinas também. Escavadeiras, tratores, retroescavadeiras. Motoniveladoras com pontas compridas, que brilhavam ao luar.

O terror pulsava como um coração no centro de um vasto torpor. *Não estou sozinha*, pensou ela. *Ele está por aqui, em algum lugar.* Noelle sentiu que os cabelos na nuca se arrepiavam. Sentiu um calafrio lá no fundo do ventre, onde se encontra a fonte de todo o verdadeiro conhecimento. Não importava que não pudesse vê-lo. Era esse o objetivo, não é mesmo? Enganá-la, fazê-la pensar que estava sozinha, que tudo que precisava fazer naquele momento era caminhar até a estrada e pegar uma carona com o primeiro bom samaritano que, por acaso, passasse.

Mas você não sabe disso com certeza, argumentou uma voz. *Já se enganou sobre outras coisas. Pode estar enganada nisso também.*

Ocorreu-lhe que podia haver outros meios de fuga.

Especulativa, ela olhou para uma Caterpillar, uma enorme escavadeira, com lagartas, estacionada a apenas uma dúzia de metros de distância, ao lado do monte de terra tirada do buraco. Degraus de metal levavam à cabine, no alto do chassi, como uma cabine envidraçada no alto de uma torre de vigia. Havia milênios, quando trabalhava na Van Doren & Sons, uma de suas funções era o preenchimento dos formulários de pedido de peças de substituição. Esquecera a maior parte do que sabia na ocasião, conservando apenas fragmentos de informações, quase sempre inúteis. Sabia, por exemplo, que a maior parte daquelas máquinas pesava mais de trezentas toneladas e que a graxa necessária para manter aqueles monstros em funcionamento tornava-os propensos a incêndios no motor. (Robert comparara, certa ocasião, a operação daquelas máquinas à manipulação de um enorme artefato incendiário.) Mas ela nunca chegara a operar nenhuma. Por que haveria de fazê-lo? Naquele tempo, se algum adivinho previsse que um dia sua vida dependeria disso, ela teria rido do absurdo.

Mas não era uma questão de riso naquele momento.

De qualquer forma, até que ponto podia ser difícil? As chaves costumavam ficar na ignição; quem, em seu juízo perfeito, seria bastante estúpido para imaginar que poderia escapar impune do roubo de uma escavadeira daquele tamanho? E logo de Robert, entre todas as pessoas. Quanto às engrenagens que acionavam o quê, não seria preciso um diploma de engenharia mecânica para descobrir.

Pensa que é tão fácil quanto montar um brinquedo de madeira? Meu bem, sua irmã caçula não é a única que andou vendo filmes demais, escarneceu uma voz cínica em sua cabeça. Uma voz que ela reconheceu como sendo a do marido. Robert, que passara nove anos tentando diminuí-la, tentando fazê-la acreditar que suas ambições não passavam de imprestáveis, até mesmo cômicas.

A raiva aflorou em Noelle, ofuscando momentaneamente o medo. *Não preciso mais escutá-lo*, ela disse a si mesma. *Nunca foi necessário. Apenas eu não percebia até que...*

Uma sombra projetou-se à sua frente. E uma voz saiu da escuridão para envolvê-la, como água gelada.

— Pensou mesmo que poderia escapar, querida?

A voz de Robert... só que não soava mais dentro de sua cabeça. Noelle ficou aturdida. Os cotovelos cederam, como os braços de uma cadeira de jardim defeituosa. Escorregou de volta para o fundo do buraco, provocando um pequeno deslizamento de terra, e bateu firme lá no fundo. Ficou imóvel por um instante, fazendo um esforço para recuperar o fôlego, atordoada demais para se mexer.

Levante, ordenou uma voz. *Levante enquanto ainda pode.*

Noelle ergueu-se, a cabeça latejando dolorosamente, mas o traseiro dormente do impacto. Tonta e desorientada, fitou a silhueta delineada contra o céu estrelado.

A fúria dominou-a. Uma fúria tão grande que não parecia possível que um corpo tão pequeno quanto o seu pudesse contê-la.

— *Seu filho-da-puta escroto!*

Noelle gritou com tanta força que os tendões no pescoço deram a impressão de que poderiam saltar da pele, como as barbatanas do colarinho de uma camisa.

Subitamente, Noelle compreendeu. Por que ele a deixara subir até o topo. Por que não a amarrara antes que recuperasse a consciência. Como um gato brincando com um camundongo, queria que ela pensasse que a fuga era possível. Tudo aquilo fazia parte do jogo. Robert *gostava* de atormentá-la.

— Que linguagem... — Sua sombra comprida, projetando-se da beira do buraco, balançou de um lado para o outro, enquanto ele sacudia a cabeça, numa falsa consternação. — Mas não deveria me surpreender. Eu sabia o que você era quando casei. Lixo, isso é o que você é. A escória, com cortina de renda irlandesa. Como o resto de sua família.

Noelle sentiu-se, de repente, muito pequena, engolida pelo enorme buraco, sufocada pelo vasto universo estrelado.

— Por que está fazendo isso? — gritou ela. — Não foi suficiente tirar minha filha?

— *Sua* filha?

Ela teve um vislumbre do brilho dos dentes, uma versão infernal do sorriso charmoso e temerário que tanto a cativara quando era uma jovem ingênua.

— Lamento dizer, mas não é essa a questão aqui. No que me diz respeito, essa parte já foi decidida.

— Acha mesmo? Pois saiba que está enganado! — Noelle tremia tanto que mal conseguia ficar de pé. — Pode escapar impune aqui em Burns Lake, mas há tribunais superiores. Lutarei com você, Robert. E continuarei a lutar. Mesmo que isso leve anos.

— Neste caso, talvez eu possa poupar os dois dessa provação. Para não falar das despesas com o processo.

O tom era divertido.

Ele vai me matar. O pensamento aflorou através da raiva, claro e indiscutível, como alguma coisa que ela soubesse desde o início. E talvez soubesse mesmo, lá no fundo.

Noelle estremeceu, dominada pelo terror, não tanto por si mesma, mas sim pela filha. *O que vai acontecer com Emma se não estiver presente para protegê-la?*

— Você é louco, Robert.

Ela já sentira isso antes, sem dúvida, mas toda a extensão da loucura do marido não lhe ocorrera até aquele momento. Não era apenas um homem controlador e inescrupuloso. Mas louco como o Filho de Sam, o *serial killer*. O tipo de loucura que não hesitava em matar uma namorada... ou uma esposa.

Uma risada baixa, desencarnada.

— Acho que você tem todas as condições de julgar, não é mesmo, querida? Não passou seis meses no hospício por nada.

Ela podia ver para onde aquilo levava e recusou-se a morder a isca.

— O que fazia no cemitério esta noite?

A voz tremia, e Noelle se odiou por isso. Por deixá-lo perceber como se sentia apavorada.

— Eu poderia lhe fazer a mesma pergunta.

— Ainda há algumas pessoas nesta cidade que não estão em sua folha de pagamento — informou ela, com algum grau de satisfação. — Uma delas me avisou.

— Eu poderia obrigá-la a dizer quem foi, mas isso não importa... não tem mais qualquer importância. — Robert parecia distraído, quase como se falasse para si mesmo. — Amanhã de manhã, quando o bom reverendo Clifford fizer suas rondas, vai descobrir que os vândalos que estão causando tanta destruição na cidade... para não mencionar o aumento dos prêmios de seguros... deixaram sua marca também em *seu* terreno sagrado. Haverá um relatório da polícia, é claro. E um sermão no domingo sobre a triste decadência da moral entre os jovens de hoje. O bom reverendo entende dessas coisas. Afinal, ele tem um interesse especial por meninos. Um garoto da sétima série em particular, que canta em seu coro, o filho de Jeff Norword.

Noelle vislumbrou de novo o sorriso exultante do marido e sentiu o estômago embrulhar.

— Ficaria surpresa se descobrisse quantas coisas sei, querida. Aquele médico que é seu amigo, por exemplo. Sei de tudo sobre vocês dois. Só tenho uma pergunta: já transou com ele?

— Pare com isso!

Ela levou os punhos aos ouvidos, batendo de leve, como se quisesse arrancar as palavras de sua cabeça.

— Meu palpite é que já transaram — continuou Robert, naquela voz terrível, desencarnada. — Pode estar trepando com ele desde o início, segundo tudo que sei. Toda aquela conversa hipócrita sobre mim e Jeanine, mas você não é melhor do que a vagabunda de sua irmã.

Noelle levantou a cabeça, abruptamente.

— O que você fez com Bronwyn? — indagou ela, numa voz estridente que mal reconheceu como sua. — Se a machucou, juro que vou...

— Vai fazer o quê? Mandar me prender? — A risada foi mesquinha, irritante. — Não se preocupe. Não tenho o menor interesse pelo que ela pode ou não ter visto. Afinal, quem acreditaria nela? Diriam que mentia para proteger o namorado, aquele idiota todo sujo de graxa.

Noelle tratou de se agarrar a uma corda esfiapada de sanidade, argumentando:

— Neste caso, também não precisa se preocupar comigo. Não passo de uma bêbada que voltou ao vício, lembra?

Robert não disse nada. Por um momento ansioso, Noelle imaginou que ele a deixaria ir embora, que a deixaria sair do buraco e ir para a estrada. Imaginou-se fazendo isso, pegando uma carona; e, se ninguém aparecesse, andando até o telefone público mais próximo e ligando para Hank. O rosto querido de Hank surgiu em sua mente: os olhos castanhos gentis, as linhas nas faces sardentas, que se aprofundavam em sulcos quando ele sorria. Mas, depois de um momento, Robert voltou a falar:

— É diferente. Com você, é pessoal.

A voz não era mais divertida. Nem era tão furiosa... mas fria. O tipo de frieza que deixa as dobradiças emperradas e não permite que o motor do carro pegue.

Numa reação instintiva, Noelle começou a recuar, uma frase sussurrada aflorando em sua mente: *Foi bom conversar com você, mas agora tenho de ir embora.* Uma risada fraca subiu por sua garganta. Mas o riso acabou quando ela tornou a bater na sólida parede de terra.

— Você *é* mesmo louco, Robert.

Desta vez ele não discordou.

— É mesmo uma pena — comentou ele, quase pesaroso. — Eu não queria que fosse assim. Até escolhi seu presente de aniversário de casamento. Brincos de diamante. Um presente muito caro, mas... foram nove anos, e queria que você tivesse uma coisa especial para lembrar.

— Tenho Emma.

Ela compreendeu, no mesmo instante, que dissera a coisa errada. A sombra por cima deslocou-se, e o rosto de Robert assomou de repente, na beira do buraco. Noelle deixou escapar um grito involuntário. Esperava um monstro, mas era apenas seu marido. Impassível, até exibindo um certo charme.

— Está enganada nisso também.

Em seu desespero, Noelle tentou uma manobra angustiada.

— Você pode pensar que venceu, Robert, mas as meninas pequenas crescem. Ela vai reconhecê-lo pelo que é. E você *ficará* sozinho.

Ela compreendeu no mesmo instante que atingira um ponto sensível, pela reação de Robert.

— Sua puta mentirosa! Não sabe do que está falando! Por que não podia deixar as coisas como estavam? Não foi suficiente arrastar sua família para isso! Tinha de arrastar minha mãe também!

Em sua mente, Noelle viu de novo o caixão apodrecido, ao lado da sepultura aberta de Buck.

— Há uma coisa que ainda não entendo — disse Noelle, desesperada para mantê-lo falando, a fim de que não pensasse no que tencionava fazer com ela. — Por que *Buck*?

Houve um momento de hesitação, antes que Robert respondesse, com a maior simplicidade:

— Ele mereceu.

Noelle sentiu um momento de confusão. Depois, com um sobressalto, estabeleceu a ligação. E, de repente, tudo fazia sentido, de uma maneira horrível. *Não foi Corinne quem ele assassinou. Foi Buck.* Fora por isso que Robert abrira a sepultura do irmão: para se livrar da prova. E fora por isso que seus homens haviam atacado o depósito e o outro cemitério... para dar a impressão de que não passara de mais um ato fortuito de vandalismo. Robert devia ter sentido que o cerco se fechava, que as investigações dos pais dela sobre a morte de Corinne, com a possível exumação, acabariam levando a Buck.

Seu próprio irmão.

Deve ter sido violento, pensou Noelle. Algo tão violento que mesmo depois de tantos anos uma autópsia ainda poderia revelar. Ela se lembrou que o pai comentara: *Houve avanços espantosos na medicina legal. Quem sabe o que se poderia descobrir hoje?* Mas ele falava de Corinne, não de Buck. Sem que percebessem, haviam encontrado a fonte da paranóia de Robert.

A mente de Noelle processou tudo isso com absoluta calma, como um promotor expondo os fatos a um júri. Ao mesmo tempo, ela reconheceu sua imparcialidade mental pelo que isso era, o início da histeria. E pensou: *Um homem que pode assassinar o irmão é capaz de qualquer coisa. Absolutamente qualquer coisa.* E o que era ainda pior: *Fui casada com esse homem. E gerei sua filha.*

Ela levantou os olhos e descobriu que Robert recuara. Teria ido embora? Parecia quase impossível de acreditar. Mas a esperança surgiu, mesmo assim, como o capim aflorando em uma calçada.

Com um grito, ela se lançou mais uma vez contra o lado do buraco. Frenética desta vez, as pontas das raízes partindo em suas mãos, a terra se desmanchando sob os pés. Por mais incrível que pudesse parecer, quase conseguiu escalar o paredão — uns cinco metros de terra desmoronando — quando ouviu o rumor profundo do motor da escavadeira entrando em funcionamento.

Algum instinto a levou a olhar para baixo nesse instante. Uma rápida avaliação da distância que subira... ou talvez um sexto sentido. Foi quando viu, quase oculto pelas sombras, num canto do buraco: um crânio.

Estava em cima de uma lona suja, que se abrira. Havia ossos espalhados ao redor, da cor de adobe, com manchas de ferrugem. A foice de uma mandíbula impregnada de terra; uma faixa de pano apodrecida, que ela reconheceu com uma náusea intensa ser o resto de uma gravata.

A histeria faiscando nas profundezas da sua mente disparou para a superfície. Noelle abriu a boca para gritar. Mas, antes que qualquer som pudesse sair de sua garganta ressequida, o céu se abriu, e uma torrente de terra desabou no buraco.

Passava pouco da meia-noite quando Mary chegou em casa. Não ficou surpresa ao encontrá-la às escuras. Noelle já teria deitado àquela altura; e, a julgar pela exaustão que demonstrava no hospital, estaria sem dúvida mergulhada num sono profundo. Mary entrou pela porta da frente e acendeu a luz. Piscou devido à súbita claridade. A longa viagem deixara-a cansada também. Como era de se esperar, Doris não ajudara nem um pouco. Quando ela e Trish estavam prestes a sair, a mãe se pusera a reclamar da enfermeira. Algum tempo passara antes que ela se acalmasse e voltasse a dormir.

Mary se encontrava na metade da escada, com os sapatos na mão para não acordar Noelle, quando ouviu a batida na porta da frente.

Parou no mesmo instante, o coração disparado. O primeiro pensamento foi que só podia ser um dos asseclas de Robert. Imaginou um homem corpulento, com máscara de esquiador, empunhando um revólver ou uma faca. Olhou ao redor, à procura de uma arma para se defender, algo bastante pesado que pudesse usar para bater na cabeça do agressor. E foi então que ouviu a voz de Charlie, abafada pela porta:

— Mary, sou eu! Abra a porta!

Ela sentiu um enorme alívio. Os joelhos estavam um pouco fracos quando desceu. Charlie, o querido Charlie. De alguma forma, soubera que ela precisava dele. Devia estar esperando lá fora, em seu carro; ela apenas não o vira. Não era típico de Charlie? Ao longo dos anos, sempre que amigas sozinhas, amarguradas, alegavam que cavaleiros em armaduras reluzentes não passavam de um mito, ela sempre reprimira um sorriso secreto. Porque sabia que não era bem assim. Mesmo quando namorava outros homens, não deixava de pensar em Charlie. Como ele tirava seu casaco e a cobria sempre que eram surpreendidos pela chuva... um gesto espontâneo, como se abrisse o guarda-chuva. E como, à noite, ele sempre lembrava de deitar de barriga para baixo, a fim de não acordá-la com seus roncos. Pequenas cortesias, é verdade. Mas significavam muita coisa.

Quando ela abriu a porta, no entanto, o rosto de Charlie — o rosto querido, que podia parecer muito sério, mas de repente se abria num sorriso tão radiante que a deixava sem fôlego — estava todo contraído em sinal de preocupação. E não estava sozinho. Bronwyn aparecia por trás dele, transtornada, as roupas sujas de terra. Charlie lançou um olhar para os sapatos na mão de Mary.

— É melhor se calçar e vir conosco. Noelle desapareceu. Acreditamos que Robert a seqüestrou.

Mary experimentou a sensação de que alguma coisa corria em sua direção, tão real como se estivesse parada no meio de uma estrada escura e faróis avançassem em alta velocidade.

O sangue esvaiu-se de seu rosto. Teve a sensação de que poderia desfalecer. Charlie devia ter reparado, porque se adiantou no mesmo instante e passou um braço por sua cintura. Ocorreu a Mary, em alguma parte distante e desligada do cérebro, que ele a amparava da mesma maneira como ela fazia com a mãe, quando ajudava Doris a subir a escada. Na claridade amarelada da varanda, uma mariposa passou perto da cabeça de Charlie. Ela observou-a roçar num fio de cabelo escuro, antes de desaparecer na escuridão.

— Não é possível — declarou ela, muito calma. — Deve ser um engano. Noelle está dormindo lá em cima.

Mas o rosto de Charlie contava uma história diferente.

— *Pense* um pouco, Mary. Tente descobrir o lugar para onde ele pode tê-la levado.

Bronwyn contornou o pai, saindo para a luz.

— Fomos juntas para a igreja Metodista. Alguém... um amigo me avisou que Robert tramava alguma coisa. E pensamos que poderíamos surpreender seus homens em flagrante.

Havia fragmentos de folhas e gravetos presos nos cabelos escuros compridos. Arranhões sobressaíam nos braços, onde uma câmera de vídeo se aninhava, tão ternamente como um bebê recém-nascido.

— Está tudo aqui — acrescentou Bronwyn, batendo de leve na câmera. — Escondi-me nas moitas e filmei a maior parte. Não o rosto de Robert... estava muito escuro... mas gravei tudo que ele disse.

Ela abriu a tela para projeção instantânea e apertou o botão *play*. Escuridão, depois um vulto indistinto surgiu, seguido por mais imagens indefinidas, como se a câmera fosse sacudida. E sons também. O barulho de folhas, o murmúrio distante de vozes, o fluxo de uma respiração em pânico. E, depois, alguma coisa pesada caindo no chão, acompanhada por uma voz que deixou Mary toda arrepiada:

— *Feliz aniversário de casamento, querida.*

Mary afastou-se de Charlie para arriar no degrau da escada.

— Estávamos certos desde o início. Não era apenas nossa imaginação ou um desejo desesperado. Ele... ó Deus!

Ela levou a mão à boca. No instante seguinte, tão abruptamente quanto sentara, levantou-se de um pulo. Olhou para Charlie, parado à sua frente, com um braço estendido pelos ombros da filha, dando a impressão de um homem que sustentava um enorme peso.

— Já passaram pela casa de Robert, suponho.

Mary surpreendeu-se ao verificar como parecia calma.

— Viemos de lá. Não há ninguém na casa. Os pais também não sabem onde ele está. Acho que dizem a verdade, porque pareciam bastante abalados.

— E Emma?

— Ela está bem, com os pais de Robert.

— Eles têm alguma idéia do lugar para onde Robert pode tê-la levado?

Charlie sacudiu a cabeça.

— Dante... meu amigo... está verificando — informou Bronwyn. — Foi conversar com alguns caras que trabalham para o... para Robert.

Mary calçava os sapatos quando se lembrou de uma coisa.

— *Há* alguém que pode saber. É um tiro no escuro, mas talvez ele possa ajudar.

Ela entrou em casa e subiu correndo. Abriu o caderno de endereços, à procura do telefone de Hank, quando outra coisa lhe ocorreu.

— E a delegacia? — gritou lá de cima. — Talvez não adiante ligar para lá.

Charlie tornou a sacudir a cabeça.

— Fiz algo melhor. Pedi ao segurança do jornal, Tim Washburn, para falar com seus amigos na patrulha estadual em Albany. Eles estão a caminho.

Mary ligou para Hank. Uma voz engrolada atendeu, no tom de resignação cansada de alguém acostumado a ser acordado de madrugada.

— Alô?

— Hank, sou eu, Mary Quinn — disse ela, num tom de urgência. — Aconteceu alguma coisa com Noelle. Acreditamos...

Ela hesitou, porque a idéia ainda parecia absurda demais, como uma trama de filme de mistério de segunda categoria.

— ... que o marido a seqüestrou.

Houve um momento de silêncio. Depois, Hank respondeu, a voz rouca:

— Ó Deus! Vou me vestir e estarei aí num instante!

— Pode pensar em algum lugar para onde Robert a levaria? Algum lugar que talvez Noelle tenha mencionado?

— Espere um instante. Deixe-me pensar...

Houve um sussurro no outro lado da linha, como se ele já tivesse começado a se vestir, mesmo enquanto falavam. Mary ouviu um baque forte, como o de um sapato caindo no chão. A respiração de Hank era entrecortada.

— Já me lembrei. Saímos para dar uma volta e passamos pelo local onde está sendo construído o Cranberry Mall. Ocorreu-me na ocasião...

Ele fez uma pausa, como se a coisa em que pensava naquele instante fosse forçada demais.

— *O que é?* — insistiu Mary. — Mesmo que seja uma idéia que pareça absurda, Hank, quero que me diga.

— Ó Deus... Não posso acreditar que eu sequer esteja pensando nisso, porque é macabro demais... mas lembro que me ocorreu que, se alguém quisesse enterrar um... enterrar alguma coisa que não quisesse que fosse encontrada, seria o lugar perfeito.

Mary foi dominada por um terror tão grande que, por um momento, não conseguiu respirar. Depois, balbuciou:

— Vamos nos encontrar lá. E outra coisa, Hank... se você tem uma arma, é melhor levá-la.

O rosto e o topo da cabeça de Noelle ardiam devido à terra que chovera em cima dela, como fragmentos de uma granada. Uma nuvem de poeira a envolvia. No fundo do buraco, enterrada até o peito num monte de terra solta e cascalho, ela tossiu e cuspiu, um catarro de gosto amargo subindo à boca. Sentia de novo uma vertigem, a sensação de que começava a despencar num abismo.

Não ouse desmaiar!, gritou uma voz. *Pois nunca mais acordará!*

Com um esforço para manter a consciência, ela desvencilhou-se do monte de terra e rastejou para o canto mais distante do buraco, tomando o cuidado de manter a maior distância possível da lona e de seu terrível conteúdo. Levantou-se com alguma dificuldade. Ergueu os olhos, a tempo de avistar a enorme caçamba denteada da escavadeira pairando lá em cima, como a boca de uma besta mítica e faminta. Noelle encolheu-se toda, esperando que mais terra fosse despejada no buraco. Mas a caçamba recuou. Ela ouviu o rangido da haste hidráulica baixando, o ruído da caçamba recolhendo mais uma carga. *Ó Jesus, ele vai me enterrar viva...*

Uma risada insana subiu por sua garganta.

Noelle deu em si mesma um tapa mental. *Pare com isso. Pare de pensar dessa maneira. Não pode se permitir isso.* Tinha medo de morrer, é claro, mas tinha ainda mais medo do que poderia acontecer com Emma.

Olhou ao redor, frenética. Mas não havia como escapar. Estava acuada. Em poucos minutos, estaria sufocando, sob toneladas de terra. E um momento depois que o pensamento lhe ocorreu, uma segunda torrente foi lançada. Com um grito estridente, Noelle se agachou. Levantou os braços sobre a cabeça, numa tentativa inútil de se defender. Torrões de terra do tamanho de um punho bateram na sua cabeça e nas costas. Clarões intensos surgiram por trás das pálpebras fechadas. *Ele venceu*, pensou Noelle. *Conseguiu me derrotar, no final das contas.* Mesmo que conseguisse sair do buraco, Robert a perseguiria e mataria. E ela começou a chorar, de exaustão e desespero.

Uma lembrança do último verão aflorou em sua mente: levando a filha para as aulas de natação da Cruz Vermelha. A pobre Emma parecia não ser capaz de flutuar. Cada vez que virava de costas, começava a entrar em pânico. Mesmo com a instrutora, uma jovem simpática e de aparência saudável chamada Stacey, pondo a mão de leve sob suas costas, enquanto a exortava, suavemente:

— Relaxe. Esse é o segredo. Basta respirar fundo e deixar o corpo flutuar.

Ainda assim, Emma mantivera o corpo rígido. Depois, envolta por uma toalha, o corpo todo tremendo, no colo de Noelle, a menina murmurara:

— Mamãe, tentei muito, com tudo que tinha, mas não foi suficiente!

Agora, era Noelle quem dizia essas palavras, dentro de sua cabeça. *Emma, querida, tentei muito, mas às vezes nem as mamães conseguem se manter à tona. Não é porque não a ame. Não importa o que aconteça, você deve se lembrar de que a amei mais do que a minha própria vida...*

A poeira subiu ao seu redor, num turbilhão. Ela desatou num acesso de tosse, que a fez vomitar. O monte de terra no fundo do buraco dobrara de altura, enquanto o motor da escavadeira continuava a ressoar, um ruído interrompido apenas pelo guincho do guindaste.

Com bastante nitidez, Noelle pensou: *Não quero morrer. Não dessa maneira.* Se estivesse se afogando, não seria tão terrível. Havia uma certa poesia em se afogar, não é mesmo? Como Ofélia. Mas morrer daquele jeito, sepultada por baixo de... *um centro comercial*! Com uma eternidade de pés cansados e inchados passando acima, adolescentes risonhas com excesso de maquiagem, mães no limite da paciência puxando pelo braço crianças truculentas, que ganiam: "*Mas você prometeu, mamãe!*"

Era inconcebível. Pior ainda, era ignóbil.

O rangido acima se tornou ainda mais alto, na iminência de outra chuva de indignidade sobre Noelle. Ela comprimiu-se contra o lado do buraco. Mas não havia realmente qualquer lugar seguro ali dentro.

Pense, exortou uma voz. *Pense...*

O que surgiu em sua mente foi a fábula de Esopo sobre o macaco esperto que engana o crocodilo para levá-lo até a outra margem do rio. Não sabia o que a fez pensar nisso, até que levantou os olhos e divisou a parte inferior da caçamba, baixando de uma forma inexorável, delineada contra o céu, uma lua pálida brilhando na beira.

Ágil como o macaco da fábula, ela subiu para o topo do monte. Proporcionava-lhe uma vantagem mínima, no máximo de um metro e meio, mas talvez fosse suficiente. Quando a cabeça inclinou-se e uma nova torrente de terra começou a cair, ela resistiu ao impulso para se esquivar. Em vez disso, esticou-se toda, erguendo as mãos tão alto quanto podia. Só se encolheu quando uma pedra bateu em sua testa, provocando uma pontada de dor. Rangendo os dentes devido à dor, tornou a se esticar, prendendo a respiração pelo que pareceu uma eternidade, até que a caçamba, rangendo, completou o movimento em arco.

No exato momento em que chegou ao ponto mais baixo, Noelle deu um pulo e agarrou a beira denteada. As mãos sujas escorregaram, e ela quase a largou. Depois, a haste da caçamba iniciou a subida, aos arrancos, e o ângulo da caçamba mudou por uma fração. *Depressa*, sua mente bradou, ansiosa, *antes que ele a veja*. Com um esforço sobre-humano, ela se levantou pela beira e entrou na caçamba, que era larga e profunda, como uma banheira... apenas o suficiente para que permanecesse oculta da vista de Robert.

Foi içada ao ar, balançando, como se estivesse numa roda-gigante, toda encolhida no fundo da caçamba, olhando para o céu estrelado. Podia sentir o sangue escorrendo da testa para o olho, mas ignorou o ferimento. Mais tarde, haveria tempo para cuidar dessas coisas. Naquele momento, tinha de se concentrar apenas em permanecer viva.

Momentos depois, a caçamba começou a descer. Noelle sentiu-a vibrar, enquanto ouvia o rangido das engrenagens da escavadeira. E, subitamente, foi lançada contra o monte de terra ao lado do buraco. Meio que escorregou e meio que rolou pela encosta de terra solta.

Parou no solo duro, onde se manteve tão comprida e imóvel quanto era possível. Mal ousava respirar. Robert a teria visto? *Por favor, não!* Os segundos seguintes foram passando, angustiantes, intermináveis, enquanto ela ouvia o ruído da caçamba recolhendo mais terra, ao seu lado. Pelo canto do olho, podia avistar as marcas das enormes lagartas da escavadeira. Um único sulco era bastante largo para acomodar com facilidade uma das mãos de Emma. E, no instante seguinte, a caçamba foi levantada, saindo de seu campo de visão.

Ela esperou por mais um momento, até ter certeza de que não se encontrava mais na linha direta de visão de Robert, antes de levantar e sair correndo. Não ousou arriscar um único olhar para trás. Seus olhos permaneceram fixados na paisagem lunar de cerca de meio hectare que a separava da estrada e da linha escura de árvores mais adiante.

Uma frase que captara em algum lugar aflorou em sua mente naquele instante: *Pés, não me falhem agora.*

Uma consciência mais profunda deve tê-la ouvido, porque de repente ela se descobriu a correr mais depressa do que em qualquer outra ocasião de sua vida. Deslizava pelo chão sem esforço, como uma folha impelida pelo implacável vento de outono. Mal sentia a dor dos pés desacostumados a ficarem descalços, batendo em pedras ou gravetos afiados. Contornou um tronco de árvore cortado, saindo da terra como um dente meio arrancado. Passou por uma betoneira, ao lado da fundação recém-cavada do pátio principal do centro comercial.

A estrada assomava à sua frente como uma fabulosa cidade do passado.

Estava se aproximando quando o barulho distante da máquina pareceu se tornar ainda mais alto. Um ímpeto de terror fez com que tropeçasse, quase caindo. Enquanto perseguia sua sombra, tropeçando e balançando no terreno irregular, iluminado pelo luar, como se a paisagem fosse uma criatura ainda mais apavorada do que ela, Noelle quase que pôde sentir seu medo, um gosto muito parecido com o de sangue.

Lançou um olhar para trás, em pânico. A escavadeira, parecendo uma imensa besta mítica ao luar, não estava a mais de cem metros atrás dela. Noelle divisou o brilho do mostrador digital no painel. Lá em cima, na cabine, havia um vulto escuro, como um rei irado e vingativo em seu trono.

Consegui enganá-lo, e ele não ficou nem um pouco satisfeito.

Em meio ao estrondo de seu terror, com o sangue escorrendo em filetes quentes pelo rosto, o pensamento trouxe um sorriso frio de triunfo aos lábios de Noelle.

Afora o luar, pintando listras de tigre nas sombras, a estrada para o canteiro de obras estava escura, enquanto Charlie acelerava seu Chevy Blazer o máximo possível. Mary sentava ao lado, enquanto Bronwyn estava no banco traseiro, segurando o banco à sua frente como se fosse a extremidade da sela de um cavalo em disparada. Pedrinhas batiam no chassi, ao passarem aos solavancos pelos buracos. Quase atropelaram um guaxinim que atravessou a estrada, como um corpulento viajante se apressando para pegar o trem.

Mary podia ver o portão na cerca à frente — escancarado, como se ela, Charlie e Bronwyn não fossem os primeiros a chegar ali — e um trailer mais além. À primeira vista, no entanto, no facho estreito dos faróis, o local parecia deserto.

— Não estou vendo Hank — comentou ela, aflita.

Charlie inclinou-se, pegou sua mão e a apertou com força.

— Ele chegará a qualquer momento, tenho certeza.

— Eu me pergunto se Dante saberá onde nos encontrar.

A voz de Bronwyn era estridente. Charlie parou logo depois do portão. Saltaram para a noite quente de verão, em que podiam sentir o sussurro fresco da floresta ao redor.

Foi nesse instante que Mary ouviu o zumbido de um motor, não muito longe. Partia, sem dúvida, de uma das escavadeiras espalhadas pelo canteiro de obras, como enormes brinquedos abandonados. Mas por que estava sendo operada à noite? À medida que seus olhos iam se acostumando com a escuridão, ela esquadrinhou toda a área à sua frente, pelo menos seis hectares, com montes de terra e buracos por toda parte. A várias centenas de metros de distância, a máquina avançava depressa, no meio de uma nuvem pálida de poeira.

Ela viu algo mais, uma coisa que fez seu coração subir do peito para se alojar na garganta: um vulto pequeno à frente da máquina, correndo para se distanciar, correndo por sua vida. Noelle? Ó Deus, era mesmo Noelle! A escavadeira tornou-se, no mesmo instante, ameaçadora na mente de Mary, um rinoceronte de proporções jurássicas atacando.

— Olhe ali, Charlie!

Ela agarrou-o pelo braço. Charlie também viu. Seu rosto ficou branco ao luar. Um grunhido gutural subiu lá do fundo. Sem dizer nada, ele saiu correndo, mais depressa do que Mary poderia pensar que era possível.

Antes que Mary pudesse seguir em seu encalço, o barulho de um carro fez com que se virasse. Não podia ver qual era a marca, mas tinha certeza de que era o carro de Hank. Enquanto o carro passava pelo portão em alta velocidade, derrapando para parar atrás do Chevy Blazer, Mary correu ao seu encontro. Inclinou-se pela janela aberta. O rosto sem maldade de Hank, sentado ao volante, estava contraído e irado, quase irreconhecível.

— Pelo amor de Deus, Hank, *depressa*!

Ela gesticulou, angustiada, na direção que Charlie seguira, tendo apenas um vislumbre rápido do reflexo do luar no rifle ao lado do banco, antes que Hank desse marcha à ré. Mary pulou para trás. Fragmentos de cascalho foram espirrados pelos pneus, batendo em suas pernas. Mas ela mal notou. Porque também estava correndo... correndo ao encontro da filha.

O vapor fétido do diesel enchia a boca e os pulmões de Noelle. Uma pontada de dor no lado do corpo se transformou numa agonia indescritível. O rugido ardente do monstro a envolvia por completo, uma fornalha em que estava prestes a ser consumida. Mesmo assim, de uma maneira espantosa, as pernas continuavam a impulsioná-la para a frente.

O tempo, porém, parecia ter se esgotado. Era como se ela estivesse assistindo tudo num *replay* em câmera lenta, de um lugar no alto do estádio. Enquanto corria, tropeçando então com mais freqüência, seu olhar não se projetava mais para o horizonte; em vez disso, fixava-se no milagre de sua sombra, avançando obstinada pelo terreno irregular, impelida apenas pela graça de Deus.

Com extrema calma, ela pensou: *Vou morrer.*

E orou, enquanto continuava a correr: *Deus, cuide de Emma... ela tem apenas cinco anos, e este é um mundo difícil para uma menina sem mãe. Nana é muito idosa e doente, e papai, se me perdoa por dizer isso, é um homem. Minha mãe dará o que ela precisa...*

Noelle sempre achara que não era verdade a história de que, nos segundos finais antes de sua morte, toda a sua vida se projeta num relance diante de seus olhos. Mas agora ela sabia que era verdade. Numa série de imagens estroboscópicas, viu-se aos oito anos numa excursão de verão a Lake George, agarrada ao pai, que a carregava por uma ponte pênsil... e com a mãe, aos 12 anos, comprando o primeiro sutiã... e aos 16 anos, no banco traseiro do Chevy Impala de Gordon Hockstedder, com a calça jeans abaixada até os joelhos.

Viu Hank também...

Noelle teve uma imagem nítida de Hank, sentado no banco da praça, as mãos enormes nos joelhos. Por um instante, pensou como teria sido adorável se acabassem como aqueles casais idosos, passeando de mãos dadas, cada um na expectativa de ser o primeiro a partir, porque a vida sem o outro seria intolerável. Quando ela morresse, será que Hank...

Um novo som infiltrou-se em sua cabeça: o ronco estridente do motor de um carro. Enquanto cambaleava para a frente, o corpo quase dobrado, por causa da pontada de dor no flanco, Noelle levantou os olhos turvos e viu o que parecia ser uma nuvem de poeira avançando em sua direção. Piscou, aturdida, e a nuvem assumiu a forma de um carro. Conseguiria alcançá-la a tempo? Ela arriscou outro olhar para trás: a impressão fugaz de uma grade cromada com um brilho fosco ao luar, como se fossem dentes à mostra... dentes que iam devorá-la viva. E, de repente, sentiu-se entorpecida e cansada demais para se importar.

O carro derrapou e parou a algumas dezenas de metros à sua frente, levantando um turbilhão de poeira. Através da poeira, ela pôde divisar os vultos de um homem e uma mulher correndo.

Ouviu o estampido de um tiro.

Por um momento de espanto, Noelle imaginou que o tiro fora disparado contra ela. Os joelhos vergaram e quase caiu. E por pouco *desejou* que tudo acabasse logo... pelo doce alívio de sair do sofrimento.

Então, em rápida sucessão, soaram mais dois tiros. Ela percebeu, numa parte do cérebro que ainda funcionava, que os tiros eram disparados por cima de sua cabeça, não contra ela. A compreensão foi como um instrumento afiado que penetrava na couraça grossa em que seu cérebro se refugiara. O pânico que mantivera a distância tornou a aflorar. Mas havia outra coisa também, um sentimento que não experimentava fazia tanto tempo que quase não reconheceu: a esperança.

O rugido atrás dela parecia diminuir.

Ao olhar para trás, descobriu atônita que o Carterpillar se desviara abruptamente de seu curso; seguia para leste, na direção da área onde as estacas dos agrimensores, ligadas por uma fita vermelha de plástico, indicavam os prédios que um dia seriam erguidos ali. Mas havia algo errado. O curso parecia ser a esmo, como um barco sem leme...

... e seguia direto para um caminhão basculante.

Numa reação instintiva, ela se descobriu a gritar, a voz rouca:

— *Cuidado!*

Num estado de transe, com um horror quase requintado, ela observou a escavadeira bater no caminhão, com um estrondo ensurdecedor, quase como o barulho do enorme olmo que caíra sobre o telhado da garagem durante a tempestade extraordinária do inverno anterior. Por um instante surrealista, as duas máquinas pareciam enlaçadas num abraço obsceno, como amantes engalfinhados, gemendo e se mexendo. Depois, o caminhão tombou de lado, vencido, enquanto a escavadeira continuava a arremeter, uma das lagartas subindo pela traseira, com um rangido inútil.

O fedor de diesel espalhou-se pelo ar. Houve outro estrondo, e os dois veículos foram envolvidos por uma enorme rosa de fogo vermelho-alaranjada.

Noelle gritou de novo, observando as chamas se elevarem pelo céu noturno, iluminando por um momento tudo ao seu redor: o guindaste próximo, uma pilha de canos ao lado de uma vala. Sombras dançavam pela paisagem rosada, como pessoas se divertindo em torno de uma fogueira.

— *Noelle!*

Em algum lugar, no meio daquela loucura ruidosa, uma voz a chamava.

Por uma fração de segundo de terror, ela imaginou que era seu marido, saindo das chamas para completar seus desígnios macabros. Mas depois notou que o vulto correndo em sua direção não era alto como o marido, não tinha as pernas compridas de Robert. Aquele homem era vários centímetros mais baixo, embora também fosse atlético, e o coração de Noelle bateu mais forte quando o rosto querido se delineou. *Hank...*

Houve um momento em que todas as peças misturadas se ajustaram — o carro parado, o rifle em sua mão, os destroços flamejantes cuspindo chamas para o céu — antes que fossem ofuscadas por um alívio tão profundo que ela caiu de joelhos em sinal de gratidão.

— Hank...

O nome saiu abafado. Num gesto quase rude, ele a puxou para seus braços. Noelle sentiu o cheiro da camisa lavada misturando-se com o cheiro de suor. Com um grito baixo e estrangulado, comprimiu o rosto contra o ombro de Hank, enquanto as mãos dele a apalpavam, para se certificar de que estava inteira. Desceram pelos braços e tronco, antes de subir para aninhar sua cabeça.

— Você está sangrando... ó Deus...

Quando ela começou a chorar, Hank a abraçou, murmurando:

— Calma, calma... É apenas um pequeno corte. Não se preocupe. Cuidarei de tudo.

— Sua ca... camisa... — Ela soluçava, o rosto comprimido contra o ombro de Hank. — Vai fi... ficar estragada.

— Não tem problema — murmurou ele, com a voz embargada. — Comprarei outra. E você pode me ajudar a escolher.

Por algum motivo, isso fez com que Noelle chorasse ainda mais alto.

— Eu não po... podia mais correr.

Hank acariciou seu rosto, afetuoso.

— Sei disso.

— Ele está mo... morto, não é?

— Receio que sim.

— Então está tudo bem.

Noelle balançou a cabeça, franzindo o rosto em sinal de concentração, como uma aluna problemática que tem dificuldade para entender a lição. Acima do ombro de Hank, avistou os pais, abraçados. O que, por alguma razão insondável, fazia total sentido.

— Tudo vai acabar bem — tranqüilizou-a Hank, mais uma vez. — Não precisa fugir de mais nada.

E, então, ele também começou a chorar.

Juntos, passaram a se balançar, como se estivessem na palma de uma mão enorme e invisível, que os confortava.

Capítulo Dezoito

Pelo resto do mês de agosto e entrando por setembro, foi o grande tema das conversas em Burns Lake. No Murphy's Diner, os velhos contavam histórias, em torno de canecas brancas com café. As donas-de-casa fazendo o cabelo no salão de beleza Lucille's, o que acontecia uma vez por mês, falavam mais alto do que o zumbido dos secadores. Os pais de filhos pequenos trocavam comentários quando as crianças estavam longe e não podiam ouvir ou já estavam dormindo; mesmo assim, mantinham a voz baixa. Nas lojas, por toda a Main Street, o movimento era maior do que o normal para aquela época do ano. E na Burns Lake Elementary, onde o noivo de longa data de Trish Quinn, Gary Schmidt, iniciava os testes de outono para a equipe de futebol americano, ele sussurrava a respeito, no vestiário, depois do expediente, para Amanda Wright, sua atual namorada secreta, mãe de dois de seus jogadores.

A última vez em que algo sensacional — embora nem de longe parecido com os atuais acontecimentos — ocorrera na cidade fora em junho de 1985, quando a agente do correio, Alice Burns, fugira com um vendedor de esquadrias de alumínio e fora, mais tarde, encontrada morta, estrangulada, numa vala nos arredores de Poughkeepsie. Só que o caso agora era muito diferente; as pessoas demonstravam um nítido constrangimento por terem se deixado enganar com tanta facilidade. Muitas encaravam como uma espécie de traição pessoal. Para outras, fora apenas o caso de um bom homem que sucumbira sob o peso de sua consciência.

O que ninguém se mostrava disposto a considerar, a encarar de fato, era a verdade inquietante no fundo de tudo: que durante todos aqueles anos haviam acalentado um assassino de sangue-frio. Haviam-no *incubado*, por assim dizer. O menino louro para quem todos sorriam, afetuosos, ao vê-lo empoleirado nos ombros do pai, enquanto Cole descia a Main Street como o grande comandante do desfile de Quatro de Julho. O rapaz louro que provocara lágrimas em muitos com seu eloqüente discurso como orador da turma, quando se formara no ensino médio. E por último, mas nem por isso menos importante, o homem que muitos — embora nem todos — consideravam um exemplo espetacular do que se podia alcançar mesmo permanecendo essencialmente decente. Se Robert Van Doren incitara comentários desfavoráveis, ao longo dos anos, eram atribuídos aos maridos e namorados ciumentos de mulheres que ele levara para a cama, aos empregados descontentes que despedira. Mas, afinal, ninguém era perfeito. Que homem sempre pronto para flertes ou relações amorosas e com uma atração por mulheres bonitas era capaz de resistir quando surgia a ocasião apropriada?

Mas não havia como contornar certos fatos que vieram à tona na esteira das terríveis ocorrências no canteiro de obras do Cranberry Mall. Meses mais tarde, quando o departamento do xerife do condado completou sua investigação sobre a morte de Robert Van Doren, além das mortes muito mais antigas de seu irmão e da antiga namorada, chegou-se à conclusão de que Corinne Lundquist cometera mesmo suicídio, como ficara registrado na ocasião. Buck Van Doren, por outro lado, morrera devido a um violento golpe na parte posterior da cabeça, um fato que fora antes ignorado em conseqüência da gravidade de outros ferimentos, então presumidos como a causa da sua morte.

Várias prisões foram efetuadas na esteira dessas descobertas. Entre elas, a de um homem chamado Grady Foster, um encanador que trabalhara na empresa de construção de Robert e também servia como segurança na Red Crow Tavern. Um homem enorme, com um brinco numa orelha, os cabelos oxigenados cortados rentes no topo da cabeça, o resto preso num rabo-de-cavalo, acabara cedendo às pressões e confessara que fora o culpado pelos ataques ao *Register*, ao depósito da Mackie Foods e à Primeira Igreja Batista. Quando interrogado sobre a profanação da sepultura de Buck, porém, alegara que fora só um coadjuvante. Apenas desenterrara o caixão; depois, o sr. Van Doren mandara-o embora. Seu antigo chefe não devia confiar em ninguém para completar o trabalho, mas também não estava mais vivo para confirmar a história. Em conseqüência disso, Grady foi condenado a dezoito meses na cadeia do condado de Schoharie, a pena maior permitida pela lei.

Centenas de pessoas compareceram ao serviço memorial por Robert, na primeira semana de setembro. Algumas foram por curiosidade, mas a maioria foi por respeito aos pais enlutados, que haviam se mantido, a não ser por vislumbres ocasionais dos rostos desesperados através das janelas do Cadillac (pareciam mais velhos, tendo apenas uma ligeira semelhança com os de Cole e Gertrude), em virtual reclusão desde aquela noite fatídica.

Noelle Van Doren e a filha pequena, Emma, muito parecida com o pai, exceto por ser morena, também compareceram. Estavam acompanhadas pelos pais e a irmã adolescente de Noelle... e pelo médico da cidade, Hank Reynolds. Notou-se, com alguma estranheza, que Mary Quinn e Charlie Jeffers, divorciados havia muitos anos, pareciam manter, apesar disso, as relações mais cordiais. Mas a maior parte das fofocas foi reservada à filha adolescente de Charlie, de braços dados com aquele vagabundo que era seu namorado, na frente de todo mundo, com seu pai vendo. Elmira Cushing sussurrou para Shirley Hemstead, que repetiu para Sylvia Hochman em The Basket Case, que tinha quase certeza, a não ser que seus olhos a enganassem, de que Bronwyn Jeffers estava grávida. Nada podia ser mais distante da verdade, mas isso não impedia que as pessoas falassem.

Entre os que *não* compareceram ao serviço figurava Trish Quinn, que se oferecera para ficar cuidando da mãe idosa e doente. Trish tinha outro motivo para se manter a distância, como logo se soube. No início daquela semana, ela descobrira sobre Gary e Amanda, ao surpreendê-lo com a boca na botija, por assim dizer. Ela reagira com tanta dignidade quanto uma mulher solteira, com seus quarenta e poucos anos, podia ter, mas quem olhasse mais atentamente poderia perceber sua fragilidade. Até chegara ao ponto de procurar conforto espiritual com Joe Wilcox, pastor da igreja Metodista Unitária dos Apóstolos Divinos.

A ausência de duas outras pessoas também foi notada: Wade Jewett, que era alvo de várias acusações, a começar por obstrução da justiça; e a antiga vizinha de Noelle, Judy Patterson, que, segundo os rumores, estava completamente desolada. Ao que tudo indicava, Noelle se enganara ao pensar que o amante de Judy era o instrutor de caratê de seu filho. Havia comentários de que, no dia em que se espalhara a notícia terrível sobre Robert, Blake Patterson chegara tarde em casa, de uma viagem de negócios, e encontrou a esposa encolhida no chão do quarto, num choro histérico. Depois de alguma pressão, ela confessou que fora amante de Robert. No dia seguinte, Blake saiu de casa, levando os dois filhos.

Na segunda semana de setembro, Mary fez as malas e voltou para Nova York. Embora continuasse a voltar nos fins de semana e fosse vista com freqüência em companhia da filha e da neta ou de braços dados com seu bonito ex-marido, as visitas foram se tornando mais e mais espaçadas com o passar do tempo.

No começo, apesar de tudo, parecia que eles podiam encontrar uma solução. Afinal, estavam apaixonados. E, como na primeira vez, ansiosos por acreditarem que o amor supera todos os obstáculos. Se nenhum dos dois gostava da idéia de passarem tanto tempo separados, o que podiam fazer? Até mesmo Charlie concordou — embora com relutância — que não havia como contornar o problema. Depois, em novembro, Mary teve uma gripe forte, da qual passou três semanas se recuperando, uma de cama, as outras duas pondo o trabalho em dia. Pouco depois, Noelle e Emma também pegaram a gripe. Hank mudou-se para a casa delas, em caráter temporário, a fim de cuidar das duas, além de Doris, cada vez mais frágil. De alguma forma, ele nunca mais saiu. Noelle protestou com freqüência e veemência — talvez com uma veemência excessiva — que aquilo não mudava nada em relação a Mary. Afinal, a casa tinha espaço suficiente; e, dessa maneira, ela e Hank podiam se conhecer melhor. Mas Mary se mantinha a distância, na maior parte do tempo, murmurando as desculpas polidas habituais. Noelle e Hank precisavam de tempo a sós, apenas com Emma. E Doris já era um problema.

Ela poderia ficar na casa de Charlie, é claro. Não era segredo para ninguém que os dois dormiam juntos. Mas, em duas ocasiões memoráveis em que passara a noite na cabana, Mary sentira que não era certo. Por um lado, havia Bronwyn. Embora a filha mais nova de Charlie nunca o dissesse expressamente, era evidente que ela não queria a presença de Mary. E havia Charlie também: a expressão melancólica em seu rosto enquanto a observava no ritual matutino — escovar os dentes, enxugar-se depois do banho de chuveiro, vasculhar os armários para tomar uma caneca com café —, como se ao mesmo tempo contemplasse aquele cenário em algum tempo futuro projetado. Um futuro em que todas as manhãs, não apenas de vez em quando, acordavam juntos, faziam amor, tomavam café e se vestiam. O problema é que Mary podia também perceber esse desejo ansioso. Tão evidente às vezes, ao alcance da mão, que se tornava uma angústia permanente.

Depois de algum tempo, tornou-se mais fácil ficar longe.

Em vez disso, ela fazia planos para o fim de semana com os amigos, planos que a manteriam em Nova York, que a impediriam de fraquejar no último minuto. E, quando Charlie fazia seus próprios planos, ela logo tomava conhecimento. Obviamente por intermédio de Bronwyn, que, na maior inocência, deixava escapar que seu pai saíra para jantar com outra mulher. Mary não pedia explicações, mas Charlie dava assim mesmo. Paula Kent, a nova corretora de imóveis, inteligente e dinâmica, que apresentara a idéia de solicitar uma verba federal para transformar o projeto do condomínio em Sandy Creek (rejeitado com uma margem de dez para um no referendo) num santuário oficial para aves, convidara-o para jantar, a fim de conversar sobre uma série de anúncios que tencionava publicar. Ele não discorrera além disso, e Mary não o interrogara sobre futuros encontros que poderiam ter sido planejados. Ela não tinha esse direito, embora tivesse rompido havia muito com Simon Trager. Se quisesse Charlie, poderia tê-lo. Mas não era justo mantê-lo assim, na expectativa. Já partira o coração de Charlie uma vez.

Fazê-lo duas vezes seria mais do que cruel. Seria — o pensamento de Doris aflorou em sua mente nesse instante — *anticristão.*

Como era de se imaginar, no fim de semana que Charlie escolheu para visitá-la choveu quase o tempo todo, o telefone não parou de tocar, e o restaurante a que ela o levou para jantar, em geral confiável, serviu uma comida horrível, num ritmo quase glacial. Ele reagiu com jovialidade, zombando que não precisava ir até Nova York para encontrar um péssimo serviço e jantar uma comida passada demais; para isso, bastava descer a rua até o Murphy's Diner. Partilharam uma boa risada. Quando descobriram que o cinema programado estava com a lotação esgotada, optaram por alugar um vídeo na Blockbuster. Fora um bom fim de semana, no final das contas.

Mas, por um motivo ou outro, Charlie não voltara.

Vira-o pela última vez em março, quando sua mãe morrera. Doris vinha se extinguindo havia algum tempo. Não foi surpresa para ninguém — em particular para as filhas e a neta — quando ela morreu dormindo, depois de uma longa e debilitante pneumonia. Noelle e Trish lamentaram abertamente; Mary lamentou à sua maneira. No funeral, pôs uma foto num porta-retrato de prata sobre o caixão, mostrando os pais no dia do casamento, presumivelmente o dia mais feliz da vida de sua mãe. Fez uma oração, pedindo que a mãe, reunida com o pai no céu, encontrasse a paz e o contentamento que não tivera neste mundo.

A primavera chegou, derretendo a neve, junto com quaisquer pensamentos persistentes sobre o que pode acontecer até mesmo em pequenas cidades sonolentas, com uma igreja de campanário branco. Açafrões, jacintos e rosas-de-gueldres desabrocharam ao longo da estrada, projetando-se como lembranças de alguma antiga ocasião festiva da mistura escura de folhas em decomposição e galhos de árvores caídos. Os primeiros pacotes de sementes da primavera apareceram numa estante de metal na frente da loja Newberry. E andorinhas e pica-paus podiam ser vistos fazendo seus ninhos, junto com os parulídeos de cabeça laranja, na área ao sul de Sandy Creek.

Na primeira semana de maio, ninguém se surpreendeu quando a edição dominical do *Register* anunciou o noivado de Noelle Van Doren (*née* Jeffers) com o dr. Hank Reynolds. Embora os dois fossem discretos, todo mundo sabia que andavam se encontrando. Algumas pessoas mais velhas e mais conservadoras comentaram que era um pouco cedo demais para uma viúva tão recente, que perdera o marido em circunstâncias tão trágicas. A maioria, no entanto, ficou sinceramente feliz pelos noivos, para não mencionar o alívio sentido. Pois, no fundo de suas mentes e de seus corações, em que os pensamentos culpados afloravam como cogumelos venenosos, aqueles que conheciam Noelle admitiram silenciosamente que poderiam ter feito mais para ajudá-la, que talvez tivessem sido um pouco precipitados em seus julgamentos.

Um casamento discreto foi planejado para o fim de junho, quando o tempo devia estar bom, mas não muito quente. O reverendo Joe Wilcox, um solteirão inveterado, que recentemente começara a pensar a sério em também casar, oficiaria a cerimônia. Nos últimos meses, ele e Trish passavam cada vez mais tempo juntos, o suficiente para que o reverendo compreendesse que se tratava de uma mulher especial. Quase tomara a decisão, se tudo corresse bem, de surpreendê-la no Natal com um anel de noivado.

Mary fez planos para passar a semana do casamento em Burns Lake. Os negócios andavam ótimos ultimamente, apesar dos momentos difíceis no final do ano anterior, quando inúmeros clientes haviam ido embora, irritados, sentindo-se menos do que apreciados. O contador da agência também saíra, desfalcando-a em quase trinta mil dólares. Mas, com o sucesso espetacular do jantar de levantamento de fundos para a Rene's Room, apesar dos vários problemas, a Quinn Communications superou a crise. Mary conquistara diversos novos clientes só no último mês. Estava até pensando em promover a sócia sua assistente, Brittany Meehan. Só havia um problema: Charlie.

Ela sentia muita saudade. Acima de tudo, tinha saudade das *conversas* com Charlie. Não apenas pelo telefone, mas à noite, enroscada na cama, ao seu lado, ou de manhã, sentada à sua frente, durante o café da manhã. Sentia falta das conversas na cozinha enquanto preparavam o jantar, dos passeios noturnos pela beira do lago. Sentia falta da vida que *poderiam* ter tido... e quase tiveram. Duas vezes.

Agora, ela voltava para o casamento da filha. Seguindo para oeste, pela rota 23, Mary experimentou um pequeno tremor de expectativa. Ou seria medo? A colcha de retalhos ondulantes, de campos plantados e colinas verdes, lembrou-a do último verão. Muita coisa mudara desde então. Sua mãe morrera... Noelle ia casar de novo. Uma eternidade parecia ter transcorrido desde que percorrera aquele mesmo percurso um ano antes.

Havia uma pulsação na base da garganta, medindo os quilômetros e minutos. Sôfrega, ela absorvia os pontos de referência familiares de sua infância: milharais, borracheiros, franquias da Agway, a cooperativa dos agricultores, estábulos curtidos pelo tempo, inclinados como velhos bêbados, restaurantes e lanchonetes à beira da estrada, com nomes como Big Bob's, Aunt Susie's e Udderly Delicious (Dairy Queen e McDonald's ainda precisavam conquistar seu espaço naquela região), uma loja com uma exposição requintada de estátuas de jardim na frente, parecendo a Terra dos Munchkins, de *O Mágico de Oz.*

Ocorreu-lhe que, ao longo dos anos, perdera ou extraviara alguma coisa vital, que agora parecia brilhar aqui e ali, em meio à paisagem, como manchas de ouro enterrado. Alguma coisa sua ou talvez a vida que poderia ter levado se tivesse permanecido em Burns Lake. Teria sido pior para ela? Por muito tempo, pensara que sim, mas sabia agora que não seria necessariamente assim. Sua vida apenas seria diferente, mais nada. Nem melhor nem pior, apenas mais lenta, numa escala menor. E também havia Charlie para considerar. Sempre Charlie, puxando-a como um cordão invisível.

Não sou a primeira mulher que já teve de optar entre a carreira e o homem que ama. Mas por que tem de ser tão difícil? Por que não pode ser uma escolha simples?

Havia outra questão que a atormentava. Ele continuaria a se encontrar com Paula Kent? Ela se perguntou se Paula seria tão bonita em pessoa quanto na foto de propaganda da corretoria de imóveis que, por acaso, vira em sua última visita. *Quem você pensa que está enganando? Praticamente visitou todas as lojas da cidade até encontrar o cartaz com a foto.* Mary imaginou-a tão inteligente quanto era loura, perfeita, com unhas indestrutíveis e cabelos que nunca se encrespavam com a umidade. Enquanto infiltrava-se pouco a pouco em todos os aspectos da vida de Charlie, Paula também teria realizado uma campanha para conquistar Bronwyn. Como seria natural, a garota teria resistido a princípio, mas acabaria mudando de posição, com o tempo e a persistência. Porque Paula Kent, além de se encontrar em posição perfeita, tinha a única coisa que Mary não possuía: todo o tempo do mundo.

Mary estava tão absorta em cenários imaginários da vida amorosa de Charlie que perdeu a entrada para a rota 45. Teve de voltar através de Middleburgh. Ao chegar à casa da mãe, o sol baixava para o horizonte, e a mesa para o jantar já fora posta.

Hank fez espaguete e almôndegas, enquanto Noelle circulava pela cozinha como a própria noiva ansiosa. Durante o jantar, ele contou a história de uma paciente no hospital em que trabalhara como residente, uma guatemalteca idosa, com uma tosse persistente, a quem dera uma receita para penicilina. As instruções diziam: "Tome três vezes por dia com água." Em vez de mandar aviar a receita, a mulher ignorante jogou-a num jarro com água, da qual passou a tomar fielmente três copos por dia.

— E o mais incrível é que ela melhorou — acrescentou Hank, inclinando a cadeira para trás, as mãos cruzadas sobre o peito.

Seus olhos castanhos joviais encontraram-se com os de Noelle. Os dois pareciam partilhar um sorriso secreto e exclusivo. Ele parecia tão à vontade quanto um homem prestes a casar deveria se sentir, pensou Mary.

Na hora de deitar, Emma insistiu que Mary a levasse para a cama e lesse várias histórias. Quando Mary desceu para a cozinha, na ponta dos pés, Noelle e Hank também já haviam ido para a cama. Ela fez uma xícara de chá e encaminhou-se para a escada. Parou na sala de estar apenas pelo tempo suficiente para pegar, ao acaso, um volume de coletâneas do *Reader's Digest*, uma receita infalível para insônia. Adormeceu antes mesmo de virar a primeira página.

No quarto do outro lado do corredor, Noelle e Hank faziam amor, com toda a discrição. Depois do trauma que sofrera, Noelle descobriu que Hank, além de todas as outras qualidades maravilhosas que possuía, era também um amante magnífico. Era tudo que ela sempre desejara, sem saber que queria: um homem que nunca se apressava e que parecia nunca se importar quando ela vacilava de vez em quando, em sua timidez. Ao longo dos meses, desde que haviam se tornado íntimos, Noelle desabrochara, procurando a atenção de Hank com a mesma freqüência com que ele procurava a sua. Abrira-se para ele de uma maneira que nunca sonhara que seria possível. Até falaram em ter outro filho, nascido de um amor verdadeiro, que seria um irmão ou uma irmã para Emma tanto quanto ela era para Bronwyn.

Mary passou os dois dias seguintes com a filha, fazendo compras e cuidando dos preparativos para o casamento. Foram a Albany para comprar um vestido para Emma, que a menina insistia que tinha de ser cor-de-rosa, com lantejoulas e muitos babados. Acabaram escolhendo um vestido branco de organdi, com mangas bufantes e gola em rufos, que Emma considerou aceitável, com um suspiro de resignação. Depois, almoçaram pizza e galinha Caesar no California Kitchen, antes de ir à Nordstrom's, à procura de um par de sapatos para acompanhar o vestido de noiva de Noelle.

Mary nunca vira Noelle tão contente. Se por acaso se mostrava um pouco mais impaciente com Emma, o olhar acompanhando ansioso cada movimento da menina, era apenas natural, depois de tudo por que passara. Aquilo terminaria com o tempo. Nas semanas seguintes à terrível provação, Noelle passara a consultar uma terapeuta. Agora, sentia-se preparada para deixar tudo para trás, e Mary não via qualquer evidência que indicasse o contrário. Noelle sorria muito agora. Até ganhara alguns quilos desde a última visita de Mary. E ficava muito bem assim. Estava radiante. *Se o amor não cura todas as feridas*, pensou Mary, *com certeza faz maravilhas para a pele.* Ela compreendeu, para sua consternação, que sentia um pouco de inveja. Daria qualquer coisa, sem trocadilhos, para estar no lugar da filha.

— Hank é o melhor medicamento que alguém poderia receitar — comentou Mary, observando Noelle experimentar outro par de sapatos de salto alto, cor de marfim.

Emma, sentada no chão ali perto, estava absorta em enfiar o pé, com sapato e tudo, numa meia de tricô, cor de carne. Noelle levantou os olhos, subitamente radiante.

— Não acha que ele é maravilhoso? — Ela inclinou a cabeça para o lado, afastando do rosto uma mecha de cabelos escuros. — Quer saber de uma coisa? Se o assunto tivesse surgido antes, duvido muito que eu teria lhe pedido para ficar em nossa casa. Não é engraçado como as coisas acontecem? No momento em que você pensa que está tudo definido, surge algo que é melhor do que qualquer coisa que poderia ter imaginado.

Por hábito, Mary inclinou-se para apertar a ponta do sapato de Noelle.

— Parecem um pouco apertados. Como você os sente?

— Como sapatos que só terei de usar uma vez — respondeu Noelle, rindo.

— Acho que gosto mais do primeiro par.

— E eu me sinto mais inclinada para este.

As duas riram ao mesmo tempo.

— Acho que nunca veremos alguma coisa da mesma maneira — admitiu Mary. — Mas caso eu ainda não tenha expressado em palavras quero que saiba que aprovo totalmente o casamento com Hank. Mesmo que não o adorasse por razões puramente egoístas, alguém que a deixa tão feliz não poderia deixar de receber o meu voto.

As palavras pairaram no ar entre as duas: *Ele será um bom pai para Emma.*

— Obrigada, mamãe.

Noelle parecia satisfeita, mas também um pouco embaraçada. Tirou os sapatos e pegou outra caixa. Com o cuidado de não olhar para a mãe, ela comentou, jovialmente:

— Eu poderia dizer a mesma coisa sobre você e papai.

Mary ficou desconcertada. Era um assunto que nunca tratara com Noelle. Talvez a filha sentisse antes que era uma área proibida; agora, porém, queria que todos fossem tão felizes quanto ela. Mary suspirou.

— Seu pai e eu somos pessoas diferentes... — Ela fez uma pausa. Não. Tinha de encontrar uma resposta melhor. Logo acrescentou, com um esforço para manter a voz calma: — Poderíamos tentar, mas não posso me imaginar vivendo em Burns Lake. Você pode?

— Sinceramente? Não.

Noelle lançou um olhar para Emma, que abandonara as meias e se concentrava agora nos sapatos que a mãe acabara de experimentar. Sem saber que abrira uma ferida no coração de Mary, Noelle deu uma espiada na caixa de cima da pilha, mas a fechou em seguida, com uma cara de desgosto.

— Por outro lado — continuou ela, o rosto franzido, um tanto distraída, enquanto examinava as outras caixas —, quase nada acontece da maneira como você espera. Nesta época, no ano passado, quem poderia acreditar que eu casaria de novo?

— Tem razão. — Com um esforço, Mary restabeleceu seu sorriso. — A questão agora é só uma: com qual desses sapatos você se vê no casamento?

Noelle recostou-se na cadeira, as pernas estendidas à sua frente, numa pose em que Mary não a via desde a adolescência. Um sorriso malicioso espalhou-se por seu rosto.

— Ah, mãe, será que realmente importa? Ninguém vai vê-los mesmo, e Hank não vai se importar. Ele estará muito ocupado olhando para mim.

Ao final, Noelle escolheu um par de sandálias brancas, de salto alto, que ficariam escondidas pelo vestido longo, e seriam bastante confortáveis para dançar. Comprou para Emma as sandálias mais espalhafatosas, com lantejoulas e laços. A filha ficou extasiada. Sabia que era muito dinheiro para gastar com sapatos, confessou Noelle para a mãe, com um ar pesaroso, mas ultimamente vinha confiando muito menos no bom senso e mais no que apenas *sentia* ser certo.

As palavras ainda ressoavam pelo dia seguinte e à noite, quando Mary e Charlie se encontraram para jantar no Stone Mill. Tornariam a se encontrar na noite seguinte, para o ensaio da cerimônia, e depois no sábado, para o casamento. Nessas ocasiões, estariam cercados por parentes e amigos. Mas naquela noite eram apenas os dois, como fora no início. Só que agora o tempo dos dois se aproximava do fim.

Ela o avistou pela janela que dava para o canal do moinho, onde o córrego engrossado pela neve derretida corria ao encontro do lago lá embaixo. Ainda era cedo, e as mesas ao redor só estavam ocupadas pela metade. Charlie usava terno escuro e gravata, o que o fazia parecer distinto, até um pouco solene, mais como um estadista idoso do que como o proprietário de um jornal de cidade pequena. Embora Mary já devesse estar acostumada, àquela altura, os cabelos grisalhos nas têmporas ainda causavam um pequeno choque. Mas talvez isso acontecesse porque não podia vê-lo hoje em dia sem sobrepor em sua mente a imagem de Charlie aos 17 anos: alto, os ombros um pouco encurvados, como se tivesse crescido depressa demais, os cabelos muito pretos, sempre desmanchados de tanto que ele passava os dedos. E o sorriso, aquele sorriso incrível, como mercúrio, capaz de passar de zero a quarenta numa fração de segundo.

Charlie viu-a se aproximando e levantou para cumprimentá-la. *Sempre o cavalheiro*, pensou Mary. Ele sorria, mas havia também uma certa cautela em sua expressão. Mary ansiava por banir aquela cautela, da mesma maneira como outrora desmanchava, alegre, seus reflexos no pequeno regato perto da casa em que moravam, onde tomavam banho de sol. Mas não eram mais adolescentes. Talvez parte do problema fosse o fato de nunca o terem sido realmente.

— Já fazia muito tempo. — Ela beijou-o no rosto, fechando os olhos e apertando com força por um instante, contra uma pontada de angústia entre amarga e doce. — Você está ótimo, Charlie. Acho que nunca vi esse terno. Deve ser novo.

Mary absteve-se de perguntar: *Foi Paula quem escolheu?* Ele deu de ombros, um gesto típico.

— Você me conhece. Só gosto de usar roupa esportiva, o modelo típico da L. L. Bean. Visto este terno apenas em ocasiões especiais.

Mary exibiu seu melhor sorriso.

— Temos muito para comemorar. Nossa filha vai casar.

— É verdade. — Ele puxou a cadeira de Mary e esperou que ela sentasse, antes de voltar para a sua. — O que vai beber?

— Uma vodca com água tônica seria ótimo. — Depois que o garçom anotou os pedidos, Mary recordou, com um gemido: — Ó Deus, aquele primeiro casamento! Tive uma dor de cabeça de rachar por três dias seguidos. Mesmo agora, quando penso como poderia ter acabado...

Ela sacudiu a cabeça, sem querer pensar na maneira como quase haviam perdido Noelle. Charlie inclinou-se através da mesa para apertar sua mão.

— Ela está feliz agora. Não é isso o que conta?

Mary retribuiu o aperto, antes de retirar a mão.

— Alguém disse, certa ocasião, que não há final feliz, mas apenas começos felizes.

Os drinques foram servidos. Ela bebeu aos goles, devagar, olhando pela janela para a água, quase bastante perto para que mergulhasse a mão. Naquela época do ano, ainda estaria gelada; o regato não estaria bastante quente para se mergulhar até meados de julho. Quando tornou a olhar para Charlie, as linhas profundas — como entalhes em madeira — nos lados da boca e do nariz causaram um aperto inesperado em sua garganta. Ela sorriu.

— Acho que nunca tivemos muita chance, não é mesmo? Éramos nós contra o mundo. Agora, é o mundo contra nós.

— Se você está certa, é um mundo que nós mesmos fizemos.

Charlie falou jovialmente, mas o sorriso não alcançava os olhos. Tinha a mão na mesa, ao lado do copo de vinho, encurvada como um ponto de interrogação.

— É possível, Charlie. Mas não há como desfazer, não é mesmo?

— Não sou eu quem pode responder a essa pergunta.

Mary sentiu que alguma coisa desmoronava em seu íntimo. A determinação de ser cautelosa, muito cautelosa, foi substituída por um súbito impulso de acabar logo com aquilo. Doía demais. E sabia que também magoava Charlie.

— O que você está me pedindo? — indagou ela, a voz baixa e trêmula.

O sorriso desapareceu do rosto de Charlie. Ele fitou-a com uma tristeza cansada, que teria partido o coração de Mary, se este já não estivesse fragmentado em muitos pedaços.

— Não estou lhe pedindo nada, Mary. Não tenho esse direito, assim como você não teria o direito de me pedir para renunciar a qualquer coisa que tanto trabalhei para construir aqui. — Ele balançou a cabeça, pesaroso. — Quando eu era jovem e convencido, não sabia como era a vida. Ao longo dos anos, porém, aprendi algumas coisas. Sei, por exemplo, que, quando você tenta enfiar uma cavilha quadrada numa abertura redonda, a cavilha quebra ou o buraco se fragmenta. Eu não faria isso com você.

Charlie fez uma pausa, fitando-a com uma expressão irônica, antes de acrescentar:

— Mas devo admitir que há uma parte de mim que é bastante egoísta para querer tentar.

Mary suspirou.

— Tem razão. Não daria certo.

Ele levantou o copo.

— Podemos fazer um brinde a isso ou simplesmente afogar nossa tristeza. Você escolhe.

Através da atitude jovial, Mary podia perceber a angústia que o levava a contrair os músculos do pescoço. Os olhos eram tristes, mas resignados. E era a sua aceitação cansada — tão diferente do medo e incerteza da primeira vez — o que mais doía.

— Ah, Charlie... — As lágrimas estavam perigosamente próximas da superfície. — Eu gostaria...

Ela fez uma pausa para limpar a garganta, antes de continuar:

— Eu gostaria que as coisas pudessem ter sido diferentes. Se isso ajuda, devo dizer que não há mais ninguém. Nunca houve, e duvido que possa haver.

Mary esperou que ele dissesse alguma coisa sobre Paula Kent. Meio que desejou que ele o fizesse, pois assim teria o detalhe concreto que poderia usar para se distanciar. Estava próxima demais. Exposta demais. Mas Charlie apenas respondeu, com a voz um pouco rouca:

— Neste caso, acho que teremos de continuar em nossas vidas da melhor maneira que pudermos. Não se preocupe comigo. Tenho muita prática. — Ele ofereceu um sorriso desolado. Tomou um gole de vinho. — Vamos pedir?

— De repente, perdi a fome — murmurou ela, angustiada.

— Mesmo assim, deve comer alguma coisa.

— Fala como minha mãe.

Mary soltou uma pequena risada. Charlie inclinou-se para ela. Nesse momento, Mary percebeu o brilho da rocha por baixo das camadas de pretensão.

— Nossa filha vai casar depois de amanhã. Devemos a Noelle, depois de tudo que sofreu, exibir toda a satisfação e alegria que pudermos. — Ele recostou-se, a expressão mais suave. — Agora, por que não damos uma olhada no cardápio? Fui informado por nossa editora de estilo de vida que o salmão *teriyaki* é o grande pedido aqui.

Mary sentiu-se punida pela... não havia outra palavra, pela *nobreza* de Charlie. Empurrou o copo vazio para o lado e pegou o cardápio.

— Tem razão, Charlie. Estou sendo egoísta. — Numa brava tentativa, que soou absolutamente falsa em seus ouvidos, ela acrescentou, com alegria: — Não há sentido em desperdiçar uma noite muito agradável com o solteiro mais disputado de Burns Lake.

A lembrança de Paula Kent tornou a aflorar na mente de Mary.

— Era assim que costumávamos nos referir ao velho Cuddles, lembra? O solteiro mais disputado de Burns Lake. — Charlie soltou uma risada. — O pobre-coitado, preso em seu curral, sem nada para fazer, a não ser contemplar as vacas por cima da cerca.

Mary riu também, a lembrança antiga surgindo com um brilho cor de sépia em sua mente. Recordou como Cuddles — que não fazia jus ao significado de seu nome em inglês, carícias — fugira, certa ocasião, do curral, indo até a estrada. Um casal idoso, num Buick Regal cor-de-rosa, seguindo para o norte pela rota 30A, ficara chocado ao deparar com o touro premiado do sr. Pettigrew atacando o carro, pelo meio da estrada. O motorista, um técnico de telefones aposentado, que ia visitar uma irmã da esposa em Vermont, entrara em pânico e tentara desviar do touro. No mesmo instante, Cuddles mudara de rumo, deixando um amassado na porta do carona do Buick do tamanho da subseqüente incredulidade do inspetor de seguros. Mary sorriu.

— Acho que aquele velho casal nunca mais se recuperou.

— Também não tenho certeza sobre Cuddles. Ele nunca mais foi bom da cabeça depois daquilo. — Charlie riu baixinho. — Não foi o único assim, depois que você foi embora.

Mary vislumbrou de novo um brilho intenso no fundo de seus olhos. Mas depois ele exibiu um sorriso fácil.

— Pelo que posso observar, você se recuperou muito bem. — As palavras saíram antes que ela pudesse pensar. — Ouvi dizer que anda saindo com Paula Kent.

Charlie, para sua frustração, não confirmou nem negou.

— É mesmo? Sabe como são as coisas numa cidade pequena. Os rumores espalham-se com a maior facilidade.

— Há um fundo de verdade em alguns rumores.

Mas Charlie estava se retirando, o rosto se fechando contra ela, como uma porta através da qual não tinha permissão para vislumbrar o que havia além.

— Não se pode ter tudo, Mary. — O tom era frio, embora não desprovido de gentileza. — Se quiser o que tenho para oferecer... não é muito, eu reconheço... é tudo seu. Não preciso explicar, porque você já sabe. Mas tem de tomar uma decisão, que respeitarei, mesmo que não me agrade. Não me peça mais do que isso.

— Desculpe. — Charlie tinha razão. Ela queria ter o bolo e comê-lo ainda por cima, mesmo que se sentisse engasgada ao pensar em Paula Kent. — Podemos começar?

Era uma péssima escolha de palavra, e Charlie estremeceu de uma forma visível. Mas se recuperou no mesmo instante, tornando a exibir seu sorriso patenteado.

— Pode apostar que sim. O que me diz daquele salmão?

— Parece apetitoso — mentiu Mary.

E foi isso... tão fácil quanto saltar de um galho, mas ao mesmo tempo a coisa mais difícil que ela já fizera. Quase tão difícil quanto observar Charlie se afastar, na primeira vez. Jantaram salada e salmão, seguindo-se uma torta de morango e ruibarbo pela qual Mary não sentiu muito apetite, mas comeu assim mesmo. Prolongaram o jantar nas xícaras de café expresso. Charlie, particularmente, parecia não ter a menor pressa de ir embora; se achava a presença de Mary angustiante, não deixava transparecer. Conversaram mais sobre o casamento. Também falaram sobre a possibilidade de Trish e o reverendo Joe realizarem a mesma viagem pela nave da igreja. Mary perguntou por Bronwyn e foi informada de que ela continuava namorando Dante Lo Presti. Ao que parecia, ele não era o demônio que Charlie imaginara. Na noite que ninguém queria recordar, o garoto provara seu valor, para satisfação de Charlie.

Separaram-se fora do restaurante, antes de seguirem para seus respectivos carros, com um beijo decoroso, que deixou a boca de Mary comichando. Ao observar pelo espelho retrovisor, enquanto Charlie deixava o estacionamento, lágrimas inesperadas afloraram nos seus olhos. Já podia senti-lo se afastando de novo, por vários meios. No casamento, cercados por amigos e parentes, teriam pouca oportunidade de conversar, muito menos de falar com tanta franqueza quanto haviam feito então. Depois, ela voltaria para Nova York. Quando tornasse a visitar Burns Lake, nos meses subseqüentes, era improvável que se encontrasse com Charlie. Com a morte de Doris, só se veriam em ocasiões especiais. Apresentações teatrais na escola. A formatura de Emma no ensino médio. E, mais adiante, haveria mais um ou dois netos (afinal, a filha ainda era jovem), com os batizados para propiciar os encontros. Trocariam as palavras polidas usuais. Charlie estaria acompanhado por Paula Kent — ou qualquer que fosse a mulher afortunada que por acaso o conquistasse —, e seria difícil, sem dúvida, mas não insuportável. Ela já se acostumara a mostrar um rosto impassível.

Mas sozinha, na privacidade do carro, cercada pelo ruído dos insetos noturnos, com o regato sussurrando o que ela não queria ouvir, Mary não precisava fingir para ninguém. Podia simplesmente chorar, por tanto tempo quanto quisesse. Chorar pelo que perdera e pela dívida que continuaria a aumentar... isso mesmo, e pelo desespero que até mesmo as opções certas podem acarretar.

Ah, Charlie, eu não queria que acabasse assim, pensou ela. *Mas não vejo outro jeito.*

Mary chorou até que um grupo, efusivo de muita bebida, saiu para o estacionamento e se encaminhou para o carro ao seu lado. Com receio de que alguém pudesse pensar que ela passava mal ou enlouquecera, Mary empertigou-se. Abriu o porta-luvas, à procura da caixa de Kleenex que sempre guardava ali. A luz interna acendeu, e ela vislumbrou seu rosto no espelho retrovisor: os olhos inchados e vermelhos, a testa marcada com o vergão vermelho da pressão contra o volante. Assoou o nariz num lenço de papel e ligou o carro. Na volta para a casa da mãe — agora a casa de Noelle e Hank —, as têmporas latejavam, e a cabeça parecia inchada o dobro do normal.

Uma expressão da mãe surgiu em sua mente: *Há uma tampa para cada pote.* A verdade do ditado provocou um sorriso sombrio. Mas por que a sua tampa tinha de ser um homem que, por uma razão ou por outra, não se ajustava com perfeição?

O dia seguinte foi um pouco mais fácil de suportar. Ela passou sem maiores problemas pelo jantar do ensaio da cerimônia, e o pior que aconteceu foi a pane no velho sistema de ar refrigerado do restaurante. O sábado chegou, o dia do casamento. Houve uma queda acentuada da umidade, que envolvia a região como água dentro de um copo. O sol brilhava intensamente. Embora todas as pequenas coisas que podiam sair erradas saíssem erradas, ninguém parecia se importar.

Hank foi chamado ao amanhecer para fazer o parto de Norma Hofstedder, que só deveria ocorrer dali a três semanas. Às nove horas, ele ainda não havia voltado, mas Noelle se recusou a ficar preocupada.

— Ele voltará com tempo de sobra — insistiu ela, alegremente.

Bowwie, o cachorro de pelúcia de Emma, lavado para a ocasião, saiu da secadora com apenas uma orelha intacta: a outra era um monte de penugem informe. Depois dos gritos e choros iniciais, Emma permitiu ser consolada por vovó Mary, que argumentou que, no outono, quando começassem as aulas na primeira série, ela poderia levar um pedaço de Bowwie no bolso, como um lembrete de que ele a esperava em casa.

E, por último, mas não menos importante, Noelle descobriu um rasgão na bainha rendada do vestido de noiva. E foi então que entrou em pânico, menos confiante em suas habilidades de costureira do que na capacidade do noivo de trazer bebês ao mundo. Por sorte, tia Trish, que lembrou que fora ela, não Mary, quem ganhara o primeiro lugar no desfile de moda da primavera na igreja, estava disponível para reparar o dano.

No quarto antigo de Mary, a irmã cantarolava enquanto costurava o rasgão no vestido de Noelle. Tinha as faces rosadas, um brilho nos olhos. Nunca estivera tão bonita. Se Mary não soubesse, teria pensado que o casamento era da irmã. Tudo era Joe isso, Joe aquilo.

— Joe diz que é uma mudança revigorante dos casais que insistem em escrever seus próprios votos. — Trish, sentada na cama, levantou os olhos da costura e apressou-se em acrescentar: — Não que ele tenha qualquer coisa contra isso, é claro. Mas há alguma coisa atraente na maneira antiquada. O que há de errado em "amar, honrar e obedecer", quando os dois dizem isso?

Mary, sentada à penteadeira, parou de ajeitar os cabelos, virou-se e sorriu para a irmã. Não havia razão para não sorrir. Já eram mais de dez horas, com o casamento marcado para onze e meia, e Hank acabara de voltar. Um minuto antes, ela ouvira a porta da frente ser batida e o som de sua voz subindo pela escada. A brisa soprando pela janela aberta recendia a lilases. O sol incidia sobre a velha cama de bordo, onde Trish estava sentada, de pernas cruzadas, o vestido de cetim no colo, como uma poça de prata derretida. Estava tudo bem com o mundo.

Com uma exceção: por serem os pais da noiva, ela e Charlie sentariam lado a lado, mas não estariam juntos. Pela razão simples e complicada de que ela rompera com Charlie, de uma vez por todas. *Mas você não vai permitir — repito, não vai permitir — um mergulho na angústia para estragar a cerimônia*, advertiu uma voz firme, em sua cabeça.

— Não há nada de errado com a maneira antiquada — concordou Mary, jovial.

— É claro que os noivos devem ter o tipo de casamento que quiserem. Outro dia, li numa revista sobre um casal de mergulhadores que trocou os votos no fundo do mar. Já ouviu falar de uma coisa mais esquisita? Mas o fato é que eles tiveram exatamente o que queriam. — Trish fez uma pausa para respirar. — Ei, onde é mesmo que eu estava? Esqueci o que tentava dizer.

— Que nada importa quando a pessoa está apaixonada.

Mary falou um tanto distraída, o olhar fixado em seu reflexo no espelho. Viu a escova de cabo esmaltado que passava pelos cabelos, parte de um jogo muito apreciado que a avó lhe dera quando completara 16 anos. Por trás dela, observou no espelho a irmã acenar com a cabeça em concordância.

— É a pura verdade. Com toda a dor e o sofrimento neste mundo... e Deus sabe que esta família teve sua cota... o que pode ser melhor para comemorar do que duas pessoas que se amam e querem construir uma vida juntas? — A agulha entrava e saía da poça prateada no colo de Trish. — Veja o meu caso, por exemplo. Há seis meses, quem poderia imaginar que eu estaria com tanta disposição num casamento? Mas quer saber de uma coisa? Acho que descobrir a traição de Gary foi, na verdade, uma bênção disfarçada. Se eu não o surpreendesse com... com aquela mulher...

Os lábios contraíram-se, a palavra saindo desdenhosa, enquanto ela continuava:

— ... eu não teria conhecido Joe melhor. — Ela parou de falar, percebendo a expressão de Mary pelo espelho. — Ora, estou falando sem parar! Pode-se até pensar que *eu* é que vou casar!

Trish corou, as faces tão rosadas quanto as rosas Cecil Brunner que subiam pela treliça para espiar por cima do peitoril da janela. Mary lançou um olhar afetuoso para trás.

— Tenho o pressentimento de que você será a próxima — comentou ela, fazendo a irmã corar ainda mais. — O que Joe acha da livraria? Sempre pensei que ser a esposa de um ministro ocupava todo o tempo de uma mulher.

— É possível, mas Joe não é desse tipo. Ele dá todo o apoio à minha carreira. — A resposta decidida de Trish indicava que o assunto já fora discutido entre os dois. — Se alguma coisa pode me atrapalhar, é aquele repulsivo centro comercial. Sabia que a Bigelow Books já está distribuindo panfletos em Burns Lake?

Ela se referia, é claro, ao Cranberry Mall. A Van Doren & Sons reiniciara a construção, depois de uma demora compreensível. A inauguração fora marcada para o final de julho, dentro de três semanas apenas. E Trish — assim como outros pequenos comerciantes do centro da cidade, cuja sobrevivência se achava ameaçada — tremia de medo na expectativa do que poderia acontecer. Mary sentiu uma súbita exasperação pela irmã. Virou-se para ela, no banco da penteadeira.

— Pelo amor de Deus, Trish, por que não faz alguma coisa?

— E o que *posso* fazer?

Os ombros de Trish penderam. O instinto de relações públicas de Mary prevaleceu.

— Para começar, poderia distribuir também alguns panfletos... como fez em defesa do parulídeo de cabeça laranja. Lembre a seus clientes leais que você está disposta a dar o máximo para conservá-los.

— Não é uma má idéia — murmurou Trish, balançando a cabeça, pensativa.

— Depois, organize alguma espécie de evento. Uma demonstração de culinária. Ou faça um acordo com a Sociedade da Rosa Antiga para promover um livro sobre jardinagem; aquelas mulheres não precisam de mais do que um pretexto para organizar um chá.

Mary descobriu-se cada vez mais entusiasmada com a idéia. Excitada, acrescentou:

— Pode até promover algum tipo de evento regular, como um café da manhã uma vez por mês, no qual algum escritor conhecido falaria.

— E por que um escritor conhecido viria a Burns Lake? — indagou Trish, em dúvida.

— Para vender livros, é claro! E, também, porque você vai apresentar a proposta ao departamento de divulgação da editora como a melhor idéia desde a invenção do pão fatiado.

— É mesmo?

— Funciona quando você vende ingressos para o evento e com isso sabe quantas pessoas estarão presentes. Digamos cinqüenta, para começar... haverá mais, quando a notícia se espalhar... e o preço inclui o livro do autor, mais café, biscoitos e o resto. Terá uma venda garantida de cinqüenta livros, mais os outros que serão uma conseqüência. Mantém uma margem de lucro baixa, para promover a venda de ingressos. Em compensação, fatura o prestígio, muita boa vontade e um fluxo firme de clientes.

— É uma idéia brilhante. — A animação de Trish era evidente. — Só há um problema. Preciso de uma pessoa tão experiente quanto você para me ajudar a fazer tudo.

Ela ergueu a mão, antes que Mary pudesse interferir, e continuou:

— Preste atenção, antes de começar a me projetar à sua imagem. Levei metade de uma vida, mas consegui finalmente fazer as pazes com o fato de que não sou você. Não me olhe assim. Falo sério. Sabe como foi crescer à sua sombra? A garota tímida do interior e a prima da cidade grande.

Mary sentiu que murchava.

— Nem sempre vivi em Nova York.

— É verdade. Mas, mesmo quando ainda estava aqui, sempre houve alguma coisa diferente em você. De alguma forma, era mais elegante e mais determinada. E também mais inteligente.

— Está se depreciando — insistiu Mary.

Trish franziu o rosto, balançando a cabeça.

— Não estou, não. Apenas digo o que é um fato.

— Pense no que isso me proporcionou. Sou tão inteligente que quase perdi minha única filha e o único homem que já amei.

Uma onda de solidão envolveu Mary. O quarto quente e ensolarado parecia de repente muito pesado e nauseante, como uma sobremesa doce demais.

— Ser inteligente não é a mesma coisa que saber como ser feliz — comentou a irmã, com o ar irônico de uma mulher que passara anos preciosos cultivando o homem errado.

— Se você tem o segredo da felicidade, agradeceria se partilhasse comigo.

Mary percebeu o tom cáustico do comentário e se encolheu em repulsa. Estaria se tornando o que sempre receara, um clone da mãe?

Trish soltou uma risada. Inclinou-se para pegar um carretel. Cortou um pedaço de linha, do tamanho de seu braço. Fechou um olho, como um pirata espiando pela luneta, para enfiá-la no buraco da agulha.

— Uma parte é apenas sorte, e outra, bem maior, é abrir os olhos para possibilidades que você nunca imaginou.

— Por exemplo?

— *Sua* carreira, por exemplo. — Trish tornou a se inclinar para a costura, mais meticulosa do que o necessário, na opinião de Mary, a agulha entrando e saindo do tecido prateado. — Não seria a mesma coisa, eu sei, mas você pode muito bem ser relações-públicas em outro lugar, não apenas na cidade de Nova York. Claro que seria preciso um grande ajuste, e não estou dizendo que você ganharia o mesmo dinheiro. Mas, apenas pela argumentação, é *possível*.

Mary, desconfiada, com toda a razão, de que estava sendo conduzida por um caminho propício, respondeu um tanto incisiva:

— Muito bem. Apenas pela argumentação, onde você acha que eu poderia abrir outro escritório?

— Foi você quem ressaltou a necessidade de promover minha livraria. O que me diz dos outros pequenos empreendimentos que serão prejudicados, quando o centro comercial for inaugurado? Se contássemos com uma pessoa tão experiente quanto você para nos indicar o caminho, poderíamos encontrar uma saída. Caso contrário, não teremos a menor chance de sobrevivência.

— Parece um pouco como chantagem para mim — disse Mary, irritada.

— É apenas bom senso — continuou Trish. — Estou sempre lendo sobre cidadezinhas exóticas como a nossa... "a cidade que o tempo esqueceu", como costumam dizer... que algum divulgador hábil conseguiu converter numa atração turística.

— Como a preservação de uma espécie em perigo?

— Exatamente! — Trish levantou os olhos, com uma expressão de tanta inocência e entusiasmo que era difícil não aceitar. — Se alguém com esse espírito resolvesse trabalhar em Burns Lake, pense no que poderia conseguir.

— Por que tenho o pressentimento de que você está me oferecendo um emprego que nunca pedi?

O rosto da irmã murchou.

— É apenas uma idéia. Claro que não precisa aceitar minha sugestão. Eu queria mostrar que você pode ser feliz e realizada em qualquer lugar que escolher para viver.

Ela deu um nó e cortou a linha. Levantou o vestido para a inspeção de Mary.

— Ficou direito?

O assunto estava encerrado. E, no turbilhão de atividades subseqüentes, Mary quase não pensou de novo no assunto. Foi só quando estava sentada no primeiro banco da igreja — de madeiras claras e linhas simples, muito mais grandiosa do que o exterior sugeria — observando Noelle descer pela nave, no braço de Charlie, que as palavras da irmã voltaram a assediá-la. *Você pode ser feliz e realizada em qualquer lugar que escolher para viver...*

Mas ela não escolhera Burns Lake. Muito ao contrário, passara a maior parte de sua vida adulta tentando escapar dali.

Tem certeza de que não estava apenas fugindo de coisas que eram difíceis demais de enfrentar? De pessoas que a desapontaram, ou achou que você as desapontara. Como sua mãe. E Noelle. E Charlie também, é claro.

Mary fechou a mente contra esses pensamentos; em vez disso, concentrou-se na filha.

Noelle era uma visão de cetim e renda, o vestido tão simples e elegante quanto o próprio casamento: sem damas de honra e paraninfos, a única decoração sendo o arranjo de flores no altar e um buquê de orquídeas cor-de-rosa em sua mão. Mary permitiu-se a lembrança de seu próprio casamento, havia tanto tempo, uma cerimônia muito diferente, com Charlie parecendo nervoso, mas radiante, tão feliz quanto se mostrava agora. Ele usava um terno azul-marinho mal-ajustado, e ela o vestido que usara na crisma três anos antes... com a costura aberta dez centímetros, para caber sua cintura cada vez maior. A cerimônia, se é que se podia chamar assim, ocorrera no prédio da prefeitura, com a presença apenas de Corinne e o pessoal de Charlie, exibindo a expressão angustiada e um pouco culpada de pais que desconfiam que, de alguma forma, são responsáveis por algo de errado.

Os únicos que pareciam não notar a falta de arranjos florais, organista e um punhado de parentes com lágrimas nos olhos eram os noivos.

E agora, com toda a sua angústia momentaneamente removida, Mary era livre para recordar como fora. A maneira como sentira. *Eu era feliz*, pensou ela. *Era realmente feliz.*

Tão feliz quanto Noelle parecia agora. Lágrimas turvaram os olhos de Mary, enquanto observava a filha parar na frente de Hank, que parecia tão aturdido e reverente quanto uma adolescente que depara com um ídolo do cinema. Os dois esperaram, com sorriso paciente, até que Emma, adorável em seu vestido de organdi, cansou do espetáculo de espalhar pétalas de rosa do cesto pendurado em seu braço e correu pelos últimos metros da nave. Enquanto o reverendo Joe iniciava a cerimônia, Emma ficou meio escondida pelas dobras do vestido da mãe, espiando timidamente para a reunião de amigos e parentes.

Lá estavam os pais de Hank, vindos do Kansas, ambos sólidos e simples. Ao olhar para o pai de Hank, Mary podia ver de onde viera o brilho nos olhos do filho. Estavam ladeados pelos tios de Hank, Mabel e Ned, acompanhados por seus quatro filhos, dois homens e duas mulheres, todos encorpados, louros e sardentos. Nenhuma das vizinhas de Noelle em Ramsey Terrace fora convidada, mas várias colegas do ensino médio haviam comparecido. Lacey Buxton usava um *tailleur* de bolinha, o rosto quase oculto por um chapéu de aba larga. E Nora Lundquist também fora, com os filhos Everett e Jordy, acompanhados pelas esposas. Mary pensou, com um sorriso amargo, que era uma pena que a mãe não estivesse viva para assistir à cerimônia; era o tipo de assunto sobre o qual adorava fazer comentários.

Charlie, discretamente, postou-se ao lado de Mary. Sem pensar, ela passou o braço pelo dele. Charlie fitou-a, com alguma surpresa, depois sorriu. *Somos como quaisquer pais orgulhosos da noiva*, pensou Mary. E, se várias pessoas os fitavam com evidente curiosidade — Bronwyn, em particular —, por que o gesto seria da conta delas? Pelo menos Trish, sentada do outro lado de Mary, as mãos cruzadas no colo, teve o cuidado de manter os olhos desviados. Embora sua atitude talvez tivesse mais relação com o reverendo Joe, exibindo uma impressionante distinção, de sobrepeliz e colarinho clerical.

Eu o perdi uma vez. Não quero perdê-lo de novo. O pensamento surgiu do nada, tão retumbante quanto os acordes do órgão.

Mary recusou-se a dar maior atenção. Não tinha qualquer relação com Charlie e ela; essa questão já fora resolvida. Aquele era o dia de Noelle e Hank, em que não seriam derramadas lágrimas, a não ser as de alegria. Todas as pontadas de arrependimento que então poderia sentir eram perfeitamente normais, disse a si mesma. Não devia lhes conceder um segundo pensamento.

Depois de uma breve leitura do Livro dos Salmos, Hank e Noelle trocaram os votos; e enfiaram no dedo um do outro a aliança de ouro. Quando se beijaram, todos pareceram soltar um suspiro coletivo. Louella Carson, no órgão, uma mulher enorme, num vestido estampado floral, tocou um trecho da *Música Aquática*, de Händel, sinalizando a marcha alegre pela nave. Mary, enxugando os olhos, inclinou-se para sussurrar:

— Pensou alguma vez que testemunharíamos este dia?

— Eu tinha o pressentimento — sussurrou Charlie, em resposta, a voz rouca.

— Lembre-me de consultar sua bola de cristal na próxima vez. A minha não está funcionando direito.

— Acalentar uma esperança não é a mesma coisa que ser capaz de ver o futuro. — Charlie olhava para a frente, o rosto impassível, enquanto começavam a descer pela nave para se encontrar com os recém-casados lá fora. — Às vezes você tem de voar.

Mary lançou um olhar rápido para o perfil severo, de nariz adunco, e viu o sorriso contraindo um canto dos lábios. O calor que sentiu nesse instante foi como uma correnteza que a impelia numa direção que não previra. Surpreendeu a si mesma ao perguntar:

— Esse vôo incluiria uma passagem de volta?

Ele parou quando chegaram à entrada da igreja. Levou-a para um lado, deixando os outros passarem.

— Sou um pouco lento para entender as coisas, como os homens do interior. — Charlie virou-se para fitá-la. Sorria, mas os olhos permaneciam sérios. — Importa-se de me dizer o que isso significa?

— Não sei — respondeu Mary, com toda a sinceridade, balançando a cabeça em incredulidade por sua mudança de ânimo... se é que fora mesmo isso. — Apenas me pergunto se não estava olhando na direção errada.

— Mais ou menos como estar perto demais da floresta para ver as árvores?

Charlie, de costas para um vitral, era banhado por uma claridade etérea, que fez Mary especular, por um instante, se não estaria sonhando. O fluxo de convidados saindo se tornou indistinto. Era como se fossem as duas únicas pessoas na igreja.

— Por aí — murmurou ela, tremendo por dentro.

Charlie fitou-a nos olhos, com a maior intensidade.

— Estou escutando.

Mary respirou fundo.

— Ainda não sei se poderia voltar para sempre — confessou ela. — Mas de uma coisa tenho certeza: para onde quer que voe, não quero ir sozinha.

— Estou aqui mesmo, onde sempre estive — murmurou Charlie, muito sério, sem qualquer insinuação de sorriso. — Basta me dizer.

Ele pedia um sinal, mesmo que fosse apenas um bilhete de loteria, para o que o futuro poderia reservar. Dizia-lhe que uma mudança tão profunda tinha de ser uma idéia dela, em suas próprias condições. Caso contrário, estaria condenada.

Ele já fora tão longe quanto podia. Agora, era Mary quem tinha de dar o primeiro passo.

Ela experimentou uma súbita exuberância, como um copo vazio que se enche lentamente, com alguma coisa doce e fresca. Reconheceu como uma espécie de abandono, uma liberação do controle rígido que mantivera sobre seu coração.

— Esperam por nós lá fora. — Ela acenou com a cabeça na direção das portas abertas, para os degraus banhados pelo sol, onde a fila de cumprimentos começara a se formar. Sentiu um aperto na garganta. — Podemos conversar a respeito mais tarde?

— Você sabe onde me encontrar.

— Esse nunca foi o problema. — Ela ofereceu um sorriso triste. — O problema é que nem sempre eu soube onde me encontrar.

— Talvez não estivesse procurando no lugar certo.

— Eu gostaria de saber qual era o lugar certo. Ó Deus, como gostaria...

— Neste caso, permita que a leve.

Charlie deu-lhe o braço. Ao atravessarem o vestíbulo, ela sentiu o coração de Charlie batendo forte e, por um instante, pensou que fosse o seu. Através das portas abertas, logo à frente, podia ver os recém-casados, cercados por amigos, parentes e diversos pacientes de Hank. Sua filha — a filha deles! — faiscava ao sol, como alguma coisa nova, o que no fundo era mesmo. Naquele exato momento, Noelle olhou para os dois. Seu rosto desmanchou-se num sorriso, tão ofuscante que todos levantaram os olhos para também ver.

— Não me largue — murmurou Mary, num súbito pânico. — Acho que minhas pernas não agüentariam.

— Estou segurando-a.

Charlie estava tão perto que ela podia sentir sua respiração quente nos cabelos. Ele recendia a sabonete, a creme de barbear e à camisa lavada que usava, tamanho grande, com pouca goma, por favor.

Juntos, saíram da igreja para o sol.